周大新剧作选

壮士梦

周大新 著

华文出版社
SINO-CULTURE PRESS

图书在版编目（CIP）数据

壮士梦 / 周大新著. — 北京：华文出版社，2025.
1. -- ISBN 978-7-5075-6025-1
Ⅰ. I235.2
中国国家版本馆CIP数据核字第2024E8K674号

壮士梦

作　　者：周大新
策划编辑：杨艳丽
责任编辑：周海璐
助理编辑：朱晓奕
出版发行：华文出版社
地　　址：北京市西城区广外大街 305 号 8 区 2 号楼
邮政编码：100055
网　　址：http://www.hwcbs.cn
电　　话：总 编 室 010-58336239　发行部 010-58336212　58336230
　　　　　责任编辑 010-58336191
经　　销：新华书店
印　　刷：北京新华印刷有限公司
开　　本：710×1000　1/16
印　　张：41
字　　数：633 千字
版　　次：2025 年 1 月第 1 版
印　　次：2025 年 1 月第 1 次印刷
标准书号：ISBN 978-7-5075-6025-1
定　　价：88.00 元

版权所有，侵权必究

目 录

第一集	002
第二集	026
第三集	048
第四集	070
第五集	092
第六集	113
第七集	136
第八集	154
第九集	174
第十集	194
第十一集	218
第十二集	241
第十三集	263
第十四集	286
第十五集	309

第十六集……………………………………… 334

第十七集……………………………………… 358

第十八集……………………………………… 379

第十九集……………………………………… 405

第二十集……………………………………… 426

第二十一集…………………………………… 446

第二十二集…………………………………… 468

第二十三集…………………………………… 488

第二十四集…………………………………… 508

第二十五集…………………………………… 530

第二十六集…………………………………… 551

第二十七集…………………………………… 571

第二十八集…………………………………… 590

第二十九集…………………………………… 610

第三十集……………………………………… 630

夜。

京郊。一座巨大的库房类建筑在夜色里露出威武的剪影。

借着路灯能看见一行大字：货物配送中心。

配送中心门前，一长排印有楚汉快运字样的厢式货车在灯光下静立在那儿，每一辆车前都站着一名司机和一名速递员。

速递员们正依次高声向站在车队前的一个男子报告。

报告：1号车装货完毕。

报告：2号车装货完毕。

报告：3号车装货完毕。

报告：4号车装货完毕……

接受报告的男子这时转向站在他身后的钟辕高声报告。

报告钟总：北京分公司今晚第一批次车辆出发准备完成！

钟辕面孔肃穆地抬手看了一下表，有力地：出发！

一个个司机和速递员随着这声命令飞步上车，立时马达轰鸣。

一辆辆厢车迅疾驶离仓库，在夜色里奔往不同的方向。

钟辕把视线由远去的车辆上收回，扭脸看向了挂在中心大门旁的招牌：楚汉快运公司北京分公司安抵配送中心。

远处的夜色愈浓，近处的灯光更亮。

招牌上"楚汉快运公司"六个字在钟辕的眼前越变越大。

钟辕炯炯的目光穿过这六个字，向更远的地方——分明是向这些字最初的出处看去……

激越的音乐响起。

随着钟辕不断延伸的目光，出现了片名和演职员表……

也隐隐传来了军人列队前行的口号声……

第一集

1

字幕：二十世纪九十年代初。

京郊一军营。白天。阴云蔽天。

干净整洁的宿舍楼、器械场、训练场，军人们在进行各种训练，不时有口号声传来。

400米障碍训练场上，一名少尉军官——年轻的钟辕正在给战士们做跨越障碍示范。他动作麻利，速度飞快，在穿越铁丝网时右臂被翘起的铁丝挂了一下，鲜血立时渗出了军装。

一个战士见状惊叫了一声：排长，你的胳臂——

钟辕瞪他一眼：林达畅，谁让你管我的胳臂了，注意看动作！

钟辕继续做着一连串示范动作……

2

障碍训练场边。白天。

一个战士跑步由远而近：钟排长，钟排长，你的电报——

刚攀上模拟高墙木障的钟辕停住动作，转回头：念！

通信员的声音：父病，急需维脑路通十支，速寄回。

钟辕一惊，砰地跳下地，扭头对林达畅：你先组织训练！

在队列中的林达畅跨前一步：是！

钟辕转身向远处跑去。

3

器械训练场边。白天。

钟辕把电报递给一名中尉：梁连长，我想请个假去市里买药。

连长梁志远看了一下电报：快去快回。

4

北京市内。下午。

热闹的人流。

喧嚣的市声。

钟辕匆匆由一药店内走出。

5

市内一邮局。下午。

钟辕把一个写有地址的木盒递到一位邮局工作人员手上：同志，这是病人急用的药品，能快点寄出吗？

邮局工作人员：别着急！我这就给你寄！

钟辕：寄最快的！什么时候能到呀！

邮局工作人员：寄包裹只分挂号和不挂号，不分快和慢！

6

京郊军营。傍晚。

连长梁志远和一个漂亮的姑娘在并肩散步。

钟辕迎面走来，看见连长，站下边敬礼边打招呼：连长好！这就是嫂子吧？

梁志远笑着：你小子，瞎叫！来，介绍一下，这是我女朋友西馨。然后对西馨：这是我们连的一排长钟辕。

钟辕真心夸奖地：嗬，真漂亮！

西馨不好意思地扭头跑了。

梁志远笑着：范营长给我介绍的，还不知能不能谈成。

钟辕开着玩笑：快去追呀！

梁志远：钟辕，你父亲现在怎么样？

钟辕的笑容消失：没收到信，还不清楚。反正药已经寄回去11天了。

梁志远：估计早收到了，你放心吧。

钟辕点头。

这时，远处有人在边向这边跑边叫：钟排长，你的电报。

梁志远看着跑近的通信员：应该是好消息。

钟辕由通信员手里接过电报，眼一看到电文，脸色刷一下变得苍白。

梁志远急忙过去看电报。

报文特写：父病故速归。

梁志远意外的面孔……

7

钟辕豫南老家。早晨。

风尘仆仆的钟辕拎着提包推开自家小院的院门。

狭小的院落，破旧的房子。

钟辕向正屋走去。屋里光线很暗，钟辕的哥哥钟成和弟弟钟祥及弟媳何荟在准备父亲的丧事。床上，已经故去的钟辕爸用白布盖着，钟辕妈坐在床边抹眼泪。

钟成扭头看见钟辕：大弟回来了。

钟祥迎过来：哥。

钟辕扔下手中的提包扑到丧床上，痛彻心扉地：爸——

钟辕妈和何荟也放开了哭声……

8

钟辕家。白天。

父亲的骨灰盒放在正面方桌上。

一家人无言地坐在那儿，气氛凝重而哀伤。

钟辕低声问钟祥：我寄回的药对爸的病没有效力吗？

钟祥闻言不快地：谁收到你的药了？！

钟辕震惊地站起身：什么？！没收到药？

钟辕妈伤心地：辕儿，你爸活着时对你那么好，到头来，让你买点药你都没买来，你对得起你爸吗？

钟辕惊骇地：我接到电报的当天就买药寄回了，怎会没收到？

何荟冷着脸：谁知道你寄没寄？

钟辕欲辩无言地跺了下脚。

钟辕妈叹口气：还争他干啥？

钟辕流着泪喃喃地：不可能，不可能，怎么会收不到呢？怎么会呢？

这时，只听见院门外有人喊：钟大魁，包裹单。

钟辕听到喊声，先是一愣，随即满脸怒色地向门外跑去。

9

钟辕家院门口。白天。

一位骑自行车的邮递员从邮包里拿出一个夹子，从夹子里拿出一个包裹单，朝刚跑出门的钟辕递过来：北京一个叫钟辕的寄的药——

钟辕二话没说，唰地扯过单子，挥手一拳就打了过去：你这个浑蛋——

邮递员吃惊地后退着：你干吗打人？！

钟成这时已跑过来抱住了钟辕，对邮递员道着歉：对不起！同时呵斥钟辕：小辕，不准胡来！

钟辕这时带着哭声吼道：十几天了你才把包裹单送到，我爸已经死了，你知道吗？你这个浑蛋！

邮递员看了一眼钟成和钟辕臂上的黑纱，委屈地：我也是刚收到，如今寄包裹就是这个速度，我有啥办法？

钟辕还是怒不可遏。

钟成抱紧钟辕，同时用目光示意钟祥快送走邮递员。

邮递员：说实在的，我接到单子就送过来了！

邮递员满腹委屈地骑上了自行车……

10

村口的水塘边。夜，月挂中天。

钟成和钟辕坐在塘岸上，四周蛙鸣如鼓。

钟成：寄药的事，别再放在心上了。

钟辕痛心地：哥，爸要是吃了我寄的药，说不定……

钟成叹口气：已经过去了……

钟辕依然愤愤地：一个小包裹，从北京到河南，竟然用了十多天时间，这叫什么速度？！

钟成：这是邮政体制和管理的问题。我前年到德国留学才知道，他们有许多快运公司，物流速度非常快，而我们只有一个邮局系统，垄断着物流市场，他们满足于现状，所以快不起来。

钟辕挥拳朝地上一捶：将来有机会，我一定也要办一个快运公司，跟邮局竞争竞争。

　　钟成：好！如果你真的办，哥我一定支持。

　　钟辕：你啥时回德国？

　　钟成：后天就动身。

11

　　村边。白天。

　　要返队的钟辕拎着提包在和村人告别。

　　儿时的同伴宋来这时带着年轻漂亮的媳妇夏绿来了。

　　宋来来到钟辕面前，大声而夸张地：二哥，怎么，这就要走？要不要弟弟我送你一程？

　　钟辕摇头：忙你的吧。看了一眼他身边的女人：结婚了？

　　宋来笑笑：是啊！农村里结婚早，我春节时结的。她叫夏绿，是个中专生。说着，转对夏绿：快叫二哥！

　　夏绿羞涩地冲钟辕：二哥！

　　钟辕拍了一下宋来的肩膀：行呀你！比我小好几岁，都已经结婚了，媳妇还这么漂亮，可要好好待人家呀！

　　宋来抹了一下头发：那是。

　　钟辕小声对宋来：人家是中专生，你文化低，遇事可要多同人家商量。

　　宋来不屑地：我同她商量？二哥，这你就不懂了，对女人你可不能惯，该动拳头就要动拳头！

　　钟辕：你可小心你的拳头把人打跑。好了，再见……

12

　　京郊军营。白天。

　　字幕：半年后。

　　秋去冬来，营院内树上的叶子已经掉光。路上一个人也没有，路边还有雪的痕迹。一片萧条景象。

　　营院一角有一间大房子，门口站着两个哨兵。

　　房子里，传出讲话的声音。

13

京郊军营。白天。

会场主席台上方挂着横幅：精减整编大会。

营长范恭清高声讲话：根据上级的安排，从今年开始，我营大多数干部需要转业到地方工作，请同志们正确对待，做到走者顺利，留者安心。下面，我宣布今年转业的人员名单：

郑大荃

鲁道安

钱一迪

梁志远

钟辕

……

坐在队列中的钟辕意外地和梁志远对视了一眼。

14

会场外。白天。

官兵们陆续走出会场。

钟辕看了看旁边的梁志远低声地：连长，没想到你也在这批里。

梁志远轻松地：早晚都是走，服从组织安排吧。

钟辕：有什么打算？现在工作可是不好安排！

营长范恭清走在二人后面，听钟辕这么说，便一拍他的肩膀：钟辕，像你和志远这样年轻有为的干部，早回地方早有用武之地，到我这个年龄，人家就都不想要了，你们好好干，到时候我还要去投靠你们呢！

钟辕：营长，到时候你去投靠我，我一定举双手欢迎。

范恭清尴尬地：好，好！我还有点事，先走了。

范恭清紧迈几步，走到了前面。

梁志远轻声地：营长也不容易，你奚落他干吗？

钟辕：没有呀！他说去投靠你，你能不欢迎吗？没准，以后他真的会去投靠你我呢！

梁志远：你就吹吧！

15

钟辕老家县城。白天。

大街上行人熙攘。

一处相对气派的大门前挂着白底红字的大牌子：豫南县人民政府。

钟辕走进大门。

16

钟祥办公室。白天。

钟祥正在看报纸，钟辕推门走了进来。

钟祥从椅子上站起来打招呼：二哥，你来了，工作的事怎么样？

钟辕一屁股坐在沙发上，沮丧地：别提了，安排我到一家半死不活的国有企业，能有什么干头？

钟祥：咱们县的企业都不太景气，可也没有什么好办法。我帮你问了问，别的单位还真不好进。

钟辕：算了，别问了！我已想好，哪里也不去，我自己干！

钟祥一惊：二哥，你不是开玩笑吧，放着正式的工作不做，要去当个体户？

钟辕点头：对！我就准备自己干。不但我要干个体户，我还想请你跟我一起去干个体户呢！怎么样？

钟祥笑了笑摇头：我？怎么会呢？我觉得在这里挺好的，我在这儿当个办公室副主任，房子有了，彩电有了，还可以跟领导蹭个小车坐，下海干啥？！

钟辕：三弟，你这是没有大志向。告诉你，我想去北京办个快运公司，大哥也支持我，你跟我一块去干吧！

钟祥：二哥，我喜欢这个铁饭碗，真的不敢去端你那随时会碎的陶瓷碗。

钟辕：你看你，我还没开始干呢，你就给我泼冷水，你怎么知道我的瓷碗就会碎？我实在是需要人，去帮帮二哥怎么样？！

钟祥：我不跟你去，但我可以给你推荐一个人，我的哥们，绝对的人才，也绝对可以信任！

钟辕：谁？

钟祥：这人叫韩生德，是咱县国营物资公司的党委副书记，搞运输很有一套，但苦于不是一把手，空有一身本领施展不开。他要是跟你去，一定比我强。

钟辕：那你就帮我联系一下，我见见。

钟祥拿起了电话……

17

县城一个小餐馆。晚上。

桌上放着几个简单的菜，几瓶啤酒，钟辕、钟祥、韩生德一起举杯。

钟祥：我就知道，生德会同意跟钟总一起干，来，为了你们日后的成功，干杯！

钟辕一饮而尽，笑道：公司还没成立呢，你已经封我做钟总了，听着有点别扭。不过，既然我要去做，就一定要做好，生德，你说是不是？

韩生德：通过刚才跟你的交流，我也对我们未来的公司充满信心。

钟辕站起来：好！祝我们合作愉快，祝我们的公司将来能办成全国最大的快运公司……

18

北京梁志远家。白天。

豪华宽敞的客厅的墙上挂着名人字画，墙角摆着常绿植物。

梁志远一边嗑着瓜子，一边悠闲地看电视。

丁零，门铃响了。

梁志远站起身来到门边，通过猫眼往外看了看，面露欣喜之色，急忙把门打开。

19

梁志远家门口。白天。

钟辕和韩生德站在门外，梁志远走上前，热情地跟钟辕握手：真没想到，我们这么快又见面了！快，屋里坐！

钟辕：连长，好几个月没见，你安置到哪里了？

梁志远：进屋再说，咱们好好叙叙旧。这么长时间没个老朋友说话，我可是闷死了。

20

梁家客厅。白天。

钟辕给梁志远介绍：连长，这位是我们县物资公司的党委书记，姓韩，叫生德！跟我一起来的。

韩生德冲梁志远笑了笑：连长，你好！

梁志远：我现在是国营京都物资公司的办公室秘书，叫我梁秘书好了。

钟辕：这么巧，你们两个都是物资公司的，应该算同行了！我听生德说，物资公司现在的境况都一般，不知你这里怎么样？

梁志远叹口气：也是半死不活的。不过，我的工作比较轻松，待遇也还可以。你呢？在什么单位干？

钟辕：我呀！没找到单位，自由人。所以，我才来北京投奔老领导呀！

梁志远不相信地：真的吗？是不是你不想找单位，自己有什么想法？

钟辕一拍大腿：到底是老领导，一眼就看出我的想法了！不错，我是想自己干，我想办个快运公司，你说怎么样？

梁志远沉思了一霎：兴许可以，你小子当初在连队就属门道多的人！

钟辕激动地：我觉得办快运公司，一是市场潜力大，二是可行性强。目前，我们中国，快运公司基本没有，市场潜力极大。再就是不需要很多资金投入，租几间房子就可以干了。

梁志远：让你这一说，我觉得还真行，就是人员上——

钟辕打断了梁志远：老连长，我来找你，就是考虑这方面的问题。北京我人生地不熟，必须找个当地人合作，你是我的老领导，能不能跟我一块干？

梁志远迟疑地：我？

钟辕：如果你能一起干，那就太好了，咱们两个是战友，啥事不好商量？

梁志远犹豫地：能行？

韩生德插话：现在中国的经济正处于起步阶段，一旦进入高速增长期，就是快运的成熟期。所以，现在是进入的最好时机，肯定能行。

钟辕：也许用不了五年，快运就会有大发展，我们的公司就会做得很大！老连长，你别犹豫了，就跟我们一起干吧！你在国营公司里当个小秘书，有什么意思，还不如我们一起干一番轰轰烈烈的事业。

梁志远分明被鼓动起来了：也罢，我就听你一回！当个秘书确实也没什么意思，整天无所事事。

钟辕兴奋地一拍手：太好了！

21

梁志远家。晚上。

梁志远父亲坐在电视机前看"新闻联播"，梁志远坐在一旁。

梁父关心地问儿子：志远，这段时间工作怎么样？还适应吧？

梁志远摇头：没什么意思！整天一杯茶水一张报。

梁父：机关里都这样，你要自己找事做！

梁志远：爸！像你说的一样，我想自己找个事做！

梁父：哦，什么事？说说看。

梁志远：一个战友想和我一起办一个快运公司，我愿试试！

梁父：快运公司？是个思路。不过，你们要仔细论证一下，不能盲目行事。

梁志远：我们都论证过了。目前在中国，快运公司基本没有，潜力极大。再者，也不需要大量资金投入，租几间房子就可以运作了。

梁父点头：有点道理！好吧，试试看也好。年轻人嘛，就是要有股闯劲！

梁志远高兴地：爸，你同意了？既是如此，可否再帮我们一把？

梁父疑惑地看着梁志远：别打我们局的主意，你是干个体，公私要分明！

梁志远：放心！我不会让你以权谋私的。我只是想，我们现在刚起步，资金不足，你能不能把咱们家的地下室借我们一用，省得我们去租房子了。

梁父：这事还用问我？把地下室的东西归整归整，你们用就是了！

梁志远：谢谢爸！

22

钟辕住的小旅馆。晚上。

灯光下，钟辕坐在床边，对着床上的一张北京地图，拿笔在上面圈圈画画，不时陷入沉思。

韩生德半躺在床上，在看一本书。他看了一眼正在写写画画的钟辕：画什么呢？

钟辕：我在设计公司未来的发展规划。你看，这么大的北京城，怎么布点？画在地图上就是一幅动感的快运网络运营图。

韩生德笑：咱们现在这种情况，做这些规划是不是早了一点？

钟辕：不早。只有想不到，没有做不到。做事总要先有个规划。

韩生德点头。

梁志远推门进来，两个人不约而同地站起身。

梁志远鼻子抽了抽：你们住的这地方，简直像猪窝，真臭。

钟辕站起来，充满期望地：连长，怎么样？叔叔同意了吗？

梁志远答非所问：明天你们不用住这里了！

钟辕：连长，什么意思？没戏吗？

梁志远笑：明天你们可以搬到我家地下室去住了！

钟辕欣喜地：你爸同意了？

23

小商品市场。白天。

市场里各种铺位、摊点一应俱全，卖五金的，卖百货的，卖电器的，卖自行车、三轮车的，商品琳琅满目，买东西的人很多。

一个三轮车摊点前，钟辕、韩生德和梁志远在挑选三轮车。

摊主油嘴滑舌地：我们这里的车，绝对正规厂家生产，绝对厂家直销，绝对保证质量，绝对价格最低，倘你能证实我说半句谎话，我绝对可以喊你亲爹！

钟辕瞪他一眼：说什么乱七八糟的？我们买三辆，你能不能再便宜一点？

摊主：这价钱，你走遍市场绝对找不到第二家。当然，你一下子买3

辆，我绝对要优惠，我送你三把链条锁，行了吧?!

钟辕：这就叫优惠？

梁志远有些不耐烦：就它了！别磨蹭了。

钟辕：好吧，我们要三辆，您给调试好！

摊主高兴地拿抹布擦了擦三轮车座：这都是调好的，你只管骑上走就行了。绝对出不了问题，绝对翻不了车，绝对——

钟辕恼火地截住对方的话：快收钱，我受不了你的绝对了！

24

梁志远家楼下。白天。

三个人都站在三轮车前擦汗。

钟辕：今天，我们办公室有了，车也有了，公司就算正式成立了。梁总，你给公司起个名字吧！

梁志远：这个——我还没有想哩，你有什么想法？

钟辕：就叫楚汉快运如何？冲破楚河汉界，开创一个新局面。

梁志远：好呀！就它了！

韩生德：那咱们就快去开张吧。

梁志远：走！

25

地下室。白天。

梁志远打开灯，房间里只有几件旧家具，大多数地方都空着。

钟辕：挺好，挺好！先打扫一下，再买上一桌两床三椅，就是商住两用写字楼了！

梁志远：买什么桌椅，这不都有吗？先用着就行了，这些小东西，我能做主！

钟辕狡黠地笑笑：那也太麻烦梁总了。现在，我们付不起租金，等以后有钱了，咱们把这地下室办成公司的博物馆，让公司的全体员工都牢记咱们的第一功臣。

梁志远笑：你就给我戴高帽吧！

韩生德：这里当宿舍是不错，但当办公室，还缺一样重要的东西呀！

梁志远：缺什么？

韩生德：电话！你想，一个快运公司连个电话都没有，客户怎么联系业务呀！

梁志远：要不我们装个电话？

钟辕急忙摇头：不用。我已调查过了，北京现在装一部电话的钱是5600块，这可是一笔大支出。我看，咱们先买个传呼机，让客户呼咱们，咱们再去公用电话亭回电话，不就行了？！

梁志远点头：有道理！

钟辕这时已拿起门后的一个扫把，开始扫地，尘土一下子飞扬起来。

梁志远抱着头跑出去叫：呛死人啦……

26

区工商局。白天。

钟辕、梁志远、韩生德三个人一起走进区工商局大门。

在一个贴有注册处纸条的窗口。

钟辕探头向窗内的工作人员：姑娘您好！我们想咨询一下，注册一个快运公司，要啥手续？

那姑娘看他们一眼，不冷不热地：快运公司是吧？一是要有注册资金30万，二是还必须有运管局开具的资格审查证明。

钟辕吸了口冷气：30万？

姑娘：少一分也不行！

钟辕：运管局的证明怎么开？

工作人员没好气地：你去个体科问吧。

钟辕和梁志远默然对视了一眼。

27

工商局门外。白天。

钟辕：没想到注册资金要这么多！

梁志远叹口气：咱俩的转业费加起来还不到一半呢。

钟辕振作起来：生德，你先去个体科问运管局的证明是怎么回事，我来想筹集资金的办法。

韩生德点头……

28

地下室。晚上。

钟辕愁眉不展地坐在床边，梁志远坐在办公桌前，两个人沉默着。

韩生德回来，也是垂头丧气的。

钟辕头也不抬地：生德，怎么样？他们有什么要求？

韩生德叹了口气：也太苛刻了！他们要求公司必须有三辆汽车，有七个以上北京户口的员工。

钟辕：就这些？

韩生德点头。

钟辕：这些都好办，可以想办法，只是注册资金不好筹。

梁志远：我问了我爸，他不让我用家里的钱。他还说，办不成就算了，好好上班去，我也不敢多说了。

钟辕：钱的事，我想办法去借！梁总，你能不能找熟人借三辆汽车的行车证？生德，你负责到街头办三个假驾驶证，先把车的事对付了。人员好办些，实在不行就到郊区招几个来。

梁志远点头：可以，我去借行车证。人的事，我问问我女朋友，看看她愿不愿干。她想来市里找个工作，现在住在我家里。

钟辕：是不是范营长给你介绍的部队驻地那个叫西馨的姑娘？

梁志远笑着点头：对。

钟辕：好呀，叫她来！

梁志远一笑：她大专毕业，又是北京户口，通过她在京郊找几个人，想必不会难！

钟辕：那太好了！你一定要动员嫂子加入我们公司呀！明天开始，我出去发小广告，咱先把业务开展起来，等资金到位了再慢慢注册。

梁志远笑：什么嫂子？八字还没有一撇呢？千万不能这么叫。

29

大街上。白天。

钟辕和韩生德穿着大衣，怀揣小广告，走到电线杆旁，转身看看四周没人,唰地朝电线杆上贴了一张。

公交站牌的柱子上,又贴一张。

一个小区门口,再贴一张。

一个住在小区的老人走过来,站在他们贴的小广告前吃力地读着:本公司提供快送服务,送洗油烟机、送煤气罐、送修电器、送洗地毯,接送小孩,送信、送非保密文件,你需要的,就是我们要做的,联系我们请打传呼 123 呼 45678。

那老人自语着:说得倒是挺好。

30

地下室。白天,但开着灯。

地下室中间生着一个煤炉子,梁志远和西馨一起守着煤炉子在等客户的传呼。

钟辕进门,看到西馨,忙走过来:欢迎呀!欢迎!

西馨腼腆地笑了笑。

钟辕恭维:西馨这名字好!一听这个名字就知道很漂亮,西施的妹妹嘛!

梁志远笑:钟辕,看你小子这嘴!

钟辕:笑一笑,十年少!——嗨,我贴了那么多广告,一个客户也没有吗?

梁志远:别着急!也许很快就会有了!

31

某小区。白天。

钟辕和韩生德穿着大衣,怀揣小广告,往墙上贴,往居民门缝里塞。

一声狗吠,把两人吓得赶紧离开。

32

地下室。傍晚。

桌子上方的石英钟不停地转着,从中午 12 点转到下午 5 点。

梁志远和西馨守着传呼,等待它响起来。

西馨：这个传呼是不是坏的？怎么老不响呀？

梁志远：我出去打个试试。

西馨：要不再等等，传呼是新的，应该不会有问题。

33

地下室门外。傍晚。

钟辕和韩生德听到了梁志远和西馨的对话，钟辕拉了下韩生德的手又返回上了一楼。

韩生德：干吗？怕当电灯泡？

钟辕只笑不答，拉着韩生德来到公用电话亭。

钟辕拿起电话，拨了一个号：请呼45678。

然后，钟辕拉着韩生德，躲到了电话亭后面。

34

地下室。傍晚。

传呼机"嘀嘀"地叫起来，把守着它的两个人吓了一跳。

西馨惊喜地：传呼机响了！终于响了！

梁志远急切地：走！回电话去！

35

电话亭。傍晚。

梁志远拿起电话，对着传呼机显示的号码拨号，不久又放下。

西馨：怎么了？

梁志远：占线！

过了一会儿，梁志远又拨号，眉头皱了起来。

西馨：还占线吗？

梁志远点头。

又过了一会儿，西馨：你念号，我来拨。

梁志远：好吧。9876543——

在电话亭一侧卖报纸的老头看着梁志远：你拨的是什么号？

梁志远：9876543呀！

老头笑：你拨这个电话亭的号，能拨得通吗？

西馨没听到老头的话，放下电话摇摇头：还是占线！

梁志远：刚才谁在你这里打传呼了？

老头想了想：两个年轻人，一个高高的，另一个挺壮实……

梁志远：哦！我明白了！

钟辕和韩生德从旁边出来，两人哈哈大笑。

梁志远和西馨也跟着笑，四个人笑作一团。

钟辕：传呼机没有问题，可能是我们的广告人家不认可。不行，明天我上门找活去。

36

一个小区。白天。

钟辕与韩生德一起，骑着三轮在小区里转，一边贴小广告，一边吆喝：换煤气罐，接送小孩，帮您送修电器、送信……

一个刚从楼上下来的人把他们当成了拉客的三轮：小伙子，能不能拉我去一趟中关村。

韩生德看看钟辕。

钟辕点点头：走吧！

37

梁志远家楼下。正午。

钟辕满头大汗地蹬车回来。

韩生德迎上前：怎么样？

钟辕：这是我们的第一笔业务，难能可贵呀！客人给了我5元。说着，拿出一张5元的票子晃了晃，交给西馨：记上账！

韩生德叹了口气：唉……

钟辕拍拍生德的肩头：叹什么气？毕竟是开张了呀！

梁志远这时跑过来对钟辕：快去大门口传达室，有个邮局的人送来一张汇款单，要让你亲自签收。

钟辕先是一愣，后撒腿跑去。

38

地下室。傍晚。

钟辕拿着一张汇款单,兴高采烈地:2万欧元呀!咱们的注册资金不用愁了。

梁志远:没听你说过有海外关系呀,谁一下子寄来这么多钱?!

钟辕:我大哥在德国留学,打工挣了点钱。前些天,我给他打了个电话,他表示尽量帮我们,这不,就寄来了2万欧元。

梁志远:你怎么不早跟我们说?害得我一直担心资金的问题。

钟辕:我也没把握不是?不管怎样,钱来了就好。加上咱们原来筹的借的,现在注册资金已经够了,可以去注册了!——对了,行车证和驾驶证怎么样了?

梁志远:我已经跟一个朋友说好,到时候找他拿三辆车的行车证,顺便把那三辆汽车司机的驾驶证也借来,不需要去办假的了。

钟辕:那好,明天就请西馨回一趟家,请七八个人来,如果请不来人,就借一下他们的身份证或者户口本,我们尽快把公司注册下来。

西馨:好!明天我就去办。

39

街边小餐馆的一个包间。中午。

钟辕、梁志远请了运管局、工商局、派出所、居委会的人吃饭,人坐了满满一大桌。

钟辕和梁志远频频敬酒。

钟辕再把酒杯倒满,起身:各位领导,今天有幸把你们请来,是想请大家帮忙把我们的楚汉快运公司注册下来,盼望领导们多多关照。

工商局的人问:注册资金到位了吗?30万,一点也不能少!

钟辕:已经到位!

工商局的人:那就没问题了!只要运管局出证明,我们马上给注册。

运管局的人抹着油嘴:你们的车和人都有了吗?

梁志远拿出行车证、驾驶证和七个人的户口本给运管局的人过目,运管局的人点头:好,既然手续完备,那就准予注册。下午来我办公室,我给你们开证明。

派出所的人：你用的人都没问题吧？有没有犯过事的？

钟辕忙摇头：没有，没有。

居委会的人：那就办吧。

钟辕：感谢，非常感谢各位领导的关心和支持。

运管局的领导突然想起了什么：等等，我还是看看你们的车吧。

梁志远有些意外地看着钟辕，钟辕先是一惊，不过很快冷静下来，笑道：实在不好意思，三辆车都拉货去了，可能要晚上才能回来。

运管局的人不高兴了：拉货去了？没带行车证和驾驶证，怎么能随便出车？

钟辕笑：这不要拿给领导们看嘛！下次我们一定注意！一定注意！来，来，我再敬诸位一杯！说着伸杯与诸位相碰。

运管局的人边碰杯边道：下不为例！

钟辕：是，是，下不为例！

40

地下室。白天。

钟辕把营业执照挂在了醒目的位置，理直气壮地：从今天开始，我们楚汉就是合法注册的公司了。梁总，我们是不是该庆祝一下？

梁志远：行呀，怎么庆祝？

钟辕：我安排了两个庆祝节目，第一个，吃西红柿。

他边说边从随身的一个包里掏出四个西红柿，给梁志远、韩生德和西馨各发了一个：吃吧，这是刚上市的，我洗过了，既解渴，又美容，还耐饿，我们就用西红柿慰劳一下自己。

西馨笑了：这也算庆祝呀？！边说边咬了一口。

韩生德嚼着西红柿问：你第二个庆祝节目是啥？

钟辕从挎包里又掏出了一卷纸：这是我新印的广告，上边写着"楚汉隆重开业大酬宾"，大家一起出去散发，借此机会也活动活动腿脚，锻炼一下身体。

梁志远：你这不是变着法子催我们出去干活吗？我不庆祝了，我还是和西馨在家里守传呼机吧。

西馨倒高兴地：我想出去散发广告，梁总一个人在家里守传呼机就可以。

41

大街上。白天。

钟辕带着韩生德和西馨,边走边贴广告。

西馨很活跃,走路时蹦蹦跳跳,充满了青春活力。钟辕的目光随着她姣好的面孔和苗条的身姿移动,分明有些走神。

西馨回头看他,钟辕赶忙将目光躲闪开。

42

地下室。白天。

梁志远一个人守着传呼机在打瞌睡。突然,传呼机响了。

梁志远一个激灵清醒过来,拿着传呼机,赶紧跑出地下室。

43

公用电话亭。白天。

梁志远拿起电话,对着传呼机显示的号码拨号:喂,我是楚汉公司,请问有什么需要服务的吗?

一个中年妇女的声音:我有一套衣服需要送到干洗店,你们帮我送过去好吗?

梁志远:好的!你住在什么地方?我这就去拿。

44

一住宅小区。白天。

梁志远穿着西装,打着领带,皮鞋擦得很亮,头发梳得很光,戴着墨镜,来到了客户门前。

敲门。

客户把门打开,一看到梁志远,又赶紧把门关上。

梁志远:大嫂,我是楚汉公司的,来给你送洗衣服。

中年妇女在门内:你真是楚汉的吗?怎么看上去像黑社会的人。

梁志远:你什么意思?

中年妇女：算了，算了，我不用你送了，你回去吧！

梁志远生气地：你怎么能这样？一会儿让我们来，一会儿又让我们回去，我们成什么了？让你拨弄来拨弄去！

中年妇女从门缝里塞出十块钱：行了吧，你拿去，算你的跑腿钱。

梁志远：岂有此理！

他没有拿钱，愤愤离去。

45

梁志远家。晚上。

梁志远来到西馨的房间：西馨，今天你们去贴广告怎么样？累不累？

西馨：还好！

梁志远：你觉得干这个有意思吗？

西馨一愣：你怎么突然问这个？怎么？你觉得没意思？

梁志远：今天我去一个客户家取货，她竟然怀疑我是黑社会的人，真是气死人了！你说说，干这个有什么好？又脏又累的，穿个好衣服都不行，我真有点不想干了。

西馨解劝地：也许，以后会慢慢好起来。

46

一小区。白天。

钟辕、韩生德、梁志远一起去为居民换煤气罐。他们刚把煤气罐搬下来放到三轮车上准备走，被一伙人拦住了去路。

领头的兰旦雄趾高气扬：你们是哪儿的蚂蚱，蹦到爷们的地盘上了，这个院的煤气一向是我们负责换，快给老子滚！

钟辕：我们是正规的注册公司，客户有求于我们，凭什么不让我们干？

兰旦雄冷笑一声：弟兄们，他问凭什么，谁去告诉他？

那伙人二话不说，便扑了上来，对他们拳打脚踢。

钟辕、韩生德和梁志远还没弄明白怎么回事，便挨了一顿打。他们显然没想到会遇见这种局面，一边招架后退，一边打电话报警。

两个警察很快赶来：又是打架！都跟我去派出所。

47

派出所。白天。

一警察：兰旦雄，你先说，怎么回事？

兰旦雄嬉皮笑脸：他们到我们的地盘挑衅，弟兄们忍不住，就上来劝他们离开。

钟辕：我们是去帮居民换煤气罐，他们不让我们换，还动手打人！

警察：兰旦雄，我知道你不是省油的灯，给我老实一点，小心再让你进去蹲几年。

兰旦雄嬉笑：政府，你别吓我！我又没干违法犯罪的事，你凭什么让我再进去，那地方我可是待够了！

警察：知道这个就好，回去好好反省反省！以后再让我抓住你，就不跟你客气了！

兰旦雄：我可以走了？

警察厌烦地朝他挥手：走吧，走吧！

钟辕有些意外地问警察：怎么就让他们走了？他们可是打了人，你看我这胳臂上还青一块紫一块的！

梁志远摸着鼻子：把我的鼻子都打出血了！

警察：刚才你们也听到了，这兰旦雄是个惯犯，已经在监狱里蹲过好几年了，他死猪不怕开水烫，大事不犯，小事不断，我们总不能三天两头地拘他吧？你们呀，还是少惹他为妙。

钟辕：那他们打了我们就白打了？

警察：你们的伤都不算重，回去休息休息就好了。你们也可以走了。

钟辕三人不情愿地站起身来。

48

梁志远家。晚上。

梁志远又与父亲一起看《新闻联播》。

梁父笑问：志远，是不是又有什么事跟爸说？

梁志远点头：爸，我不想干这个快运公司了！吃苦受累的，看不到出头之日。

梁父：当初可是你闹着要干的，现在才干了几天，就又打退堂鼓了？

梁志远：当初不是没搞清楚嘛，要是知道快运公司这么个干法，打死我也不去。

梁父想了想：你决定了？不再反悔？

梁志远点头：我觉得我不适合自己闯荡，还是做点安安稳稳的工作踏实。

梁父：好吧！当初我就不太愿意让你干民营公司，但看你热情很高，便想让你锻炼锻炼，现在既然你不想干了，爸也不勉强你。我再跟京都物资公司说说，还让你回去当秘书，怎么样？

梁志远：好吧。

梁父拿起了电话……

49

地下室。白天。

梁志远在守着传呼，响了两次他也没有出去回。

钟辕、韩生德和西馨三人满头大汗地相继进屋。

钟辕高兴地对梁志远：今天，我们三个给十二家换了煤气罐，是挣钱最多的一天——

梁志远截住钟辕的话头：钟总，我想跟你说个事！

对方的一本正经让钟辕有些意外：哦？

梁志远：我不干了！明天就回京都物资公司继续当我的办公室秘书。

钟辕和韩生德、西馨惊住，呆呆地看着梁志远。

50

还是那个小区。白天。

钟辕和韩生德又一次来到那个大院，为居民送清洗过的油烟机。

兰旦雄那伙人围住了他们。

这一次，他们显然是有备而来，不但人多，还拿着木棍。

钟辕镇静地：你们想干什么？

兰旦雄恶狠狠地：干什么你们明白！我上次已经警告过你们了，你们是敬酒不吃吃罚酒，别怪我不客气！弟兄们，上！

钟辕和韩生德背靠背站定，钟辕义正词严地：兰旦雄，我们本可以各做各的生意，如果你执意挑衅，我也一定奉陪。说着，啪一拳将原本坐着的一个木凳劈烂，拎起一个凳腿：来吧！

有几个人被吓住，但兰旦雄吼了一声：上！

一阵撕打。钟辕先占着上风，可不防对方动了刀。

钟辕的大腿上被刀划了一下，鲜血涌了出来。

业已受伤的韩生德见状惊叫了一声：钟总……

第二集

1

小区内。白天。

韩生德扶住钟辕急切地：我去打电话报警！

钟辕一手按住伤口另一手一把抓住他：不用，我自己来处理！

韩生德看着他腿上的血，担心地：那先去医院包扎伤口？

钟辕摇了摇头，低头撩起衬衫，用牙咬住一角，哧地一声撕下了一个布条，而后很快地将伤口包扎完毕。

韩生德指了一下那些被砸坏的三轮车：这咋整？

钟辕：你在这里守着，我去给梁志远打电话！

韩生德：我去吧，你这个样子……

钟辕一咬牙迈开步：没事！

2

小区门外零售小店。白天。

钟辕拿着电话：老连长，你赶紧找辆车，来帮我们把三轮车拖回去。——两辆都坏了。——就在上次那伙流氓闹事的小区。

挂了电话，钟辕掏钱给小店老板：老板，刚才那伙流氓你看到了吧？

小店老板看着钟辕腿上包的布及浸出的血，心惊地：看到了。

钟辕动了一下伤腿，疼得咧了下嘴：知道那个兰旦雄先前是干啥的？

小店老板：你怎么去惹他呢？

钟辕：我只是想做点小生意！

小店老板左右看看，见无人才低了声：兰旦雄前几年因为打家劫舍坐过牢，出来后便破罐子破摔，又纠集了几个小青年，说是做生意，却常常强抢横夺。——你别惹他，他什么事都干得出来。

钟辕：谢谢老板，他这人最喜欢啥东西？

小店老板：怎么，想给他送礼？这倒是个办法，破财消灾嘛。我知道他最喜欢喝酒。

钟辕默然眯起了眼睛。

3

小区内。白天。

钟辕和韩生德各坐在一辆被砸坏了的三轮车边上，脸色凝重。

韩生德：钟总，要不，咱们换个事干？

钟辕：你说咱们干的这个事不对吗？

韩生德：对，自然是对，可那伙流氓——

钟辕叹了口气：刚才被扎那会儿，我也真有不干的念头，可这会儿又想，好不容易把公司成立起来，遇到一点小挫折就打退堂鼓，好像有点不应该。

韩生德：说实在的，我也真有点不想干了。

钟辕：那你打算怎么办？

韩生德：我也不知道！不过，既然跟你出来了，就听你的，你说怎么办，咱就怎么办！

钟辕握了一下韩生德的手：好！我弟弟没看错你！

正说着，一辆小卡车开过来，梁志远从车上下来：钟辕，你这是怎么了？受伤了？！

钟辕站起来苦笑一下：挂点彩，没大事，只是可惜了这两辆三轮，你帮我拉回去修修吧！

梁志远：你看你，伤成这个样子，还惦记着这两辆破三轮，来，我先送你去医院。

钟辕：已经包扎了，没大事！咱们还是先去修三轮吧！

梁志远边同司机和韩生德往车上搬三轮边问：怎么回事？还是上次那个兰旦雄？

钟辕点头：就是他，真够狠的！

梁志远：我就估计还会出事，要不我怎么不想干了呢？干脆，你也别干了，这也不是什么好活。

钟辕：回去咱再商量吧……

4

地下室。白天。

韩生德和钟辕一进门,西馨看到钟辕的伤腿,吃惊地:钟总,你这是怎么了?

钟辕努力一笑:蹬翻了车,碰掉了点皮。

西馨靠近钟辕,指着他的裤子:这么多血,还说是掉了点皮?

韩生德:让那伙流氓扎的!

西馨惊得眼珠一跳:啊?她急忙上前扶钟辕坐下:他们这样狠心哪?!

钟辕忍着疼小心地坐到床边上。

西馨先是端一杯水递给钟辕,后又拿毛巾擦他脸上疼出的汗水,心疼地看着他……

5

地下室。晚上。

钟辕躺在床上,睁着眼睛一动不动。

他的眼前又出现白天挨打的画面。

闪过梁志远劝他不干了的画面。

画外音:难道真的不干了?不!我不甘心……

钟辕的双手攥成了拳头。

6

梁志远办公室。白天。

一间整洁的小房子,窗明几净,梁志远坐在办公桌前看报纸。

外面传来敲门声,梁志远:请进!

钟辕瘸着腿推门进来,眼光四下扫了扫:老连长,你这里条件真不错!

梁志远:你刚受了伤,怎么不在屋里静养?

钟辕:老连长,我是无事不登三宝殿啊!

梁志远面带笑容:怎么,想通了?不干了的话,我给你想办法,也来我们这里!跟你透露个消息,我很快就要提办公室副主任了,到时候,你,还有西馨,都可以来这里!

钟辕:谢谢!谢谢!不愧是老领导,处处想着我呢!不过,眼下我想求你办的事并不是这个！

梁志远：说！

钟辕：你在北京熟人多，能不能托个熟人去找到兰旦雄，就说我想请他喝酒！

梁志远先是一怔，看着钟辕的脸，之后低头沉默了一会儿，叹口气：向他低头？

钟辕：你只管把他请来。

梁志远显然想推托这事，可一看钟辕的眼睛，又勉强地：好吧，你既然这么说了，我就亲自去找一趟他，不过预先说明，你们喝酒时我可不参加。

钟辕点头：行。

7

一个又脏又乱的小巷子，白天。

梁志远西装革履，戴着墨镜，双脚一躲一闪地避开横流的臭水，往小巷深处走来。

到了一个小店前，梁志远问店里的老板娘：兰旦雄是住在这里吗？

老板娘打量了一下梁志远，指了指不远处的一间房子：他呀，就住那里！

梁志远向前走去。

8

兰旦雄住处。白天。

屋里光线较暗，烟雾缭绕，兰旦雄坐在沙发上对着酒瓶喝酒。

梁志远推开门，摘下墨镜，看了一眼兰旦雄：兰老板，我是钟辕的朋友！

兰旦雄放下酒瓶：钟辕是谁？我不认识！你是谁？我也不认识！看样子是同行呀！

梁志远微微一愣，点头：当然！钟辕就是那个昨天被你打的人，楚汉公司的老总，我的朋友！

兰旦雄眉头一皱，有了戒意：你想怎么样？

梁志远一笑：我不想怎么样！只是受钟辕委托，来邀请你去喝酒。

兰旦雄哈哈一笑：这还差不多，想喝服输酒，行！跟我打交道的人，还没有几个不服输的！喝，有酒为何不喝？！

9

大街上。黄昏。

一辆三轮车在晚霞中行驶着，车上坐着满脸冷峻的钟辕和一脸不安的西馨，韩生德蹬着车子。

车到兰旦雄所住小巷口，韩生德把车停下，往巷子头的一家小酒馆指了指：是不是那家？怎么选了这么个鬼地方？

钟辕：兰旦雄执意让我们来他的地盘，怕我们报复他！

韩生德：让西馨留在门外，万一又打起来，她好去报警。

钟辕淡淡一笑：今天是喝服输酒，不会打起来的，都只管进去。

10

小酒馆的包间里。黄昏。

兰旦雄和他的六七个小兄弟正在喝茶，钟辕瘸着伤腿和韩生德、西馨三人推门进来。

兰旦雄傲然地看着钟辕。

钟辕对兰旦雄高声笑道：兰大哥，让你们久等了！我行动不便，晚来了一会儿！之后转对服务员：照我电话上定的标准，上菜，倒酒！

小酒馆老板已端着托盘过来：来了——

韩生德和西馨有些紧张地看着兰旦雄。

钟辕端起酒杯：今天有幸请到兰大哥和各位弟兄，很高兴！咱们不打不相识，以后就是朋友了！大家一起举杯，开怀畅饮！边说边与兰旦雄他们碰杯。

钟辕一饮而尽，众人也都一饮而尽。

兰旦雄高兴地一蹾酒杯：凡向我认输的人，我都当他是我弟弟！

钟辕只对服务小姐：倒酒！

11

小酒馆。夜。

众人一杯杯地喝酒,大口地吃菜。

钟辕放下酒杯对兰旦雄:兰大哥,这样干喝没意思,让小弟出个节目助助酒兴如何?

兰旦雄越加高兴起来:好呀!

钟辕转对酒馆老板高声地:老板,你搬四块砖头,拿一块面板和一个萝卜,再拎一把菜刀进来!

酒馆老板一愣:要这些东西做什么?

钟辕:你只管拿来!

老板只好转身出去。

钟辕又和兰旦雄当啷碰了一杯酒。

酒馆老板把四样东西抱了进来。

钟辕上前先拿起了一块砖转对兰旦雄:兰大哥,我在野战军侦察连当排长时学过以掌削砖,请看!说着,将手掌一竖,唰地向砖砍去,只见那砖啪的一声断为两截。

兰旦雄和他的那帮人一下子安静了,都睁大了眼睛。

韩生德和西馨也有些吃惊地看着。

钟辕这时将剩下的三块砖摞在一个凳子上,又举起竖着的手掌,唰地向砖砍去。

三块砖又齐刷刷地断了。

韩生德忍不住叫了一声:好!

兰旦雄和他的人脸上都露出了意外的表情。

钟辕这时笑着:当侦察兵,人人都得学会把手掌当刀使,扬掌砍下去,务必要使敌人断腿断臂。来,看下一个节目。说着,将酒店老板抱来的那个厚厚的面板竖立在墙角,使其两边靠墙。

众人都屏息看着钟辕。

钟辕退后两步,略一运气,而后用伤腿支地,猛地抬起另一只脚向面板踢去,只见几寸厚的面板"啪"一下被他踢了个窟窿。

所有的人都被惊住了,兰旦雄和他的人相互对视了一眼,他们的眼中已无了傲意。

钟辕笑着：我们侦察兵只要抬脚朝敌人踢去，务必要使敌人被踢的部位变得粉碎。

兰旦雄徐徐吸了一口冷气。

钟辕：请看下一个节目。他边说边把老板拿来的那个萝卜用菜刀削去一半，将剩下的一半竖放在墙角，之后退后到十米开外，大叫一声，同时猛地甩出菜刀，只见那刀嗖地飞过去将那半个萝卜由上而下一切为二。

韩生德和小酒馆老板都叫了一声：好！

兰旦雄的面孔却有些发白。

钟辕笑道：我们侦察兵训练，要求甩出匕首时务必正中对方脑门。哈哈，一点雕虫小技，让诸位见笑了，来，喝酒！他边说边端起杯子，朝兰旦雄的杯子碰去。兰旦雄这时破例急忙起身举杯：喝酒！神情中已有了点恭敬意味。

钟辕这时朝兰旦雄笑：兰大哥，小弟有点事想求你！

兰旦雄：啥事？你尽管说！

钟辕：就是想跟你商量商量，能不能通融一下，让我们在你那边做点小生意。

兰旦雄痛快地：这还有啥说的，行！

韩生德和西馨无言对视了一眼。

钟辕依旧笑着：一言为定？

兰旦雄：一言为定！

一丝笑容浮上了钟辕的脸……

12

夜。大街上。

韩生德高兴地蹬着三轮，钟辕和西馨坐在车上。

西馨钦佩地对钟辕：真没想到你还有这本领！

韩生德快活地扭头：没想到那伙人也能被你吓住！

钟辕只是一笑：咱们过一关是一关吧，现在该想明天的生意了……

13

白天。还是那个小区。

钟辕和韩生德在为住户送煤气罐。

两个兰旦雄手下的人看见他们，怯怯地招手：钟老板，忙呢？

钟辕应道：二位好。

两个人急忙走开了……

14

地下室。白天。

钟辕坐在床上算账，西馨坐在桌前写着什么。

钟辕把账本放下：西馨，上个月我们才挣了不到1000块钱，除去你和生德的工资及电话费，公司基本没有什么收入。我们的业务范围必须扩大，效率必须提高！

西馨：现在公司刚起步，我可以先不领工资。

钟辕：那怎么行？即使公司一分钱不挣，你们的工资也要照发，这个原则必须坚持。

西馨：可是，公司挣不到钱，你也不能拿自己的钱给我们发呀！

钟辕：这个局面会很快扭转的，只要有星星之火，就有燎原的一天！

西馨坚定地：我信你的话！

钟辕：别看现在咱们不挣钱，说不定从哪一天开始，我们每天都会一万一万地挣，让你数钱都数得很累。

西馨笑了：但愿那一天早日到来！

这时，传呼机响了，钟辕放下笔：我去回！

15

电话亭。白天。

钟辕拿着话筒，兴奋地：林达畅？你这个小子，到底是来了！你在哪里？——汽车站，你在那里等我，我这就去接你！

16

汽车站广场。白天。

一个背着背包穿旧军装的小伙子在广场上东张西望，他看到了远远走过来的钟辕，快步向前：排长——

钟辕向小伙子招手：达畅，我就估计你接了我的信会来的！

林达畅一个立正，向钟辕敬礼：排长你召唤，我自然当来！

钟辕下意识地还礼：达畅，我的公司缺人，第一个就想到了你！

林达畅憨厚地一笑：谢谢排长！

17

地下室。晚上。

地下室中间的煤炉子旺旺地烧着。房内一角又加了一张小床，上面铺着白床单，被子叠得像豆腐块。

钟辕坐在办公桌后，韩生德和林达畅坐在韩生德的床上，西馨坐在钟辕床上。

钟辕：今天的会议有三项议程。第一，欢迎老朋友、新员工林达畅加入我们的行列；第二，总结一下公司上个月运营情况；第三，讨论一下以后的发展思路。下面，进行第一项议程，我来介绍一下林达畅同志……

梁志远这时推门进来，看见林达畅，有些意外：小林，你来了？

林达畅站起敬礼：连长好！钟排长给我写信说他的公司里缺人，我就赶紧来了。

梁志远与林达畅握手：现在不是连长了，叫我梁秘书！

钟辕：梁秘书，你虽然不在公司干了，但还是公司的大股东，有权利知道公司的发展情况，所以就通知你来参会。

梁志远在西馨旁边坐下：好，好，那就开会吧。

钟辕：上个月的运营总收入是……

18

大街上。白天。

钟辕蹬着一辆三轮在送几捆书……

19

大街上。白天。

韩生德蹬着三轮在送一个洗衣机……

20

大街上。白天。

林达畅蹬着三轮在送一辆撞坏了的摩托车……

21

地下室。白天。

西馨守着煤炉旁,火光映红了她的脸。

传呼机放在办公桌上,西馨站起来,来到办公桌前坐下,拿起传呼机自言自语:怎么这么长时间不响了呢?!

放下传呼机,她又信手拿起他们印的小广告数起来。

小广告和100元人民币大小差不多,数着数着,西馨面前的小广告慢慢幻化成了百元大钞。

这时,钟辕推门进来,西馨仍沉浸在幻想之中,自言自语:今天100张了,整整1万块钱!钟总说的目标实现了……

钟辕看着西馨沉浸的样子,眼角不知不觉有了泪珠。

钟辕缓步走向西馨,西馨终于发现了钟辕,不好意思地:钟总,我……

钟辕握住西馨的手:西馨,我们的目标会实现的,会实现的!

不巧,梁志远刚好这时走了进来,瞥见钟辕握着西馨的手,脸立时冷了下来。

钟辕这时急忙松开了西馨的手,回头招呼:梁秘书,快请坐。

梁志远一言不发,又走了出去。

西馨见状急忙追了出去:志远——

22

梁志远家。白天。

西馨对梁志远:你想到哪里去了?

梁志远:手都拉到一起了,我还怎么想?

西馨气得一跺脚……

23

京都物资公司梁志远办公室。白天。

梁志远正在看报，一个中年男子推门走了进来：小梁，有件事你办一下！

梁志远站起：主任，什么事？

主任：公司的仓储楼上级要用，要求咱们在三天内把楼里的物资全部转移出去，领导让咱们办公室来办这事，并指名由你具体负责。现在正是你被提拔的关键时刻，你要想办法尽量办好。

梁志远意外地：我的天，那么多物资，三天能搬完？

主任：所以，公司让你来负责。你可多找几家搬家公司问问，花点钱没关系，不行的话，可以动员办公室的人参加。实在不行，你还可以让你爸给想想办法！

梁志远勉强点头：我试试吧！

他拿起电话：114吗？给我查几家搬家公司的电话号码……

24

一个三层的巨大的仓储楼前。正午。

一个年轻男人随在梁志远身后走了出来，边走边说：梁秘书，抱歉，这活我们公司干不了。

梁志远朝他不耐烦地挥手：走吧，走吧。

那人走向一辆写有"万全搬家公司"的汽车，开车走了……

25

还是在那个仓储楼。下午。

又一个男子随在梁志远身后由楼内走出，那人边走边说：梁秘书，这笔钱我实在想赚，可力量太小，抱歉，告辞了。

梁志远烦躁地一挥手。

那人向一辆写有"平稳搬家公司"的汽车走去……

26

还是那个仓储楼。傍晚。

兰旦雄随在梁志远身后由楼内走出，兰旦雄边走边说：谢谢梁秘书想着我，只是我在三天内实在没办法把里边的东西搬出来……

梁志远挥手示意他走……

27

傍晚。仓储楼前。

梁志远发愁地蹲在仓储楼前吸着烟。

钟辕这时骑着一辆空三轮车由不远处的一栋居民楼过来,他看见梁志远蹲在那儿,好奇地走过来:梁秘书,怎么一个人蹲在这儿?

梁志远没好气地:发愁哪!

钟辕有些意外:有啥愁可发?

梁志远:上边让我找人在三天之内把这楼内的东西全搬出来,可没有一个搬家公司愿干,你说我能不发愁?

钟辕:那你怎么不找我们公司?

梁志远不屑地:找你干啥,就凭你们那几辆三轮车,顶啥用!

钟辕:这你就小瞧我们了,没有干,你咋知道我们干不成?

梁志远:这可不是开玩笑的事!

钟辕上前拉起梁志远:走,让我上楼看看。

梁志远不情愿地站起了身。

28

仓储楼。白天。

梁志远带着钟辕看楼内的东西,推开一个房间的门,里边堆着满满的东西。

又推开一个房间,还是满满的东西。

再推开一个房间,仍是满满的东西。

梁扭头嘲讽地看着钟辕:你们,能行?

钟辕:搬完给多少钱吧?

梁志远:钱倒不少,就怕你没本领拿去!

钟辕:多少吧?

梁伸出一个指头。

钟辕:1万?

梁点头。

钟辕下决心：这活儿我接了！

梁不相信地摇头：你敢接我还不敢给你哩，万一你——

楼下这时有人喊：梁秘书——

梁扭头向楼下走去。

29

仓储楼前。傍晚。

梁志远正对办公室主任说着：几家公司的人来看后都摇头而去。

主任不高兴地：我不管那些，我只要你三天之内把事情办完，这件事都办不好，还怎么提你当副主任？说罢，转身就走。

梁志远怔在那儿。

钟辕这时走过来，轻声地：我跟你签合同吧。

梁志远：别人都不敢干，你倒敢大包大揽。真要签了合同，到时候完不成，那可是要负法律责任的。

钟辕正色：梁秘书，你说得对！咱们朋友归朋友，生意归生意，既然签了合同，我就会负责到底。

梁志远：这么说，你是认真的？

钟辕：当然！

梁志远下了决心地：好，好，跟我去办公室，签合同。

30

梁志远办公室。傍晚。

梁志远和钟辕对面而坐，桌上摊放着两份合同。

梁志远：钟辕，你真有把握吗？我还是不放心，能不能告诉我你的思路。

钟辕拿起刚签的合同：梁秘书，你就放心吧！我尽快组织人来干活，你就别操心这件事了。

梁志远：好吧，好吧，那你快回去准备，说实话，我真为你捏一把汗。

钟辕：你就等着瞧好吧！

说罢，钟辕起身匆匆出门。

31

地下室。晚上。

钟辕正对韩生德、西馨和林达畅严肃地说着什么。

几个人认真地听着……

32

公交车站旁。清晨。

钟辕上了一辆公交车。

公交车疾驰而去。

33

京都公司食堂。中午。

梁志远正在吃饭，主任拿着饭盒过来：小梁，搬家的人什么时候来？这半天都过去了！

梁志远：是呀，说好了上午就来干的！

主任：公司资质考察过吗？不会是骗子吧？

梁志远摇摇头，又点点头，有些慌乱地：公司没问题，我，我了解。骗子肯定不是，我们又没付他们订金，他们骗不到什么。

主任点头：不过，你还是催着他们一点，别到时完不成呀！虽说是没付订金，可我们也耽误不起！

梁志远：对，对！吃完饭我去他们公司看看，再催一催。

34

地下室。白天。

梁志远气冲冲地：钟辕呢？他干什么去了？

西馨：他去想搬仓储楼的办法了。

梁志远：什么？现在还在想办法？

西馨：钟总说任务很重，不想办法不行。

梁志远生气地：办法早就应该想出来！

西馨：你别着急，他这人啥时候误过事？

梁志远显然觉着西馨这话不受用：嗬，你倒是很了解他嘛！那老韩和小林呢？

西馨：钟总让他们去送煤气罐了！活很多，到现在还没回来。

梁志远气得一跺脚：什么？！你们在搞什么名堂？这会儿还去送煤气罐？想成心给我难看是吧？

西馨也生气地：你冲我发什么火？你们的事我又不知道！

梁志远：钟辕没跟你说吗？你们现在必须去给我们公司搬家！

西馨：他说过一句，可在他回来之前，他要求我们照样干已接了的活。

梁志远气急得在原地转了一圈：这小子到底去哪里了？！

35

昌平部队营院。下午。

刚提升副团长的范恭清正在训练场踱步，通信员跑过来：报告副团长，有个叫钟辕的人要见您。

范恭清自言自语地：钟辕？在哪里？带我去见他！

通信员：在大门口，哨兵没让他进来。

范恭清往大门口看去，只见钟辕已经大踏步地往这边走来，哨兵喊：站住！

钟辕头也不回往前走，哨兵急了，追着钟辕跑来。

范恭清笑着自语：这个钟辕，一点儿也没有变，还是霸气十足。

哨兵跑到钟辕前面，挡住了他的去路，还用枪指着他：回去，再往里走我就不客气了！

钟辕笑：别吓唬我，不过，要养成好习惯，别枪口对人！

哨兵：你这人——

范恭清从后面拍了拍哨兵的肩膀：好样的！对付坏人就应该这样！

哨兵回头看到范恭清，立正敬礼：副团长好！

范恭清还礼：回头我跟你们连长说，给你嘉奖一次！——不过，这个人算不上坏人，他是你们的老领导呢！还不敬礼？！

哨兵疑惑地：他说他是老百姓！

范恭清哈哈大笑，钟辕也笑起来。哨兵明白了什么似的，冲钟辕敬礼：领导好！

钟辕挥挥手：到你的哨位上去吧！

哨兵吐吐舌头，跑步回哨位。

36

范恭清办公室。白天。

范恭清和钟辕坐在沙发上，通信员给倒上两杯水后退出。

范恭清：听说你在北京办了个公司，办得怎么样？

钟辕：那还能差得了？你不看看是谁办的！

范恭清：不谦虚，还是不谦虚！临走的时候，你就吹了牛皮，回去干出个样子，让我去投奔你！现在可以了吧，今年我转业投奔你吧？

钟辕笑：上边已提你当了副团长，你怎么会转业呢！还要步步高升，一直升到将军！

范恭清：回去没几天，有进步呀！学会奉承人了！——跟我说好话，是不是有求于我呀！

钟辕点头：首长就是首长，明察秋毫，一定是我眉宇间有些愁事让你看出来了，准备帮我破解破解！

范恭清：有事你就说，部队也算你的娘家，别客气。

钟辕：要说这个事呢！也算不上什么大事，就是想借点兵用用，帮我干点儿活。

范恭清：这还不算大事？动兵，那可不是我敢批准的事！

钟辕：你先听我说，我们公司揽了一项大业务，为一个国营公司搬家，时间要求非常紧，我实在没有办法，才想到回娘家搬救兵。这件事关系到我们公司的声誉，说严重一点就是生死存亡，请老领导一定帮帮我！

范恭清点头：说说你的详细想法！

钟辕：咱们部队星期日不是允许每个连都有一些战士轮休进城购物吗？我就想请这部分兵给帮帮忙。再就是我听说团里的司机训练大队开始进行城区道路行驶和装载训练了，能给五辆训练车让他们到一家仓库练练装载也好。

范恭清笑：你想得倒是很细也很美呀！

钟辕也笑：这也算爱民活动嘛！

范恭清指着钟辕：好吧，为了挽救一个嫁出去的闺女的声誉，娘家人决定帮一把。

钟辕兴奋地握住范恭清的手：太好了！

37

京都公司仓储楼前。白天。

梁志远急得像热锅上的蚂蚁，在楼前踱来踱去。

办公室主任急切地：小梁，楚汉公司的人呢？怎么还不来？

梁志远：也许很快就会来吧！

主任：不能也许呀！只剩明天一天时间了，今天再不干，明天怎么完成？明天完不成，我这个主任不用干了，你也更别想那个副主任的职位！

梁志远：我再去催催！

主任着急地：我的同志呀！你当个事办好不好？别又拿出什么虚的来糊弄我。

梁志远也不答话，气冲冲地离开。

38

地下室。上午。

梁志远急匆匆地来到地下室门口，一把把门推开：西馨，钟辕回来没有？

西馨摇了摇头：没有！不过，他打回传呼，说是如果你来，让你别着急！

梁志远气急败坏地：我能不着急吗？！我处处帮着他，他怎么能这样对我？

西馨：也许，钟总有他的办法……

梁志远：到现在你还为他说话，是不是看上他了？

西馨：你别胡说八道！我不过是猜测嘛！不管遇到什么事，他总是有办法的！

梁志远：我顾不上跟你磨牙，我得再去找人！

梁志远匆匆离去，走时把门摔得很响。

39

京都公司仓储楼前。白天。

主任在楼前转来转去，看梁志远从车上下来，急切地：怎么样？他们什么时候来？

梁志远沮丧地：没找到钟总。

主任：什么？这个时候，他干什么去了？公司其他人呢？

梁志远：公司其他人都不知道他去了哪里。

主任：什么？你是说这个钟总跑了？

梁志远嗫嚅地：不知他究竟去了哪里？

主任一拍脑袋：他肯定是明知完不成任务，有意躲着了！——他们公司的情况你不是了解吗？他们有多少人？多少车？有没有能力完成这个任务？

梁志远语塞。

主任：你说话呀！

梁志远：他们只有四个人，三辆车。

主任惊叫：什么？只有四个人三辆车，那你为什么不早告诉我？这样的公司怎么能做这么大的事呢，真是荒唐呀！

梁志远低下头：三辆还是三轮车。——可钟总是我的战友，他拍胸脯打包票的，我就相信了他。

主任恨铁不成钢地：你呀你！也太信任别人了！

梁志远：主任，现在怎么办呀？！

主任：你问我，我问谁？看来是我看人看走眼了，这样的大事不该交给你来办！

梁志远的嘴张了张，没说出话来。

就在这时，只见韩生德和林达畅各骑一辆三轮车来到他们面前。

韩生德高兴地向梁志远打招呼：梁秘书好！

主任看梁志远：他们干什么的？

梁志远：楚汉公司的！

主任转对韩生德：你们真行呀！还要不要履行合同了？竟然派两辆

三轮来了，真是笑话！

梁志远没好气地对韩生德：你们来干什么？

韩生德：钟总说，让我们来找你，组织搬东西。

主任哼了一声：就你们俩？来搬东西？你们钟总跟你们说过没有，什么时候搬完？

韩生德：钟总说了呀！今天一天务必搬完，签了合同的。

主任哈哈大笑。

韩生德莫名其妙：笑什么？有什么好笑的？

梁志远苦笑着：你们两辆三轮车，还说今天搬完，不笑掉大牙才怪？

韩生德：等等看吧！

40

大街上。白天。

五辆军车拉着满满的兵，编队行驶在大街上。

到了京都公司大院门口，车队拐了进去。

41

京都公司仓储楼前。白天。

主任和梁志远吃惊地看着隆隆驶来的军车。

钟辕从第一辆车上下来，直奔主任和梁志远：两位领导，我们马上干，保证按时完成任务。

主任还没从惊奇中回过神来。

梁志远恼火地：钟辕，你怎么搞的？到现在才来，去部队借兵怎么也不跟我说一声。

钟辕：我不是想给老领导一个惊喜吗？

梁志远气得一甩手：你可把我害苦了！

钟辕这时对车上的军人们挥手：请下车……

42

仓储楼前。白天。

钟辕带着战士们来来回回地搬运着各种东西。

一个战士独自背着一个橱柜下楼……

一个战士独自扛着一个麻袋下楼……

一个战士独自抱着一个蒲包下楼……

战士们抬着各种物品的身影……

一张张流汗的面孔……

一个个军衣湿透的脊背……

激昂的军歌旋律响起……

43

京都公司办公室。白天。

其中一人：这么大的一个活，一个小民营公司竟然干完了。

另一人：那个钟辕还真有点本领，跑到部队搬了那么多兵！那种干活的场面，好像电影里才有。

有人小声：他是怎么搬来那么多兵的？我们这里也有转业干部，怎么搬不来呀？

梁志远坐在一边，手里拿着报纸，但目光并不在报纸上，他专注地听着大家的议论，面孔阴沉……

44

一个小饭馆。傍晚。

钟辕和梁志远坐在一张小饭桌前，钟辕正在给梁志远倒酒：梁秘书，今晚我们喝庆贺酒，你可要放开喝！

梁志远冷冷地：庆贺什么？庆贺我着急上火？庆贺你发财？

钟辕先是让对方的态度弄得一愣，随后意识到什么，忙从口袋里掏出一卷钱塞到梁的衣袋里：这是1000元钱，是对你的一点谢意。

梁志远没有推辞，脸色缓和下来。

钟辕含着笑：赚的那1万元，我把7000元捐给了老部队的图书室，剩下的那2000元，帮忙的战士们买快餐吃了。

梁志远有些意外地：哦，这么说你白干了？

钟辕依旧笑着：可没有白干，这一干让我们公司的名声一下子出去了，你知道吗？这两天来找我们快送的人一下子多起来了。来，喝酒！

梁志远慢腾腾端起了杯子……

45

梁家楼下。正午。

钟辕等四人各拿一盒盒饭,坐在三轮车上吃着。

西馨用筷子夹起饭盒里的几片肉:我不想吃肉,钟总帮帮忙。说着,把肉放在了钟辕的饭盒里。

钟辕没有多想,大口地吃着。

恰好梁志远这时走过来,看见了这一幕,面色立刻难看起来。

他瞪了西馨一眼,一脸的怒气。

钟辕看见梁志远,从三轮车上下来,端着盒饭解释:今天活比较多,我们四个一起去的,回来已经过了吃饭时间,我就买了些盒饭,大家一起吃。

梁志远挤出一丝笑:你们吃吧!

说完,便往楼上走。到了楼梯口,梁志远回头对西馨:西馨,吃过饭上来一下。

46

梁志远家。中午。

西馨进门:志远,你叫我有事?

梁志远:我刚才看见你向钟辕饭盒里夹肉,亲热得像两口子似的。

西馨面孔一冷:无聊透顶!你啥时才能心眼大一点?

梁志远不高兴地:看见你和他们在那里吃盒饭,我心里就难受。

西馨:吃盒饭怎么了?

梁志远:太不雅观!你想没想过,你一个姑娘家整天在楚汉干粗活,合适吗?

西馨摇摇头:我觉得没啥不合适,楚汉挺好的。

梁志远生气地一拍桌子:好好好!我看你是被什么迷住了吧?——我不能再容忍了!

47

地下室。晚上。

钟辕正和韩生德、林达畅说笑,梁志远走进来。

钟辕赶忙迎上去:秘书大哥,快请坐!

梁志远冷淡地:我现在过来是想告诉你,我要退出楚汉公司,请尽快把我的那份钱还给我!另外,我家这个地下室另有他用,你也尽快找地方吧!

说完,梁志远转身就走。

钟辕和众人愕然……

第三集

1

一个小区内。白天。

钟辕和韩生德在一位中年妇女的带领下来到一个地下室。

房间面积很小，还有很多管道纵横着。

钟辕与韩生德对望了一眼，摇了摇头。

韩生德对房东：谢谢，我们需要大一些的，麻烦你了！

房东：没关系。

2

一个小院。白天。

几间破旧的平房，院子里杂草丛生。

钟辕从房里出来，环顾四周：这小院还不错，就是价格太高了！能不能便宜点？

房东是个老头，态度很坚决：就这价！要找便宜的，你到郊区去找。

钟辕：这里还不够郊区？

老头：这哪里是郊区！这算城中村。

3

梁家地下室。中午。

钟辕和韩生德垂头丧气地坐在各自床边。

西馨看看韩生德，又看看钟辕：怎么了？又有什么不顺心的事？

钟辕摇了摇头：没什么！

韩生德：房子不好找呀！我们快要无家可归了——

西馨疑惑地：这里不是挺好的吗？

韩生德：你还不知道呀？你男朋友不让我们住了！他还要撤出他的资金呢！

西馨恍然大悟地：哦！我明白了！怪不得他不让我在这里干了！他

是想拆台呀！——不行，我去找他！

西馨气呼呼地转身往外走。

钟辕从床边站起：西馨，你回来——

西馨头也不回地推门出去。

4

梁志远家。中午。

梁志远正半躺在沙发上闭目午休。

西馨推门进来，严肃地：志远，你为什么要赶他们走？

梁志远睁开眼，看了一眼西馨：这个地下室，我准备当仓库，放一些东西。

西馨生气地：你分明是赶他们走！——现在公司势头很好，客户也越来越多，未来发展肯定不错……

梁志远打断了她：所以，他们那么大的公司，在我这个地下室里太委屈了！再说，钟总不是本事很大吗？让他去找更好的地方吧！

西馨气得跺了一下脚……

5

地下室。白天。

钟辕靠在被子上半躺着，眯着眼想心事。

韩生德手拿着传呼机推门进来：一个客户让搬一个大鱼缸，给不了几个钱，还挺远的。我想咱们下午还要去找房子，就回绝了他！

钟辕坐起，坚决地：不行！公司刚刚起步，一个客户也不能丢。你再给他打个电话，就说我们马上去！

正说着，林达畅回来了，他擦一把脸上的汗：去哪里？我去吧！

钟辕：你刚回来，休息一会儿，我和老韩去！

林达畅：没事！你们不是还要去找房子吗？有活我来干好了！

钟辕点头：也好！我和达畅去，老韩，你再出去找房子，可以走得稍远点，城乡接合部的平房小院都可以考虑！

韩生德把传呼机交给林达畅：那你去回电话吧，客气一点。

林达畅接过传呼机：放心！

6

一小区。白天。

一栋住宅楼前,钟辕和林达畅正把一个巨大的方形玻璃鱼缸从一辆三轮车上抬下来,鱼缸里还装着一些用作景观的沙和小石子。

钟辕往高楼上看了看:这么高的楼,怎么连个电梯也没有?!

林达畅:客户说,电梯坏了正检修,否则也用不着我们送!

钟辕:客户在多少层?

林达畅:18层。

钟辕:层数还不错,就是太高了点!抬吧!

两个人吃力地抬起鱼缸,慢慢往楼里走。

7

楼梯内。白天。

钟辕和林达畅抬着鱼缸上楼梯,楼梯有些窄,转弯不方便,两个人小心翼翼地走着。

钟辕:转弯,慢点!

两个人上到2层,放下休息。钟辕:十八分之一了!

林达畅擦把汗:怎会这么重,真够受的!

8

梁家地下室楼梯。白天。

西馨神情郁闷地缓步往下走,到了地下室门口,推了推门,没推动,她抬手敲门,也没有动静。她掏出钥匙打开门,进入空荡荡的屋子,慢慢走到办公桌前,一屁股坐下。

9

楼梯间。白天。

钟辕和林达畅抬着鱼缸,上了一层又一层。

汗水在两个人脸上流着。

休息时二人擦汗,脸上留下了一道道污痕。

10

地下室。白天。

西馨两手托腮,目光发呆。

传呼机响起,她连看也没看。

11

楼梯间。白天。

钟辕看到楼梯间的数字显示"17",兴奋地:快了,坚持就是胜利!

林达畅喘着粗气:我实在撑不住劲了!

钟辕:一鼓作气,胜利就在眼前!

两个人上最后几级台阶,突然,林达畅左手一松,鱼缸往边上一歪,碰到了楼梯扶手上。

林达畅慌忙用腿撑住,却听见玻璃破裂的声音。林达畅着急地:钟总,我……

钟辕恨铁不成钢地:你说你,眼看就到了!

林达畅内疚地:手上汗太多,滑了一下!

钟辕:别说了,先放下!

两个人把鱼缸放下,钟辕查看,只见一面玻璃挤裂了缝。他叹口气,掏出兜里的工具,小心地把玻璃从鱼缸上卸下来:你在这里休息一会儿,我去换块玻璃!

林达畅气得在自己头上拍了一下。

钟辕迈着沉重的步子下楼……

12

小区高楼下。夜灯初亮。

钟辕和林达畅坐在花坛边上,路灯映在两人脏兮兮的脸上,筋疲力尽的样子。

林达畅看钟辕,小心翼翼地:钟总,划玻璃花了多少钱?

钟辕叹了口气:唉!花了100块。

林达畅悔恨地:咱们辛辛苦苦累个半死,工钱只挣了60块,却花了

100块,我真是该死。

钟辕苦笑了一下:你又不是故意的,事情过去就别说了。

林达畅:赔的钱我来出吧?

钟辕看着林达畅不高兴地:说什么呢?这怎能全怪你?!

林达畅感动地:钟总……

13

梁志远房间。晚上。

梁志远正在逗他的宠物猫,西馨进来,低着头歉疚地:志远,中午我态度不好,你别在意!

梁志远看了西馨一眼,满不在乎地:没什么!咱俩谁和谁!

西馨亲昵地:志远,我知道你很大度!所以,我还是想跟你说说,能不能别赶他们走?

梁志远一愣,两眼盯着西馨,咄咄逼人地:凭什么?

西馨低下头:在这里,我上班也方便,不是吗?

梁志远断然地:他们搬走后,你也不用去上班了!

西馨抬头惊讶地看着梁志远:你是存心跟他们过不去吗?为什么就不能宽容一点?

梁志远只冷笑了一声,没说话。

西馨急了:那你让他们去哪里?

梁志远一愣,像不认识西馨一样看着她的脸,冷笑:你着什么急?他们爱去哪里去哪里,跟你有关系吗?你是谁的女朋友?你在帮谁说话?

西馨不依不饶地:你不能这样做,太过分了!

梁志远气急了,大叫:房子是我家的,你管不着!

说着,他一脚踢向猫,猫"喵"的一声跑开了。

梁志远气冲冲地出了门。

14

地下室。晚上。

钟辕坐在煤炉边低头想着什么,火光映在他的脸上。

韩生德推门进来,钟辕站起来看着他,急切地:怎么样?老韩,有合适的地方吗？

韩生德把外套脱下，放到自己的床上，来到煤炉边，对着炉火搓了搓手，才沮丧地：没有！不是太贵，就是太差！

钟辕追问：太差？怎么个差法？

韩生德：北郊那边，有一个储运公司废弃的煤棚，面积够大的，价格也还可以，就是太不像样子了！

一旁的林达畅插嘴问：煤棚？那怎么住呀?!

韩生德：煤棚两边还有两间小屋子，是以前看煤棚的人住的，虽然脏点，倒也可以住人。

钟辕默然听着。

这时，梁志远怒气冲冲地推门进来，看了一眼钟辕：房子找得怎么样了？

钟辕摇摇头，冷冷地：不好找！能不能再宽限几天？

梁志远斩钉截铁地：不行！明天就给我搬走！说完，转身就走。

走到门口，他又回转身：跟你说一声，我女朋友也辞职了！

钟辕脸色铁青，无动于衷地站在那里。

梁志远走了，韩生德气愤地：他这是怎么了？吃错了药吧？

钟辕果断地：搬，明天就搬！

韩生德：搬到哪里呀？

钟辕：就你刚才说的那煤棚！

15

地下室。白天。

钟辕、韩生德、林达畅在收拾东西，煤炉已经熄灭，背包已经打好，钟辕把一摞书往一个纸箱里放。

西馨进来，惊讶地：你们这就搬吗？找到地方了？

韩生德没好气地：主人下了最后通牒，今天必须搬，就是搬到大街上，我们也不在这里住了！

西馨无奈地：我劝他，他也不听！

韩生德揶揄地：你无所谓了！你男朋友会给你找个更好的工作！

西馨苦笑：老韩，你别取笑我了！

钟辕停下手中的活，看了一眼西馨：你把账目简单整一下，交给老韩吧！传呼机交给达畅。

西馨一愣，惊疑地：钟总，你不让我在楚汉干了？

钟辕低下头，弯腰继续收拾东西。

林达畅接上话：西馨姐，不是钟总不让你干，而是你男朋友不让你干，他昨天已经替你辞职了！

西馨生气地：岂有此理！他管得也太宽了！——钟总，我哪里也不去，和你们一起搬家，一起工作。

钟辕慢慢站起，看着西馨：你可要考虑好了，别闹出什么矛盾来！

西馨毅然地：我的事我自己做主！

钟辕点点头：那好，就一起收拾东西吧。

西馨开始整理办公桌上的物品。

韩生德开始往外搬东西。

16

郊区一储运公司大院。白天。

雪在纷纷扬扬地下着，院子里一片洁白。

一个大棚子顶上也盖了厚厚的雪。

棚前的几辆三轮车也几乎被雪盖住。

17

煤棚里。白天。

地上黑黑的，墙壁黑黑的，一张桌子放在宽大的门口一边，正中放着一个煤炉，钟辕等四人围坐在煤炉边。

钟辕：难得今天休息，咱们开个会，商量一下公司的发展问题。公司自搬家以来，各项业务都有进展，但利润还是太低，有些业务还亏本。

韩生德接过话：是呀！比如送修冰箱，取货送货往返4次才收费70块钱，每次都得两个人去，光工时费都收不回来。

林达畅：可是，收70块钱客户还嫌收费高呢！

钟辕：所以，我觉得必须开拓新业务，你们看做什么好？

西馨：我觉得，送鲜花挺不错。一次可以送很多客户，收费也不低，而且，鲜花赏心悦目，还有利于改善空气……

钟辕一拍大腿，兴奋地：西馨说得对，送鲜花！而且，最好咱们自己插花，那利润不是更大了吗？

林达畅：可是我们不会插呀！

韩生德：这好办！找两个花匠，让他们教我们插！

钟辕：还要装部电话。这里偏僻一些，回电话不方便。

18

储运公司大院。白天。

阳光很灿烂地照在煤棚上，房顶的积雪已经散尽，但院子里还有些积雪。

林达畅从煤棚里搬出一个纸箱，纸箱里放着一束束鲜花。

他骑上三轮，哼着小曲远去。

19

煤棚里。白天。

墙角的一个洗拖布的水池里，放了满满一池子鲜花。

五六个人围在煤炉四周，正在插花，有一个中年妇女边插边给大家传授插花知识：插花是一门艺术，有很多常用的组合技巧，比如说阶梯式，插得好似一级一级的楼梯，花与花之间有距离，但不一定等距离，只要有一级一级的感觉即可，以点状的花较适合，如玫瑰、康乃馨、菊花、郁金香等。可在底部呈阶梯状插法，也可挑高插成一组，每组至少要由2朵组成，且盛开的置于最低，较小含苞的插在上面……

钟辕他们几个人认真听着。

中年妇女：再比如说群聚式，取三朵以上的花或叶，以绑、捆的技巧集合成一束，表现出花梗集中所形成的有力的线条和花朵的团状之美。以花朵呈点状或雾状且花梗挺直的花材较适合，如玫瑰、康乃馨、太阳花、向日葵、金彗星、芦笋草……

钟辕边听边插着，插得像模像样。

西馨手里拿着花，很麻利地跟中年妇女一起插着。

电话铃响起，西馨放下花，小跑着去水池边洗了洗手，到桌子边接电话：要两个花篮，好，下午我们就送过去。

  钟辕：那先准备花篮吧……

20

  大街上。一个花店门口。白天。

  一个很大的广告牌上写着：情人节将至，本店接受玫瑰预订……

  钟辕骑着三轮由远处过来，到花店前停下。他认真地看广告牌，还拿出小本记下了什么。

21

  煤棚里。晚上。

  钟辕：生德，明天你去租一辆大卡车，再去聘几个插花的。

  韩生德疑惑地：咱们已经有这么多三轮了，还租车干啥？

  钟辕：我预计，明天和后天，将有大批订花的客户，到时候我们用三轮会来不及！

  林达畅也露出怀疑的表情：不会吧？三轮都来不及，那得送多少花呀！

  钟辕胸有成竹地：明天你们看吧！

  韩生德点点头：好，明天一早我就去办！

22

  煤棚。白天。

  电话在不停地响着，西馨在不停地接着、记着……

  钟辕他们和临时雇来的几个插花工在不停地插花……

  花篮、花束摆了一棚……

23

  煤棚外。白天。

  一辆卡车在门口停下，韩生德和林达畅从车上下来，急匆匆地往煤棚内跑，一会儿又搬着花篮出来，放到车上。

  林达畅擦了一把汗：钟总真是料事如神！今天要是骑三轮，那就惨了！

　　韩生德：真没想到，北京城有这么多人过这个情人节，还非要送花不可！

　　林达畅：你在情人节给你老婆送过花吗？

　　韩生德：她还不知道有这么个节呢！

24

　　煤棚内。白天。

　　中间的煤炉子旺旺地烧着，大家都在紧张地插花。

　　钟辕放下手里的花，活动了一下手腕，看着西馨：西馨，饿了吧？要不要吃点饭再插？

　　西馨继续插花，头也不抬：哪顾得上？要干的活还多着哩！

　　钟辕点点头，也拿起花继续插：辛苦大家了。

　　大家都没有说话，手上全在忙着……

25

　　梁志远家。黄昏。

　　梁志远在客厅里踱步，满眼焦急。

　　梁志远拿起电话，拨号：西馨，怎么还不回来？

　　西馨的声音：我们今天很忙，估计不能回去了！

　　梁志远抱怨地：我买了两张票，准备和你一起去参加情人节晚会呢！

　　西馨的声音：谢谢，我今天真的很忙！顾不上！

26

　　煤棚内。黄昏。

　　大家还在插花。

　　梁志远拿着一束玫瑰花，提着一个蛋糕走进来，往四周看了看，径直来到西馨面前，旁若无人地：西馨！情人节快乐！

　　西馨抬头看到梁志远，便放下花站起来。她摇晃了一下，用手捂头，像是有点头晕。

　　梁志远夸张地：西馨，你怎么了？

西馨稳下神来：没什么！

梁志远把花递给西馨：送你的玫瑰花！

西馨微笑着指地上：今天我都被花包围了！

梁志远尴尬地：那不一样！这是我送的！

西馨笑出声来：没准，你买的就是我们的花！而且，还没有我们这里的新鲜呢！

梁志远点头，自嘲地：也是！不过我还给你买了蛋糕，你先吃一点，然后跟我一起去看晚会，好不好？

西馨摇摇头：很抱歉，我真的很忙！你自己去吧！

钟辕：去吧！这里有我们呢！

梁志远看了一眼钟辕，不屑地：钟辕，生意不错嘛！

钟辕一笑：还要感谢你呢！让我们搬到这里来！

梁志远脸色阴沉下来，奚落地：真是个好地方，烧煤不用买吧，从地下挖点就行了！

西馨生气地：你快走吧，我们还要干活呢！

梁志远不高兴地：西馨，你跟我走好不好？！

西馨不耐烦地：没看见我们在忙吗？你怎么这么烦？

梁志远气得"哼"了一声，转身离去。

27

棚外。黄昏。送完花的卡车又返了回来。

韩生德和林达畅从车上跳下。

韩生德：抓紧时间，再送一车。

林达畅：再晚，情人节就要过去了。

28

煤棚。黄昏。

大家仍然在插花。

韩生德和林达畅进来，看到桌上放着一个蛋糕，便伸出又脏又黑的手，抓块蛋糕往嘴里塞。

钟辕惊叫：这是梁志远送给西馨的，你们怎么……

韩生德打断了钟辕：管他呢！送来了咱就吃，西馨，你说是不是？

西馨站起来，搓了搓手，也抓起一块吃起来：大家都来吃！不吃白不吃！

林达畅抓了一块：西馨姐，情人节快乐！

西馨吃着蛋糕：钟总，情人节快乐！快吃蛋糕呀！

钟辕笑着，也参与了消灭蛋糕的行动。

祝福声不断，大家乐作一团……

29

院子里。晚上。

天空中繁星闪闪，煤棚门口亮着一盏灯，在夜色中显得非常明亮。

钟辕：大家辛苦了，快回去休息吧！

人们纷纷告辞：钟总，再见；西馨，再见……

几个人伸伸懒腰，各自散去。

30

煤棚里。晚上。

钟辕仍在插花。

西馨：送花的车已经走了，你还插花干啥？！

钟辕拿着自己刚刚插好的一大束花站起来，走到西馨面前，郑重地把花递给她：西馨，祝你情人节快乐！

西馨一愣，伸手来接花，却没有抓住，掉到了地上。西馨看了看自己的手，自嘲地：这么好的花，手却抓不住！

钟辕抓过西馨的手，只见上面磨出了好几个大血泡，嘴角动了动，眼角便湿润了。钟辕把花拾起，再次放在西馨手里，感动地：西馨，辛苦了！

西馨把花凑到鼻子上，激动地：谢谢！这花真香！

西馨抬头看钟辕，钟辕也正看着西馨的眼睛，两个人目光碰到一起，又都赶紧躲开。

两人沉默。

远处传来一声汽车喇叭响。

钟辕借机打破沉默：从公司今天的成功运转中，我得出了一个经验！

西馨：什么经验？

钟辕：要想提高送货的速度，真正做到快运，就必须有汽车。

西馨点头：那当然！不过，买车太贵了，咱们条件还不成熟。

钟辕自信地：面包会有的。不久的将来，我们就会有自己的车；再远一点，我们还要拥有一个庞大的车队，甚至飞机。

西馨：你想得太远了吧？——不过，我相信！

钟辕的目光里充满着憧憬，他兴奋而激动地：我要把楚汉公司做成像美国联邦快运那样的规模，像日本的宅急便那么大的企业。到时候，公司有上万名员工，而且都是高学历的专业人才，我们就不用这么辛苦了。

西馨：那我在公司做什么呢？

钟辕想了想：我也说不清，也许，那时你已经嫁了人，去做全职太太了呢！

西馨娇嗔：那可不行，我不会离开公司的！

钟辕：好！那你就是公司最老的元老，享受终身员工待遇。

西馨：一言为定，不许反悔！

钟辕笑：我怕你反悔呢！

31

煤棚内。白天。

七八个人围在煤炉旁，火光映在每个人的脸上，都显得兴奋而激动。

钟辕：经过统计，本次情人节我们取得了历史性的突破，营业额达到13万元！

林达畅带头鼓掌，起哄地：噢——

众人都鼓掌！

韩生德兴奋地：那利润有多少？

西馨激动地：最少2万！——以前，钟总对我说，每天一万一万地挣，我还不相信，没想到这么快就成了现实！

钟辕：以后，更想象不到的事还会发生。努力吧！朋友们……

32

煤棚旁边一间小屋子。晚上。

屋子里放着一床一凳,皮箱用几块砖头撑着,当了小桌子。墙上糊了一些报纸。

钟辕躺在床上看书,外面传来敲门声。

钟辕:谁呀!

西馨的声音:我,开门!

钟辕放下书,下床去开门。

西馨进来:这间小房子还不错嘛!

钟辕:凑合着住呗!怎么能跟你们那高楼大厦相比?

西馨叹气:那又不是我的地方!

钟辕:你怎么还不回去呀?

西馨:我在书店里发现了一本写物流的书,买了,想送你看看。说着,将一本书递向钟辕。

钟辕高兴地:太好了,谢谢,谢谢!

33

煤棚外。晚上。

月朗星稀,月光轻洒在天地间,明亮而温馨。

一种不知名的虫子欢快地叫着。

钟辕卧室里灯光明亮,不时传出他和西馨的说笑声。

西馨开门出来,钟辕随后也走了出来。

钟辕:我去送你吧?

西馨:不用,月光很好!

钟辕转身把门锁上:走吧,你一个人回家,谁放心得下?要是让我们老连长知道了……

西馨打断了钟辕的话:别提他了!走吧。

钟辕拉出三轮,在上面放了个小凳子,做了个夸张的鞠躬姿势:请上车!

西馨笑着上了车,钟辕骑上。

三轮车在月光中渐行渐远,说笑声也越来越小。

34

梁志远家。晚上。

梁志远在卧室里踱着步，看起来挺烦躁。

他拿起电话，拨了个号，没人接，只好放下，他的眉头锁起来。

他来到阳台边往外看，似乎在寻找什么。

35

梁志远家楼下。晚上。

一辆三轮车由远而近，到了楼前停下来。

西馨从上面下来：钟总，谢谢你了！快回吧！

钟辕挥了挥手：好，你上楼，早点休息！

西馨站着不动：你不走我不上楼！

钟辕：那我走了。

钟辕骑车远去，西馨才进了楼门洞。

36

梁志远家。晚上。

梁志远怒气冲冲地从阳台走进客厅，一屁股坐在沙发上。

西馨推门进来，淡淡地：还没睡呀？

梁志远腾地站起来，拉着她就进了自己的房间，把门关上。

西馨挣脱了他：干什么呢你？

梁志远压低声音：爸已经休息了，你小点声！

西馨没好气地：谁想跟你说话，是你惹我！

梁志远：我惹你？那你说，怎么这么晚才回来？

西馨自知理亏，语气缓和下来：加班呗，今天公司业务挺多的。

梁志远：那你是怎么回来的？

西馨：我还能怎么回来，两条腿走回来的呗！你又不去接我！

梁志远冷笑：不对吧？是有人送回来的吧？

西馨底气不足地：你胡说什么?!

梁志远气愤地：我胡说？刚才明明有人骑三轮车送你回来，我在阳台上看得一清二楚！

西馨不说话。

梁志远逼问：说，那个人是谁？

西馨：一个同事，天晚了送我回来，有什么大不了的？

梁志远：那你为什么不敢承认？分明是心里有鬼！你说那个人是谁？

西馨口气强硬地：你看到了还问我？

梁志远：是钟辕吧？

西馨：是又怎么样？

梁志远气得指着西馨：你吃在我家，住在我家，倒跟人家热乎上了？

西馨低头委屈地：我和钟辕只是一般的工作关系，没料到你会这么想，真是不可理喻。

说完，夺门而出……

37

煤棚。白天。

钟辕正对着电话说着：你别说那么难听，我们真的没什么！——你放心，我知道怎么做。

放下电话，钟辕一拍桌子，自语：岂有此理！

钟辕在棚子里踱来踱去。

西馨进来：钟总，出什么事了？看把你急的！

钟辕停下脚步，看着西馨，毅然决然地：西馨，你走吧！以后不要再来上班了。

西馨一愣，惊疑地：你说什么？

钟辕掏出一沓钱：这是你这个月的工资，你把账目整理一下，交给韩生德，就回去吧！

西馨激动地：为什么让我走？我觉得我干得不错。

钟辕无奈地：你是干得不错，但你在这里，你男朋友不放心。你还是去他那里，与他好好地相处吧。——把工资收好。

西馨接过钱，生气地：我现在就去找他！

说着气呼呼地扭头而去。

钟辕无可奈何地摇了摇头，叹了一口气。

38

京都公司办公楼走廊。白天。

西馨在走廊里走着，找梁志远的办公室，一个身材苗条、面容姣好的女孩从对面走来。

西馨：请问，梁志远的办公室在哪里？

女孩看着西馨，意外而惊喜地：西馨，是你呀？

西馨一愣，定睛看了对方一霎，叫道：马雨萌呀？！你怎么在这里？

马雨萌：我就在这里工作，在办公室干杂活。

西馨：那不错嘛！

马雨萌：一般般吧！走，到我办公室坐坐，我要好好跟你聊聊！

39

马雨萌办公室。白天。

两个办公桌，几部电话，一个女孩正在接电话。

马雨萌招呼西馨进来，那个女孩接完电话，冲西馨点了点头，就出去了。

两个人坐下。

马雨萌给西馨倒了一杯水，热情地：你怎么样？在哪里工作？

西馨低调地：一般般吧，在一个民营公司。

马雨萌大大咧咧地：也不错！这年头，有工作干就不错！咱们女孩子，工作不重要，关键是要找个好老公！

西馨点头微笑着：也是！

马雨萌：怎么样？你谈男朋友了吗？

西馨犹豫了一下，不好意思地：正谈哪。

马雨萌身子向西馨靠了靠，小声开玩笑地：看准了可不要松手呀。

西馨点头：那是！——你谈了没有？

马雨萌：正在寻找，标准已经确定，要么是当官的，要么是有钱的，没权没钱的穷光蛋免谈……

西馨灵机一动：我帮你介绍一个吧？

马雨萌兴奋地：那太好了，条件怎么样？

西馨：就是你们办公室的副主任梁志远，他可是高干子弟！

马雨萌惊喜地：你和他能说上话？

西馨笑：我正要找他有事，你带我去他办公室，我给说说。

马雨萌高兴地：好！走。

40

办公楼走廊。白天。

马雨萌带着西馨往前走。

来到一个门口挂着副主任牌子的办公室门前，马雨萌小声：就是这里，你进去吧！

西馨笑着：咱们一起进去？

马雨萌吐了下舌头：那不太唐突了？说着，忙转身往回走。

西馨敲门。

里面传出梁志远的声音：请进。

西馨推门进去。

41

梁志远办公室。白天。

西馨一进屋，便没好气地：钟辕把我辞退了，刚跟我清了账！

梁志远高兴地：好呀！你来我这里，我帮你安排一下。

西馨不动声色地：不麻烦你了！我来这里的意思，是想也跟你清清账。

说着，西馨拿出刚刚领来的工资交给梁志远：从今天开始，我就不在你家里住了，这是在你家吃住的钱，请收下！

梁志远吃惊地：西馨，你这是干什么？

42

煤棚。白天。

钟辕仍在踱来踱去，脸色阴沉。

林达畅进来，疑惑地看着钟辕：钟总，你怎么了？

钟辕停下脚步，怅然地：没什么。

林达畅：钟总，我看出来了，你心里有事！我是你老部下了，跟我说说还怕什么？

　　钟辕不耐烦地：真的没什么？就是西馨……

　　钟辕欲言又止。

　　林达畅更加疑惑，着急地：西馨姐怎么了？早上我看她来了呀，怎么不在？出什么事了吗？

　　钟辕难受地：刚才让我开除了！

　　林达畅吃惊地：钟总，这就是你的不对了！西馨姐干得不错呀，情人节那天，人家一天都没吃饭，手都磨出了好几个血泡，你怎么这样对她呢？！

　　钟辕走到办公桌后，一屁股坐在椅子上：你别说了！

43

　　梁志远办公室。白天。

　　梁志远把钱又塞到西馨手里，着急地：西馨，你别这样啊！咱们谈了这么长时间，你还不了解我？我是那种小气的人吗？别提钱的事，你放心在家里住，什么时候我给你联系好了工作，你就来上班。

　　西馨：没必要！我觉得咱们两个不合适，就此分手吧。以后你也不用再找我了。况且，你这里有一个美女喜欢上了你，好好珍惜吧！

　　梁志远：你说什么？美女？这你可冤枉我了！

　　西馨：真的，就是我的同学，你的同事，马雨萌，长得不比我差吧？人家看上你了！

　　梁志远：哼！她……

　　西馨：她怎么了？人家是地道的北京人，从小娇生惯养长大的，人又漂亮，跟你正合适！你等一等，我马上给你叫过来。

　　不容梁志远再说话，西馨已放下钱跑了出去。

44

　　马雨萌办公室。白天。

　　门开着，西馨径直闯进来。

　　马雨萌捂着胸口：西馨，怎么样？

西馨笑着：我已经跟他说了，他要见你呢？走，快跟我一起过去！

马雨萌忸怩地：现在就过去，我一点思想准备都没有！

西馨过来拉马雨萌：你们成天低头不见抬头见的，还要什么思想准备？走！

马雨萌半推半就地站起来跟西馨往外走，到了门口，突然想起了什么，挣脱了西馨，回到了座位上。

西馨不耐烦地：干什么呢？

马雨萌笑：不行，我得补补妆……

马雨萌拿出化妆盒，飞快地描了描，擦了擦，这才站起了身。

45

梁志远办公室。白天。

西馨拉着马雨萌进来，马雨萌不好意思地：梁主任，真是你叫我？

梁志远表情怪怪的，没有表态。西馨不容置疑地：雨萌，人家梁主任还能说话不算话——刚才他说了，要请你吃饭，你们就好好谈谈吧！

梁志远只好让着：坐吧，坐吧！

马雨萌兴奋地：西馨，咱们一起去吃吧！咱俩也好长时间没见面了，好好聊聊！

西馨：我还有事，就不去了，你们好好谈吧！说着，已拉开了门要走。

梁志远着急地站起来：西馨，你别胡来！

西馨出门，把门重重地关上……

46

梁志远家。白天。

西馨正把自己的东西往一个皮箱里装。

47

梁志远办公室。白天。

梁志远阴沉着脸坐在那儿。

马雨萌故作扭捏地：梁主任，我还真没想到你心里会有我……

梁志远气得鼻孔出着粗气。

马雨萌自夸地：主任你的眼力不错，我当初在学校，那可是校花哩，好多人都追我呢！

梁志远没好气地：有多少人追？

马雨萌没听出对方的奚落之意，有些得意地：少说也有十几个，足够部队的一个班了！

梁志远冷冷地：那你为何不选一个最好的嫁给人家？

马雨萌嗲嗲地：那不就错过你了？！说真的，我心里也是早有你了，只是不好意思说——

梁志远厌恶地猛站起身：好了，你先回去，我还有事……

48

梁志远家。白天。

西馨掏出钥匙，放到桌子上。

她弯腰拎起皮箱往门口走去。

49

煤棚。白天。

钟辕正在伏案计算着什么，但他显然心不在焉。

他扔下了笔，定定地坐在那儿。

他的眼前出现了西馨的身影。

他猛一摇头，把那身影摇走了。

他重又拿起了笔……

50

梁志远家楼下。白天。

西馨一个人提着皮箱愣愣地站在那里。

良久，她看了一眼地下室的出口，毅然迈开了脚步……

51

大街边。白天。

梁志远由远处跑来，看见了街对面正拉开出租车车门的西馨，忙挥手喊：西馨——

　　西馨已坐进了车。

　　出租车飞快地驶走了。

　　梁志远呆立在那儿……

第四集

1

煤棚前。白天。

钟辕正在修理一辆三轮，满手油污，神情抑郁。

一辆红色出租车开进公司大院，直奔煤棚而来。

钟辕抬头，意外地看着出租车。

车停下，西馨从车上下来，又回身从车里拉出一个皮箱。

钟辕疑惑地上前：西馨，你这是？

西馨洒脱地：我自由了！

钟辕依然一脸疑惑：你来是为了交接账本吧？——我看了账本，没什么问题，已经给他们了，你放心走吧！

西馨一甩头发：谁说我要走？我回来就不走了！

钟辕担心地：那怎么行？梁主任同意你回来？

西馨看着钟辕：我呀！已经跟梁志远分手，也不在他家住了。

钟辕面带一丝喜色：这么说……

西馨调皮地笑看着钟辕：这回，他管不着我了！——我自由啦！

钟辕一摊两只油手，掩饰不住兴奋地：那你先进屋，我就不帮你提箱子了！

西馨：你忙你的！说着，提起箱子向煤棚走去。

钟辕继续修三轮车，表情变得愉悦，嘴里还哼起了小曲。

2

煤棚里。白天。

林达畅对西馨笑着：你回来就好了，你走后，钟总一直不高兴。

西馨：是吗？可是他让我走的！

林达畅：还不是因为你那男朋友！

西馨：达畅！不是跟你说过了吗？不要再说他！

钟辕张着一双油手进屋，笑着：在说谁呢？

西馨坦然地：还能说谁？说你呗，都成修理工了！

钟辕到水池边洗手，打上肥皂，边搓手边回头看林达畅：达畅，三轮车已经修好了，你去送货吧！

林达畅应着：好！

3

黄昏。煤棚。

西馨手拿着电话对钟辕：金苑小区天福酒馆，让明天上午10点给他们送80只全聚德的烤鸭。

钟辕点头：没问题。他突然想起：哎，你今晚住哪里呀？

西馨：我想在附近租房子住，离公司近点。你去帮我找一间吧。

钟辕：租房子也不是说租就能租到的，今天晚上怎么办？

西馨：没事，我就先住在这里，两张桌子一拼，也能凑合。

钟辕：这煤棚，你怎么能住？要不这样吧，你先住到我那里，我和韩生德挤一挤。

西馨不好意思：那不好吧？

钟辕：就这么定了！

4

煤棚。晚上。

钟辕把两个桌子拼在一起，把自己的铺盖放在上面，展开。又把一个夹式的台灯夹在椅子背上。

他对着水管洗了洗脚，搓了把脸，把台灯打开，把大灯关上，和衣躺在桌子上看书……

5

院内。清晨。

钟辕在晨练，西馨从钟辕的屋里出来：钟总，起这么早？

钟辕边压腿边说：习惯了！——怎么样，睡得还好吗？

西馨点头：你那小床还挺舒服的！一觉睡到天亮！

钟辕收了势，笑着：不比人家那席梦思差吧？年轻人嘛，睡睡硬板床好!

西馨:那倒是!

钟辕:既然觉得可以,你就在那里睡吧!

西馨摇头:那怎么行?老是让你和老韩挤,你没意见,老韩还有意见呢!

钟辕狡黠地:他有什么意见?说着指了指煤棚:我在那边睡的。

西馨吃惊而感动:哦?!

6

院内。白天。

院子里已经变得绿意盎然,角角落落里长满了青草。

煤棚前很干净,门两边栽了两棵常青树,摆了几盆花。

一辆半新的红色小面包车从外面开进来,到了煤棚前停下,穿着单衣的钟辕从驾驶座上跳下来,穿着连衣裙的西馨从屋里出来。韩生德和林达畅从车上下来。

钟辕兴奋地:不错吧?!快运快运,我们的速度马上就快起来了!

西馨围着车转了一圈,又钻进车里坐了坐,高兴地笑着:不错,真不错!可惜我不会开。

林达畅惋惜地:钟总,在部队时我想去学驾驶,你偏让我当班长,如今有了车我也开不了!

钟辕笑着:达畅,美得你!就是你会开,眼下,我也要做这个司机!——多漂亮的车呀!开着真舒服!

西馨坐在座位上往后看了看:钟总,这车拉不了多少货呀?

钟辕点头,微笑着:说得对,来,达畅,把工具拿来,咱们改造一下它!

7

车内。白天。

钟辕和林达畅在忙活着。

一会儿,林达畅把一个座位搬起来,弯着腰搬到车下。

8

大街上。白天。

红色面包车欢快地行驶着。

车身上喷着"楚汉快运"字样，在车流中非常醒目。

车经过一个拐弯处减速时，站在街头等信号灯的梁志远看到了车上的字，吃惊地看着车开远。他的眼前闪过西馨美丽的身影，他愤愤地握拳捶了一下腿……

9

车内。白天。

钟辕开着车，林达畅坐在副驾驶位置上，后面装着满满的东西，有冰箱、煤气罐、鲜花等。

林达畅：还是有车好！又快又省劲！

钟辕两手握方向盘，目不转睛地看着前方：废话！毛主席说了，"枪杆子里面出政权"！

林达畅疑惑地：钟总，这沾边吗？

钟辕：怎么不沾边？！对我们快运公司来说，汽车就是枪杆子！三轮充其量算是大刀、长矛，不是吗？

林达畅：嘿，也有点道理啊！

钟辕：以后，我们不仅要有更多的"枪"，还要有更先进的"武器"，有更多使用这些"武器"的人才，那样我们的公司才能发展壮大！我们要有大型厢式货车，甚至飞机，那时……

林达畅憧憬地：那时，我能干什么呢？

钟辕：你来当调度，指挥这些"武器"，怎么样？

林达畅不相信地：真的会有那一天？！

10

梁志远办公室。白天。

梁志远正在打电话：我向你们举报个事，楚汉公司把面包车的座位卸下来，偷偷拉货，这事你们管不管？——好，不客气！

梁志远放下电话，两手撑在办公桌上，脸上露出不易察觉的冷笑。

11

煤棚外。白天。

钟辕、韩生德、林达畅、西馨在往车上装东西。

钟辕放进最后一个纸箱,关上车后门:生德,还是我和达畅去,你带着新招来的工人骑三轮车送花。

韩生德:放心吧,钟总!注意安全。

钟辕和林达畅上车,车启动,缓缓地驶向门口。

12

一个路口。白天。

一辆喷有"交通稽查"字样的轿车停在那里,两个交警拿着写有"停"的牌子站在轿车边,有目的地注视着钟辕所开的车向这边驶来。

楚汉的面包车从大门口驶出,慢慢接近。

一个交警举起了手中的牌子。

面包车靠路边停下,钟辕从里面走出来。

交警走过来,敬了个礼:请出示驾照。

钟辕把驾照递给交警,交警看也不看,指着面包车后门:请把车门打开!

钟辕满脸赔笑地:同志,我们没拉什么东西,是不是……

交警冷冷地打断他:打开!

钟辕只好打开。

交警往里看了看:车座呢?

钟辕随机应变地:坏了,卸掉了!

交警:坏了?这分明是新车!——你知不知道面包车不能卸座,不能拉货?

钟辕赔着小心:这——这我还真不知道,回去我就把座位装上,好不好?

交警一伸手,看着钟辕:把车钥匙给我!

钟辕无奈地把钥匙放到交警手里。

交警写了个单子,递给钟辕,严肃地:这个车暂扣了!请你到交警队接受处罚。

钟辕着急地：同志，我们还有急事……

交警不理他，径直上车，然后启动了车缓缓开走。

后面的警车也跟着开走了。

钟辕看着远去的车，右手握拳击到左手掌里，眉头紧皱，无奈地：嗜！

13

交警队办公室。白天。

一个交警坐在办公桌后面，钟辕站在办公桌对面。

钟辕着急地：罚款我也交了，能不能现在就把车给我呀？

交警不耐烦地：不是跟你说了嘛！车不在我们这里！

钟辕紧追不舍地：分明是你们扣的，为什么不在这里？

交警：你不信，就出去找找，找到了你就开走！

钟辕泄气地：车在哪里？什么时候才能给我？

交警：车在郊区停车场，你去那里问吧！

钟辕不甘心地：可是，车是你们扣的，你们应该还给我！

交警没好气地摆手：不是告诉你了吗？车在停车场，你还在这里干什么？

钟辕无奈地摇了摇头，转身出去。

14

煤棚前。白天。

钟辕推着自行车，韩生德和西馨都站在外面，看着钟辕。

韩生德：钟总，我跟你一起去吧？

钟辕摇头：不用，我自己去就行。你和达畅带着工人送货，车不在，好多活只能用三轮了，你们多辛苦一些。

韩生德点头：好的。

钟辕上了自行车，往大门方向骑去。

15

煤棚前。黄昏。

西馨站在院子里,焦急地向门口张望。

16

门口。黄昏。

钟辕骑着自行车拐进院子,向这边驶来。

暮色里,钟辕无力地蹬着自行车,似乎黑了瘦了,显得很疲惫。

17

煤棚前。黄昏。

钟辕下了自行车,西馨心疼地走上前:钟总……

钟辕沮丧地摇了摇头:人家还不给车,耽误事呀!

西馨气愤地:更可气的,今天公司……

钟辕闻言一惊:公司怎么了?

西馨低下头沉默,过了一会儿又抬头看着钟辕:钟总,我说了你可别着急生气呀!

钟辕笑了:有什么事你尽管说!

西馨伤心地:今天好几个客户打来电话,说我们的货没送到……

钟辕急切地打断西馨:韩生德呢!不是让他安排好家里的事吗?

西馨:钟总,你不是说不着急吗?

钟辕摆了摆手:对,对,也算不上什么!韩生德派人去了吗?

西馨:我们的人一大早就去了,但到现在也没回来,韩总和达畅出去找了,现在也没回来!

钟辕惊讶地:什么?人都丢了?是不是……

西馨看着钟辕,胆怯地点头:也许,这帮坏蛋骑着咱们的三轮车跑了。钟总,你先别生气啊,对身体不好!

钟辕一脚踢向自行车,自行车应声倒地。

钟辕气极了:这伙浑蛋!

西馨一声不响地走近自行车,把自行车扶起来。她看着钟辕,眼泪差点流出来,伤心地:钟总,你答应我的,不着急,不生气……

钟辕看着西馨伤心的样子，抿着嘴冲西馨点点头，默默地走上前，抓住了她的手：西馨，我不生气，生气对身体不好！

18

煤棚里。晚上。

四个人分别坐在椅子上，都非常沮丧。

钟辕：都别说了，明天再去买几辆三轮，重新招人。西馨，招人这事，还是你来负责吧。

西馨点头：可以。不过，我有个建议，再招人时必须收保证金，防止类似的事情发生。

林达畅：这个办法好！最起码要收一辆三轮车钱。

西馨摇头：那还不够！还有货呢！我想，每人就收1000块钱，反正我们又不要他们的，走的时候退还。

钟辕看着西馨，点头：行！就按你说的办吧！要尽快招一些人来，现在我们的业务量已经很大。——生德，明天你再去租辆车吧，先维持业务。

韩生德点头。

19

劳动力市场。白天。

西馨坐在写有"楚汉公司"牌子的桌子后。

一个中年人过来咨询。

西馨：我们要求不高，只要有力气就行。不过，我们要收1000块钱保证金……

西馨还没说完，中年人就离开了。

又一个人过来，一会儿也离开了。

20

煤棚。晚上。

四个人坐在灯下。

钟辕：既然人不好招，我想先回老家找几个。

韩生德点头：这个想法好，还是老家人放心。

钟辕：车总算是领回来了，但不能再拉货。达畅，你把座位再装上，生德，你去二手车市场，把它卖掉吧。

韩生德：行！

钟辕对西馨：西馨，你继续招人，坚持收保证金。招一个算一个，招不着也不能凑合，宁缺毋滥！

西馨：放心吧，钟总。

21

河南钟辕弟弟钟祥家。白天。

宽敞的客厅里，电视机开着，一个女歌星正在婉转地唱着一首情歌。

钟辕与弟弟钟祥坐在沙发上。

钟祥：二哥，这次回来，单是看看妈，没有其他事？

钟辕笑了笑：三弟，不瞒你说，我还真有点事，想请你帮忙。

钟祥大包大揽地：二哥，有什么事你只管说，只要是咱们县里的，我总能帮你说上话。

钟辕神秘地笑着：三弟，这个事，只要你点头，就行了！

钟祥：那可不敢说！我才是个副主任，拍板的事可不一定办得了！——什么事，你就直说吧！

钟辕：这个事你准能拍板！我想请你去我那里，帮我办公司，怎么样？这不就是你一句话的事？

钟祥先是一笑，然后摇了摇头：二哥，你不是开玩笑吧？打上我的主意了！我一个政府工作人员，怎么会去你那民营公司？再说了，你白手起家，那公司能办成什么样子，我没有信心！

钟辕充满豪情地：公司肯定不错啦，最好的一天，挣到13万元。——13万元，你拿多少年工资才能拿到？

钟祥反驳：我在这里有三室一厅的房子，有彩电、有冰箱，你那里有吗？

钟辕无奈地摇了摇头：现在没有，不过将来会有的！

钟祥笑着：二哥，如果你需要人，我可以再帮你找找，我是不会去的。我这办公室副主任还没当够呢！

22

梁志远办公室。白天。

马雨萌穿着一身合体的套裙，上身领口开得很低，下身裙子很短，婀娜地站在梁志远办公桌对面，娇声地：今天新上映一个美国大片，我买了两张票，咱一起去看吧？

梁志远点头：好吧！——对了，最近你跟西馨联系没有？她怎么样？

马雨萌扬了扬头：她呀！最近忙得很，经常去劳动力市场招人。她们那个公司好像出了点事，她们老总也回老家了。

梁志远微笑着：你还知道得挺多！

马雨萌：前两天，我去她们公司找过她。

23

钟辕老家。白天。

一片小土坡上立着一座坟，钟辕伫立在写有"父钟大魁安息"字迹的墓碑前。

钟辕眼前闪过当年回家奔丧的画面。

闪过他气愤打邮递员的画面。

钟辕向坟墓鞠了一躬，转身缓缓离开……

24

钟辕老家街道上。白天。

钟辕急匆匆地走着。

年轻的宋来从对面走来，老远便冲钟辕打招呼：二哥，啥时候回来的？

钟辕微笑着：刚回来，还要马上走！

宋来：这么忙呀！你在北京不错吧？

钟辕笑笑：还行啦！

宋来：我正准备去北京投奔你呢！

钟辕摇摇头：那怎么行？把漂亮媳妇放在家里，你放心？

宋来气愤地：别提了！我打了她几下，跑了！听说去了北京，我准备去找她哩！

　　钟辕惊讶地：我说过什么来着？你不听！

　　宋来低头：还真让你说准了！

　　钟辕：那就赶紧去找！

　　宋来：是呀！我准备忙完了手上的事，就去北京找你！

　　钟辕：不是找我！是找你媳妇！

　　宋来笑着：那也要先去投奔二哥呀！你不会不欢迎吧？

　　钟辕点头：需要我帮忙的话，只管说！——我还有点急事，先走了！

　　宋来：二哥！到时真的去找你呀！

　　钟辕边走边应付地答应着，匆忙离去。

25

　　电信局。白天。

　　一个写着"国内国际长途"的长途电话包厢里，钟辕正在打电话。

　　钟辕：大哥，我想让三弟去北京帮我，他舍不得铁饭碗，不愿去。你帮我劝劝他吧？——那太好了，大哥出面，三弟肯定会听的。

　　钟辕放下电话，脸上漾起了微笑。

26

　　北京一家电影院。晚上。

　　楼上二人座小包厢里，梁志远和马雨萌正在看电影，面前的小桌上放着饮料和瓜子等零食。

　　银幕上出现了两个恋人亲热的镜头。

　　马雨萌靠向了梁志远，梁志远犹豫了一下，把马雨萌揽在了怀里。

27

　　河南老家，钟祥办公室。白天。

　　钟祥正愁眉不展地拿着一份文件在房间里踱步，电话铃响了。

　　钟祥走到桌前，拿起电话：喂，你好！

　　电话里钟成的声音：三弟，你最近怎么样？

　　钟祥激动地：是大哥呀！我挺好的，咱妈也挺好的，你在那边还好吧？

电话里钟成的声音：我挺好！我听说你二哥想请你去帮他，你怎么不愿去呢？

钟祥笑着：我在这里也挺好的，有点舍不得……

电话里钟成的声音：现在是市场经济了，你年纪轻轻的，该出去打拼一下，说不定能干出一番事业来。再说，都是一家人，你不去帮他谁帮他？你去帮你二哥，晚点我给你再买一台彩电！

钟祥先是愣在那里，好一会儿才下了决心的样子：既然大哥也这么说，那我就去！彩电嘛，就不用买了，那是我跟二哥开玩笑的。

28

楚汉快运公司所在的煤棚前。白天。

梁志远西装革履地来到门前，林达畅穿个背心，搬着一箱子花往外走。

梁志远明知故问：钟总在吗？

林达畅客气地：老连长，你找钟总呀？他回老家了，你过两天再来吧！

梁志远：那，西馨在不在？

林达畅：西馨姐出去了！你有什么事？我转告她。

梁志远掏出一个信封，递给林达畅：请把这个交给西馨，我有点事跟她说。

林达畅接过信封，扫了一眼：好吧，她回来我交给她。

29

河南钟祥家。白天。

钟祥、钟辕及钟祥的妻子何荟坐在客厅里。

钟祥对钟辕：既然大哥也说了，我就跟你去北京！今天，我已经辞了职，说实在的，真有点不是滋味。

钟辕很高兴：太好了！——你现在的感觉我能理解，但我敢说，不久之后你就会发现，你这个选择没有错！三室一厅的房子算什么？咱们要住别墅，开轿车！

钟祥苦笑了一下：你就给我画饼吧！——反正不管怎样，咱们既然要干，就一起把这个事干好。我们也投点钱，多买几辆三轮车，有人揽生意，有人送，把生意做得大一些。

钟辕眉毛一扬：对呀！我们要扩大规模，把公司做大做强！

何荟插话：二哥，我妹妹何瀚也想去，能不能带着？

钟辕：既然要扩大规模，自然是多多益善。只要是可靠的人，多带几个更好！

何荟：那就把妹妹的男朋友也带上。

30

楚汉公司煤棚里。傍晚。

西馨坐在桌前记着什么，林达畅推门进来。

林达畅笑着：西馨姐，你早就回来了？

西馨抬头看林达畅，点了一下头：嗯！达畅，有事？

林达畅拿着梁志远给的信封，来到桌前，递给西馨：上午梁志远来了，让把这个交给你！

西馨：他？来干什么？

林达畅解释：他说有事跟你说。

西馨打开信封，发现一张纸条和一张电影票，她展开信看了看，冷笑了一下。

林达畅客气地：西馨姐，没事我先出去了！

林达畅转身往外走。

西馨想起了什么的样子，大声对走到门口的林达畅：达畅，来，来！

林达畅停下脚步，转身回头：有事？

西馨微笑着：达畅，你喜不喜欢看电影？

林达畅疑惑地：电影？离开部队我就没看过！要花钱买票，还要耽误时间。

西馨执着地：我问你喜不喜欢看？

林达畅点头：这个嘛！看一看也可以，就是……

西馨打断了他：想看就好！我这里有一张票，晚上你去看吧！

林达畅连连摇头，笑着：我不去！梁连长送给你的，我敢去？

西馨：我晚上还要记账，没空去！再说了，你也知道，我和他已经分手了，再接触也不好，你就当帮我的忙吧！

林达畅犹豫着：我去不好吧？

西馨：有什么不好？你就实话实说，票是我送给你的！他是你老领导，一起看个电影也不错嘛！

林达畅接过电影票，笑着：倒也是！你真不去啊？那我可去了！

西馨：反正票给你了，去不去由你！

31

北京一家电影院。晚上。

楼上二人座小包厢里，梁志远正在焦急地等待着。面前的小桌上放着饮料和瓜子等零食。

林达畅进来，冲梁志远笑了笑：连长，你早来了？

梁志远很意外：达畅，你怎么来了？西馨呢？

林达畅双手一摊：西馨姐有事来不了，她怕电影票浪费了，就给了我……

梁志远沮丧地一摆手：那就坐吧，快开演了！

林达畅坐下，电影院的灯便熄了，银幕上出现了画面……

32

楚汉公司煤棚里。夜。

西馨望着桌上原来装电影票的那个信封，不屑地一笑。

33

电影院包厢。晚上。

林达畅津津有味地看着电影，而梁志远却心不在焉地吃着零食。

梁志远：在部队的时候，每星期都有电影，大家却都不想看……

林达畅扭脸看了一眼梁志远：连长，您说什么？

梁志远没好气地：我说，你在部队时不喜欢看电影，现在怎么……

林达畅笑了笑：部队放的都是老掉牙的旧片子，哪比得了这大片？

梁志远：现在你们楚汉连个电视机也没有吧？

林达畅眼看着银幕：楚汉刚刚起步，以后什么都会有的。

梁志远摇了摇头：一个小小的民营企业，能有多大发展前途？

林达畅没有吱声，只管看电影。

梁志远喝了一口饮料，试探地：达畅，我看呀，干脆你去我那里干算了。我们是正儿八经的国营企业，工资也高。

林达畅摇头：我没文化，怕不行！

梁志远：没事！我是副主任，还不照顾你？

林达畅把脸往银幕一转，示意：老连长，电影多好看，还是先看电影吧！

34

煤棚里。白天。

钟辕、钟祥、韩生德、西馨、何荟、何溦及何溦的男朋友小黄坐在凳子上，林达畅靠在桌边。

一个吊在煤棚正中上方的电风扇呼呼地转着。

钟祥和韩生德老朋友见面，分外亲热，坐在一起说着什么。

钟辕微笑着：我弟弟钟祥不但全家都来了，还带来了5万块钱的投资，从今天起，他也是公司的副总，主管行政工作，请大家配合。——韩副总主管业务。

钟祥示意何荟把钱拿出来，何荟便把5万块钱从包里拿出来，递给钟祥，钟祥又递给钟辕：这是我投的钱，现在交给公司。

钟辕接过钱，递给西馨：请记好账！——还有，以后我想请弟妹何荟来管钱，西馨兼出纳，还要干别的活，也太累了。——西馨，你把现金整理一下，交给何荟。

西馨点头：好的。

钟辕对韩生德：住房的事谈妥了吗？

韩生德：谈妥了，建筑公司的工人都在工地，这里空着一些房子，我把空着的一排全租了下来，够住了。

钟辕：那太好了！西馨，你也搬过去，跟何溦住一间，好不好？

西馨不好意思地：行！这半年来，一直让你住煤棚，已经很不好意思了！

钟辕微笑着：这倒没什么，只是这边没那边好，你还是搬那边吧！——住房的事就这么解决，咱不说了。我说说我的打算——

钟辕转头对钟祥和韩荟：在二手车市场上，有一款不错的厢式货车，我一直想买，只是缺资金，现在好了，有了你们的投资，明天咱就去买回来。

何荟不高兴地：咱多买几辆三轮车，多雇几个工人，多好。你一下子买辆汽车，不是又没有钱了？

钟辕：快运快运，我们光用三轮车怎么能做到快，先前我们也买过一辆面包车，因为不能拉货又卖掉了，现在能买货车，为什么不买？

何荟：我是怕你一下子投入太大，到时候赚不回来。

钟辕：这你放心，我们的事业才刚刚起步呢！

35

二手车市场。白天。

一大片空地上，新旧不一的二手车停了好几排，各种车都有。

钟辕、钟祥、韩生德穿行在两排汽车之间，品评着。

钟辕：生德，还记不记得咱们买三轮车那会，为了几块钱还跟卖三轮的斤斤计较。

韩生德笑：还是你厉害，讲了半天价，讲来了一挂链条锁。

钟辕对钟祥：当时，我们三辆三轮车，主要干点家政，真是很不容易。现在，我们终于可以买汽车了。

钟祥笑：那我来得正是时候！

三人来到一辆厢式货车前，钟辕：我看好的就是这种车，你们看怎么样？

钟祥和韩生德都点头：不错。

老板赶紧过来介绍：这个车只用了一年多，八成新……

钟辕打开驾驶室门，钻了进去。

36

大街上。白天。

一辆厢式货车快速行驶着。

不一会儿，便远远地离去，融进了车流中。

37

驾驶室。白天。

钟辕开着车，钟祥和韩生德坐在副驾驶位置上。

钟辕兴奋地：这回，他们不能不让我们拉货了吧？

钟祥疑惑地看韩生德。

韩生德解释：你不知道，不久前，我们用面包车拉货，被交警扣了！

钟辕补充：我骑自行车跑了半个月，求哥哥拜姐姐，到处送礼，才算把车要回来。没想到，请的工人看我们顾不上，都偷偷跑了。

钟祥惊讶地：你回家时怎么没跟我说？

钟辕狡黠地笑了笑：我要告诉你，你还跟我来吗？

38

煤棚里。白天。

西馨在教何荟、何粼插花：插花是一门艺术，常用的插花组合有阶梯式、重叠式、堆积式、焦点式、群聚式等。

何粼恭维地：西馨姐，你懂的真多！

西馨谦虚地：其实插花并不难，比如这群聚式，就是把3朵以上的花或叶，以绑、捆的技巧集合成一束，表现出花朵的团状之美，就行了……

39

煤棚外。白天。

林达畅和钟祥在往车上装货。

装好后，林达畅喊：钟总，货装好了，我们走吧？

钟辕的声音传来：好的，马上来。

钟辕从屋里出来，风风火火地上车。林达畅也上了车。

车启动。

40

大路上。白天。

厢式货车快速行驶着,超了一辆车,又超了一辆车。

41

小区内。白天。

韩生德和何㵄的男朋友小黄骑着三轮车,车上放着煤气罐。

他们在一个单元门前停下,韩生德扛起一个煤气罐,往楼里走。

42

大街上。白天。

一个交警看到厢式货车,一摆手,示意停在路边。

货车在路边停下,钟辕从车上下来,把各种证件向交警出示,理直气壮地:哪里有问题吗?

警察连看也没看,开了一张罚单,递给钟辕:你是真不知道还是装不知道?货车白天是不能进城的!

钟辕看林达畅:还有这规定?

林达畅摇了摇头:我也不知道!

钟辕满脸堆笑:你看,警察同志,我们真的都不知道,通融一下吧?!

警察挥了挥手:赶紧走吧,下次别让我再碰到你们!

钟辕笑着:谢谢,谢谢!

两人赶紧上车。

43

煤棚外。晚上。

一盏大功率的灯泡挂在煤棚房檐,把煤棚前照得如同白昼。

远处,漆黑一片。

大家都在往车上搬东西,钟辕站在车边,看了看手表:时间差不多了,赶紧搬,客户等着下班回家呢!

林达畅急匆匆地扛着一个包装箱放到车上,大声地:钟总,已经装完了,我们走吧。

钟辕点了点头:好,出发。

两人上车,汽车驶进黑暗里……

44

煤棚里。晚上。

西馨坐在办公桌前写着什么,不时地抬头看门外。桌子上放着一个大西瓜。

院内传来一阵汽车声,她赶紧站起来,走到门口,拉了一下灯的开关线,外面的灯亮了起来。

45

煤棚外。晚上。

钟辕从车上跳下来,西馨迎上去,递给钟辕一条手巾:钟总,辛苦了!

钟辕擦了一把脸,顺手递给也下了车的林达畅,笑了笑:没办法,咱这车只能晚上行驶!——西馨,你怎么还不休息?

西馨:我在等你们回来。——顺便,也把账记一下,现在咱业务多了,账也复杂了,我必须多用点工夫。

钟辕深情地:西馨,辛苦你了!

西馨笑笑:我在家里坐着,比不了你们干体力活!快进屋,我买了个西瓜,你们吃点解解渴。

钟辕惊喜地:太好了!

46

楚汉公司大院。白天。

树上的叶子落光了,地上铺了一层厚厚的雪。

钟辕和林达畅都穿着军大衣,各骑一辆三轮车,正吃力地蹬着往外走。

47

煤棚外。晚上。

灯光下,一个新堆的雪人立在门口一边,树上挂着冰凌子,亮闪闪的。

西馨披着一件军大衣,站在门口往远处眺望。

厢式货车自远而近,停了下来。

钟辕和林达畅哈着白气分别从车上跳下来。

西馨一掀挂在煤棚门口的布帘子:快进屋,快进屋。

48

煤棚里。晚上。

煤炉换成了桌式的,生在房子正中,炉子上放着一个锅,正腾腾地往外冒着热气。西馨拿来两个碗,放到炉子边上,打开锅盖,用筷子往外捞面。

钟辕和林达畅站在桌边,看着西馨的动作。

西馨把面盛好,微笑着:一人一碗,快吃了暖暖身子。

钟辕深情地:西馨,谢谢你了!

西馨娇嗔着:都是自己人,客气什么?

林达畅吃着面:西馨姐,你真好!谁要能娶你做媳妇,那真是烧了八辈子高香!

钟辕看了林达畅一眼:达畅,这么好的面,还堵不住你的嘴?

49

煤棚里。白天。

西馨正和几个人围着煤炉插花,梁志远从外面进来,手里拎着一个手提袋。

梁志远面带笑意地:西馨,这是今年最流行的羊绒衫,我给你买了一件。

西馨站起身冷冷地:你怎么又来了?羊绒衫我多得很,穿不着,你拿回去送给马雨萌吧!

梁志远把衣袋往高处提了提,尴尬地:西馨,这是我专门给你买的!

西馨依然冷淡地：我们已经没有关系了，你快走吧，我还要上班呢！

梁志远：西馨，你别闹了好不好？你知道……

西馨生气地打断梁志远：别说了！请你马上离开！

梁志远悻悻地走开。

何粼惊讶地：西馨姐，真看不出，你那么好的人也会发脾气？

西馨郁闷地：现在，一看见他我就不舒服。

何粼接过话头：西馨姐，你的心一定另有所属了，是不是？

西馨一惊，不好意思地辩解：哪有啊？

何荟点点头，带了点神秘：我发现，西馨对我们公司的某个人好像……

西馨打断了何荟，着急地：什么呀！

50

煤棚外。傍晚。

风呼呼地刮着。

钟辕从车上跳下来，拿出一个工具箱，钻到车下，躺在地上修起车来。

一会儿，西馨披着大衣从屋里出来，着急地：钟总，车又坏了？

钟辕：又坏了。不过，我已经找到了问题所在，很快就会修好！

西馨担心地：要不要给你拿个手套？

钟辕：不用，戴着手套不方便。

51

煤棚外。傍晚。

西馨披着大衣蹲在货车旁，看着躺在车底下修车的钟辕。

西馨冻得直打哆嗦，看着躺在地上的钟辕心疼不已：好了吗？

钟辕的声音从车底下传出：还不行！你先回屋里吧，外面太冷！

西馨没有动，看着钟辕继续修车。

52

煤棚里。傍晚。

西馨倒了一杯热水。

她端着杯子刚转身出门,忽听远处传来钟辕的惨叫声:呀——

53

煤棚外。傍晚。

西馨听见声音,吃惊地扔下手中的水杯,向修车的钟辕跑过去……

第五集

1

　　煤棚外。傍晚。

　　钟辕从车底下爬出来，伸手一看，手上血肉模糊。

　　西馨抓住钟辕的手看，心疼地：这是怎么搞的？

　　钟辕疼得皱着眉头，苦笑：刚才修车时把手扶在铁皮上，太冷，时间久了，一抬手，皮被粘掉了。

　　西馨慌忙掏出手帕，帮他包扎，边包边心疼地数落：你呀你，干起活来就不要命！这么冷的天，你把手扶在铁皮上，不冻坏才怪呢！

　　钟辕一笑：是我太着急了！

　　钟辕又要往车底下钻，西馨拉住他：你的手都这样了，别修了！

　　钟辕：没事！过一会儿还要用呢，不修怎么行？

　　西馨拿出一副手套，无奈而执着地：既然非要修，请把手套戴上。

　　钟辕接过手套：好！我戴！

　　钟辕戴上手套：谢谢你，西馨。

2

　　煤棚外。晚上。

　　门口的灯已经打开，把煤棚前空地照得很亮。

　　几个人往车上装东西。

　　钟辕用一只手提着东西，西馨上前接过来，心疼地：你的手都这样了，就别搬了好不好？

　　钟辕笑了：好，好！我休息！

　　钟辕站在一边，西馨参与搬东西。

　　钟辕和林达畅上了车，西馨也跟在林达畅后面上了车。

3

　　车内。晚上。

钟辕看着坐在林达畅旁边的西馨，疑惑地：西馨，你……

西馨打断了钟辕：你的手受了伤，我跟着去，看能不能帮点忙！

钟辕：用不着啊！你还是下去休息吧！

西馨：我也没事，就当让我跟你们去玩玩，还不行吗？

林达畅：钟总，就让西馨姐一起去嘛！

钟辕无奈地：那好吧。

4

北京火车站。清晨。

提着一个编织袋的宋来走出车站，满眼紧张地看着车水马龙的大街。

他走到一个警察面前问着什么……

5

煤棚内。白天。

钟辕和宋来坐在煤炉桌前，西馨给两人分别泡了一杯茶端过来。

西馨：请喝茶。

宋来站起来，笑笑：谢了，谢了！

西馨：别客气！

宋来：我只知道老婆来北京当了保姆，却不知她住在何处。

钟辕为难地：北京这么大，可是不好找！

宋来看着钟辕，试探地：所以，我想先在你这里干点活，边干边找老婆，行不行？

钟辕想了想，点点头：这个嘛，倒是可以，我这里正缺人手！但是，按照公司的规定，你必须先交1000块风险抵押金，我们不要你的，什么时候想走就退给你。工资嘛，一月先给你300块，以后视情况再加。

宋来沮丧地：还要交1000块押金？我哪有！

钟辕：这样吧，我先拿我个人的钱替你交了，以后每个月从你工资里扣100块……

6

煤棚外。白天。

钟辕带宋来看公司租用的大院及新租住的一排房子。

钟辕：你三哥来后，我又租了一排房子，现在基本住满了。你就和小黄一起住，铺盖先从我那儿拿。

宋来：谢谢二哥！

这时，钟祥骑着三轮回来。宋来赶紧迎上去：三哥，这是干什么去了？

钟祥骑在车上，笑着：是宋来呀！你怎么来了？

宋来：我来找点活干，二哥已经同意我留下了！

钟祥下车，与宋来握手：好呀！欢迎你！

7

大街上。白天。

宋来和小黄各骑一辆三轮车走着。

宋来快蹬几下，追上了小黄的三轮车，并排前行。

宋来：小黄，你先回去，我去附近的建筑工地，找个老乡问问我老婆的消息。

小黄：好吧，你也早点回公司！

8

煤棚外。白天。

汽车停在煤棚前，钟辕正要上车，西馨出现在门口，关切地：钟总，你一个人去吗？

钟辕手拉车门回头看着西馨：他们都骑三轮出去了。

西馨：我跟你一起去吧。

钟辕一愣，点头：好，请上车！

西馨高兴地小跑到副驾驶一侧，也上了车。

9

一处建筑工地。白天。

宋来把空三轮车放好，冲远处正在干活的一个工人喊：老刘，忙呢？

那个戴着安全帽的工人转头往这边看，高兴地：宋来呀！你怎么来了?

宋来:老刘,你帮我打听打听,我老婆跟咱们村的几个女孩一起来了北京,不知住在哪里?

工人:哦,我们这里倒是有几个女孩,不知她们知不知道。我帮你问问。

宋来郑重地:那就拜托了!

10

大街上。白天。

印有"楚汉快运"字样的厢式货车在大街上行驶着。

车减速,从京都物资公司门口通过,拐进了旁边一家公司的大门。

11

一个饭馆前。白天。

宋来问一个服务员:小燕,知不知道我老婆在哪里?

服务员摇了摇头:她不是跟我们一起出来的,我不清楚。

宋来:知道咱们村出来的其他女孩的情况吗?

服务员:听说有的在当保姆,还有的在歌舞厅,但我们没来往。

宋来沮丧地转过身。

12

梁志远办公室。白天。

梁志远从办公桌前站起来,伸了个懒腰,往窗边走去。

梁志远站在窗边,往外看去——

近处另一家公司的院内,停着写有"楚汉快运"的厢式货车,钟辕和西馨正在搬东西,还有说有笑的。

梁志远的脸色突变,气冲冲地回到了办公桌前,拿起了电话。

拨号,等待。

梁志远对着电话:我找钟祥。

等了一会儿,梁志远对着电话气愤地:钟祥不在?你是钟祥媳妇,那也行!我没有别的事,就是想问问,你们赚了多少钱,专门买个车让你哥哥泡妞？

13

一家歌舞厅。傍晚。

五彩的灯光旋转着，宋来用手搭在前额上，四处张望。

一个打扮娇艳的女孩过来，冷冷地：原来是宋大哥呀！你找我做什么？

宋来尴尬地笑笑：我只是想问一问，知不知道你嫂子的情况？

女孩摇了摇头：我们虽然是一起出来的，但她不愿在这里做，跟另一个女孩去建筑工地当小工了。后来我们也没再联系！

宋来：那就算了，我再去工地问问，你忙吧！

14

钟祥宿舍。晚上。

钟祥和何荟坐在床边，钟辕推门走了进来，平和地：三弟，你找我？

钟祥没吱声，何荟没好气地：二哥，公司我们是投了钱的，有些话不能不说。

钟辕有些吃惊：出什么事了？

何荟：当初，我们说不要买车，你非要买不可……

钟辕打断了她：买车不是为了快，为了方便吗?!

何荟不屑地：是方便了，方便的是带女朋友玩吧？

钟辕气愤地：你什么意思？谁带女朋友玩了？你说清楚！

何荟理直气壮：有人说，你开着车泡妞，有没有这回事？

钟辕气得火冒三丈，顺手抄起一个木棒，气愤地：谁说的？我去找他问问！

何荟也不示弱，随手把菜刀拿在手里，气愤地：你开着公司的车泡妞，别人说说都不行吗？还要打人不成？

钟辕用木棒指着何荟：何荟，你再给我说一遍，谁开车泡妞？

何荟扬了扬手里的刀，也大声地：你！有人亲眼看见，打电话来说了，还有错吗？

钟祥慌忙跑到何荟面前，一把夺下了她手中的刀：你怎么跟二哥说话，像什么样子？

何荟一下子哭起来：他当哥的什么样子，你也不看看？就对自己老婆有本事！

钟祥转身对钟辕，不高兴地：二哥，何荟说得没错，的确是有人打电话说的，没有这回事吗？

钟辕气得把木棒往地上一甩，木棒一下子断为两截。

何荟吓了一跳，躲在钟祥后面，忘了哭。

钟辕转身出去。

15

院内。晚上。

月光皎洁。

钟辕冲动地在院里大叫：西馨，西馨！

西馨从房间里出来，意外地：钟总，怎么了？

何粼和韩生德、林达畅等听到声音也出来，韩生德：钟总，有什么事吗？

钟辕挥了挥手，低声地：没什么，没什么！大家回去休息吧！——西馨，你到钟副总这里来一下。

16

钟祥宿舍。晚上。

西馨：今天大家都骑三轮出去了，钟总一个人送货不方便，我就跟他一起去了。有什么不对吗？

钟祥不好意思地：原来是这么回事呀！误会了，误会了！

钟祥看着钟辕，替何荟道歉：二哥，对不起！何荟她只是听人家这么说，没搞清楚，你别怪她了。

钟辕长嘘了一口气，冷静地：也怪我没说清楚。

西馨问何荟：妹妹，你是听谁说的？

何荟委屈地：那人很了解我们的情况，说得有板有眼的，我想应该不会错。

17

建筑工地。白天。

宋来骑在装满东西的三轮车上,旁边站着那个戴安全帽的同乡工人。

宋来着急地:有什么线索吗?

工人笑着:我帮你打听了,她在一个当官的家里当保姆,离这里不远,就在那个小区。

工人指指近处一片楼群。

宋来高兴地:谢了,谢了!——我先去送货,回来就去找找看。

18

梁志远办公室。白天。

梁志远正在看报纸,敲门声传来。

梁志远头也没抬,大声:进来!

门开了,西馨出现在门口。

梁志远忙站起来,满脸堆笑地:西馨,原来是你呀!快进来坐!好久不见了,挺好吧?

西馨的声音很冷:我能好得了吗?

梁志远装作不懂地:什么意思?我看你不是挺好吗?

西馨看着梁志远:昨天你给钟总的弟妹打电话了?

梁志远搓了搓手,轻描淡写地:这事呀?我是打了个电话,想找你的,你不在,就跟她聊了聊!

西馨冷笑着:好一个聊一聊,你知不知道,昨天晚上他们差点打起来?

梁志远:那跟我有什么关系?

西馨气愤地:梁志远,我告诉你,我已经跟你断绝关系了,你无权再管我。我跟谁在一起是我的自由,别说我是工作需要,就是在一起玩,你也管不着。以后少打这种电话!

梁志远:西馨,你别生气!我也没说什么,是他们多心了!

西馨转身摔门而去。

19

一个小区门口。白天。

宋来把三轮车停在一边，畏畏缩缩地往小区里面走。

保安拦住了他：请出示证件！

宋来底气不足地：我来找人！

保安和气了一些：请问你去多少楼多少号？电话是多少？

宋来摇了摇头。

保安：那你告诉我业主名字，我帮你查一查。

宋来叹了口气：我先不去了。说着，退出了小区，在大门一边徘徊着。

保安警惕地看着他。

20

梁志远办公室。白天。

梁志远坐在那里生闷气，马雨萌推门走了进来，顺手关上了门。

马雨萌径直走到他身边，关切地：志远，怎么了？不舒服？

梁志远摇头：没什么。

马雨萌把脸往梁志远脸上靠：让我试试，不发烧吧？

梁志远推开了她，满脸不耐烦：真的没什么？——你有事吗？

马雨萌嘟着嘴，不高兴地：没事就不能过来看看你呀？

梁志远苦笑了一下：对不起，我还真是有点不舒服，你先忙去吧！

马雨萌从衣袋里掏出两张票，放在梁志远桌子上：志远，我这里有两张舞票，一起去跳舞吧？

梁志远想了想，点头：好吧！晚上咱们一起吃饭，吃了饭再跳舞。

马雨萌：太好了！

说着，在梁志远脸上亲了一口，蹦蹦跳跳地离开。

梁志远摸了一下被亲过的地方，露出一丝苦笑。

21

一小区门外。白天。

宋来还在小区门口不远处徘徊，不时看一眼小区门口。

夕阳西下，一辆辆小车驶进小区。

宋来摇了摇头，向自己的三轮车走去。

22

煤棚前。晚上。

灯光如昼。

钟辕躺在地上修车，西馨蹲在旁边，给他打着手电。

钟辕从车下爬出来，伸了个懒腰，做了个扩胸动作，高兴地：总算修好了！——达畅，咱们走。

西馨收拾地上的东西，钟辕把工具箱放进车里。钟辕看着西馨：西馨，我们去送货了，你休息吧！

西馨：不用，我又没累着。

说着，西馨直接上了副驾驶的位置，林达畅从屋里跑出来，上了车。

钟辕看了西馨一眼，没再说什么，也上了车。

车启动了。

23

舞厅里。晚上。

梁志远拥着马雨萌在音乐中翩翩起舞，动作优雅而潇洒。

马雨萌陶醉在梁志远的怀里，越靠越近。

梁志远搂住了马雨萌，两个人的脸也贴在了一起。

24

车内。晚上。

钟辕手握方向盘，目视前方，平稳地行驶着。

一辆小车从旁边超车而过，飞速远去。

西馨坐在钟辕旁边，若有所思地：公司老总开车送货，总觉得不太恰当。

钟辕笑了：这不是没有司机吗？

林达畅接过话头：钟总，你就让我去学开车吧！在部队我就想去学，你不让去！

钟辕：在部队我为什么不让你去学开车？

林达畅：还不是因为我是骨干？想让我多干点活！

钟辕点了点头：对了！现在还是这个原因！

西馨笑着：达畅，你是钟总的左膀右臂，他怎么舍得让你离开那么长时间？

林达畅叹了口气，开玩笑地：唉！我真是命苦！

西馨：我看让宋来去学开车还不错，人挺机灵，也能干。

钟辕点了点头：嗯，可以考虑！

25

大街上。晚上。

宋来骑着三轮车，有气无力地蹬着，一脸沮丧。

26

钟辕宿舍。晚上。

钟辕坐在床边看书，门外传来宋来的声音：二哥，是你叫我吗？

钟辕放下书：进来呀，宋来！

宋来推门进来，闷闷不乐地站在门口。

钟辕笑着迎上去，把他拉到床边坐下：宋来，老婆还没找到？

宋来点头：她在给人家当保姆！

钟辕：已经找到了？

宋来又摇头：还没有！

钟辕：那就慢慢找吧！总会找到的！——来公司这些天，你觉得怎么样？

宋来点头：还行！

钟辕试探地：在我这里长期干，行吧？

宋来看着钟辕：当然，只要你让我在这里干，找到老婆我也不回了！

钟辕点头：好！既然这样，我想让你去学开车，怎么样？

宋来惊喜地：太好了！我在家里开过拖拉机，学开车肯定没问题！什么时候去？

钟辕：明天！

宋来想了想，摇了摇头：那我就不去了！

钟辕疑惑地：为什么？

宋来心事重重地：反正我现在不想去，你找别人吧！

27

大街上。晚上。

朦胧的路灯下，钟辕和西馨并肩走在人行道上，街上时而有车驶过。

钟辕笑着：这个宋来，让他学开车竟然不想去！

西馨轻声细语地：可以理解！

钟辕看着西馨：理解他什么？

西馨笑了笑：他不是来找老婆的嘛！

钟辕挠了挠头：也是！看来这小子还是个情种，对他老婆感情不错！

西馨：不见得！你不是说过他老婆是被他打走的吗？

钟辕笑了笑：是呀！也许结了婚的人都这样吧？不是有句老话叫"小两口打架不记仇"吗？

西馨看着钟辕：你还懂这个？——我可不希望找个打我的老公！

钟辕讨好地：你这么漂亮，老公爱还爱不够呢！怎么会舍得打！

西馨娇嗔：你嘴上抹了蜜吧？！

钟辕笑：我说的是真的。

西馨叹了一口气：唉，谁能预测未来呢？！

28

宋来宿舍。晚上。

宋来和小黄和衣躺在床上。

小黄：宋大哥，不用愁眉苦脸的，不是已经有了嫂子的消息了吗？

宋来：有消息管啥用！我担心，见了她也没有用！

小黄：那为什么？你对她那么好！千里寻妻，多感人呀！

宋来：你不知道，她挺恨我的！我过去常动手打她。

小黄满不在乎地：男人打老婆，那不很正常吗？再说了，打是亲，骂是爱……

宋来打断了小黄：别说了，我心里有数！——现在我发愁的是，保安不让我进小区，我怎么找她呀！

小黄大大咧咧地：那还不容易，守株待兔呗！

宋来翻身坐起，若有所思地：有道理，说说看，说说看——

小黄平躺着,眼睛看着天花板:她总要出门吧,当保姆起码得买菜呀。

宋来:对,对!

29

还是那个小区门口。白天。

宋来在不远处徘徊,眼睛不离小区大门。

小区保安警惕地注视着他。

30

小区内。白天。

夏绿提着一个菜篮子从楼里出来,往大门口走来。

31

小区门口。白天。

宋来远远地看到了夏绿,兴奋地迎过来。

夏绿出了大门,低着头往前走,猛看见宋来,吓了一跳。

宋来:可找到你了!

夏绿眼睛不正看宋来,冷冷地:你怎么来了?

宋来沾沾自喜地:你以为我找不到你?孙猴子一蹦十万八千里,还蹦不出如来佛的手心呢,何况是你!快跟我回去!

夏绿语气坚决:我不回!我不想和你在一起了,咱们离婚吧!

宋来摇头:别提离婚的事,跟我回去!咱女儿还在家里,我妈看不了她。我以后不打你了,咱们好好过日子,行不行?

夏绿伤心地:这话你说了多少遍了?你以为我还会相信?!——我不会回去了,什么时候有空,我回去把女儿接出来。

宋来一下子脸色大变:不回也得回,还由着你了?!上次应该把你腿打断才好!

说着,宋来一把抓住夏绿的手,拉着她就走。

夏绿挣扎了几下,没挣脱,厉声地:你放手!再不放手我喊人了!

宋来不理她,继续拉着她走:反了你了,你这种女人,就是欠揍,要是在村里,老子这会儿早动手了!

夏绿回头冲大门口，高声地：保安，保安……

两个保安往这边跑来。

宋来看保安越来越近，只好松开夏绿，夺路而逃。

32

大院内。晚上。

货车灯熄，钟辕从车上跳下来，锁好车，往宿舍走去。

钟辕看见宋来站在他宿舍门口，问：宋来，有事？

宋来：二哥，你找到去学开车的人了？

钟辕看着宋来：让你去你不去！

宋来：我去！

钟辕：怎么又改变主意了？

宋来沉默了一会儿：我决心跟二哥好好干，干出个样子来，挣很多钱，找个好老婆！

钟辕大笑：好！你先学好开车，好好干，公司不会亏待你的！不过，你老婆已经不错了，慢慢找，一定会找到的。

宋来气愤地：去她的！一个欠揍的东西！

钟辕：什么意思？

宋来不屑一顾地：不找了！以后有钱了，再找个好的！

钟辕笑：宋来，是不是找到了？人家不理你！

宋来苦笑着：二哥，你真厉害，什么都看出来了！是这么回事……

33

夏绿当保姆的柳行长家。晚上。

柳行长妻子放下饭碗，从饭桌前站起来，对夏绿：我去隔壁打牌了，你收拾收拾，把地擦一遍。

夏绿点头，开始收拾饭桌。

柳行长这时跟跟跄跄地推门进来。夏绿见状赶忙过去扶住他。柳行长醉醺醺地：你阿姨呢？

夏绿：打牌去了！

柳行长一听，顺势靠在夏绿身上，低声地：夏绿，陪我喝一杯。

夏绿很不自在，但还是勉强扶他在沙发上坐下。

柳行长想拉夏绿，夏绿一闪身躲开，小心地：您休息一会儿，我给您泡杯茶。

说着赶紧离开他。

34

楚汉公司钟辕宿舍。晚上。

钟辕坐在椅子上，宋来坐在钟辕的床边。

钟辕宽慰宋来：你也别泄气！你过去老打人家，人家一下子转不过弯来，过段时间，也许便好了！

宋来摇摇头：我觉得，没有戏！你别看她现在当保姆，心高着呢，一向看不起我！

钟辕笑了笑：人家是中专生，当然比你强了！你还耍拳头，谁受得了？以后，你好好跟人家谈谈，也许还有转机。

宋来又摇摇头：不去找她了，她当她的保姆，侍候人去吧！一个保姆，她看不起我，我还看不起她呢！

35

柳行长家。晚上。

夏绿在饮水机旁，端着泡好的茶，想了想，又放在了饮水机上，转身继续擦地。

柳行长咕哝着：绿绿，你帮我泡的茶呢？

夏绿慢慢回到饮水机边，无奈地：来了，来了！

夏绿端着茶杯来到客厅，把茶放到茶几上。

柳行长伸了伸手，命令：端给我。

夏绿不情愿地拿起茶杯，来到沙发前。

柳行长左手接过茶杯，右手拉了夏绿一把，想把她拉到怀里。

夏绿挣脱了。

柳行长手里的茶杯掉到了身上，水洒了一身，烫得柳行长跳起来，呵斥：你看你，你看你！想烫死我呀?!

夏绿赶紧拿毛巾蘸了凉水给柳行长擦。

柳行长"哼"了一声，进了卧室。

夏绿叹口气，出了房门。

36

煤棚。白天。

钟辕、林达畅、何粼、何荟等正在插花，西馨在办公桌前记账。电话铃响起，西馨接电话。

西馨微笑着柔声地：您好！楚汉快运！

一个男人的声音：我这里有一个重病病人要送到甘肃，你们能不能送？

西馨犹豫了一下：甘肃，太远了！我们……

对方的声音：我可以多出点运费！

西馨：出多少？

对方：我可以给4000块钱。

西馨犹豫：那，你等一下……

西馨用手捂住话筒，转对钟辕：钟总，有一个病人要送到甘肃，给4000块钱，咱们干不干？

钟辕抬头看西馨：甘肃？ 4000？

西馨点头。

钟辕果断地：干！问他在哪里，什么时候送？

西馨担心地：钟总，路那么远，你一个人开车，能行吗？

钟辕自信地：没问题！

37

煤棚前。白天。

钟辕对韩生德：我们走后，公司的事全靠你了。

韩生德：放心，公司的事我会安排好！

钟祥和何荟在一边说着什么，韩生德走过去，钟祥迎过来。

钟辕往四周看了看，他在找西馨，但没找到。钟辕大声地：大家都回去工作吧，我们只是出趟长途，很快就会回来的，大家放心。钟祥、达畅，我们走。

钟祥与韩生德握手，转身上车，林达畅也向大家挥挥手，转身上车。

钟辕准备上车，西馨提着一袋水果从大门外跑进来，大声对钟辕：钟总，等一等。

钟辕扶着车门站住，看着西馨。

西馨快跑过来，把水果袋递给钟辕：把这些水果带上，路上吃了解渴。

钟辕笑着：谢谢你，西馨！

西馨温柔地嘱咐：这次路途遥远，你要多注意身体。累了就休息，饿了就吃饭……

钟辕打断了西馨，笑着：你就放心吧！

西馨深情地看着钟辕，钟辕与西馨对视片刻，一转身，上了车。

38

一家医院住院楼前。白天。

一个中年人焦急地看着大门口。

厢式货车拐进了医院，往这边驶来。

中年人迎上去。

钟辕从车上跳下来，中年人上前握住钟辕的手：师傅，谢谢你了！帮我这么大的忙！

林达畅在旁边解释：这是我们公司钟总经理，他亲自开车给你送病人。

中年人吃惊地：公司老总？那多不好意思！

钟辕笑笑：我们公司尚没接过长途业务，所以这次我亲自去。

中年人感激地：那太感谢了！我姓程，叫我老程好了。我马上请我父亲上车，你们稍候片刻。

钟辕客气地：我们来帮你吧！

老程连忙摆手：不用，不用！

39

医院住院楼前。白天。

一张病床推了出来，一个穿白大褂的年轻人推着车，老程举着输液瓶，往车前走来。

林达畅把车后门打开，两个年轻人跳上车，大家七手八脚地把病人往车上抬。

钟辕和钟祥上前想帮一把，老程连连摆手：你们休息，你们休息！

钟辕只好在车旁看着。

众人把病人抬上车，又从车上下来。老程连说"谢谢"，送众人离去。

老程转对钟辕：钟总，我们出发吧？

钟辕担心地：让我们小林在车厢陪你一起守病人吧？

老程摆摆手：不用，不用。请了个医生跟我们一起去，他和我在车厢里就行了。

钟辕点头：那我们就出发吧！

大家分别上车，车缓缓开出医院。

40

公路上。白天。

天高云淡。

残冬的田野已经有了绿意。

喷着"楚汉快运"的货车呼啸而过。

41

驾驶室里。白天。

林达畅脸朝外欣赏着路边的风景，树林村庄飞速地往后而去。林达畅不无惬意地：好久没看到这样的景色了，真过瘾！

钟祥笑：大冬天的，有什么好看的。

林达畅解释：你看，这片麦田虽然表面上有一些枯叶，但有的地方已经很绿了。

钟辕目视前方，感慨地：是呀！春天很快就要来了。

林达畅把脸转向钟辕，羡慕地：钟总，你开车技术真好，又快又稳！

钟辕：那当然！我上军校前就是汽车驾驶员，也算老司机了！

沉默了一会儿。

钟祥突然严肃地：二哥，你发没发现什么问题？

钟辕目不斜视地：什么意思？

钟祥疑惑地：车厢里那几个人，总觉得怪怪的……

林达畅：反正他已经付了一半的订金，咱怕他？

钟辕点点头：达畅，你留心一下。

42

车厢里。白天。

中间放着一个担架，顶棚的挂钩上挂着一瓶液体，老程和穿白衣服的"医生"分坐在担架两边。老程在默默地流泪。

"医生"拉了拉老程的衣服，担心地：爸，你别这样！让他们看见。

老程点了点头，抬手擦眼泪。

43

公路上。白天。

汽车在前行。

一座收费站出现在前面。

汽车慢慢减速，靠近收费站。到收费窗口前，车停住。

钟辕从车窗里伸出一只手，把钱递给收费员，收费员递给钟辕一张票，栏杆抬起，车又开始前行。

44

驾驶室。白天。

钟辕边开车边感慨地：当初没考虑到过路费的问题，这一会儿过了好几个收费站了，一路下来，这还了得。

钟祥附和：是呀！4000块钱当时看起来不少，现在看来还真不多。

钟辕：岂止不多，很可能要赔钱！

林达畅插话：钟总，那怎么办呀！

钟辕果断地：还能怎么办？即使赔钱，也要把事情办好，这是信誉问题。

钟祥点头：也只能认了！

45

公路上。傍晚。

夕阳西下，晚霞满天。

汽车行驶在霞光里。

46

一家路边餐馆前。黄昏。

夜幕降临，餐馆前停着几辆车，一个小伙子手摇毛巾示意过往车辆停车吃饭。

楚汉的车由远而近，到饭馆前减速，拐进饭馆的停车场。

钟辕、林达畅、钟祥先后从车上下来。

钟辕走到后车厢，打开门，冲老程大声地：老程，吃饭吧？

老程客气地：你们先吃，我不饿！

钟辕：饭总是要吃的，下来吧。

老程：我还要看着我父亲，你们先吃。

老程示意"医生"下去吃饭，"医生"跳下了车。

钟辕对老程：给你父亲弄点什么吃的吧？

老程摇头：不用，他不吃！

钟辕：病人更应该吃点东西！

老程慌忙解释：我带了些吃的，我们在车上吃点就行了，不用给他弄。

47

餐馆里。晚上。

几个人坐在桌边，服务员端上几个小菜。

钟辕对林达畅：达畅，你给老程拨点菜，送到车上。

"医生"慌忙阻拦：不用，不用，他不吃。

钟辕白了一眼"医生"：都是一起出来的，应该相互照顾。达畅，你去给老程送菜，顺便看看病人。

林达畅会意，点头答应：好的。

说着，林达畅拨了一些菜，便欲往外走。

"医生"站起来，拦住林达畅，客气地：我去吧，我去吧！

钟辕拉了一把"医生"：你不用管，快坐下吃饭吧。

趁钟辕拉"医生"的当儿，林达畅拿着饭盒走了出去。

48

车厢里。晚上。

老程正坐在担架旁边发呆，林达畅拿着饭盒，进了后车厢。

老程惊慌失措地站起，头一下子碰到车顶上，咚的一声。他连忙又低了下头，惊讶地：你怎么上来了？

林达畅小声：钟总让我给你送点饭过来。

老程冷静下来，感激地：谢谢，谢谢！我真的不饿。

林达畅在昏暗中靠近病人，看了看，客气地：病人还好吧！

老程连声：还好，还好！请放心！

林达畅：那我去吃饭了！你也快趁热吃点。

说着，林达畅转身弯着腰下车。

49

饭馆里。晚上。

大家都已经开始吃饭，林达畅过来，不动声色地坐下，也赶快吃起来。

一会儿，"医生"站起来，客气地：诸位慢用，我已经吃好了！先过去。

钟辕一边嚼东西一边点头，"医生"退了出去。

钟辕咽下一口饭，看着林达畅，试探地：怎么样？

林达畅摇摇头：没什么，一切正常。只是……

钟祥也放下筷子，看着林达畅，疑惑地：只是什么？

林达畅神秘地：我发现病人有些奇怪，一直用被子捂着头，也不怕憋得慌！

钟辕警惕地：还有呢？

林达畅：好像输液管并不滴液体……

钟辕惊讶地：什么？输液管不滴！那可是奇怪了！走，我们过去看看！

说着，钟辕起身往外走。

林达畅快吃了两口，也跟着出去。

50

车厢里。晚上。

钟辕、钟祥、林达畅围着病人，老程惊慌失措地站在林达畅旁边。

钟辕看了看输液管，果然不滴水，便明白了。他一下子拉开床单，一具遗体呈现在大家面前。

钟辕大惊，愤怒地对老程：天哪，你竟让我们拉个死人？！

林达畅怒极：你让我们拉死人，看我不揍扁了你。

他冲动地转身拉住老程的衣领，举拳就要打……

第六集

1

车厢内。晚上。

钟辕抓住了林达畅举起的拳头，呵斥：达畅，不要胡来！

林达畅放开了老程的衣领，气愤地：他也太不像话了，骗我们干这种倒霉事！

钟辕看着老程，不客气地：你为什么让我们干这个？

老程抓住钟辕的手，恳求：老弟，请原谅！老父生前一再嘱咐我他死后要回家土葬，你就帮帮忙吧！

钟辕：你事先不跟我们说清楚，等于是骗我们干这种活！所以，我们决定不干了，你另请高明吧！

老程着急地：老弟，那怎么行？当初我是怕你们不拉，才没敢跟你们明说，现在已经走到这里了，你总不能把我们扔在半路吧！求求你了，帮帮忙吧，我再给你加1000的运费。

林达畅：钟总说了，我们不干了！你快想别的办法吧！

老程绝望地：老弟，你让我想什么办法？我就是找不到办法，最后才找到你们的。在这里人生地不熟，我能有什么办法？你们就好事做到底，帮帮我吧。我不会忘记你们的。

钟辕沉默了一会儿，叹了口气：别说了！走吧……

2

公路上。晚上。

汽车灯如两条光柱射向前方，把公路照得雪亮。

汽车越跑越快，很快便消失在公路尽头……

3

收费站。白天。

一条栏杆把楚汉的车挡住。

钟辕伸出手递钱给收费员，收费员递过一张票。

栏杆抬起，钟辕开车慢慢通过收费站。

4

车内。白天。

钟辕把收费票往车玻璃前一扔，气愤地：这路真是没法走了，到哪儿，哪儿收费。

林达畅附和：是呀！跟劫道差不了多少！

钟祥摇头：没办法，以后少出长途为妙！

钟辕点头：这次，等于是赔钱买教训，以后再出长途，一定要把过路费算清楚。

5

公路上。白天。

车继续前行。

"畅通大桥收费站"远远地拦在了前面，越来越近。

钟辕停车交费，通过。

6

村间小路上。白天。

车行驶在坑坑洼洼的土路上，一颠一簸地。

前面出现了一个小村子，村口路中间放着几块大石头。

车慢慢接近。

7

车内。白天。

钟辕开着车，随着车的颠簸一摇一晃地，一脸倦容。

林达畅惊叫：看，前面的路被堵住了。

钟辕点头：我早看到了！

林达畅：这路已经够差的了，还往路上堆东西！

钟辕：不会又是收费的吧。

钟辕减速，车到了路障前停下来，一个年轻人来到车窗前。

钟辕摇下车窗：干什么？

小伙子举起手里的一个木牌：收费5元。

钟辕：就你们这路，还收费？谁批准的？

小伙子又举起另一个木牌，上面写着：此路是我开，要想车过去，留下钞票来。

钟辕哭笑不得，开车门下车。

8

路上。白天。

钟辕也不理小伙子，径直往车厢后面走，打开门，冲老程喊：老程，老程，快下车。

老程下车：钟总，怎么了？

钟辕没好气地：你看看吧，到你们村了竟还有人拦路？！

老程跟钟辕往前面走，看到小伙子，满脸堆着笑：我是这个村的，现在北京，我父亲是……

小伙子挥了一下手，打断了老程，不耐烦地"呜呜"了两声，举了举"此路是我开，要想车过去，留下钞票来"的木牌，就气冲冲地回路障中间坐着了。

钟辕和老程对视了一眼，嘲讽地：你们村真够厉害的，弄个聋哑人在这里收费！

老程无奈：他不认识我，又听不到，只能先交给他吧！这钱我来出！

说着，老程来到小伙子面前，掏出钱递给小伙子。

小伙子认真地找了零钱，便动身把拦在路上的几块大石头搬开。

9

一家小饭馆里。白天。

老程站在主人位置上，满脸堆笑：这次来甘肃，你们辛苦了，尤其是钟总，一路开车，来，我敬大家一杯。

钟辕、钟祥、林达畅也都站起来，与老程碰杯，喝酒。

钟辕坐下：说实在的，我们这一趟甘肃之行，不仅赚不到钱，还要赔进去上千块。

老程：是啊，是啊！你们等于给我帮忙，真是太感谢你们了。回北京后，我再补偿你们一点。

钟辕：那倒不必！你已经加了1000，出得也够多了，可恨的是收费站太多。

老程：通过这次交往，我认定你这个朋友了！以后咱们多联系，我在北京京都火车站管货场，有什么事可以来找我。来，喝酒——

大家再次举杯……

10

北京京都火车站货场。白天。

老程和钟辕在货场里走着。

老程指指点点地介绍着，钟辕若有所思地点着头。

到处是堆积滞留的货物。

钟辕疑惑地：老程，这么多货物堆在这里，怎么不去送呀？

老程笑笑：钟总，这你就不懂了吧？！我们货场不管送，只等客户来取。如果客户没时间来取，我们就收点仓储钱。

钟辕：你们就没想过送货以方便客户？

老程：我们？就这么几个人！管都管不过来，谁给他们送？

钟辕：我觉得，你们可以找个公司送货，既方便了客户，又避免了货物滞留，还为你们腾开了放货的地方，也让公司赚了点钱。

老程挠了挠脑袋，点头：这倒是个一举多得的办法，可是……

钟辕兴奋地打断了老程：我们公司就可以干这个事。

老程：可是，这事我说了不算！要不，我带你去见见行包房主任，如果他同意，那就好了。

钟辕兴奋地：好呀！咱就去见见他，你多说几句好话。

老程：那没问题！你说的这个事，本身也是帮我们，货物老是滞留在这里，看管起来有诸多不便，有时还会弄丢，我们巴不得尽快给客户送走呢！

11

行包房主任办公室。白天。

老程和钟辕坐在沙发上,一个中年男人——乔主任坐在老板椅上,跷着二郎腿。

乔主任吸了一口烟:我每日坐收仓储款,就可以稳拿10万元,他们不取,也没什么坏处呀?

老程:可是,货物放在货场时间太长,也容易出问题。再说了,现在滞留的货物太多,经常没地方放。

钟辕解释:如果让我们公司独家承担送货任务,我们还可以付行包房一点钱。

乔主任摇头:别说了!说实在的,我过惯了这种优哉游哉的生活,不愿多揽麻烦,你们回去吧!

老程看看钟辕,站起身,钟辕也只好站起来。

12

货场。白天。

钟辕和老程并肩走着。

老程:这个事没帮你办成,不好意思。

钟辕笑了笑:这已经够麻烦你了!我看问题主要在行包房主任那里,有机会你再帮我说说。

老程点头:行!有机会我再帮你说说。

13

大街上。晚上。

朦胧的路灯下,钟辕和西馨并肩走在人行道上。

前面是一个新修的街头小公园,内有几座雕塑,几排长椅,花草繁茂。

钟辕带着西馨来到一排椅子前,掏出一张纸擦了擦:坐一会儿吧。

西馨坐下,钟辕坐在她的身边。

钟辕憧憬地:如果能接下火车站货场的活,那我们就不用干别的了!

西馨扭头面向钟辕:那就争取接下来。

钟辕目视前方，忧心地：可是，那个行包房主任过惯了优哉游哉的日子，不愿让我们送。

西馨：不行的话，给他送点礼，拉拉关系，也许他就会同意了。

钟辕点头：倒也是，人家没得好处，凭什么帮咱们？

14

行包房乔主任家。晚上。

老程和钟辕坐在客厅的沙发上，面前的茶几上放着烟酒礼品袋，乔主任和他老婆坐在一边。

老程：钟总说的那事，也是为我们分忧，您看是不是再考虑一下？

乔主任点点头：好吧，我考虑一下。

钟辕看了看老程，两人一起站起身。钟辕：我们就不多打扰了。

乔主任也站起来：这个事可能不太好办，你们不要抱太大希望。

钟辕：反正就拜托您了！

钟辕和老程往外走。

乔主任提起礼品袋：东西你们带走！

钟辕连连摆手：一点小意思，不成敬意！

乔夫人把东西接过去，三步并作两步追上老程，塞到老程手里：老程，你不是不知道，老乔有前列腺炎，不吸烟不喝酒，你们快拿走吧。

老程只好接过带来的礼物。

15

小区院内。晚上。

路灯下，钟辕和老程并肩走着。

钟辕：看样子他真不想收，是不是我们带的礼物太轻了？

老程摇头：不是！

钟辕：那是怎么回事？

老程小声地：我想起来了，乔主任有前列腺炎，夫妻感情不太好。

钟辕不解地：前列腺炎跟夫妻感情有什么关系？

老程解释：你没结婚可能不知道！这种病容易引起性功能障碍。

钟辕：性功能障碍？

老程笑着小声解释：就是阳痿！

钟辕恍然大悟：哦！我明白了！抽烟喝酒对这个都不好，看来是我们送错了东西。

老程点头：你要是医生，能给他治好病，那什么事都好说了！可惜你不是！

钟辕若有所思地：这倒是个好主意！

16

煤棚前。白天。

一辆半新的红色面包车停在院里，众人围着车议论。

宋来笑着：二哥，你也不给我买辆新车开开。

钟辕：就这，我还下了很大的决心呢！

林达畅嫉妒地：宋来，你刚学会，就给你车开，知足吧你！这要是在部队，还不定多久才能放单呢！

钟辕：达畅的话提醒了我！宋来，你还是先跟跟车，我看差不多了再单独开。

宋来推了林达畅一把：你这乌鸦嘴！

钟祥插话：宋来，开车可不是弄着玩的，二哥让你跟跟车，也是为你好！

宋来拍拍胸脯：三哥，你放心！我的技术绝对没问题！在家时，我都开过拖拉机！

众人大笑。

宋来：笑什么？以前我不知道，现在学了，才知道开汽车比开拖拉机容易多了。换挡好换，方向盘更灵活……

钟辕打断了宋来：这么说，你觉得上路没问题吗？

宋来肯定地：没问题！

钟辕：那好！我考考你！你开上车，咱们去一趟昌平，是骡子是马，一遛不就知道了？！

宋来：行！遛就遛！

大家又笑。

宋来从驾驶员一侧上车，钟辕对大家挥了挥手：大家各忙各的，我去一下老部队！

　　林达畅兴奋地：去老部队？排长，带我也去玩玩好不好？

　　钟辕：你就别去了，我是去办事！

　　说着，钟辕从副驾驶一侧上车。

　　车启动，跳了两跳，总算缓缓往前走了。

17

　　部队营院。白天。

　　范恭清和钟辕走在小道上。

　　钟辕一指停在楼前的面包车，笑着：那就是我的专车，不错吧？

　　范恭清拍了拍钟辕：你小子，也有车坐了！行啊！

　　钟辕：这算啥？公司里还有好几辆呢！

　　范恭清盯着钟辕，怀疑地：吹吧？

　　钟辕：这还需要怀疑吗？下次再来，我就换轿车了！

　　范恭清：你就吹吧！反正这次我不借车给你了！你公司里有的是，根本用不着借嘛！

　　钟辕笑着：不借就不借！这次我还真不是来借车的！

　　范恭清停下脚步：不会吧？难道是专程来看我？我有那么大面子？

　　钟辕也停下来，看着范恭清笑着：你是老首长了，来看看你还不应该？我还想接你去我那里玩几天呢！

　　范恭清继续走，也笑着：难得你还记得我！——不过，我还是不相信，你小子会专程来看我，肯定有事，你就说吧！

　　钟辕点点头：要说事嘛！也算有！一则……

　　范恭清笑着打断钟辕：还说没事？一问就有个一二三呢！

　　钟辕笑着：的确，一则，我刚培训了一个司机，我考考他！二则呢……

　　钟辕故意停住嘴，范恭清接过话头：二则干什么？肯定不是什么好事！

　　钟辕笑：二则嘛！就是看看老首长你！

　　范恭清：你这小子，还挺能绕！那肯定还有个第三吧？

　　钟辕：团长，咱们卫生队那个吴队长还在不在？

范恭清疑惑地：你问他干啥？莫不是你得了前列腺炎？他可是那方面的专家！

钟辕：这就对了！我记得他在这方面有研究！你说他怎么会在这方面有研究呢？

范恭清笑了笑：你还没结婚，知道啥？

钟辕：这跟结婚不结婚有关系吗？

范恭清：当然有关系了！咱们部队很多领导都是两地分居，饥一顿饱一顿的，容易得这个病！

钟辕点点头，幸灾乐祸地：团长，你没得吧？

范恭清推了一把钟辕：你小子，我这身体，能得那病吗？——倒是你小子，是不是经常干坏事，得了这方面的病？

钟辕摇摇头：团长，不跟你开玩笑了！有一个朋友得了这个病，我想起了吴队长，看他能不能帮帮忙！

范恭清：这个，没问题！他研究出一个偏方，效果很不错。不过……

钟辕：不过什么？

范恭清：不过，你来这里算是白跑了，他已经不在这里了！

钟辕站住，着急地看着范恭清：那他去哪里了？

范恭清也站住：他已经调到了师医院，负责泌尿专科了！

钟辕：是吗？那我去师医院找他！

范恭清：那也不用着急，吃过饭再走！咱们好好聊聊。

钟辕：不了，我现在就去师医院！朋友挺着急的。我先告辞了。

钟辕向范恭清伸出了手，范恭清握住：你小子，还说来看我？这下露马脚了吧！

钟辕握着范恭清的手摇了摇：老首长，下次专程来看你！

范恭清：好吧！别怕给我添麻烦啊！

钟辕笑了笑：当然，有麻烦忘不了你老领导！

18

行包房乔主任家。晚上。

乔主任正在看电视，门铃响起。

乔主任开门，看是钟辕，冷淡地：还是上次那事吧？我考虑过了，不行！老程没跟你说吗？

钟辕亮了亮手里的方便袋，满脸堆笑：主任，我不是来问那事的。

乔主任：什么呀？

钟辕：能不能让我进门再说。

乔主任犹豫了一会儿，把门打开。

钟辕提着一袋子中药进来，往茶几上一放：主任，上次听嫂子说您有慢性病，我有个朋友是老军医，对这种病很有研究，这是我请他开的秘方，您吃吃试试！

乔主任看了一眼中药，怀疑地：秘方？中药我可吃了不少了！

钟辕：您吃吃这个试试，保管有效！

乔主任脸色好看了些：那就谢谢了！请坐！

钟辕笑了笑：我就不坐了！

说罢，转身往外走。

19

公路上。白天。

车不多，四周是绿油油的田野。

面包车飞速行驶着。

20

车内。白天。

宋来握着方向盘，目视前方。钟辕坐在副驾驶位置上。

宋来不解地：二哥，你辛辛苦苦跑这么远，是给谁抓药？这么用心！

钟辕：关你什么事？开好你的车就行了！知不知道开车时不能聊天？

宋来笑笑：怎么不关我事？我也是辛辛苦苦地开车呢！

钟辕：让你开车，是为了锻炼你！你还不知足！

宋来吐了吐舌头：那我还得感谢那个人呢！

钟辕：行了！好好开你的车吧！开得太快！慢一点！

宋来：没事！现在是郊区，没几辆车！

钟辕：不行！知不知道"十次事故九次快"，慢一点！

宋来往座椅上一靠，放小了油门。

21

乔主任家门前。晚上。

钟辕提着一袋中药站在门前，按响了门铃。

乔夫人开门，看是钟辕，高兴地：是钟总呀！真是太谢谢你了！又给送药来了！

钟辕客气地：没什么！吃了这药，感觉有效果吗？

乔夫人：好多了，好多了！快请进吧！

钟辕把药递给乔夫人：我就不进去了！

乔夫人接过药，着急地：你看，大老远地跑来，进来喝点水呀！

钟辕笑了笑：不用，不用！晚上我还有事呢！

说着，钟辕下楼。

乔夫人挥手大声地：下次有空来玩呀！

钟辕回头：好的，好的！

22

煤棚里。白天。

夏天到来，天热了，煤棚中间的吊扇呼呼转着。大家都换了夏季的服装。

电话铃响，西馨接起：您好，楚汉公司！——找钟总呀，你等一等。

西馨捂住话筒：钟总，你的电话！好像是老程！

钟辕上前接过电话：老程呀！你好你好！

电话里老程的声音：钟总，告诉你一个好消息，乔主任让你来一下，可能有戏。

钟辕高兴地：好！我马上去！

老程的声音：你是不是又给他送什么东西了？乔主任看样子挺高兴的。

钟辕神秘地：还不是你教我送的？如果成功了，该感谢你呢！

老程疑惑地：我？不会吧？

钟辕：见了面我再告诉你！

钟辕放下电话，对宋来：走，去火车站。

23

　　京都火车站。白天。

　　钟辕从车上下来，对宋来：你去一趟京东大酒店，把客户的货送过去。

　　宋来：现在呀？我自己去吗？

　　钟辕：这次，我放你的单！你自己去，怎么样？

　　宋来兴奋地：真的？是不是以后就可以放单了？

　　钟辕：路上慢一点，去吧！

　　宋来高兴地启动了车。

　　钟辕看着车走远，拉了拉短袖衬衫，向行包房走去。

　　老程远远地在行包房门口冲钟辕打招呼。

24

　　乔主任办公室。白天。

　　乔主任亲自给两个人倒了两杯茶，感激地：钟总，谢谢你了！

　　钟辕客气地：主任，您不用客气！

　　乔主任坐到自己位置上，郑重地：上次你们说的那个事，我觉得可行，但还要站长同意。我这就带你们去见站长。

　　钟辕：那太感谢了！

25

　　站长办公室门口。白天。

　　乔主任嘱咐：你们俩在外面等着，我先进去跟站长汇报。

　　说着，乔主任敲了敲门，里面传出声音：进来吧！

　　乔主任一个人进去。

　　不一会儿，乔主任又出来了，脸色不太好看。

　　钟辕和老程靠上来，不约而同地：怎么样？

　　乔主任沮丧地：我还没说完，站长就让我出来了。说是很忙，让我们等一等。

　　钟辕看着乔主任：那怎么办？

　　乔主任：那就等一等吧，什么时候他叫咱们，再跟他谈谈。

26

京东大酒店。白天。

宋来抱着一个纸箱进了一个房间,很快又空手出来。

宋来弹了一个响指,自言自语地:嘿,真顺利!

他到了楼梯口,突然又折回来,走向走廊的一头。

厕所门口有英文标识和男女的头像,宋来不认识,面露焦躁。

27

火车站走廊里。白天。

烈日炎炎,隔着玻璃照进走廊。

三个人站在走廊里,老程挠挠头皮,不情愿地:钟总,这么热的天,咱还是先回去吧!

钟辕坚持:既然来了,还是等一等!

老程不情愿地:那就到外面找个阴凉的地方等吧。

钟辕:没事。

乔主任和老程到外面墙角躲避太阳,钟辕就站在走廊里。

28

京东酒店内。白天。

宋来转了一圈,生气地自言自语:这么大个酒店,连个茅房也没有!

宋来来到楼的一角,看看四下没人,便尿了起来。

29

走廊里。白天。

钟辕继续站在烈日下等待。

到了下班时间。办公室的人三三两两地去食堂吃饭。

乔主任来到钟辕面前:钟总,已经下班了,咱们回去吧。

钟辕:再等等,站长一会儿出来吃饭,咱正好可以跟他说说。

乔主任点头:也好!

30

酒店保安监控室。白天。

保安从监控中看到了正在撒尿的宋来，急匆匆地往外走。

31

站长办公室门前。白天。

站长走出办公室，伸了伸懒腰。

站长一抬头，看到了烈日下的钟辕。又一扭头，看到了乔主任和老程。

站长意外地：哎，你怎么还没走呀？

乔主任谦恭地：您不是让我到外面等吗？

站长没好气地：我以为你早走了呢！上午事很多，忙得很。

钟辕迎过来打招呼：站长，您好！

站长看乔主任：这位是？

乔主任介绍：这位是楚汉快运公司的钟总。我上午跟您说的那事，就是他们公司提出的！

站长傲慢地伸出手，钟辕赶忙握了握：站长，这个事让我们来做，是个双赢的事情……

站长打断了钟辕：别说了！火车站的包裹向来都是等人来取，没有给他们送的道理！这事，我不同意。你们回去吧！

钟辕着急地：站长……

站长伸出手，示意钟辕住嘴，便头也不回地走了。

乔主任拉钟辕：我们回去吧！

钟辕无奈地跟在乔主任身后离去……

32

酒店。白天。

宋来刚撒完尿，两个保安就过来了。

宋来想跑，但前后一看都有人，便站在那里不动。

保安呵斥：干什么呢？

宋来理直气壮地：送货的。

保安严肃地：我问你刚才在干什么？

宋来：我没干什么！

保安指了指地上的尿：地上是什么？

宋来假装糊涂：是水吧？！

保安气急地：水？水是从哪里来的？

宋来不屑地一扭头：我怎么知道？你问我，我问谁？

保安一把抓住宋来的胳膊：你不知道，那我就让你知道知道！走，去监控室！

宋来挣扎：干什么呢？你们怎么随便抓人？

另一个保安也上前，两个人把宋来抓得死死的，押着他往前走！

保安：光天化日之下，你竟然在这里撒尿，真是奇了怪了！

宋来底气不足地：谁看到我尿尿了？

33

煤棚前。白天。

西馨来回踱着步，正在焦急地等待。

钟辕步行从大门拐进来，闷闷不乐地低头往煤棚走。

西馨看到了钟辕，眼前一亮，焦急地：钟总，你可回来了！

钟辕抬头看西馨：有事？

西馨快步迎了上来，恨铁不成钢地：宋来在京东酒店随意小便，被人家扣了，打电话来让领导去领……

钟辕惊讶地：还有这事？

西馨：已经打了两次电话了，你不在！

钟辕气得一拍大腿：这个宋来！真是气死人了！我这就去。

钟辕转身急急地出门。

34

大街上。白天。

钟辕伸手拦了一辆出租车，上了车。

出租车飞驰而去。

35

京东大酒店内。白天。

一位领导模样的人：你就是楚汉快运的领导？

钟辕勉强笑着：我是总经理。

那人气愤地：你是怎么管的员工，连这点起码的素质都没有！在这么豪华的地方随地大小便，就是动物也不一定做得出来，你说是不是？

钟辕谦恭地：是，是！这个员工是新来的，公司教育得不够，我们一定加强教育。

那人武断地：以后，你们楚汉快运就不要来我们酒店了，我不愿看到类似的事情再发生。

钟辕一愣，斜看了那人一眼，不软不硬地：没有这么严重吧？我们保证以后不发生类似的事情，你们也不能一棍子打死，对吧？

那人"哼"了一声：反正再有这种事，我们就直接送派出所了！

钟辕也不客气：那当然可以！但现在请把我的员工交给我！

那人对一个保安：把那小子带过来！

保安出去了，两个人都沉默。

一会儿，宋来跟在保安后面走了进来，看到钟辕，尴尬地笑了一下。

钟辕站起来，关切地：宋来，他们没怎么你吧？

宋来：没事，没事。

钟辕径直往门口走，看也不看地：没事就跟我回去！

钟辕出了门，宋来看了保安一眼，急忙颠儿颠儿地也往外走。

36

酒店外。白天。

钟辕在前面走，宋来在后面跟。

宋来快走两步，赶上钟辕，不好意思地：二哥，给你添麻烦了……

钟辕停住，回头严厉地看着宋来，奚落地：你还知道客气？那知不知道羞耻呀？

宋来低下头，羞愧地：我知道，当时实在是憋不住了。

钟辕：不会找厕所吗？就是条狗，它也知道找个角落，你就不会选个地方？

宋来红着脸辩解：我找了好久没找到厕所，也是找了个角落……

钟辕被宋来的样子逗乐了，又气又笑地：你这个宋来，就不能比狗强点？

宋来也笑了，打趣地：下次我向猫学习！

钟辕板起了脸：那你还不如做条狗呢！狗还忠诚点！

宋来点头：好，好，那就学狗……

钟辕又一次被宋来逗笑，他敲了敲宋来的头，恨铁不成钢地：宋来啊宋来，你就知道学猫学狗，就不能学学做文明人吗？

宋来做了个鬼脸，笑着：行，行！现在我去开车了，你等一会儿。

宋来向停车场跑去。

37

钟辕宿舍。中午。

钟辕正在吃午饭，突然听到了消防车尖锐的警报声。

钟辕放下饭碗，走了出来。

38

建筑公司院内。中午。

远处突然浓烟滚滚，火光冲天。

钟辕站在院里看着，西馨、林达畅和宋来也从煤棚里走了出来。

钟辕：宋来，你和达畅去看看是哪里失火了？

林达畅：看上去远着呢！跟咱有什么关系？

钟辕：叫你去你就去！那么啰唆干什么？

林达畅一个立正：是！走，宋来！

两个人向面包车跑去。

钟辕高声地：达畅，我怀疑是火车站失火，你去核实一下，快去快回！

39

煤棚里。中午。

钟辕正与西馨说着什么，林达畅急急地闯了进来。

钟辕冲林达畅：达畅，怎么样？

林达畅喘息着：钟总，还真让你猜对了，是火车站货场失了火，烧了好多东西。

钟辕：果然如此！

西馨：你怎么能猜到是火车站失火？

钟辕：西馨，你想想，那么多货物堆在那儿，又没有严格的防火措施，出事还不是必然的？

西馨：这下他们该着急了！

钟辕：我现在就去找他们。——走，宋来，再去火车站。

宋来刚进门：怎么还去呀？人家消防队早把火扑灭了！

钟辕已经出去了，宋来只好转身跟着走。

40

火车站行包房。中午。

乔主任正和老程在商量着什么，钟辕闯了进来。

老程气愤地：钟总，你来得正好，我刚刚还在说呢，要是让你们把货送走，也不会赔这么多钱，有这么大的损失了！

乔主任也垂头丧气地：我也不是不同意，还不是站长那里……唉！

钟辕：乔主任，老程，我来这里就是想与你们商量商量，能不能再去一次站长那里，经过这个事，也许他会同意。

老程一拍大腿：对呀！我怎么没想到呢？这也算亡羊补牢的措施呢！

乔主任想了想，为难地：我现在去，不是自找批评吗？

老程：这事，你又没什么责任，怕什么？

乔主任下了决心：好吧！咱们走！

41

站长办公室。白天。

乔主任带钟辕、老程站在办公室里。

站长看了他们一眼，没好气地：我不是说过不同意吗？

钟辕谦恭地：站长，我们公司……

站长打断了钟辕，拿起电话：我还有事，请你们到外面等一会儿好吗？

乔主任点头，冲老程和钟辕：我们到外面等吧。

乔主任往外走，钟辕无奈地跟在后面，鱼贯而出。

42

走廊里。白天。

三个人站在阳光下。

老程无奈地对钟辕：我看站长心情不好，估计没戏！

钟辕摇了摇头：站长让我们等，就等会吧！

乔主任：站长让我们出来，其实是不想见我们，咱们在这里等，怕还像上次一样，也没什么意思。

钟辕坚决地：还是等一等！这次，我一定要跟站长谈谈。也许他会改变主意。

乔主任叹了口气：唉！那就等一会儿吧。

43

站长办公室。白天。

站长正在接电话。

电话里的声音：你们怎么搞的？损失怎么会那么大？

站长唯唯诺诺地：客户取货速度太慢，货场存货太多。

电话里的声音严厉地：为什么存那么多货？我们又不是仓库！为什么不催他们尽快取走？

站长委屈地：我们催了！但总有那么一些客户不着急，我们也没办法！

电话里的声音严厉地：你就不会动动脑子？

站长无言以对。

电话里声音缓和了些：事情不能就这么过去了，请你们尽快拿出整改方案！

站长小心地点着头：是，是！我们尽快总结教训，拿出整改方案。

对方把电话挂了。

站长拿着听筒愣了一会儿，突然生气地把听筒往桌子上一扔，气愤地叫：真是气死人了！

44

走廊里。白天。

钟辕等三人继续站在烈日下等待。

站长从办公室出来，看了乔主任一眼，严厉地：你进来一下！

45

站长办公室。白天。

站长坐在办公桌后，乔主任站着。

站长：你们怎么搞的？损失怎么会那么大？

乔主任：客户取货速度太慢，货场存货太多，此前我也向您汇报过。

站长严厉地：为什么存那么多货？我们又不是仓库！为什么不催他们尽快取走？

乔主任委屈地：我们催了！但总有那么一些客户不着急，我们也没办法！

站长：你就不会动动脑子？

乔主任委屈地：我们也想了办法，但是……

站长严厉地催促：但是什么？

乔主任：我们想找一家公司代为送货，但是您不同意。

站长沉默了一会儿，语气缓和了：你当时没跟我说清楚，你再说说看。

乔主任兴奋地：让快运公司的钟总跟您说好吗？

站长：就是外面那个人？

乔主任点头：他很想跟您谈谈！

站长：好吧，你去叫他进来！

46

走廊里。白天。

钟辕和老程继续站在烈日下等。

乔主任从站长办公室出来，兴奋地：有戏，有戏了！

钟辕：站长怎么说？

乔主任兴奋地：站长把我批评了一顿，嫌货物滞留太多，我就把咱们的事说了，他要见你呢！

钟辕：那太好了！

47

站长办公室。白天。

三个人坐在沙发上，钟辕滔滔不绝地：这个事情，车站、客户和我们各取所需，可以实现三赢。车站不仅实现了服务质量的提高，还消除了安全隐患；客户节约了取货时间，省却了麻烦；我们嘛，可以借此事做一下宣传，当然，也会有一些利润。

站长饶有兴趣地：这个事怎么运作？是不是很麻烦？

钟辕：我想过了，这事对车站来说很简单。你们在催领单上加盖我们楚汉公司的电话印章，客户收到货单后，打69470033找我们，我们就去送，收到了让他们在催领单上签字。

站长：那你们是以车站名义送货还是以公司名义送？

钟辕：当然是以公司名义！这样可以减少车站的麻烦，有了什么问题客户直接找公司就行了。

站长想了想，摇摇头：最好不要出现你们楚汉的名字。

钟辕爽快地：行！印章上就写"代您送货69470033"。

站长：这样比较可行，我看可以试试。具体事宜你就跟乔主任谈吧！

钟辕感激地：谢谢站长！

站长：不用谢我。我是为了我们车站的利益，但愿你们能把事情干好！

钟辕站起来：请站长放心，我们一定能把事情干好。

站长也站起来，伸手与钟辕握手，笑着：钟总，就凭你在烈日下站着那劲头，我相信你！

两个人的手握在了一起。

48

火车站行包房。白天。

工作人员在填写催领单。

乔主任和钟辕进来，乔主任把一个印章交给工作人员：请在催领单上盖上这个印章。

工作人员站起来接过去，答应着，在印泥盒里蘸了蘸，用力盖在催领单上。

鲜红的"代您送货69470033"字样呈现在催领单上。

工作人员请示：都盖吗？

乔主任笑着：以后，所有的催领单都盖。

工作人员：好的。

工作人员又翻出刚填好的几张单据，在上面盖起来。

49

京都火车站货场。白天。

韩生德站在厢式货车前指挥装货，钟祥、林达畅、西馨等都在现场。

钟辕和老程站在一边，笑着说话。

钟辕感激地：这事能成功，全靠老兄成全，谢谢你了！

老程摆了摆手：都是朋友，不用客气！

50

煤棚里。晚上。

吊扇有气无力地转着。大家围坐在一起。

钟辕：今天，对我们公司来说，非常重要，说得重一点，就是具有里程碑的意义。我们找到了一个固定的业务，而且是快运主业，这是我们的发展方向，也是我们的努力方向。

钟辕停了一下，扭头看西馨：西馨，今天公司的业务量是多少？

西馨兴奋地：光火车站货场，就有5万元！还有其他一些零星业务。

钟辕：太好了！以后，我们要慢慢把零星业务剥离掉！从今天起，不再做宣传，但老客户的要求还是尽量满足，并做好解释工作。

韩生德摇了摇手里的扇子：家政这一块不做了吗？那可是公司的基础。

钟辕点头：公司要发展，必须向前看。家政非常烦琐，利润也不高，我们只能忍痛割爱了。生德，你先联系一家家政公司，把咱们的业务转让掉，以保证客户的服务不受影响。然后，你就全力投入火车站送货这一块，零星业务由钟祥负责善后。

韩生德点头：好吧！

西馨：那插花送花也不做了吗？

钟辕看着西馨：也不做了！插花虽然是我们淘到的第一桶金，但毕竟不是我们的主业，而且业务量不稳定，难以调节人力物力，所以也要剥离。

西馨：是不是太可惜了？

钟辕摇头：我们要有壮士断腕的勇气！

51

火车站旁边的街道上。白天。

钟辕和韩生德在街上走着，路边的托运站一家连着一家。

钟辕对韩生德：我们不仅要把到站的客户的货尽快送到客户手中，还要把客户发往外地的货尽快发走。

韩生德：我调查过了，车站周围大约有50家托运站，他们业务量都还可以！但是，他们经常在重量上做手脚，赚取昧心钱。

钟辕：他们上门取货吗？

韩生德：都不上门取货！

钟辕：我们一定可以打败他们。

第七集

1

火车站旁边的街道上。白天。

街边的托运站一家连着一家。

钟辕和韩生德站在街边，驻足观望。

韩生德看着钟辕，笑了笑：钟总，你是不是胸有成竹了？

钟辕点了点头，自信地：我想，这很简单，只要发挥我们做家政时的特长就行。

韩生德：你是说上门取货？

钟辕：我们不但上门取货，而且要做到重量准确，价格公道，还可以把托运费单据交顾客过目……

韩生德不无担心地：那样的话，利润是不是太低了！

钟辕：要本着服务客户的宗旨，这才能有钱赚。

韩生德：那好，我们送货时就开始联系这方面的业务。

钟辕：与那些经常通过火车发货的公司和单位联系，争取签上长期服务协议。

韩生德点头：是。

2

天运公司会议室。白天。

韩生德与该公司的领导分别在协议上签字，签完后两人握手。

公司领导由衷地：你们楚汉能上门取货，为我们省去了许多麻烦，但愿我们合作愉快。

韩生德：请放心，我们的合作一定会很愉快。

3

飞驰公司门口。白天。

两辆喷着"楚汉快运"的厢式货车开进公司，到库房前停下。

韩生德从车上跳下来，公司领导上前与韩生德握手，指着库房：请进吧，货就在这里！

韩生德：好！

4

辉阳公司大门口。白天。

三辆喷着"楚汉快运"的厢式货车开出公司，快速行驶在大街上。

5

火车站附近大街上。白天。

几家托运站不远处的墙上，贴着"楚汉快运"的小广告，有几个人在清理。

一些人站在托运站门口，看见楚汉快运的车快速通过，指指点点地议论着什么。

6

煤棚里。晚上。

钟辕、韩生德、钟祥、西馨等围坐在一个大方桌旁边。

钟辕：公司正在朝着预定目标快速发展，这是一个良好的开端。尤其拓展了托运业务，一举与雀巢咖啡、康师傅方便面、格力空调、正大饲料等大企业签了快运合约。生德，最近辛苦了！

韩生德笑着：全仗钟总运筹帷幄。

钟辕：由于业务扩大，也带来了一些新问题。

韩生德接过话头：最大的新问题还是运力不够。公司这么多业务，必须再买几辆车，再招一批人。

钟辕点头：车一定要买。西馨，咱们账上还有多少钱？

西馨看着钟辕：买几辆车没有问题，但我觉得，长途运输费用太高，有时还不如走铁路。

钟辕抿着嘴：确实是这样，但走铁路也有问题，到了对方城市，我们没法实现送货上门，还要客户自己去取。这就失去了我们的优势……

钟祥插话：这个问题，可以跟各地的快运公司联系一下，付他们一些钱，让他们帮我们送。

钟辕一拍大腿：好！这个办法好！各地新成立的快运公司一定也有像我们不久前那样找不到业务，如果把这项业务给他们，他们一定会感激不尽。这是个双赢的好办法。三弟，你就负责这个事，先到几个大城市联络联络，争取在业务量大的几个城市找到合作伙伴。

钟祥点头：好，明天我就出发。

林达畅：别的城市人生地不熟，能行？

钟辕笑着解释：要发展快运业务，必须有四通八达的网络。我们现在还没有能力到各地办分公司，利用这个办法发展公司以外的网络，也算是"借鸡生蛋"。

西馨点头：建立外网？钟总，你这个提法很有创意。

韩生德：发展外网，我赞成！但买车招人，也非常必要！

钟辕果断地：那就都办。钟祥负责外网的建立，生德负责买车，西馨负责招聘员工！

7

火车站站台另一头。傍晚。

梁志远和穿着铁路工作服的一位工作人员说着什么。

两人握手告别。

梁志远转身走时发现了钟辕他们正在向火车车厢里装货。

他向钟辕他们干活的地方走了过来。

8

火车站站台近处。傍晚。

夕阳照在站台上，正在装货的楚汉员工们干得热火朝天。

一包包的物品从一双手传到另一双手上，最后被送进车厢。

豆大的汗珠从钟辕脸上往下掉着。

西馨也站在钟辕身边忙着。

9

火车站站台近处。傍晚。

梁志远站在那儿看着钟辕和西馨快活传递物品的样子。

他看着西馨灿烂的笑脸，牙慢慢咬了起来……

10

火车站外一托运站门口。傍晚。

托运站前的广告牌上写着：代客办理货物托运和提取事宜。

梁志远吐一口烟后对着一个老板模样的小伙子：小五，你们的活是不是被别人抢走了？

那个被叫小五的小伙子愤愤地：可不是嘛，全被楚汉快运的那个姓钟的小子抢走了。

梁志远：那你们就在这儿等死？

小五：还能有什么办法？

梁志远：你不会联络一下其他的托运站，给铁路管货运的施加点压力？

小五：你是说——

梁志远：我什么也没说。

小五点点头：明白了！

11

火车站货运站台。白天。

韩生德正指挥着楚汉公司的人向车皮里装货。

老程走了过来。

老程走到韩生德身边低声地：事情有变！

韩生德忙把老程拉到一边：什么意思？

老程：昨晚有不少人到站里管货运的领导家里闹事，说你们楚汉用不正当手段获取托运和送货权利，要求上边调查是否有行贿受贿的问题。领导慌了，要求暂停对你们的授权！

韩生德吃惊地：啊？

12

煤棚外。白天。

钟辕站在那儿，神色肃穆地听着韩生德汇报。

钟辕：调查咱不怕，咱们又没做违法违纪的事。可要让咱们在铁路这边再付出很大的精力和很多的时间，也有些不划算。

13

煤棚里。白天。

西馨坐在桌前按动手里的计算器，然后记下账目。

钟辕在房间里踱着步，突然停下，看着西馨：怎么样？公司这段时间的利润究竟是个什么状况？

西馨抬头：实话说，利润不高，就拿昨天的发货来说，扣除各项费用，所剩无几。这还不算人工费。

钟辕抿着嘴。

西馨：大宗货物虽然业务量上去了，但成本也上去了，单是人工就是过去的几倍，而且员工素质在下降，只要求有力气能扛包，这样发展下去恐怕……

钟辕：这件事，值得思考。

外面传来林达畅的声音：钟副总回来了！

钟祥的声音：回来了！钟总在吗？

钟辕闻声跑了出去。

14

煤棚外。白天。

钟辕握住钟祥的手：三弟，这么快就回来了？

钟祥兴奋地：事情还比较顺利。

钟辕：是吗？都谈妥了？

钟祥点头：预定的几个城市都找到了合作伙伴，签了协议！

钟辕兴奋地摇着钟祥的手：那太好了！你立了一个大功呀！

西馨：钟副总，你这么快就建起了外网！快跟我们说说，你是怎么办的？

钟祥：其实很简单，我到各城市后，就通过当地的114查号台，找到当地的快运公司。跟他们老总一说，大多数一拍即合，很快就签订了合作协议。我们给他们送去业务，他们又没有什么风险，不合作那才是傻呢！

钟辕赞许地拍了拍钟祥的肩膀：打查号台，这个思路不错，节约了时间！

15

钟辕宿舍。晚上。

门开着，钟辕坐在桌前看一份报表。

韩生德在门前敲门。

钟辕抬头：生德，来，来！

韩生德进来。

钟辕把手里的报表递给韩生德：这个，你先看看。

韩生德接过去，简单地扫了几眼：利润这么低吗？

钟辕点点头：鉴于铁路那边出了问题，加上利润又不高，我想，我们也要快速转变，干脆把大宗业务剥离掉，转做收益率高的小、快、灵业务。

韩生德：这样办行吗？

钟辕：现在退出铁路货运大宗业务，当然是一个损失，但如果为不多的利润与一些小托运公司长期纠缠，会造成更大的损失。我们还是要抓住快运这个主方向。

韩生德点头。

16

煤棚。晚上。

公司几个领导围坐在方桌边。

钟辕：停了铁路那边的业务，就必须拓展新的业务。眼下，大学生马上就要毕业了，往年邮政、中铁都在做学生的小件快运服务，我想咱们也可以试试。

西馨：这个肯定行！我们发挥自己的特长，实行门对门服务，一定可以从这块大蛋糕里分一块出来。

钟祥也点头：现在咱们的外网已经建起了一些，很多城市实现门对门服务不是问题！

钟辕果断地：好！既然大家都不反对，我们就全力以赴进军校园。另外，我借此机会宣布一个决定，公司正式成立办公室，由西馨会计兼任主任，达畅任副主任，大家有没有意见？

大家纷纷摇头，表示没有意见。

林达畅：这个副主任就不设了吧？有西馨主任就行了！

钟辕：达畅，你们两个也要分工明确。主任负责抓总，偏重行政后勤；副主任主抓业务，负责车辆和人员调度！

林达畅笑了：好吧。

17

一大学校园。白天。

一辆楚汉快运的车行驶到一栋宿舍楼前停下，钟辕从车上跳下来。

西馨和林达畅也先后跳下车。

不远处，铁达快运公司和顺邮快运公司的人已经早到了。他们的依维柯停在一边，摊位前摆着笔记本电脑、服务器、条码机、精密电子秤等硬件设施，钟辕不由得停步有些吃惊地看着。

往四周看了看，钟辕便对林达畅：达畅，让人把东西卸下来，就在这里摆摊，我们的竞争对手很强！

林达畅点头答应，指挥员工搬卸东西，在车旁摆起了摊位，竖起了价格公示牌。

三三两两的学生围了过来，但看完价格公示牌后，又都离开了。

18

铁达快运摊位前。白天。

学生们在排队称重。工作人员忙忙碌碌的，他们时不时地往楚汉这边瞥一眼，带着蔑视的神情。

19

楚汉摊位前。白天。

两个女学生走过来，看了看价格牌，试探地：打折吗？

西馨和颜悦色地：同学，我们的价格够低了，不打折。

学生转身欲走。西馨叫住她们：同学，我们的价格是最低的，你们为什么要走？

一个学生：你们是小公司，还不打折，人家铁达和顺邮公司打8折呢，算起来比你们还便宜！

西馨恍然大悟地看了看钟辕。

钟辕毅然地：降价，打7折！咱们明码标价，不像他们暗里打折扣。

林达畅拿出一支白板笔，在价格表上写下了大大的"打7折"三个大字。

林达畅写完，高声地：打7折了，打7折了！

几个在排队的学生走过来，犹豫地：你们公司能保证安全送达吗？

西馨：这点请你们放心！我们是正式注册的快运公司，信誉是公司的生命。而且，我们提供最好的服务。

学生下了决心：那就在这里托运吧，我也懒得在那边等了。

西馨热情地给学生开票，员工把学生的行李过秤，抬上车。

又有几个学生提着东西向这边走来，林达畅和几个员工热情地迎上去，帮着他们拿东西。

学生痛快地开始办托运，但东西放到磅秤上，却显示不了重量。林达畅调了调，还是没调好。

学生嘟哝着：算了算了，我不托了！你们不是正规军，技术落后，设备陈旧，连笔记本电脑也没一个……

林达畅连连赔礼：对不起，对不起！一会儿就好了！

但学生提起自己的东西，往铁达那边去了。

20

顺邮摊位前。白天。

工作人员在忙着给学生们的行李称重。

一件件包裹被装在顺邮快运车里，车装满开走。

21

楚汉摊位前。白天。

钟辕和林达畅狼狈地修着磅秤。

他们把顶盘卸下，认真检查，又放上。

钟辕站到磅秤上，看了看重量，满意地：现在好了！

林达畅泄气地：人家全副武装，咱们还是没法跟他们比。

钟辕：达畅，要有信心。我们虽然设备差，但我们可以和他们比别的！

林达畅：咱有什么可以跟人家比？

钟辕：比速度，比服务，比包装技术，比形象展示，利用一切办法，把客户往我们这边拉。我们分一下工，西馨、何荟负责"拉客"，林达畅、宋来负责"接客"，开始行动吧！

众人大笑。

22

顺邮摊位前。白天。

两个男生吃力地推着载满行李的三轮车来到摊前。

顺邮的工作人员指点着让两个男生把一个箱子抬到电子秤上，电子秤指针一下子转了一圈。

工作人员着急地：100公斤，超重，快搬走，把秤压坏了！

两个男生无奈地把箱子抬下来。

西馨走近男生悄声：楚汉任何超重的包裹都可以托运，门到门免费搬运。

一学生惊讶地：有这等好事？！

西馨：今天好事让你碰上了！

说着一招手：过来两个人帮忙搬一下。

两个楚汉员工跑步过来，把大箱子往楚汉那边抬。

学生高兴地：太好了！我宿舍里还有一个大箱子。

23

学生宿舍楼内。白天。

林达畅和另一员工跟着一名学生来到宿舍，抬起了一个大木箱子。

一学生问同学：你从哪里找来的搬运工？

跟在楚汉员工后面的学生：不知道吧？楚汉公司门到门免费搬运！

问话的同学惊讶地：是吗？

林达畅接过话头：是的，同学！你有东西需要搬吗？

问话的学生高兴地：当然了！帮他搬完了就来帮我搬好吗？

林达畅：好嘞！一会儿就来！

24

大学一栋办公楼前。白天。

梁志远由两个学校工作人员陪着从楼内走出来。

一位工作人员客气地对梁志远：梁主任，谢谢你们公司为我们运送教具教材！

梁志远笑着：客气啦，这是我们应该做的。说着，与两个送行的工作人员握别。

他转身没走多远，看见了楚汉快运的车。

他好奇地走了过来。

25

楚汉摊位前。白天。

好多学生把楚汉的摊位围了起来，争着让楚汉的员工帮着搬东西。

西馨指挥大家排队等候，让员工分别跟着学生上楼搬东西。

钟辕来到车前，发现车快装满了，便走到西馨面前：西馨，这边你先收货，我去送货，顺便再叫些人来，现在人手已经不够用了！

西馨：是该再叫些人来！这边有我，你去吧！

钟辕见西馨的头发被汗水打湿，紧贴在脸上，不由得心疼地上前替西馨把湿发捋到耳后。

西馨一笑。

钟辕充满感情地：别太累！

西馨也充满爱意地看着钟辕。

钟辕转身上了那辆已经装满的车。

车缓缓开出。

26

不远处的路边。白天。

梁志远看着钟辕和西馨的举动一脸妒意。

他恨恨地踢了一脚身边的行道树。

一辆印有"铁达快运"字样的厢式货车这时开过来,停在梁志远身边,司机摇下车窗同梁志远打着招呼:梁主任好呀!

梁志远显然认识那位司机:是小董呀,你们铁达也来学校收送小件了?

司机小董:是呀,不过今年竞争激烈,好多活被那个楚汉公司抢走了。

梁志远有意挑拨地:楚汉是一家无名的民营小公司,你们还用怕他们?不行的话就想办法将其赶走!

司机小董笑着:就是,不行就来硬的!

27

学生宿舍楼内。白天。

林达畅肩扛一个大书箱从6楼一路往下走,累得汗流浃背……

跟在旁边的学生担心地:师傅,你休息一会儿吧,别着急!

林达畅:没事!我在部队当过班长,这点儿活,小意思!

学生:师傅,看不出,你还是班长呢!

林达畅笑着:看不出吗?我这体格不像班长?

学生忙不迭地:像!像!

28

楚汉摊位前。白天。

林达畅扛着行李来到磅秤前,过磅的何粼开玩笑地:林主任,你也太卖力了吧!

林达畅:这要是在部队,就叫身先士卒!在这里,算是带头干活吧!

学生:师傅,她叫你主任?

何粼边过磅边吹嘘着:同学,你不知道吧?他是我们公司的办公室主任,亲自给你扛行李,还行吧!

学生看着林达畅：嗨！

林达畅笑问：我像不像个办公室主任？

学生：楚汉有你这样的领导，我们信任！

林达畅对学生：同学，别客气！你在这里办手续，我上去搬东西了！

学生看着林达畅远去的背影，对身边一个同学：你看，他当了领导还亲自扛东西！

那同学感叹：楚汉的服务不错！

29

铁达摊位前。白天。

学生三三两两地过来，已经不用排队了。

铁达工作人员看着楚汉摊位前排起的长队，眼神里充满了疑惑。

一个工作人员：怎么搞的？怎么人都去他们那里了？

另一个工作人员不屑地：他们帮学生搬东西，这些小懒鬼就甘愿去他们那里了！

30

楚汉摊位前。白天。

西馨指挥大家干得正欢，突然一辆铁达的依维柯挡停在了楚汉揽货点前，将公司招牌、人员挡在学生视线之外。

西馨来到车旁，和颜悦色地：麻烦你们往前开一下！

三名铁达员工坐在驾驶室里，各自点上了一支烟，喷云吐雾起来，连看都不看西馨一眼。

西馨急了，上前拍拍车门：你们开走好不好？别影响我们做生意！

司机看了一眼西馨，故意地：马路又不是你们楚汉的，我们爱停哪里停哪里！

西馨气愤地：你们凭什么挡在我们前面，影响我们做生意？赶快开走！

三名铁达员工相互使了个眼色，一起下了车。

他们对西馨又推又搡，还有一个人不断揪扯她的头发，西馨被推倒在地，腿上磕出了伤，流出了鲜血，头发也被扯掉了不少。

何荟、何粼冲过来，护住西馨。

几个人对何荟、何粼也推搡起来。

31

宿舍楼前。白天。

林达畅扛着一个箱子走出楼门口，看到了挡在摊位前的车。

排队的学生四散开来，林达畅问身边的一个学生：怎么了？怎么了？

学生：铁达公司的人和你们的人打起来了！

林达畅把箱子往地下一放，对身后的学生：对不起，我先过去看看。

32

楚汉摊位前。白天。

西馨捂着腿上的伤，坐在地上。

林达畅跑到面前吃惊地：西馨姐，你没事吧？

西馨哽咽着：他们欺负人！快给钟总打电话，让他马上过来！

林达畅冲到三名铁达员工面前，气愤地：你们是不是男人？光天化日之下欺负一个弱女子。

一名铁达员工强词夺理地：谁欺负她了，分明是她自己找事！

林达畅：你们挡在我们摊位前，还说我们找事，你们还讲不讲理？

一名铁达员工趾高气扬地：我们不讲理，你能怎么样？

林达畅猛地挥起了拳头，但瞬间后又将拳头放下。对旁边的刚过来的楚汉员工：你们看好西馨主任，我去打电话。

33

煤棚里。白天。

钟辕在接电话：什么？他们竟然打人？！

林达畅的声音：我上楼取货，回来她就被人打了！

钟辕：你先照顾好西馨，我马上过去！

钟辕放下电话，又拿了起来，拨了一个号，对着话筒：……有人在打架，你们赶快过去一下。

放下电话，钟辕三步并作两步往门外奔去。

34

楚汉摊位前。白天。

铁达那辆车已开走。

钟辕匆匆走到西馨的身边：西馨，伤得怎么样？

西馨：钟总，没大事！但他们太欺负人了，不仅破坏我们的生意，还动手打人。

钟辕：我去跟他们说理。

钟辕上了自家的一辆货车，启动，往铁达的摊位开去。

35

铁达摊位前。白天。

铁达的人正在眉飞色舞地说着什么，钟辕开着楚汉的那辆车过来，在他们摊位前停下，故意隔开了他们的作业点和上货的车。

铁达主管生气地来到车前，生气地：你是谁？想干什么？

钟辕双眼直视着对方：我是楚汉的总经理钟辕，让你们领导过来说话！

主管底气不足地：我就是这里的主管。

钟辕义正词严地：难道你不知道我来干什么吗？你让你们的员工堵我们的路，还打我们的人，反过来问我想干什么？

主管：有这事吗？我怎么不知道！

钟辕：别跟我来这套！对于此事，我郑重地向你们提出严正抗议，并要求三点。第一，立即送被打人员去医院接受检查和治疗；第二，向被打人道歉；第三，当事人必须听候警察处理。

主管：你先把车开走行不行？

钟辕严肃地：不行！事情不处理好，你们也别想做生意！

36

楚汉摊位前。白天。

双方在对峙。许多学生在围观议论。

一辆警车拉着警报呼啸而来，两名警察跳下来。

警察：谁打架？怎么回事？

林达畅指了指铁达的那三个人：就是他们，刚才还在打人呢！

铁达员工之一辩解：我们没打人！她骂我们，我们就推了她一把！

西馨气愤地：他们把车挡在我们摊位前，还动手打人，你们看我的腿，还有头发……

警察严肃地对铁达员工：跟我们走一趟，有话到派出所说。

然后转对西馨：麻烦你也来一下，配合做个笔录。

钟辕和铁达那名主管正走过来，钟辕接过话头：警察同志，我们的受伤者应该先送医院。

警察：好吧。那总得去个人，把事情说清楚。

何粼：我跟你们去。

铁达主管着急地对警察：误会，这是误会！你们回去吧，我们的事自己处理！

钟辕：不行！这件事性质太恶劣，必须交给警方。

铁达的三个人悻悻地上了警车。

警车呼啸而去。

铁达主管不知所措地：钟总，对不起！这件事纯属误会，我们马上送伤者去医院。

钟辕扶西馨上车，铁达的主管也跟着上了车。

钟辕对车下的林达畅：这里由你负责，别耽误工作。

林达畅：放心吧，钟总。

37

楚汉摊位前。晚上。

校园里路灯已经亮了。

铁达和顺邮的摊点早就撤了，只有楚汉的员工还在忙着搬货。

林达畅带领几个人把最后一批货搬下来，称重，办手续。

38

煤棚前。早上。

韩生德对钟辕：今天我也去校园。

钟辕：好。做好校园学生的物品快送，不只是收益问题，重要的是能够与铁达、顺邮两家大快运公司同台竞技，展示我们的形象，扩大我们的影响！

39

一所大学校园。楚汉公司摊位前。白天。

学生们都在排队等候。

林达畅指挥人上楼搬东西，韩生德负责打包，西馨负责开票，何荟、何瀚过磅，钟辕在各个点间流动指挥，一派繁忙景象。

铁达公司主管带着一个领导模样的人来到钟辕面前：钟总，我们主任专程来向你道歉。

钟辕客气地：事情已经过去，算了！

主任真诚地：昨天的事很不好意思，派出所通知我去领人，我才知道详细情况，所以，今天特意来向你表示歉意！

钟辕客气地：谢谢！我们一个小民营公司，还请多多关照。

主任真诚地：我们的员工素质有待提高，别说惹是生非，单说工作态度，就比你们差了一大截。我们的员工坐地揽货4点半就撤了，你们的员工上门搬货8点才走，简直没法比。

钟辕笑着伸出手去：谢谢夸奖！

两个人的手握在了一起。

40

煤棚。晚上。

西馨接起电话：你好，楚汉快运。

西馨耐心地：对不起，我帮你查一下。

西馨捂住话筒，对一旁的韩生德：有本市的学生投诉，说货没送到家。

韩生德接过电话：请问你家在哪里？好，我们马上安排人给你送！

韩生德放下听筒，着急地：钟总和达畅还没回来，车已经全都派出去了，我先打出租去送一个学生的箱子。

西馨点头：好。

41

煤棚前。白天。

几十个人列队站在空地上，钟辕站在队列前讲话。钟祥、韩生德等几个领导站在一边。

钟辕：这次进校园收货，让我们看到了自己的弱点，设备落后，磅秤老旧未加检修。还有就是我们的宣传、公关不细致，学生只知道楚汉价格很贵，却不知道楚汉可以免费上门取货。不过这次校园行，我们的业务量和利润都与铁达和顺邮这两家大公司不相上下，从他们那儿分了一块大蛋糕，这值得庆贺！我们研究了一下，决定给每个人发50块钱的加班补助。

众人欢呼：好——

42

楚汉院内。白天。

韩生德：钟总，你刚才讲得非常实在，我们的硬件设施确实应该改善一下了！

西馨为难地：大家也知道，我们账上没有多少钱！

钟祥：是不是可以考虑一下贷款？

韩生德摇了摇头：恐怕不容易。

钟辕想了想：这样吧，我去小银行试试，没准会贷到一点。

西馨：如果能贷点钱，我们的办公条件也应该改善一下。

钟辕愧疚地：是呀！这煤棚也太寒碜了！如果能贷到钱，咱们换个地方办公。

43

北方发展银行门口。白天。

钟辕骑自行车由远而近，到银行门前下了车，把车停到一边，进了大门。

44

长城饭店客房。白天。

宋来和何瓣的男朋友小黄一起站在客房里，客户在收货单上签字。

这时，外面有人喊客户：老李，出来一下！

客户答应了一声，对两人：请稍等，我出去一下。

45

北方发展银行行长办公室。白天。

钟辕坐在沙发上，柳行长坐在办公室后，跷着二郎腿。

柳行长：你一个民营企业还想贷款？

钟辕：我们有资产抵押，能不能多少给贷点？

柳行长：想贷多少？

钟辕：50万元就行。

柳行长笑着：我们只贷500万元以上的。50万元，我个人借给你就行了！

钟辕腾的一下站起身来，怒视柳行长片刻，转身就走。

柳行长哈哈大笑。

46

长城饭店客房。白天。

宋来看到桌子上放着一部手机，便伸手拿过来装进自己衣兜里。

小黄指了指房顶上的应急消防喷头，害怕地：你看，那里有摄像镜头，你拿了，人家就知道是你。

宋来：怕个球，咱们把它捣掉不就成了。

说着，宋来拿了个衣架，站在椅子上，往上一捣。

哗——应急消防喷头里的水喷出来。

宋来和小黄不知怎么回事，吓坏了。

小黄害怕地：咋回事？怎么办？

宋来慌慌张张地：咱们还是快跑吧！别让他们抓住。

宋来和小黄掉头就往外跑。

水哗哗地流着，漫进了客厅，浸湿了地毯……

第八集

1

长城饭店客房。白天。

那个客户回到房前,推开门后大吃一惊:屋里的水还在喷着,水雾弥漫。

客户慌忙奔向办公桌,在水雾里拿起电话,拨号:前台吗?请赶紧来人……

2

大街上。白天。

宋来开着车,小黄坐在副驾驶位置。

小黄侥幸地:好险呀!

宋来目视前方,毫不在乎地:在这种饭店,我已经有经验了!

小黄:那个摄像头怎么回事?竟然喷出水来了?

宋来:谁知道呢?也许是个机关吧!

小黄不无忧虑地:那他会不会怀疑咱们两个?

宋来:管他呢?反正他又没抓住我们!

小黄:他们有摄像头!

宋来:不是捣掉了吗?

小黄点头:也是!

沉默了一会儿,小黄又担心地:客户会不会找到公司?

宋来:他们找公司干什么?

小黄:你还拿了人家的手机呢!

宋来:怕个球!又没人看到,咱就来他个死不认账,记住了吗?

小黄:好吧!那手机……

宋来生气地打断小黄:事情过去了,卖了,咱们两个平分。球样,我会独吞吗?

小黄讪笑了一下:宋哥,别误会!

3

钟辕宿舍。白天。

钟辕坐在办公桌前,正在为贷款的事郁闷,听见外面吵闹的声音。

钟辕站起来,侧耳听了听。

一个男人的声音:刚才到长城饭店送货的人呢?给我找出来!

西馨的声音:有话好好说,怎么回事?

钟辕听到这里,快步出门。

4

煤棚外。白天。

客户与西馨站在门口花坛边,正在交谈。

客户气愤地:你们的领导呢?我要跟领导说话。

西馨:你跟我说就行了,我们会认真处理。

钟辕走过来:怎么回事?

西馨介绍:这是我们公司钟总,有什么事你就说吧。

客户冲动地向前,一把抓住钟辕:找不到人,老总也行!走,你跟我去看看,你们员工干的好事!

钟辕一惊:有话好说,有话好说!西馨,走,我们去看看!

5

长城饭店客房。白天。

钟辕等一行人来到客户房门口,往里一看,发现满屋都是水,地毯都给泡坏了。

客户不依不饶地:这都是你们员工干的,你说怎么办吧?

西馨怀疑地:你确定是我们员工干的?

客户生气地:不仅如此,还偷走了我的手机!不信,咱们这就去监控室。

钟辕面孔阴郁地:好,我们去看一下。

6

宋来宿舍门前。白天。

钟辕和西馨站在那儿。

钟辕气极地：宋来、小黄，你们给我出来！

宋来若无其事地出来，小黄小心翼翼地跟在后面。

宋来：二哥，有事吗？

钟辕往前紧走两步，狠狠地踢了宋来一脚：别叫我二哥！记吃不记打的东西，上次的事这么快就忘了？！

宋来躲闪开，故作委屈状：钟总，你发什么脾气呀？

西馨高声地：宋来，你们在长城饭店的事，我们在饭店监控室都看到了。

宋来不甘心地：我们没干什么呀！

西馨：饭店有摄像头，你们的一举一动人家录得清清楚楚。先把手机拿出来吧。

宋来：不会吧？摄像头已经被我们打坏了！

钟辕冲上来又踢了宋来两脚：这不是承认了？

宋来抽了自己一个嘴巴：我怎么会说出来呢！

西馨：你们打坏的是应急消防喷头！

宋来低下头泄气地：我还以为是摄像头呢！说着，他把手机掏出来递给了西馨。

钟辕恨铁不成钢地：宋来啊宋来，我对你够好了吧？你成天给我惹祸。你知道吗？这次我们要赔人家多少？

宋来嗫嚅地：赔多少？我赔。

钟辕气愤地：你赔吧！不多，3万块。

宋来张大了嘴巴：3万？

钟辕：你先写出深刻的检讨，把3万块钱交上来，等着开除吧。说完，钟辕扭头就走。西馨看了两人一眼，也跟着钟辕往办公室方向走去。

宋来和小黄傻了似的站在那里。

7

钟辕妈住处。白天。

钟辕妈坐在床边，宋来坐在床前的凳子上，旁边放着一袋水果。

宋来真诚地：婶子，您来好几天了，我也没能过来看您。在这里还习惯吧？

钟辕妈：你们都忙！我那两个小子不是也顾不上我嘛！就大侄子你还知道来看看我。

宋来笑着：应该的，应该的，都是自家人嘛！二哥三哥都对我挺好的！

钟辕妈：你也知道，你二哥脾气有点急，有时候说说你，别当回事！

宋来：是呀！还是婶子了解二哥。这不，他刚训了我一通，还要开除我呢！

钟辕妈惊讶地：为啥？怎么还要开除你？！

宋来委屈地：婶子，您可要为我做主呀！我是一时糊涂做了错事，但也不能开除我呀！怎么说也是一家人呀！

钟辕妈大包大揽地：谁还不做点错事？哪能动不动就开除！我给你二哥说说！

宋来高兴地：那就谢谢婶子了！您可以告诉钟总，我认打认罚，就是别开除我！

8

钟辕妈住处。晚上。

钟辕妈坐在床边，钟辕站在床前。

钟辕和颜悦色地：妈，您找我有事呀？

钟辕妈没好气地：没事就不能找你呀！整天忙得跟个猴子似的，也不知道来看看我！

钟辕笑了：妈，最近这不是忙吗？我交代他们要照顾好你！

钟辕妈看了钟辕一眼，挖苦地：你是大经理！你忙！妈不多耽误你时间，就跟你说个小事。

钟辕笑着：什么事？妈只管说。

钟辕妈：听说你要开除咱们村的宋来，我想跟你说啊，我不同意。

钟辕：妈，你知道他有多过分吗？

钟辕妈不以为意地：都是一个村的，犯了错人家认打认罚，也就行了，为什么一定要开除？

钟辕：妈，你不知道，他跑到人家大酒店里偷东西，还——

钟辕妈打断了钟辕：不管怎么说，不能开除！——你不是很忙吗？妈不多耽误你时间，忙去吧！

钟辕为难地：妈——你别管这事好不好？

钟辕妈挥了挥手：去吧，去吧！

钟辕悻悻地转身往外走。

钟辕妈嘱咐：不能开除啊！

9

煤棚前。白天。

全体员工列队。

钟辕在队列前讲话：经研究，决定对宋来罚款5000元，留用察看。鉴于本人一下子拿不出这么多钱，决定从他工资里扣除，每月只发给他200元生活费。

众人一阵惊疑，在下面交头接耳。

钟辕：请安静！这次，公司对宋来的处理并不算重，以后若有同类事件发生，一律开除。

10

楚汉货物配送中心。白天。

几个工人正在往车上装东西。

已经换了秋装的林达畅往这边走来。

来到近前，林达畅往车上看了看，发现工人只在车的后半部装了货，造成车已装满的样子。

林达畅生气地：为何不装满？

一个工人：库管员不让装得太满。

林达畅：为什么？

工人：听说剩了货必须发航空，那样机场货运站就会给他们回扣！

林达畅吃惊地：还有这事？

11

院子里。晚上。

林达畅和一个中年男人并肩走着。

林达畅客气地：老哥，知道我为什么叫你出来吗？

库管员：不知道，是想请我喝酒？

林达畅停下脚步，看着库管员：你别跟我装糊涂！我问你，为什么总是剩下货发航空？

库管员也停下，不以为意地：这事呀！车装不下，没办法呀！

林达畅直截了当地：是吗？我怎么看见车没装满？

库管员沉默，继续往前走，林达畅跟上。

库管员拿出两支烟，递给林达畅一支，林达畅摆了摆手：我不抽烟。

库管员把其中一支放回盒内，点上了一支，吸了一口，坦白地：老弟，不瞒你说，我吃一点回扣。这样吧，下次咱俩平分，怎么样？

林达畅摇头：这事要是让钟总知道……

库管员忙打断了他，满脸堆着笑：别，别！让他知道就麻烦了！咱们弟兄，你等于帮帮我的忙，我请你喝酒！

林达畅：喝酒倒是不用，但以后你不能再这么干了。

钟辕这时出来上厕所，看到他们俩，高声地：你们俩在干什么？

林达畅若无其事地：没事，没事，我们散散步。

12

库房前。白天。

工人正在往车上装东西。

库管员站在车旁，看着装得差不多了，便摆手让工人停，不耐烦地：行了，行了！

钟辕正好从旁边经过，看到库管员的背影，愣了愣，往这边走来。

库管员回头一看钟辕过来了，吓得愣在了那里。

钟辕快步走过来，往车里看了看，疑惑地：还没装满呢？怎么不让装了。

库管员讪笑着：钟总，今天就出这些货。

钟辕怀疑地：是吗？我们的业务什么时候闲下来了！

库管员：这，我就不知道了！

钟辕对库管员：把出库单拿过来。

库管员不情愿地进了库房，磨磨蹭蹭地不出来。

钟辕高声地：快拿出来，磨蹭什么?!

库管员把出库单拿了出来，递给钟辕，低下了头。

钟辕冷笑：这么多货，都装完了吗？

库管员摇了摇头。

钟辕：剩下的怎么办？

库管员小声地：只能发航空了。

钟辕冷笑：好！你真会替我考虑！发航空快呀，咱们快运追求的就是快！

库管员小心地看着钟辕。

钟辕把出库单往地上一摔，气愤地：像你这样，我这公司就不用办了！

库管员害怕地：钟总，我再也不敢了！

钟辕口气缓和下来：这事，林副主任知不知道？

库管员点头。

钟辕厉声：赶紧给我装满，全部运到火车站。说完，气呼呼地往办公室走去。

13

调度室。白天。

林达畅坐在电话旁。

钟辕拉过一把椅子坐下，不动声色地对林达畅：达畅，库管员的事你知道吗？

林达畅一惊：什么事呀？

钟辕：老是剩了货发航空……

林达畅歉疚地：我已经警告他了，怕你生气，就没跟你汇报。

钟辕：你现在可以了！什么事都可以做主！

林达畅：我哪敢做主？还不是想为你分点忧？

钟辕气愤地：你这种分忧法，早晚得把公司分垮了！

钟辕一指门口，厉声：现在，你就去告诉那个库管员，让他马上来结账走人。你就不用回来了，在那里做库管员吧！

林达畅吃惊地：钟总，这……

钟辕冷冷地：去吧！

14

林达畅宿舍。晚上。

林达畅坐在床边发愣，钟辕推门进来。

林达畅站起来：来了，坐吧。

钟辕在桌前坐下，笑笑：达畅，在生我的气？

林达畅抬头看着钟辕：我在生自己的气。是我做得不好，你处理得没错。

钟辕：我这人就这脾气，赏罚分明。但我也是讲感情的，你也算公司的元老，这点我不会忘。你还是回办公室当副主任吧，另找个库管员。

林达畅：钟总，你的好意我心领了。我认真想了想，我确实不是做管理的料，就不做这个副主任了。我也不想做库管员，闲得慌，如果您同意，我还想继续做快递员。

钟辕沉默了一会儿，叹了口气：也好！咱们赏罚分明，你先做快递员，有了合适的岗位再调换。

15

大街上。白天。

林达畅骑着一辆自行车在送货，车筐里放着要送的快件。

他骑得飞快……

16

一公用电话亭。黄昏。

林达畅把快件和快递夹分别放到电话两边，拿起了话筒，拨号。

林达畅：您好，我是楚汉快运的快递员，有您一份快件，请问您的具体地址是什么地方？怎么走？——好的，好的。很快就给您送过来。

林达畅放下电话，匆匆拿起快递夹，出了电话亭。

那份快件仍然躺在电话一边。

17

一栋住宅楼下。黄昏。

林达畅到了客户楼下，往上看了看，正欲上楼，突然一愣，自语：我的快件呢？

林达畅两手一摊，往左右看了看，赶紧往回跑。

跑到有很多电话亭的大街上，他一个电话亭又一个电话亭地找，但都没有找到。

他一屁股坐在花坛边上，两手抱住了头。

过了一会儿，他突然想起了什么，于是打开快递夹，在快递单上写下了什么。

18

煤棚里。晚上。

钟辕和西馨正在对账，林达畅进来。

西馨抬头看林达畅：达畅，快件送到了？

林达畅点了点头，把快递单递给西馨。

西馨瞟了一眼，放到一边：达畅，你先回去休息吧！

林达畅出去。

这时，电话铃响了。

钟辕伸手拿起电话。

电话里声音：你们怎么搞的？说一会儿给我送来快件，为什么到现在还没送到？

钟辕：请问你是哪位？我帮你查一查。

电话里的声音：我是东八小区的吴名。

西馨把旁边的快递单递给钟辕，接话：就是刚刚达畅去送的那个，这是单子。

钟辕接过单子看了看，严肃地：明明货送到了，收货单上有你的签名，你还跟我们要货，不是无理取闹吗？

客户疑惑的声音：有我的签名，是不是谁替我收了货，我查一查。

钟辕没好气地放下电话：岂有此理！

电话刚放下，铃又响了。钟辕一甩手：不理他，肯定是找到了！

西馨还是把电话接起来。

电话里的声音：你好！我在电话亭捡到了一封快件，上面有你们公司的地址电话，你们来取一下吧。

西馨客气地：谢谢你了！我们马上去取。

钟辕生气地：哪个冒失鬼，又把货丢了！我亲自去拿吧！

说着，钟辕出门。

19

林达畅宿舍门前。晚上。

钟辕拿着一份快件，高声地：林达畅，出来一下！

林达畅应了一声，从宿舍出来，不安地：有事？

钟辕亮了亮手中的快件，质问：这是怎么回事？

林达畅接过快件，低下了头。

钟辕又亮了亮另一只手里的快递单，生气地：这又是怎么回事？

林达畅低声地：我估计货已经丢了，便想了一个办法，自己伪造了客户的收到签名……

钟辕气得手点着林达畅的脑门：达畅呀达畅，你怎么干这种事？这不是掩耳盗铃吗？

林达畅低着头，像个做错事的孩子。

钟辕：还不快送去，跟人家好好解释。

林达畅拿着快件和快递单，匆忙往外走。

钟辕又叫住林达畅：坐这个车，快一点儿。

林达畅回转来，上了停在一边的车。

20

大街上。晚上。

一个浓妆艳抹的女人在街头招手，一辆楚汉的面包车开过来，在女人面前停下。

女人搔首弄姿地来到车门前，娇滴滴地：哥哥，下车玩一会儿吧！

司机高兴地：去哪里玩？

女人：随哥哥你了！

司机：多少钱？

女人：像哥哥这种帅哥，还提什么钱不钱的！

司机：来车上吧？

女人犹豫了一下，拉开车门上了车。

21

煤棚前。晚上。

钟辕站在煤棚前踱着步，一辆车回到公司，林达畅从车上跳下来。

钟辕：这次是真的送到了吧？

林达畅低着头：真的送到了！

钟辕没好气地：晚上睡觉的时候好好想一想，你怎么会做出这种事？明天给我写个深刻的检讨！

林达畅：好吧！

22

面包车内。晚上。

司机开着车不停地往前走。

女人嗲声嗲气地：哥哥，这是去哪里呀？

司机：到人少一点的地方，我再把你送回来！——说好不要钱的啊！

女人：我说不要，哥哥也不会不给。

一辆警车可能因为面包车超速突然在后边不远处拉响了警报器。

面包车司机惊恐地停下车，跳下来向路边的田野里跑去。

那女人在司机身后高声喊：你啥事都没做，跑个什么呀？

23

煤棚里。晚上。

钟辕在房间里踱着步，不时看一下电话。

电话铃响了，钟辕急忙冲到电话旁，抓起了话筒。

钟辕着急地：是面包车司机吗？你在哪里？

电话里的声音：面包车？你是不是楚汉公司？你们是不是有辆面包车找不到了？

钟辕惊喜地：是呀！你是谁？怎么知道？

电话里的声音：我是巡警，在巡逻中碰到了你们的面包车，车上有一个女子，她说司机跑掉了。你们赶紧过来吧。

钟辕愣在那里，片刻后才放下电话，匆匆奔出屋门。

24

煤棚前。早上。

钟辕面孔阴沉地站在门口。

面包车司机一脸惶恐地站在他对面。

钟辕冷冷地：就这些吗？

司机小心地：就这些，以后再也不敢了！

钟辕：回宿舍，先写检查，等候处理！

司机鞠了一躬，赶忙跑开了。

韩生德这时匆匆过来，递给钟辕一个信封，着急地：达畅留下了这个纸条，走了！

钟辕接过信，意外地：走了？他说什么了没有？

韩生德摇了摇头：昨天晚上一直磨蹭着不睡。早上起来就不见了，也不知什么时候走的！

钟辕匆匆拆开信，里面只有薄薄的一张信纸，钟辕看起来。

看完信，钟辕叹了一口气：这个达畅，他说想自己出去闯闯，去南方了。唉，犯了错还不让批评，也罢，人各有志，走就走吧。

25

楚汉院子里。日落时分。

树上的叶子都变黄了，地上落了一层。

西馨站在院子里焦急地看着门口，一辆楚汉的车开进来。

西馨招手示意司机开过来。

车在西馨身前停下，宋来跳下车。

西馨迎上来，着急地：宋来，你回来得正好！有个车坏在涿州北郊了，你马上去一趟，能修就修，不能修就拖回来。

宋来：好的！请放心！

宋来转身要上车，西馨想起了什么：等等。

西馨转身进煤棚，一会儿又出来，手里拿着一个东西，递给宋来：路挺远的，这个传呼机你带着，有什么事可以联系！

宋来接过来，爱不释手地看着，兴奋地：谢了！谢了！

西馨挥了挥手：快去吧！天不早了，争取尽快赶回来！

宋来：好的，好的。

26

涿州北郊。黄昏。

宋来开着车寻觅着公司抛锚的那辆车。

宋来四处张望，自言自语：这个小子，在哪里呀？

前面出现了一个旅店，一个人站在路边。

宋来停下车。

一个浓妆艳抹的胖女孩跑过来：哥哥，住店吗？

宋来摇了摇头：请问这是什么地方？

胖女孩靠向宋来：哥哥，这是涿州北郊，到店里喝杯水歇歇吧。

宋来摇摇头：我还有事呢。

胖女孩抓住宋来的一只手，撒娇地：哥哥，陪妹妹喝杯水嘛！放松放松！

宋来犹豫了一霎，下了车。

27

煤棚里。黄昏。

西馨正向钟辕汇报着：宋来已经去了三个小时，按说快该回来了。

钟辕点头：涿州没多远，就怕宋来逞能，想在那里修好。

这时，电话铃响了。西馨接起来：您好，楚汉快运！

电话里的声音：西馨主任，您怎么还没派人来，天快黑了！

西馨安慰地：我已经派宋来去了，还没到吗？再等等，也许一会儿就到了！

钟辕着急地：都三个多小时了，竟然还没到！不会也出了什么问题吧？

西馨：我给宋来打个传呼，问问他怎么回事！他走的时候，我怕有事联系不上，就把公司那个传呼让他带着了。

西馨拿起电话，拨了一个号：请呼45678。

28

宋来的车上。黄昏。

传呼机响了起来。

一会儿，传呼机又响了一次。

29

路边旅店小客房里。黄昏。

宋来已经脱光衣服扑到了胖女孩身上，女孩突然大喊：救命，救命！

门一下子被推开，一个中年男人和一个小伙子进来，小伙子拿着个相机"咔嚓咔嚓"地拍照。

宋来被吓呆在那里。

胖女孩"嘤嘤"地哭着穿衣服，宋来也抓过自己的衣服要穿，小伙子一把抢过去。

中年男人厉声地：你调戏我们的服务员，怎么办吧？

宋来无语。

小伙子举起了拳头：你是想公了还是私了？

宋来：怎么公了私了？

中年男人：公了的话，我们就把你送到派出所，拘留。私了嘛！你交1000块钱了事。

宋来：我哪有那么多钱？

小伙子：那就给你们公司打电话，让他们送钱来！

宋来着急地：那不行！千万不能打！

中年男人笑了：那好吧，拿钱来！

宋来摇摇头：我身上真的没有！能不能宽限几天？

小伙子恶狠狠地：少啰唆！不行就送你去派出所了！

宋来害怕地：大哥，大哥，你给我衣服，我去给公司打电话行吗？
中年男人：你说号码，我帮你打！

30

煤棚里。黄昏。

钟辕在房间里踱着步，西馨看着电话。

钟辕着急地：这个宋来，怎么不回电话？

西馨猜测地：是不是宋来不会用传呼机？

钟辕摇了摇头：他会用，以前给他用过几次。

这时，电话突然响了，把西馨吓了一跳。她赶紧抓起电话：宋来吗？

电话里的声音：我们是涿州阳光旅店，你们的一个司机做坏事，被我们扣了，请带1000块钱来领。我们就在京涿公路边上，你们快到涿州时就看到了。

西馨着急地：怎么回事？

对方已经把电话挂了。

西馨放下电话看着钟辕：宋来被人家扣了，也不知怎么回事。

钟辕气愤地：真是气死人，让他去救车，他反要我们去救。

西馨：怎么办呢？

钟辕想了想：肯定不是什么好事！我去一趟。

31

楚汉公司院内。夜。

钟祥、韩生德、西馨都在焦急地等待。

三辆车鱼贯而入。西馨松了一口气：终于回来了！

钟辕从第一辆车上跳下来，三个人上前迎接。

西馨：你们总算回来了，大家都很担心。

钟辕：你们都还没休息呀？

钟祥：你们不回来，我们也没法休息！到底是怎么回事？

钟辕摇了摇头：真是多事之秋！

32

煤棚里。晚上。

钟辕、钟祥、韩生德和西馨四个人围坐在桌前。

钟辕：水淹酒店，仿造签名，私拉女人，加上今天宋来的事，真是太让人头疼了。我想了想，最主要的原因，就是我们的员工素质太差！看来有必要对员工进行一次素质教育。

西馨点头：的确，前段时间业务太多，我们在招人上把关松了些，是该严格管理！

韩生德：随着大宗业务的逐渐剥离，我们可以清理一下员工队伍，素质低下的，要开除一批！

钟祥：重要的是制定一个完备的制度，再去严格地遵守！

33

煤棚前。白天。

全体员工列队。钟辕在队列前讲话。

钟辕肃穆地：从今天起，公司实施为期一个月的素质教育，每天晚上组织学习，无故不得请假。

员工交头接耳，议论纷纷。

钟辕厉声：肃静！有谁不想参加的，现在就可以走！

队列里一下子静下来。

钟辕接着讲：我们还要清理员工队伍，表现差的，一律开除！

34

钟辕宿舍。晚上。

钟辕放下手中的书，想了一会儿，开始在纸上写着什么。

西馨和钟祥敲门进来。

钟辕示意他们坐，胸有成竹地：我想好了！公司的规章参考军队的三大纪律八项注意，搞个"九不准"，违反一条罚款，违反两条开除……

35

集体大宿舍。晚上。

钟辕讲课。黑板上写着"公司规章制度"，下面列了九条。

钟辕：我先讲讲"九不准"，一是不准说谎话，二是不准随地大小便，三是不准和客户抢坐驾驶室，四是不准开着车门离开……

36

煤棚前。早上。

全体员工坐在地上，西馨站着讲话。

西馨：从今天起，我们就按制度行事。每天早上7点开早会，讲评昨天的工作，布置当天的任务。下面，先请钟总讲评昨天的工作。

钟辕来到众员工面前，扫了大家一眼：昨天，大家都很辛苦，工作完成得不错。司机李明一天跑了9趟火车站；库管员老王下班后还在打扫库房卫生，提出表扬。但是，昨天也有一些值得注意的问题，魏鹏，你站起来！

一个小伙子站了起来，大家都向他看去。

钟辕冷冷地：知道为什么让你站起来吧？

魏鹏低着头，嗫嚅着：我在库房边乱撒尿……

钟辕严厉地：按照规章，罚款10元，写出检查。坐下吧。

魏鹏沮丧地坐下。

钟辕看着宋来，厉声地：宋来，你站起来！

宋来不情愿地站起来，嘟囔着：二哥，我又怎么了？

钟辕严厉地：工作场所，请叫我钟总！我问你，昨天在火车站，你是不是车门没关就走了？

宋来满不在乎地：就这事呀！在场的都是自己人，无所谓嘛！

钟辕厉声地：自己人也不行！要养成好的习惯！按照规章：罚款10元，写出检查，坐下。

宋来不高兴地坐下。

钟辕看着何瀠的男朋友小黄：小黄，你站起来！

小黄站起来，不好意思地笑着：昨天，我的脚臭把客户熏跑了……

众人大笑。

37

宋来宿舍。中午。

宋来和小黄躺在床上。

宋来：这个工作没法干了！成天罚款，挣得还没有罚得多。

小黄：要不是何粼在这里，我早就不干了！

宋来：我还不是一样！早就不想干了，就是离不开……

小黄打断了宋来：你老婆又没在这里。

宋来：你是离不开女人，我嘛，是离不开我那车！现在，西馨又给我配了传呼机，倒也挺不错。

小黄：那你就好好遵守规章，跟你那车好好过日子吧！

宋来恨恨地：有时，真想开着他的车远走高飞……

小黄害怕地：那可不行！让钟总把你抓回来，非剁了你不可！

宋来笑了笑：开个玩笑！谁要他的破车！

38

京都公司门口。下午。

梁志远在门口指挥几个清洁工打扫卫生，看到楚汉的一辆车远远地驶来，慢慢停下。

宋来从车上跳下来，客气地：梁主任，忙啊！

梁志远看了一眼宋来，热情地：是宋来呀！怎么你一个人？林达畅呢？

宋来叹了一口气：唉，别提了！达畅让我那二哥给气走了，听说去了南方。

梁志远吃惊地：是吗？到底是怎么回事？

宋来笑了笑：这事，一两句话说不清楚。

梁志远：你现在不忙吧？要不来我这里坐一坐，咱们聊一聊，喝上一杯。

宋来：货倒是已经送完了，但怎么好意思麻烦你呢！

梁志远：别客气！我和你二哥是战友，达畅是我的老部下，都是朋友，客气什么！来，把车开进来。

宋来上车，按照梁志远的指引，把车开进京都公司，在一处空车位上停下。

39

集体大宿舍。晚上。

众人坐在床边，钟祥站在黑板前准备讲课，钟辕和西馨进来。

钟辕扫了一眼房间，生气地：宋来还没回来吗？

钟祥摇了摇头：没有！早就该回来了呀！

钟辕对西馨：传呼机还在他那里吧？

西馨：还在他那里。我给他打个传呼！

钟辕：打一下，看他在哪里？这正搞素质教育呢，他倒好，还是我行我素。

西馨转身出去。

钟辕面向大家：下午谁看到过宋来？

一个司机搔了搔头，不敢肯定地：下午我回来时，看到宋来的车停在京都物资公司，不知道现在还在不在那里？

钟辕对钟祥：不等他了，先上课吧！

钟祥点头，钟辕转身出来。

40

煤棚里。晚上。

钟辕气冲冲地走进来，着急地：传呼打了吗？

西馨点头：打了两次，但他没有回。

钟辕恼火地：一个司机说他在梁志远那里，不知搞什么名堂！

西馨吃惊地：是吗？他怎么会跑到梁志远那里？

钟辕：谁知道？我给梁志远打个电话问问。

钟辕来到电话旁，拿起电话。

41

京都公司梁志远住处。晚上。

桌子上放着几个小菜，几瓶啤酒。

梁志远和宋来还在喝酒。

电话铃响起。梁志远接电话。

电话里钟辕的声音：梁主任，宋来在你那里吗？

梁志远笑了笑：在呀，我们正喝酒呢！你也来喝两杯吧！

钟辕的声音：你把电话给宋来，我跟他说两句。

宋来摆了摆手。

梁志远：宋来不接电话！——你还是过来一下，咱们一起聊一聊。

说完，梁志远便把电话挂了，感慨地：我这个老部下呀，工作没的说，就是脾气不太好！

宋来嘴里嚼着下酒菜：是呀！连他妈都这么说！

梁志远：他这脾气，早晚会把公司弄散架的！

宋来：可不嘛，好多人都不想跟着他干了……

42

煤棚里。晚上。

钟辕拿着电话，惊在那儿……

西馨：这个宋来，也太不像话了，这边正在教育，他还在那里喝酒，喝完酒还要开着车回来。

钟辕气愤地：真是朽木不可雕也！我这就去，把他拎回来！

西馨：喝酒开车太危险了！

钟辕一边向外走一边生气地：不行就开除！

第九集

1

京都物资公司梁志远住处。晚上。

宋来正在边喝酒边诉苦：我给他当牛做马，辛辛苦苦地干活，出了点小事，一下子罚我几千块，还让我活不活？

梁志远故意挑拨地：你们一个村的，他也不给个面子？

宋来喝了一口酒：他这人六亲不认，他妈给我求情他都不理，还有什么办法？

梁志远出主意：那你别给他钱，拖一拖也许就拖过去了。

宋来摇了摇头：他现在扣着我的工资呢！一月只给我200块钱生活费，我吃饭都不够！真是气死人了！

梁志远故作姿态地：怎么能这样？我见了他得说说他！

2

梁志远住处院里。晚上。

钟辕跳下一辆面包车，向亮着灯的梁家单元门跑去。

3

梁志远住处。晚上。

宋来又喝了一杯。

梁志远叹了口气：老弟，你真是不容易。依我对钟辕的了解，他要想整你，你是跑不了的！

宋来带了点醉意：梁主任，你要是真想帮我，就让我到你这里干，怎么样？

梁志远犹豫了一下，一拍桌子：可以！只要你想来！我绝不亏待你！

宋来倒上一杯酒，感激地举起杯子：大哥，有你这句话，就是我的亲哥，我喝了！

梁志远：老弟，你在楚汉，他一月给你多少钱？

宋来：才200块，还不够喝顿酒的。

梁志远：你那不是扣了罚款以后的吗？实际工资多少？

宋来叹了一口气：像我们司机，新的老的都一个样，600块钱，中午管一顿饭。

梁志远：那好！我一个月给你1000块，管两顿饭。

宋来又惊又喜地：真的？那我明天就过来。

4

煤棚里。晚上。

西馨焦急地拨着电话，边拨边自语着：两个人可别吵起来。

电话通了，西馨拿起话筒不冷不热地：宋来在吗？我找宋来！

电话里梁志远的声音：西馨呀！好久不见了，你好吗？

西馨冷冷地：挺好的！你让宋来接电话！

梁志远不高兴的声音：他不接！

电话里只剩下了忙音。

西馨沮丧地放下了电话。

5

梁志远住处门口。晚上。

钟辕在敲门。

6

梁志远住处室内。晚上。

梁志远正一边给宋来倒酒一边应着：谁呀？进来吧。

钟辕推门进来。

梁志远：钟辕来了？来，喝两杯！

钟辕脸色铁青，也不跟梁志远打招呼，便质问宋来：这么晚了，为什么不回公司？不担心我会开除你？！

宋来借着酒劲，气呼呼地：你以为我非在你那里干不可呀！此处不留爷，自有留爷处。

钟辕冷笑着：嘿！有种！那好，你跟我回去结清账，把传呼机还给我，明天就不用上班了！

宋来把车钥匙往桌上一拍：我现在就辞职，车你自己开回去！至于传呼机，你罚了我的钱，这个传呼机我留下了！

钟辕气愤地：不干可以，但你必须把传呼机还给我，那是公司的财产，联系业务用的。

宋来一扬头，耍赖地：我不管，反正我留下了。

钟辕火冒三丈，上前拎着宋来的衣领，扯了他个趔趄。

宋来立刻煞有介事地：打人了！

钟辕越发生气，扬拳就真朝宋来打过去。

两个人扭打在一起。

梁志远坐在一边眯了眼看着，一副幸灾乐祸的样子。

宋来像发了疯一样，把钟辕推到桌子边。

桌子碰翻了，东西撒了一地。

梁志远不嫌事大地拿起电话：我是京都公司，你们快来，这里有人打架……

7

大街上。夜。

一辆警车拉着警报，呼啸着开过来。

8

梁志远住处。晚上。

钟辕和宋来继续扭打。

宋来的鼻子上挨了一拳，鲜血直流。

钟辕停下手，不依不饶地：传呼机一定得还，不然没完。

宋来擦着鼻子，毫不示弱地：休想，你把我打伤了，我要告你故意伤人！

9

京都公司门口。夜。

一辆警车拉着警报径直开进了京都院子。

门卫吃惊地看着警车。

10

梁志远住处院内。夜。

钟辕怒气未消地由楼上下来，看见警车，一愣。

两个警察下车向楼上跑去。

11

梁志远住处室内。夜。

警察：怎么回事？谁打架？

梁志远双手一摊，无奈地：你看，打人的人刚刚下楼，屋子里弄成这样！

警察：人没事吧？

宋来委屈地：怎么没事？我的鼻子都被打出血了！

梁志远接过宋来话头：闯进来就打人，无法无天了！

警察转身向楼下跑去。

12

梁志远住处院内。夜。

钟辕已驾车开出院门。

一名警察跑过来，见车已开走，跺一下脚。

宋来这时跑过来对警察：你们不能任他打人！

站在不远处的梁志远在黑暗中一笑。

13

煤棚前。早晨。

楚汉公司全体员工列队站立。

钟辕在队列前讲话：昨晚，司机宋来违反公司规章，私自改变行车路线，不按时回公司，还酗酒闹事，经研究，给予开除处理！

人群中有了议论声。

钟辕：他是公司的老司机，也是我的老乡，但不管是谁，违反了制度，就要严肃处理，希望大家吸取教训——

西馨这时跑过来低声对钟辕：派出所来电话找你……

14

煤棚里。白天。

钟辕放下电话：派出所让我去一趟，估计还是因为宋来的事。

西馨：我跟你一起去吧？

钟辕：公司挺忙的，你就别去了。

西馨：那让司机开车，你别再自己开了！

钟辕点头：好！

15

大街上。白天。

司机平稳地开着车，钟辕坐在副驾驶位置，拿着一张地图。

司机：钟总，前边往哪开？

钟辕：派出所，看来我们需要问个人。

司机减慢速度，钟辕通过车窗看外面，他发现前面一个穿军裤的人，正在摆弄一辆自行车，便吩咐：停一下，我去问个路。

16

大街辅路上。白天。

一个中年人自行车坏了，一脸焦急地查看着车子。

钟辕上前：同志，派出所怎么走。

中年人指着街道尽头：一直往前，到路口左拐，走个两三百米就到了。

钟辕客气地：谢谢！

钟辕转身欲走，突然又回头看了一眼，关切地：自行车怎么了？

中年人两手一摊，手上满是油污，沮丧地：链条夹住了，拉不出来。

钟辕：你等一下。

钟辕来到自己车前，对司机：拿几件工具，帮这位老兄修一下自行车。

司机拿着几件工具，和钟辕一起来到自行车前，钟辕接过一把螺丝刀，司机拿着一把钳子，两个人一起帮中年人修起来。

钟辕把夹住的链条拉出来，并上好。

钟辕站起身来，面对中年人：老哥，可以走了！

中年人客气地：谢谢！——老弟，看你这样子，也是部队出来的吧？我姓丁，转业干部，现在一个印刷厂当副厂长。

钟辕笑了笑：老兄好眼力，我刚转业不久，办了个快运公司。

丁厂长关切地：那你去派出所干什么？

钟辕：我也不知道，他们只是说有事情商量。

丁厂长大包大揽地：派出所有什么好事？——所长是我的战友，有什么事你就找我。

钟辕高兴地：那太谢谢了！您能不能给我留个电话？

丁厂长掏出名片夹，打开取出一张，递给钟辕。

两人告辞，钟辕上了车。

17

派出所门口。白天。

钟辕从车上下来，又转身对司机：你在车上等我！

司机：好的！

钟辕从容地进了派出所大门。

18

派出所办公室。白天。

钟辕面对一名警察，满脸含笑地：我是楚汉快运公司的总经理钟辕，所里打电话找我，有什么事吗？

警察站起来，冷冷地：你就是钟辕？

钟辕点头：我就是！

警察走上前，咔的一声给钟辕戴上了手铐！

钟辕一下惊呆了：为什么？

警察：有人告你私闯民宅，打架伤人，不但要拘留，还要罚款。

19

派出所拘留室前。白天。

警察带着钟辕走过来,掏出钥匙,把门打开。

警察回头看钟辕:先进去吧!等候处理!

钟辕高声地:你们想怎么着?不能冤枉好人呀!

警察严厉地:叫什么叫?我们不会冤枉好人的!

钟辕无奈地:要等到什么时候?

警察:这要看情况,先等着吧!

钟辕不情愿地走进拘留室。

20

派出所。白天。

楚汉公司的司机在门口来回走着,眼睛不时往里面看,自言自语地:钟总怎么还不出来?

司机走进派出所,向办公室走去。

来到办公室门口,司机往里看了看,客气地:警察同志,请问一个叫钟辕的去哪里了?

警察的声音:钟辕?他打了人,被拘留了!

司机愣在了那儿。

一霎之后,司机转身向门外跑去。

21

拘留室。白天。

房间里几排长椅,上面坐着几个人,钟辕坐在靠门口的位置。

几个人同时看着他,一个长相有点凶的男子问:兄弟,犯了什么事呀?

钟辕看了他一眼:有人告我打他!

那男子:打得重不重?

钟辕没好气地:应该还活着!

22

煤棚里。白天。

西馨坐在办公桌前记账。

送钟辕去派出所的司机慌慌张张地跑进来，上气不接下气地：西馨主任，钟总，钟总……

西馨惊讶地：钟总怎么了？慢慢说！

面包车司机：钟总被拘留了，说是因为打人！

西馨惊得一下子从桌边站起：呀，他现在在哪里？

司机摇摇头：我也不清楚，应该在派出所吧！

西馨：那你怎么知道他被拘留了？

司机：警察告诉我的。

西馨一屁股又坐在椅子上，挥了挥手：你先去休息吧！

23

派出所办公室。白天。

钟祥、韩生德、西馨坐在长椅上，警察坐在办公桌前写着什么。

西馨：警察同志，我们钟总是无辜的，他没有打人！只是和公司的一个员工发生点小误会！

警察：你这个女同志，我不是说过吗？有人报案，我们就要处理，你又不是当事人，怎能那么武断呢？

钟祥赔着笑：警察同志，什么时候能处理？

警察：我们正在联系受害方，等他们一到，我们就处理，你们先回去等吧！

韩生德：那他们什么时候能到？

警察两手一摊，无奈地：我也不知道！现在还没有联系上呢！

西馨着急地：是不是宋来呀？

警察看着西馨：你认识他？

西馨：他拿着公司的传呼机，你可以呼他！

警察怀疑地：是吗？那你帮我呼一下，用我们的电话！

西馨拿起电话，拨号：请呼45678，多呼几遍！

24

梁志远办公室。白天。

梁志远和宋来坐在那里说话。

梁志远：从今天起，你就算上班了。我让人给你安排好宿舍，你先休息几天！具体工作过几天再安排！

宋来眉开眼笑：谢了，谢了！

梁志远：别客气！现在我们真的是自己人了！

这时，传呼机响了，宋来掏出来看了看。

梁志远：谁呀？不会又是楚汉的人吧？

宋来摇了摇头：号码不熟悉！

梁志远把电话往宋来面前一推：用我的电话回吧！

宋来拿起电话，对着传呼机拨号。

宋来：喂，谁呼我？

电话里声音：我是派出所姓孙的警察！昨天是你报的案吧？

宋来看了看梁志远，梁志远点了点头。

宋来：是呀！

电话里声音：请你马上来一趟，昨天打你的那个人已经抓到了。

宋来惊讶地：好的，好的！

放下电话，宋来紧张地：他们把钟总抓去了！这可怎么办？

梁志远笑着：人家派出所秉公办事，你着哪门子急？——过一会儿去，你就坚持要医疗费，在那个地方，他还能把你怎么样？

宋来：也是！既然他不仁，也别怪我不义！事情到了这一步，我也不跟他客气了！

25

派出所审讯室。白天。

钟祥、韩生德、西馨站在警察后面。宋来坐在一边。墙壁上写着"坦白从宽，抗拒从严"的大幅标语。

钟辕戴着手铐，坐在警察的对面，怒目注视着宋来。

孙警察：刚才，事实已经搞清楚了！钟辕私闯民宅，打人致轻微伤，按照治安管理处罚条例的相关规定，可以拘留、罚款，鉴于当事人态度不错，从轻处理。这样，钟辕打伤了人，赔300块钱医疗费，就可以走人了。

钟祥、韩生德、西馨相互看了看，露出了会心的笑。

西馨小声地：太好了！

钟辕坚决地：不行！我为什么要出这个钱？他还没给我传呼机呢，还让我赔他钱？

孙警察：我们只处理打人的事，传呼机我们不管，你可以向人民法院提起民事诉讼。

钟辕气愤地：这样的话，我也不出这300块钱，让宋来起诉我吧！

警察生气地：好好，既然如此，那你就回拘留室吧。

钟辕站起来：回就回！

另一个警察过来，把钟辕带走了。

宋来也快步走了出去。

钟祥、韩生德、西馨都惊呆在了那里。

26

派出所办公室。白天。

孙警察前脚刚进门，西馨等三人便也跟进来。西馨恳求地：警察同志，这300块钱，我们交，您就把人放了吧！

孙警察生气地：刚才你们看到了吗？我够照顾你们的了！不就是个民营小老板嘛，脾气还不小，谁都想顶撞！

钟祥赔着笑：警察同志，您别生气！我们把钱交了，您就通融通融！

孙警察摆摆手：不行！私闯民宅，还打了人，性质非常严重，不拘留说不过去！

韩生德软中带硬地：刚才不是说了吗？赔300块钱就可以走人！

孙警察生气地：现在不行了！私闯民宅，打人致伤，加上抗拒处理，拘留半个月也不多。

西馨恳求着：警察同志，你大人不记小人过！就通融通融，放了他吧！

孙警察：你们赶紧走！再不走我告你们妨碍公务了！钟辕这种人，不让他蹲几天，他哪知道要尊敬他人？

钟祥拉了一把西馨，三个人悻悻地走了出去。

27

拘留室。晚上。

幽暗的灯光下，钟辕坐在长椅上，双眼微闭，神情黯然。

其余几个人也像钟辕一样坐着。

钟辕睁开眼睛，扫了一眼房间。

他的眼前幻化出昨天夜里梁志远住处的场景。

转入与宋来打架的场景。

再转入被戴上手铐的那一刻。

最后是下午在审讯室拒绝赔款的一幕……

回到现实中，钟辕叹了一口气，又闭上了眼睛。

28

煤棚里。晚上。

钟祥、韩生德、西馨围坐在桌前。

钟祥沮丧地：我问了本地的员工，大家都没有派出所的关系，倒是一个司机提供了一个信息……

西馨焦急地：什么信息？

钟祥：他说，这个孙警察的老婆是京都物资公司的，如果能找一找，也许有戏！

韩生德：咱又不认识，怎么找？

钟祥：京都物资公司办公室的梁主任不是二哥的战友吗？他如果能帮忙……

韩生德打断了钟祥：他呀！不帮倒忙就不错了！宋来的事，还不是他挑拨的？

钟祥：他怎么能这样？即使以前合作不愉快，也不能落井下石呀！

韩生德看了一眼西馨，低声：那你问西馨主任吧！

西馨接过话头：好吧，这个信息也许有用，我想想办法！

29

拘留室里。晚上。

钟辕坐在长椅上,睁大了眼看着天花板。

一会儿,他低下头,站起身来,抬脚走了两步,一个困极的人躺在地上打呼噜,他只好又退了回来,一屁股坐在椅子上。

30

楚汉公司院子。夜。

一弯月牙挂在天上,月光昏暗。

西馨在院子里徘徊。

韩生德远远地走过来:西馨,时间不早了,休息吧!

西馨叹了口气:韩总,你先休息,我睡不着!

韩生德:明天再想办法!

西馨苦笑着:好的!你先去睡吧!

韩生德走了。

西馨继续踱着步。

31

京都公司办公楼。白天。

西馨走在走廊里,眼睛瞟了"办公室主任"的门牌一眼,站定。

她犹豫了一会儿,转身。

她走到马雨萌办公室门口,敲响了门。

32

马雨萌办公室。白天。

马雨萌站着给西馨倒水,西馨坐在一旁。

马雨萌热情地:西馨,好久不见你了,最近你还好吧?

西馨:一般般!就是个忙!

马雨萌羡慕地:听说你做了楚汉公司的办公室主任,行啊!

西馨:我们小民营公司,不值一提!你和梁主任,关系发展得不错吧?

马雨萌把水端到西馨面前,答非所问地:喝点水!

西馨看了一眼水杯:谢谢!

马雨萌回到自己的座位坐下：志远对我挺好的，我们经常约会……

西馨：那就恭喜你了！

马雨萌感激地：还得感谢你呢！要不，中午叫上志远，我们一起请你吃饭！

西馨摇摇头：我还有事！饭就不用吃了，你能不能帮我一个忙？

马雨萌爽快地：什么事？只管说，只要我能帮上！

西馨：我们钟总因为一点小事，被派出所拘留了，听说，有个派出所孙警察的老婆在你们这里工作，你能不能帮我说一说？

马雨萌点了点头：对！你说的是我们这里的小杜。走，我现在就带你去找她。

西馨感激地：那就谢谢了！

马雨萌起身往外走，西馨跟在后面。

33

孙警察老婆小杜的办公室。白天。

马雨萌、西馨、小杜三个人都站着。

马雨萌对小杜：这位是我的大姐，我和梁主任的事就是她成全的！你可一定得帮这个忙！

小杜热情地：放心！大姐的事就是你的事，你的事就是梁主任的事，我能不帮忙吗？中午我就去派出所跟我们那位说，让他放人！

西馨脸露欣喜：那就太谢谢了！

马雨萌不客气地：都是自己人，不用客气！小杜，是不是？

小杜：当然，不用客气。

34

京都公司院内。白天。

马雨萌与西馨挥手告别。

看西馨出了大门，马雨萌往楼上走去。

35

梁志远办公室。白天。

梁志远在办公室里看报纸，马雨萌推门走了进来。

梁志远放下报纸，看着马雨萌：有事？

马雨萌笑着：刚才西馨来了。

梁志远意外地：她来干什么？

马雨萌：她们老总被派出所抓了，让我帮她找找小杜。

梁志远：找小杜干什么？

马雨萌：小杜的老公不是在派出所工作吗？

梁志远点点头：哦！怎么样？

马雨萌：她已经答应帮忙了！

梁志远不冷不热地：嘿，你真够热心的啊！

马雨萌：西馨是我的同学，又是你的熟人，还帮我们牵线，我当然要帮忙！怎么样？该感谢我吧！

梁志远没好气地：我是该感谢你！

马雨萌委屈地：你看你这人，怎么这样？

梁志远笑了笑：你先上班去！过一会儿我找你！

马雨萌咕哝着嘴，推门出去了。

梁志远也站起来，往门外走。

36

拘留室。中午。

西馨隔着门上的小窗，与钟辕说话。

西馨小声地：钟总，上午我去找了一个孙警察的老婆，她答应帮忙，很快你就可以出来了。

钟辕强硬地：你不用找人，我又没什么大错误，他们迟早得我把放出去。

西馨心疼地：你看你，都成什么样子了？别和自己过不去，行吗？

钟辕低下了头，不甘心地：我咽不下这口气！

西馨的眼圈红了，恳求地：求求你，别再跟孙警察斗气，给人家一个台阶下，行吗？

钟辕缓缓点了下头。

37

派出所院内。中午。

西馨看到小杜由远处走来,急忙迎了上去。

西馨感激地:您真来了,谢谢您了!

小杜不好意思地:不用谢我!我说了也不一定管用!

西馨:您好好跟您老公说说,罚多少钱我们都交,只要把人放了就行!

小杜:好吧!我试试!

38

派出所办公室。中午。

那位孙警察坐在桌前,有些心神不定。

小杜进来。

孙警察意外地:你怎么来了?

小杜轻声地:你们是不是拘留了一个姓钟的?

孙警察点头:这是我的工作,你问这个干什么?

小杜轻声地:我们京都公司梁主任的意思,你既然拘留了姓钟的,就多关他几天,让他知道打人要受惩处!

孙警察有些不安地:我只有24小时的拘留权。

小杜:人家梁主任平日对咱不错,又给咱分了一套房子,这点要求你都不能办了?

孙警察搔了搔头发:这人是有点执拗,好吧,我想想办法……

39

拘留室。晚上。

钟辕坐着昏昏地睡去。

40

煤棚里。白天。

西馨拿着电话:雨萌,你问问小杜,钟总怎么还没放出来?

马雨萌的声音:西馨姐,我问过了,小杜说钟总问题太大,她老公做不了主！

西馨沮丧地放下电话，愣在那里。

41

柳行长家。晚上。

柳行长正在客厅里看电视，夏绿在打扫卫生。

柳太太从卧室出来，对柳行长：我去隔壁打牌了。

柳行长"嗯"了一声，继续看电视。

柳太太开门出去。

柳行长：夏绿，过来一起看电视吧！

夏绿摇头：我得干活！

说着，夏绿拿着拖布，快步准备离开客厅。

柳行长站起来，快走几步，猛一下把夏绿抱在了怀里。

夏绿拼命挣扎没有挣脱，便威胁地：你快放手，再不放手我就喊人了！

柳行长淫笑着：喊吧！反正没人听到！

夏绿大喊：救命——救命——

柳行长一点也不害怕，抱着夏绿来到沙发边，把夏绿压在了沙发上。

这时，门突然开了，柳太太出现在两人面前。

柳行长害怕地：我……

柳太太不理丈夫，直奔夏绿而来。夏绿正委屈地想站起，一个大耳光打过来，打得夏绿一个趔趄。

柳太太发疯地：你这个狐狸精，快给我滚，给我滚！

夏绿惊愕地看着柳太太，柳太太又举起了巴掌。

夏绿捂着脸跑向自己的房间，不一会儿又提着个包跑出来，直接奔向门口，开门出去，把门重重地关上。

柳太太一屁股坐到地上，"哇"的一下哭出了声。

42

钟祥宿舍。晚上。

何荟气愤地：你说宋来这个天杀的，整天给我们添麻烦，还倒打一耙，把二哥告到了派出所。

钟祥无奈地：什么人都有！二哥还老护着他呢！

敲门声传来，何荟：进来吧。

西馨推门进来，夏绿跟在她身后。

西馨：钟副总，这个姑娘来找钟总，说是你们一个村的。

钟祥看了看，不太熟悉：你是——？

夏绿落落大方地：我叫夏绿，是宋来的老婆，钟总认识我。我见过三哥三嫂，就在大叔办丧事的时候。

钟祥恍然大悟地：哦！我知道了！宋来刚来的时候，就是说来找你，对吧？

夏绿点了点头。

何荟不冷不热地：你来找宋来吗？他已经不在这里了！我们刚才还在说他呢，他把你二哥告到了派出所，到现在还没放出来。

夏绿惊讶地：哦？他又做坏事了吧？我并不是来找他，只是听他说过二哥三哥在这里，今天晚上没地方去，特来投奔的。

钟祥叹了一口气：他和二哥斗气，报了警，二哥就被派出所拘留了！

夏绿：这个狗东西，不做好事！以前老打我，现在作践到二哥头上了，我去找他说说。

西馨：你说了他听吗？

夏绿：他现在老是去找我，想与我和好，我不理他！如果……

西馨：那太好了！你跟他说说，让他去派出所"撤诉"，钟总就可以放出来了！

夏绿：我可以试试。

钟祥对西馨：你先给夏绿安排个住的地方，明天再说吧！

西馨转对夏绿：走吧，跟我来！

夏绿看了一眼钟祥、何荟，感激地：谢谢三哥三嫂，我先过去了！

钟祥：跟西馨主任去吧！

夏绿跟在西馨身后出了门。

何荟"哼"了一声，鄙夷地：宋来的老婆，也不会是什么好东西！

43

大街上。白天。

夏绿和宋来站在一个电话亭边,楚汉的面包车停在十字路口拐角,西馨远远地向这边看着。

夏绿:这事,本身就是你的不对,还害得二哥蹲派出所,你还有没有良心!

宋来直着脖子,狡辩地:他对我也太苛刻了,让派出所治治,不算过!

夏绿:行了!我就问你一句,你去不去派出所?

宋来底气不足地:不去!

夏绿气愤地:那好!以后你再也别找我了!说罢,转身就走!

宋来追了上来,一把拉住夏绿,赔着笑:好老婆,我跟你去还不行吗?不过,把钟辕救出来,咱们就……

夏绿回头看着宋来,打断了宋来的话:先救出来再说!

44

派出所办公室。白天。

还是那个孙警察,正在看报纸。

宋来和夏绿进来。

孙警察抬头看了宋来一眼:你呀?赔款的事还没有落实,回去等吧!

宋来满脸堆笑地:警察同志,我不是来要赔款的。

孙警察:那你来干什么?

宋来:我想来告诉您,我不告了,我"撤诉",能不能把人放了?

孙警察看着宋来,愣了愣:那可不行!现在还没结案呢!

宋来恳求地:赔款我不要了,还不行吗?

孙警察严肃地:你以为我们这里是市场呀?你想要就要,不想要就算了!快回去吧,别在这里无理取闹!

宋来看了一眼夏绿,夏绿扭头就走。

宋来也跟着往外走。

45

楚汉院里。晚上。

钟祥和韩生德走在满地的落叶里，脚下发出踩树叶的声响。

钟祥沉重地：今天，十几个工人不辞而别，差点把我们的一辆三轮车带走，多亏被我发现。这样下去，公司马上就人心涣散了！

韩生德点头：是呀！当务之急还是得先救出钟总，否则连西馨主任也无法工作了！

钟祥：没想到办公司还会惹这么大的祸，不行咱们就不做了。

韩生德有些生气：不做也得等你哥出来再说。

46

拘留室。白天。

钟辕一个人坐在拘留室里，胡子已经长得挺长，神情萎靡。

钟辕在百无聊赖中翻着口袋，突然摸出了那张署名丁东方的名片。

钟辕看着名片。

切入那天遇到中年人的情景。

钟辕眼前一亮。

47

拘留室门口。白天。

西馨趴在门口小窗上往里看，关切地：钟总，你没事吧？

钟辕点点头：没事！

钟辕隔着小窗把丁厂长的名片亮了亮，低声地：快去找这个人！

西馨点头会意：你放心，我马上去找。

钟辕低下身子，名片从门缝里塞了出来。

西馨拿过，转身就走。

48

印刷厂厂长办公室。中午。

丁东方正在看一份文件。

西馨敲门，丁东方头也不抬地：请进！

西馨进来，客气地：请问，您是丁东方厂长吗？

丁东方点头：我就是，有事？

西馨欣喜地：钟辕让我来找你的，他被派出所拘留了。

丁东方一脸疑惑：钟辕？

然后他又摇了摇头：不认识！

西馨愣在那里。

第十集

1

印刷厂厂长办公室。白天。

西馨着急地：您真的不认识？他让我来找您的，还让我拿着您的名片。说着，把名片递过去。

丁东方疑惑地接过名片，又摇摇头：不好意思，这个钟辕是干什么的？

西馨：楚汉快运公司的老总，现在被关在派出所里。

丁东方忽然想起：我想起来了，转业干部，身材挺壮实……

西馨惊喜地：对，对！就是他让我来找您的。

丁东方：他犯了什么事？

西馨急切地：这事呀，根本算不了什么事……

2

拘留室里。白天。

钟辕一个人在房间里焦急地来回踱步。

3

印刷厂厂长办公室。白天。

丁东方轻松地：就这事呀？根本算不上私闯民宅嘛！

西馨：是呀！已经关了五天了！您看能不能帮帮忙，把我们钟总救出来。

丁东方：放心，我这就找他们所长，按法律办事嘛！你先回去吧！

西馨：那就太谢谢了！

4

派出所所长办公室。白天。

派出所所长坐在办公桌后，丁东方坐在沙发上，两个人在聊天。

所长笑了笑：丁厂长，你来我这里，不会是专门来看我的吧？

丁东方：说得对，无事不登三宝殿！我一个朋友被你的部下拘留了！

所长怀疑地：是吗？我们拘留室可是人丁不旺，现在只有一个叫钟辕的。

丁东方点了点头：就是他。你们为什么拘留人家那么长时间？

所长：他呀，私闯民宅，故意伤人，还妨碍警察执行公务。

丁东方：我这个朋友跟房主是战友，算不上私闯民宅；跟他打架的人是他的员工，因工作的事发生了一点小摩擦，也算不上故意伤人。你们一拘就是五六天，有点过了吧？

所长：是吗？这些情况我还真不知道。这样吧，你先坐一会儿，我去问问。如果真像你说的，我马上放人！

丁东方拍拍胸脯：我老丁什么时候说过瞎话？！

5

派出所。白天。

所长出了房门，朝孙警察办公室走去。

他瞥了拘留室一眼，步子更快了。

6

孙警察办公室。白天。

他正在打电话，所长走进来，站在孙警察办公桌对面。

孙警察对着话筒：好了，不多说了，我有事！

孙警察挂了电话，站了起来，谦恭地：所长好。

所长：钟辕拘了几天了？到底是怎么回事？

7

派出所拘留室门口。白天。

丁东方站在门口，从小窗里往里张望。

8

拘留室里。白天。

钟辕坐在长椅上，明显黑了瘦了，胡子挺长，脸色灰暗。

他听见有人敲门,抬眼看到小窗外丁东方的脸,便起身走了过来。

9

孙警察办公室。白天。

所长和孙警察都站着。

所长严肃地:这只是一般的打架斗殴,根本不能拘留7天,马上放人吧!

孙警察强词夺理地:他私闯民宅,还打伤了人,态度挺恶劣……

所长打断了孙警察:你不报告就超期拘留人,已严重违纪!他和房主是熟人是战友,算什么私闯民宅!——先放人再说!

孙警察低下头:好吧!

10

拘留室门口。白天。

丁东方和钟辕隔着门口说话。

丁东方:这要不是在这里,我真不敢认你了。才这么几天,怎么变成了这样子?!

钟辕苦笑着:这里面,嘻!

丁东方自信地:我已经跟所长说了,他们很快就会放你出来!

钟辕不好意思地:一面之交,就这么麻烦你,真是不好意思!

丁东方豪爽地:都是部队出来的,一个娘家!客气什么?!

钟辕感激地:太谢谢你了!

丁东方:老弟,你再委屈一会儿,我去看看,让他们尽快放人!

11

派出所门口。白天。

钟辕在丁东方的陪同下走出大门,站在面包车旁的钟祥、韩生德、西馨一起迎了过来。

钟祥一把抓住钟辕的手,哽咽地:二哥,你受苦了!

钟辕:三弟,没什么!

韩生德关切地:钟总,您黑了,也瘦了!

钟辕点了点头：生德，公司运转正常吧？

韩生德点头：一切正常！

钟辕转向西馨，感激地：西馨，辛苦你了！

西馨看着钟辕，眼泪止不住地流了出来：钟总——

钟辕看着西馨，眼圈也有些红，他冲动地一把把西馨揽在怀里，拥抱了一下。

钟祥和韩生德都有些吃惊地看着两人，然后转过身子。

钟辕松开西馨，对三人：钟祥、生德，咱们光顾说话了，怠慢了朋友。来，我给你们介绍一下——

钟辕指着丁东方：这位是丁东方厂长，也是转业军人。这次多亏了他，要不现在还出不来呢！

钟祥和韩生德过来与丁厂长握手致谢。

丁东方客气地：不客气，不客气，都是自己人！

西馨双颊绯红地：丁厂长，真是太感谢你了！

丁东方笑着：怪不得找我时那么着急，原来是钟夫人呀！

钟辕接过话头：现在还不是，快了吧！

丁东方一愣，随即哈哈大笑，笑过，连连点头：不错，不错！

西馨的脸更红了。

丁东方一推钟辕：钟总，你们快回去吧！有什么话回去再说！

钟辕握住丁东方的手：找个机会我得请你喝酒！

丁东方又笑：喝喜酒的时候别忘了我就行！

钟辕看了一眼西馨，笑着：好，好！

12

煤棚里。白天。

钟辕已经洗过脸，刮过胡子，换了衣服，清清爽爽，又恢复了往日的风采。

韩生德佩服地：钟总，你在里面蹲了5天，出来还像没事一样！

钟辕笑了笑：只是这几天胡子长得疯快，刮了一大堆！

西馨心疼地：你看你，刮胡子也不轻一点，刮得脸上都有血痕了！

钟辕笑着：我要把那几天的不痛快一刮而光。

钟祥感慨地：前几天，公司里有点乱，我都有点泄气了！看来我要好好向二哥学习。

13

楚汉院内。白天。

小黄担心地对一个工友：钟总出来了，那宋来就麻烦了！

那工友点头：反正没有他的好果子吃。

14

煤棚里。白天。

钟辕沉着脸问西馨：宋来现在在哪里？传呼机要回来没有？

西馨：我也不知道。不过，他老婆来了，动员宋来去派出所撤诉，还把传呼机要了回来！

钟辕意外地：是吗？那个女人我见过，看上去不错，没想到还挺通情达理的。

西馨：是呀！所以，我就做主让她在公司暂住，也许她知道宋来的情况。

钟辕：她现在还在公司？

西馨点头：前天晚上来的，昨天跟宋来去派出所，今天也没说走，倒是跑到食堂帮忙了。还挺勤快。

钟辕：哦！咱们去看看她。

15

伙房里。白天。

夏绿正与一个中午妇女择着青菜。

夏绿气愤地：那家人不好侍候，女主人非常挑剔，男主人整天打坏主意，我一气之下，便离开了那里。

中年妇女：那你怎么办？

夏绿：我想留在你们这里干活，行不行？

中年妇女：我这里倒是缺个帮手，跟西馨主任说过好几次了！不过……

夏绿担心地：不过什么？

中年妇女摇了摇头：你跟宋来是两口子，现在宋来又害钟总吃了那么多苦，他们不一定会留你！

夏绿先是点头，一霎之后又辩解：不过，我和宋来早就分开了，钟总知道的。

钟辕和西馨这时走了进来。

钟辕笑着：说我知道什么？

夏绿站起来，搓着手，不好意思地：我是说，知道我和宋来分开很久了！这次宋来害了你，我替他向你道歉！

钟辕笑：你不是说你跟他已经分开很久了吗？你替他道什么歉？

夏绿：二哥，宋来这个东西没良心，你别跟他一般见识。

钟辕摇头：这小子，有那么股"驴脾气"，我知道！但事情过去了就过去了，我不跟他计较！

夏绿真诚地：二哥真是宽宏大量！宋来做人要是有你的三分之一就好了！

钟辕：宋来找到你这么好的媳妇，真是烧了高香，还不知足！这次你帮了我们不少忙，谢谢你了！

夏绿不好意思地：谢我什么？他那么做，我都觉得良心上过不去，才去劝他。他一直想与我和好，便听了我的。

西馨接过话头：那他现在去哪里了？

夏绿：听他说，今天就去京都物资公司上班！

钟辕：去京都？

16

京都公司汽车队宿舍。白天。

司机们正在打麻将，梁志远带着宋来走进来。

众人站起，队长向前两步：梁主任，您来了！

梁志远没好气地指了指队长和司机们：你们，又打牌？！

队长讪笑着辩解：这不是没事吗？

梁志远语气缓和地：别太过分啊！

队长赶紧接过话头：那是，那是！

梁志远把宋来往队长面前一推：他叫宋来，是个老司机了！从今天开始来你们车队！

宋来一鞠躬：请大家多关照。

众司机一起鼓掌。

队长：欢迎，欢迎！

梁志远对队长：那我就把他交给你了，你给他安排好吃住和工作。

队长：那是，那是，主任您放心！

梁志远走了，队长兴奋地对宋来：走，搓两圈！

宋来跃跃欲试地：搓就搓，好久没玩了！

17

楚汉伙房里。白天。

钟辕的脸沉了下来。

夏绿担心地：宋来是这么说的，好像那里的一个领导已经同意了！

西馨：肯定是梁志远，他也太过分了！

夏绿：具体是谁我也不清楚！

钟辕叹口气：不提他了！你打算怎么办？

夏绿：二哥，我和宋来的事你也知道，实在是过不下去了！要不是他这次做的事让人看不过去，我才不去找他呢！昨天，我劝他回来认错，他不回，还决定去京都公司，太让人失望了！

西馨：你和他又吵崩了？

夏绿：我们就没有和好过！我是下了决心要与他分手！

钟辕和西馨对望了一眼。

西馨关切地：那你打算怎么办？还回去干家政吗？

夏绿摇头：我不想干家政了！二哥，能不能让我留下？

钟辕一愣：你是说留在我这里吗？

夏绿真诚地：我早就想来这里，可是又不愿见宋来。现在他走了，我又没地方去，就更想来这里了！这里那么多老乡，就跟在家里一样。只要让我留下，干什么都行！

钟辕考虑了一会儿，点了点头：那你就留下吧！现在人越来越多，食堂忙不过来，你做过家政，就在食堂帮着干点杂活。

夏绿兴奋地：好！谢谢二哥！

18

街头公园。晚上。

钟辕和西馨走在公园里，路灯光朦朦胧胧。

西馨低着头羞涩地：钟总，你真爱开玩笑。

钟辕笑了笑：是吗？我怎么不觉得？

西馨低着头：你忘了？在派出所门口，当着人家丁厂长的面，你开那种玩笑……

钟辕郑重地：没有啊！我不是开玩笑，我是认真的！难道你有意见？

西馨慌慌地快走两步，不知说什么好。

钟辕追上，一把拉住西馨：西馨，是不是我说错了什么？你有意见？

西馨连连摇头。

钟辕一下把西馨拥在了怀里。

19

街头公园。晚上。

钟辕和西馨相拥着坐在长椅上。

西馨忧虑地：公司现在不缺人，但应付差事的太多，缺一个带头干活的。

钟辕叹了口气：要是达畅在这里就好了！

西馨：也不知道达畅现在哪里，过得怎么样？

20

广州某快运公司。白天。

林达畅在吃力地搬着一个木箱。

阳光下，可以清楚地看出，林达畅黑了、瘦了，神情很抑郁的样子。

突然，林达畅一个趔趄，跌倒在地上。

木箱砸在了他的腿上。

工友们纷纷过来，把箱子从他腿上移开。

一个工友着急地：小林，没事吧？

林达畅坐在地上，一动也不敢动，咬着牙摇了摇头，痛苦地：动不了了！

一个工友惊讶地指着林达畅的脚：肯定是腿断了！快送医院吧！

众人看林达畅的脚，软软地歪向一边。

一个工友同情地：走，找老板，让他送你去医院。

一个工友喊：老板，有人骨折了——

老板远远地走过来，没好气地：怎么搞的？搬这么个小东西，还砸断了腿！

一个工友恳求地：老板，快送他去医院吧，他疼得受不了了！

老板一摆手，不高兴地：你们打120呀！大惊小怪！

众人面面相觑，一个工友拨打了120。

老板看大家都在看着林达畅，没好气地：你们，都给我干活去！让他在这里等着就行了。

众人只好悻悻地离去，继续干活。

老板扫了一眼已经开始干活的工人，转身走了。

21

医院急诊室。白天。

林达畅躺在病床上，医生对陪同来的一个工友：病人骨折需要手术治疗，你先去办住院手续吧！

工友：能不能不住院呀？

医生严肃地：这么严重的骨折，不住院怎么行？

工友摇摇头：可是，我们老板不给钱！没有钱住呀！

医生无奈地：那你们自己看着办吧？不住院，只能打上石膏回家养着，但那样我可不敢保证能长好！

林达畅躺在病床上，有气无力地：老唐，你帮我问问老板，我这应该算工伤吧？公司应该出点钱给我看伤嘛！

工友无奈地摇头：小林，老板已经交代了，你是自己不小心，公司不管……

林达畅气愤地：那你帮我把工资领了，我自己出钱住院。

工友：老板也不同意，我想跟他借点钱，让他以后从工资里扣，他也没答应！

林达畅气愤地：把我拉回去吧！我不治了，就在公司躺着。

工友不好意思地：小林，我也没办法！不行的话，咱先打了石膏，回去养着，应该能长好。

林达畅没有说话，算是默认。

22

集体宿舍里。白天。

十几张高低床参差不齐地摆在房子里，只留下了走路的空间。

房间里静悄悄的。

林达畅躺在床上，神情黯然地看着天花板。

23

宿舍外。白天。

林达畅拄着双拐，吃力地走着。

他看着远处正在装卸的场面，眼前浮现他刚到北京时钟辕去接他的场景。

接着是他在楚汉时指挥工人工作时的情景。

再是校园搬货后钟辕表扬他的场景……

24

老板办公室。白天。

林达畅站在办公桌前，老板跷着二郎腿坐在老板椅上。

林达畅生气地：我是在工作中受伤的，为什么不能算工伤？

老板笑了笑：小林呀！你也知道，我们是民营企业，效益很一般，像你这种情况，公司已经够照顾的了！

林达畅：照顾？我受伤一个多月，你们领导有一个来看过我吗？给过我一分钱吗？

老板：你住在公司的宿舍里，公司没让你搬出来，还不够意思吗？

林达畅哭笑不得：这也算照顾？！

老板：当然！现在你恢复得差不多了，就搬走吧！

林达畅吃惊地：我还想上班呢！往哪里搬？

老板不客气地：你的腿要好好休养，不能再干重体力活了，另谋高就吧！

林达畅气愤地：你们，你们怎么能这样？我即使干不了搬运工，也可以干快递员、保管员，什么都可以干的。

老板也生气了：别多说了！我们是快运公司，你一个瘸子，能快得了吗？

林达畅气得扭头就走。

脚印一深一浅的。

25

广州火车站广场。白天。

林达畅背着简单的行李，正在候车室门口准备进站。

他停下来，回头看了一眼广州。

工作人员催促：你还走不走了？

林达畅气呼呼地：这个地方，我再也不来了！

26

京都公司汽车队。白天。

宋来和司机们在擦车。

宋来擦完，把抹布往驾驶室里一放，洗了把手。

队长站在旁边看司机们擦车，宋来走过去，笑了笑：队长，咱们什么时候出车呀？

队长：有业务就出！

宋来：什么时候有业务呀？

队长没好气地：你问我，我问谁？不过，你倒可以去问问梁主任。

宋来担心地：这样下去，拿什么发工资？

一个司机也擦完了车走过来，接过宋来话头：哥们，那不是咱操心的事！走，搓一把去！

宋来摇了摇头：不打了！老打也没意思。

27

梁志远办公室。白天。

梁志远正在看报纸，有人敲门。

梁志远：请进！

宋来推门进来。

梁志远笑了笑：宋来，有事吗？

宋来摇了摇头：没什么事，过来看看你！

梁志远指指沙发：坐吧！喝茶自己倒！

宋来坐下。

梁志远微笑着：宋来，在我这里不错吧？

宋来点点头，又摇了摇头，模棱两可地：也好——也不好！

梁志远疑惑地：什么意思呀？难道比在楚汉还累？

宋来摇摇头：一点儿也不累！

梁志远：那是为什么？

宋来似笑非笑地：就是太轻松了，整天除了打麻将，就没有事干了！

梁志远哈哈大笑，笑过，他沾沾自喜：原来是这呀！这正是咱们国营企业的优势，不用干活，照样可以发工资！这才叫舒服！

宋来摇摇头：我觉得，不干活，没意思！

梁志远语重心长地：你呀！是还没有适应！你在楚汉整天忙得像个拉磨的驴，没有歇的时候，现在猛地歇下来，需要一个适应过程。

宋来愣愣地看着梁志远。

梁志远想起了什么似的：哦！别在意，比喻得不太恰当。

宋来摇摇头：这没什么！像我，比驴也强不了多少，都是为人干活呗。说实在的，我还真不适应没有事做的工作。梁主任，你能不能给我换个岗位，只要是每天都有点事做就行。

梁志远笑了：还真享不了清福？

宋来：享不了！

梁志远想了想，点点头：那好吧！你就开我的专车，事情相对多一些，以前的司机还老抱怨累呢！

宋来兴奋地：那太好了！我不怕累！

梁志远笑着：小伙子不错嘛！上进心挺强的，钟辕怎么还不想要你呢？

宋来：在楚汉，我算工作最一般的！

梁志远：是呀！钟辕就喜欢不要命的！比如林达畅，活脱脱一个拼命三郎！

宋来提醒地：林达畅已经不在楚汉了！

梁志远点点头：对，对！你说过，他已经不在楚汉了！你知道他在哪里吗？

宋来摇摇头：不知道！

28

山西一个小山村。白天。

一座小山前，几十栋破旧的房子散落着。周围没有一点绿色，光秃秃的。

一条山路通向小村。北风呼啸着，刮得路边树叶翻飞。

林达畅提着行李，一瘸一拐地走在山路上。

29

村街上。白天。

窄窄的街道高低不平。

林达畅走在街道上。

一个中年人从家里出来，看到林达畅，惊讶地：这不是达畅吗？你从北京回来了？

林达畅愣了愣，连连点头：回来了，回来了！大叔，忙啥呢？

中年人：没忙啥，你是不是听说你妈病了，才回来的？

林达畅吃惊地：我妈病了？

中年人：你不知道啊！也不是什么大病，你快回家看看吧！

林达畅：好，我先回家了！大叔有空来家里坐呀！

中年人：好的好的！

林达畅加快了脚步。

30

林达畅家院子里。白天。

一间破旧的黑色砖瓦房，房顶几棵枯草在风里摇曳。

林达畅走进家门，大声叫着：妈，妈！我回来了！

一个老人从房间里颤巍巍地走出来，伸着手高兴地：是畅儿？你怎么回来了？

林达畅把行李往地上一放，快走两步抓住母亲的手，扶住母亲。

林母抬起另一只手摸了一下林达畅的头：你瘦了！

林达畅：我没事！倒是您瘦了不少！

林母：我不用扶！你去拿包，进屋吧！

林达畅：包放那里没事，我先扶您进屋。

母子俩缓缓地往屋里走。

31

林达畅家房间里。白天。

房间里黑乎乎的。几个大小凳子，一张饭桌，靠墙放着一张床。

母子俩在床边坐下。

林达畅关切地：妈，刚才听大叔说，您病了，是怎么回事？

林母叹了口气：唉！就是吃不下东西，一吃就肚子疼。有时候烧心烧得厉害。

林达畅着急地：那您没有去医院看看？

林母摇头：医院山高路远的，你又不在家。我就让村里的牛医生给看了看，他说是胃病，让我吃点药，我没吃！

林达畅埋怨地：妈！您怎么能不吃呢？拖着会把身体拖坏的！

林母叹了口气：唉！哪有钱吃药啊！我一个老婆子，何必花那钱？

林达畅坚决地：不行，明天我就陪您去看病。

32

县医院医生办公室。白天。

医生坐在办公桌后面，林达畅站在医生对面。

医生冷冷地：病人是你什么人？

林达畅紧张地：是我妈！她的病怎么样了？

医生严厉地：你这当儿子的！你妈胃溃疡几年了，你也不给她看，现在可好……

林达畅低下头：我在外地打工，刚回来！

医生：光知道挣钱，连妈都不要了！你知道你妈的病现在有多严重吗？

林达畅着急地：医生，她的病怎么样？

医生严肃地：已经是胃癌了，要尽快手术！

林达畅一下子惊在那里，半天说不出话。

医生安慰地：小伙子，你也别太担心。你妈是胃癌早期，及时手术的话，是可以治愈的！你尽快办住院手续吧！

林达畅缓过神来：谢谢你了！

33

医院门诊楼门口。白天。

林达畅的母亲坐在台阶上，瘦弱的身子显得那样单薄。

林达畅缓步从里面走出，身体靠在了离母亲不远的门边。

林达畅从衣袋里掏出钱，数了数，只有几张。

他又看了看母亲的背影，不由得泪流满面。

34

煤棚里。白天。

钟辕、西馨和何荟正在交账。

钟辕对西馨：西馨，虽然你不管账了，但账目这一摊还是你办公室主任要抓的事，以后，你还要多操点心！

西馨点头：钟总，我知道，你放心。

钟辕对何荟：何荟，你毕竟不是科班出身，有什么不懂的，多向西馨主任请教。

何荟点头：好的！转对西馨：西馨主任多指教哟！

西馨谦虚地：我水平也一般，咱们相互学习，别客气！

这时，电话铃响起，西馨顺手拿起话筒：你好，楚汉快运！

电话里林达畅的声音：西馨姐，能听出我是谁吗？

西馨激动地：是达畅！

钟辕一愣，惊喜地靠近电话！

电话里林达畅哽咽的声音：是！谢谢西馨姐还记得我！

西馨：达畅，我们怎么会忘了你呢！钟总和我经常提起你呢！你现在过得怎么样？

林达畅的声音：钟总在吗？我想跟他说句话。

西馨：在，你等一下啊！

西馨把话筒递给了钟辕。

钟辕迫不及待地接过来，又惊又喜地：达畅，你这个小子，走了这么长时间也不给我打电话，你在哪里呀？

35

县城一电话亭。白天。

林达畅正在打电话。满眼泪水。

林达畅擦了一把泪，哽咽着：排长，我对不起你呀！

钟辕的声音：达畅，不说这话了！当时，我处理问题也不太妥当，可能伤了你的心，别太在意！

林达畅：排长，我现在好后悔！后悔离开公司！

钟辕的声音：你现在过得怎么样？大家都挺想你呢！

林达畅的泪水又盈满了眼眶，他流着泪：我也想你们呀！我现在在老家，母亲病了，是胃癌！

钟辕的声音：达畅，你别着急！好好给母亲治病！如果缺钱，只管跟我说！

林达畅哭出声来：排长，有你这句话，我妈就有救了！她的病还是早期，医生说尽快手术就可以治好！

钟辕的声音：那太好了！要不要我现在给你寄钱？

林达畅试探地：我想回楚汉，顺便带母亲到北京看病。钟总，能让我回来吗？

钟辕的声音：达畅，你是楚汉的元老，这里永远是你的家！你就带着母亲过来吧！

林达畅意外而惊喜地：谢谢你了，钟总！

36

路边。白天。

林达畅扶着母亲，在等车。

公共汽车远远地驶来，到两人面前停下，林达畅背起母亲，上了车。

公共汽车启动开走，渐渐远去。

37

一辆轿车里。傍晚。

宋来开车，梁志远坐在副驾驶位置。

宋来请示地：主任，直接回家吗？

梁志远反问：不回家去哪里？

宋来神秘地：我知道有一个地方不错，去看看？

梁志远：什么好地方？看看就看看！

宋来拐了个弯，向前驶去。

38

某大酒店门前停车场。傍晚。

梁志远先下了车，宋来一会儿也从车里钻出来。

梁志远看了一眼大酒店，怀疑地：宋来，你来玩过？

宋来摇了摇头：没有！我哪有那个闲钱！

梁志远：那你怎么知道这里不错？蒙我的吧？

宋来信誓旦旦地：主任，我怎么敢蒙你？我来这里送过货，考察了一番，二楼有唱歌跳舞的包房，小姐一个比一个漂亮！骗你是狗！

梁志远瞟了他一眼，鄙视地：那叫KTV，知道吗？你小子！自己没钱玩，想宰我是不是？

宋来辩解地：怎么敢呢？我在下面等着，你自己去玩，还不行吗？

梁志远挥了挥手：算了，便宜你一回，跟我来吧！

两个人往酒店里走去。

39

车上。晚上。

宋来开着车,梁志远坐在副驾驶位置上。

梁志远笑着:你小子,还真有一套,忽悠得小姐们晕头转向的。

宋来不谦虚地:那当然!我是过来人,对付女人,经验还是有一点的!

梁志远笑着:是吗?有什么好经验?说说看!

宋来吹嘘地:不是跟你吹!我一个农民,长得也一般吧?看看我媳妇,那才叫漂亮呢?今天晚上这些女人,没有一个比得上!

梁志远笑着:吹吧!你!

宋来着急地:不信,哪天我带你去看看!还是个中专生呢!

梁志远:她在哪里?

宋来:听说现在在楚汉公司了!

40

西馨宿舍。晚上。

西馨和夏绿正在聊天。

夏绿伤心地:他打我,还打孩子,我实在过不下去了!

西馨同情地:我也听说过!但他打了你又来北京找你,可见对你还是有感情的。他是不是一时冲动才打你的?

夏绿站起来,掀起衣服让西馨看后背,西馨不住地点头:宋来这个狗东西,打人真下得去手!

夏绿气愤地:他呀!还不是想在我身上发泄他那兽欲?我不会再让他得逞了!

西馨:那你当初和他谈过恋爱吗?

夏绿摇头:我能爱上他吗?

西馨:那你们怎么走到一起了?

夏绿沉默了一会儿,下了决心地:西馨姐,我也不怕你笑话,我跟他结婚是另有原因的。

西馨不解地看着夏绿。

41

轿车内。晚上。

梁志远故作谦虚地：宋来，刚才你说什么经验来着？

宋来笑了笑：经验嘛！我觉得，对付女人就得来硬的！来坏的！

梁志远逗引着：为什么呀！

宋来：你没听说那句老话，男人越坏，女人越爱。

梁志远夸奖地：有道理！那具体怎么操作呀！

宋来：说白了，看上好的，就上，生米煮成了熟饭，女人就会死心塌地地跟着你了。

梁志远若有所思地点了点头。

42

西馨宿舍。晚上。

夏绿：当时，我爱上了一个人，并和那个人有了孩子。但没想到，他变了心偷偷跑了，不要我了！

西馨：哦？

夏绿擦了一把眼泪：我恨那负心的东西，也恨自己，就决定随便嫁个人。后来，有人介绍了宋来，我们就闪电般地结婚了！

西馨同情地：我明白了，你和宋来根本没有感情！

夏绿：我嫁过去后，女儿很快出生了！做了母亲，我的心就被女儿拴住了，决定好好跟宋来过日子。但没想到的是……

西馨默然看着夏绿。

夏绿哽咽着：他一点不宽容。知道女儿不是他的以后，便经常疯了般打我。我实在受不了了，才把女儿送到娘家，来了北京。

西馨担心地：那你把女儿放在家里，放心吗？

夏绿无奈地：不放心也没有办法呀！

西馨出主意：不能把她接来吗？你在这里工作也不太忙，带孩子没有问题！

夏绿眼前一亮：对呀！西馨主任，我可以把她接来吗？

西馨肯定地：可以！你就回去把她接来吧！平日里只要别耽误工作

就行！

夏绿保证地：这你放心！我一定不会影响工作。

西馨：那你明天就回去吧，快去快回，正好这段时间也不太忙！

夏绿：那太好了！谢谢你，西馨主任！

西馨：不客气，咱们都是女人，我能理解你的心情！

43

楚汉院内。白天。

许多人都在外面站着，把林达畅围在了中间。

一个司机打招呼：达畅回来了！这么长时间你去哪里了？

林达畅正欲回答，钟辕大声地：同志们，达畅去南方秘密考察了！为了保密，我就没跟大伙说。

林达畅愣了愣，感激地看着钟辕。

众人恍然大悟般地议论：怪不得，他走的时候很突然！

又有人问候：林主任回来了！

林达畅笑容满面，泪水满面，一一与大家打招呼，握手。

钟辕大声地：大家都忙去吧！达畅坐车够累的，让他休息一会儿。

众人渐渐散去。

钟辕对林达畅：达畅，来我办公室坐一会儿！

林达畅忙不迭地：好，好的！

44

钟辕办公室。白天。

钟辕坐在桌后，林达畅站在钟辕对面。

钟辕指着沙发：达畅，坐！咱弟兄不用客气！

林达畅由口袋掏出一张纸，递给钟辕，郑重地：排长，上次的事我做得不对，任打任罚。这是我的检查！

钟辕把纸放在一边：过去的事就不要提了，你回来就好！咱们是老战友，你还是公司的元老嘛，谁还不犯点错误！

林达畅冲钟辕敬了个军礼：谢谢排长！

钟辕：你刚回来，还是先担任发货员，好好干，干好了再提升！

林达畅：看我的实际行动吧！

钟辕：我相信你！不过，最近你还不能上班。

林达畅：为什么？

钟辕：你母亲安置好了没有？

林达畅：早上一到北京，西馨主任就和我一起，把她送去住院了！谢谢排长关心！住院费我……

钟辕打断了林达畅的话：钱的事先别管，治病要紧！到时候让西馨主任去结账就行了！——最近不让你上班，就是让你好好照顾你妈，等她手术成功了，你再上班！

林达畅：没事，我边上班边照顾她就行！

钟辕坚决地：听我安排！说罢，从抽屉里拿出一沓钱，递给林达畅：这儿点钱你先拿去花，没有了再来我这里拿！

林达畅看着钟辕，眼眶一下子湿润起来：钟总，公司能帮我母亲垫支医疗费，我就感激不尽了，这钱，我说什么也不能再拿！

钟辕关切地：达畅，你的腿怎么回事？

林达畅惊讶地：排长，你看出来了？

钟辕：从你一进这个院子，我就看出来了！你是我的兵呀！我看不出来还算个称职的排长吗？

林达畅讪笑着：摔了一下，已经好了！

钟辕摇了摇头：好得还不太彻底！不让你上班，也是让你休养休养！

林达畅的眼泪又出来了。

45

梁志远办公室。白天。

梁志远和宋来两个人正在喝茶聊天。

梁志远小声地：宋来，不瞒你说，我也看好了一个女人，但她对我越来越不好，你说怎么办？

宋来不谦虚地：那就试试我说的办法！

梁志远担心地：她已经跟我分手了，还敢用你那法子？

宋来胸有成竹地：我觉得你应该再争取一下！只要想个办法跟她发生关系，她就会死心塌地地跟着你了。

梁志远点点头：行，就按你说的，再争取一下！

宋来：只要争取，就有希望！

46

京都公司办公室楼道内。白天。

马雨萌哼着一首流行歌曲，往主任办公室走来。

到了办公室门口，里面传出了说话声。

她举手欲敲门，又缓缓放了下来。

她侧耳倾听。

47

梁志远办公室。白天。

宋来胸有成竹地：我想，这事好办！咱们先订个房间，然后把她请来吃饭。吃饭时，你多劝点酒，不行就来点阴的……

梁志远：什么阴的？

宋来笑了笑：来点儿催情粉或安眠药什么的，更保险！

梁志远：你这小子，真够坏的！

宋来：不是说过吗？男人不坏，女人不爱！

梁志远下了决心：那就今天晚上，安排在京华酒店，你先去订个房间……

48

梁志远办公室门外。白天。

马雨萌侧着耳朵听着，疑惑的样子。

她突然明白了什么似的，脸色绯红，捂着脸跑开。

49

车上。傍晚。

梁志远：去楚汉公司。

宋来疑惑地：去那里干啥？

梁志远不耐烦地：我喜欢的女人就在那里呀！

宋来吃了一惊：谁呀？那里哪有像样的女人！

梁志远：胡说八道！西馨不像样吗？

宋来惊讶地：她呀！她和钟总看上去挺热乎的，我可不敢去！

梁志远生气地：那你还能干什么？主意还是你出的呢！

宋来为难地：我真的有点心虚！要是碰上钟总，那就麻烦了！

梁志远满不在乎地：怕他干什么？告诉你，当初，西馨就是我的女朋友，他横刀夺爱，现在，我们再夺回来，也是天经地义！

宋来勉强地：那就去看看，有没有机会。

50

楚汉院内。傍晚。

夜幕降临，西馨从煤棚出来，往食堂走去。

一辆车开到西馨身旁停下，宋来从车上下来。

宋来满脸堆笑地：西馨姐，下班了？

西馨看是宋来，吃惊地：你来干什么？

宋来讪笑着：想请你吃个饭，有个事找你商量商量。

西馨犹豫地：是不是夏绿的事？

宋来顺着话头：是，是！来吧，请上车！

西馨责怪地看了一眼宋来：你呀！该好好对人家夏绿！

宋来伸手拉西馨，点着头：是呀！西馨姐要多帮忙！走吧！

宋来连劝带拉，西馨只好上了车。

宋来把车门关上，飞快地跑到驾驶位置上了车。

51

车内。傍晚。

宋来启动车，窗外的景物开始后移。

梁志远坐在后座上，用报纸盖着脸。

西馨盯着梁志远看了一会儿，认出了梁志远。

西馨一把把梁志远脸上的报纸掀掉，气愤地：宋来，停车，我要下去！

梁志远笑着：既然上来了，就一起去喝一杯嘛！

西馨气急地：宋来，你再不停车，我跳下去了啊！

说着就要开车门。

梁志远一把把西馨揽到怀里，抱紧了她。

西馨气得浑身发抖，高叫：来人呀——

第十一集

1

大街上。傍晚。

华灯初上，车水马龙。

梁志远的车飞快地行驶着，不断地超车。

2

京华酒店门口。傍晚。

车直接开到酒店门前，停下，梁志远先下车，西馨接着下来。

西馨下了车就要离去，梁志远拉住她：不就是请你吃个饭吗？这点儿面子都不给？

西馨冷冷地：我们两个已经完了，你以后别再来烦我。

梁志远笑着：那就算吃场告别饭，总可以吧？咱们分手后还没一起吃过饭呢！

西馨犹豫，梁志远便硬拉着她的手，往大厅里走。

3

京华酒店旁边的一个电话亭。傍晚。

马雨萌站在电话亭里，手里拿着话筒，却并没讲话。

她眼睛盯着酒店门口方向，隔着透明玻璃，清楚地看到梁志远和西馨手拉手走在大厅里。

马雨萌气得把电话一挂，大步往酒店走去。

走了两步，她看见宋来刚停好车下了车，便赶紧退回，躲在电话亭里，拿起了电话听筒。

4

酒店餐厅。傍晚。

梁志远和西馨在餐厅里一个角落坐下。

服务员拿来了菜单，梁志远接过递给西馨：西馨，你来点，别给我省钱！

西馨推开，冷冷地：我吃不下，你自己点吧！

梁志远不客气地：那我点了啊！

梁志远翻看菜单，开始点菜：百年好合，情深义重，年年有鱼……

服务员记录着。

梁志远合上菜单：外加一瓶红酒。快点啊！

服务员点头离去。

5

电话亭。傍晚。

马雨萌拿着话筒往这边看。

通过透明玻璃，可以远远地看见梁志远正在给西馨倒红酒。

西馨用手挡着不要，梁志远笑着劝说。最后还是倒了一点点。

马雨萌眼前一片恍惚。

梁志远和宋来下午在办公室的对话插入——

宋来：我想，这事好办！咱们先订个房间，然后把她请来吃饭。吃饭时，你多劝点酒，不行就来点阴的……

梁志远：什么意思？

宋来：来点儿催情粉或安眠药什么的，更保险！

马雨萌回到现实中，赶紧放下话筒，往酒店走来。

6

酒店餐厅。傍晚。

梁志远举着酒杯：来，西馨，咱们喝一杯。你记得当初在部队的时候吗……

西馨打断了梁志远：别说了，我不喝酒。

梁志远耐心地：既然来了，总要喝一点！告别酒也是酒呀！不喝就没意义了！

西馨不耐烦地：好吧，好吧，反正你以后不要烦我了！说着，端起酒杯，象征性地碰了碰嘴唇。

7

餐厅里。傍晚。

马雨萌急匆匆地往这边走来。

她径直走到他们桌前,故作惊喜地:嗨,你们在这里,我好有口福,来得正是时候。说着,便挨梁志远坐下。

梁志远不高兴地:你怎么来了?

马雨萌看着梁志远,不动声色地:不欢迎吗?

梁志远头也不抬:我和西馨谈点儿事情,你自己去吃点吧,记在我账上就行了!

马雨萌生气地站起。

西馨起身急忙拉住马雨萌,亲热地:我们是老同学,既然来了,正好一起喝一点儿,怎么能走?

马雨萌重新在梁志远身边坐下,大家一起喝酒。

梁志远笑着:西馨,既然老同学来了,你也放开喝!

西馨点头:好的!你们也都放开喝。

梁志远向西馨举杯,马雨萌也举起杯,与梁志远一碰,干了杯。

西馨只静静地看着,喝了一点。

8

餐厅里。晚上。

马雨萌已经喝得面若桃花,梁志远的脸也有些红了。

马雨萌向西馨举杯,客气地:西馨姐,谢谢你成全我和志远,我敬你一杯!

西馨:不用谢!你们能够相亲相爱,我很高兴!

马雨萌冲梁志远:你看西馨姐多会说话,你可要对我好啊!

梁志远心不在焉地点着头:那是,那是!

马雨萌故意往外看了看,然后冲西馨使了个眼色:西馨,外面有个人找你,你去看看吧!

西馨也往外看,明白了雨萌的心意,忙顺水推舟地:哦!对,你们先喝着,我出去看看是谁!

西馨抽身而去。

9

餐厅里。晚上。

梁志远和马雨萌又干了一杯,不住地向外边看着。

梁志远:这么半天了,怎么也不见西馨回来?

马雨萌主动地:我去看看。

马雨萌假意去门口看了看,回来故作惊讶地:西馨姐跟找她的人一起走了!

梁志远沮丧地:她走也不跟我们说一声!

马雨萌:西馨姐虽然走了,妹妹不是在这里吗?我陪你喝酒不是一样?

梁志远赌气地:喝,一醉方休。

两个人又干了一杯。

10

楚汉院子门口。晚上。

一辆出租车远远地开来,到了门口停下。

西馨下了车。

车又开走了。

西馨进了大门,脚步轻快。

西馨走到钟辕的房间旁边,不自觉地向房间扭头看了看。里面亮着灯。

西馨似乎想起了什么,在钟辕房门前停了下来。

11

餐厅里。晚上。

马雨萌似乎是喝醉了,有意无意地往梁志远身上靠。

也有了醉意的梁志远把她搂在怀里。

梁志远迫不及待地:服务员,结账!

服务员拿着菜单过来:先生,您的消费金额是550元。

梁志远拿出钱包，一张张地拿出6张，放到桌子上，大方地：不用找了！

服务员：谢谢！

梁志远拥着马雨萌离开，向电梯走去。

12

钟辕宿舍门前。晚上。

西馨静静地站着，目光注视着钟辕宿舍的房门。

她似乎是下了决心，抬脚向门口走去。

13

钟辕宿舍。晚上。

钟辕正在写着什么，敲门声传来。

钟辕：请进吧！

西馨推门进来。

钟辕抬头看到西馨，高兴地：西馨，你来得正好，有几个关于公司业务发展的问题我想和你讨论。

西馨坐下来。

钟辕：现在，我觉得必须重新审视我们的业务。过去，我们的王牌业务是市内派送，像搬家公司一样，定车、包车、南城、北城，区别只在搬家公司运送家庭用品，我们递送产品货物。现在不一样了，我们有了全国业务，有了出港和进港，有了发货和提货。这些业务本质是相通的，但却独立了出来，使公司业务显得纷乱多了……

西馨急切地：我刚刚——

钟辕打断了她的话：你也想到了这些问题？

14

酒店客房里。晚上。

梁志远拥着马雨萌进了事先开好的房间。

马雨萌一头倒在床上，支吾着：太热了，太热了！

她随手解开了上衣的扣子，露出了乳罩及乳罩下若隐若现的乳房。

梁志远看着马雨萌的身体，不由自主地俯下身来……

15

钟辕宿舍。晚上。

钟辕兴奋地：西馨，你去叫上钟祥和韩生德，咱们一起到煤棚里讨论讨论。

西馨叹了口气：钟总，这么晚了，不能明天再讨论吗？

钟辕摇摇头：今天能做的事今天做，不能过夜！

西馨只好点头：那好吧。

16

煤棚里。夜。

四个人围在桌前。

钟辕肃穆地：审视楚汉的业务，不仅要看它与市场现状、企业实际是否吻合，更重要的是必须坚持目前的业务一定要为未来的业务服务！

韩生德：还是先说眼前的业务吧，未来的业务怎么说？

钟辕：对于我们来说，楚汉的未来包含着想象的成分，但不妨逆向思维，国外快递大公司现在的业务，不正是楚汉未来的业务吗？

钟祥：那依你的意思？

钟辕：我们不能把市内定车与提货送货变成两张皮，应把上门取货作为定车的回程，把送货上门作为包车的配载，这对于完善现阶段市内派送和提货送货的流程及降低成本有积极意义。

钟祥点头：有道理！

韩生德也点头：这个想法确实很好！不过，现在咱们的运力还是不够，最好再买几辆车，再招一些人。

西馨为难地：再买车，没地方停，再招人也没地方住，办公场所不够用。

钟辕看着钟祥：你去跟建筑公司谈谈，让他们把这个院子全部租给我们！

钟祥摇头：我估计没戏！人家也还要办公呢！

钟辕笑着：你可以威胁他们，如果不全租给我们，我们就要换地方了。

钟祥点头：这样的话，他们是得考虑考虑了！我们一年给他们交的租金，可能是他们的主要收入。

钟辕看着西馨：公司账上还有多少钱？

西馨：一百多万！

钟辕果断地：那好，明天，我们再去买几辆车！

钟祥提议：我们是不是也买辆小车？

西馨附和：我也觉得应该买一辆，送些小件业务，既方便又快捷。你们几个老总谈个业务什么的，也可以气派一点，更好地展示公司形象！

钟辕想了想，点头：行！

17

汽车市场。白天。

钟辕带着钟祥、西馨、何荟在市场众多车前转着。

一辆黑色轿车吸引了钟辕的目光，钟辕信步走了过去，钟祥和西馨也跟着过去。

钟辕看了一眼二人：你们看，这车怎样？

西馨：挺大方，也气派！

钟祥围着车转了一圈，看着钟辕：外观确实不错，就是不知道性能如何？要不，你试试？

业务员走了过来，热情地：老板，这款车是最新款豪华轿车，发动机是德国进口的，各项性能都比老款优越，试试吗？

钟辕：多少钱？

业务员：只要18万，办好各种手续，也用不了20万。

钟辕摇摇头：可以买三辆小面呢！

业务员笑着：那绝对不是一个档次！坐我们这车，彰显主人的尊贵。

钟辕：我们是农民出身，用不着显尊贵，买的话也就是图个快捷方便。

业务员：我们这款车速度也是一流的……

钟辕打断了业务员的话：好！我们看看再说！

西馨跟在钟辕身后：钟总，这款车不错呀！你没看上？

钟辕笑了笑：现在公司处于发展阶段，业务上缺车，还是再买三辆小面吧！

18

楚汉院内。早晨。

朝阳下，十几辆厢式货车和小面包车鱼贯而出。

可以清晰地看到车身上"楚汉快运"的标志。

19

楚汉院子。清晨。

晨曦中，院子里春暖花开，绿意盎然。

几排房子都粉刷一新。

正对大门的那排大房子上，标牌已经换成了"北京楚汉快运公司"。

每个房间也都换了新标牌：总经理、副总经理、办公室、值班室、会议室……

不远处的煤棚门口，挂上了"员工宿舍"的牌子。

钟辕从煤棚旁边自己原来的宿舍走出来，伸展了一下肢体。

这时，一阵清脆的哨音响起。

林达畅拿着哨子从宿舍里出来，远远地向钟辕打招呼：钟总，早！

钟辕：组织大家出操吧！以后要坚持出操！

林达畅答应着：是！

林达畅走到办公室前面站好。

员工们纷纷从宿舍里走出，在林达畅对面列队。

林达畅高声指挥：立正，向右看齐，向前看……

员工们认真地做着动作。

林达畅：向右转，跑步走。

员工队伍在林达畅的带领下向大门跑去，陆续出了大门。

20

办公室门前。白天。

盛夏。

上百名穿着短袖工作服的楚汉员工站了十几排，钟辕在队列前讲话。

钟辕兴奋地：在大家的共同努力下，公司的业务迅猛发展，为了回报大家，也为了更好地调动全体员工的工作积极性，我宣布，全体员工普提一级工资。

掌声一片。

21

钟祥宿舍。晚上。

台灯下，钟祥已经上床，何荟在房间里来回踱步。

钟祥：休息吧。

何荟摇摇头：这么大的事，你能睡得着？！

钟祥：怎么了？

何荟生气地：今天开会你没听到呀？二哥又给员工加工资了！

钟祥：加就加呗！咱们不也可以多拿点！

何荟扭头看着钟祥：你是真傻，还是装糊涂？他给员工加了工资，我们还能多拿点？

钟祥没明白过来：不是吗？你们工资也加了呀！

何荟没好气地：这点工资算啥？咱们要少分多少红利呀！你也不算算！

钟祥笑了：我还真没考虑这点！

何荟：咱们得跟二哥说说，别拿公司的钱不当钱，我们是投了资的，公司的钱也有我们一份。

钟祥：好的，明天我跟他说说。睡觉吧！

何荟摇摇头：不行！今天晚上就去跟他说，明天连具体标准都定了！

钟祥不耐烦地：这么晚了，明天早上再说好不好？

何荟很不高兴：你是困死鬼转世呀？起床，跟我一起去！

说着，何荟把钟祥的被子一揭，钟祥露出只穿了内衣的身子。他慌忙拿过衣服来穿，嘴里嘟囔着：你这种女人！

22

钟辕宿舍。晚上。

钟祥和何荟在沙发上坐下。

钟辕坐在床边：三弟，这么晚了，找我有事？

钟祥嗫嚅着：也没什么大事，就是想问问二哥，对加工资你是怎么打算的？

钟辕笑了：这事呀！我觉得，咱们自己人就不加了，主要是鼓励员工！

何荟：二哥，你准备给他们加多少？

钟辕看着何荟：弟妹，这个你就不用关心了，等我们决定了，你照单发钱就行！

何荟软中带硬地：我们两口也是投了资的！关心关心还不行？

钟辕一笑：当然。加工资的事大哥和三弟是同意了的。具体方案出来，我们也还要讨论，还要征求大哥的意见，你们都是股东嘛！现在，我初步打算每个员工加100块钱，主管领导加500，韩副总和西馨主任加1000，你们看怎么样？

何荟：二哥，你给他们加得也太多了吧？这样下来，公司一个月要多发多少钱，咱们还有多少利润呀？！

钟辕语重心长地：公司的发展，靠的是大家，靠的是团队精神。而团队精神的大旗应该是"能者多劳，多劳多得"。从经营角度来讲，"增收节支"是一条法则，从工资分配上来讲，"量力而出"也是一条法则。

何荟接过话头：是呀！要"量力而出"嘛！

钟辕摇头：我认为，量力不仅是指量公司的财力和支付工资的能力，还应该是量从业者的能力和贡献。只要他付出得多，就应给予社会认同和与个人需求接近的报酬。在特殊时期，超出公司支付能力也是必要的。

何荟不服气地：那也用不着加那么多呀！目前的工资水平已经够高了，大家并没有要求加工资。

钟辕：这种事，我们要考虑在前面，等员工要求涨工资了，那就晚了！

23

会计办公室。白天。

西馨坐在办公桌前看着账本，何荟站在一边。

西馨摇了摇头：何会计，账目还是有问题，你再认真核对一下单据。

何荟辩解：我对了好几遍了，没问题呀！

西馨：你看现金平衡表，差好多呢！这就说明，可能个别小额收入你忘了记账，或者支了现金没有列单据！

何荟不高兴地：西馨主任，我可没有多拿一分钱！公司本来就是我们家的，我有那个必要吗？

西馨笑了笑，解释：何会计，你别误会！我只是说你遗漏了什么。这很正常，你再认真想一想，对一对。

何荟不情愿地点头：好吧。

24

楚汉院内。白天。

韩生德正在对几个人交代当天的业务工作。

一个司机开车经过，停车下车，试探地：韩总，你上周答应给我们的加餐补助，什么时候给呀？

韩生德疑惑地：我早就跟何会计说了，也签了单，一共80块钱。怎么？她没给你们吗？

司机摇头。

韩生德：那你稍等，我待会儿给你问问。

25

会计办公室。白天。

何荟正在手忙脚乱地记账，桌子上摆了一大堆单据。

韩生德在门口敲了敲门，走进来。

何荟坐在那里没动，抬头看了看韩生德：韩副总，有事？

韩生德：何会计，我昨天跟你说的加餐费的事，你给司机了吗？

何荟理直气壮地：给了呀！不信我给你查查。

何荟说着就在桌子上翻，一会儿就翻出来，递给韩生德：我刚记完账，怎么会有错？

韩生德：单据没错，我签的嘛！但是，钱给人家没有？

何荟底气不足地：给了呀！我记得清清楚楚，专门拿了80块零钱。

韩生德：那人家司机怎么说没领到！

何荟沉默了一会儿，恍然大悟般：哦！对了，那天我正准备给他们，钟总又让我出去买东西，就先花了……这样吧，我马上给他们补！

韩生德：钱的事，还是应该认真一点儿。

何荟不高兴地冲他的背影撇了一下嘴。

26

楚汉院内。傍晚。

钟辕和韩生德在院子里散步。

韩生德：钟总，有件小事想跟你说一下。

钟辕：啥事？

韩生德：你对会计工作是不是应该重视一下，关系重大呀！

钟辕疑惑地：咱们一向都重视的呀！

韩生德摇头：以前可以，现在可是没法比了！

钟辕疑问地：你是说何会计……

韩生德：给司机的80块钱，自己花了，账倒是记了！

钟辕：啊？竟有这事？

韩生德点头：按说，你们都是股东，花点儿公司的钱也算不了啥，但是，一个公司如果账目不清楚，那可是会出大麻烦的！

钟辕生气地：不行！我去找她！

27

钟祥宿舍。晚上。

钟祥和何荟正在看电视，钟辕走了进来！

何荟客气地：二哥来了，请坐。

钟辕站着，语气郑重地：听说你把给司机的80块钱花了，有这事吗？

何荟先是一愣，随即尴尬地一笑：这事呀！当时我正好出去买菜，没有零钱，就花了！后来就忘了！

钟辕很生气：你还笑？你这会计是怎么当的？把公司的钱当成自己家的了？

何荟看着钟辕，满脸不快：不就80块钱吗？值得你生气？我给他们补上，不就行了?!

钟辕：别说80块钱，就是一分钱，也不行！

钟祥连忙打圆场：二哥，有话好好说！都是自己人，别生气！

何荟的脸也阴沉下来：是不是韩生德告的状？他就想挑拨离间，让我们一家人不和。

钟辕气愤地：谁说的，你不用管！只要这事属实，就是对公司负责！说得就对！

何荟没好气地：你就听外人的吧！

钟辕：谁说的对公司有利，我就听谁的！

何荟冷笑着：二哥，你想怎么着？

钟辕严厉地：这件事，我们要开会研究，严肃处理。说完，扭头就走。

钟祥愣在那里，何荟一头扑到床上，哭出声来。

28

会议室。白天。

公司中层以上领导围坐在椭圆会议桌边，钟辕坐在首要位置。

钟辕冷着脸：既然大家没有意见，现在我宣布对何荟同志的处理意见。第一，撤销其会计职务；第二，降一级工资；第三，写出深刻检查！

停了一霎，钟辕：会计一职仍由西馨同志兼任，何荟到后勤工作。

何荟气呼呼站起来，头也不回地往外走。

众人都惊看着何荟。

29

钟祥宿舍。白天。

何荟趴在床上哭泣，何粼从外面进来。

何粼：姐，别生气了！一个破会计有什么好干的！身体为重。

何荟趴在床上，哭着：都怨韩生德那个老小子，跟二哥告状！

何粼同情地：他？一个外人，竟然欺负到你头上了？！

何荟：他仗着钟总器重他，嚣张得不行！也不想想，当初是谁推荐他来的！

何粼：是呀！当初要不是姐夫，他知道钟总是谁？还不是在县城那个破厂喝西北风。

何荟气愤地：所以，一想到这点儿，我的气就更不打一处来！

何粼：姐，你别生气了！我找个人教训教训他！打击一下他的嚣张气焰。

何荟不安地：你找谁呀？行吗？

何粼：就让我们家小黄，找个机会揍他一顿，没问题！

何荟点点头：也好！揍他一顿，让他知道我们的厉害，如果能把他挤走，就更好！

30

厕所门口。白天。

小黄看韩生德从厕所出来，便向这边走来，走得很快。靠近韩生德时，故意碰了他一下，把韩生德碰得直打趔趄。

韩生德不满地责问：小黄，干什么呢？你！

小黄二话不说，回头扬手就给了韩生德当胸一拳，把韩生德打得后退了好几步，差点掉到化粪池里。韩生德站定，气急地：你，你，凭什么打人？！

小黄扬了扬拳头：打的就是你！让你嚣张！

韩生德由这话音中听明白了缘由，气愤地：是不是何荟让你来的？我辛辛苦苦为你们工作，你们这样对我？

小黄：你愿干就干，不愿干就滚，公司是我们家的。

韩生德气冲冲地走了。

小黄得意地哈哈大笑。

31

钟辕办公室。白天。

钟辕正在写着什么，韩生德气冲冲地闯进来。

钟辕惊讶地：韩副总，出什么事了？

韩生德满脸怒气：我不干了，你让我辞职吧。

钟辕慌忙站起：生德，你干得好好的，怎么说出这话？不是嫌工资低吧？上月刚给你们加了！

韩生德语气缓和了些：钟总，我不是嫌钱少！当初公司刚创业时，基本没有工资，我还不是一直跟着你干？！

钟辕点头：是呀！你不是那种人！可是，为什么要辞职？

韩生德叹了口气：实在是干不下去了！刚才，有人竟然动手打我，我在这里还有什么意思？

钟辕十分吃惊：谁吃了豹子胆，敢打你？我倒想见识见识！

韩生德摇摇头：钟总，你还是让我辞职吧！

钟辕想了想：是不是何荟？

韩生德：是她妹夫，还说什么公司是你们家的，让我滚……

钟辕气愤地捶了一下桌子：真是岂有此理！我这就去找她们！

32

钟祥宿舍。白天。

何荟和何潋正在说话。

何潋兴奋地：姐，告诉你个好消息，刚才小黄在厕所门口，把姓韩的差点打到粪池里！

何荟解气地：是吗？太好了！让他猖狂！

何潋：听小黄说，他气得要不干了！

何荟：那样更好！如果真走了，我们要好好庆祝庆祝！

正说着，钟辕推门闯进来，恼怒地：你们庆祝什么呀？是不是打了人高兴的？

何荟意外地：二哥，你怎么来了？

钟辕用手指着何荟：你也太过分了，竟然让人打韩生德！你想怎么着？

何荟：二哥，你先别生气！两个人打架总是有原因的，你调查清楚了吗？

钟辕气急地：这还用调查吗？分明是你对上次的事怀恨在心，导演了这场闹剧，还有错吗？

何荟：二哥，你也太护着外人了吧？

钟辕严厉地：我不管外人不外人！我只管对错！你马上让小黄去找韩生德道歉，否则，别怪我不客气！

钟辕怒冲冲地转身离去。

何荟和何潋面面相觑。

何潋有些着慌地：姐，怎么办？

何荟低头想了想，无奈地：他那个脾气，不是好惹的，如果发了火，什么事都做得出来。要不先让小黄向姓韩的道个歉吧,咱们再想办法!

何粼不高兴地:这事也太窝囊了!

33

钟祥宿舍。晚上。

何荟对钟祥:你二哥吃里爬外,护着外人,真是太过分了!

钟祥:二哥那么做也是为了公司。韩生德在业务上很有能力,公司离不了他,你就别跟他计较了,行吗?

何荟:你就是老好人,别人骑在你头上拉屎撒尿你也不吭声!

钟祥笑了笑:知足常乐,吃亏是福嘛!

何荟挥舞着拳头,用劲打了钟祥后背一拳:你呀!完全是个窝囊废!

钟祥不高兴地:那你想让我怎样?

何荟:我想好了!你二哥对韩生德那样,咱也去威胁他,看他怎么处理!

钟祥摇头:要去,你自己去!

何荟不认识似的看着钟祥:你也长本事了?晚上还想不想上床?

钟祥叹了一口气,委曲求全地:唉!真拿你没办法!我陪你去,有什么话你自己说!

何荟:走!

两人先后出了房间。

34

钟辕宿舍。晚上。

何荟和钟祥站在门口,钟辕坐在椅子上看着他俩。

何荟气愤地:你这样对我们,我们也不干了!让你光靠外人吧!

钟辕猛地站起来:你少来威胁我,想干就干,不想干就走!

钟祥愣在了那里。

何荟气急地拉着钟祥:走,我们走!

35

钟辕妈住处。白天。

钟辕妈坐在床边，何荟坐在旁边一把鼻涕一把泪地哭诉。

何荟抽泣着：妈，您一定得给我做主！我们抛家舍业地来这里，为了啥？还不是为了帮他，还不是为了这个家！他倒好，让那个姓韩的给糊弄糊涂了，不但给他高工资，还专门找自家人出气，让我们走呢！

钟辕妈生了气：反了他了！我去找他问问！

36

钟辕办公室。白天。

钟辕正坐在办公桌前愁眉不展，钟辕妈拄着拐杖，推门进来。

钟辕慌忙站起：妈，您怎么来了？

钟辕妈：我就不能来吗？

钟辕笑了笑：当然可以！我是说您应该在家里休息。

钟辕妈：儿子的事，我也想关心关心。听说你要赶你弟弟走，有这事吗？

钟辕笑着：妈，这事您别管！是他们自己说要走的！

钟辕妈顺手扬起拐杖，对着钟辕的头打来，钟辕一闪，拐杖打到肩膀上，疼得他"哎哟"叫了一声。

钟辕妈气愤地：你小子，对自己的亲弟弟都这样，还有没有良心？看我不教训你！

钟辕捂着自己的肩膀：妈，您还真舍得动手啊？

钟辕妈数落着：让你长长记性！当初，是谁跑回家把他们弄来的？现在又要赶他们走！告诉你，我不同意！

钟辕无奈地：那好吧，就让他们留下来。

钟辕妈严厉地：你必须当面向你弟妹赔礼道歉！还要把那个姓韩的开除！

钟辕一愣，随即坚决地摇了摇头：妈！这两点，我都做不到！我又没犯什么错误，凭什么向她道歉？韩副总干得好好的，凭什么开除他？！

钟辕妈：我不管！反正你必须照我的话做！我是你妈！你再说一句，行不行？

钟辕赌气地：不行！我妈也不能不讲理呀！

钟辕妈气恼地：那我就坐在你这里，不走了！

钟辕妈说着，往办公桌后面的椅子上一坐，闭目养神了。

钟辕：妈，那您先坐着，我到外面办公了！

37

钟辕办公室。中午。

钟辕妈在办公室里哭起来。

钟辕进来，恳求地：妈，您别在这里闹了行不行？该吃饭了！

钟辕妈哽咽着：你不答应，我就不吃饭！

钟辕妥协地：妈，我去向何荟道歉！行了吧？您先去吃饭！

钟辕妈抬头看了一眼钟辕：还要把那个姓韩的开除！

钟辕摇头：妈，我实在做不到，您别逼我好吗？

钟辕妈又低下头，生气地：那我在这里饿死算了！

钟辕想了想，郑重地：妈，您非要在我这里不可，我也没办法！正好我要出去两天，您就在这里待着吧！我让人给您送饭！

钟辕妈不理他。

钟辕无奈地摇了摇头，转身出门。

38

大街上。夜。

钟辕一个人沮丧地走着。

街边有一个浴室，钟辕信步走了进去。

39

钟辕办公室。夜。

钟辕妈坐在椅子上打着瞌睡，西馨开门走了进来。

钟辕妈回过神来，看是西馨：又是你呀？钟辕回来没有？

西馨摇头：大娘，您回去休息吧！等钟辕回来，我好好和他说说！

钟辕妈底气不足地：不行，我得等他回来！

西馨耐心地：您自己的儿子，您应该了解，他拿定的主意，轻易不愿更改，您等他回来也解决不了问题。我看哪，您回去休息，等明天钟辕想通了，自然会去找您认错。

钟辕妈叹了口气：儿大不由娘呀！他不听我的，我也没办法！

西馨：大娘，您儿子通情达理，一定会处理好这件事，您就放心好了！

西馨过来扶起老人，老人半推半就地出了办公室。

40

浴室。夜。

洗完澡的钟辕身披浴巾，在休息室的床上躺了下来。

钟辕双眼紧闭，面无表情地躺在床上。

他慢慢走进了一个梦乡——

钟辕妈和何荟到处找韩生德，韩生德四处躲藏，他来到钟辕身边，说"钟总救我"，钟辕想把他藏起来，但这时钟辕妈已经来了，韩生德又匆匆逃走。

梦境转到火车站，韩生德提着行李正要上火车，钟辕追来：生德别走，生德别走……

一个声音由画外传来：快回家吧，关门了！

钟辕被惊醒睁开眼睛，往四周看了看，一个服务生在他旁边喊着：快回家吧，关门了！

钟辕揉揉惺忪的睡眼，爬起来穿衣服。

41

楚汉院内。夜。

月光皎洁。

西馨站在院子里，着急地踱来踱去。

远远地，看见钟辕步履沉重地进了大门，西馨快步迎上去。

西馨：钟总，你可回来了！

钟辕有些不好意思：西馨，你还没睡呀！

西馨低下头，幽幽地：你不回来，我能睡得着吗？

钟辕张开双臂，一下把西馨拥到怀里，西馨把头埋到钟辕耳际，双臂也紧紧地拥抱了钟辕。

良久，西馨抬头看着钟辕：你没事吧？

钟辕微声地：你说我做得对吗？

西馨点了点头：不管什么时候，我都支持你！

钟辕感激地：谢谢！

西馨：看到你忧心忡忡的，我心里也不好受，你放宽心，这事咱慢慢处理，好吗？

钟辕：好的！我妈现在怎么样？

西馨：早就把她劝回去睡觉了，你放心！

钟辕松了一口气，感激地又把西馨紧紧拥进怀里：真是谢谢你了！

西馨呢喃着：为你做事，我愿意。

钟辕激动地吻上了她的双唇。

院子里静悄悄的，有虫在尽情地鸣唱。

月亮静静地挂在天上，银光泻地。

朦胧中，两个人尽情地亲吻着。

钟辕双手捧着西馨的脸，动情地：西馨，我爱你！

西馨羞涩地：那你要对我好！

钟辕突然地：西馨，我们结婚吧？

西馨又惊又喜地看着钟辕：你再说一遍！

钟辕充满柔情地：现在，我正式向你求婚，你答应吗？

西馨羞涩地点了点头，转身跑开了……

42

楚汉院内。早上。

近百名员工列队，钟辕在队列前讲话。

钟辕脸露欢喜：最后，告诉大家一件喜事，我，钟辕，决定与西馨女士结婚了。婚期就定在10月1日！

钟祥、韩生德、何荟、何粼都一脸惊喜。

西馨红着脸低下了头。

短暂沉默之后，队列里响起了热烈的掌声……

43

钟辕妈住处。白天。

钟辕和西馨站在房间里，钟辕妈坐在床上。

钟辕耐心地：妈！韩生德虽然是外人，但人很好，又有能力，您说我能不用吗？再说了，人家从一开始就跟着我干，我怎么能说开除就开除呢！他指出了何荟的错误，何荟就指派人打人家，我说了句气话，何荟还跑来找您……

钟辕妈：你这小子，昨天你怎么不跟我说这些？就知道梗着脖子不同意，臭脾气不小。

钟辕笑了笑：还不是您遗传的？

钟辕妈举起拐杖，又要打钟辕，西馨上前接住：大娘，您别费这劲，累着可是不值得了！

钟辕：妈！我承认我昨天做得有些过分，但您也别怪罪，我将功折罪总可以吧？

钟辕妈：你有什么功？

钟辕指着西馨：妈，我给您带来了一个媳妇，算立了功吧？

钟辕妈惊疑地看着西馨：媳妇？——姑娘，是真的吗？

西馨羞涩地点了点头。

钟辕妈兴奋地拉过西馨的手，抚摸着：我说呢？昨天对我那么好，又是送饭又是安慰的，比儿子好多了！还这么俊！

钟辕笑着：这下，我可以将功折罪了吧？

钟辕妈：去！去！让我跟媳妇唠唠！

44

钟辕办公室。白天。

钟辕正在看墙上的地图，思考着什么。

韩生德没有敲门就慌慌张张地跑进来，气喘吁吁地：钟总，出大事了！

钟辕：怎么回事？

韩生德急切地：上午，一个快递员在送货的途中，不幸遭遇了车祸。

钟辕：呀？人怎么样？伤得重不重？

韩生德跺着脚：当场就不行了！

钟辕着急地：那肇事车呢？

韩生德：肇事车逃逸了，交警正在查，没找到目击者。

钟辕着急地向外走着：去现场！

45

楚汉院内。白天。

院里坐着二十多个农村人，一个女人正在号啕大哭：孩子他爹呀，你上有老、下有小，这一走，让我们怎么活呀？

西馨拉住那女人同情地：大嫂，人已经没了，请节哀吧！别哭伤了自己的身子……

46

车上。白天。

钟辕和韩生德坐在车里。

韩生德满脸忧虑：肇事车找不到，家属已经来到公司，弄不好会有麻烦！

钟辕面色沉重：我也担心这一点！

47

楚汉院内。白天。

一辆面包车开进来，钟辕和韩生德沮丧地从车里出来。

正哭的女人也不哭了，一脸怒容地看着钟辕。

钟辕走到死者妻子身边：关于后事处理，交警会抓住肇事者，给我们一个说法的。

一个中年男人：不行！我弟弟是在你们公司出的事，就找你们！你们要给我们一个说法！

钟辕点头：我们楚汉的员工，出了事我们不会坐视不管，丧葬费用我们负责，另外，我们可以给一定的抚恤金！

中年人：给多少？

钟辕想了想：我们公司规模小，也挣不了几个钱，所以给不了多少。我们尽最大努力，除了丧葬费，再给2万块钱，怎么样？

中年人冷笑着：不行！我们一个人没了，才给2万！这命太不值钱了吧！最少也得20万！

死者妻子又号啕大哭起来……

48

公司会议室。白天。

众人围坐在椭圆桌边。

钟辕无奈地：大家也看到了，死者是农村的，家庭确实有困难，我们作为当事方，还是尽量多给他们点。大家看看，赔他们10万怎么样？

何荟站起来，生气地：钟总，我不同意！他虽然是工作中出的事，但应该由肇事车负责，我们凭什么赔那么多钱？

钟祥也摇了摇头：我觉得，赔10万太多了！刚才二哥跟他们说的两万，就已经不少了，那些人也太得寸进尺！

西馨：十万是够多了，但我担心，他们还不一定同意！

钟辕：我也不想赔那么多，但他们在公司这么闹，也不是个办法，咱们总不能把他们轰出去吧！人家刚死了人，要是再出个三长两短，咱们也脱不了干系！

何荟：反正我不同意用公司的钱！那是大家的，哪有那么多钱给你去赔他们？大哥也不会同意！如果想给，你自己给吧！

钟辕生气地：我想给吗？你这话什么意思？

何荟反唇相讥：我没有什么意思，就是不想把辛辛苦苦挣来的血汗钱给了外人！

钟祥阻止妻子：你少说两句吧！

钟辕没好气地：散会。

49

楚汉院内。晚上。

半个月亮挂在天上。

钟辕在院子里踱来踱去，一脸忧愁。

西馨轻步走过来：早点休息吧！

钟辕长叹一声：睡不着呀！一边是死者家属们闹，另一边是自己人卡……

第十二集

1

楚汉院内。早上。

钟辕缓步在院子里走,低头想着事情。

这时,大门口拥进来一群人。

钟辕抬头看着。

可以认出是昨天来的死者亲属们,领头的还是那个中年人。

他们径直来到院子中间,席地而坐。

2

钟祥宿舍。早上。

钟祥拉开窗帘,看见坐在院子里的那群人。

钟祥对正在收拾房间的何荟:你来看,那伙人又来了!

何荟头也不抬:来就来呗!反正咱们不能同意赔钱!

钟祥:这个样子会影响公司生意。

何荟:让二哥想办法好了,你操哪门子心!

钟祥不高兴地:你不是说公司是大家的吗?哪能不操心?

何荟语塞。过了一会儿,她坚决地重复:反正我不同意赔那么多钱!

3

楚汉院内。早上。

钟辕来到那群人面前,中年人站了起来,其他人也陆续站了起来。

中年人:钟总,你们商量得怎么样了?

钟辕摇头:我也想尽量帮你们,可实在是无能为力呀!公司没有钱,大家也都不同意。

中年人哀求地:我弟弟死得冤呀!那丧尽天良的凶手找不着,你们可一定得管呀!

钟辕同情地:我们是要管,但实在拿不出那么多钱!

中年人一脸不高兴：那么大的公司，还拿不出20万，谁信？如果你们不同意，我们就在这里坐着。

钟辕着急地：老哥，你这样坐着也不是办法。这样吧，我再给加1万，3万，你们拿了赶紧办丧事去，怎么样？

中年人摇头：不行，20万，少一分也不行。

钟辕深长地叹了口气。

中年人一挥手，众人又都坐在了地上。

4

钟辕宿舍。白天。

钟辕坐在桌前神色黯然。

西馨推门进来，关切地：钟总，去吃点饭吧！

钟辕点了点头。

5

楚汉院内。白天。

骄阳似火。

那群人继续静坐着。

突然，一辆坐满人的拖拉机开进来，到那群人面前停下。

死者妻子神色凄然地走下车，怀里抱着一个骨灰盒。

有人从三轮车上拿下一个小桌子，摆在地上，女人把骨灰盒放到桌子上，自己跪到桌边，又号啕大哭起来。

拖拉机拉来的，还有一些老人、女人和孩子，这些人下了车，也纷纷跪到骨灰盒旁，用不同的声调哭起来。

楚汉员工都远远地往这边看，交头接耳地说着什么。

6

钟辕办公室。白天。

钟辕在房间里踱来踱去。

西馨敲门进来，语带忧虑：这样下去，不行啊！能不能报警？

钟辕叹气：将心比心，不能为难他们！

西馨：那怎么办呀？

钟辕想了想：这样吧，你去把领头的请到会议室，跟他好好谈一谈，争取压到10万以内。

西馨点头：好的，我去！

钟辕：西馨，等一下！

西馨回头。

钟辕：注意适当给对方一点压力，别让他们得寸进尺！

西馨答应着：放心吧！

7

会议室。白天。

西馨在与中年男人和死者妻子交谈。

西馨：我们已经开过会了，会议决定不给钱。钟总同情你们，据理力争，才决定拿自己的钱给你们3万。别不知足呀！

中年人强硬地：人在你们这里死了，你们必须赔钱！

西馨摇了摇头：人是怎么死的？车祸！你们索赔应该找肇事司机！这一点，你们不会不知道吧？

中年人理屈词穷地：我们找不到司机，只能找你们！

西馨：所以，你们在这里闹，我们完全可以报警，可以通过人民法院维护我们的权益。不过，那样的话，你们可能连3万也拿不到。

中年人沉默。

死者妻子又哭起来。

西馨安慰着：请不要哭！我们不会那么做的！钟总同情你们，决定帮你们一把，但你们也不能太过分，对吧？

女人停止哭泣，看了一眼中年人，中年人无奈地点了点头。

中年人对西馨：那，要不，你们给10万，可以吗？

西馨摇了摇头：5万，不能再多了！

中年人严肃地：8万！不能再少了！

西馨沉默了一会儿，商量地：这样吧，我去请示一下钟总，你们先等一会儿。

8

钟辕办公室。白天。

西馨站在门口：已经谈到8万，可以吗？

钟辕有些意外地：可以！想不到我的西馨还是谈判高手！

西馨：那就8万。

钟辕痛心地：平心而论，给8万我都觉得有点少，多不容易的一家人呀！可是，何荟她们还不一定同意呢，就这些吧！

西馨：我也觉着不多，毕竟是死了一个人呀！

钟辕面色凝重地：有些东西是钱买不来的！

9

会议室。白天。

众人围坐桌边。

西馨介绍情况：经过谈判，赔偿金额已经降到8万，对方说什么也不同意再降了！

何荟坚决地：8万？凭什么给他们8万？我坚持我的意见，坚决不给！

钟辕指着门外，气愤地：你看看这个样子，还能做生意吗？都快成灵堂了，你还在说这种话！

何荟毫不示弱地：报警，把他们赶走！

钟辕指着何荟：那你报去！出了乱子你负责！

何荟不说话了。

钟辕扫了一眼大家：大家都发表发表意见！钟祥，你说说！

钟祥看了一眼何荟，嗫嚅地：我觉得嘛！何荟说得也有道理，人是车祸死的，凭什么让我们赔这么多钱？

钟辕冷冷地：那你也不同意了？

钟祥点头：我觉得这个钱咱不应该出！二哥，还是想想别的办法吧！

钟辕扫了一眼大家，严肃地：大家都说说。

韩生德：这件事，平心而论，应该补偿人家一点。但是，钟副总的意见也不无道理，所以，还是你们股东之间协调处理吧！我们就不参与意见了！

其他几个人也纷纷表态：是呀，是呀！你们股东协调处理吧！

钟辕想了想，毅然地：既然大家都不发言，那我这个总经理就行使一回权力。为了公司正常发展，也为了体现对公司员工的关怀，我决定，答应死者家属的要求！大家有不同意见，下来再说，西馨主任赶紧抓落实，把事情处理好！

何荟气急败坏地大声嚷：我不同意！

钟辕一拍桌子，厉声地：不要闹了！

何荟吓了一跳，不吱声了。

钟辕厉声地：就这么定了！散会！

10

钟祥宿舍。白天。

何荟趴在床上。

钟祥站在床边：别闹了好不好呀？

何荟不理他。

钟祥拉了何荟一把：别闹了——二哥也是没有办法，你怎么这个样子？

何荟甩开了钟祥的手，从床上爬起来，气急地：他不仁，也别怪我不义！他要是坚持赔钱，咱们就撤资！让他自己赔去！

钟祥：都是一家人，闹来闹去有什么意思？

何荟大声嚷着：你去跟他过吧！

钟祥泄了气：行了，行了！听你的还不行？不过撤资可不是说着玩的，公司效益这么好，我们撤了资，往哪儿挣这么多？

何荟没好气地：你以为我真想撤呀！这不是让他逼的吗？一赔那么多，还有个啥利润！我们出去开个饭店，自己挣一点是一点，总比在这里受他的气强。

钟祥：那好吧！你去跟二哥说，我可不去！

何荟：我这就去！说着，气冲冲地往外走。

11

楚汉院内。白天。

钟辕和西馨正在与那群人交谈。

西馨：我们已经开会讨论了，决定满足你们的要求，你们留几个人等着拿钱，其他人先回去吧！

死者妻子哽咽着：谢谢你们了！

钟辕同情地：大嫂，你别说这话！大哥为公司作出了贡献，又出了事，我们应该帮助你们！

死者妻子：谢谢了！我们这就回去！

说着，死者妻子捧起死者的骨灰盒，上了拖拉机，众人七手八脚地把桌子抬到拖拉机上，另几个女人、孩子也都上了车。

拖拉机开走，一些男人也跟着往外走。

钟辕对中年人：你们几个，先到会议室坐吧！过一会儿，你们跟西馨主任一起去银行取钱！

中年人客气地：我们就在这里等吧！

钟辕拉中年人：这么热的天！别客气，到会议室吧！走！

几个人跟在钟辕和西馨后面，往会议室走。

何荟迎面而来。

何荟远远地看到钟辕，便大声地：钟总，我要跟你谈谈！

钟辕：什么事？没看我正忙着吗？

何荟走近，威胁地：我和钟祥商量好了，我们要撤资！

钟辕一愣，惊讶地：你说什么？撤资？

何荟：你要赔人家钱，这生意还怎么做？我们撤资，自己出去干！

中年人吃惊地看着何荟。

钟辕有些着慌：走，到我办公室说去！

钟辕转对中年人：西馨主任先陪你们到会议室坐，我一会儿就来。

12

钟辕办公室。白天。

钟辕坐在椅子上，何荟站在屋子中间。

钟辕语气缓和地：弟妹，生意做得好好的，撤什么资呀！

何荟：你要赔他们钱，我们就撤资！一赔那么多，还赚个啥钱，出去卖面条，也比这挣得多！

钟辕看着何荟：弟妹，你到底想要我怎么做呀？

何荟：除非你不用公司的钱！

钟辕点了点头：好吧！我答应你！我用我自己的钱来赔，行吧？

何荟一愣，厉声地：君子一言！

钟辕没好气地：我用我结婚的钱，行吧？我不结婚了，行了吧？

何荟底气不足地：那我管不着！

何荟转身走了。

13

会议室门口。白天。

钟辕站在门口，向里面喊了一声：西馨主任，你出来一下！

喊完，钟辕往外走了几步，西馨从会议室出来。

西馨：刚才何荟找你——

钟辕气愤地：拿撤资威胁我，太过分了！

西馨吃惊地：你答应了？

钟辕摇了摇头：现在公司资金紧张，没法答应！

西馨担心地：那，真的不赔钱了吗？可是跟人家说好了！

钟辕沉默了一会儿，无奈地：这8万块钱，一定得给人家。所以，我想跟你商量商量……

西馨：怎么办？你只管说！

钟辕看着西馨的眼睛，商量地：小馨，我想把我们结婚的钱先拿出来，你看行吗？

西馨犹豫了一下，点点头：就照你说的办！

钟辕上前一步，拥抱住西馨，动情地：真是我的好老婆！

西馨赶紧挣脱：也不看看这什么地方！让人看到多不好！

钟辕苦笑了一下：我抱自己的老婆，谁管得着？！

14

银行。白天。

西馨把刚取出来的8万块钱交给中年人，嘱咐：你收好了！如果不放心，就在这里直接存了！

中年人感激地：谢谢西馨主任！我们存一部分，留一点回家办丧事。

西馨：那我先回了，有什么事给我打电话！

中年人：好嘞，好嘞！

西馨转身出去。

中年人小心地抱着钱，来到了储蓄窗口。

15

街头公园。晚上。

路灯下，人们在公园里散步，都穿上了长袖衣服。

钟辕和西馨坐在长椅上，西馨依偎在钟辕怀里，钟辕用手臂拥着西馨。

钟辕不好意思地：小馨，国庆节快到了，婚期要推迟，你不怨我吧？

西馨抬头看钟辕：你什么意思？

钟辕：准备结婚的钱没有了，别说买东西，就连婚礼也没钱办！

西馨摇头：结婚只是一个形式，我们简单一点就行了！

钟辕不好意思地：那不是让你受委屈了？！

西馨：我嫁的是你这个人。

钟辕把西馨搂紧，动情地：真是通情达理的好姑娘！

西馨幸福地靠在钟辕胸前，喃喃地：只要能与你在一起，怎么着都心甘情愿……

16

梁志远办公室。白天。

宋来坐在梁志远办公桌前。

梁志远：楚汉的情况最近怎么样？

宋来幸灾乐祸地：楚汉呀，刚出了件事，一个员工车祸死了！

梁志远：是楚汉的车出了事故吗？

宋来摇头：不是！他在外面被车撞死的！

梁志远：那楚汉没有多少责任。

宋来：不幸的是，肇事司机没找到，家属们就找公司了！听说几十人在公司里静坐。

梁志远点头：那也够钟辕喝一壶的！

宋来：是呀！公司里意见不统一，都不同意赔钱，钟辕急得没办法！

梁志远笑了笑：有意思！那钟辕怎么处理的？

宋来：最后，钟辕实在没办法，只好把自己准备结婚的钱拿了出来。

梁志远脸露欣喜：这么说，钟辕结不成婚了？

宋来点头：可能吧！反正他没有钱了！

梁志远：你再去打听打听，他到底还结不结婚。

宋来有点不明所以地：还去打听这个？

17

小餐馆。晚上。

宋来和林达畅对坐在一张小餐桌前，桌上放着几个菜和一瓶二锅头。

宋来举杯，真诚地：老弟，我佩服你的勇气，走了还敢再回来，敬你一杯！

林达畅举起杯：说起出走那段日子，不堪回首呀！你在那边是不是也不好过！

宋来：是呀！所以，想找你聊一聊。

林达畅语重心长地：不离开楚汉，感觉不到楚汉的好，你我算是同病相怜！钟总这个人，虽然有时候脾气厉害一点，但对人绝对没的说，你如果想回来，我想他不会不同意的！

宋来假惺惺地：听说钟总国庆节要结婚，有没有这回事呀？

林达畅：你是不是想借机与钟总和好？

宋来一愣，随即明白过来，点头：是呀！是呀！

林达畅：本来嘛！大家都认为钟总会推迟婚期。但没想到，钟总和西馨姐决定婚事从简，还在10月1日结婚！

宋来笑了笑：是不是等不及了？

林达畅不高兴地：你这是什么话？

宋来指了指肚子：是不是快要出来了，不得不尽快结婚？

林达畅敲了一下宋来的头：去你的吧！钟总是那种人吗？

宋来哈哈大笑：开个玩笑。来，咱们不说他们了，喝酒！

两个人举起酒杯。

18

梁志远办公室。白天。

宋来：打听清楚了！钟辕还是10月1日结婚。

梁志远自言自语地：他们结婚，我们也结婚！他们10月1日结婚，我们也定在这天！

宋来：你跟他们一起举行婚礼？

梁志远点头：你去给我打听，钟辕在哪里举行婚礼，一有消息马上告诉我！

宋来：好的。

19

大街上。白天。

钟辕和西馨手挽手走着。

钟辕看着西馨：我们不请外人，但也要订个像样的地方，第一次结婚嘛，总要隆重一点！

西馨娇嗔：怎么？你还想结第二次不成？

钟辕笑着：你看我这嘴！真要结第二次，那也还和你，就是有钱了补一场婚礼呗！

西馨摇头：我不需要那种形式！

两人边说边走，走到了长城饭店对面。

钟辕抬手往对面一指：西馨，我看就订在那里吧！

西馨：你傻呀？长城饭店很贵的！

钟辕抬手指着对面：不是长城饭店，旁边那个！

西馨顺着钟辕手指的方向看去，旁边有一个百姓饭庄，看样子是刚开业的！

西馨点头：行！走，过去看看！

20

梁志远办公室。白天。

梁志远正在看报纸，宋来匆匆走进来。

梁志远：这么着急，什么事呀？

宋来：我打听到了，他们在长城饭店旁边的一个小饭庄。

梁志远：那更好！马上给我订长城饭店，务必订到！

宋来：好嘞！

21

商场里。白天。

钟辕和西馨在买衣服。

梁志远和马雨萌也来购物，宋来提着大包小包地跟在后面。

钟辕和梁志远对望了一眼，点了点头，什么也没说。

马雨萌看到西馨，赶紧上前打招呼：西馨姐，你们也来买东西呀！

西馨笑着：看你满脸笑意，是不是有什么喜事？

马雨萌羞涩地：我要结婚了！

西馨：恭喜你呀！什么时候？

马雨萌：10月1日，你一定来喝喜酒呀！

梁志远：雨萌，你还不知道吧，人家也是10月1日结婚呢！

马雨萌惊喜地：是吗？西馨姐。那咱们两个同一天进洞房了！

西馨点头：我们不准备请客，简单一点，然后出去旅游。

马雨萌大惊小怪地：那怎么行？结婚是人生大事，一定得热闹热闹，不请客有什么意思？

西馨一笑：我们没有钱呀！只能简单点！

22

车上。白天。

宋来开着车，梁志远坐在副驾驶位置上。

梁志远看着宋来：刚才听到了吗？

宋来目视前方，不解地：什么？

梁志远：西馨说的话？

宋来眼珠转了转：说是去旅游吗？

梁志远点头：算你聪明！你去打听打听，他们去哪里？什么时候走？坐哪趟车！

宋来：好的。

马雨萌：志远，咱们也出去旅游吗？

梁志远：你不想去啊？

马雨萌兴奋地：当然想去！我要去看大海，听你的海誓山盟！

梁志远：再说吧！

23

楚汉院内。白天。

宋来的车直接开到林达畅宿舍前，宋来下车，上前敲门。

没有人答应。

一个员工：你找林达畅？

宋来点点头：他不在吗？

员工：他出去送货了！

宋来：知不知道夏绿在哪里？

员工：她呀！可能在伙房上班吧！

宋来往食堂走去。

24

伙房里。白天。

夏绿正在切菜，宋来走了进来。

夏绿停下手中的活，没好气地：你来干什么？

宋来嬉皮笑脸：来看看你呀！

夏绿：我在上班呢！你快走吧！

宋来：问你个事？二哥结婚，什么时间呀？

夏绿疑惑地：问这个干啥？你还想参加婚礼呀？二哥怕不愿见你吧？！

宋来假惺惺地：亲不亲，家乡人嘛！二哥结婚，咱们俩应该表示一点心意是不是？

夏绿：你别咱俩咱俩的！你愿去，你自己去。10月1日下午5点，百姓饭庄。

宋来：谢谢，谢谢！

说着便转身走了。

夏绿看着他的背影，疑惑地摇了摇头。

25

梁志远办公室。白天。

宋来：打听好了，婚礼是下午5点，旅游是晚上10点的火车去黄山。

梁志远：下午举行婚礼，晚上10点还要坐火车，来得及吗？

宋来：听说他不请客，就自己家几个人，可能用不着多长时间。

梁志远点头：那我们4点。

26

钟辕宿舍。白天。

钟辕正和西馨商量事情，林达畅敲门进来。

林达畅：刚才饭庄打来电话，说是明天中午腾出来一个套间，问我们要不要！

钟辕：那好呀！就改在中午！晚上还要坐车呢！西馨，你看怎么样？

西馨点头：可以！

林达畅兴奋地：那我就去通知亲友们，时间提前。

钟辕：公司的同事就不通知了！只通知亲戚本家！

林达畅：明白。

27

楚汉院内。白天。

很多地方贴上了大红的双喜字，很多人站在外面，欢欢喜喜地说着话。

钟辕从宿舍里出来，穿着喜庆的传统礼服，在众人的簇拥下往西馨宿舍走去。

28

西馨宿舍。白天。

西馨端坐镜前梳妆打扮，传统的大红旗袍配一头绾起的发髻，庄重而美丽。

夏绿、何邾正在帮西馨盖上红盖头。

外面传来众人的欢叫声和脚步声。

夏绿高兴地：钟总来了！

西馨揭开盖头，羞涩地：这样可以吗？

夏绿笑着：你是世界上最漂亮的新娘子！

西馨笑着把盖头放下。

这时，钟辕推门进来。

众人大叫：抱起来，抱起来！

钟辕来到西馨身边，弯腰把西馨抱在了怀里，转身往外走。

堵在门口的人们纷纷让开。

29

楚汉院内。白天。

鞭炮声响起来。

钟辕抱着西馨往自己宿舍走来，夏绿和何粼跟在后面，几个姑娘抱着西馨的东西往钟辕的宿舍搬。

30

梁志远家。白天。

屋子里一片喜庆气氛，梁志远穿着笔挺的西装，正在看来客的名单。

梁父责怪地：志远，你是怎么想的？怎么把婚礼安排在下午？

梁志远：爸，我自有主意，您就别说我了！

梁父摇了摇头。

敲门声传来，梁志远去开门。

宋来进来，气喘吁吁地：梁主任，我刚听说，钟辕在公司里举行婚礼了！

梁志远吃惊地：不是说在百姓饭庄吗？

宋来：他们在公司举行仪式，中午在饭庄吃饭！

梁志远生气地：不是说下午吗？

宋来低下头：听说是刚改的！

梁志远：浑蛋！

31

楚汉院内。白天。

钟辕宿舍前早就安好了一张桌子，上面铺了红布，点上了红烛。

桌子两边放着两把椅子，钟辕妈坐在一把椅子上。

钟辕抱着西馨来到桌前，把西馨放下。

有人把一个彩带的两头分别交到两个人手里，两人面对桌子站定。

韩生德高喊：一拜天地——

钟辕和西馨面对桌子鞠了一躬。

韩生德又喊：二拜高堂——

钟辕和西馨又向妈妈鞠了一躬。

韩生德又喊：夫妻对拜——

钟辕和西馨转了半个身，相对鞠躬。

韩生德又喊：入洞房——

钟辕转身向宿舍走，西馨跟在后面。

众人又叫又喊又笑，非常热闹。

32

钟辕宿舍。白天。

房间里塞满了人。

西馨坐在床边，钟辕站在西馨身旁。

众人叫：揭盖头呀！揭呀！

钟辕伸两手，小心地捏着盖头两个角，轻轻地揭开。

西馨羞涩地低垂着脸，化了淡妆的她看上去异常美丽。

众人啧啧称赞：新娘子太美了，太美了！

有人称赞：像仙女一样……

33

楚汉院内。白天。

一辆面包车贴上了大红双喜字，停在钟辕宿舍门前。

夏绿和何粼搀着钟辕妈上了车。

34

钟祥宿舍。白天。

何荟拉着钟祥的手,坚决地:他那样对我们,我们不去!

钟祥耐心地:怎么说他也是我哥哥呀!不去怎么行?

何荟赌气地:那你自己去吧!

钟祥生了气:你也必须去!

说着,反手抓住何荟的手腕,出了门。

35

钟辕宿舍前。白天。

钟祥和何荟来到车前,上了车。

钟辕和西馨手拉手出来,上了车。

车开走。

鞭炮声又一次轰然响起。

36

百姓饭庄小套间里。白天。

西馨父母和十几个亲朋分坐在两张桌子前,钟辕和西馨走进来,大家纷纷站起。

钟辕满面笑容地:今天是我和西馨大喜的日子,本应该好好庆祝庆祝,但因为一些原因,我们就简单地请大家吃个饭,各位请坐吧!

西馨母亲满脸笑容地:我听西馨说了,你们决定婚事从简!这是好事,我支持!

钟辕:谢谢妈!大家快坐吧!

37

长城饭店前台。白天。

梁志远匆匆过来,宋来跟在后面。

饭店前台经理迎上来,热情地:梁主任,您的婚宴已经准备好了,只等这场结束,马上就可以布置好!

梁志远着急地:能不能提前?

经理摇了摇头：这不行！你看，现在好几对正在进行中呢！只能等他们吃完！

梁志远着急地：能不能再给我安排个别的地方？

经理：也不行！10月1日的婚宴都是预订的，从早到晚排得很满！

梁志远无奈地：那只好下午了！

38

百姓饭庄套间。中午。

钟辕和西馨一起敬酒。

亲友们纷纷回敬。

人虽然不多，倒也热闹。

两个新人不时相视一笑，一脸的幸福。

39

百姓饭庄门口。下午。

钟辕、西馨和亲朋好友们走出门，正遇到梁志远婚礼的车队，浩浩荡荡地开进长城饭店。

钟辕看了一眼西馨：羡慕吗？

西馨摇头，郑重地：我嫁的是你这个人！

40

火车站。晚上。

韩生德、林达畅、夏绿等送钟辕和西馨上车。

车就要开了，钟辕与送行的人握手告别。

这时，只见梁志远和马雨萌匆匆地进了软卧车厢。

41

火车上。晚上。

硬座车厢里旅客坐得满满的，或趴或坐地打着瞌睡。

西馨也坐在座位上打着瞌睡。

钟辕站起来：西馨，你躺在座位上睡一会儿吧！

西馨摇了摇头：那你坐哪里？

钟辕：我有办法！你睡吧！

说着，钟辕扶西馨在长座上躺下。

钟辕扶着椅背站在一边，看着西馨。

42

火车上软卧包房。晚上。

梁志远和马雨萌各自睡在自己的铺位上。

梁志远辗转反侧，一会儿便爬了起来。

马雨萌睡意蒙眬地：干什么呢？志远。

梁志远：你先睡，我去看看钟辕他们。

43

火车硬座车厢。夜。

西馨蜷缩在长座上睡着了。

钟辕站在座位旁边，头一点一点地打起了瞌睡。

这时，他发现旁边一个座位底下睡着一个人，便也钻到了座位底下，枕着包准备睡觉。

44

车厢里。夜。

西装革履的梁志远边走边四下张望。

来到钟辕的硬座旁，他首先看到了西馨，跟着看到了座位底下的钟辕，得意地笑了笑。

梁志远用脚碰了碰钟辕的头：钟经理，混到这种地步了？

钟辕侧头看是梁志远，笑着：是梁主任呀！咱不是没钱嘛，怎么能与你大主任比！

梁志远炫耀地：要不要到我包房里休息一会儿？

钟辕摇摇头：在这里也不错！有漂亮老婆陪着，心里舒服！

梁志远的脸色一下子不好看了，扭头走了。

45

楚汉院内。中午。

林达畅在一辆车前踱来踱去,急得抓耳挠腮。

夏绿从伙房出来,往宿舍方向走,看到林达畅着急的样子,便往这边拐来。

夏绿关切地:达畅,你在忙什么?

林达畅焦急地:有客户来电话要求送货,司机有事请假出去了,我在等他呢!

夏绿:那他什么时候回来?可别耽误了事!

林达畅:那有什么办法,我又不会开车。

夏绿试探地:要不,我开车和你去吧?

林达畅眼前一亮:你会开车?有驾照吗?

夏绿点头:我叔叔是司机,当初跟他学的。

林达畅欣喜地:那太好了!不过,不影响你上班吗?

夏绿:我刚下班,正好可以帮你送一趟。

46

黄山。白天。

钟辕和西馨手拉手走在盘山路上。

在迎客松前,西馨由衷地:太漂亮了!

钟辕兴奋地:西馨,站好!我来给你照相!

西馨站好,摆了个姿势,钟辕给他拍照。

一个游客从旁边走过,钟辕上前:麻烦你帮我们拍个照好吗?

游客接过相机,钟辕赶忙跑到西馨身边,拥着西馨,摆了个甜蜜的姿势。

"咔嚓"一声,两个人的身影和美景定格在一起。

47

车内。白天。

夏绿开着车,林达畅坐在副驾驶位置上。

林达畅恭维地:看不出来,你开车技术还不错嘛!

夏绿：学了很长时间了……

说着，夏绿的表情突然变得很痛苦，她踩了刹车，停在了路边。

林达畅担心地：你怎么了？

夏绿痛苦地：不知道怎么回事，肚子疼得厉害！

林达畅担心地：还能不能开车？

夏绿痛苦地：我觉得动不了了，你赶紧打的去送货吧！

林达畅：人要紧，我先送你去医院！

夏绿痛苦地：送货要紧！

林达畅毅然地：别说了，你坚持一会儿，我下去拦车。

林达畅跳下了车。

48

黄山上。白天。

钟辕和西馨来到峰顶，一览众山小，欣赏黄山风光。

悬崖边的那棵松树吸引了钟辕的注意：西馨，你看那棵松树，太壮美了！

钟辕手指松树，西馨顺着钟辕手指的方向看去。

钟辕感慨地：我们要像那棵松树一样，挺立在快运行业的绝顶之上，顽强地生长，长成一道风景！

西馨依偎到钟辕怀里，喃喃地：我相信你的话一定会实现！

49

医院里。白天。

夏绿躺在病床上，林达畅站在旁边。

夏绿：你身上带的钱都交住院费了吧？说着吃力地掏出50块钱，递给林达畅：你赶紧打的去给客户送货，这里有医生，没事的。

林达畅点头：那我先去了！公司一会儿就来人！

说着，林达畅提着包裹，匆匆出门。

50

大街上。白天。

林达畅往四周看了看，公交车站就在不远处。

他自言自语地：搭的士多贵呀！不如乘公交去，节约点钱给夏绿买点吃的。

他把钱装到口袋里，往公交车站走去。

一辆公交车开过来，林达畅快跑几步，挤上了公交车。

51

楚汉办公室。傍晚。

钟祥一个人坐在办公室里，非常着急的样子。

电话铃响起，钟祥伸手拿过话筒。

钟祥：您好，楚汉快运！

对方粗暴的声音：什么狗屁快运！你们的速度慢到家了！我中午要的货，到现在才给我送来，造成我谈判延误，损失重大。你们必须赔偿我的损失！

钟祥一愣，客气地：对不起，对不起！我们的司机在路上得了重病，耽误了点时间，请多多原谅！

对方粗暴的声音：说句对不起就完了！必须赔偿我的损失！

钟祥客气地：有话好说！我们可以考虑给一点补偿！

对方粗暴的声音：那好！不用赔多了，1万块吧！

钟祥惊讶地：就那么一个小包裹，你索赔1万块，太过分了吧！

对方粗暴的声音：我的损失远不止这个数！

钟祥没好气地：这么多，我做不了主，等我们钟总回来再说吧！

对方粗暴的声音：如果不赔，我就到法院告你们！

电话被挂断了。

钟祥拿着话筒，愣在了那里。

52

公用电话亭。晚上。

钟辕拿着话筒，拨号。话筒里传来占线音。

钟辕又按了重拨键。话筒里还是占线音。

钟辕把电话扣上，重新拿起，重新拨号。电话终于通了。

钟辕：怎么回事？我拨了半天电话，一直占线！

钟祥的声音：别提了！林达畅送的一票货没按时送到，客户打电话索赔呢！

钟辕：这个达畅，又是怎么搞的！

钟祥的声音：也怪不得他，夏绿开车时突发阑尾炎，达畅送她去医院了！

钟辕意外地：怎么？让夏绿开车？司机哪里去了！

钟祥的声音：司机请假出去了一会儿，达畅等不及了，就让夏绿开车去！

钟辕：真是乱来！他们索赔多少钱？

钟祥的声音：1万元。

钟辕惊讶地：1万元！什么宝贝，晚送到一会儿就索赔1万元，你等我回去再说！

钟祥的声音：你什么时候回来呀？人家还要起诉我们呢！

钟辕生气地：我们马上就动身！

第十三集

1

钟辕办公室。白天。

钟辕坐在桌后,钟祥和西馨坐沙发上,林达畅站在房间中央。

钟祥:事情就是这样。最关键的还是林达畅时间观念不强,在紧急情况下没有采取紧急措施。人家夏绿一个女人,还知道掏 50 块钱让他打的士,他却自作主张坐公交,节约那 50 块钱,给夏绿买了吃的。这可好,节约了 50 块,赔了 1 万块。

林达畅内疚地:当时觉得已经晚了,也不在乎那一小会儿,没想到……

钟辕打断了林达畅,恨铁不成钢地:达畅呀达畅,你让我说什么好?

西馨宽慰着:达畅工作是没的说,勤勤恳恳的。

钟辕接过话头:是勤勤恳恳的,但也是勤勤恳恳地犯错误!

林达畅低下了头。

钟辕:夏绿现在怎么样了?

钟祥:昨天晚上已经做了手术,现在没什么事了。

西馨赞叹地:真没想到,夏绿还会开车!还能在病重的情况下想到让达畅打的,不简单!

钟祥补充:是呀!我也没看出来!她是个中专生,有文化,有思路,放在后勤真是可惜了!

钟辕点头:出院以后,我考察考察,看能不能用一用。

钟辕转对西馨:西馨,咱们去医院看看她。

西馨点头:好!

2

医院。白天。

钟辕和西馨站在夏绿病床前,一大束鲜花放在床头柜上。

钟辕关切地:刀口还疼吗?

夏绿微笑着：还有点疼，没什么事了。谢谢二哥、嫂子。

西馨：好好养病！虽然是小手术，但毕竟是手术。

夏绿轻轻点头：我给公司添了麻烦，造成了损失，二哥嫂子还这么关心我。

钟辕：事情我已经了解清楚，你不但没有做错，而且做得很好！主要是达畅缺乏大局观念。

夏绿腼腆地一笑：达畅是好心，你别怪他，至于公司的损失，我愿意与他一起分担。

钟辕：你就别管了，养好病再说。

3

林达畅租住的房子。傍晚。

林达畅回到家，闷闷不乐，但看见母亲后还是强装笑颜：妈，您今天感觉怎么样？

达畅妈：我觉得病已经好了！就是从做手术到现在，好几个月没洗过澡，身上不舒服。

林达畅：我们公司有公用澡堂，我带您去洗个澡吧？

达畅妈点点头：那太好了！

4

楚汉院内。傍晚。

林达畅扶着母亲，往澡堂走去。

5

澡堂门口。傍晚。

林达畅把装有洗澡用品的方便袋递给母亲，嘱咐：进去以后，有两个开关，一个是热水，另一个是冷水，先把水调好温度，再洗。

达畅妈点点头：知道了，我在电视里看过。

林达畅不放心地：如果不会调，你就让别人帮着调，里面肯定还有人。

达畅妈点头：嗯，你放心。说着，提着方便袋进了澡堂。

6

澡堂里。白天。

水哗哗地响着。

达畅妈调调这个开关,又调调那个开关,突然"啊"的一声。

一个女声:怎么了?怎么了?

达畅妈的声音:水太烫了……

7

澡堂门口。晚上。

一个女工扶着达畅妈走出来,达畅妈痛苦地呻吟着。

林达畅连忙迎上来,着急地:妈,你怎么了?

女工:你也不跟你妈说明白!她不会调淋浴,全调成了热水,烫伤了!

林达畅着急地一跺脚:妈,咱们去医院看看吧!

达畅妈忍着疼:问题不大,不用去看了!

女工:还问题不大呢!好几个地方烫伤了。快去医院吧!

林达畅不由分说地:妈!咱们还是去看看,走吧!

女工试探地:我陪你们去?

林达畅想了想:也好,那就麻烦你了!

女工:没什么!你一个男人家,有时候不方便,我正好也没事。

说着,两人扶着达畅妈往外走。

8

楚汉院子。夜。

林达畅和女工并肩进了大门,往里面走去。

韩生德从厕所出来,看到了这一幕。

林达畅把女工送到了宿舍门口。女工侧头看着林达畅:谢谢你送我回来!

林达畅郑重地:应该是我谢谢你呢!早点休息吧!

女工冲林达畅摆了摆手:再见!

林达畅：再见。

女工转身往宿舍走去，推门进了宿舍。

林达畅往回走，看到了韩生德。

林达畅：韩总，还没休息呢！

韩生德不冷不热地：达畅，你行呀！晚上带女工出去玩？

林达畅辩解：没有呀！这不有事吗？

韩生德：半夜三更的，带着个女工出去，有什么好事？

林达畅不高兴地嘟囔：反正我没干坏事！

韩生德没好气地：刚刚赔了人家一万块钱，你还有心情泡妞！我只是说说你，你倒有理了？

林达畅气愤地：韩总，你说话可要有根据啊！我母亲烫伤了，那女工帮我送母亲去医院……

韩生德打断了林达畅：别说了，编这种理由好吗？

林达畅恼火地：不信就算了！转身赌气走了。

9

钟辕办公室。白天。

钟辕坐在办公桌后，林达畅站在桌前。

钟辕严肃地：听韩副总讲，你昨天晚上带着女工出去玩了，有这回事吗？

林达畅委屈地：钟总，你还不了解我吗？我跟韩副总解释了，我妈洗澡烫伤了，人家帮我送到医院，我又把人家送回来，这就错了吗？

钟辕：是吗？你妈真的烫伤了？

林达畅委屈地：我还能骗你？不信你去看看！

钟辕点头：我相信！不过，她老人家烫伤了，我还是应该去看看。

林达畅：那不用！只要你能给我几天假，让我照顾照顾我妈，就行了！

钟辕点头：这种事，你只管去吧！

10

医院达畅妈妈病房。白天。

钟辕提着一篮子水果走进来。

林达畅急忙站起：钟总！

钟辕径直来到达畅妈病床前，关切地：婶子，您受苦了！我代表公司全体员工，来看看您，祝您早日康复！

达畅妈感动地：钟总，这让我怎么感谢您呢？上次做手术，还是您出的钱！

钟辕笑了笑：婶子，我和达畅是战友，是好朋友，他的事就是我的事，您就好好养病吧！

达畅妈挣扎着想坐起来，钟辕赶紧用手扶她躺好：您别动，别动！

达畅妈不好意思地：我给你们添麻烦了！不仅麻烦您，还要影响达畅工作！

钟辕摇头：婶子，您千万别这么说！孝敬老人是我们晚辈应该尽的义务，达畅在这点上做得不错，应该提出表扬。眼下他的工作就是照顾您，你就放心吧！

林达畅感激地：谢谢你了，钟总！

钟辕看了一眼林达畅：你小子，跟我客气什么！老人家的伤情现在怎么样了？

林达畅：不太严重，医生说很快就可以出院。

钟辕：别担心公司的事，等老人病好了再来上班。

林达畅：真是太谢谢你了！

11

钟辕办公室。白天。

钟辕坐在办公桌后，韩生德坐在沙发上。

钟辕语重心长地：老韩，对待员工可不能这么简单粗暴呀！尤其像达畅这样的老员工。

韩生德站起身来，不高兴地：好了！这事算我不对！没有其他事我走了！

钟辕看着韩生德的背影，显然对他的态度有些意外。

12

  街头小公园。晚上。

  钟辕和西馨并肩坐在长椅上。

  钟辕拥着西馨,爱惜地:西馨,你又忙工作又忙家务,很累吧?

  西馨摇头:没什么,已经习惯了!

  钟辕:西馨,看着你两头忙,我觉得心疼。要不你别干了,在家里照顾一下妈,也好好休息休息。

  西馨笑了:我可闲不住!

  钟辕忧虑地:我是想,公司是咱们家的,两个人都在公司的主要领导岗位,在别人看来,不成夫妻店了?!员工可能会产生排斥心理。

  西馨沉默。

  钟辕:这段时间包括韩生德在内,好像都有些情绪。我想,你还是别在公司干了,我们在外面租个好点的房子,你和妈搬过去,在家相夫教子,孝顺老人,掌管家庭的大后方,不也挺好吗?

  西馨嗔笑着:还教子呢?想教也还没有啊!

  钟辕笑着:很快就有了!咱们要一个,好不好?

  西馨把头靠向钟辕的胸,幸福地:那就听你的呗!

  钟辕把西馨搂得更紧了。

13

  钟辕宿舍。晚上。

  两个人躺在床上。

  西馨辗转反侧睡不着。

  钟辕伸手打开床灯,关切地:西馨,你怎么了?

  西馨转向钟辕,不甘心地:二弟一家不都是在公司吗?

  钟辕微微一笑:还在想这事呀!实话说吧,何荟很让人头疼,如果你能做个表率,她也就好管理了!

  西馨:倒也是!不过,我不干了,谁来接替我呢?

  钟辕叹口气:我也正为此发愁!现在看,公司里还没有一个比得上你的,不行就招聘一个。

  西馨建议:达畅行不行?

钟辕摇头：他呀！属张飞的，有勇无谋，干不了这么重要的工作！

西馨：是呀！那我还是干着吧！

钟辕笑了笑：好！找到合适人选之前，你先干着，行了吧？睡觉！

西馨高兴地：睡觉，关灯！

14

钟辕办公室。白天。

钟辕坐在办公桌后，夏绿敲门进来。

钟辕惊喜地：夏绿呀！你出院了？

夏绿：是呀！特来向钟总报告的。

钟辕：坐吧！身体恢复得不错吧？

夏绿笑了笑：没事了！谢谢钟总关心。上次因为我生病，给公司添了那么大的麻烦……

钟辕打断了夏绿：别说了！你也不是有意的！按说，我还该感谢你呢，主动帮公司做事。

夏绿不好意思地：我会开车，当时又没事！

钟辕感慨地：你竟然会开车，我一直不知道。要是知道，也不必安排你在后勤工作了！

夏绿腼腆地笑了笑：钟总能留下我，就已经感激不尽了，在哪里工作还不一样。再说了，在后勤工作事情少，可以抽出时间学习学习。

钟辕意外地：学习？你都学什么？

夏绿：主要看一些物流方面的书，了解快运的情况。

钟辕：你还学习物流方面的知识，真是难能可贵。说说看，你都学到了什么？

夏绿看了一眼钟辕：我怎么好意思在你面前班门弄斧？

钟辕鼓励着：那有什么？交流交流学习经验嘛！

15

楚汉院内。白天。

一辆小车径直开到伙房前停下，宋来从车上下来。

他上前敲门，中年女工出来。

宋来：夏绿回来了吗？

　　女工：回来了！

　　宋来：那她不在呀，去哪里了？

　　女工想了想：你是谁？找她干什么？

　　宋来：我是她老公，听说她病了专门过来的！

　　女工热情地：哦，是她老公啊！她可能去钟总那里了！我帮你叫叫？

　　宋来：那好吧，麻烦你了！

　　女工往钟辕办公室走来。

16

　　钟辕办公室。白天。

　　夏绿和钟辕正在交谈，钟辕频频点头。

　　夏绿：书上说，一个物流企业要发展，必须做好战略定位，解决好企业发展的方向性问题。

　　钟辕：说说看。

　　夏绿滔滔不绝地：战略定位就是确定所要从事的具体物流服务的种类。从物流市场的细分上，物流企业可以选择专项物流、准时物流、供应链物流、电子商务物流、快速物流、第四方物流等作为企业的战略定位。

　　钟辕点点头：那我们的战略定位就是快运，就是快速物流。

　　夏绿：按照我们本身的业务及模式，我们的定位应该是快速物流，为企业做销售、采购，建立这样一个一体化的物流服务体系，并且服务的范围和目标很明确，就是只做对时间要求高的物流，并不是胡子眉毛一把抓，什么都做，而是有所为、有所不为。

　　钟辕点点头：你说得对！不能胡子眉毛一把抓！前段时间，我已经开始做调整了。

　　夏绿：我觉得，要始终依靠自己的运作基础，把握一个"快"字，无论是快运，还是快递，抑或是快速物流，整个发展就是一个"快"字。

　　钟辕点点头：是呀！"快"字太重要了！

　　夏绿：快速物流首先要建立比较完善的网络，覆盖范围必须涵盖客户业务要求的每一个区域，这就要求我们要有星罗棋布的网络配套，才能满足客户的要求。

钟辕：这点我也想到了，咱们的外网已经发挥了很大的作用。

夏绿摇了摇头：外网毕竟不是自己的，要建立自己的网络。谁拥有强大的网络，谁就能主宰物流市场。

正说着，外面女工喊：夏绿，你能出来一下吗？

夏绿对钟辕：钟总，有人找我，我先出去一下好吗？

钟辕意犹未尽地：好的，你先去吧！

17

钟辕办公室门外。白天。

夏绿从钟辕办公室出来，看着女工：找我有事？

女工：你老公来了，正在伙房那边等你呢！

夏绿不悦地：他呀！他来干什么？

女工：说是听说你病了，专门来看你的！

夏绿没好气地：你告诉他，就说我不在！

女工一愣：那让他在那边等你吗？

夏绿：让他回去！我不想见他！

女工有些为难：那让他去哪里？

夏绿：不用管他！他有地方去！

女工：那好吧。

女工转身走了，夏绿又推门进了钟辕办公室。

18

钟辕办公室。白天。

两人继续交谈。

夏绿：有了战略定位，还要选准龙头业务。由于我国物流业尚处于起步阶段，多数本土物流企业目前在市场上缺乏专注领域，哪里有生意就到哪里去抢。

钟辕点点头：是存在这个问题，依你说该怎么办？

夏绿：应重视借鉴国外物流企业的经验。从国外情况看，各物流企业都有各自擅长的领域，如 TNT 物流业务主要集中在电子、快速消费品、汽车物流三大领域；三井物产则以钢铁物流而闻名；宅急便以小件快运以及城际配送为龙头业务。

钟辕点头：那我们就以小件快运及城际配送为龙头。

夏绿：还有一点，就是要加强公司的仓储建设。我们现在快运实现了门对门，实际上只实现了物流的一种功能，就是快速的传递过程，而没有流动的河的功能，也就是说物流的物体储存功能。试想，当你需要一个物品的时候，假设这个物品的生产商离你有1000公里，即使是以很快的速度，那也要几个小时才能送达。而如果有了仓储，就可以在最近的库存地方，找到这个物品，给你送到，送出后再从厂家随时补充，保持一种动态平衡。这才是真正的物流。

钟辕兴奋地：是呀！你说得太好了！真没想到，你竟然有如此丰富的物流知识，把你放在伙房真是太可惜了！

夏绿大方地：钟总是不是考虑让我也搞搞业务？

钟辕笑了：我正到处寻觅人才呢！没想到人才就在我眼皮底下。

夏绿不好意思地：我算什么人才，无非是多看了两本书。

钟辕果断地：你不用去伙房上班了！具体工作，等候安排！

夏绿：那我先走了！

钟辕：好吧，回去好好休息休息！等着接受新的任务！

19

夏绿宿舍门口。白天。

夏绿站在门口，宋来站在对面。

宋来：快开门，让我进去！

夏绿摇了摇头：我早就跟你说过了，只能离婚！你现在如果有空，签了字，咱俩一起去把手续办了。

宋来：不行，你永远是我的老婆，离婚的事你别想。

夏绿冷冷地：那你走吧，什么时候想通了，什么时候来找我，我们一起去办手续。

宋来悻悻地转身就走。

20

会议室。晚上。

中层领导围坐在椭圆桌前,夏绿也坐在一边,何荟往她这边扫了几眼,夏绿装没看见。

钟辕:鉴于西馨女士已经结婚,要操持家务,辞职回家做全职太太,公司决定调整高层领导班子。

何荟很兴奋地看了钟祥一眼,钟祥茫然地摇了摇头。

钟辕继续:下面我宣布公司新的领导班子名单。副总经理只设一个,由钟祥同志担任;办公室主任由夏绿同志担任;调度中心经理由林达畅同志担任;财务仍由何荟同志负责……

韩生德惊愕地愣在那里。

钟辕:名单宣布完了,大家还有什么事吗?

钟辕环顾四周,没人再发言,便果断地:散会!

众人站起,陆续往外走,只有韩生德坐在那里没有动。

21

院子里。晚上。

夏绿快步走在前面,离开了人群。

钟祥疑惑地对林达畅:怎么搞的?韩副总怎么被撤职了?

林达畅:我也不知道呀!

何荟气愤地对西馨:嫂子,你怎么把位置让给了她?

西馨:夏绿有学历有能力,钟总说她肯定能干好!

何荟担心地:嫂子,男人有时候会把持不住自己,你可要小心点呀!

西馨:弟妹,你想哪里去了?夏绿是个人才,我知道的!

何荟来到钟祥身边,低声地:韩生德怎么回事?

钟祥:你问我?我还要问你呢?是不是你们又与他闹别扭!

何荟着急地:我与他闹别扭有什么用?二哥会听我的吗?

钟祥点头:倒也是!那是怎么回事呢?

22

会议室里。晚上。

韩生德坐在原位上，脸色很不好看。

钟辕站起来，笑着：老韩，是不是有什么想法？

韩生德冷冷地：我只想知道，我做错了什么？

钟辕笑着：你没做错什么，相反，都做得很好，不让你当副总，是因为有更重要的职务需要你来干。

韩生德：什么意思？

钟辕意味深长地：上次送到长沙的那票货，运费200元，货值6000元，结果外网把货款收回后不返给我们，我们白白吃了亏，你不是知道吗？

韩生德点头：当初，我就不太赞成搞外网。

钟辕：但是，我们要想把快运事业做大，就必须有网络配套，不过不能靠外网。

韩生德惊喜地：你是说，建立自己的网络？

钟辕一拍桌子：外网毕竟不是我们自己的，所以，我们要建立自己的网络。也就是说，要在全国各地设立自己的分公司。现在，设立第一个分公司的时机已经成熟。

韩生德：你是说，让我去办这个分公司？！

钟辕点头：对！这第一个分公司就设在上海，必须建设成功，不能失败，所以只能由你来担任总经理。

韩生德脸上浮现出喜色：好！既然你看得起我，我就当这个总经理！不过，总公司要多多支持分公司呀！

钟辕：当然！明天，我就和你一起去上海！

韩生德：那太好了！

23

上海火车站。白天。

钟辕和韩生德走在广场上。

韩生德感慨地：我突然有种似曾相识的感觉。

钟辕笑了笑：是的，不是这个地方，而是这个场景！当初，我们一起到北京创业，不就是这样走进北京的吗？

韩生德感慨着：不过，这一次不一样了！那时心里一点底也没有，这次我们有了经验和自信。

钟辕胸有成竹地：对！我们一定能又快又好地把分公司建起来。

24

小旅馆房间里。晚上。

钟辕和韩生德一人端着一个方便面碗，津津有味地吃着。

韩生德：好久没有吃方便面了，味道也还不错。

钟辕：这次，我们要拿出创业时的精神，艰苦奋斗。

韩生德：咱们把分公司放在什么位置呢？

钟辕吃了一口方便面：我想了，还是先在居民区租一间房子，市场打开以后再往繁华的地方搬，逐步改善条件。车辆先暂时租着用，业务做起来了再买车。

韩生德点头：我也是这么想的！

钟辕：那好！明天我们就去租房子，租车，招聘人员。

25

上海分公司单元房里。白天。

韩生德正在指挥工人装修房子。一个工人在刷墙，另一个工人在钉标牌。

钟辕坐在里面的桌边写着什么，旁边的地上是几个铺盖卷。

26

大街上。白天。

电线杆上、公告栏里、街头拐角处，到处都张贴着楚汉的小广告。

喷着"楚汉"字样的小面包车出现在了大街上。呼啸而过。

27

工商局门口。白天。

钟辕兴冲冲地从里面走出来，手里拿着一个大信封。

他向公交车站走去。

28

上海分公司单元房里。晚上。

一台收音机正在播广告：楚汉快运上海分公司竭诚为上海人民服务……

几个人正在听收音机，钟辕和韩生德坐在中间。

钟辕兴奋地：广告一播，业务肯定就来了！明天，估计要忙起来了！我帮不了你们了！

韩生德：但愿如此吧！下一步，我还想在电视上做广告！

钟辕摇头：先在报纸和电台里做，电视广告费太贵了！

韩生德：也是！我们上海分公司已经算是高起点高效率了！

钟辕：你这里是我们的第一个分公司，办好了意义非常重大，可以作为以后办分公司的样板！

韩生德：没问题！就当是我们为总公司摸索经验吧！

钟辕担忧着：说起总公司，也不知他们最近怎么样，钟祥已经知道这里的电话了，也没打电话过来。

韩生德：不打电话，就说明一切正常呗！你今天晚上走，明天就回去了，不用担心。

钟辕：但愿如此吧！

29

夏绿宿舍前。晚上。

值班员匆匆来到宿舍前，抬手敲门。

夏绿的声音：谁呀？

值班员：我是值班员！公司接到一个急件业务，主任您看怎么处理？

夏绿的声音：等一下！

一会儿，夏绿推门出来：走吧，去办公室。

30

值班室。晚上。

夏绿坐在桌前，值班员把记录递给夏绿：刚刚接到的急件业务，需要送到密云，限今天晚上12点前送到，怎么办？接不接？

夏绿想了想，果断地：接！这不是一票业务的事，关系到公司的声誉！

值班员为难地：我看过了，司机都不在，怎么办？

夏绿：没事，我亲自去送。

值班员：半夜三更的，您去不合适吧？

夏绿满不在乎地：有什么不合适的，你快通知人家，我马上开车去取货。

值班员：好吧！

31

上海火车站站台。晚上。

钟辕和韩生德握手。

钟辕：我这一回北京，以后，这里就靠你这个总经理多多费心了！

韩生德：钟总，请放心！上海这边有什么事，我会及时跟您请示汇报，分公司离不开总公司的支持！

钟辕：那我上车了，你也快回吧！

钟辕松开韩生德的手，转身上车。

韩生德冲钟辕挥手：再见！一路顺风！

钟辕在车门处回头：再见！

32

密云某小区。夜。

一辆面包车远远地开来，在小区楼前停下。

夏绿从车上下来，拿着一个包裹匆匆地进了楼门口。

灯光朦胧，小区里很静，远处传来几声狗吠。

一会儿，夏绿又从楼门口出来，匆忙上车。

车启动，离去。

33

乡村公路上。夜。

四周一片漆黑，万籁俱寂。

一辆面包车远远地驶来，在坎坷的路上一跳一跳的。

突然，嘭的一声响，车慢慢停了下来。

夏绿从车上下来，检查车轮。

她踢了一脚后轮胎，无奈地自言自语：真是气死人，偏偏这时爆胎了！

看看四周，前不着村后不着店，四周一片漆黑寂静，突然传来一声不知名的夜鸟的凄厉叫声，夏绿害怕地哆嗦了一下，快步走进驾驶室。

34

驾驶室里。夜。

夏绿躲在车里，静待天明。

她想起了什么，拿出手机，拨号，但怎么也拨不出去，气愤地自言自语：这是什么地方，连个信号也没有！

一台农用车由远而近，到夏绿车前停下。夏绿开车门想下车求助，想了想又把车门关上。

两个农民从农用车上下来，用手电筒往车里照了照，看到了夏绿。其中一个放肆地：这么漂亮的姑娘，一个人在这里多寂寞呀，跟我们玩玩吧！

夏绿吓坏了，躲在车里不理他们。

一个农民拍了几下车门，另一个农民把同伴拉开，两个人上了农用车，走了。

夏绿的眼前又是一片漆黑。

35

公路上。清晨。

夏绿从车里走出来，伸了伸疲惫的四肢，把工具箱拿了出来。

她动手把轮胎卸下，滚着轮胎向前方走去。

36

楚汉院内。清晨。

值班员在钟祥宿舍前，焦急地敲门。

钟祥从里面出来，没好气地：什么事？看你急的！

值班员着急地：我刚刚发现，夏主任昨夜没回来，车也没回来！

钟祥一愣：怎么回事？

值班员：昨天晚上夏主任亲自去密云送货了，到现在也没有回来！

钟祥生气地：这么大的事，怎么不早汇报？

值班员：后来我就休息了，也不知道她没回来！早上才发现！

钟祥焦急地：还不快派人去找！

37

公路上。清晨。

夏绿滚着轮胎向前走着。

楚汉派出的找她的车远远地从另一条道上穿过，彼此都没有看见。

38

楚汉院内。早晨。

钟祥着急地在院子里踱来踱去。

派出找夏绿的车回来了，司机从车上跳下来。

钟祥急忙上前，急切地：怎么样？有消息吗？

司机摇了摇头：我们去了客户那里，客户说，货送到后她马上就回了，当时才11点多。

钟祥焦躁地：她会去了哪里呢？这可怎么办？

过了一会儿，他像想起了什么一样，急忙往办公室走去。

39

公路上。早晨。

夏绿滚着轮胎往前走，远远地看到了充气、火补的标志，兴奋地加速前进。

到了补胎点，她把轮胎往摊前一扔，便一屁股坐在一边的小凳上，有气无力地：师傅，请你马上给我补一补，我有急事！

师傅答应一声，便动手补胎。

40

钟祥办公室。早晨。

钟祥来到办公桌前，抓起电话，拨号。

钟祥焦急地：韩副总吗？钟总在吗？——什么？已经回京了！——什么时候走的呀！——哦，哦，应该快到了？那好，那好！——也没有什么事，他回来就好了！

钟祥放下电话，又转身出去。

41

公路上。白天。

夏绿把轮胎往车上装好，踢了踢，上了车。

面包车启动，快速离开。

42

楚汉院内。白天。

钟辕从大门外进来，钟祥三步并作两步迎上去，着急地：二哥，你可回来了，公司出大事了！

钟辕一愣：出什么事了？为什么不给我打电话？

钟祥：刚刚知道！夏绿昨夜去送货，到现在还没有回来！

钟辕：她一个人去的吗？找过没有？

钟祥：刚刚派人去找了，说她货已送到，但回来的路上都没见到她！

钟辕着急了：那再去找，去密云的路有好几条，她的车肯定坏在路上了！

钟祥：也是！我马上让人再去找！

正说着，面包车拐进了楚汉的大门，不知谁喊了一声夏主任回来了！

钟辕和众人纷纷迎了上去。

面包车停下，满脸疲惫一身灰尘的夏绿从车里摇摇晃晃地走出来，几乎要摔倒。

钟辕急迎上前，一下把她拥在了怀里。

众人惊呆了，旋即鼓起掌来。

43

钟祥宿舍。晚上。

何荟和何瀰正在看电视。

何瀰暧昧地笑着：姐，你还说夏绿没本事，我看哪，人家本事大着呢！

何荟疑惑地：她有什么本事？

何瀰：上午你没看到吧？钟总看到她，情不自禁地……边说边张开了手臂，做了个搂的姿势。

何荟：什么意思？

何瀰：大家都看到了，两个人几天没见面，一见就旁若无人地抱在了一起，你说，钟总刚刚结婚，就给迷成那样，还算没本事吗？

何荟吃惊地：真的？

何瀰：那还有假，公司里有好多人都看到了。

何荟兴奋地：果然不出我所料！西馨知不知道？

何瀰：她现在住外面了，估计不知道吧！

何荟：那好，先让她知道！我再跟老太太说，有必要的话也通知大哥！这次，我倒要看看他有什么话说。

何瀰兴奋地：你是说……

何荟打断了何瀰：我什么也没说，只是把好消息跟大家说了说！

何瀰：明白了！

44

楚汉院内。白天。

两个工人边工作边聊天。

工人A：听说了吗？夏绿为什么从一个做饭的给提拔起来？

工人B：听说人家是中专生，还学过物流！

工人A：借口，绝对是借口。

工人B：那你说是为什么？

工人A神秘地：公司都闹得沸沸扬扬了，你还不知道呀？

工人B：难道还有什么秘密？

工人A：还真让你猜对了！那个夏绿呀，长得就像个狐狸精，她是靠卖身获得重用的!

工人B惊讶地:不会吧!这种话可不能随便说!

工人A:我是那种人吗?昨天钟总当众拥抱夏绿,许多人都看见了!有人还看见他们在一起干那事!

工人B半信半疑地:那怪不得!

45

钟辕家客厅。白天。

西馨坐在主人位置上,何荟坐在客位沙发上。

西馨热情地:弟妹,今天怎么有空来玩?

何荟:今天公司没什么事,便想来看看嫂子,也顺便看看婆婆。

西馨:公司里还好吧?

何荟话里有话地:一切如常。就是钟总事情多些,你应该知道吧?

西馨:他这个人哪,就是个事业狂,忙起来不管头不顾腚的。这不,从上海回来后,还没正儿八经地在家里坐坐。

何荟神秘地:是吗?怪不得有人说……

西馨:有人说什么?

何荟装作大大咧咧地:其实也没什么,一些风言风语,不说也罢!

西馨:什么风言风语?弟妹,你可一定要跟我说说!自从离开公司,我觉得挺憋闷的,有什么事你就跟我说说。

何荟叹了口气,装作沉思状:也罢!咱们姐妹都是一家人,有些事我还是跟你说说!别蒙在鼓里,被人钻了空子。

西馨着急地:什么事?你快说呀!

何荟点点头:这事,可能就你不知道了!公司里一半人亲眼看见,钟总从上海回来,一见到夏绿,就和她拥抱在一起了……

46

钟辕妈房间。白天。

钟辕妈坐在床边,何荟正在说着什么。

钟辕妈气愤地:你说什么?他和自己村的有夫之妇搞在一起,这不是丢人吗?

何荟火上浇油：是呀！我也不知道二哥怎么被迷住的！

钟辕妈担心地：你嫂子知道这事吗？

何荟点头：也知道了！正在为这事伤心呢！

钟辕妈：等他回来，我得好好教训教训他！

何荟不动声色地：妈，您也别太生气！身体为重！

钟辕妈：我能不生气吗？气死我了！

47

钟辕家。晚上。

钟辕妈和西馨坐在客厅里，钟辕站在房间中央。

钟辕笑着：妈，你让我坐下不行吗？忙一天累得够呛！

钟辕妈严厉地：不行，给我站着！

钟辕不解地：妈，我怎么又惹了您？

钟辕妈：我来问你！你跟宋来的老婆是怎么回事？

钟辕：没什么呀？我把她提为办公室主任了！

钟辕妈：为什么让她当办公室主任？西馨不是当得好好的吗？

钟辕不耐烦地笑着：我这不是让西馨在家里陪您吗？

西馨接过话头：不对吧？是为了方便你自己吧！

钟辕意外地：西馨，你什么意思？

钟辕妈：什么意思你知道！这才结婚几天，你就在外面拈花惹草，还跟村里熟人的老婆，你要不要脸呀！

钟辕：妈！你说什么呢？我什么时候拈花惹草了？

西馨：那你说，昨天是不是当众抱人家了？

钟辕一愣，哭笑不得地：这事呀！当时不是特殊情况吗？

西馨执着地：我就问你，有没有这回事！

钟辕点点头：有！不过……

西馨呜的一声哭出声来，她哭着对钟辕妈：妈，你可得为我做主呀！

钟辕妈：你这个败家子，看我不教训你。

说着举起拐杖就打钟辕。

钟辕闪过，着急地：你们听我解释好不好？真的没什么事！

西馨只管哭，钟辕妈又举起拐杖，钟辕只好夺路而逃。

48

钟辕家大卧室。白天。

西馨趴在床上抽泣，钟辕小心地推门进来。

钟辕摇了摇西馨，真诚地：西馨，你听我说……

西馨一下子爬起来，气愤地：你回来干什么？去找那个狐狸精吧！

钟辕一下把西馨搂在怀里，西馨挣扎了一会儿，没有挣脱，就在钟辕怀里哭起来。

钟辕轻拍西馨的后背，西馨的哭声越来越小，最后只剩下了抽泣。

钟辕抓住西馨的双臂，摇了摇，恳求着：西馨，你听我解释好不好？根本没有什么事！

西馨哽咽着：你已经承认了！你抱了她！

钟辕着急地：我是抱了她，那不是因为她一夜没回来，我想安慰一下她吗？一个女人家，整夜困在荒郊野外，很可怜的。

西馨停止哭泣：到底是怎么回事？

钟辕掏出手绢，帮西馨擦干眼泪：所以，你要听我慢慢说嘛！

49

楚汉院内。白天。

钟辕气冲冲地往何荟办公室走。

50

何荟办公室。中午。

几个女工正在领工资，何荟又和她们说夏绿的事。

钟辕突然推门进来，气愤地：何荟，你又在胡说什么？

何荟愣在那里，几个女工纷纷走了。

一会儿，何荟冷静下来，理直气壮地：没说什么呀！大家聊一聊看到的情况，犯错误了吗？

钟辕气愤地：你够狠！那也别怪我不客气！说着，转身而去。

51

会议室。白天。

众人围坐在椭圆桌边,神情都有些茫然。

钟辕站在首要位置,神色严肃:也许,今天大家都不理解,为什么要紧急开这个会!我告诉大家,原因只有一个,有人在公司造谣惑众,搅得公司不得安宁!

众人都相互看了看。

钟辕一拍桌子,气愤地:也太不像话了!现在,我宣布一项决定,开除何荟和何粼!

举座震惊……

第十四集

1

会议室。白天。

钟辕气愤地站在那儿，众人面露惊愕。

钟祥很意外：二哥，你怎么了？冷静点！

钟辕：我非常冷静！虽然何荟是我的弟妹，但是她犯的错误无法容忍，只能开除！

何荟毫不示弱地：我们犯了什么错？

钟辕冷笑着：你们造的谣言已危及了公司工作秩序，我无法饶恕你们！

何荟大声反击：你也太狠了吧？

钟辕没有理会何荟，严肃地对大家：以后大家说话注意点，不要无中生有，更不能恶意造谣，如果有人再犯，一律开除！散会！

钟辕气冲冲地离开了会场。

众人散去。

何荟气急败坏地跺着脚，钟祥心事重重地看着何荟。

何荟着急了：你快去跟你二哥说说，怎么说也不能开除我们呀！

钟祥也来了气：刚才你也听到了，他能听我的劝吗？你们是自作自受，我不管了！

何荟气急败坏地：你不管算了，我去找他！

2

钟辕办公室。白天。

钟辕坐在办公桌后。

何荟敲门进来，钟祥也跟在后面进来。

钟辕声音冰冷：还有什么事吗？

何荟威胁地：你要开除我们，我们就撤资！

钟辕看着钟祥：三弟，你也准备离开公司吗？

钟祥摇了摇头：二哥，我不走！能不能再给她们一次机会，也让她们留下！

钟辕摇头，坚决地：撤资就撤资吧，人我是不想留了！至于你，我希望你留下，如果不想留，我也不强求！

钟祥坚决地：二哥，我不走！

何荟：你不走我们走，把钱给我们，我们自己干去！

钟辕：请你把账目交给我，交完账我和你去取钱！

何荟气呼呼地摔门而去。

3

钟祥宿舍。晚上。

钟祥和何荟坐在床上，都一脸不快。

钟祥忧心地：你们准备怎么办？

何荟：我想出去办个餐馆。我听人家说了，在北京开餐馆想不赚钱都难！

钟祥苦笑一下：说是这样说，但操作起来哪有那么容易？！

何荟：既然已经撤资了，我们就要试试，干出个样来给他看看！

钟祥点点头：也好！但愿你们能取得成功！

4

天天来餐馆门口。白天。

开张大吉的牌子竖在一边，另一边是"开业当天5折优惠"的广告牌，何荟和何粼及何粼的男朋友小黄站在门口，几个服务员站在一边。

有人点燃了鞭炮，服务员们有的把耳朵捂了起来。

鞭炮放完，有客人陆续进了餐馆。

5

餐馆内。白天。

餐馆里十几张桌子都已经坐满，何荟和何粼指挥着服务员为客人服务，都显得手忙脚乱的。

何荟面带微笑，不断地与何粼交换眼色。

何粼来到何荟身边，兴奋地：姐，你真英明，就像你预料的一样，头一天就这么多客人！

何荟点头：忙你的吧！

何粼蹦蹦跳跳地帮服务员忙去了。

何荟在服务台前，看着热闹的餐厅，露出会心的微笑。

6

钟祥宿舍。晚上。

钟祥在看电视，何荟推门进来，很疲惫的样子。

钟祥关切地：怎么样？还顺利吧？

何荟懒懒地：累死了！自己干真不容易！

钟祥：生意还行吗？

何荟往床上一躺，炫耀地：客人太多了，根本忙不过来！

钟祥笑了：总比闲着没事好！

何荟没好气地：你少幸灾乐祸，我们一定要干出个样子来，让他看看！

钟祥：好！等着你们的好消息。

7

天天来餐馆。白天。

人来人往，很是热闹。

何荟、何粼、小黄都忙着招呼客人。

8

餐馆。晚上。

人已散去，几个服务员在打扫卫生。

何荟在盘点。

小黄和何粼在喝酒。

何粼的脸已经有些红，她看着何荟，关切地：姐，盘完了吗？今天收入怎么样？

何荟叹了口气：营业额是不小，但利润也没多少，甚至不如在楚汉分的红多。

何粼宽慰地：差不多就行！在这里是你自己当老板呀，总比在那里受他们的气强！

何荟点头：也是！只是太累了！

何粼满不在乎地：我觉得还行！再说，我们吃点喝点也方便了不是？

何荟看了一眼喝得醉醺醺的小黄，不满地提醒：方便是方便，也别喝多了！

小黄大着舌头：没事——

9

钟祥宿舍。晚上。

钟祥半躺在床上看书，何荟推门进来，一脸疲惫。

钟祥柔声问：怎么这么晚才回来？

何荟：累死了！这不是盘点了嘛！

钟祥：盘点了？这几天赢利如何？

何荟感慨地：算算也挣不了多少钱，甚至没有在楚汉的收入多。

钟祥：是不是想打退堂鼓了？

何荟摇头：那倒不是！只是有些怀念在楚汉的日子，操心少，环境好，收入还不低。自己当老板真不容易，外人还好管，自己人说都不好说！

钟祥惊讶地：是不是你妹妹惹你生气了？

何荟无奈地：他们也真不像话，晚上客人一走，自己就喝上了，还喝得醉醺醺的，真气人。我说了他们几次，也不听！

钟祥幸灾乐祸地：那你严肃地批评他们，不行就开除！

何荟摇头：我才做不到呢！毕竟是自己的亲妹妹，我不像你们家那白眼狼……

钟祥有点不高兴：你看你！骂上人了！我倒觉得哥哥有魄力，值得你学习。当老板就要拿出当老板的架势，说一不二！

何荟若有所思地点了点头。

10

餐馆。晚上。

服务员打扫完卫生,正要回去。

何粼叫住服务员:去,让厨师炒两个菜,我们喝一杯。

何荟没好气地:这么晚了,还喝什么?

何粼满不在乎地:姐,你看我们都累一天了,喝一杯解解乏,还不行吗?

何荟没有说话。

何粼对服务员:快去呀!

服务员去了,一会儿端出两个菜来。

何粼惊讶地:这么快?

服务员解释:师傅早就知道您会要,已经炒好了!

何粼兴奋地:师傅真不错!

何荟不高兴地低头算着账,但眼睛却不在账本上。

11

餐馆。早上。

来吃早点的人很多,何粼和小黄忙活着招呼客人。

何荟让师傅打包了几根油条和一些小菜,提着往外走。

何粼看到了,不高兴地自言自语:还说我们呢?自己不干活,还往家里拿早点!

何荟走到门口,又转回来,径直来到何粼身边,吩咐:我回家一趟,有事打我手机!

何粼点了点头。

何荟转身离去。

12

餐馆。早上。

吃早点的人陆续离去,只有七八个一起来的中年人还在磨蹭,何粼不满地看了他们一眼。

突然,一个客人大叫:服务员,服务员!

何粼赶紧过来：什么事？

客人指着一份菜，生气地：你看看，这是什么？

何粼往菜上一看，一只死苍蝇趴在菜上。何粼连忙赔礼道歉：对不起，对不起！我给您换一份！

客人不肯罢休，气愤地：不行！你让我们吃苍蝇，你先吃给我们看看！

何粼求饶：各位大哥，你们大人大量！这样吧，我给老板打个电话，免你们的单，怎么样？

说着，何粼跑到服务台打电话：姐，你在哪里？这里出事了！

何荟的声音：我还在路上，出什么事了？！

何粼：一个客人在菜里发现了死苍蝇，竟要让我吃了，还要求免单，你看怎么办？

何荟的声音：你先应付一会儿，等我回来再说。

何粼不高兴地放下电话。

客人都站在那里看着何粼。

何粼不好意思地笑了笑：老板不同意免单，我给你们换个菜吧！

客人气愤地：不行！你必须把菜里的苍蝇吃了，否则没完！

何粼不知所措地：你们等一会儿好不好？老板马上就来了！

几个客人起哄地：她不吃，咱们把餐馆给砸了算了！

何粼害怕地：各位大哥，消消气，消消气！

客人威胁地：你吃不吃？

何粼无奈地：我吃，我吃。

何粼过来，夹着苍蝇放进嘴里，哇的一声吐了出来。

客人们哈哈大笑，离座而去！

何粼气愤地：你们还没买单呢！

一个客人回头：给人家吃苍蝇，还想让人家买单，没门！

客人走远了，何粼又哇的一声吐了起来。

13

餐馆外。白天。

何荟匆匆赶来，三步并作两步进了餐馆。

14

餐馆里。白天。

何粼仍在恶心地吐着,地上一片狼藉。

何荟着急地:这是怎么了?客人呢?

何粼痛苦地:让我吃苍蝇,恶心死了!他们刚刚走了!

何荟不动声色地:免单了?

何粼点点头。

何荟质问地:为什么?

何粼委屈地:我这么辛苦,都吃了苍蝇,你回来问都不问一声,还为了免单的事这个样子!

何荟没好气地:我是这里的老板,你无权免单。

何粼气愤地:他们不买,自己走了,我有什么办法?

何荟生气了:像你这个样子,餐馆还赚什么钱?忙一天不够你免一次单的!

何粼毫不示弱地:那你干什么去了?别以为我不知道,往家里拿早点!

何荟指着何粼:你……你!你们晚上老是喝酒,我还没说你们呢!

何粼气愤地:我们给你当牛做马的,吃点东西你还心疼,真是没法干了!

说着,何粼气呼呼地离开餐厅,往后面宿舍走去。

服务员们都愣在了那里。

何荟:看什么看?还不赶快打扫卫生?!

服务员们慌张地离去。

15

钟祥宿舍。晚上。

钟祥和何荟半躺在床上看电视,但何荟的眼睛分明不在电视上。

钟祥指着电视:你看,那个演员很像你!

何荟看了一眼电视,没好气地:我有那么丑吗?

钟祥吃惊地回头看老婆:是不是心情不好呀?

何荟叹了口气：我真的不想干了！

钟祥：为什么？

何荟答非所问：你说我要是想回公司，二哥会不会同意？

钟祥想了想：也许吧！二哥不是那种小肚鸡肠的人。——怎么？又遇上不顺心的事了？

何荟烦躁地：别提了！我那妹妹和妹夫，都不是省油的灯！

16

餐馆里。晚上。

小黄一个人在喝闷酒。

一个女服务员正在把凳子排在一起，把被褥放在排好的凳子上，准备好了晚上睡觉的床铺。

小黄喝了一杯又一杯。

女服务员坐在床铺上打着瞌睡。她实在困了，就顺势躺在了凳子上，和衣睡去。

17

钟祥宿舍。晚上。

钟祥：不是说他们表现不错嘛，怎么？惹你了？

何荟气愤地：真够气人的，每天晚上客人走了，都要喝上一杯。敢情我这个餐馆，是为他们俩开的！

钟祥：那你批评他们呀！

何荟：早上，何粼为客人免了单，我批评她两句，她还和我吵起来，真是气死人了！

钟祥忧心地：这样的话，倒真是个麻烦事！

18

餐馆里。晚上。

小黄喝得醉醺醺的，起身往后面走。

他看到了睡在凳子上的服务员小李，那姑娘在甜睡中上衣卷了上去，露出了白嫩的后背。小黄看了一阵后目露色光，凑了上去。

他扑到了服务员身上，服务员一下子醒了。

服务员惊恐地：你想干什么？

小黄酒醒了大半，讨好地：你真漂亮，我喜欢你！

说着，就动手去脱服务员的衣服。

服务员挣扎着：你快放手，要不我喊人了！

小黄一个激灵，酒醒了，他害怕地：别喊，别喊！

说着，小黄从服务员身上下来，不好意思地：对不起！

服务员也爬起来，不依不饶地：你欺负我，我要告诉何鄰！

小黄害怕地：别，别！我给你加薪，你别告诉她好吗？

服务员：那还差不多！

19

餐馆里。白天。

客人还没有来，何荟在看菜单。

小黄从后面走了过来，谦恭地：服务员小李晚上睡在餐厅，挺辛苦的，能不能给她加点薪？

何荟疑惑地：你管那么多干吗？

小黄笑了笑：我看她挺辛苦的，就答应给她加薪了，您看……

何荟生气地打断小黄：你有什么权力给她加薪？不行！

小黄没好气地：不行就算了，凶什么凶？！说着，悻悻地离开。

20

餐馆后门外。白天。

小黄站在门口，后面是一片垃圾堆。

服务员小李从里面出来，面露不快：叫我干什么？

小黄嗫嚅着：不好意思，老板不同意加薪！

小李眼瞪了起来：那就别怪我不客气了！

小李气冲冲地扭头就走。

21

餐馆里。白天。

何粼与另几个服务员正在擦桌子换桌布,小李从后面过来。

何粼没好气地:小李,你干什么去了!

小李不高兴地:你男朋友叫我过去的,他欺负我!

何粼一愣:有这事?

小李高声地:你男朋友昨晚欺负我,还说要给我加薪,我才不要那臭钱呢!

何粼冷笑着:是吗?我倒要问问!小黄——

小黄答应一声,从里面出来:叫我吗?

何粼不动声色地:小李说你昨晚欺负她,你怎么欺负她了?

小黄理直气壮地:我不小心碰到了她,她就无理取闹,我有什么办法?

小李看着小黄,愣在了那里。

何粼看着小李,冷笑了一声:就你这模样,他会看上你?!自作多情吧?快给我干活!

小李没有动,气得咬牙切齿的样子。

何粼没好气地:干活呀!杵在那里干什么?

小李哇的一声哭出声来,往外跑去!

众人都惊讶地看着远去的小李。

何粼看小黄,小黄低下了头。

22

餐馆外。白天。

一群人往这边走来,骂骂咧咧地。走在最前面的就是服务员小李。

门口的迎宾小姐看到这个架势,吓坏了,慌忙往餐馆里跑。

23

餐馆里。白天。

里面零零散散地坐着几个客人,服务员忙着端茶上菜,何粼站在服务台后。

迎宾小姐慌慌张张地来到何粼面前,着急地:不好了,不好了!小李回来了!

何粼不屑地：回来就回来呗，有什么大惊小怪的！

迎宾小姐着急地：她带了不少人！

何粼不解地：她带人来干什么？是来吃饭吧？

何荟明白了，着急地：何粼，你快去看看，别是来闹事的！

小李带着的那伙人这时进了门。

何荟赶紧上前，热情地：小李，你回来了，有话好好说，不就是加薪吗？

小李气冲冲地：小黄呢？让他出来！

何粼没好气地：小黄不在！你想怎么着？

小李看了一眼身后的小伙子，小伙子一挥手：给我砸！

说着，动手把一张桌子掀了！

正在吃饭的客人都吓得夺路而逃，服务员们面面相觑，愣在了那里。

何荟上前拦阻：你们干什么？

小伙子一推何荟：去你的！给我砸！

何荟被推倒在地上，何粼慌忙上前：姐，你没事吧？

何荟痛苦地：我没事，快给你姐夫打电话！

几个人把桌子一一掀翻，碗碟碎落了一地。

小伙子恨恨地：敢欺负我女朋友？那就是不想做生意了！

说罢，一挥手，一伙人扬长而去。

何荟坐在地上，呜呜地哭起来。

这时，钟祥带着几个人赶到，看到坐在地上的何荟，担心地：你怎么了？没事吧？

何荟停止哭泣，摇了摇头：没事！

钟祥拉了何荟一把，何荟顺势站起来。

钟祥往四周看了看被砸得乱七八糟的饭店，心疼地：这是怎么回事？怎么砸成了这个样子？！

何荟拍拍身上的土，看了看何粼：别提了！一点小事，就引来这么大的麻烦！

何粼避开何荟的目光，看着惊呆了的服务员，挥了挥手：赶紧打扫呀！愣着干什么？

24

餐馆外。白天。

楚汉的面包车停在不远处,钟祥带来的人陆续上车。

何荟站在门口,一脸愁容地对钟祥:出了这事,以后的生意可能就难做了!你说怎么办?

钟祥叹了口气:现在你知道做生意的难度了吧?就凭你们姐俩的素质和水平,能行?

何荟感慨地:自己干真不容易!现在我有点理解二哥了!你问问二哥,我再回去行不行?

钟祥:你们连一个小饭店都开不好,二哥他办那么大一个公司容易吗?我给你问问吧!

25

钟辕办公室。白天。

钟辕坐在办公桌后,钟祥和何荟坐在沙发上。

何荟内疚地:二哥,以前有些事我做得欠妥当,对不起你!

钟辕看了一眼何荟,低缓地:弟妹,以前的事就别说了,咱们是一家人!

何荟感慨地:那就谢谢二哥了!

钟辕郑重地:回来可以,不过,我要强调一点,这次你只能从库管员做起,以后干什么工作再看表现。而且,要吸取上次的教训,遵守公司纪律。

何荟点头:办饭店赔进去了10万,二哥能不能给补助点?

钟辕断然地:那不行,你赔的钱与公司没半点关系!

钟祥接过话头:我们想把餐馆盘掉,把资金重新投回来,这可以吧!

钟辕:这当然可以!我想成立广州分公司,正缺资金呢!

何荟:那我明天就去办这事,争取早日把钱拿回来。

26

楚汉院内。晚上。

钟辕和钟祥在缓缓散步。

钟辕：这次去广州，我就不去了！让韩生德和你一起去！他在上海已经有了经验，什么事多听听他的意见！

钟祥：二哥你放心！我们一定会把事情做好的。

钟辕：你们两个是老朋友，一起做事我当然放心，但广州那边主要靠你，要有主见，不能谁说什么都听，尤其不能太听弟妹的！

钟祥：我知道了！这次回来后，她老实多了！我去了广州，就不准备让她再工作了，让她像嫂子一样在家里照顾家务！

钟辕点点头：这样最好！中国民营企业发展的教训告诉我们，不能搞夫妻店，内外要分明。

钟祥：我去了广州，妈妈那里就全靠二哥了。

钟辕：这边你放心！

27

楚汉院内。白天。

春去夏来，人们都换上了夏装。

钟辕穿着一件半袖衬衫，夏绿穿着一套大方的白色套裙，向一辆崭新的轿车走来。

夏绿：这车真不错，外形庄重大方，里面空间也不小。

钟辕开玩笑地：当然，你不看是谁买的！

夏绿笑着：这个月利润直线上升，又赚了这么辆车，啥时候我也能买一辆车就好了！

钟辕点点头：面包会有的，车会有的！以后，公司中层领导全部配专车！

夏绿：那我可就盼着了！

说着，两人来到车旁，夏绿：我开，还是你开？

钟辕：你想开你就开！

夏绿往车的左侧走去，笑着：那我就不客气了！

说着，开车门上了车。

钟辕从右侧上车。

28

　　一片空地。白天。

　　车由远而近，停下。

　　钟辕从车上下来，夏绿随后也下来。

　　钟辕指着前面空地：你看，楚汉未来的储运中心，放在这地方怎么样？

　　夏绿点点头：不错！这里离市区不远，而且就在路边，交通方便。

　　钟辕：我们要建成现代化的储运中心，完善公司的储存功能，进一步提速！就像你比喻的那样……

　　夏绿：流动的河！

　　钟辕：对，流动的物资的河！

29

　　钟辕办公室。晚上。

　　钟辕正在看一份图纸，夏绿敲门走进来，手里拿着一袋酸奶，一块蛋糕。

　　夏绿关切地：钟总，休息一会儿，吃一点！

　　钟辕笑了笑：不用！你昨天晚上拿来的酸奶我还没喝呢！

　　夏绿嗔怪地：为什么不喝呀？这么晚了，不饿吗？

　　钟辕：没这习惯！

　　夏绿从钟辕的笔筒里拿出一把剪刀，把酸奶一角剪下，递给钟辕，笑着：今天，我得监督你喝下去！

　　钟辕接过来：好，我喝！谢谢你！说着，从抽屉里又拿出一袋，递给夏绿：你也喝一袋。

　　夏绿接过，也剪开，自己喝了起来。

30

　　夏绿办公室。白天。

　　夏绿又在打电话，有人敲门，便随口喊：进来！

　　宋来推门走了进来。

　　夏绿对着话筒：我有点事，过会给你打过去！

说完，她放下话筒，没好气地对宋来：你又来干什么？跟我去办手续吗？

宋来讪笑着：我听说你受到了钟总重用，特来向你表示祝贺呀！顺便来求求你，在钟总面前美言几句，让我回来！

夏绿：你在那边不是挺好的吗？

宋来沮丧地：京都马上就要倒闭了！听说已经在谈判，要卖给一家民营公司。

夏绿：是吗？那你就在新公司干呗！

宋来：我不想在那里了！你能不能跟钟总谈谈，让我回来！

夏绿摇头：我不能！

宋来气急败坏地：人家说一日夫妻百日恩，你怎么一点情分都不讲？

夏绿看着宋来，质问：你把我往死里打的时候怎么没想着情分？！

宋来恳求着：我以后再也不打你了，咱们和好，行吗？

夏绿坚决地：有些事情是无法挽回的！

31

钟辕办公室。晚上。

夏绿和钟辕隔着办公桌坐着，正喝酸奶。

钟辕拿出几本书，递给夏绿：这是今天我哥刚从德国寄来的，写得不错，你也看看！

夏绿接过来，翻了翻：英文我不太熟，怕看不懂！

钟辕：没关系，你边学英文边看书，还有助于英文学习！——英文一定要学，以后我们还要与外国人打交道呢！

夏绿点头：好的，我也想学学英语。

钟辕：那好！以后咱们一起学。

两人喝完酸奶，夏绿把包装盒放进垃圾桶。

夏绿突然想起来什么地：今天我听说京都快倒闭了，你听说过吗？

钟辕惋惜地：听说了，可惜我实力不够，否则我一定买下来！

32

京都公司总经理办公室。白天。

总经理坐在办公桌后,梁志远坐在沙发上。

总经理无奈地:现在,市场上物资供应全面放开,国营公司的业绩越来越差,咱们京都也是一样,从去年起就开始亏损了。

梁志远:那也是没办法的事,大气候就是这样。

总经理无奈地:但我们更不幸一些。由于我们的欠债越积越多,银行清理呆账,发现了我们公司的实际情况,跟上面反映了!

梁志远不解地:那又怎么样呢?

总经理叹了一口气:上级已经决定拍卖京都,估计很快就会被人买去!

梁志远吃惊了:那我们怎么办?

总经理叹了一口气:我也是泥菩萨过河,不知该怎么办呢!跟你们说一说,你们也好有个准备!

33

梁志远家。晚上。

梁志远和马雨萌沮丧地坐在床上。

梁志远叹了口气:真没想到,公司说垮就垮了!

马雨萌担心地:那我们怎么办?

梁志远:走一步看一步吧!

34

拍卖现场。白天。

人很多,坐得满满的,钟辕也坐在后排。

拍卖师高举拍卖槌,宣布拍卖开始。

拍卖师:起拍价500万,大家开始竞拍。

一个人举了一下手中的牌子。

拍卖师:510万。

又有人举了一下牌子。

拍卖师高声地:600万,这位先生出600万!

又有人举了一下牌子。

拍卖师高声地:800万!这位先生出到800万。

会场寂静。

拍卖师高举着拍卖槌，高声地：800万一次——800万二次——

一个中年人缓缓地站起，举了一下牌子。

拍卖师兴奋地：1000万！这位先生出到1000万……

钟辕在后排静静地看着。

35

梁志远办公室。

梁志远闷闷不乐地收拾着东西。

宋来没有敲门就闯了进来，着急地：梁主任，他们让我交车，怎么办？

梁志远挥了挥手：先交了吧！

宋来怀疑地：公司真就这么完了？

梁志远没好气地：你问我，我问谁？

宋来：那我怎么办？

梁志远叹了一口气：我自己还不知道怎么办呢！你有技术，总会有办法的。

宋来点了点头，转身出去。

36

拍卖现场。白天。

拍卖会结束，众人陆续退场。

中年男人满面春风，从台上往下走。

钟辕迎了上去，抱了一下拳：唐总，恭喜你了！

唐总谦虚地：这公司只剩一个空壳，鸡肋一条，算不得喜呀！

钟辕恭维着：公司虽然空了，但光那地皮，1000万也不止呀！还有那房产、固定资产，也算是不小的一块肥肉嘛！

唐总笑着：说实话，我也就是看上了那块地。

钟辕试探地：那京都那些车，你准备怎么处理？

唐总看了一眼钟辕，笑着：钟总，真有你的，我还没拿到手呢，你已经打我那些车的主意了？

钟辕也笑着：我也是想为唐总分忧嘛！

唐总点点头：好！等我接管了京都，再跟你联系。说实在的，我还真对那么多车没兴趣。

钟辕兴奋地：那就先谢谢了！

37

京都公司院子。白天。

员工站了一院子，唐总正在讲话：愿意干的，重新分配工作，不愿意干的，领取一次性补助后走人。

梁志远和宋来沮丧地站在人群中。

宋来问梁志远：梁主任，你准备怎么办？

梁志远无奈地：我决定继续干，看看他们让我干啥再说！

宋来：那我也继续干。

38

梁志远家。晚上。

梁志远和马雨萌半躺在床上。

梁志远责备地：你怎么说辞职就辞职了呢？

马雨萌气愤地：他们安排我做药品推销，我能干得了吗？

梁志远语重心长地：那也再等等看嘛，我毕竟还没明确岗位，如果还让我干办公室主任，我怎么也会想个办法让你回来。你倒好，辞职了，还有什么办法？

马雨萌语塞。

梁志远安慰着：算了，看看再说吧！到时我再想办法。

39

新京都公司。白天。

唐总正在办公室整理东西，梁志远敲门进来。

唐总头也不抬地：有事吗？

梁志远：唐总，现在大多数人都安排了工作，我……

唐总抬头看了看梁志远：你叫什么名字？

梁志远：我叫梁志远，是以前的办公室主任！

唐总点了点头：哦！我把你给忘了！干过办公室主任是吗？

梁志远连连点头：是呀，是呀！办公室那一摊我熟得很。

唐总：新公司不设办公室了！这样吧，如果你想干，现在还有几个保安职位，你去保卫部报到吧！

梁志远惊愕地：让我干保安？

唐总看着梁志远：如果不想干，那就请另谋高就吧！

梁志远气愤地转头而去。

40

梁志远家。中午。

马雨萌做好了饭，坐在饭桌边。

梁志远推门进来。

马雨萌关切地：志远，怎么样？

梁志远沮丧地摇了摇头。

马雨萌：他们没让你干办公室主任？

梁志远：新公司不设办公室。

马雨萌：那他们让你管哪个部门？

梁志远气愤地：狗眼看人低！让我看大门呢！

马雨萌惊讶地：他们让你一个办公室主任去当保安？真是太过分了！

梁志远：这伙农民！现在得了势，就想看我们的笑话呢！

马雨萌着急地：那你答应了？

梁志远：我才不受他们那个气呢！晚上，我去找老爷子！

马雨萌附和：对，让老爸给想办法！

41

梁志远父母家。晚上。

梁父正在看电视，已经明显看出了老态。

梁志远坐在沙发上，恳求地：爸，你得给我想想办法，总不能让我当保安吧！

梁父意味深长地：当保安有什么不好？工作都是人干的，大丈夫能屈能伸！

梁志远赌气地：反正我不去干！

梁父不高兴地：你老婆也辞了职，你再不上班了，吃什么？喝西北风呀？

梁志远讪笑着：所以嘛！老爸给我想想办法！

梁父没好气地：我让你先去干着，又没让你一直干！找工作总要慢慢来，现在政府机构在精简，企业都在优化组合，你不知道吗？

梁志远：那我就暂时干阵子保安，您可要尽快给我考虑啊，爸！

梁父：干保安也有干保安的好处，体验体验也不错嘛！去吧！

梁志远悻悻地转身出门。

42

新京都公司大门口。白天。

梁志远穿一身保安制服，站在大门边。

宋来开着一台大车从里面出来，到门口停下，从驾驶室探出头来：主任，你怎么干起保安了？

梁志远没好气地：滚蛋，老子愿干什么就干什么！

宋来知趣地：我滚蛋，我滚蛋！

43

保安部经理办公室。白天。

保安部经理坐在办公桌后，梁志远站在房间中央。

保安部经理不高兴地：作为一名保安，你怎么什么人都往里放呀？

梁志远：我又不是专业保安，哪知道那么多？

保安部经理：你不是当过兵吗？

梁志远没好气地：我还当过连长，当过办公室主任呢！

保安部经理生气地：你发什么牢骚？有意见跟唐总提去！在这里干，就得好好干！

梁志远讥笑着：好，我好好干！这回我一定把门管严！

保安部经理挥了挥手：去吧！

梁志远满脸不快地往外走。

44

新京都大门口。白天。

一辆小车开过来,梁志远伸手拦住。

司机从驾驶室伸出头来,不高兴地:这是我们行长的车,是你们唐总请来谈事情的!

梁志远一摆手:不管是谁,都得登记!

司机很不高兴:你这保安怎么回事?前两次我们来,你都让进了嘛!

梁志远:这次不行!必须登记!

司机无奈地把车停在一边,到传达室登记。

45

总经理办公室。白天。

唐总和梁志远隔着办公桌站着。

唐总气愤地:你,怎么能对客人如此无礼?

梁志远理直气壮地:我是一名保安,必须行使保安的职责,难道我做错了?

唐总缓和地:你不认识行长的车吗?

梁志远:我当然认识!但也不能让他们随便进,保安部经理说的,不信你去问他!

唐总挥了挥手,不耐烦地:去吧,去吧!

梁志远悠然自得地转身离开。

46

大门口。白天。

梁志远站在门口,兴奋地吹着口哨。

车来人往,他随意地指挥着。

47

梁志远家。晚上。

梁志远和马雨萌正在吃饭。

梁志远快活地：今天真过瘾，把银行行长的车给拦了！

马雨萌不解地：你拦他的车干嘛！

梁志远：老爸说得对，干保安有干保安的好处，体验体验也不错！

马雨萌：你可别喜欢上保安了，就那点工资连吃饭也不够！

梁志远：我知道！干保安也就是过过瘾而已！

48

楚汉院内。白天。

钟辕走向自己的车，林达畅往这边走来。

林达畅问候着：钟总，出去呀？

钟辕笑了笑：我去一下京都公司，谈谈买车的事。

林达畅：京都公司卖车吗？

钟辕：你还不知道呀？京都已经倒闭了，卖给了一家民营企业，人家用不了那么多车，要卖一部分。

林达畅关切地：那梁志远、宋来他们怎么样了？

钟辕摇头：我也不知道，到时我问一问。

49

新京都大门口。白天。

梁志远站在门口，耀武扬威的。

一辆小车远远地驶来，梁志远一挥手，示意车停下。

钟辕西装革履地从车上下来，看到梁志远穿一身保安制服，意外地：梁主任，你这是……

梁志远尴尬地：你来干什么？

钟辕笑着：没想到，你改干这一行了？

梁志远无地自容，没好气地：保安怎么了？

钟辕点点头：我先进去办事，回头咱们再聊！说着，准备上车。

梁志远公事公办地：登记！登记了才能进去。

钟辕看了一眼梁志远，从容地往传达室走去。

50

大门口。白天。

钟辕从传达室出来，手里拿着一张登记条。

他径直上车，把登记条往车前一放，启动了车。

车从梁志远面前驶过。

梁志远看着钟辕的车拐进里面，气急败坏地把保安制服脱下，往地上一扔，扬长而去……

第十五集

1

大街上。白天。

车水马龙。

梁志远在人行道上头也不回地走着。

有出租车在梁志远面前减速,司机用询问的目光看他。

梁志远不理会出租车,继续往前走着。

他的目光看向远方,陷入回忆中——

切入他与钟辕创业时一起蹬三轮的场景……

他离开楚汉到京都前与钟辕的对话……

他打电话举报楚汉用面包车拉货的场景……

他跟警察妻子的对谈场景……

刚才他与钟辕对话的场景……

回到现实中,梁志远自言自语地:我就不信,他会比我强!

2

梁志远父母家。白天。

梁父坐在沙发上看报纸,梁志远推门进来,径直走到父亲面前。

梁父抬头看着儿子,关切地:志远,最近怎么样?

梁志远一肚子火气:爸,你说一个保安能怎么样?整天受累受气呗!

梁父笑了:怎么?当两天保安就沉不住气了?!

梁志远:爸,我不能老干保安,工资太少,连日常开销都应付不了。受累受气就不说了!

梁父为难地:这几天,我也不是没帮你问,但眼下形势不好,到处都满员,你就再坚持一段时间吧!

梁志远摇头,坚决地:爸,我不在那里干了,也不想再麻烦您找工作!

梁父疑惑地:那你想干什么?

梁志远果断地:我想办个公司,自己干。

梁父：你想办什么公司？

梁志远：爸，您记不记得以前我和一个战友办公司的事？

梁父点头：用三轮车快运，应该算头脑发热吧？

梁志远摇摇头：您大概不知道，那个楚汉公司，现在已经成气候了，我那个战友钟辕，已经很牛了！

梁父怀疑地：是吗？

梁志远：现在看，快运公司很挣钱。所以，我也想办个快运公司。

梁父：你行吗？

梁志远胸有成竹地：我怎么不行？在部队的时候，他是排长，我是连长。转业以后，我在国营公司干过办公室主任，还能比他差？

梁父点头：那好，我支持你！

梁志远：谢谢爸！那您得帮我筹集一些资金，最好能贷点款！

梁父：你一来我就知道，你又想打我的主意！

梁志远理直气壮地：有困难，找老爸，这是天经地义的！

梁父笑着：你小子，还有理了你！这事，我可不敢答应你，明天再说吧！

梁志远恭维地：老爸出马，一个顶俩，我相信一定会成功的！

3

梁父办公室。白天。

梁父坐在宽大的办公桌后面，两个人站在桌前，手里拿着文件夹。

梁父给一个人签完字，另一个赶紧把文件夹放到他面前：局长，这些文件请您也签一下。

梁父看了看，提笔在文件上签字。

两个人都出去了，梁父抓起电话，拨了一个号。

梁父对着话筒：柳行长吗？我们想办一个物流公司，你先给准备100万吧！——什么？担心出问题？我们那个基建项目不是批了2000万吗？就从这里面划出一点，还有什么问题？我们那个项目有大批的货物需要流动，办个物流公司也是必要的。——好的，我让筹备物流公司的负责人给你打电话，你把钱直接划到他账上……

梁父挂了电话，又拨了一个号，对着话筒：你马上跟柳行长联系，我已经跟他说好了!

4

北方发展银行门口。白天。

梁志远匆匆地进了银行。

5

某写字楼楼道中。白天。

钟辕和夏绿出了电梯,走在过道中。

他们来到一个门口挂有"欧洲环球基金投资中介公司"牌子的门前,两人对视一眼,钟辕抬手按门铃。

里面传出一个声音:请进!

两个人又对视了一眼,钟辕推门往里走。

6

欧洲环球基金投资中介公司办公室。白天。

钟辕、夏绿和一个中年人坐在沙发里。

中年人滔滔不绝地:他们环球基金投资公司是一家国际大型投资公司,想在中国寻找投资伙伴,根据我们的分析评估,物流业将在中国飞速发展,而你们楚汉,是发展潜力最好的公司之一,所以,我们便把目光瞄准了你们,不知你们是否有意?

钟辕不动声色地:张总,条件是什么?

张总:说简单很简单,只要我们觉得有投资价值,就可以!具体一点,必须是朝阳行业,必须是有潜力的公司,能够给公司带来丰厚利润!

钟辕点点头:这倒不错!可以投多少?

张总:据我考察,你们公司硬件设施有待改善,最少需要100万美元,我可以尽量为你们争取这个数。

钟辕兴奋地:那太好了!说实在的,我还真为资金的事发愁。

张总故作高深地:发展中的公司,没有不缺资金的。而环球基金有数百亿美元的雄厚资金实力,在全球广泛投资,已经支持了近百家公司,有的还在纳斯达克上了市。所以,只要你们发展前景看好,他们的资金还会源源不断地投入，可能的话，公司还会支持你们在纳斯达克上市！

钟辕激动地：上市？这种可能性有多大？

张总：纳斯达克门槛很低的，但你们现在还不行！

钟辕憧憬地：好！我们就争取在纳斯达克上市！

7

北方发展银行门口。白天。

梁志远兴奋地从银行走出来，步履轻快，面带笑容。

他扬手叫来一辆的士，上了车。

8

楚汉会议室。晚上。

众人围坐在桌边，钟辕坐在首要位置，夏绿坐在旁边。

夏绿看着大家，介绍着情况：经过谈判，环球投资公司决定给我们投资100万美元，近日就可以签约！

掌声响起。

大家七嘴八舌地：100万美元！那得值多少人民币呀？！

那得买多少辆车呀！

有了这么多钱，我们的条件也该改善了！……

钟辕站起来，伸出双臂，往下压了压，示意大家安静，会场静下来。

钟辕看着大家：这笔资金到位后，我计划重点改善我们的硬件设施，当然，办公条件也在其内。高管们每个人配一辆专车，大家看怎么样？

会议室内响起了欢呼声。

9

一幢三层小楼外。白天。

梁志远站在楼下，家具公司送货的车远远地驶来。

宋来从楼里出来，指挥车停好。

搬运工从车上下来，开始往车下抬东西。

宋来指挥着：这边，这边！每个办公室放一套桌椅，最大最好的放总经理办公室……

梁志远打断他：宋主任，公司的牌子做好了吗？

宋来一愣：主任，你这是叫我吗？

梁志远没好气地：不叫你叫谁？记住，你现在是办公室主任了！我是总经理！

宋来恍然大悟般：是呀！是呀！我对这称呼还有点不习惯！——梁总，宋来向你汇报，牌子早就做好了！什么时候挂起来？

梁志远招了招手：拿出来吧，现在就挂！

宋来小跑着进了小楼，很快抱着一个长木牌出来，站在楼门边。

梁志远缓步走过来，两人一起把牌子挂在了楼门边。

梁志远后退两步，审视着。

牌子上写着：北京腾达捷运股份有限公司。

10

钟辕办公室。白天。

钟辕坐在办公桌前，夏绿匆匆敲门进来。

钟辕：夏主任，有事？

夏绿神色凝重地：中介公司的张总通知我，明天就可以签约了！

钟辕笑了：这不是好事吗？

夏绿摇头：可这个张总又提出了附加条件！

钟辕吃惊地：什么附加条件？

夏绿低声地：他突然提出先要5万美元回扣，而且要占公司5%的干股。

钟辕气愤地：他也太黑了吧！投资没到，先敲我们一笔，没门！

夏绿：那我们该怎么办？

钟辕想了想，果断地：附加条件我们不答应，要求按原协议签约。

夏绿：如果他不跟我们签了呢？

钟辕沉声地：他已经跟环球公司提出来了，人家肯定也已经来人，我就不信他敢得罪欧洲环球基金投资公司。

夏绿点头：是啊！他想中饱私囊，投资人肯定也不会答应。

11

腾达公司办公楼内。白天。

梁志远带着马雨萌、宋来走在楼道里,楼道里粉刷一新,每个办公室门口都挂着崭新的牌子,门也全都开着。

梁志远沾沾自喜地:雨萌、宋来,感觉怎么样?

马雨萌高兴地:老公,不——梁总!你不愧是办公室主任出身,办公室搞得这么好!

到了会计办公室门口,梁志远一指门牌:雨萌,这就是你的办公室,看看怎么样?

马雨萌走向门口,往里看去,只见里面窗明几净,家具全新,还有一台电脑放在桌上,欢喜地:太好了!——不过,我还不会用电脑呢!

梁志远:不会不要紧。慢慢学呗!以后做物流,离不开这东西!

走到保安部经理办公室门口,宋来探问:梁总,保安部经理还没有人选呢,是不是招聘一个?

梁志远摇了摇头:保安部最好找熟人!

宋来点点头:那就只能你自己物色了!

梁志远边走边思索,突然一拍脑袋:有了!记不记得那个兰旦雄呀?功夫不错,手下还有不少弟兄!

宋来:我不认识他。

梁志远点头:对,你不认识他!这样吧,我亲自跟他联系,请他来当这个保安部经理。

12

签约现场的小会议室里。白天。

钟辕和中介公司的张总坐在沙发上。

张总不高兴地:马上就签约了,我提出的那些条件你什么时候履行?

钟辕和缓地:环球基金投资,我们按期分红;你们中介公司,我们出了中介费。你那些条件,是不是太苛刻了?

张总不容置疑地:你马上就可以拿到100万美元,这点小钱都不舍得出吗?

钟辕笑了笑:我觉得应该出的,再多也没有问题;我觉得不应该出的，再少也不能办。

张总：你什么意思？不想签约了？

钟辕：当然想签，要不就不来了！

张总拉下了脸：不答应我的条件，这个约就没法签！

钟辕针锋相对地：如果你坚持这个无理要求，这个约我宁可不签！

张总气愤地吼：好！你不干，有人干，别人都找着我们干。

说着，张总拎起公文包，气呼呼地快步走出了小会议室。

13

签约仪式现场。白天。

来人很多，气氛热烈。

钟辕走上主席台，镇静地：由于出了意外，我决定不与环球基金合作了。对不起大家！

台下一片惊呼。

楚汉的中层领导交头议论。

钟辕从容地从主席台走下，往门口走去。

14

腾达公司门口。白天。

梁志远和宋来、兰旦雄边走边说话。

梁志远：兰经理，保安工作非常重要，它不仅是看家护院，也是一个公司的形象展示，所以，别认为保安部经理无所谓，要干好也不容易。

兰旦雄自负地：我兰旦雄在这一块混的时间也不短了，谁要敢跟我过不去，我绝不跟他讲客气。

梁志远：兰经理，我可不是要你来打架的！

兰旦雄谦恭地笑了笑：梁总放心。这些年我都打累了，不想再打了，所以才来你这里！

梁志远点点头：你再找几个人，担任保安，归你直接管理。

兰旦雄：过去跟我的那些弟兄，能不能多叫几个过来？

梁志远点头：有素质的当然可以来，不过目前保安部用不了太多，让他们先到别的部门干着。

宋来接过话头：我们办公室需要两个保洁员！

梁志远对宋来：那行吧！你们办公室要专门抽出个人，调查了解行业发展状况，只有知己知彼，才能百战百胜。

宋来点头：明白！这件事我已经在做了！楚汉最近与一家投资公司接触，据说人家一下子给他们投100万美元，马上就要签约！

梁志远的脸一下子沉下来：是吗？尽快把情况打听清楚！他们是怎么找到投资公司的？什么时候签约？

宋来点头：好，我马上去。

15

钟辕办公室。白天。

钟辕坐在办公桌后，夏绿坐在沙发上。

夏绿：钟总，我们失去了一个融资的机会，真遗憾。

钟辕：倒也不必遗憾！5万美元的回扣，让我们先交，投资什么时候到位还不知道，关键是要5%的股权，这相当于多少钱呀？！

夏绿点头：对呀！按照我们现在的资产，5%的股权可是一笔不小的数目。

钟辕：另外，我还担心这里面有问题，他一个华裔美国人，如果持有这么多我们的股份，会不会对企业造成威胁？

夏绿恍然大悟般：是啊！这个头一开，他们以后再增加投资，肯定会进一步要求股权，有可能造成实际控股，问题就大了！

钟辕：对！所以，我宁肯把这些钱用在办分公司上，也不愿先交这个回扣，弄不好还引狼入室。要知道，5万美元就是40万人民币，而2万人民币我们就可以办一个分公司。

夏绿：这些钱我们可以办20个分公司了。

钟辕：下一步，我要亲自去设立分公司，争取让每个省都有我们的网络。

夏绿憧憬地：那样的话，我们自己的快运王国就建立起来了！

16

梁志远办公室。白天。

梁志远正在写着什么，宋来急匆匆地跑进来。

梁志远抬头看宋来：怎么样？

宋来气喘吁吁地：楚汉今天举行签约仪式……

梁志远打断宋来的话，遗憾地：楚汉这下有钱了！

宋来：不是！他们今天举行签约仪式，没签成！

梁志远惊讶地：哦？怎么回事？

宋来解释：签约前半小时，钟辕突然宣布不与他们合作了，楚汉的人都不理解呢！

梁志远：钟辕就喜欢做些出格的事！这次，他也许失算了！

宋来：你的意思是？

梁志远：马上想法子联系一下欧洲环球投资基金的代理人，我要去见他！

宋来明白了什么似的：好嘞！

17

欧洲环球基金投资中介公司办公室。白天。

梁志远、宋来坐在沙发里，张总坐在办公桌后。

张总不动声色地：欧洲环球基金投资公司是一家国际大型投资公司，他们的投资是以获利为目的的，所以对投资对象要求很严格，你们是刚刚成立的小公司，我们不想冒险。

梁志远：想必你也知道，物流业在中国刚刚起步，发展潜力巨大。而且，我们有政府相关部门的支持，起点高，发展速度肯定更快。您可以去公司考察考察！

张总：那好吧，我去看看再说。

18

腾达公司楼前。白天。

楼前张灯结彩，楼门口挂着横幅：热烈欢迎欧洲环球基金公司领导莅临检查指导。楼上挂着条幅，插着彩旗，两个保安穿着崭新的制式服装，笔挺地站在楼门口。

梁志远带着宋来、兰旦雄四处看了看，点了点头。

这时，外面传来汽车的鸣笛声，梁志远着急地：来了！准备迎接！

说着，梁志远整理了一下领带，往外走。

宋来和兰旦雄也跟着往外走。

19

腾达楼前。白天。

一辆轿车停下，宋来赶忙上前打开车门，手搭在车门上方，请张总下车。

张总挪动肥胖的身子，从车上下来，梁志远连忙上前，握住张总的手，热情地：欢迎欢迎！里边请。

张总往四周看了看，点点头：还真不错！

梁志远热情地：到里面看一看！公司虽然成立不久，但业务都已经开展起来，如果有贵公司的投资，那一定会如虎添翼。

张总迈步往门口走，梁志远跟在旁边，宋来、兰旦雄紧跟左右。

到了门口，两个保安一起立正，向他敬礼。

张总赞赏地：你们的保安素质不错！

宋来接过话头：当然，我们梁总当过保安！

张总看看梁志远。

梁志远尴尬地：他是说呀，我当过军官！这是事实，我是部队转业干部，在部队时任过连长，所以公司的管理上有些军事化。

张总点点头：好！

梁志远瞪了宋来一眼，宋来吓得吐了一下舌头。

20

腾达会议室内。白天。

张总坐在首要位置，梁志远陪在一边，宋来和兰旦雄、马雨萌等在周围坐下。

张总赞赏地：你们作为一家刚开业的公司，搞得的确不错！更重要的是，梁总有眼光、有魄力，亲自找到我们请求投资，所以，我决定跟你们合作，争取环球基金的投资。

梁志远：太好了！谢谢，谢谢！

张总：下面，我给你们介绍一下环球基金公司的情况。小白，你把电脑和投影仪拿过来。

张总的随从小白出去了一会儿，进来时提着笔记本电脑和投影仪。他很快地打开电脑，把投影仪连好，于是，对面的墙上出现了影像。

张总口若悬河地：环球基金有数百亿美元的雄厚资金实力，在全球广泛投资，已经支持了近百家公司，有的还在纳斯达克上了市。所以，只要你们发展前景看好，他们的资金还会源源不断地进入，可能的话，公司还会支持你们在纳斯达克上市……

梁志远认真地听着，脸上露出欣喜的笑容。

21

楚汉一家营业所。白天。

钟辕正在检查工作。

夏绿这时匆匆走过来。

钟辕抬头看她：有事？

夏绿：听说环球公司正在跟腾达接触，估计要给他们投资！

钟辕：不管他们！我还是按预定计划，明天出发先去上海，把上海周边省的网络建起来。

夏绿：你这样全国跑，太辛苦了吧？

钟辕：不用担心！我身体好着呢！

夏绿：还有一个情况跟你说一下，由于上次没有签成约，中层领导们有些议论，看样子都有些想法。

钟辕点头：这是免不了的，你多做做工作！适当的时候，再提高一下他们的待遇。

夏绿：好吧！

钟辕叮嘱：我出去这段时间，公司就靠你了！多操点心，有事及时打我手机！

夏绿：放心！

22

梁志远办公室。白天。

梁志远正给宋来交代：签约仪式一定要隆重，最好在五星级酒店举办。签约后，还要搞个大型新闻发布会，提高公司的声誉。

宋来：梁总放心！保准让你一炮打响。

梁志远：你再去问一下张总，还有其他什么需要准备的，尽量细致些，做到万无一失。

宋来：好的。

桌上的电话响了，梁志远拿起话筒：是我，张总……

23

欧洲环球基金投资中介公司办公室。白天。

张总坐在办公桌后，跷着二郎腿，梁志远推门进来。

梁志远：张总，有什么重要事情，非要单独面谈不可？

张总示意梁志远坐下：像你们这样的公司，原则上环球是不投资的，我极力斡旋，才促成了这件事，想必你也知道！

梁志远也笑了：我知道！这事全靠张总成全，事成以后，我不会亏待您的。

张总：我们明人不说暗话，我把你叫来，就是想告诉你一个附加条件。如果行，我们如期签约，如果不行，也就不用麻烦了！

梁志远一愣：什么条件？

张总：你知道楚汉为什么没有签约吗？

梁志远摇了摇头。

张总：就是因为没有答应我的附加条件！

梁志远果断地：您只管说。

张总笑了笑：条件其实很简单，我就想从环球投资的100万美元中，提6%，也就是6万美元。

梁志远眼珠转了转：好吧，没问题！

张总：还有，我要在你的公司里占6%的干股！当然了，如果你能答应，我会一如既往地帮助你们融资，促成你们在纳斯达克上市，因为里面也有了我的利益嘛！

梁志远沉默了一会儿，为难地：这个嘛，我还得回去商量商量。

张总满不在乎地：这件事，对我来说无所谓，你不干，有人会干！如果你现在定不下来,我就找别人了!

梁志远有些紧张地:别,别!让我考虑考虑。

张总点上了一支烟,长长地吐了一口烟雾:这事成不成,只要你一句话。

梁志远站了起来,在房间里来回走了两趟,然后停下,有些艰难地:好吧,我答应你!

24

某大酒店小型会议室。白天。

梁志远和环球基金公司的一名代表坐在主席台上,上方挂着签约仪式的横幅。

两位礼仪小姐用红绸托盘托着合约款款走上台来,分别走到梁志远和美方代表身边,把合约呈上。

梁志远在合约上郑重地签下了自己的名字。

投资方代表也签了字。

两个人站起来,热情地握手,记者们纷纷拍照。

25

大酒店外。白天。

梁志远满面春风地走出酒店,宋来、马雨萌、兰旦雄等跟在后面。

宋来快走两步,赶上梁志远,恭维地:梁总,你今天真是太风光了,就像国家领导人会见外宾一样!

梁志远:当然!对方是全球著名的投资公司嘛!严格地说也算是外事活动!

马雨萌疼惜地:风光是风光了,可是,这一下子就花了十几万呢!

梁志远不屑地:十几万算什么? 100万美元不是已经到手了吗?再说,还等于免费做了宣传,宣传是企业成功的重要因素,你懂吗?

马雨萌不再说什么。

宋来一边伸手拦的士,一边开玩笑地:梁总,现在有钱了,总该买辆坐骑吧?

梁志远一挥手:买!买他一辆大奔!

宋来：太好了！还让我给你开吧？

梁志远：你看你这点出息，办公室主任都当上了，还想着开车！

宋来：像梁总这么优秀的老总，就得办公室主任以上的给开车！

梁志远笑了：宋来，你小子会说话！冲你这张嘴，车就由你开了！

宋来兴奋地：太好了！

这时，出租车开过来，四个人上车。

26

腾达公司梁志远办公室。白天。

梁志远坐在办公桌后，宋来站在旁边。

梁志远郑重地：马上给我办三件事。第一，跟这栋楼的主人谈判，争取把它买下来；第二，把这些破家具统统换掉，换成红木的；第三，给每个中层领导配一辆专车。

宋来：那我也有专车吗？

梁志远摇摇头：你就先不买了，有大奔开着嘛！

宋来低声嘟囔着：我还不如不开大奔呢！

梁志远：你说什么？

宋来小心地：我是说，咱们什么时候去买大奔呢？

梁志远：走，现在就先去买车。

27

某汽车市场。白天。

梁志远、马雨萌、宋来穿梭在市场里。

走过奥迪专卖店时，宋来羡慕地：买辆A6坐着也不错！

梁志远摇摇头：A6是大众化的车，不坐。要买就买奔驰，一步到位！

奔驰专卖区里的服务员走过来：三位好，想看奔驰车吗？

梁志远：哪一款是最新最好的？

服务员：最新最好的，当然是这款奔驰600，它——

梁志远打断了服务员的话：那好，就它了！宋来，你上去开开试试，感觉行就买下。

宋来跟着服务员上前，打开车门，钻了进去。车缓缓开动，沿试车道远去。

28

楚汉院内。白天。

夏绿穿着秋装在院子里踱步，不时向门口张望着。

一辆出租车开了进来，直接到夏绿身边停下。

钟辕穿着一件夹克衫，从车上下来，出租车掉头开走了。

钟辕风尘仆仆的，似乎黑了瘦了。

夏绿迎上去，握住钟辕的手：钟总，你辛苦了！

钟辕笑着：没什么！就是受了点凉，休息休息就好了！

夏绿：这次你亲自出马，收获可真够大的！竟然一举成立了那么多分公司！

钟辕：上次联系，还没有说全呢！这几天，韩生德和钟祥又把华东、华南各个省的分公司都成立起来了，目前除了西藏，各省市、自治区都有了我们的分公司！

夏绿：那太好了！

钟辕：休息几天，我决定再去西藏，把这个空白填补了！

夏绿关切地：先休息休息再说，别太累了！

这时，办公室工作人员已经过来，提上钟辕的行李，往钟辕办公室走。

钟辕和夏绿跟在后面，也向办公室走来。

29

钟辕家卧室。晚上。

西馨和钟辕躺在床上。

西馨惊讶地：你身上怎么这么烫呀？是发烧了？说着，抬手往钟辕额头上试。

钟辕：头有些疼！

西馨试了试钟辕的额头，肯定地：你就是发烧了，现在是换季的时候，容易感冒。

钟辕打了个哈欠：帮我找点感冒药！

西馨穿着睡衣从床上起来，到小抽屉里拿了一板药，又去倒了一杯水，递给钟辕。

钟辕接过来，吃了两粒。

西馨关切地：早点睡吧！这些天在外面，肯定没睡好！

钟辕已经起了鼾声。

30

钟辕家客厅。早上。

钟辕咳嗽着。

西馨端着一杯水过来：你昨天晚上不停地咳嗽，我陪你去医院看看。

钟辕：不用，就是感冒，吃点药就好了！

西馨：那你也要在家休息，别去公司了！

钟辕摇摇头：那哪行？现在许多分公司刚刚营业，事情千头万绪，而且，我还准备设立西藏分公司，很多事要做！

西馨心疼地：你就是干起事来不要命！这个脾气能不能改改？

钟辕笑着：放心！你老公不是纸糊的，这点小病能扛过去！

说着，钟辕又咳嗽了几声。

31

钟辕办公室。白天。

钟辕坐在办公桌后打电话，夏绿敲门进来。

钟辕放下电话，咳嗽了两声。

夏绿关切地：钟总，你感冒了？

钟辕：有一点，没事！昨天我让你统计的各分公司情况怎么样？

夏绿：新开分公司都还不错，但上海和广州的效益有所下滑，上海尤其厉害。

钟辕：给他们打电话，让他们加强管理，这次我去上海，就发现了管理松散的问题，没想到直接影响了效益。

夏绿：好的，我马上打电话。

32

上海分公司韩生德办公室。白天。

一个员工敲门进来,递给韩生德一个文件夹,谦恭地:韩总,北京总公司来电话,说我们这个月的效益有些下滑,要我们加强管理。

韩生德面露骄矜地:我这里不用别人指手画脚!

员工担心地:可是……

韩生德没好气地:可是什么?这里是我说了算!

33

钟辕办公室里。白天。

钟辕趴在办公桌上剧烈地咳嗽。

夏绿敲门进来:钟总,我陪你去医院看看,别拖着!

钟辕:跟上海、广州联系了吗?他们怎么说?

夏绿:上海韩总手机没开,让办公室记录并汇报了;广州钟总接了电话,表示尽快改进工作。

钟辕点点头:那就好!咱们去医院吧!

夏绿:那好,我去开车!

34

医院门诊。白天。

钟辕坐在患者座位上,夏绿站在一边,医生正在看胸片。

医生把胸片放下:你的肺部有炎症,最好住院治疗!

钟辕:没多严重吧?吃吃药,打打针行不行?

医生看着钟辕:我的意见,最好是住院治疗!当然了,如果你不想住,输几天液,再吃吃药,也应该能好,但肯定速度慢,效果也差!

钟辕:那我还是不住院了!

夏绿担心地:钟总,你还是听医生的吧!

钟辕:公司事情那么多,我怎么能躺在医院里?!

医生:既然你不想住,那我就给你开点药,每天来门诊输液就行了!不过,一定要注意休息,多喝水!

钟辕:好的,谢谢医生!

35

钟辕家。白天。

钟辕躺在床上剧烈咳嗽着。

手机响了。钟辕接手机：什么？那边已经联系好了？那好，我这两天马上过去！

西馨担心地：什么事？你又要去哪里？

钟辕从床上爬起来，解释：前几天，我让成都分公司的一个人先去了拉萨，联系租房等事宜。现在，他已经联系好了，我必须尽快去一趟，把西藏分公司成立起来！

西馨惊讶地：你这个样子，还能去西藏？那里可是高原呀！

钟辕满不在乎地：我已经输了好几天液，估计很快就好了，放心吧！

西馨：不行！病不好我不同意你去！

钟辕笑了：好！听你的！今天我不走！

西馨嗔怪：明天也不能走！

钟辕：明天再说明天的吧，也许明天就好了！说着，又是一阵咳嗽。

36

夏绿办公室。白天。

夏绿正在跟一个员工谈着什么，钟辕敲门走了进来。

夏绿对那名员工：你先去吧！

员工起身：钟总好！

钟辕咳嗽了一声，客气地：你好！去忙吧！

员工转身出去。

夏绿：钟总，今天不是在家休息吗？怎么又过来了？

钟辕咳着：拉萨那边有消息了，让我马上去！

夏绿劝阻：你的病还没全好，还是等等再说吧！

钟辕：一点小病，别大惊小怪。

夏绿：那边氧气少，感冒患者容易转肺气肿。

钟辕：马上给我订明天飞拉萨的机票。

夏绿不情愿地：好吧！

37

楚汉院内。白天。

夏绿看了看手表,又看了看天空,焦急的样子。

38

天空中。白天。

一架飞机腾空而起,直冲云霄。

白云飘浮在天际,天高云淡。

飞机越来越小,渐渐消失。

39

腾达梁志远办公室。白天。

梁志远坐在办公桌后,宋来坐在沙发上。

梁志远没好气地:你说说,为什么我们的业务总是打不开局面?

宋来挠了挠头:可能是我们不太懂业务吧!

梁志远:不是让你招一批专业人才吗?难道招来的都是饭桶?

宋来为难地:在人才市场招来的,大多数都是刚毕业的学生,或者是人家不用的人,不是没有经验,就是能力有限。

梁志远:那你说怎么办?你这当办公室主任的,总该想个办法不是吗?

宋来想了想,灵机一动:楚汉倒是有不少人才……

梁志远不由得笑了:你这小子,真是够坏的!好!你负责悄悄地去跟楚汉的中层接触,告诉他们,到腾达官升一级,工资涨1000,部门的副经理过来就当部门经理,部门经理过来就当副总经理……

40

拉萨。白天。

一间挂有北京楚汉快运西藏分公司木牌的办公室,远处能看见布达拉宫的殿顶。

钟辕正和几个工人在门口忙碌,他的咳嗽明显加重了。

他和一个工人抬起一张桌子想往室内搬，但明显有些力不从心，他停下，大口地喘息了一阵。

工人关切地：钟总，你怎么样？

钟辕刚摇了一下头，身子却突然向地上倒去。

几个工人惊叫着向他围过去……

41

楚汉公司院内。晚上。

一辆大奔开了进来，散步的人们纷纷往这边看。

车停下，宋来从车上走下来，朝夏绿办公室走去。

夏绿办公室里亮着灯，宋来走到近前，敲了敲门。

里面传来夏绿的声音：谁呀？

宋来：我，宋来！

夏绿的声音：你来干什么？

宋来：我有事跟你谈，你把门打开！

夏绿把门打开，走了出来。

宋来想进屋，夏绿把他挡在门外，不客气地：有什么事，就在这里说吧！

宋来往四周看了看，尴尬地：你看，这里怎么说话呀？

夏绿：不想说就算了，请回吧！

宋来神秘地低声：我想来问问你，想不想去我们那里？

夏绿不屑地：你不就是个办公室主任吗？还想让我给你打工！

宋来摇摇头：我们梁总说了，你如果想过去，就让你干副总经理，真的！

夏绿：是吗？那我倒可以考虑考虑！

宋来：考虑好了，就跟我联系！

夏绿看着宋来的背影，神情严峻起来。

42

夏绿办公室。白天。

夏绿坐在办公室里皱眉考虑着什么。

她下了决心似的，拿起电话，拨号。

夏绿：钟总——

43

西藏人民医院一间病房里。白天。

仰躺在床上的钟辕正吸着氧。

他的手机响了。

他有些吃力地扭身拿过手机：喂，是夏绿呀。

44

夏绿办公室。白天。

夏绿不安地对着话筒：钟总，听声音你的病好像又加重了。

电话里钟辕的声音：已经好了，请放心！来拉萨后，病情有些加重，我就住了几天的医院，现在已经出院了！

夏绿：你什么时候回来呀？

电话里钟辕的声音：这边分公司已经成立起来了，我很快就回去！怎么，有什么事吗？

夏绿迟疑了一下：也没有什么大事，只是有些担心——

电话里钟辕的声音：我明天就回去！

45

钟辕办公室。白天。

钟辕和夏绿一先一后走了进来。能明显看出钟辕浑身无力，他在办公桌后缓缓坐下，夏绿在沙发上坐下。

钟辕着急地：告诉我你担心什么？

夏绿：这两天，宋来多次来公司活动，可能是想拉一些中层领导去他们那里！

钟辕吃惊地：啊？

夏绿：他这几天频繁约见咱们的中层领导，那天他还问我去不去腾达呢！

钟辕脸阴沉下来：竟有这事，那你看中层领导们有没有动静？

夏绿点点头：我明显感觉他们有了变化，打电话让他们来商量工作，已经不像以前那么听话，有的回答说有事，有的说正忙着，他们还经常聚在一块，暗暗商量着什么。

钟辕想了想：这事，我们先看看再说，如果有人想走，要尽量想办法挽留住！

夏绿不安地：如果都走了怎么办？

钟辕自信地：应该不会吧！我对他们那么好，不至于全是忘恩负义之徒。这样，从明天开始，再给他们加一次薪。

夏绿：这样，也许会好些！

钟辕若有所思地：当然，我们也要做最坏的打算。明天，我联系一下老部队，争取招一批转业干部，充实到领导班子中来。

46

腾达梁志远办公室。中午。

宋来兴高采烈地向梁志远汇报：都已经谈妥了！就等你一声令下，大家就会过来上班！

梁志远欣喜地：太好了！这件事你做得不错！

宋来：其实，这也是天意。我们选的这个时机非常好，因为钟辕拒绝签约，大家都对他失去了信心，不愿跟他干了。所以梁总你振臂一呼，他们便纷纷响应。

梁志远：先不用着急，我还要看看能不能把几个老家伙拉过来，比如韩生德，那可是个有本事的人！

宋来点点头：老韩的确是业务高手，不过他跟钟辕那么多年了，估计难以说动！

梁志远冷笑着：我倒要看看他们的感情深，还是我的手段厉害！

47

上海分公司韩生德办公室。白天。

韩生德正在心烦意乱地翻着报表。

一个员工敲门进来，递给韩生德一个文件夹，谦恭地：韩总，北京总公司传真，让我们加强员工管理教育，防止人才外流……

韩生德面色阴沉，没好气地：屁大点事也干涉，我还不想干了呢！

正说着，电话铃响了，韩生德接起来：喂，哪位？

梁志远的声音：老朋友的声音都听不出来了吗？

韩生德摆了一下头，示意送文件的员工出去，员工退了出去。

韩生德故作惊喜地：哦！是梁总呀！听说你的公司办得很不错，还引进了外资，祝贺你呀！

梁志远的声音：可惜呀！我这里缺乏像你这样的人才！

韩生德脸上露出了满足的笑：我算什么人才？大老粗一个！

梁志远的声音：你就不要谦虚了！像你这样的人才，钟总把你派到外面，真是可惜了！他那人呀，家长意识太浓，不信任外人，你在那里不容易吧？

韩生德笑了笑：我在这里挺好的！

梁志远的声音：你的情况我都知道！所以，我有个想法，不知当讲不当讲？

韩生德：有话但说无妨！

梁志远的声音：我有意请老兄来我们腾达，不知意下如何？

韩生德一愣，沉默了一会儿：我去你们那里，能干什么呢？

梁志远的声音：我想请你做我们的总经理，年薪给你加一倍，怎么样？

韩生德惊讶地：你不是开玩笑吧？我当总经理，那你呢！

梁志远的声音：我嘛！就只做董事长好了！我们是股份制企业，你如果来了，我还可以考虑送你一些股份，除了做总经理，还是公司的股东！

韩生德动了心，他沉默了一会儿：这事，容我考虑考虑再说吧！

48

梁志远办公室。白天。

梁志远放下电话，兴奋地：看来，韩生德也有戏！

宋来：那太好了！到时候，大家一起离开楚汉，钟辕就完蛋了！

梁志远想了想：还是让北京这边的人先行动，这样也可以给韩生德一些压力。钟辕垮了，他自然会答应来我这里！

宋来：那我去通知大家，明天来上班？

梁志远：好！就定在明天，让大家秘密行动，打钟辕一个措手不及。

49

楚汉院内。上午。

钟辕来到公司，发现公司里冷冷清清的，没几个人上班。

钟辕问一个员工：人呢？

员工：我也不知道，领导们好像早上一起出去了！

钟辕一愣，然后匆匆往夏绿办公室走去。

50

夏绿办公室。白天。

夏绿坐在办公桌后，手里拿着一张纸在发呆。

钟辕径直闯了进来。

夏绿站起来，默默地把那张纸递给钟辕。

钟辕疑惑地接过来，看了一眼夏绿，便低头看信。

信纸特写：集体辞职信。

下面是十几个人的签名。

钟辕惊呆在那里。

夏绿慌忙上前，扶住了钟辕：钟总，你别着急！

眼泪在钟辕的眼眶里转了转，一下子冲了出来：我给他们那么好的待遇，他们竟然背叛……

夏绿也伤心地哭起来。

钟辕一把把夏绿搂到怀里，相拥而泣。

51

腾达公司会议室。白天。

会议室里热热闹闹的。

梁志远兴奋地：今天，这么多物流精英齐聚腾达，是公司大喜的日子，我们要好好庆祝庆祝！下面，我宣布，晚上在长城饭店，大家开怀畅饮，饭后举办舞会，好好乐一乐……

众人鼓掌。

52

夏绿办公室。中午。

钟辕和夏绿正在抱头痛哭,突然听到敲门声。

夏绿慌忙松开钟辕,擦擦眼睛,紧张地:谁呀?

门外的声音:我是小陈!有客户投诉货没按时送到,怎么办呀!

夏绿:你先回办公室等着,我很快来处理。

门外的声音:好吧!

夏绿看着钟辕,动情地:钟总,咱们想开些,身体为重……

钟辕默默地看着夏绿,良久,他猛地站了起来:走就走吧!我就不信公司离了他们就不行了!我们还要照常运转!

夏绿:钟总,还有我们呢!还有数百名员工呢!楚汉会好起来的!

钟辕恢复冷静:迅速采取应对措施,先让公司动起来,该发的车马上发,该送的货马上送!

夏绿:好,我马上去办!

53

楚汉院内。白天。

钟辕和夏绿从一个办公室出来又进另一个办公室,在各部门之间协调着。

楚汉的车陆续开出院子。

54

钟辕办公室。白天。

钟辕和夏绿一前一后走进来,精疲力竭的样子。

钟辕发现传真机上自动收了一份传真,便顺手拿了起来。

他看着看着,呆在了那里。

夏绿:钟总,你怎么了?

钟辕无语,只是呆站着。

夏绿急忙拿过那张传真纸看了看,惊讶地:怎么会呢?韩总也要辞职?!

第十六集

1

  钟辕办公室。白天。

  夏绿拿着传真纸，不知所措地：钟总，这该怎么办呢？！

  钟辕缓缓走向办公桌，一屁股坐在椅子上。他闭上眼睛，思考片刻，果断地：我马上给各分公司老总打电话，向他们通报情况，稳住他们；再联系一下已同意来公司工作的几个同学和战友，让他们先不忙办理其他手续，速来楚汉。你马上去筹备一个员工思想稳定大会，通知全体员工都来参加，时间定在下班后，我要讲话！

  夏绿：好！我去筹备！

  钟辕拿起了电话。

2

  楚汉院内。傍晚。

  上百名员工在院里排队站好，大家议论纷纷。

  钟辕从办公室出来，几个人跟在后面，一起往队列前走来。

  喧闹声立即停止。

  钟辕来到队列前，高声地：大家好！想必你们已经知道，今天，公司的一些高管同时辞职了！

  队列里又传来议论声。

  钟辕伸手压了压：请静一静！

  队列里没有了声音。

  钟辕：你们大概也在议论他们离职的原因。大家想一想，是公司的福利待遇出了问题吗？是公司压抑人才、任人唯亲吗？是公司没有发展前途，使得众叛亲离、各自高飞吗？肯定不是！这次事件的诱因根本不在公司，而是那一部分人对财富、人生的认识发生了变化。既然如此，天要下雨，娘要嫁人，随他们去好了！

员工们在认真听着。

钟辕：这突如其来的动荡，让大家的确感到意外。这里我要告诉大家，这只是小小的阵痛，只要掌握方向之人不变化，就不会对公司的发展产生影响，而我本人，有信心带领大家战胜困难、共渡难关。他们走了，马上就有人来，我身后这几位，就是来接替他们职位的。请大家相信，走那么几个人，楚汉垮不了！

人群里响起了掌声。

钟辕接着讲：事物总是一分为二的。目前高层的变动，的确给正常工作带来了困难，但从长远看，坏事可以变成好事。他们的退出正好打破僵化死板的格局，给新人创造机会，加快我们公司脱胎换骨！正所谓不破不立！我向大家保证，我们楚汉一定会走向辉煌，离开楚汉的人将会后悔！

热烈的掌声又起……

3

钟辕办公室。晚上。

钟辕坐在办公桌后，夏绿坐在沙发上。

夏绿由衷地：钟总，你刚才讲得很好！只是，对咱们公司的"副统帅"，你也准备随他去吗？

钟辕摇摇头：我们的韩"副统帅"一定要争取留住。

夏绿：他可是也提出辞职了！

钟辕：我得去一趟上海！

4

上海外滩。白天。

钟辕和韩生德并肩站在黄浦江边，面对着奔涌的江水。

钟辕：上海真是个适合创业的地方！这才多长时间，你就把我们的分公司发展成这样，不容易呀！

韩生德：全靠钟总运筹帷幄，我只是干点具体活而已。

钟辕摇头：韩总，上海分公司换了别人，还不定搞成什么样呢！记得咱俩刚来时的情形吗，要什么没什么，你还不是都想办法克服了！

韩生德：那倒是！

钟辕充满感情地：你为楚汉做出的贡献，大家有目共睹，一直以来，我就想送你一些楚汉的股份，这次就给你落实。另外，你的工资很长时间也没有动了，这次给你加倍！

韩生德苦笑了一下：钟总，你不用再说了，我已经下了决心，准备走了！

钟辕：真的吗？你准备去哪里？

韩生德低下头：还没定。

钟辕：老韩，你想好了吗？

韩生德：我想好了！

钟辕凄然一笑：既然你决定了，我也不好勉强。你是公司的元老，真要走的话，我们欢送。晚上，给你开个欢送会。

韩生德摇摇头：还是不用了吧！

钟辕：那怎么行？你从老家一起与我出来创业，完全可以说，没有你韩生德就没有我钟辕的今天！现在你要走了，欢送会是一定要开一个的。

5

上海分公司欢送酒会现场。晚上。

员工们纷纷过来给韩生德敬酒，表达难舍之情。

一个员工：韩总，当初创业的时候，我和您一起睡在地板上，半夜里，您还悄悄给我盖被子……来，我敬您一杯！

韩生德举起酒杯：那都是旧事了！

员工动情地：不管到什么时候，我都不会忘记的！希望您常回来看看！

韩生德点点头，没有说什么。

另一个员工过来，举着酒杯真诚地：韩总，那次我工资丢了，您给了我300块钱，让我先吃饭零花，我到现在也忘不了。我敬您一杯。

韩生德客气地：你已经还给我了嘛！大家在一起就是应该相互帮助！

两人碰杯，一起把酒喝了。

员工动情地：您对我们这么好，真的不愿意您走！您为什么一定要走呢？

韩生德艰难一笑：咱们不谈这个话题，好不好？

这时，又有一个员工过来，向韩生德举起了酒杯。

6

上海分公司饭堂前。晚上。

钟辕和韩生德走出饭堂，并肩走着。韩生德似乎喝得有点多，脚下有些不稳。

钟辕：韩总，没事吧？

韩生德摇摇头：没事！

钟辕：那我陪你散散步！

韩生德：不用了！钟总，你先去休息吧，我想自己走走。

钟辕：也好！

7

上海分公司院内。晚上。

韩生德在院里缓缓地走着。树上的叶子落了一地。

他看到公司的一景一物，不由得回想起当初与钟辕来上海时的情景。

切入居民楼里开公司时的场景。

切入他带人来这个地方选址的场景。

切入他带人去汽车市场买车的场景……

回到现实中，韩生德泪流满面。

8

上海分公司大门口。早晨。

几十名员工站在门口。

员工A：韩总真的要走吗？

员工B：我听司机说的，今天早晨就走。

员工C：韩总走了，公司怎么办？

员工D：不能让韩总走！

员工A：我们要拦住他，别让他走了！

员工D：对，把他留下！

9

上海分公司院内。早晨。

楼前停着一辆车，钟辕和韩生德从楼里出来，往车这边走来。一个小伙子提着行李，快行几步，把行李放到后备箱里。

钟辕：生德，就要走了，你不和大家告个别吗？

韩生德摇摇头：不了！该说的话，昨天吃饭时都已经说了。

钟辕：那好吧！请上车！

韩生德：钟总，你不要去送了，我自己去机场就行！

钟辕坚决地：那怎么行？你这又不是出差，我一定要送的！

韩生德没有反驳，拉开车门上了车。

钟辕也上了车。

10

车内。早晨。

钟辕和韩生德并肩坐在后排。

钟辕：生德，你这一走，我心里很难受！

韩生德无语地看向窗外。

钟辕充满感情地：不能不走吗？

韩生德叹一口气：都这时候了，不说了吧。

钟辕：也是！但我实在是不想让你走呀！

韩生德沉默。

钟辕对司机：小王，开车吧。

司机启动了车，往前开去。

韩生德看着窗外。

11

上海分公司大门口。早晨。

员工们站在公司门口，看到韩生德的车过来，纷纷拥了上去。

车停了下来。

韩生德和钟辕从车上走下来。

韩生德：弟兄们，本来不想惊动大家，没想到你们又都来了！谢谢你们！

　　员工Ａ：韩总，您别走了！大家舍不得让你走！

　　大家一齐：别走了！韩总！

　　韩生德真诚地：感谢大家对我的支持和鼓励！咱们后会有期，大家都回去吧！

　　大家一齐：不能走！

　　韩生德默然看了看钟辕。

　　钟辕往前走了一步高声地：弟兄们！大家的心情，我非常理解！我本人也不想让韩总走！但是，每个人都有自己的想法，都有自己的自由，韩总既然决定要走，就有他的原因，请大家不要为难他了，好不好？！

　　大家一齐：不能走啊！韩总！

　　钟辕推韩生德上车，又来到人群前，推开站在前面的几位：请让一让，让一让！

　　众人不情愿地让开，车缓缓往外行驶。

　　过了人群，车停下，钟辕也上了车。

　　人群中不知谁起了个头：送战友，踏征程……

　　众人一齐唱起来：默默无语两眼泪，耳边响起驼铃声……

12

　　车内。早晨。

　　韩生德默默无语，两眼已满含热泪。

　　他扭头看车外，并伸手从口袋里掏出纸巾，轻轻拭泪。

　　很快，他稳定下来。

　　这时，车一颠，韩生德挂在腰带上的钥匙响了一下。

　　韩生德一愣，想起了什么似的，赶紧把钥匙从腰间取下来，递给坐在身边的钟辕，尴尬地：你看我，走得匆忙，钥匙都忘了交！

　　钟辕没有接，轻描淡写地：算了，你拿着做个纪念吧！

　　韩生德：那怎么行？我已经不是楚汉的人了，拿走钥匙像什么话！

　　钟辕意味深长地：虽然你走了，但我会一直把你当成楚汉的人！

　　韩生德：说是这么说，但没有钥匙，就必须换锁，挺麻烦的！你还是拿回去吧！

钟辕：也好。

韩生德一手拿着那串钥匙，另一手一个一个地点着钥匙，如数家珍地：这是办公室的，这是宿舍的，这是会议室的……

说着说着，韩生德有点哽咽。

钟辕接过钥匙：放心，我去挨个试试就知道了。

13

机场安检通道门口。白天。

韩生德和钟辕握手，转身向安检门走去。

钟辕站在门口，看着韩生德在安检柜台，将机票的旅客联、登机牌、身份证交给安检员，安检员审核盖章。

韩生德回头看了一眼钟辕，冲他摆了摆手，然后转身过了安检门，向候机厅走去。一会儿，他拐了个弯，进了里面。

钟辕神情沮丧地转过身，迈着沉重的脚步往外走。

14

上海分公司办公楼内。白天。

钟辕拿着韩生德的钥匙，逐个房间试开，又关上。

最后，他来到门口挂有总经理室牌子的房间，试了两次钥匙，把门打开，走了进去。

他在韩生德的办公桌前坐下，神情凝重地往椅背上一靠，闭上了眼睛。

这时，外面传来汽车鸣笛的声音，钟辕睁开眼睛，透过车窗往外看，只见一辆出租车拐进了院子，一直开到楼前，停下。韩生德从车上下来。

钟辕惊喜地从椅子上跳起，快步往外走。

15

办公楼前。白天。

韩生德正从后备箱里取出行李，钟辕从楼内匆匆出来。

钟辕看着韩生德：生德，是忘了什么东西？

韩生德郑重地：我不走了！我舍不得走了。

钟辕看着韩生德，韩生德看着钟辕，两个人对视着。

钟辕上前两步，一下把韩生德抱在了怀里。

两人紧紧拥抱在了一起……

16

腾达公司梁志远办公室。白天。

梁志远正在高兴地看着报表，宋来匆匆走了进来。

梁志远：不是让你去接韩生德吗？

宋来：韩生德打来电话，说不来了！

梁志远：啊？不是说好今天上午的航班吗？

宋来：这个韩生德，出尔反尔，刚才又打电话，说是不来了！

梁志远：那他什么意思？是今天来不了？还是就不想来了！

宋来沮丧地：他说谢谢梁总的美意，他离不开楚汉！

梁志远气愤地把报表往桌子上一摔：这个浑蛋！怎么说变卦就变卦了呢？

宋来：据说，是钟辕去了上海……

梁志远一愣，明白过来，点点头：哦！原来如此！——那还情有可原，以后再说吧！

宋来幸灾乐祸地：钟辕现在像热锅上的蚂蚁，正为"人去楼空"着急呢！他不定是怎么求韩生德，才把他留下的。

梁志远一摆手：算了，咱们拉来他这么多高管，也不错了！你马上通知楚汉过来的高管去会议室，我要给他们开个会！

宋来：好的。

17

腾达会议室。白天。

众人围坐在会议桌前。

梁志远意味深长地：诸位过来，是不是准备了一份见面礼？

众人面面相觑，疑惑地看着梁志远。

梁志远笑了：当然，我说的见面礼，并不是物质的东西。指的是你们手中潜在的东西，那就是楚汉的客户资源。下一步，你们的主要工作，就是先去把你们过去联系的客户拉过来，明白我的意思吗？

一名高管为难地：楚汉的信誉很好，估计很多客户不容易拉！

梁志远不以为然地：以前，楚汉的信誉很好，那是因为有你们这些精英在那里。我想，这段时间，他们的信誉就不会那么好了！这正是你们做这个工作的时机。

有人点头。

18

腾达院子。白天。

梁志远在悠闲地散步，一辆车开过来，到梁志远身边停下，一名由楚汉过来的高管从车上下来。

梁志远：怎么样？谈判顺利吗？

高管：正如梁总所料，他们正对楚汉这段时间的服务不满意，我一提这事，他们就爽快答应了！

梁志远：你辛苦了！先休息吧！

高管：没事！在这里比在楚汉轻松多了！

梁志远告诫地：业务上可不能松劲哟！

高管意识到自己说漏了嘴：放心吧，梁总！

19

梁志远家。晚上。

梁志远半躺在床上看电视，马雨萌穿着睡衣，从卫生间出来。

马雨萌在床前转了一圈：志远，你看漂不漂亮？

梁志远：漂亮呀！不是新买的睡衣吧？

马雨萌拉了拉脖子上的项链，不高兴地：我说的是这个，你都没看见！

梁志远笑了：挺漂亮的！什么时候又买了一条项链？

马雨萌：这几天，我数钱都数累了，买这么条项链，你就心疼了?!

梁志远：我不是心疼，问问而已嘛！对了，这段公司的利润怎么样？

马雨萌眉飞色舞地：我不刚说了嘛！数钱都数累了！而且，还不算银行转账的呢！

梁志远自信地：照这个势头发展，到不了年底，公司就可以超过楚汉了！

马雨萌：我才不管那些呢！有了钱，我们要买栋别墅，再买辆好车！

梁志远：行！买别墅，买车，都没有问题！现在还是先睡觉吧！

马雨萌上床，梁志远凑过来，两个人抱在了一起。

梁志远抬手熄了灯。

20

钟辕家。晚上。

钟辕和西馨躺在床上。钟辕辗转反侧。

西馨把灯打开，关切地：是不是还在为公司的事发愁？

钟辕头枕双手，眼睛看着天花板，叹了口气：是呀！上海的事总算摆平了，可北京这边人走得太多，还是有点捉襟见肘。

西馨试探地：要不，我再回公司上班？

钟辕：那怎么行？你现在怀孕了，是我们家的大熊猫，一级保护动物，怎么能上班呢！

西馨不高兴：人家普通员工，怀孕8个月还照常上班呢！

钟辕郑重地：开开玩笑！不让你上班，主要还是为了避嫌！我只要还当这个总经理，你就尽量不要去公司上班了！

西馨不满地：我还不是想帮帮你！

钟辕：没事，明天我再去部队，联系几个准备转业的战友！另外，我让夏绿招了几个高学历人才，可以试用一下！

西馨：我这样整天憋在家里，没意思透了！

钟辕安慰地：怎么能没意思呢？你从事的工作比什么都重要！培养下一代嘛！

西馨娇嗔地：去！快睡觉吧！明天你还要忙呢！

21

腾达公司梁志远办公室。白天。

梁志远坐在办公桌后，宋来和另一名高管站在桌前。

梁志远：公司业务虽然发展很快，但很多是从楚汉挖过来的，你们有没有想过，下一步咱们该怎么干？

宋来：照这样发展下去，不是挺好吗？

梁志远：我的主任同志，可不能满足哦！你想想，有什么办法去进一步提高公司的业务量？

宋来一时无语。

高管：一个企业要想发展壮大，必须打造自己的品牌。

梁志远感兴趣地：说说看，怎么打造品牌？

高管：从理论上讲，打造品牌靠的无非是硬件设施、网络建设、管理水平、服务质量，但我个人认为，竞争策略也很重要，比如说，采用直接的手段，让更多的人知道我们的品牌，扩大我们公司的知名度，从而让更多的客户接受我们的服务……

梁志远打断了高管的话，不耐烦地：别跟我讲理论，直说怎么办吧！

高管：简单地说，也就是做广告，最好在电视上。

梁志远：这不结了吗？宋来，马上联系电视台，做广告！

宋来兴奋地：好嘞！

22

京郊某军营。白天。

钟辕和穿冬装的范恭清走在营间小道上，北风呼呼地吹着。

范恭清关切地对钟辕：你穿这么少，不冷吧？

钟辕摇头：一回到老部队，一见到老领导，心里热着呢！

范恭清开玩笑地：你还是以前那个样子，天不怕，地不怕！这点风当然不在乎了！那就吹吧！

钟辕：老领导，我现在还真是在风口浪尖上，正发愁呢！

范恭清：还是上次说的那事吧？我不是给你推荐了好几个人吗？

钟辕点点头：对！可还是不够！今年干部转业的时间又快到了，你能不能给我物色几个？

范恭清：就这事？你打个电话说一声就行了，犯得着跑一趟吗？

钟辕讪笑着：我这不是也想老领导了吗？主要是想来看看你！

范恭清叹了口气：倒也是！如果今年不来，明年我可能也不在这里了！

钟辕：是不是要高升了？

范恭清：我也该往后转了！年龄已到，提不了了！

钟辕：那可是一件好事呀！

范恭清：你小子是想取笑我吧？

钟辕：你转业了，不是正好可以去我那里吗？

范恭清：你一个民营公司，再好也是临时的，我还是回我老家吧！

钟辕：说真的！老领导，你去就等于帮我！至于位置，我可以把总经理让给你！我只当我的董事长！工资你放心，绝对是你现在的10倍，房子车子都给你准备好！

范恭清不相信地：有那么好吗？

钟辕保证地：你还不相信呀？我们公司的高管全都这样！

范恭清：那我倒可以考虑考虑。不过，总经理还是你当，我给你当个副手就行了！我不懂你们公司的事，让我管个人还行！

钟辕兴奋地：那就说定了！什么时候去上班呀？

范恭清：我还要考虑考虑呢！再说了，转业命令没宣布，我还要站好最后一班岗，这点可是起码的！

钟辕一拍脑袋：这点我忘了！那我只好回去等着了！

23

腾达院内。白天。

几个人带着一架摄像机，在院子里拍来拍去。

不一会儿，又进了办公楼。

24

楚汉院内。白天。

钟辕面带笑容地下了车，夏绿迎了上来。

夏绿：怎么样？找了几个人？

钟辕兴奋地：人不在多少，我把一个老领导挖来了！这可是个宝啊！

夏绿：怎么没一起来？

钟辕搓了搓手：可惜他的转业命令还没宣布，眼下来不了！

夏绿：那他什么时候能来？

钟辕：很快，年底一宣布转业命令，他就过来。

夏绿：其他工作倒是没问题，已经基本走上正轨了！就是调度中心，没有个主任确实不太行，而且必须是责任心比较强的人。

钟辕：那就从员工中先物色一个，临时用一下。

两人边说边走。

25

腾达会议室。晚上。

首要位置放着一台电视机，梁志远和高管们坐在下面看电视。

一段武打电视剧过后，画面上出现了腾达的广告：一辆喷着"腾达快运"的厢式货车行驶在大街上……

梁志远用遥控器关上电视，不满地：怎么没播公司办公那一段呀？

宋来解释：人家广告公司说了，广告片要切中主题，不能面面俱到。

梁志远没好气地：这样能起多大作用？

宋来建议：电视台的人说了，如果想进一步提高知名度，新闻宣传很重要！可以找几个记者采访采访，做一个反映公司全貌的专题片，在电视上一播……

梁志远：有用吗？

一名高管插话：很多公司用新闻代替广告，效果不错呢！

梁志远果断地：那好！宋来你去办这个事！

宋来为难地：这可是要花不少钱！

梁志远：那么多废话干什么？让你办你去办就行了，还能不给你钱？

26

梁志远办公室。白天。

梁志远西装革履，头发梳得很亮，正襟危坐在办公桌后。

一架摄像机架在办公室一角，漂亮的女记者手里拿着话筒，站在办公桌对面。

记者冲摄影师做了个手势，便拿着话筒，对着摄像机：现在，我们是在腾达快运公司总经理办公室，坐在我对面的，就是著名的企业家梁志远总经理。下面，我们请他谈一谈，腾达公司是如何在这么短的时间内，跻身国内快运行业前列的！

记者把话筒冲向梁志远。

梁志远笑着面对镜头：我们腾达……

27

钟辕办公室。白天。

钟辕和夏绿在办公室谈话。

夏绿：我觉得有个人做调度中心主任还不错，就是不知道你同不同意？

钟辕：谁呀！看着行就用呗！

夏绿：这个人是公司的元老，而且有一定管理经验，就是……

钟辕：你是说达畅吧？

夏绿点头：对呀！他虽然犯过错误，但对公司是绝对忠诚的，而且很能干！如果有人拉他走，我想他肯定不会走的！

钟辕担心地：达畅是个好人，工作态度也没问题，但就是"勤勤恳恳犯错误"，我都有点不敢用他了！

夏绿：那就算了。

28

钟辕家。晚上。

钟辕皱着眉头，坐在沙发上看电视。

电视里正在播放梁志远的专访。

西馨气愤地：这个东西，还有脸在电视上胡说八道！

钟辕：他这是在宣传自己，扩大知名度，思路还是不错的！

西馨：他把我们公司的人都挖走了，算什么本事？！

钟辕点头：是啊！不过我相信，投机钻营只会得一时的风光，不会长久！

29

某酒店会议室。白天。

会场挂着"首都先进企业家表彰大会"的横幅。

梁志远正站在台上领奖。

30

楚汉院内。白天。

一辆车停在库房前，员工们正在卸货，挥汗如雨。

钟辕远远地走来，来到近前把外套一脱，搭在一边，也扛起包来。

一名搬运工担心地：钟总，您干得了吗，别累着！

钟辕扛起一个包，笑着：没事！今天中午吃得多，能撑住！

31

腾达院内。白天。

众高管围在梁志远身边，争着看奖章证书。

梁志远兴奋地：这次我能得此殊荣，和大家的共同努力分不开，下面我宣布，晚上我请客，大家好好喝一顿！

有人欢呼：梁总英明！

有人起哄：梁总，是不是也给我们发发奖？

梁志远：马上到年底了，我们要开一个盛大的庆功会，论功行赏！

32

调度中心。白天。

林达畅正在库房里整理货物，钟辕走了进来。

林达畅放下手里的东西，站起身迎接钟辕：钟总，你来了！

钟辕：怎么样？在这里还习惯吗？

林达畅感激地：钟总，谢谢你的关心！你对我的好，我记在心里呢！我妈也是老念叨你！

钟辕：她老人家最近好吗？

林达畅：还不错，自己能照顾自己了！

钟辕：那就好！你也可以安心工作了！

林达畅保证地：钟总，你放心，我一定尽心尽力，尽职尽责！

钟辕意味深长地：那还不够，要多动动脑子……

林达畅打断了钟辕的话，笑着：多动脑子，少"冒泡"！

钟辕被林达畅逗乐了。

33

楚汉院内。白天。

一场雪覆盖了大地，钟辕、夏绿、林达畅和大家一起扫着雪。

路面扫完，钟辕和夏绿一起往办公室走来，边走边说话。

夏绿：钟总，这段时间，你什么都操心，还跟员工们一起干活，别太累了！

钟辕：没事！我又找到创业时的感觉了！

夏绿：你说的你那批战友，什么时候能来呀？

钟辕点头：快来了！说不定就这两天的事。我前两天打过电话，他们说很快就宣布命令！

夏绿：他们来了就好了，咱们缺人手呀！

34

京郊军营。白天。

一辆小车和一辆面包车开进了营院，在操场旁停下。

钟辕从小车里走出来，已经换了便装的范恭清迎了过来。

范恭清高兴地：钟总，你怎么亲自来了？让司机来就行了！

钟辕热情地：老首长，你能屈尊到我们公司，我高兴呀！能不来接吗？

范恭清责怪地：你别首长首长的了！到了公司，你是总经理，我们是你的员工，以后叫名字就行了！

钟辕摇摇头：话虽然这么说，但一码是一码，公司里，你是副总，但感情上，你到什么时候都是我的老首长！

范恭清高兴地：你小子，会说话！

钟辕拍了拍胸脯：全是肺腑之言！

范恭清：我过去做副总，那其他战友呢？你都有安排吗？

钟辕：放心！我那里正缺高管，人还不够用呢！

范恭清：你先到房间里坐一会儿，我去给你叫人，还有十几个退伍兵呢！

钟辕兴奋地：那太好了！

35

楚汉院内。白天。

雪还没有化尽，地上湿漉漉的。

林达畅和大家一起挂起标语：热烈欢迎新战友！

他指挥大家列队站好。

不一会儿，两辆车开进了院子，到了队列前停了下来。

范恭清从小车里下来，钟辕陪在旁边，队列里鼓起掌来。

林达畅向前跑两步，冲范恭清敬礼：团长好！

范恭清惊讶地：小林呀？你也在这里？

林达畅高声地：报告首长，不但我在这里，而且我们部队的一百多名战友都在这里！

范恭清回头看钟辕，钟辕点了点头。

范恭清看到了标语，兴奋地：钟总啊！来到你这里还像在部队一样，很有军营的氛围啊！

钟辕点头：我们就是要给老战友们营造这样一种回家的氛围。

范恭清笑了，指着标语：嘿！你们怎么搞成新战友了？

钟辕解释：老战友到了楚汉，跟他们不就成了新战友了！

范恭清：还真是！看来，我来你这里是来对了！

36

某酒店大型会议室。白天。

主席台上方挂着"腾达快运公司年度总结表彰大会"的横幅，梁志远、宋来、马雨萌和几个高管坐在主席台上，梁志远正在讲话。

梁志远眉飞色舞地：我们能在这么短的时间内，把公司建成业内知名的公司，跟大家的努力是分不开的。所以，我决定，每个高管奖励 10000 块钱，每个员工奖励 1000 块。

台下掌声一片。

37

楚汉院内。白天。

几百名员工站了半个院子，钟辕站在队列前，穿了一身旧军装，显得有点另类。

钟辕郑重地：今天我穿着军装，就是想告诉各位，我曾经也是一名军人，我在部队整整度过了13年，是军队这个伟大的组织给了我很多的磨炼，苦我心志，劳我筋骨。所以，今天我穿上军装，想跟大家讲讲军队的传统精神……

站在旁边的范恭清带头鼓掌，队列里掌声也响起来。

钟辕：第一点，部队提倡的是奉献，"革命理想高于天"。我曾经为得到领导的口头嘉奖，激动得一个晚上睡不着觉，它是一种精神上的追求和心理上的满足，这在现实生活中是很难体会到的。第二点，军队讲的是"以苦为荣，以苦为乐"，所以，我在部队养成了乐观主义精神，遇到了困难，能以乐观的心态对待。如果能"天当被，地当床，野菜野果当干粮"，即便遇到了大挫折，也能够正确对待，等闲视之。第三点，军人以服从命令为天职，上级交代的任务，不管有多大的困难，都只有一个回答："是！保证完成任务！"正因为这一点，军队才有很强的执行力。

队列里没有声音，大家似乎都在思索。

钟辕话锋一转：现在，我们在场的有一半是军人，另一半也接受了不少军人的熏陶，我希望大家发扬军队的这些精神，把我们楚汉建设得更好。楚汉建设好了，大家自然会获得更多的金钱和物质回报！

队列里响起雷鸣般的掌声。

38

香山某院子。白天。

乍暖还寒，院子里已经有了些春意，树上的嫩芽刚露尖尖角。

钟辕和范恭清走在院子里。

钟辕：公司里的这次变故，严重地暴露出楚汉公司干部储备不足的问题，所以，我决定成立这个香山培训班，培训自己的干部，使干部形成梯队。

范恭清：这个思路不错。我觉得，不只是干部，所有的员工都要轮流接受培训，而且培训必须脱产，确保效果。

钟辕点头：可以！以后，这个培训班就拜托你了！

范恭清：没问题！

39

钟辕办公室。白天。

钟辕坐在办公桌后，夏绿走了进来：钟总，找我有事？

钟辕郑重地：你马上起草一个福利实施办法，规范一下公司的福利措施。我的想法，拿出10%的股份分给管理层，让高管无后顾之忧！

夏绿：哦？

钟辕：这次大量高管跳槽，让我明白快递业的竞争，归根结底是人才的竞争。企业的"企"字，是"人"和"止"的组合，没有人，企业就停止了。世界上只要有了人，什么奇迹都能创造出来。所以，我们不但要培训人才，还要留住人才，而员工持股是最好的办法之一！

夏绿钦佩地：如果这样，楚汉的高管肯定今后不会走了！

钟辕：目前，公司只对做出突出贡献的高管配股，不搞平均主义，以后视情况再做调整。

40

香山培训班。白天。

院子里人头攒动，突然一声哨响，人们一下安静下来，纷纷往教室里走。

只剩下院子里那树静静开放的桃花。

41

课堂上。白天。

近百名员工端坐在课桌后，范恭清站在讲台上：下面，讲一讲团队精神。部队是讲团结的，团结才能有战斗力，企业也一样，必须有团队精神。什么是团队精神？我认为，尽职尽责，遵章守纪，自我牺牲，踏实肯干，就是团队精神的主要内容……

台下员工津津有味地听着。

42

钟辕办公室。白天。

钟辕和夏绿及另外几名高管围坐在桌前。

钟辕：国际大型企业环宇公司要进行物流招标，这是我们的一个机会，一定要全力以赴，争取拿下。

夏绿点头：是呀！现在，我们的业务骨干和管理人员已经都有了，但流失的客户却没有回来，新客户发展得还不多。这次我们一定要全力以赴。

钟辕转对夏绿：你英文对话没问题吧？

夏绿自信地：这段时间我一直在补习，我觉得不会有问题。

钟辕对大家：这次招标由夏主任具体负责，各部门一定要全力配合，争取一举拿下！

43

招标会现场。白天。

夏绿神态自然地坐在楚汉的位置上。

环宇公司招标负责人：楚汉公司递交的是全英文质量认证问卷，请问，你们能用英文现场讲解一下标书吗？

夏绿从容地站起身来……

44

钟辕办公室。晚上。

夏绿把一袋酸奶递给钟辕，钟辕不客气地接过来，喝了一口。

钟辕：竞标的事进展如何？

夏绿：通过两轮竞标，目前只剩下中铁、邮政、腾达、楚汉四家公司。下一步，环宇还要进行全方位考核，搞得挺严的。

钟辕：这样好，对我们更有利！我们要拿实力说话，你要好好准备！

夏绿自信地：放心吧！我们一定会成功！

45

楚汉库房。中午。

夏绿陪同环宇公司招标负责人参观库房和仓储设施。

库管人员当场演示了现代化的仓储管理系统。

负责人亲自用手摸货车的车身,手指头一尘不染,他自语地:卫生状况不错……

考核人员纷纷点头。

46

腾达库房。白天。

腾达的部门经理陪同环宇公司招标负责人看库房。

负责人:你们库房什么时候建成的?

部门经理:大概是去年吧?不,应该是今年!

负责人:库房面积多大?容量多大?

部门经理摇摇头:这个我还真不知道!

他转身问库管员:你知道吗?

库管员摇摇头。

负责人:那我们环宇有多少货放你们这里?这不会不知道吧?

部门经理尴尬地:我还真不知道!

负责人疑惑地:是不是你负责竞标?

部门经理点了点头:但我对库房这块,的确不熟悉!

负责人亲自用手摸货车的车身,手指头是黑的,他不满地摇了摇头。

47

梁志远办公室。白天。

梁志远坐在办公桌后,跷着二郎腿,听着音乐。

宋来匆匆进来:刚才库房的人来电话,负责竞标的赵经理一问三不知,环宇的人很不高兴!

梁志远一愣:这小子,干什么吃的!

宋来焦急地:我看,必须马上采取补救措施。

梁志远:嗯!这样吧,请赵经理他们吃个晚饭,给他们每个人包个红包。

宋来：好的！

48

发标会现场。白天。

几个公司的高层领导都在焦急地等待，并交头接耳地低语着。

不久，环宇领导人带着招标考核组人员出现在主席台上。

环宇领导接过招标负责人递过来的文件，高声地：通过几轮竞标和现场的全方位考核，我们考核组本着公平公正的原则，确定了中标单位。下面，我宣布，中标单位是——北京楚汉快运股份有限公司。

现场人你看看我，我看看你，都不相信自己的耳朵。

钟辕和夏绿兴奋不已，相拥庆贺。

49

发标会现场外。白天。

环宇高层和招标考核组人员往外走着，梁志远气急败坏地赶上来。

梁志远没好气地：请等一下！

招标负责人回过头来：你还有什么事吗？

梁志远强装笑颜：去年我们合作了几个月，挺愉快的，你们怎么突然选择了楚汉呢？

招标负责人郑重地：梁总，我们的招标是严格按程序来的，楚汉在各方面都优于你们，我们只好选择楚汉。

梁志远冷笑着：按程序？那我们昨天晚上……

环宇招标负责人笑了笑：你还不知道吗？我们已经将红包退回给你们的竞标负责人。

梁志远愣在那里。

50

梁志远办公室。白天。

梁志远气急败坏地踱着步，负责竞标的部门经理低着头站在办公桌前。

梁志远扭头看着部门经理，气愤地：让你负责竞标，库房的情况你却一问三不知，还竞个屁！

部门经理嗫嚅着：我以为，他们还像过去一样走走过场……

梁志远：你有没有脑子？人家把红包退给你，意思不是很明显吗？为什么不及时汇报？

部门经理委屈地：他们是发标前才退给我的，我没来得及……

梁志远一拍桌子：你还有理了？给我滚出去，等候处理！

部门经理悻悻地退了出去。

51

腾达会议室。白天。

众人围坐桌前，负责竞标的经理低着头。

梁志远气愤地：这次竞标失败，赵经理应该负主要责任，我决定，给予其撤销职务、留司察看处分，以观后效！

众人面面相觑。

梁志远：通过这件事，也暴露出公司管理上的诸多问题，希望在座的各位认真考虑一下！散会——

众人起身往外走，谁也不说话，气氛有些沉闷。

梁志远大声地：宋来、兰旦雄，你们两个过一会儿来我办公室。

宋来和兰旦雄停下步子。

52

梁志远办公室。白天。

宋来和兰旦雄在沙发上坐下。

梁志远：你们分析分析，这次失败单纯是我们这边的原因吗？

宋来：是不是楚汉玩了什么猫腻？

梁志远：我也这么想！他们可能是蓄意跟我们斗，以报我们去年夺他们的客户之仇！

兰旦雄也点头。

梁志远：所以，我想找你们商量商量，怎么来对付楚汉？人家已经向我们进攻了，我们必须积极应战！

兰旦雄眼珠转了转,神秘地:办法倒是有一个,保管让他们吃不了兜着走。

梁志远:什么办法,快说!

兰旦雄起身来到梁志远面前,把嘴附上了梁志远的耳朵……

梁志远听着听着因为吃惊而睁大了眼睛……

第十七集

1

梁志远办公室。白天。

兰旦雄又附在宋来耳边,说了几句,宋来也点点头。

梁志远:注意别露出马脚。

兰旦雄:放心吧梁总。

2

钟辕办公室。白天。

钟辕正在看一份报表,夏绿急匆匆地走进来。

夏绿焦急地:刚才,环宇公司通知我们,让我们两天内把所有货物从腾达的库房转移到我们的库房。

钟辕一愣:干吗那么着急?

夏绿:可能是腾达提出的要求吧?

钟辕点头:这是在向我们挑战呢!好,我们就搬给他们看看!

夏绿:以咱们现在的运力,很难在两天内完成。

钟辕:你先去安排吧,我来想办法。

夏绿匆匆出去了。

钟辕拿起电话,拨了一个号。

钟辕对着话筒:王副总,现在公司有紧急倒货任务,你能不能把学员都带过来帮个忙?——好的,好的,你跟夏绿联系就行了!

钟辕挂了一个电话,又拨了一个号。

钟辕对着话筒:我是钟辕,请你们集中一切可以集中的力量,尽快赶来北京!——对,车辆能来的都来,到后直接跟夏主任联系。

钟辕放下电话,又疾步往外走。

3

腾达库房外。白天。

楚汉公司的人在热火朝天地搬运着货物。

一辆车装满开走，另一辆车又停到库房前，车辆、人员一直在连轴转。

夏绿也默默地加入了搬运工的行列，扛起了包。

这时，又有几辆车开过来，车上醒目地喷着"楚汉天津分公司"字样。

几十个人从车上跳下来。

夏绿放下肩上的包，迎了上去。

夏绿握住带队经理的手，热情地：欢迎你们呀！你们速度真够快的！

经理郑重地：接到钟总的电话，我们马上就出发了！夏主任，请安排任务吧！

夏绿点点头：好，跟我去库房。

4

楚汉库房前。白天。

范恭清带着香山讲习所的学员们早已等候在那里。

车辆到达后，范恭清一挥手，学员们便投入工作。

范恭清也亲自扛起了一个包，往库房走去。

5

腾达库房。白天。

一名员工搬起一个包装箱，觉得有些吃力。他疑惑地放下，快步走到门口，大声地：夏主任，请过来一下好吗？

夏绿闻声过来。

员工指了一下那个包装箱：夏主任，我发现这个包装箱不太一样，是不是弄错了？

夏绿认真地比对了一下箱子，摇摇头：看不出有什么不一样呀？

员工提醒地：你搬搬试试。

夏绿弯腰搬了一下，又搬了一下别的箱子，点点头：是重一点！你在这里等一会儿，我找个人来看看。

夏绿走了出去，一会儿带着一个穿环宇制服的中年人进来。

中年人把腾达的库管员叫过来，严肃地：有人动过这些箱子吗？

库管员慌忙摇头：入库以后，没有人动过！

中年人果断地把箱子打开，发现箱子里全是报纸。

众人一下子傻了眼。

6

梁志远办公室。白天。

梁志远和兰旦雄正在谈话。

梁志远：搞了多少？

兰旦雄眉飞色舞地：神不知，鬼不觉，送给他们50箱旧报纸。

梁志远点头：东西先放好，等事情过去了，我们再处理。

兰旦雄：用不了多久，环宇就会发现楚汉的问题，那绝对不是赔款的事，弄不好还会解除合同，再搬回我们这里！

梁志远：但愿如此吧！事成之后，你是头功，我一定不会亏待你的！

兰旦雄：谢谢梁总。

正说着，宋来匆匆进来，神色慌张地：梁总，不得了了！

梁志远没好气地：急什么？慢慢说！

宋来：他们已经发现问题了，正在逐箱检查呢！

梁志远惊骇地：是吗？你怎么知道？

宋来：环宇打来电话，让你亲自到现场去！

梁志远摆摆手：就说我不在，你代表我去吧！

宋来：那该怎么办呢？

梁志远沉默了一会儿，转对兰旦雄，不高兴地：你怎么搞的，不是说万无一失吗？

兰旦雄：应该没事呀！他们是怎么发现的？难道是长了狗鼻子不成？

梁志远没好气地：不行的话，只能把责任推给库管员，把东西还给他们。

兰旦雄不甘地：那不是前功尽弃了？

梁志远：那你说怎么办？

兰旦雄没话说了。

梁志远对宋来：还不快去！千万不要说我知道。

宋来无奈地：好，好……

7

腾达库房。白天。

环宇公司领导和宋来交涉。

环宇领导：东西在你们这里丢的，你们就必须负责，请马上清查，把东西找出来！

宋来狡辩地：会不会是入库前就被人偷走了？

环宇领导肯定地：那不可能！我们的库房管理制度非常严格！

宋来强词夺理地：我们的管理也很严格！

环宇领导冷笑着：我们前几天刚对你们进行了全面考察，就是因为你们库房管理不严格，才决定不与你们合作！你们不会这么快就忘了吧？再说了，即使其他环节有问题，那也是你们的过失，如果东西找不回来，我们会走法律程序，起诉你们！

宋来退让着：好，好！我们查一查！合作一场，别弄得不愉快嘛！

8

库房外。白天。

宋来走到一个僻静处，掏出手机，拨了号。

宋来低声而无奈地：确实不行呀！人家要起诉我们呢！——好，好！

收起电话，他又向库房走来，正遇夏绿扛着一个包。

宋来讨好地：老婆，你怎么也扛起包来，别累着哟！

夏绿没好气地：少假惺惺地，你别给我添乱就好了！

宋来：嘿，好心当了驴肝肺！

夏绿没再理他，扛着包走了。

宋来咬牙低声地：你牛什么牛？不就是个办公室主任吗？我现在也是办公室主任！

夏绿放下包，擦了一把脸，冷笑着：你就是省长，我也不稀罕！

9

楚汉院内。晚上。

钟辕站在院内路灯下，焦急地往门口张望。

几辆车陆续开了进来，钟辕迎了上去。

一辆小车在钟辕面前停下来，夏绿从车上下来。

钟辕：任务完成了？

夏绿如释重负地：不完成能回来吗？

钟辕心疼地：辛苦了！你看你累成什么样了？

夏绿：是不是成黄脸婆了？

钟辕摇摇头：快去洗洗，早点休息！

夏绿：好！你也该回家了，嫂子还在家里等着你呢！说完，迈着疲惫的脚步，向自己的宿舍走去。

10

梁志远办公室。白天。

梁志远在房间里踱来踱去，宋来坐在沙发上。

梁志远：一个那么大的客户就这样被楚汉抢走了，我实在咽不下这口气！

宋来：都怪兰旦雄没有做好，否则他们也不会那么如意了！

梁志远没好气地：那事就不要说了！想想以后该怎么办，好不好？

宋来：我实在想不出什么好办法！

梁志远不耐烦地：你去吧！注意打听楚汉的消息，一有情况就跟我汇报！

11

香山培训班院内。白天。

钟辕和范恭清并肩走着。

钟辕忧心忡忡地：现在，公司的业务基本走上正轨，各地分公司也都发展起来了，但随之也出现了新问题，就是管理跟不上！

范恭清：在部队，全国分几大军区，军区管集团军，军下面有师，师下面有团，一级管一级，理得很顺。而咱们公司，你一个人直接管那么多分公司，怎么管得过来？

钟辕点头：所以，我也想借鉴军队编制模式，划片管理，在全国成立几个大区，你看怎么样？

范恭清：好呀！这样，咱们就抓好大区就行了！

钟辕：既然你赞成，下一步，我就到各地去一趟，筹建几个大区，公司里的工作，你主持一下，这边交给培训班长来管就行了！

范恭清：没问题！你只管去吧！

12

楚汉范恭清办公室。白天。

范恭清翻看着公司的资料，有人敲门，范恭清抬头高声：请进！

林达畅推门进来。

范恭清关切地：达畅呀，你不是在仓库吗？怎么有空过来？

林达畅笑了笑：听说钟总出差了，您在公司主持工作，专门来找您汇报汇报思想！

范恭清：你小子，还是部队那一套！什么汇报工作，还不是个人有想法！有什么事，你就说吧！

林达畅哭丧着脸：其实也没什么，就是想多干点工作！您看哪，我来公司这么多年了，到现在还是一个库管员！

范恭清：钟总是不是对你有看法？

林达畅摇摇头：钟总对我挺好的，但就是不太信任我，一直让我干这个库管员！

范恭清想了想：这样吧！天津分公司现在缺一个仓储中心经理，虽然手下没有几个兵，但毕竟是部门领导，你愿不愿去？

林达畅兴奋地：好呀！只要让我干工作，去哪里都行！

范恭清：你先别着急，等钟总回来，我们商量一下再定，行吗？

林达畅迫不及待地：老首长，您现在主持工作，这点小事还不敢做主？你放心，我一定不会给您丢脸的！

范恭清勉强地：那好吧，你准备准备就去上班，我给分公司打个电话。

林达畅：谢谢范总！

13

梁志远办公室。白天。

梁志远坐在办公桌后发呆，宋来走了进来。

宋来：梁总，叫我有事？

梁志远：让你打听楚汉的情况，怎么不见回音呀？

宋来：没有什么特殊情况！最近，钟辕出差了，范恭清主持工作。

梁志远：范恭清有什么举动？

宋来：听林达畅说，范恭清只管行政，业务还是夏绿在做，夏绿在干啥，他也不清楚。

梁志远：这个林达畅现在怎么样？

宋来：他呀！钟辕早就不信任他了，一直在当库管员。不过，他可能最近要去天津，当什么仓储中心的经理，范恭清批准的。

梁志远若有所思地点点头：天津？倒是可以做做文章！

14

天津分公司仓储中心。白天。

林达畅走在院子里，看着一栋栋库房，扬扬得意。

一名员工从库房出来，热情地：林经理好！

林达畅客气地：你好，你好！

15

楚汉公司范恭清办公室。白天。

已经换了短袖衬衫的范恭清正在看资料，也换了短袖的钟辕推门进来。

范恭清惊喜地：钟总，你这么快就回来了！

钟辕：事情办得很顺利，各大区总经理暂由中心城市分公司老总代理，直接就把事情办起来了。

范恭清赞赏地：你做事情，还是部队那种雷厉风行的作风，不容易呀！

钟辕：过奖了！老首长！——最近公司没什么事吧？

范恭清：事倒没什么大事，就是天津缺一个仓储经理，我把林达畅派去了。

钟辕一愣：怎么派他去呀？他可是"勤勤恳恳犯错误"的典型！

范恭清一惊：是吗？我还真不知道！他来找我诉苦，我觉得他挺不容易的，就把他派去了！

钟辕：还有一点，他母亲身体不好，也在北京，还需要他照顾！

范恭清：那怎么办呢？

钟辕想了想：再让他回来当库管员也不太好！这样吧，夏主任前段时间想让他当调度经理，我没有同意，这次就让他回来担任这个职务吧！说实在的，他工作倒是能尽心尽力。

范恭清点头：这个办法不错！

16

梁志远办公室。白天。

梁志远在打电话，宋来匆匆闯了进来。

梁志远放下电话：有急事？

宋来：上次说的林达畅的事，已经不好办了！

梁志远：为什么？

宋来：我刚听说，他马上又要调回北京当调度。

梁志远站起来，走到窗边，眼看外面，思考着。突然，他一转身，看着宋来，莫名其妙地：你想不想发点财？

宋来：当然想。

梁志远：你去天津找到林达畅，给我搞一份天津分公司的出库单，我给你一万块。

宋来高兴地：好！我马上去！

17

天津火车站。下午。

夕阳西下，广场上一片霞光，川流不息的旅客从出站口走出来，宋来夹杂在旅客中。

宋来匆匆走出广场，拦了一辆的士。

18

楚汉天津分公司仓储中心院内。黄昏。

林达畅一个人在院子里走着，最后一个库管员从库房里走出来，把库房门锁上。

库管员与林达畅打招呼：林经理，下班了，我先回了！

林达畅：回吧，路上慢一点！

库管员出了大门。

林达畅来到大门口，看着库管员走远，便准备关门回宿舍。

一辆出租车这时在门口停下，宋来从里面钻了出来，出租车又开走了。

林达畅惊讶地：这不是宋来吗？你怎么来了？

宋来热情地：我来天津出差，听说你来这里做了经理，顺便来看看你！我特意买了两瓶二锅头和一些熟食，咱们好好喝一杯，庆祝你的高升！

林达畅：喝什么喝？明天就回北京了，到北京再喝吧！

宋来故作惊讶地：怎么？明天回北京？干什么？

林达畅沾沾自喜地：钟总调我回北京当调度中心经理！

宋来：是吗？那更应该庆贺了！喝，喝！喝他个一醉方休！

林达畅：晚上你没有事吗？

宋来：有再大的事，也不影响咱们弟兄喝酒呀！你说是不是？

林达畅讪笑着：先里面请，喝酒的事过会再说！

19

林达畅办公室兼宿舍。晚上。

两个人一先一后进屋。

宋来径直来到桌边，不由分说地把东西往桌子上一摆：有酒杯吗？

林达畅：还真喝呀？

宋来：难道还开玩笑不成？你连升两级，应该庆祝；再说了，咱们在天津相遇，也不容易，应该好好喝几杯。

林达畅只好从抽屉里拿出两个小碗，笑着：就用它吧，这里条件差，没有杯子。

宋来：这就挺好！实在没有，咱们一人一瓶，对着瓶吹，也行！

林达畅：给我少倒点！

宋来把两个碗都倒满，端起来：达畅，真为你高兴，钟总终于重用你了!来,我先敬你一杯!不对,是一碗!

　　林达畅兴致来了:好,喝!

　　两个人一饮而尽。

20

　　天津分公司仓储中心院内。晚上。

　　繁星闪闪,院子里一片漆黑。库房在夜色中静静矗立着。

　　林达畅宿舍里透出柔和的光。

　　里面传出林达畅的声音:我实在是不能喝了,你自己喝吧!

　　宋来的声音:喝!这才喝了多少?早着呢!

　　两人碰碗的声音。

21

　　林达畅办公室兼宿舍。夜。

　　宋来和林达畅又碰了一下碗,林达畅刚端起来要喝,碗突然掉在了地上,他本人也一下趴在了桌子上。

　　宋来急忙把林达畅扶起,往床边拖。边拖边嘟囔:还真醉了?那就休息吧!

　　林达畅迷迷糊糊地:我没醉……再来一碗!

　　宋来狡黠地笑了。

　　床上,林达畅已经打起了呼噜。

　　宋来起身,拉开桌子抽屉,拿出一个文件夹,认真地翻着。

　　他放下文件夹,又拿起另外一个,继续翻。

　　翻着翻着,他突然眼前一亮,小心地从文件夹里抽出一张单据,装进了自己的公文包。

22

　　林达畅办公室兼宿舍。白天。

　　一个小伙子站在林达畅面前,林达畅郑重地:最近两天可能有康信的货要发出,你见到出货单,给他们发货就行了。

　　小伙子:好的,放心!

林达畅：有什么搞不懂的，给我打电话。
　　小伙子：当然。
　　林达畅跟小伙子握手，然后提着行李往外走。

23

　　仓储中心办公室。下午。
　　电话铃响起，新经理拿起电话：您好！仓储中心。
　　电话里声音：我是康信公司的李浩东，请你们在6点前将存放于仓库的货物直接送到东郊批发市场，我在市场门口提货。
　　新经理答应着：好的，好的！
　　对方挂了电话。
　　新经理把电话放下，想了想，想起了什么似的，又把电话拿起来，拨号。
　　新经理：达畅经理吗？问你个事！
　　林达畅的声音：请讲。
　　新经理：刚才有个叫李浩东的打来电话，说是康信的，让我们把货物送到东郊批发市场，可以发货吗？
　　林达畅的声音：不错，康信是有一批货，经手的也是李浩东，只是为了保险，你最好让对方发个出货传真。
　　新经理：好的！
　　新经理挂了电话，又拨了一个号。
　　新经理：李浩东先生吗？请你给我发个出货传真好吗？
　　对方不耐烦地：怎么这么麻烦！以前都不用的！
　　新经理耐心地：对不起，我是新来的，请支持我的工作好吗？
　　对方：好吧！我马上给你发！
　　新经理放下电话，一会儿，传真机开始工作，一份传真发了过来。
　　新经理认真看了看，向办公室外走去。

24

　　天津东郊市场门口。傍晚。
　　市场里人流如织，非常热闹。

楚汉天津分公司的车停在了市场门口，速递员从车上下来，四处张望。

一个身穿西服的中年人走上前来，客气地：我是李浩东，请把货卸在这里就行，辛苦你们了！

速递员拿出单据，请李浩东签了字，便把货卸在了市场门口。

楚汉的车刚走，一辆面包车便开过来，停下。透过车窗，可以看到是戴着墨镜的兰旦雄。

几个人下来，七手八脚很快地又把货装到车上，飞快地开走。

25

钟辕办公室。白天。

钟辕正在看报表，电话铃突然响起来，他拿起电话。

电话里着急的声音：喂，是钟总吗？

钟辕平静地：你是哪位？

电话里着急的声音：我是天津分公司的，有一个重要情况跟你汇报！

钟辕：什么情况？

电话里着急的声音：今天，我们在与康信对账的时候，发现有一批货物被人骗走了。

钟辕：什么？有这种事？骗走了多少？

电话里着急的声音：数量很大，估计价值在500万左右！

钟辕一下子惊住。

电话里着急的声音：钟总，我们该怎么办呀？钟总——

钟辕回过神来，镇静地：请你们马上报案，请公安局全力破案，我马上过去。

26

天津分公司会议室。白天。

众人垂头丧气地坐在桌前，钟辕站在首要位置，敲着桌子讲话。

钟辕激动地：制度是干什么用的？是用来遵守的！你们把它当成儿戏，它就给你颜色看！天津分公司成立才多久？就出这么大的事！你们让我说什么好?!

众人都低着头，会议室里鸦雀无声。

钟辕沉默了一会儿，脸上现出无奈的表情：话又说回来，事情既然已经出了，也必须面对。你们都低着头干什么？

天津分公司经理抬起头：钟总，现在我们该怎么办？

钟辕：眼下，先跟康信拖着，等待公安局破案。关键地，你们要亡羊补牢，进行一次全面的整顿！

27

公安局门口。白天。

范恭清匆匆走进大门。

28

楚汉院内。傍晚。

钟辕在院子里踱着步，一辆车进了门，到钟辕面前停下。

范恭清从车上走下来。

钟辕急忙迎了上去：怎么样？有线索吗？

范恭清沮丧地摇了下头。

29

公安局门口。白天。

范恭清迈着沉重的步子从门口出来，一脸的沮丧。

30

钟辕办公室。白天。

钟辕坐在办公桌后发呆，夏绿疾步进来，手里拿着一封信。

钟辕抬头看夏绿。

夏绿沉重地：看来，想拖也拖不下去了！

钟辕：怎么？康信那边……

夏绿把手里的信递给钟辕。

钟辕接过来，抽出信笺。

夏绿：康信公司已向法院起诉了我们，必须赔500万，法院送来了传票。

钟辕看着传票低声地：该来的，终于来了！

31

梁志远办公室。白天。

梁志远正在悠闲地听着音乐，看着报纸。

宋来敲门进来。

宋来兴奋地：梁总，看到报纸了吗？

梁志远指指桌上的报纸：刚刚看完！真是连场的好戏呀！

宋来：这次，楚汉……

梁志远打断了他的话：可不能随便乱说哟！

宋来：我知道！这不是刚从报纸上看到的嘛！

梁志远：你去吧！把兰旦雄给我叫过来！

宋来：好！

32

火车站货场办公室。白天。

老程坐在办公桌前看报纸。

他信手翻着，突然露出惊讶的表情。

同事好奇地：有什么好消息吗？

老程摇摇头：朋友的一个公司遭了官司，要赔人家500万。

同事：那么大的数目，你想帮忙也帮不上忙呀！

老程点头：那是！

33

梁志远办公室。白天。

梁志远坐在办公桌后，兴奋地看着那张报纸。

兰旦雄敲门进来：梁总，你找我？

梁志远严肃地：那些东西藏哪里了？没问题吧？

兰旦雄：梁总，你放心，绝对没问题！

梁志远：记住，就放在那里，千万不要动！

兰旦雄：我明白，一动就容易被发现，等过了这风头，再说！

梁志远指着报纸：看到报纸了吗？

兰旦雄摇了摇头。

梁志远郑重地：事情已经到了关键时刻，我们要倍加小心。

兰旦雄：放心吧！

34

楚汉钟辕办公室。晚上。

钟辕坐在桌前，神情有些呆滞。

敲门声传来，钟辕无动于衷地坐着。桌上放着一张白纸，他用手上的钢笔下意识地不停写着：500万……

敲门声又起，钟辕冷冷地：夏主任吗？请让我单独待一会儿好吗？

外面夏绿的声音：钟总，你要注意身体哟！

钟辕没有回答。

35

钟辕办公室门口。晚上。

夏绿忧心忡忡地站在门口，手里拿着一个方便袋，方便袋里是牛奶和面包。

站了一会儿，听里面没有动静，夏绿无奈地摇了摇头，缓步走到院子里。

走了几步，夏绿回头，看着钟辕办公室的灯光，一滴泪悄然滑出眼眶。

36

钟辕办公室。白天。

钟辕仍呆呆地坐着，电话铃突然响起。

钟辕看了看电话，没有理会。

电话铃不懈地响着。

钟辕犹豫了一会儿，终于接了起来。

电话里老程的声音：钟总吗？我是老程呀！你怎么这么久不接电话？

钟辕有些意外：老程呀！你好！怎么想起给我打电话？

电话里老程的声音：我从报纸上看到你吃官司的事……

钟辕打断老程的话：谢谢你的关心！

电话里老程的声音：我看你们公司出了事，真替你着急。我这里有一个帮你们还钱的办法，不知能不能帮上你的忙？

钟辕：什么办法？说来听听！

电话里老程的声音：我儿子的主意，我一句两句也说不清楚，你如果有空，到我家来一趟，你们俩谈谈，好吗？

钟辕：那当然好了！我马上过去。

37

楚汉院内。白天。

钟辕匆匆走出办公室，高声地：范总、夏主任，出来一下！

范恭清和夏绿分别从自己办公室出来。

钟辕：铁路上的老程帮我们想了个还钱的办法，咱们一起去听听！

夏绿：是火车站那个老程吗？他能有什么办法？

钟辕：我也不知道，所以要去听听嘛！

这时，车已经开过来，三人上车。

38

老程家客厅。白天。

老程的儿子坐在小沙发上，钟辕、夏绿、范恭清坐在中间长沙发上，老程给每个人端来一杯水。

钟辕客气地：老程，你别客气，快坐吧！

老程在儿子对面坐下，郑重地：是这么回事！我儿子是学日语的，在给日本一家公司当翻译，他今天回来，我跟他说起你们遇到的事，他说有个办法，我就把你们请来了！

钟辕感激地：谢谢你们父子！

老程对儿子：你跟你钟叔说说，到底是什么办法。

小程笑了笑：钟叔，是这样！前段时间，我做翻译的这家日本公司，在我们老家甘肃投资了一个矿山项目，因和甘肃方面合作不愉快，两下闹翻了，结果，日方在财产分割中分到了10辆铲车，这些车一时没有用处，就停在我们甘肃老家门前。

范恭清不明所以地：这跟我们赔钱的事有什么关系？

小程：我想，是不是可以跟日本人说说，用这些铲车给你们抵债，以解你们的燃眉之急？

钟辕霍然明白地：行行行，那太好了，你赶紧帮我们说说。

39

钟辕办公室。白天。

钟辕正看着电话，电话铃响起。

钟辕迫不及待地接起来，迫切地：你好！是小程吗？

小程的声音：钟叔，我刚跟日本人说了说，他们也正在被这些车困扰着，一听这事，便很感兴趣！你们能不能派个人到兰州一趟，当面跟他们谈一谈。

钟辕：好的，我马上派人过去！

40

范恭清办公室。白天。

钟辕和范恭清分别站在办公桌两边，正在说话。

钟辕着急地：这事事关重大，范总，麻烦你亲自跑一趟！

范恭清点头：可以，就是我不太懂商场上的一些事！

钟辕：那就让夏绿和你一起去！

41

兰州机场。白天。

范恭清和夏绿匆匆从出口走出来，拦了一辆的士上车。

42

某酒店小型会议室。白天。

日本老板健山一郎先生和翻译小程坐在一边，范恭清、夏绿坐在另一边。

范恭清直率地：你放在这里也是干放着，时间久了还会损坏，能不能先给我们抵债?

小程用日语翻译……

健山一郎摇了摇头,说了一通日语。小程翻译:健山一郎先生说,凭什么给你们抵债?你们能给什么好处?

范恭清委婉地:不行的话,我们先拿去做个抵押贷款,付你一点租金。

健山一郎摇了摇头,说了一通日语。小程翻译:到时你们还不上贷款怎么办?

夏绿想了想,果断地:到时以债转股,算你的投资,怎么样?

健山一郎犹豫地说了一通日语。小程翻译:健山一郎先生说,他要先看一看你们公司,再做结论!

范恭清和夏绿交换了一下眼神,范恭清点点头:好的!欢迎健山一郎先生到我们公司参观考察!

43

楚汉院内。白天。

钟辕陪着健山一郎先生到各个场所参观,健山一郎看了楚汉的办公室、车队、库房,频频地点头。

钟辕谦虚地:敝公司正处在发展期,请多多关心、多多指教、多多帮助!

健山一郎表态:让我考虑考虑……

44

钟辕办公室。晚上。

钟辕正在写着什么,夏绿敲门进来。

夏绿手里端着一个饭盒,放到钟辕桌上:晚上我看你吃得不多,给你煮了点面条,快趁热吃吧!

钟辕看了一眼夏绿,感激地:谢谢!不过,法庭明天就要开庭,我实在吃不下呀!

夏绿宽慰地:健山一郎先生基本同意了,我们再做做工作,钱的事应该没问题!

钟辕:辛苦你们了!明天我去出庭,你们抓紧联系健山一郎先生,争取尽快办理抵押贷款手续。

夏绿：好的，放心。你快把面条吃了吧！

钟辕打开饭盒，把鼻子凑上去闻了闻：好香呀！

夏绿高兴地：快吃吧！趁热！

钟辕开始吃面条，夏绿充满温情地看着。

45

法庭上。白天。

钟辕站在被告席上，神情黯然。

法官和书记员走进法庭，在各自的位置坐下，法官敲了一下法槌，庄严宣布：现在开庭——

46

银行门口。白天。

穿着职业套裙的夏绿下了车，匆匆地进了银行。

47

法庭上。白天。

法官站了起来，现在我宣判：根据中华人民共和国合同法第××条第××款，判决如下，北京楚汉快运股份有限公司一次性赔偿康信公司人民币500万元，限15天之内交付。

钟辕沮丧地低下了头。

48

银行门口。白天。

夏绿匆匆地走出银行，非常焦急的样子。

49

法院门口。白天。

钟辕和律师沮丧地走出来。

律师无奈地：这个官司，我真是无能为力，对不起了！

钟辕摇头：你已经尽力了！

律师：钟总，你抓紧准备钱吧，15天之内必须交给对方。

钟辕：如果交不上呢？

律师：按照规定，他们可以提请法庭强制执行，到那时，可能要对公司封账，拍卖固定资产。

钟辕倒吸了一口冷气……

50

楚汉院内。白天。

钟辕在院子里踱来踱去。

一辆车开过来，在钟辕面前停下，夏绿匆匆地下车。

钟辕赶紧迎上去：怎么样？什么时候能拿到钱？

夏绿摇头，气愤地：银行不予受理，他们要求必须见到实物，进行评估后才能贷款。

钟辕着急地：那得赶紧想办法把车拖过来！

夏绿：我想过了，把车子拖过来花的时间更长，与其拖过来，还不如就去当地办贷款。

钟辕：有道理。

夏绿：我马上通知甘肃分公司，让他们先把那些铲车拖到咱分公司里。

钟辕点了点头：对！就这么办，速度可以更快一些。不过，为了防止再出岔子，你和范副总还是再跑一趟，保证万无一失。

夏绿：明白！

51

甘肃某银行内。白天。

夏绿在紧张地伏案填写着有关表格。

她的身边站着两个银行工作人员，不时给她指点着什么。

范恭清在一边焦急地等待。

52

楚汉院内。太阳西斜。

法警的车开进了楚汉的大门,一名法官带着几名法警下了车。

钟辕从办公室匆匆走出来,快步来到法官面前,恳求地:法官先生,能不能再等两天,我们的钱马上就会到账。

法官冷冷地:我们按法律办事,查封你们的账簿和现金,请配合。说着,他挥了挥手,法警们拿着封条径向财务办公室门前走去……

第十八集

1

楚汉院内。下午。

法警拿着封条站在财务办公室门前,正要往门上贴,钟辕上前快走两步拦住了他们:请等一下!

法官大声地对钟辕:你想干什么?阻碍执法吗?小心我告你妨碍公务!

钟辕心平气和地:我不会妨碍公务!只是想问一问,你们是不是依法办事!

法官理直气壮地:当然!

钟辕:那我再问了,法院是怎么判决的?

法官生气地:请不要胡搅蛮缠好吗?法院的判决你能不知道?

钟辕不动声色地:就是因为我知道,才问你呢!法院判决是限15天之内交付,是吗?

法官没好气地:你知道还问我!

钟辕:那请问今天是第多少天?

法官:第15天呀!康信公司没有收到你们的还款,我们依法强制执行,不对吗?

钟辕严肃地:既然你们知道今天是第15天,那我在今天24时之前把款还上就行,凭什么现在就来查封公司?

法官冷笑着:你是在告诉我,今天下午你会筹齐500万?

钟辕毫不相让地:你们现在要做的,就是先离开这里,不要妨碍我做生意!

法官语塞,不友好地盯了钟辕一眼,冲法警们挥了一下手,气急败坏地:好,我们走,今晚24时再来!

说着,他们陆续上车,车开走。

钟辕笑着大声:走好啊!欢迎再来!

车开出大门,拐弯走了,钟辕的脸又沉了下来。

2

甘肃某银行。下午。

夏绿和范恭清一先一后从门口出来,神情轻松。

夏绿高兴地:范总,给钟总打个电话吧!

范恭清笑着:算了,明天咱就回去了,给他一个惊喜!

夏绿坚持着:还是给他打一个,我怕他担心!

范恭清点头:那好吧!

范恭清掏出手机,拨号,放在耳边。

范恭清:钟总,报告你一个好消息,我们已经把贷款的事办妥了,钱已经直接打到了康信账上!——夏绿,在我旁边呢!要不要和她通话?——我们明天就回——行,明天见!

打完电话,范恭清看着夏绿,开玩笑地:钟总挺关心你呢!

夏绿笑着:他呀!对谁都那么关心。

3

楚汉仓储中心。白天。

钟辕和范恭清从一个库房走出来,库管员把他们送出门口。

钟辕回头挥了一下手,严肃地:回去忙你的吧!严谨一点,细心一点!

库管员答应着,回了库房。

钟辕意味深长地对范恭清:教训太深刻了!一次失误,差点满盘皆输!

范恭清点头:是啊!必须建立完备的操作规程,必须培养员工的主人翁意识,增强员工事业心和责任感。

钟辕:下一步,要对库管员进行一次轮训,也算亡羊补牢吧!

范恭清:要好好给他们上一课!

钟辕和范恭清来到另一个库房门口,库管员已经在门口迎接了。

这时,钟辕的手机突然响起,他边走边接电话。

钟辕意外地:什么?健山一郎来了?那好,我们马上回去!

范恭清看着钟辕:健山一郎?

钟辕：夏绿说日本老板健山一郎又来公司了，在等着我们呢！

范恭清担心地：不会是反悔了吧？

钟辕：走，咱们快回去看看。

4

楚汉会议室。白天。

钟辕和健山一郎热情地握手。

钟辕热情地：感谢健山一郎先生的投资，帮了我们大忙。

小程翻译成日语。

健山一郎笑着说了一大通日语，钟辕看着小程。

小程翻译：我投资也是为了挣钱，不必言谢。另外，我考察了你们的公司，觉得很有潜力，有投资价值，我想再追加一些投资，与你合作，怎么样？

钟辕欣喜地：那太好了，我正想寻找合作伙伴呢，先生既然有这个意向，那我们就好好谈谈。

小程翻译成日语。

健山一郎笑着用中文：好！好！

钟辕做了个请的手势：请坐！

健山一郎坐下……

5

钟辕家。晚上。

钟辕疲惫地进屋，一屁股坐在沙发上。

西馨一边把水杯递给他一边柔声问：累坏了吧？晚饭想吃点啥？

钟辕喝了口水：随便吧，我马上给大哥打个电话。说着，拿起电话，拨了长长的一串号码。

钟辕抓紧机会又喝了口水，微笑着对准话筒：是大哥吗？

钟成的声音：二弟呀？怎么突然想起给我打电话了？咱妈好吗？公司好吗？

钟辕微笑着：咱妈挺好的，公司也还行，只是最近出了一些事，跟你汇报汇报。

钟成的声音：出什么事了？

钟辕：一个日本人要来公司投资，你说怎么办？

钟成的声音：日本人？你怎么联系上的？他能投多少？

钟辕：一个朋友介绍的，大概可以投上千万吧！还没有最后谈妥呢！

钟成惊喜的声音：是吗？可靠吗？具体怎么谈？你是怎么想的？

钟辕微笑着：我也没有想好，所以问问你。

电话里的钟成沉默了一会儿：这样吧！我回去一趟！顺便看看咱妈和你们！

钟辕欢喜地：那可太好了！你回来主持谈判吧！

钟成的声音：好，明天我就回，有什么事见面再说！

6

楚汉院内。白天。

钟辕陪钟成在院子里走着，仔细地介绍着情况。

钟成感慨地：二弟，真没想到你能把公司做得这么好！辛苦了！

钟辕：我们的硬件设施还是跟不上，规模也太小，经常是有业务没车派，所以，我想吸引点资金，把公司做得更大更强！

钟成赞赏地：做事业就要有这种气魄！现在，国内物流业还处在起步阶段，咱们要抓住这个历史机遇，挑起民族物流的大旗！我想，用不了多久，国外的大公司就会来抢市场了！

钟辕：大哥，还是你站得高看得远，国内对物流这个概念还不太重视，我看了你寄来的书，才有所认识！不过，我们事实上还是在做快运！

钟成：不！你已经在做物流了！比如这仓储，比如全国的网络，都已经很有基础，如果再下些功夫，一定可以做成一流的物流企业。

钟辕谦虚地：还要靠大哥多指导哟！

钟成：其实，这方面我只知道点皮毛，具体的业务还不如你呢！我回去后，可以联系一下德国的物流企业，安排你去学习一段时间。

钟辕兴奋地：那太好了！

7

会议室。白天。

谈判双方分别坐在两边，钟成用英语和健山一郎打招呼，两个人聊了几句什么。

钟成：健山一郎先生来公司投资，我们热烈欢迎！今天，我们就谈一谈投资额度和成立合资公司的问题。我觉得……

8

会议室门口。白天。

众人笑容满面地陆续走出来。

钟成、钟辕送健山一郎上车，众人都站在后面。

健山一郎上了车，车开走了。

钟辕转对哥哥：真是太好了！他一下投资1700万，我们公司可以扩大一倍了！

钟成：是啊！要想腾飞，必须善于拿来！鲁迅先生都做过《拿来主义》的文章，引进外资是个不错的途径。

钟辕对大家：大家都别走，咱们再研究一下公司下一步的工作。

说着，钟辕和钟成率先进了会议室，众人也跟着进去。

9

楚汉某大仓库内。白天。

仓库里挂着一个横幅，上面写着：中日合资楚汉快运有限公司成立大会。几百名员工坐在小凳子上，前面摆了一排桌子，钟成、钟辕、钟祥、韩生德、范恭清、夏绿等都坐在桌前，健山一郎和几个日方代表也坐在桌前。

钟辕郑重地：大家静一静！中日合资楚汉快运有限公司成立大会现在开始！首先，请全体起立，奏中华人民共和国国歌——

员工全体起立，国歌声响起……

10

楚汉院内。白天。

钟成、钟辕在散步。

钟成扭头看着钟辕，赞叹地：刚才你在会上讲得挺好，尤其是对公司未来蓝图的勾画，很切实际，也很有想象力。

钟辕笑着：大哥过奖了，我的想法还很粗浅！

钟成：但愿我们的楚汉能快速壮大！

钟辕自信地：会有那么一天！

11

钟辕家。晚上。

一大家子正在吃饭。

钟辕妈坐在上首，钟成和钟辕分坐两边，钟祥坐在钟成旁边，西馨、何荟坐在钟辕妈对面。

钟成站起来，高兴地：我提议，大家一起举杯，祝老妈健康长寿！

大家纷纷站起，一齐举杯，与老太太碰杯。

老太太高兴地：你们都过得好，我就高兴了！

钟成意味深长地：妈！以后您就别管他们的事了，好不好？

老太太看着儿子，又喜又气地笑着：你们都能了，不用我管了！我还懒得管呢！

钟辕接过话头：妈，公司里的事情太多，您就少操心吧！

老太太：我操心有什么用？你小子！什么时候听过我的话？

钟成：妈！公司里的事，有我们哥仨商量着办，您就等着享清福吧！

老太太高兴地：行！我不管了！我马上就要抱孙子了，哪有时间管你们的事！

老太太说着看看西馨微微隆起的肚子，众人的目光也往这边扫来，西馨不好意思地低下头。

钟成再次举起杯：这一杯，我来敬你们两家！明天我就回德国了，老妈还要多靠你们照顾，公司也要靠你们打理，谢谢你们！

钟辕和钟祥两家人一齐站起，众人碰杯……

12

机场安检口。白天。

钟辕和钟成握手告别。

钟成：二弟，你肩上的担子很重！希望你坚持自己的发展思路，把公司做大做强！

钟辕：大哥放心！我会竭尽全力！

钟成：还应该注意公司的信息化建设，信息是现代物流的命脉，咱们目前的水平远远不够。

钟辕点头：我知道了！大哥，你还有什么指教吗？

钟成想了想：我觉得，管理上，你应该注意一下你的各大区老总，别让他们成了割据的军阀！

钟辕：大哥，我记住了！

钟成：那我走了！回头电话联系！

钟辕：大哥一路平安！

钟成往安检门走去。

13

钟辕办公室。白天。

钟辕坐在办公桌后看资料、韩生德敲门进来。

韩生德：钟总，晚上我也准备回上海了，来跟您道个别。

钟辕看着韩生德，真诚地：生德，坐吧！最近一段时间，华东大区扩张快、业务多，辛苦你了！

韩生德在沙发上坐下：没什么！比我们创业的时候好多了！

钟辕开玩笑地：最近没再考虑走的事吧？

韩生德笑了，也开玩笑地：钟总，你就别提那档子事了。现在，我已经把大区当成家了，想赶都赶不走！

钟辕：好！你们那边目前有没有什么困难？

韩生德委婉地：要说困难嘛，还是有的！主要是资金不足！对了，公司这不合资了吗？一下有了这么多资金，能不能多支持一下我们华东？

钟辕点头：没问题！你们需要多少？

韩生德：华东的业务占公司的五分之一，能给200万最好！

钟辕：待研究之后再告诉你。

14

楚汉院内。白天。

几十辆新车停在院子里，已经喷上了楚汉的标志，众人兴高采烈地围着看。

钟辕远远地从办公室走过来，夏绿迎上去。

钟辕：夏主任，车买回来了！

夏绿兴奋地：80辆车，只开回20辆，剩下的60辆，代理商已经向厂家配货，很快就会到位。

钟辕：太好了！这下我们不用为运力发愁了！

夏绿建议：是不是买几辆叉车，提高一下搬运机械化水平？

钟辕点头：这个我也想到了！英雄所见略同呀！

夏绿：还不是你让我看的那些书上说的！国外的物流业机械化水平很高，可以解放很多劳动力！

钟辕：那你说说看，我们公司还应该在哪些方面做些改进？

夏绿：我看呀，应该在信息技术上加大一些投入。咱们现在的信息技术水平，不但没法跟国外大公司比，连国内的邮政、中铁也比不上。

钟辕：看来，你那些书没有白读！

夏绿：谢谢！

钟辕走向一辆新车，兴奋地：你试过新车吗？

夏绿点头。

钟辕兴奋地：那我也要试试。说着，上了一辆车。

15

钟辕办公室。白天。

夏绿、范恭清坐在沙发上，钟辕坐在办公桌后。

夏绿：如果买一批电脑的话，那原定支持各大区的资金就没法落实了！

钟辕：你们说，给各大区配置硬件重要，还是建设总公司的信息系统重要？

夏绿：当然是后者，这不容置疑！

钟辕：那就好了！电脑一定要买，还要请专业软件公司开发物流管理信息系统，建立公司的网站。

范恭清担心地：这样会不会引起各大区和分公司的不满。

钟辕：目前，我们无法及时准确地为客户提供查询服务，无法及时准确地将货物信息传递给对方，无法及时准确地统计分析每天的业务，无法及时准确地掌握各分公司的动态，这些"无法"太多了！我们正在受信息时代激发出的高效生产力要求，和还从事着繁重、落后、低级体力劳动的双重煎熬，这种现状必须改变了！

范恭清点了点头。

钟辕想起了什么似的：对了，范总，在买这批电脑之前，应该对各岗位上的人员进行一次计算机操作的摸底考核和培训！

范恭清：好的！这个我下去安排。

钟辕对夏绿：关键岗位，要增加一些技术员工，以适应公司信息化的要求。

夏绿点头。

16

楚汉院内。白天。

一辆车停在办公室门口，员工们正在把一台台电脑往办公室里搬。

17

钟辕办公室。白天。

办公桌上放着一台新电脑，一名技术人员正在调试着，钟辕和夏绿站在一边。

技术人员介绍：这是我们专门为你们公司开发的信息管理系统，也就是通常说的 MIS，可以对管理信息进行收集、传递、储存与处理，形成多用户共享系统，直接为基层和各级管理部门服务。

钟辕兴奋地：那太好了！使用起来方便吗？

技术人员：这套系统目前还不太完善，初学者操作起来可能有些难度，我们可以帮助进行简单的培训。

钟辕：那你先跟我们两个讲清楚。

技术人员：好的。这套系统可分为战略规划、战术决策和业务处理三个层次，系统功能主要有订单履行、信息管理、客户交互、相关服务等，包括订单处理与跟踪查询、库房状况查询、运行绩效监测、管理报告等。

钟辕：那太好了！

技术人员指着电脑屏幕：你们看……

钟辕和夏绿凑到了电脑前……

18

大街上。白天。

街两边的银杏树叶子变黄了，一片金色。

一辆楚汉的厢式货车快速驶过，一些树叶被轮胎带起……

19

中关村街头。白天。

已经穿上秋装的夏绿从一家软件公司走出来，后面跟着一个技术人员，抱着一大包资料。

20

仓库。白天。

已经换了秋装的夏绿陪着钟辕在仓库里走着。

夏绿边走边指着一套设备：这是我们新近购买的PTV条形码打印和数据采集设备，已经开始试用。

钟辕点头。

夏绿对旁边的技术人员：你给钟总介绍一下自动分拣线的情况。

技术人员：这条自动分拣线功能还是比较强大的。当仓储中心接到订单后，它就会根据订单内容承担起分拣、包装的任务，你们看……

钟辕顺着技术人员的手指看演示，频频地点头。

21

楚汉院内。傍晚。

钟辕的专车拐进院子，到办公室门口停下，夏绿从车上走下来。

夏绿扶着车门回头看钟辕，开玩笑地：现在，公司的信息化建设已经告一段落，你是不是该落实你的承诺呢？

坐在车里的钟辕疑惑地看着夏绿：我说过什么吗？

夏绿笑了笑：你说过，忙过了这段，请我吃饭呀！

钟辕拍了拍自己的头，笑着：好，好！你不说我还忘了，今天就请你，怎么样？

夏绿高兴地：好呀！那我就不客气啦！

钟辕：那就请上车吧！

夏绿重又上了车。

22

某饭馆。晚上。

钟辕和夏绿对坐在小包厢里，每人面前半杯葡萄酒，桌子上放着几个菜。

钟辕感慨地：这段时间，多亏了你和范总，我们才顺利把公司的信息平台建立了起来，谢谢你了！

夏绿嗔怪地：钟总，现在不谈工作好不好？

钟辕不好意思地：好！不谈了！喝酒！

钟辕举起杯，夏绿也举起来，碰了一下，两个人各喝了一小口。

钟辕感慨地：我真是够幸运的，"拣"到了你这个人才，要不，真不知公司会是什么样？

夏绿不好意思地：你别表扬我了！我算什么人才?!

钟辕：经验告诉我，世间没有十全十美的人，而你却告诉我，有！

夏绿：我什么时候告诉过你？

钟辕笑着：现在呀！坐在我面前的这位，不仅是人才，还那么漂亮，简直无可挑剔！

夏绿不好意思了：我这人呀！最大的优点就是有自知之明！

钟辕动情地：可惜我认识你晚了几年，否则我一定会追求你！

夏绿羞涩地低下头，喃喃地：我命不好……

23

钟辕办公室。白天。

钟辕坐在办公桌后看报表，夏绿推门走了进来。

钟辕：请坐。

夏绿：各地分公司的报表你看了吗？

钟辕：我正在看，大多数都处在快速增长中，还不错呀！

夏绿摇摇头：可是，利润只在表上，我们的财务部已经很久没有收到钱了！尤其是华东的几个一级分公司。

钟辕吃惊地：你打电话催催他们！

夏绿点头：好吧！

24

上海分公司韩生德办公室。下午。

韩生德闷闷不乐地坐在办公桌后。

一名员工敲门进来：韩总，北京来电催问，这个季度的盈利什么时候上交？

韩生德没好气地：不交！

员工：那怎么跟北京答复？

韩生德想了想：就说投入硬件建设了。

员工：好的！我这就去回电话。

25

楚汉食堂。傍晚。

钟辕正在吃饭，夏绿端着饭盒也走过来，食堂里人已经不多了。

钟辕边吃边关切地：你怎么到现在才来吃？

夏绿：我打电话催了，可各分公司都有自己的理由，真是没办法。

钟辕：是吗？你慢慢说。

夏绿在钟辕对面坐下：上海说利润都投入硬件建设了，其他分公司也大多是这个理由。

钟辕放下筷子：我明白了，他们嫌我们给他们的硬件投入资金太少！

夏绿生气地：那也不能先斩后奏呀！甚至是斩了不奏！

钟辕宽慰地：夏绿，别生气，这事我来考虑，你先吃饭吧！

26

钟辕办公室。晚上。

钟辕坐在办公桌后，目视房间一角，神情严肃地思考着。

他的眼前呈现出与哥哥钟成在机场安检口对话的场景——钟辕：大哥，你还有什么指教的吗？钟成意味深长地：我觉得，管理上，你应该注意一下你的各大区老总，别让他们成了"割据的军阀"！

回到现实中，钟辕自言自语地：对！别让他们成了"割据的军阀"！

钟辕提起笔，郑重地在纸上写下了什么。

27

香山培训班一教室。白天。

黑板上方挂着一个横幅：中层领导轮训班。

钟辕站在讲台上：企业的资产是人，人才是企业的宝贵财富，"不拘一格降人才"应该成为大家的座右铭。工作中只要踏实肯干，又有创新精神，加上人品不错，就是楚汉的人才，我们直接领导就要精心呵护，大胆起用，形成人才茁壮成长的良好环境。各级领导都要把发现、培养下属作为一项重要的任务来完成。

钟辕停了停，安排道：下一步，夏绿主任负责在公司内部员工中招聘一批中层领导，自愿报名，公开选拔。

夏绿：我们现在不缺中层领导，是不是……

钟辕打断了她的话，不容置疑地：现在不缺，将来缺了呢？上次我们已经有了深刻的教训，有备无患嘛！

中层领导们相互看了看。一位中层站起来：钟总，您放心，我们不会离开楚汉的。

钟辕笑了笑：我并没有说你们会离开楚汉，但我想以后让你们去做分公司经理，你们不愿意去吗？

中层领导们相互看了看，其中一个人站起，谦虚地：我们，怕是不行吧！

钟辕看着范恭清，郑重地：范副总，这个中层领导轮训班要持续办下去，标准要高，要求要严，管理要变准军事化为全封闭军事化……

范恭清点头：各分公司的中层领导都参加吗？

钟辕：都要参加，来他个沙里淘金！

28

讲习所院中。白天。

中层领导们陆续走出教室,边走边低声议论——

中层A:钟总说了,全军事化管理,全封闭,大家做好心理准备吧!

中层B:如果真像钟总说的,让你去做分公司经理,你想去吗?

中层A:废话,当然要去了!不过,钟总也许只是说着玩的,用意只是让我们学习学习。

中层B:学习学习也没有什么坏处呀!你看钟总,一有时间就拿本书,哪像你呀!就知道看电视!

中层A:我看电视也是一种学习,总比你整天想着抱老婆强吧!

众人哈哈大笑。

29

钟辕的车内。黄昏。

车子正在向城内返。

钟辕、范恭清、夏绿坐在车内,都默望着车窗外。

钟辕打破沉默:我今天决定在内部员工中选拔一批中层干部,你们是不是觉得有点突然呀?

范恭清:钟总是不是有什么新想法?需要大批用干部吗?

钟辕点了点头:知我者,老首长也!

夏绿:中层领导招聘条件是不是要具体一点?我觉得,首先是要在公司工作满两年,熟悉本职工作。

钟辕点点头:具体条件你来定,先弄出个标准来,我看一看。

夏绿:行。

钟辕:还有一件大事要告诉你们,我觉得我们现在可以挪挪窝了!

范恭清不解地:挪窝?

钟辕一笑:把我们的办公地点挪到漂亮的写字楼里去!

夏绿高兴地:真的?!

30

楚汉院内。白天。

小雪悄然飘着，落到地上就化了。

钟辕和夏绿站在办公室的窗边，看着外面的雪，悄悄地说着什么。

31

某豪华写字楼的11层。白天。

钟辕和夏绿跟在一个服务生的后面，从一个房间看到另一个房间。

服务生带他们进入一个大套间，钟辕兴奋地东瞧西看，最后来到窗边，惊喜地：夏绿，你来看，北京多漂亮呀！那街道，简直就是车的河流，物品的河流。物流这个词，也许就是这样得来的吧？

夏绿：看来，站得高不只看得远，也看得更加真切，也许在这里办公，你对公司的发展更能做到运筹于帷幄之中。

钟辕转向服务生：对了，这是多少层？

服务生谦恭地：先生，这是11层！

钟辕点头：好！11，就是竖起来的两根柱子，就是两座见证物流发展的丰碑。

夏绿：11，两个站立着的人，与楚汉也正好不谋而合！

钟辕挥了一下手，果断地：好！那就这里了！

32

钟辕办公室。白天。

钟辕坐在办公桌后，夏绿和范恭清坐在沙发上。

范恭清：培训采取的全封闭式军事化管理，6点半出操，晚10点半吹哨熄灯，雷打不动。每天的培训从考试开始，效果不错。

钟辕：好！接着转向夏绿：新租的办公楼那边怎么样了？

夏绿汇报：办公楼已经装修好，家具也按你的要求定做了，估计很快就会到位。

钟辕点头：那好，你马上通知各地分公司，提前召开年度总结表彰大会。

夏绿：是不是所有分公司老总都必须到？

钟辕：是的，尤其是各大区领导，不得请假！再加上一句，另有重要事情相商。

夏绿记录着，她合上笔记本：我马上去拟通知，争取尽快发下去！

33

楚汉公司院内。白天。

钟辕正在向员工们讲话：现在我宣布，楚汉快运股份有限公司设立总公司，负责全国各地分公司的组织指挥、业务协调等工作，原来的北京楚汉快运改为北京分公司。

员工们低声议论着，钟辕做了一个停的手势，继续：下面我宣布总公司领导班子组成，总裁——钟辕；副总裁——韩生德、钟祥；总裁办公室主任——梁志功；人力资源部经理——刘保成；保障部经理——吴风……

韩生德一脸雾水的样子：我们来了总公司，那各大区和分公司怎么办？

钟辕：这些，总公司都已经有所安排，华北大区兼北京分公司总经理，由夏绿同志担任；华东大区总经理，由范恭清同志担任；华南大区总经理，由赵永辉同志担任。——另外，我再宣布一个重大决定，总公司对各级高管的待遇，进行大幅度的提高。副总裁，年薪20万，分配四室两厅住房，配专车；各大区总经理：年薪10万，分配三室一厅住房，配专车；各分公司总经理，年薪不低于5万，配专车，但薪金与业绩挂钩……

钟辕还没有讲完，会场已是掌声一片。

钟辕做了个停的手势，接着讲：以后，要明确隶属关系，只有总公司指挥分公司，没有分公司指挥总公司的说法，上级管理下级，一级对一级负责。

韩生德低下了头。

34

楚汉新办公处。白天。

钟辕带着大家来到11楼，只见楼门前醒目地写着"北京楚汉快运总公司"字样。

众人跟在钟辕后面，看各办公室。

到了门前写有"副总裁"的办公室，钟辕对身后的韩生德：生德，这是你的办公室，看看怎么样？

韩生德走了进去，只见房间很大，靠窗放着大办公桌，老板椅，桌上有崭新的电脑，进门是一组沙发茶几，靠墙一组文件柜。里面有一个套间，一张床摆在里面。

韩生德又惊又喜地：真没想到，我们可以在这么好的写字楼里办公！

钟辕开玩笑地：不是租地下室那时候了！以后，我们还要陆续完善办公设备。

韩生德看着钟辕，有些激动，眼眶湿漉漉的。

有人小声惊叹：副总的办公室都这么好，那总裁的办公室什么样子？

钟辕大声地：我的办公室跟这一个样！大家过去看看吧！

说着，钟辕往外走，众人也跟着往外走。

35

北京分公司院内。白天。

原来的北京楚汉快运股份有限公司院子，已经换上了北京分公司的牌子。

调度中心门口，两个员工边搬货边议论，林达畅也在帮忙搬货。

员工A：今天，这票加急货又要坐飞机，得花多少钱呀！

员工B：管他呢！客户为了快，舍得出钱，咱们就让它坐飞机。

员工A：你坐过飞机吗？

员工B：没坐过。

员工A转对林达畅：林经理，你坐过吧？

林达畅感慨地：我至今还没到飞机身边看过哩！

员工B惊讶地：你们当经理的，不至于吧！

林达畅尴尬地：谁还骗你不成？

员工A笑着：那我们都一样，还不如这些货呢！

林达畅拍拍身边的货物：货呀货，你倒是幸运，刚到楚汉可就要去坐飞机了，我何时才能坐一趟飞机呢？

话音刚落，钟辕带着夏绿和几个人出现在面前。

钟辕：我的林经理，你不在调度室好好待着，在这里发什么牢骚呀？

林达畅笑着：调度室有人值班，我坐那里也没事，就来帮个忙！

钟辕：你小子，就是闲不住！不是没坐过飞机吗？今年春节，由公司给你们母子买机票，让你们母子坐飞机回老家过春节。

林达畅惊喜地：真的？那我妈也可以坐飞机了！

36

楚汉院内。白天。

钟辕和夏绿并肩走着。

夏绿：钟总，我的眼光还不错吧？达畅这个经理很称职！

钟辕：当然！我的兵我还不知道！只是呀！有时候太认真了，也容易出问题，这就是所谓的"物极必反"！

夏绿：我觉得像达畅这样的员工，应该在公司宣传宣传，带动一下大家的积极性。

钟辕：算了吧！他不出问题我就很庆幸了！你看，他一个调度经理，不在岗位上好好待着，跑到这里帮搬运工，你说是该表扬还是该批评？

夏绿：也是！但他对公司是绝对忠诚的，工作主动性和积极性是无与伦比的！一个经理，晚上还经常替员工值班，让员工多休息，我说了他几次他都不听。

钟辕感叹地：达畅是好人，他把公司看成了家，我们也应该在生活上多关心他。

夏绿：所以，你才答应他给他买机票，让他坐飞机？

钟辕点头。

37

北京分公司调度中心经理室。白天。

林达畅正在打电话，有人敲门，林达畅放下电话，客气地：请进！

一个小伙子推门走了进来。

林达畅：有事吗？

小伙子笑着：我是总裁办公室秘书小李，总裁让我给你送两张飞机票过来！

林达畅惊喜地：真的吗？那太谢谢了，请坐，请坐。

小李把飞机票递到林达畅手里，客气地：不用谢！要谢你谢总裁好了！

林达畅接过飞机票，仔细翻看着：我以为钟总跟我开玩笑，还真给我买了。

小李：总裁对你真是太好了！太让人羡慕！

林达畅：那当然！我是钟总的老部下，在部队时就在一个排，楚汉一创业，钟总就把我叫来！那时候，你们还不知道在哪里呢！

小李：您是楚汉名副其实的元老呀！

林达畅自豪地一笑。

38

林达畅住处。晚上。

达畅妈坐在桌边吃饭，林达畅推门进来。

达畅妈放下筷子，高兴地：回来了？晚上不值班吗？

林达畅兴奋地：有个大好事，我必须回来告诉妈，就安排别人值了！

达畅妈：什么大好事？

林达畅：妈，您先吃饭，吃完饭再告诉您！

达畅妈笑了：你这孩子，还卖什么关子？！对了，你吃过饭没有？

林达畅：我在食堂吃了点！不过妈做的菜好吃，我再吃点。

达畅妈：我估计你今天回来吃饭，就多做了些，快吃吧！

达畅妈吃完了，放下碗筷。

林达畅也放下筷子，从口袋里掏出飞机票，递给母亲：妈，您先看看，这是什么？

达畅妈接过飞机票，凑到眼前看着。

林达畅继续津津有味地吃饭。

达畅妈看了一会儿，不解地：这是什么呀？我看不懂！

林达畅边吃边说：这是飞机票！您不是总说想在春节回老家看看我大姨小姨她们吗，到时候我们俩就坐飞机回家！

达畅妈欣喜地：那可太好了！不过要花很多钱吧？

林达畅：您放心，妈！票是钟总送给咱们的。他听说您老没坐过飞机，专门送了两张飞机票，让您坐坐。

达畅妈激动地：你们钟总真是太好了！

39

调度中心经理室。白天。

林达畅坐在办公桌后看着什么表格。

一名员工进来：林经理，什么时候走呀？

林达畅兴奋地：后天的飞机！

员工羡慕地：经理！您真幸运！坐飞机回去，还是总裁送的票，这在楚汉是绝无仅有呀！

林达畅：以后这样的喜事也会落到你们头上的！

员工：只是您这一走，咱们中心群龙无首，该怎么办？

林达畅：放心，夏总都安排好了，让副经理临时负责。

员工感慨地：谁也比不了您呀！您回老家，还有人替您！

林达畅盯着员工：你小子，是不是今天晚上该你值班呀？

员工点头：明天早上，我老婆有病，孩子上学没人送……

林达畅摆摆手：别说了，晚上的班我替你值！走之前这两天，夜班都由我值好了！

员工高兴地：谢谢林经理！

林达畅没好气地：我是第一次替你值班吗？

员工：不是，不是！像你这样的好经理，全公司找不出第二个！

林达畅：别拍马屁了，早点回去陪老婆吧！

员工：那就谢谢了！

林达畅一摆手：去吧！

40

调度中心值班室。晚上。

林达畅在翻看提货单。

一张提货单上清晰地写着5点前赶到。

林达畅自言自语：5点，也太早了吧！那我4点就得起床。

41

调度中心值班室。凌晨。

闹钟"丁零零"地响起来,林达畅一个骨碌从床上爬起来。他打开灯,看了看表,指针指着四点。

林达畅起了床,赶紧往外走。

42

司机宿舍门口。凌晨。

几个司机睡眼惺忪地从宿舍走出来,林达畅吩咐:你们赶紧到制药厂提货,5点钟之前必须赶到。

一个司机嘟囔着:去这么早,是不是搞错了?

林达畅没好气地:别磨蹭了!人家要求早肯定有人家的理由。

司机们不高兴地往车库走去。

43

某制药厂门前。凌晨。

大门紧闭。楚汉的几辆车远远地开来,停下。

一个司机下了车,跑到传达室敲门。

半天,传达室的门才打开,值班员揉揉睡眼,意外地:你们这么早,来干什么?

司机疑惑地:我们是楚汉快运的,调度让我们五点前来取货,怎么?你们的人还没有来吗?

值班员摇摇头:不可能!我们从来没有这么早发过货,再说,也没通知我,你们肯定是搞错了!

司机:你要不要问问,我们的调度很肯定的!

值班员无奈地:那我给你们查查,稍等。

一会儿,值班员又出来,手里拿着工作单,很不耐烦地在灯光下仔细翻看,看过后,门卫没好气地:你们的调度什么素质呀!下午5点弄成早上5点,还让不让人家睡觉呀!你们快回去吧!

司机半信半疑地转身往车走。

值班员没好气地:半夜三更的,真是岂有此理!

44

北京分公司调度中心。早上。

林达畅正趴在桌子上打盹，几个司机闯进来。

林达畅一个激灵从桌子上爬起来：你们怎么这么快就回来了？

一个司机不动声色地：你查查，到底是几点去拉货！

林达畅：5点呀！错了吗？

说着，他拿起调度单，眯着眼仔细看起来。

他的眼前出现了下午5点几个大字，他不相信自己的眼睛，揉了揉眼，又看，喃喃地：怎么回事？明明是早上5点，怎么变成了下午5点！

说着，他继续盯着提货单看，突然，他的视线里越来越模糊，"下午5点"几个字也看不清了！

司机一把夺过提货单，看了看，气愤地：分明是下午5点，你把我们这么早折腾起来，安的是什么心？

林达畅着急而歉疚地：对不起，对不起，是我搞错了，哎，我的眼睛怎么忽然看不清东西了？！他边说边揉着眼。

一个司机：你装什么装？是怕挨揍吧？

林达畅睁大眼睛努力看着司机的脸，焦急而痛苦地：糟糕，我真的看不见你了。

另一个司机粗鲁地：你不会是瞎了吧！

林达畅着急地：我真的看不清东西了！

说着，他不停地揉眼，两手摸索着。

一个司机上前，在他眼前晃了晃手，但他一点儿反应也没有！司机吃惊地：不会真是瞎了吧？

几个司机都上前，用各种方法试探，林达畅都看不见。

一个司机看着同伴们：看来不是装的！

林达畅慌慌地：我怎么突然看不见了呀！

另一个司机：他是不是得了什么急病？我们抓紧送他去医院吧！

45

医院急诊眼科。早上。

夏绿站在诊室里焦急地等着，医生从检查室走出来。

夏绿着急地迎上去：医生，他怎么样？

医生：他患了视神经萎缩症，这病有一个渐进过程，可能是他一着急，加快了病程，必须马上住院。

夏绿：这个病对视力影响大吗？

医生：挺麻烦的，不容易治愈。

夏绿恳求着：麻烦你们了，一定要把他治好呀！

医生：我们会尽力的，你快去办住院手续吧！

46

医院病房楼。白天。

病房楼高高地耸立着。

从一侧往上看，10层楼的窗前站着一个人，正在往远处看着。

镜头拉近，是林达畅。

47

眼科病房。白天。

林达畅站在窗前，神情黯然。

切入林达畅看调度单的场景——他眼前"下午5点"几个大字越来越模糊，最后什么也看不清了……

画外音：看不见东西了，活着还有什么意思？不如从这里跳下去，一了百了！

林达畅摸索着抓住窗子，欲往窗台上去。

在那一瞬间，林达畅的眼前突然幻化出母亲的身影。

切入他背着母亲来北京的场景。

切入母亲住院时的场景。

切入母亲拿到飞机票高兴的样子。

林达畅下意识地往口袋里摸，把飞机票摸了出来。

切入钟辕表示给他买飞机票的场景……

林达畅从窗前慢慢往病床走，夏绿从外面进来，看他那样子，担忧地：达畅，你别乱动，好好躺着！

林达畅抬手把飞机票伸向夏绿，伤心地：夏总，你把这两张票退了吧……

夏绿接过来，看着林达畅无神的眼睛，伤感地：你好好养病，病好了再给你买两张！

48

钟辕办公室。白天。

钟辕正在看报表，电话铃响了，钟辕接起电话。

钟辕意外地：什么？林达畅眼睛看不见了？！我马上去医院！

钟辕匆匆起身往门外走。

49

眼科病房。白天。

林达畅已经穿好病号服，躺在了病床上，钟辕坐在床边。

钟辕：达畅，别伤心，咱有病就治，治好不就行了？

林达畅哽噎着：钟总，我没给你帮上什么忙，却老给你添麻烦！如今，眼睛又看不到了，更没用了！

钟辕：别说那些了！好好配合医生，好好治病！公司和家里你都不用担心，我会派人照顾你母亲。

林达畅：钟总，我可能没法回报你了……

钟辕动情地：达畅，你是公司的元老，公司永远不会抛弃你和你母亲。

林达畅热泪盈眶。

50

钟辕办公室。白天。

钟辕坐在办公桌后，夏绿坐在沙发上。

夏绿：林达畅住了一个来月的医院，视力没能恢复，医院说已经尽力了！

钟辕叹口气：那就让他出院吧！你亲自去接，安慰一下他。

夏绿：好的，我去安排！

钟辕从抽屉里拿了一个收音机,递给夏绿:就说是我送他的,让他听听新闻或音乐,积极面对生活。

夏绿接了过来。

51

林达畅住处。白天。

林达畅坐在床边,夏绿坐在椅子上。

林达畅绝望地:我这个样子,什么事也做不成了,还是回老家去的好!

夏绿:达畅,钟总已经说过,公司在你在,你还顾虑什么?

林达畅感动地:钟总越这么说,我越不能再留下拖累他和公司了!

夏绿:你就别动这个念头了,钟总不会让你走的。

林达畅:那你先别告诉钟总,等我们走了再说。

夏绿生气地:你能不能别说走的事?

林达畅叹口气:好吧!

52

林达畅住处楼下。白天。

夏绿拿出手机,拨了个号码。

夏绿:钟总,我看达畅似乎下了决心,准备回老家了,他说不想在这里拖累公司。——我劝他他不听,还让我别告诉你呢!你看能不能过来劝他一下。——好,好,我等一会儿。

53

林达畅住处。白天。

林达畅和母亲正在收拾东西,钟辕和夏绿敲门进来。

钟辕:达畅,你这是准备干什么?

林达畅伤心地:我看不见了,在这里还有什么用?

钟辕:谁说你没有用?你可以在办公室接电话,也可以帮着厨师洗洗菜,总之有很多事可以干。

林达畅的眼泪不自觉地流出来:说实在的,我也真的不想走,离开了楚汉，到哪里我都觉得没有意思。

　　钟辕：就把这里当作自己的家吧。

　　钟辕的手机这时突然响了。

　　钟辕拿出手机，按了接听键。

　　手机里急促的声音：总裁，我是南昌分公司经理冯收，这里邮政的人刚刚闯入我公司分拣中心，准备搜查，我们该怎么办？

　　钟辕惊讶地：是邮政执法大队的人吗？

　　手机里冯收的声音：不是，他们是邮政的普通职员，说我们送了信函，抢了他们的业务，总裁，我们该怎么办？

　　钟辕果断地：听着！立即把大门关上，别放他们走……

第十九集

1

林达畅住处。白天。

钟辕拿着手机正在打电话。

钟辕气愤地：他们普通员工没有权力检查我们的库房，你只管听我的，把他们先拦住，出了问题我负责！

手机里冯收的声音：好！我马上执行！

钟辕转对林达畅：先好好休养，走的事不要再提……

2

南昌分公司分拣中心门口。白天。

经理冯收放下电话，一挥手，大声地：让他们检查去，把大门给我关上！

几个员工跑上前，把仓库大门一下子关上，并上了锁。

里面有声音传出：你们这是干什么？

冯收高声地：你们不是要检查嘛！我们严格按《邮政法》规定，不做500克以下信函业务，你们查也白查！在里面检查个够吧！

里面的声音威胁地：我要告你们非法拘禁！

冯收毫不示弱地：是我请你们来的吗？我们已经报了警！

里面没有了声音。

楚汉的员工兴奋地议论着。

3

钟辕的车里。白天。

夏绿：你要飞去南昌吗？

钟辕：先看看那边的情况！

4

南昌分公司分拣中心门口。白天。

楚汉的人站在外面，里面的人在砸门。

冯收大声地：警察马上就会过来！

里面的人大喊：我们不查了，把门开开！

冯收没好气地：干什么不查了？一次查个够呗！查不出问题，就别出来了！

过了一会儿，里面的人语气软了下来，恳求地：你们关了我们这么长时间，也够意思了，请把门打开吧！

冯收：警察也许会认定你们是有意盗窃哩！

冯收拿出手机，拨号。

5

钟辕办公室。白天。

钟辕拿起桌上的电话：冯收，现在怎么样？

冯收的声音：他们想撤退，恳求我们开门，警察还没到，总裁，我们怎么办？

钟辕：不为难他们了，让他们走！

冯收的声音：好的！

钟辕嘱咐：放出来后，教育教育他们，让他们别再来捣乱！

冯收的声音：好。

6

南昌分公司分拣中心门口。白天。

分拣中心的门打开了，几个人狼狈地走出来。

冯收：你们没有执法权力，凭什么来搜查？再来我们就不会这么客气了！

一个邮政人员沮丧地：你们这还算客气呀？！

另一位没好气地：你们等着！

冯收针锋相对地：我等着！别说是你们，就是邮政稽查、工商税务，我们不违反法规，他们能怎么着？！

远处传来警笛声。

几个人急忙上车离开。

7

钟辕办公室。晚上。

钟辕正在看书，门铃响了，钟辕起身去开门。

夏绿站在门口，手里提着一个方便袋。

钟辕：这么远，你怎么又来了?!

夏绿笑了笑：今天南昌出了那件事，我想你肯定还在办公室，就买了点吃的，给你送来了！

钟辕请夏绿进门，各自落座。

钟辕高兴地：今天南昌的事处理得很有意思！

夏绿：我怕他们不会善罢甘休。

钟辕点头：你提醒得对，明天我再给冯收说一声，让他们严格按法规办事，多加小心。

8

南昌分公司。白天。

四辆车鱼贯开进分公司大门，其中两辆是邮政的、工商局的，还有两辆小车，直扑分拣中心。

一个员工看到，急忙往办公室跑，边跑边喊：经理，他们又来了！

9

分拣中心门口。白天。

四辆车分别停下，昨天来过的一个邮政员工率先从车上下来，后面工商局的人、治保会的人也纷纷下车。

邮政员工带人直接往门口走来。

分拣班长从里面跑出来，大吼一声：你们要干什么？

邮政员工：闪开。

分拣班长挡在门口，邮政员工扯了他一把，他用力一推，把邮政员工推开。

邮政员工：反了他！把他带到车上！

治保会的人上前，正要揪住分拣班长，分公司的十几名员工闻声赶来，挡在了门口。他们在门口挽臂站成几排，高唱着《楚汉之歌》阻挡。

冯收这时匆匆过来，客气地对工商局的人：你们来了？是想搜查什么？有公函吗？

工商局的人摇摇头：我是应邮政员工的要求，以私人身份来的，听说你们私自开展信函业务，是不是真有此事？

冯收郑重地：我敢保证，我们这里没有！昨天邮政的几位老兄在里面检查了半天，怎么今天又来了？

邮政员工不甘示弱地：你说没有，为什么不敢让我们看？

工商局的人：我们既然来了，就让我们进去看一看，你保证没有，还怕看吗？

冯收摇了摇头：仓储重地，闲人免进，客户的东西丢了，谁来负责？！既然没有公函，恕不接待，请回吧！

工商局的人和治保会的人面面相觑，对视了一下，又一齐看定邮政员工。

那位邮政员工气急败坏地：走，我们先回！

10

南昌街边。白天。

邮政的车和工商的车先后停下，两个人从车上下来。

工商局的大个子没好气地：甄实，你小子，以后不要干这种没影的事，偷鸡不成，反蚀了一把米。

邮政员工甄实尴尬地笑了笑：昨天被他们扣了，咽不下这口气，想着叫哥们查查他们，捣捣乱，出出气。

大个子：要想出气，得抓住人家把柄，这样捣乱有什么意思？

邮政员工甄实若有所思地：是呀！得想个办法！

大个子摆摆手：我可什么也没说啊！我要工作去了！说着，他上了车，车开走了。

甄实站在原地愣了一会儿，点了点头，也转身上车。

11

南昌分公司营业厅。白天。

业务员正在工作，电话铃响了。

业务员接起电话：你好，楚汉快运！

客户的声音：我这里有20封信，能不能给送一下？

业务员果断地：不行，按规定我们不办理信函业务，你去邮政营业厅吧！

客户的声音：邮局速度太慢，我想今天就送达。

业务员坚持地：不行！

客户不高兴的声音：不就是几封信吗？你们帮帮忙送一下，我可以多付点邮费。

业务员犹豫地：对不起，真的不行！我们真的有规定！

客户生气的声音：你们有没有规定客户至上？你们能不能为客户排忧解难？我要打你们的投诉电话问一问！

业务员想了想，勉强地：那好吧，你把货拿过来！

12

南昌正阳街邮政所。白天。

一个邮政业务员正在整理邮件，邮政员工甄实从外面进来。

小张抬头看到甄实，惊讶地：老同学，什么风把你吹来了？

甄实客气地：小张，麻烦你个事！

小张试探地：什么事？说！

甄实客气地：麻烦你帮我送个东西，晚上我请客！

小张犹豫地：我这正上班呢！

甄实大包大揽地：没事，我帮你请假。

小张犹豫地站起来：好吧，我去说一声，马上出来。

甄实：别忘了换上便装！

小张答应着，进了里面。

13

正阳街邮政所门外。白天。

甄实把一袋信函交给已经换了便装的小张，客气地：你打个车去楚汉营业厅，把这些交给他们！

小张：干吗把信送到他们那里？

甄实正色地：不瞒你说，局里正在实施一项计划，准备打击一下"黑快递"，我推荐你参加行动，成功以后好处大大的。

小张：那你干吗不自己送去？

甄实摇摇头：他们认识我，我不便出面！

小张：这事，我不干！这不是栽赃陷害吗？

甄实郑重地：看问题表面化了吧？那些"黑快递"严重扰乱了我们邮政市场，侵害客户利益。你是没去看呀，他们随意丢弃客户的快件，而且一扔就是上千封，有的还被拆封……

小张：这我倒听说过，那何不光明正大地去查呢？干这种事，不磊落！

甄实：我们有政策，他们有对策，能查得出来吗？必须有所策划，出其不意，才能达到预期目的。俗话说，兵不厌诈，有什么好犹豫的？

小张勉强地：那好吧。

甄实小声地：地址和姓名都按我写的填，别留真实的东西。

小张点头。

甄实拦了一辆出租车，小张上去，车开走了。

14

楚汉南昌分公司营业厅。白天。

小张在柜台填写委托单，业务员郑重地：我们真的不办理信函业务，你就写成小件印刷品，我们冒险给你送一次。下不为例呀！

小张把单子填好，敷衍地：谢谢啊！

业务员客气地：不用谢！欢迎以后来公司办理其他业务！

小张起身，匆匆而去。

15

某公用电话亭。白天。

甄实正在打电话。

甄实郑重其事地：执法大队吗？我是一名邮政员工，亲眼看见楚汉南昌分公司办理信函业务，请你们尽快去查。

甄实放下电话，阴阴地笑了。

16

楚汉南昌分公司营业厅。白天。

一个快递员进来，业务员急忙把信函递给他，不好意思地：麻烦你了！赶紧跑一趟，把这20封信送到。

快递员吃惊地：不是不做信函吗？

业务员无奈地：客户缠得我没办法，只好收了，就等于帮他们一个忙吧！

快递员有些犹豫：这个能送吗？让邮政抓住就麻烦了！

业务员：信函利润多大呀！你去送这些信，等于送20个小件，可以记20倍的业务量，何乐而不为？夜长梦多，快去快回吧！

快递员：是吗？

业务员把委托单给他：你看，这不是清楚地写着，20个小件！

快递员接过来：那好吧，我马上去！

业务员嘱咐：小心点！

快递员：放心吧！

17

楚汉南昌分公司营业厅门口。白天。

快递员刚上车，一辆邮政执法车远远地开过来，挡在了楚汉车面前。

几个邮政稽查人员跳下车，来到车旁，示意快递员下车。

快递员无奈地下来，一个邮政稽查上了车，一会儿就提下一袋信函。

邮政稽查严肃地：这是什么？

快递员低着头：小件印刷品。

邮政稽查负责人手里拿着信，质问：这样的小件，多少克呀？有500克吗？

快递员没说话，低着头。

稽查负责人一挥手，严肃地：连人带车，一起带走。

一个稽查跳上了楚汉的车，把车开走了。

18

市工商管理局一办公室。白天。

冯收沮丧地坐在沙发上。

还是上次的那个工商管理人员：怎么样？这次可是人赃俱获，没有什么可说的，罚款2万。

冯收分辩：我们从来不做信函的，那些函件肯定有问题！你们能不能查一查？

那位工商管理人员：这不归我们管，如果你们不服处罚，可以向上级申诉，也可以直接向法院起诉！

冯收沮丧地接过罚单。

那位工商管理人员：请尽快到银行交钱，否则……

冯收已经转身出去。

19

钟辕办公室。白天。

钟辕正在看资料，电话铃响了，他伸手接起来：喂，你好！我是钟辕！

电话里冯收的声音：总裁，不好了！邮政把我们的人和车都扣了，工商要罚我们2万块！

钟辕：怎么回事？

冯收在对着电话诉说……

钟辕的脸阴沉下来：我马上过去。

20

钟辕办公室外。白天。

钟辕对一个工作人员：马上给我订一张晚上飞南昌的机票，顺便给我找本《邮政法》过来！

21

南昌分公司办公室。夜。

钟辕坐在沙发上，冯收坐在他对面。

钟辕：事情是有些蹊跷！但是，司法部门看的是证据，你有什么证据呢？

冯收：要找证据嘛，最好先找到寄信的人。

钟辕补充：还必须证明寄信的人与邮政有关系！

冯收：好，南昌不是太大，我马上派人去找！

22

楚汉营业大厅。晚上。

几个业务员都还没有下班。

冯收走了进来，对下午办理业务的业务员：小胡，把上午的委托底单拿给我！

小胡急忙找出，递给冯收：经理，您处罚我吧，怪我一时糊涂。

冯收：事情已经出了，就别一味责怪自己了。我问你，那个人什么样子你记得吗？

小胡：记得！个子高高的，挺瘦，还戴一个金丝边眼镜。

冯收把委托底单交给小胡：那好，你马上带一个人，去委托人那里看一看，证实一下。如果确有其人，也跟他讲明情况，表示道歉，并请求他的配合。

小胡点点头：我马上去。

23

南昌某住宅楼。晚上。

小胡和另一个业务员敲响了一家住户的门。

一个中年人把门打开，隔着防盗门：这么晚了，你们找谁？

小胡客气地：请问这里是不是住着一位叫郑得意的先生？

中年人：这里没有姓郑的！你找他干啥？

小胡把委托单靠到防盗门小孔处：您看，今天下午你们家有没有一个人去快递公司寄信？

中年人摇了摇头：没有！这肯定是弄错了！

小胡不好意思地：那打扰您了！请原谅！

中年人：没什么。说着，把门关上。

小胡：看来，真是一个圈套，收信人那里连去也不用去了！

另一业务员点头：那我们回去报告冯总吧。

24

某宾馆客房。夜。

钟辕穿着睡衣在房间里踱来踱去。手机响了，钟辕接起来。

手机里冯收的声音：总裁，派出去的人回来说，寄信人的地址是假的，可以证实，的确是个圈套。

钟辕：好的，我知道了！早些休息吧！

冯收的声音：总裁，那我们该怎么办？

钟辕：明天，你先去把罚款交了，把车领回来，然后来见我。

冯收：就这么认输了？我真咽不下这口气。

钟辕：让你去交就去交，不要啰唆！

25

工商局院子里。白天。

冯收沮丧地走出办公楼，走向不远处的停车场，把一张单据交给管理员：取我们被扣的车。

管理员拉开了停车场的门……

26

一宾馆客房。白天。

钟辕正坐在桌前看《邮政法》，有人按门铃。

钟辕打开门，冯收走了进来。

钟辕：罚款交了吧？

冯收：按照您的吩咐，我一上班就去交了，车也领了回来。

钟辕点头：好！这一步必须走，借以麻痹他们。

冯收：总裁，您是说，事情还没有完吗？

钟辕：当然！昨天晚上你们已经证实了，这是个圈套，怎么能完呢！不搞个水落石出，以后还怎么做生意！

冯收：那我们罚款也交了，还能怎么着人家？

钟辕：他们怎么吃的，我还让他们怎么吐出来！但是，眼下必须做一件事，就是要找到寄信人！

冯收为难地：现在线索已经断了，怎么找呀？

钟辕笑了笑：你现在知道是圈套了，那你知道设套的人是谁吗？

冯收肯定地：应该是邮政里边的人！

钟辕：这不就有了吗？

冯收恍然大悟地：对呀！我把所有的邮所查一遍！

27

大街上。上午。

楚汉的车在大街上行驶着，到了一个邮政所门口，车停下来。戴着墨镜的冯收和小胡走下车，走进邮政所。

一会儿，两个人出来，上了车。车又行驶到大街上。

28

另一个邮政所门口。中午。

戴着墨镜的冯收和小胡匆匆进去，又匆匆出来。

29

正阳街邮政所内。傍晚。

小张正在无所事事地与旁边的营业员聊天，戴着墨镜的冯收和小胡走进来。

小胡四下张望，看到了小张，慌忙把眼神转往别处。

小张看他们过来，热情地：请问办理什么业务吗？

冯收：我想把一条狗寄回老家，可以办吗？

小张没好气地：动物不能寄！

冯收又扫了一眼柜台里面，转身往外走。

30

正阳邮政所门外。傍晚。

两个人一出门，小胡便拉着冯收的手往一边角落里走。

小胡：冯总，我看到那个人了！

冯收：就是刚才那个？

小胡：没有错，就是他，说话的声音也错不了！

冯收兴奋地：太好了！走！马上去找总裁汇报！

两个人匆匆上车，车快速离开。

31

一宾馆客房。傍晚。

钟辕坐在桌边，冯收和小胡坐在沙发上。

钟辕：我就说，跑不了他！

小胡：绝对错不了！

钟辕：好！你们俩都不要声张，明天，冯总跟我去一趟法院，我们要起诉邮政！

冯收：起诉？我们是民营企业，行吗？

钟辕自信地：有理走遍天下！

32

法庭上。白天。

钟辕和冯收坐在原告席上，邮政的人及其律师坐在被告席上。

法官敲了一下法槌，严肃地：下面，请原告陈述——

钟辕站起来，泰然自若地：我想，这是一起并不高明的栽赃陷害案。为什么刚有客户送来信，便有邮政的人来抓呢？难道仅仅是巧合吗？

法官：法庭需要的是证据，你们能够提供证据吗？

钟辕：当然，这是客户填写的委托单，请法庭过目。

法官：这能说明什么问题？

钟辕：的确，光凭这张单子说明不了问题，但只要把客户找来，事情不就大白了吗？

法官：我们已经查过，客户委托单上填写的内容不属实，无法找到客户。

钟辕：请求法庭现在就到正阳街邮政所，把姓张的营业员请来，事情自然真相大白。

法官和陪审员对望了一眼，法官宣布：请法警立即前往正阳街邮政所……

33

正阳邮政所门外。白天。

法警带着小张走出邮政所，一起上了车。

几个邮政的员工走出门来，看着警车远去，议论纷纷。

34

法庭上。白天。

邮政的律师正在侃侃而谈：下面，我给大家读一下报纸上的一篇文章，"龌龊的民房里，两张办公桌，一部传真，一台电脑，许多包裹、货物、信件杂乱无章地丢弃在一个角落里，几封快递上落款时间还是去年11月份，执法人员询问为何不退回原处，答曰这些快递经5次转手，原址早已无从查起……"

钟辕气愤地站起：反对，被告陈述内容与本案无关。

法官郑重地：反对有效，请被告不要陈述无关内容。

邮政律师扬扬得意地：我认为，这篇文章说的是"黑快递"对邮政市场的扰乱，从一个侧面佐证了本案的案情。《中华人民共和国邮政法》第八条明文规定，"信件和其他具有信件性质的物品的寄递业务由邮政企业专营"。

钟辕打断了对方的话：抛开本案特殊情况不说，单说这第8条。邮政既是法规的制定者，又是执行者，权力掌握在邮政手中，但某些人滥用职权却是不争的事实。就在不久前，邮政快递的普通职员摇身一变，竟成了邮政执法人员，公然闯入楚汉南昌分公司，企图查扣楚汉的货物。在河北唐山，邮政的车不仅在半路上突查楚汉，而且强进唐山分公司，将经理拽上车。经理问为什么，邮政稽查人员说，不为什么，你们做大件可以，再让你们做小件，不就显得我们太无能了吗？

旁听席的人们都笑出声来。

法官敲击法槌，严肃地：肃静，肃静！

钟辕接着说：楚汉的小件业务是1公斤到50公斤的货物，邮政把小件看成了信件……

被告席上的邮政人员气愤地站起来：反对，原告陈述与本案无关！

法官：反对有效！请原告不要陈述与本案无关内容。

35

法庭门外。

一辆法院的警车由远而近。

法警带着小张下了车。

36

法庭上。白天。

法官宣布：带证人。

姓张的邮政营业员被带到，慌慌张张的样子。

受理信件的小胡指着他：就是他，就是他来让送信的。

法官让人拿委托单请小张过目，严肃地：这张委托单是你填写的吗？

小张摇头。

法官严肃地：法庭可以请求鉴定你的笔迹，但那样你就会有做伪证之嫌。再问你一次，这张委托单是你填写的吗？

小张低下了头。

37

正阳街邮政所内。白天。

几名邮政员工正在议论小张的事，甄实走了进来。

甄实扫了一眼房间：小张这小子哪里去了？

一名员工接过话：甄实，你找他干什么？

甄实笑了笑：他说请我吃饭，人却不在，他去哪里了？

员工：他说没说请你去哪里吃饭？

甄实摇了摇头。

员工：他被法院的人带走了，不会是去那里请你吃饭吧？

甄实大惊失色：怎么回事？什么时候带走的？

员工：也就两个多小时前吧！谁知道怎么回事？你知道吗？

甄实慌张地：我也不知道！

38

正阳街邮政所门外。白天。

甄实刚刚走出门口，冯收带着几个法警赶过来，差点撞了个满怀。

甄实一看法警，更加慌张，但他故作镇静，大摇大摆地往外走。

冯收看到了甄实，冲法警喊：就是他，抓住他！

甄实拔腿就跑，几个法警一齐追上。

法警把甄实押上车，警车拉着警报，呼啸而去。

39

法庭上。白天。

法官站起身来，庄严地：现在宣判，楚汉快运股份有限公司南昌分公司诉南昌邮政管理局栽赃陷害一案事实清楚，证据确凿，根据中华人民共和国……

40

法庭门外。白天。

钟辕和冯收兴冲冲地走出门，旁听的许多员工也走出来，大家欢呼着：我们赢了，我们赢了！

冯收钦佩地：总裁，真没想到您竟然把邮政告输了，这可能是他们第一次受这么大的打击。

钟辕：我说过，有理走遍天下！

41

楚汉南昌分公司。白天。

一辆邮政的小车开了进来，到办公室前停下。

邮政局局长走下车，钟辕迎了上去，两人热情地握手。

邮政局局长不好意思地：钟总裁，栽赃陷害的事我们局里真的不知道，但我们有管理教育员工不到位的责任，现在我代表邮局，郑重地向你们表示道歉。

钟辕笑着：事情已经过去了！不要再提它！邮政和我们民营快运严格来说，应该是一家，请以后多多关照我们！

邮政局局长感慨地：邮政虽然家大业大，但也有很多难处，现在又有来自外资和民营的双重压力，日子的确不好过。以后我们一定注意加强管理。

钟辕笑着：局长，我觉得，民营企业所构成的压力是微不足道的，整个民营快递企业所占的市场比例还不足一成，真正的共同对手，是外资，是洋快递，邮政对民营快递业管、卡、压，正是洋快递所希望的，"鹬蚌相争，渔翁得利"嘛！

邮政局局长有些惊讶：是呀，钟总看得非常透彻，有时间我们好好交流交流！

钟辕做了一个请的手势，客气地：光说话了，还让局长在这里站着，不好意思！请到屋里坐！

邮政局局长和钟辕一起往办公室走去。

42

北京楚汉总公司楼下。白天。

钟祥、韩生德等站在楼前，正兴高采烈地议论。

钟辕的车远远开过来，到众人面前停下，钟辕打开车门下车。

众人鼓掌。

钟辕看着大家：怎么回事？搞这么大阵势？

韩生德笑着：大家听说你凯旋归来，自发地都要出来迎接！

钟祥：二哥，这次你告赢了邮政，不仅公司上下高兴，民营快递界也很振奋，意义重大呀！

钟辕：你们都知道了？

一个部门经理接过话头：谁不知道呀？几家报纸都发了消息！

钟辕开心地笑了。

43

楚汉北京分公司院内。白天。

钟辕和夏绿并肩走着。

夏绿：这次你打赢了官司，很长大家志气。

钟辕：其实，邮政高层并不像我们想象的那样苛刻，多是下面一些员工与我们为难。

正说着，只见林达畅拿着一个水桶从厕所出来，往水管走去，轻车熟路的样子。

钟辕：达畅什么时候来上班的？行吗？

夏绿点点头：你刚去南昌，他就来上班了。别看他视力不行了，但还和过去一样，什么事都抢着干。

钟辕：他干得了吗？

夏绿：他虽然视力不行，但还有光感，对大的东西可以模糊地看到。所以，他就摸索着自觉为公司做力所能及的事，除草、擦玻璃、清理垃圾，给大家洗衣服，甚至主动到物流车旁帮着卸货。

钟辕：真是好样的！

林达畅接满了一桶水，提了水桶走进厕所。

44

厕所里。白天。

厕所已经非常干净，林达畅还是把一桶水猛地泼到地上，继续冲洗。

钟辕走了进来，四下看了看，点点头。

林达畅背对着钟辕，头也不抬，惊喜地：是钟总？

钟辕惊讶地：达畅，你怎么知道是我？

林达畅得意地：我听出来的！和你在一起这么多年了，我能听出你的脚步声。

钟辕：是呀！这么多年了！——达畅，你辛苦了！

林达畅：没什么！像你说的一样，这些活我能干得了！

钟辕关切地：现在视力好些了没？

林达畅摇摇头：还是不行。不过没关系，我有我的办法！

钟辕：办法？

林达畅：办公区这两个厕所，我每天冲洗八次。

钟辕：你冲这么勤干什么？

林达畅：眼睛不好，最害怕冲不干净有味，影响大家工作的心情。

钟辕感慨地：你真够细心的！

45

夏绿办公室。白天。

夏绿和钟辕先后进来。

夏绿关切地对钟辕：你的眼圈发黑，没睡好吧？边说边拧了一个毛巾递给他。

钟辕接过擦着。

夏绿看着他擦，柔声地：来，我替你擦擦脖子后边。说着拿过毛巾轻柔地为他擦着。

钟辕冲动地攥住夏绿的手，夏绿默默地任他握住。

钟辕由衷地：每次看见你，我心里都有一种很舒服的感觉。

夏绿低下了头。

能看出钟辕在努力控制自己，他只轻轻吻了一下她的手。

46

北京分公司院子里。白天。

夏绿送钟辕出来。

林达畅拿着大扫把扫院子。

钟辕走近：达畅，你不是已经扫了一遍了，怎么还在扫？

林达畅停下手，郑重地：院子里来往人杂，地上总有烟头，第一遍很可能会漏了，我必须多扫几遍，才能保证扫干净。

钟辕：那你每天扫几遍？

林达畅：最少三遍！

钟辕转身对夏绿：达畅的工资待遇，还是按经理发；另外，给他们母子找间房子，让他们在公司里住，方便一些！

夏绿点头：好的！

林达畅不好意思地：钟总，我干的是普通员工的活，怎么好领经理的工资呢？

钟辕：达畅，你别管！这是我们的事！——另外，你眼神不好，工作时注意一点，不要着急，不要太累！

林达畅感激地：放心吧，钟总。

47

楚汉总公司会议室。白天。

钟辕和大家围坐在会议室里。

钟辕欣喜地：今年我们不仅取得了很好的业绩，营业额和利润都超额完成，还吸引了外资，成立了总公司，最近又打赢了与邮政的官司，可以说是大跨越的一年！马上要春节了，我想搞一个联欢晚会，庆祝庆祝，你们看怎么样？

大家鼓掌。

钟辕：我想好了，会场就放在北京分公司那个大库房里，就是成立合资公司时用的那个库房，改进一下，以后正好做公司的礼堂。

夏绿点头：好的！那个库房做礼堂还真挺合适。

钟辕：唯一美中不足的，就是林达畅的病。他和他母亲都不容易，以后，北京分公司要多照顾一下他，最好找个人专职照顾一下。

夏绿点头：好的！有一个女工早就对他有意思，我跟她谈谈，没准还能成就一段姻缘呢！

钟辕笑着：那太好了，让他们多接触接触，不过，不能强迫，可别让员工们认为我们在拉郎配。

众人都笑。

48

北京分公司礼堂里。晚上。

开大会用的库房已经改成了礼堂，礼堂里张灯结彩。

几个员工正在台上跳舞。

舞蹈节目结束时，一名女主持走上台：下面，请公司男高音歌唱家、钟总刚才表扬的模范——林达畅同志为大家演唱——

林达畅从座位上站起，大家的目光都转向了他……

49

楚汉院内。晚上。

员工们说说笑笑地从礼堂走出来。

夏绿站在门外，看着门口，几个女工一起从会场出来，夏绿上前，对一个女工：金大凤，你来一下。

金大凤：夏总，找我有事？

夏绿点头：陪我散会儿步。

说着，夏绿转身往院子里走，金大凤跟上来。

夏绿：大凤，当初，林达畅的母亲烫伤，你帮助过他，是吗？

金大凤疑惑地点点头：那种情况下，谁能不帮呢？后来，还有人说闲话，害得林经理都不敢跟我说话了！

夏绿：那你对那些闲话怎么看？在乎吗？

金大凤摇头：我倒没在乎！

夏绿：林达畅的情况你也知道，为了使他的病情尽快好转，我们想找个人照顾一下他们母子，不知你愿不愿意？

金大凤：怎么照顾？我还要上班呢！

夏绿：只要你同意，以后就专职照顾他们母子，每月给你 1500 元工资。

金大凤高兴地：那好呀！说实在的，我还真有点为他们担心哩！既然公司安排，还有工资发，我干！

50

北京分公司院内。白天。

春暖花开。

金大凤扶着达畅妈在院子里走着。

林达畅在一边扫院子。

金大凤：达畅，休息一会儿！

林达畅高兴地：好嘞！我把垃圾收拾了就休息。说着，到处找簸箕。

金大凤：我来吧！

说着，金大凤小跑着到一棵树后，把簸箕拿起，把垃圾装好，举起倒进了垃圾箱。

林达畅由衷地笑着：谢谢你，大凤！我觉得最近视力有些好转，一些事还是让我自己干！

51

夏绿办公室。白天。

夏绿和金大凤正在谈话。

夏绿：大凤，最近他们母子怎么样？

金大凤：他们俩身体都有所恢复，达畅的视力比以前强多了，他都能看清我的发型！

夏绿开玩笑地：我看他最近心情不错，是不是你对他太好了?！

金大凤有些不好意思：那是我的工作嘛！不过，达畅这人挺好的，知道关心人、体贴人。他对我好，我当然应该对他更好！

夏绿试探地：如果让你嫁给达畅，你会怎么想？

金大凤一愣，害羞地：夏总，我可没想过这个问题！

夏绿笑了：别在意，我只是开开玩笑。像达畅这种视力，怎么能让你嫁给他呢！

金大凤辩解地：夏总，我不是嫌弃达畅有病，只是……

夏绿笑看向金大凤：只是什么？

金大凤害羞地：只是没考虑过这个问题，一点思想准备也没有！

夏绿：那就是说，你也不是不同意?！

金大凤羞赧着：夏总，您还有其他事吗？没事我先走了！

夏绿笑着：去吧！考虑考虑这个事啊！

金大凤转身逃跑似的出了门。

52

钟辕办公室。白天。

钟辕正在看一份资料，电话铃响了，钟辕拿起电话：你好！楚汉快运！

钟辕惊喜地：是大哥呀！你好吗？

钟辕兴奋地：去美国还是去德国考察？美国？好呀！我马上准备，尽快去！……

第二十集

1

公司食堂。中午。

钟辕和钟祥、韩生德坐在一张饭桌前用餐，吃的和员工们一样，是盒饭。

钟辕挥着筷子眉飞色舞地：刚才大哥打来电话，希望我到美国学习联邦快递的经验。我觉得公司要想有新的发展，的确需要去那里学习学习，你们看怎么样？

韩生德：好呀！联邦快递是全球最大的快递公司，一定有很多值得我们学习的东西。

钟祥：你去吧！家里你放心，有我们俩呢！

钟辕点头：我找你们商量的意思主要也在这里。我去美国后，公司就靠你们了，钟祥负责行政，生德负责业务，有什么事商量着来，实在不行就给我打电话。

韩生德：钟总，你就放心吧！

2

首都机场。白天。

钟祥、西馨和钟辕走在大厅里，向安检口走去。

机场广播在播"某某航班飞机快要起飞，请未登机的旅客尽快登机"的消息。

到了安检口，钟辕停下，跟钟祥握手，跟西馨拥抱。

钟辕：你们回吧！

西馨挺着大肚子，深情地：到了美国，多注意身体，注意安全，不要挂记家里。

钟辕：不用担心我，大哥已飞过去了。你也要小心身体！

钟祥：二哥，到那边问大哥好！家里有我和妈，你不用担心嫂子！

钟辕：那就再见！说着，转身往安检门走去。

3

美国孟菲斯联邦快递总部。白天。

钟成和钟辕走在公司内部通道上,一个美国人在向他们解说着什么。

钟成翻译:他说,联邦快递每天运送的包裹超过330万个,重量超过600万磅。

钟辕惊讶地:太了不起了!一天的业务量比我们一年的都多,他们有多少人?多少车?

钟成把钟辕的话翻译给美国人,美国人又说了许多。

钟成翻译:他说,联邦快递在全球拥有14.3万名员工,有4300个投递点,有640架飞机和45000辆车。

美国人指着一处建筑,说了句什么,三个人向那边走去。

4

联邦快递办公大楼内。白天。

钟成和钟辕在美国人的带领下走在楼道里。

他们进了一间办公室。

过一会儿出来后,又进了另一间办公室。

5

联邦快递某分公司库房。白天。

钟成和钟辕在一个美国人的带领下走进一座库房,可以看到高大的立体货架和先进的搬运设备。

钟辕向一名员工问着什么。

员工指着库房里的东西,介绍着。

6

某中餐馆。傍晚。

钟成和钟辕正在吃饭。

钟成:这是附近最好的一家中餐馆了,我过去来美国吃过几次。

钟辕赞赏地:饭菜还真不错!好几天没有吃这么舒服了。

钟成笑着：看来你一时半会儿还适应不了美国。

钟辕点头：或许我永远不会适应这里，也不想适应！

钟成：你的传统意识还比较重，要注意接受全球化思想！

钟辕：我总觉得，还是咱们中国好！

钟成：做生意可不能这样，思想要放开，要多学习人家先进的东西！这几天，你也看到了，我们与人家的差距还是太大了！

钟辕：明白！这里有太多值得学习的东西，我觉得收获很大。

钟成：好，没白来一趟。

钟辕感慨地：在参观过程中，我体会到，一个国家的物流速度，是这个国家经济实力的保证，没有很快的物流速度，这个国家的经济实力和国力不可能很快增强。将来，我们一定要在中国做成这样的快递公司，让中国也有这么快的物流速度，甚至更快。

钟成：你能有这么远大的抱负，我很高兴，我们的公司一定会越来越强大！

钟辕自信地：一定会的！

钟成：再吃点，晚上我再带你看看孟菲斯的夜景，真实的联邦快递之夜，这可是所有从事快递业者心中的圣地呀！

钟辕好奇地：是吗？有什么特殊之处呀？

钟成卖关子地：过一会儿你就知道了。

两个人继续吃东西。

7

孟菲斯国际机场附近的一座高楼上。晚上。

钟辕和钟成站在楼顶，向机场方向看。

100多架在高空中盘旋的飞机与机场的照明灯对接在一起，不到1分钟，就有一架飞机降落在机场。

数千名员工通过机场的100多个登机门飞快地卸着货，十几分钟就把一架飞机卸空了。

8

机场联邦快递超级转运中心。晚上。

钟辕和钟成在一名美国人的陪同下走了进来。

只见传送带满载着货物在运转。

美国人滔滔不绝地向钟成介绍着。

钟成翻译给钟辕：每天晚上10点50分，这里开始工作，大约150架来自世界各地的联邦快递货机以每小时85架次的频率在这里降落，每架飞机的货物在17分钟内被卸空。

美国人又讲。

钟成又翻译：货物由传送带分别送往信函和包裹处理系统，托运至超级转运中心的传送带上，借助于先进的激光扫描和短阵式管理，对货物进行扫描和分拣。该中心每小时可以分拣15万件包裹。

钟辕认真地听着，不时地做着记录。

美国人接着讲。

钟成又翻译：经过一系列的扫描和分拣，再将货物按所要去的地区装上飞机，到次日凌晨5点，所有到站的货物全部装机飞走……

钟辕抬头看空中，只见一架飞机又呼啸着俯冲下来……

9

某公园。白天。

钟辕和钟成走在林间小道上。

钟成：这次来美国，你感觉如何？

钟辕由衷地：开阔了眼界，看到了差距，学到了不少具体的东西，可以说不虚此行。

钟成：明天你就要回国了，回去后准备怎么办？

钟辕：联邦快递确实太强大了，所以，我想把赶超联邦快递作为我们公司的长远目标。回去后，我就把联邦快递的现状告诉大家，在墙上贴上表格，让所有干部和员工都看看。一家企业有640架飞机，45000辆卡车，4300个投递点，一天相当于楚汉一年包裹的运量。

钟成赞赏地：对，这个办法好！可以激励一下大家。

钟辕：现在咱们楚汉公司里有些人农民意识太强，小富即安，我要告诉他们，我们做一年顶不过别人做一天，离目标还远着呢……

10

首都机场大厅。白天。

钟祥和司机站在国际到达出口处，焦急地等待着。

钟辕拉着行李从里面走出来，钟祥连忙走上前，与钟辕握手寒暄，司机接过了钟辕的行李。

钟祥：二哥，你怎么这么快就回来了？不在美国多玩几天？

钟辕笑了：看了人家的公司，心里急呀！

钟祥：那有什么好急的？

钟辕：人家比我们强得太多了，我们需要加快步伐追赶呀！

钟祥点头：那是，联邦快递是全球最大的快递公司之一，肯定比咱们强多了！二哥，你一定学了不少经验吧？

钟辕点头：回去跟你们慢慢说！

11

楚汉会议室。白天。

钟辕正在讲话：这次美国之行最大的收获，就是找到了奋斗的目标，那就是赶超联邦快递。它有完整的空运、陆运网络，它的精髓是实现员工的成长，这也是我们渴望的。我们要向联邦快递学习，他们能创造佳绩，我们也能创造奇迹。联邦快递不是天上的神，它的发展也与我们一样有起有伏。联邦快递的第一次"隔夜快递"也不顺利，1973年3月的一个晚上，联邦快递的创办人史密斯在其总部孟菲斯机场，和员工一起迎接第一批空运包裹抵达。结果，6架飞机只运来6件包裹，其中之一，还是史密斯自己要送给一位朋友的生日礼物。

众人都笑……

12

楚汉公司一库房内。白天。

韩生德：确定发展目标是必要的，但必须务实，不能好高骛远！

钟辕：是的，我们不能好高骛远，但更不能满足现状，小富即安，那企业就没有发展了！一个有目标的平常人胜过一个没有目标的天才！

韩生德：我们跟联邦快递差距那么大，怎么赶超？

钟辕：首先是赶，我们要用几年的时间在几个领域赶上去。比如，实现业务的专业化。目前，楚汉所有业务的分拣、包装、配送都已经形成信息化管理，还要进一步投入资金，对北京、上海、广州、武汉这四大基地的机械化程度进行整体提升，引进全自动推块分拣系统，大量使用笼车、叉车、地牛，减少差错率、破损率，提高效率，向国际化标准看齐；又如，全线开通物流班车，在全国织起一张大网，以降低成本，回报客户；再如，对人才进行更新换代，因为创业阶段人才的素质已经跟不上专业化要求！

钟祥开玩笑地：那我们这些人是不是该休息了？

钟辕语重心长地：我们呀，也要加强学习！

13

楚汉总公司楼道显眼位置。白天。

一张特制的表格挂在那里，众人驻足观望。

表格上分两栏，一栏是联邦快递的数据，另一栏是楚汉的数据。分别从员工总数、飞机总数、车辆总数、服务范围、分支机构、日处理货量、年营业额等方面进行了对比。

员工A惊叹：联邦快运光飞机就那么多！

员工B感慨：那么厉害，咱们没法比。

钟辕从旁边经过，也驻足看了一下表格：就是因为差距大，我们才应该更努力。要有信心赶超他们，更要有危机感和上进心……

14

钟辕家。晚上。

钟辕半躺在床上看书，西馨穿着睡衣，挺着大肚子从卫生间出来。

钟辕：西馨，公司现在有了遍布全国的网络，但主要集中在大城市，中小城市及周边县镇还很少。你有什么想法？

西馨：你不是说不让我管公司的事吗？干吗还跟我提这事？

钟辕：你喜欢思考，我想听听你的看法。

西馨：应该以现有的网点为中心，继续向外发展——

钟辕高兴地拍一下手中的书：对，以现有分公司为轴心，在周边的空白点再建立一批分支机构，用班车将点与点连成线……

15

总公司会议室。白天。

众人围坐在会议桌边，钟辕在讲话：我们将结束分公司单独操作、网点发挥不出全力的历史，让楚汉在这竞争的市场内迅速成长壮大，其深远意义在于从现在起，就把竞争对手限制在已有的市场范围内，为我们日后扩大市场做好准备！这件事由钟祥副总负责！

钟祥：好！我马上去筹办。

16

北京分公司一个营业所内。白天。

钟辕对夏绿：你抓紧时间，争取在市区再设20个营业厅，同时增加操作点，在一些商场、超市、彩扩店、洗衣房等地增设接货点，为全国的"市场占有"蹚蹚路子，积累经验！

夏绿点头：我马上让人去办！

17

北京街头。白天。

一个店面刚刚装修完毕，一个员工把写着"楚汉快运公司顺心营业厅"的牌子挂了起来。

18

某居民区。白天。

物业办公处一间小房子门前挂着一个牌子，上写：楚汉快运操作点。

一个穿楚汉快运制服的小件员正在接待客户……

19

某商场。白天。

一张小桌子上放着一个木牌，木牌上写着"楚汉快运操作点"，几位客户在咨询，一个穿着楚汉工作服的业务员正在讲解着。

业务员热情地：可以直接来这里办理各种业务，也可以打电话过来，我们派人去取。

客户：那太好了，我正有一个包裹要寄，能不能派人去拿一下？

业务员热情地：没问题！您把您的地址电话留下来，我们马上派业务员去你家取。

客户高兴地：谢谢，谢谢！

20

钟辕办公室。晚上。

钟辕对夏绿：最近你们一下子设了那么多点，辛苦了！

夏绿：虽然辛苦一点，但业务量直线上升，这也是我们想看到的。

钟辕：下一步，我们还要在业务上再调整一下，尽量方便顾客。

夏绿：怎么调整？

钟辕：在联邦快运参观时，我觉得他们的小件业务比较灵活。我想，北京分公司能不能也学一学他们，在公司各网点开展送小件业务，按件收，十公斤以下的15块钱；也可以按尺寸收，S号，也就是小号，市内10块钱。你看可以吗？

夏绿：这是个好办法，既方便我们自己，也方便客户，一定可以。

钟辕：如果在北京可以，可以在全国推广。S号大区内15块钱，全国20块……

21

北京分公司某营业厅。白天。

新价格表贴了出来，几位客户在看。

客户A：我这个包裹比较重，按尺寸比较合适。

客户B：我的包裹主要是衣服，还是按件便宜。

客户C：楚汉这两种计价方式不错，有包裹我也要来这里寄。

柜台后，电话铃响起来，一个员工拿起电话：喂，楚汉快运……

22

楚汉总部会议室。白天。

已经换了夏装的中层以上领导围坐在会议桌前。

钟辕：目前，楚汉又建成了170家分支机构，网络遍布全国，已经形成燎原之势。但现在出现了新的问题，工作效率落后于业务增长，大家分析分析，是什么原因？该怎么解决？

中层A：我觉得，主要是我们的信息化水平还不够高。对于大量的业务咨询，物流状态查询等工作，以人工手动方式进行查询和报读，不但速度慢、成本高，而且还容易有误差，工作效率上不去。

中层B接过话头：说到业务咨询，我们现在还是用最原始的电话，而它有着不可弥补的缺陷。电话是一对一的服务，如果有第二个人打电话进来，只能听见占线的声音。如果访问量大的话，没有多少人能真正得到专业的指导。每一个打来电话咨询的客户都可能成为楚汉的潜在客户，如果我们没能接上电话，就可能失去这个客户。

夏绿点头：我们北京分公司的实际情况，是通过各营业厅分别处理咨询和提供服务，造成客户来电丢失率高，而且信息分散，服务水平参差不齐，不易控制。

钟辕：的确，楚汉在全国的分支机构也存在这个问题！

中层C：客户欠款的催交完全要通过人工拨号来实现，工作量很大。

钟祥插话：还有一个问题，很多营业厅在下班以后，难以为客户持续提供服务。

中层A：我想，能不能向电信、银行学学，搞一个呼叫中心，建立一个统一面向客户的多媒体呼叫平台，通过统一的特服号码接入，实现统一的用户服务界面，统一的热线功能和统一的服务标准，集中受理客户对物流企业的需求，为客户提供综合性服务的无形窗口……

钟辕赞赏地：这个想法不错，请你详细写一份可行性报告交给我……

23

楚汉办公楼内一间宽大的房间。白天。

房门上写着：楚汉快运客户服务中心。

几十张办公桌整齐地摆放在房内。每张桌上都摆了一台电脑和接送设备。

几个工程师正在电脑前调试着……

24

香山人才培训班某教室。白天。

几十个身着楚汉制服的年轻女员工正在听课,一位老师正在讲授。

老师:客户服务呼叫中心对话务员的要求非常高,不仅要掌握丰富的物流专业知识,还要掌握许多特殊技能,比如货物或车辆的位置查询,就要借助货物条码跟踪技术和车辆全球定位系统……

25

客户服务呼叫中心现场。白天。

系统已经安装完毕。

钟辕从外面走了进来,中层A迎上来:总裁,已经安装完毕,很快就可以试运行了!

钟辕:呼叫中心与传统的电话服务中心有什么不同呀?

中层A对一个正在忙着的青年人:陈工程师,请你给总裁介绍一下。

陈工程师停下手中的活,抬头看着钟辕:总裁,呼叫中心可以将计算机的信息处理功能、数字程控交换机的电话接入和智能分配、自动语音处理技术、因特网技术、网络通信技术、商业智能技术与业务系统紧密结合在一起,将通信系统、计算机处理系统、人工业务代表、信息等资源整合成统一、高效的服务工作平台。全国7个点的呼叫中心将通过IP互联,实现在北京总部统一监控管理。它可以将公司内分属各职能部门为客户提供的服务集中在一个统一的对外联系窗口,采用统一的标准服务界面,为用户提供系统化、智能化、个性化、人性化的服务。

钟辕:好!我明白了!

陈工程师:总裁,楚汉呼叫中心是我们为楚汉公司量身设计而成的,它不仅可以提供图形化的监控管理工具、在线实时的业务更新、分布式结构、统一报表等功能,同时支持短信、语音信箱、录音,还能提供图形化的用户开发环境,可以很容易地进行新业务和新应用的二次开发。

钟辕点头:就是说,以后还可以升级?

陈工程师:是的,系统具有很高的可扩展性,单点VM系统可通过多台服务器实现最多2000线接入,为日后整个呼叫中心的扩容留了很大的余地，以满足业务拓展的需要！

钟辕：好！全国有2000多个县，以后我们争取把每个县都接进来。

26

街头。白天。

几个人在驻足观望。

只见某高楼顶上，工作人员正在立起大块的广告牌，上面写着：只需一个电话，一切不用牵挂。楚汉快运全国呼叫中心——4006789000，在全国任何地方都可拨打。

27

钟辕办公室。白天。

钟辕坐在办公桌后，一名记者站在旁边，扛着摄像机的人站在他们对面，把镜头对准了记者。

记者拿着话筒：楚汉公司的迅猛发展，引起了社会各界的广泛重视，人们纷纷在问，一个民营公司，怎么会在这么短的时间内迅速崛起？他们成功的秘诀是什么？带着这些疑问，我们采访了楚汉公司的总裁钟辕先生。请问钟辕先生，您可以给观众谈一谈楚汉成功的秘诀吗？

记者把话筒伸向钟辕，摄像机也转向了钟辕。

钟辕泰然自若地开口说着……

28

钟辕家。晚上。

钟辕和西馨一起坐在沙发上看电视。

电视里正在播放采访钟辕的画面。

钟辕：西馨，你看我在电视上是不是有点不太自然。

西馨笑了：我觉得挺好的！我老公是天生的演说家，而且风度翩翩，这一讲，说不定会引起多少年轻女孩注意呢！

钟辕摇头：都这么大年纪了，你就放心吧！

西馨幸福地靠向钟辕。

钟辕抚摸着西馨肚子：咱们的儿子表现不错吧？

西馨：随你，不老实，老是踢我！

钟辕：是不是想出来了？

西馨：别开玩笑，才7个月呢！

29

钟辕办公室。白天。

夏绿敲门进来：新闻的宣传作用有时候比广告效果更好，前两天对你的专访一播出，来咨询的、委托的都增加了好多。

钟辕点头：是啊！我们还应该拓宽宣传渠道！

夏绿：商业大学一个教授想邀请你去学校演讲，你看——

钟辕摇头：我怎么敢到大学里演讲？

夏绿：就讲讲楚汉的创业，让学生们知道创办一家企业的不易。

钟辕：倒也可行！

夏绿：这也是宣传企业的一种方式。

钟辕：好吧，我准备好了再说。

30

商业大学礼堂。白天。

礼堂里坐满了学生。

钟辕慷慨激昂地：楚汉在创业初期，虽然注册的是快递公司，但做的却是洗油烟机、接送孩子、换煤气罐等工作，只要能挣钱养活自己，什么都不在乎……

31

礼堂外。白天。

钟辕的声音清晰地传出来，几名学生匆匆地往这边走。

32

礼堂里。白天。

礼堂里已经是座无虚席，不少学生站在旁边的过道上。

钟辕站在讲台上继续讲：从去年到今年，我们在没有竞争对手的地方设立了200多个网点。这些网点很多在初期是亏损的，但却发挥了巨大的作用，极大地刺激了北京、上海等一线大城市货量的增长。道理很简单，比如说，客户有票货要快递到西藏日喀则，其他快递不去，楚汉就去。因为那里有我们自己的网点。也许这一票货只有十几元钱的收入，但给客户留下的印象却是楚汉无所不到，这样再有业务自然就想到楚汉，几次合作下来，小客户发展成了大客户，楚汉的业绩就这样直线上升……

33

西藏日喀则的大街上。白天。

喷着楚汉的厢式货车快速驶过，远处是白云雪山。

34

礼堂外。白天。

蓝天之上，一只雄鹰在翱翔。

35

礼堂里。白天。

钟辕的演讲结束，学生们纷纷提问。

一名女学生站起：海报上说贵公司是中国最大的物流公司之一。物流公司与运输公司有什么区别呢？

钟辕：我认为，没有大的区别，运输是物流的载体。我想这位同学真正要问的应该是物流与快运的区别。快运比物流快，价格上要贵一些，物流做的是项目，如国家能源调配等，快运更多的是社会零散货物的特色服务，如包裹和其他小件货物。快运与在座的各位密切相关，楚汉校园经济做得非常好，马上大家放假，回家的行李托运，请找楚汉，大家可以轻轻松松回家。

众人鼓掌。

36

副校长办公室。白天。

副校长坐在办公桌前，钟辕坐在沙发上。

副校长客气地：我想跟校党委汇报一下，聘请您做我们大学的客座教授，您意下如何？

钟辕意外地：请我做教授？我够资格吗？

副校长：我们还想把你们公司作为我们的实习基地，到时您帮着讲讲实践课，一个月耽误不了几天时间。

钟辕点头：时间倒是可以挤出来，就是怕讲不好误了学生们！

副校长：既是这样，那我们就说定了！您的能力我们都见识了，绝对没问题……

37

办公楼外。白天。

副校长陪着钟辕出了办公楼，只见演讲时提问的那个女孩远远地跑了过来，她身上洋溢着青春的活力。

到了近前，她大方地向钟辕伸出了手，对钟辕：钟总，我叫沈菲菲，认识一下。

钟辕握了握她的手。

沈菲菲：钟总，我想给你出个主意，在我们大学设立个奖学金，资助家庭困难的学生，让其毕业后到公司工作，既做了好事，又为公司培养了人才，如何？

钟辕点头：还别说，这个主意不错！不过，你是在为我着想吗？我怎么觉得你是想从我口袋里掏钱呀！

钟辕说完哈哈大笑，副校长也跟着笑起来。

沈菲菲一本正经地：你不是说你办了个培训班吗？一定不少花钱，资助一下困难学生，不就等于培养后备人才吗？

钟辕：我没说不行！但我觉得，既然是资助，就不能提条件。学生毕业后可以到公司工作，也可以不来。

沈菲菲开玩笑地：真的吗，钟总？那能不能也资助资助我呀！

钟辕摇头：我听说你已经大四快毕业了，我资助你一点快运费吧——到时候免费给你送行李！

沈菲菲大笑：钟总，说话要算数！

钟辕：没问题！到时候，我就直接把你的行李拉到我们公司，怎么样？

沈菲菲：好呀！我还真想去你们公司工作呢！

38

钟辕办公室。白天。

钟辕正在和钟祥谈话，办公室主任敲门进来。

办公室主任看钟祥在，不好意思地：两位总裁都在呀！那我过会再来！

钟辕看了一眼办公室主任：有事吗？

办公室主任：一个很新潮很前卫的女孩来公司应聘，非要见一下您不可！

钟辕：她为什么要见我？

办公室主任：她说她认识您。

钟辕：叫什么名字？

办公室主任：好像叫沈菲菲。

钟辕：原来是那个疯丫头呀！过一会儿我们谈完，就让她进来吧！

39

楼道内。白天。

沈菲菲穿着一套很时尚的衣服，留着流行的发型，显得时髦而朝气蓬勃。

钟祥刚从钟辕办公室出来，她就快步来到门口，敲响了门。

里面传来钟辕的声音：请进。

沈菲菲推门而入。

40

钟辕办公室。白天。

钟辕坐在办公桌后，沈菲菲坐在沙发上。

沈菲菲笑着：钟总，我真要来公司工作，你看……

钟辕：上次开了句玩笑，你还当真了？

沈菲菲：我可不是开玩笑！我是认真的！

钟辕想了想，看着沈菲菲：既然你真的要来，那我们欢迎。不过，我已经跟你说过，来公司只能从普通员工干起。你看，你想应聘什么职位？

沈菲菲：我想好了！就应聘总裁秘书，也就是你的秘书，行吗？

钟辕：说说你的理由。

沈菲菲：我是商业大学的毕业生，对物流理论有深入的了解，而且我有自己的看法和想法。另外，我父亲是新闻界的，各种信息知道得特别多。

钟辕：那你说说看，公司发展应该注意些什么问题？

沈菲菲：我现在还不太了解公司，无法马上下评论，但我可以提点参考意见，比如核算成本时考虑的主要指标。这里面包括了垫付款、成本总额、劳动生产率、车辆利用率及信息化利用率。为什么和信息化扯上边呢？打个比喻，能够用一个BQQ解决的问题，就没有必要用电话聊上半天；能够从MIS系统中查询的货物，就没有必要用BQQ了。

钟辕：有点道理，这样吧，我答应你的要求，先给我做秘书试试，不行的话，我可不客气！

沈菲菲自信地：总裁请放心，你的满意就是我的努力。

钟辕按了一个电话，轻声地：赵经理，你过来一下。

一会儿，人力资源部赵经理敲门进来。

钟辕指着沈菲菲：这是我刚刚挑选的秘书，你带她去办一下手续！

赵经理点头答应，转对沈菲菲：请跟我来。

41

某酒店大厅。白天。

钟辕正和几个人说说笑笑，梁志远带着一个很漂亮的女孩走了进来。

钟辕迎过来，热情地：梁总，你也来了？最近生意不错吧？

梁志远：虽然比不了楚汉，但我们也有我们的优势。来，我给你介绍一下，这位是电视台的梅记者。这位是我的战友，大名鼎鼎的楚汉老总钟辕。

女孩上前，优雅地伸出小手，与钟辕握了握，应酬地：钟总，认识您真高兴。

钟辕笑了笑：欢迎梅记者到公司采访呀！

梅记者看了看梁志远，暧昧地：那要看梁总同不同意了！

钟辕疑惑地看梁志远。

梁志远把钟辕拉到一边，笑着：她呀！现在老缠着我，没办法，我只好天天带着！

钟辕恍然大悟：哦！明白了。

梁志远：放松一下呗！

钟辕：你行呀！

梁志远：你何不也找个试试？

钟辕：忙得很，哪顾得上！

梅记者打断了他们的话：你们两个在说什么呢？是不是说我的坏话？

梁志远对钟辕：有空再聊，我先过去了！

钟辕点头。

梁志远转身对女孩：哪能说你坏话，我是在向钟总炫耀。

女孩靠向了梁志远，傍着他一只胳膊向前走了。

42

某商场金银首饰柜台。白天。

梅记者看上了一款钻戒，爱不释手的样子。

梁志远：喜欢就买了。

梅记者兴奋地：志远，你真好！

43

钟辕办公室。傍晚。

钟辕站在窗前眺望远处，沈菲菲敲门走了进来。

钟辕转身回头看着沈菲菲：上午交代你的事办得怎么样了？

沈菲菲：总裁，刚刚办完了！

钟辕惊讶地：是吗？有这么快？

沈菲菲：当然，我是通过网络BQQ完成的，而且全部有了回音。

钟辕：嗯，不错！这种方式值得推广！

沈菲菲歪着小脑袋，看着钟辕，笑着：那是不是奖励一下？

钟辕：怎么奖励？

沈菲菲调皮地：还要我教你呀？

说着，她突然拥抱了钟辕一下，在他的脸上亲了一口，然后泰然地：就这样奖励吧，来！

钟辕摸了一下刚才被亲过的地方，很意外而又觉着有意思地：去，去！不害羞！

沈菲菲调皮地：总裁，你还这么老封建？

钟辕正色地：好了！别开玩笑了！你下班吧，早点回家！

沈菲菲不高兴地：总裁真小气！嘟着嘴转身往外走，开门出去。

钟辕又摸了一下刚才被亲的地方。

44

某会议厅。白天。

钟辕带着沈菲菲走在大厅里，众人的目光都往这边看来。

穿着时尚的沈菲菲靠向钟辕，钟辕用手扶了她一把，使两人保持一定距离。

来到休息室门口，礼仪小姐打开门，热情地：先生、女士，请来这边休息一会儿。

钟辕带着沈菲菲走进休息室。

45

休息室里。白天。

梁志远正在与几个人高谈阔论，钟辕和沈菲菲走进来。

几个人站起来打招呼，梁志远也停下来，冲钟辕打了个招呼，示意钟辕到他那边坐。

钟辕带着沈菲菲径直来到梁志远旁边坐下。

梁志远看了一眼沈菲菲，又看着钟辕，惊讶地附耳低语：钟总，这么快你也带上了！

钟辕笑了：不一样！她只是我的秘书，刚刚毕业的大学生！

梁志远不相信地：谦虚了不是？你眼光还不错，年轻漂亮，看上去挺有味。

钟辕制止地：别瞎说，只是秘书！工作不错。

46

舞厅里。晚上。

几对男女在舞池里翩翩起舞，钟辕坐在沙发上看着别人跳。

沈菲菲走了过来，做了个请的姿势：总裁，你也不去请人家跳舞，我只好来请你了。

钟辕摆手，大声地：我不会跳，你跟别人跳吧！

沈菲菲上前拉钟辕：不会跳可以学嘛！那么大一个老总，不会跳舞怎么行，来，我教你！

钟辕只得站起：我真不会跳，会踩你脚的。

沈菲菲：没事，来！先从两步学起，就是踩着音乐走路就行了。

钟辕在沈菲菲的带动下，走进了舞池，学着别人的样子把手搭在沈菲菲腰间，沈菲菲伸手把钟辕的手往下压了压，两个人跳起来。

47

舞厅外。晚上。

沈菲菲抓着钟辕的手，蹦蹦跳跳地跟在钟辕旁边，一起走出舞厅。

沈菲菲：总裁，你还说不会跳舞，跳得不错嘛，一次也没踩着我！

钟辕尴尬地：你看我头上的汗！这也太累了！

沈菲菲：跳舞就跟运动一样，熟练了就不累了。

钟辕摇头：还熟练呢！以后再也不跳了。

沈菲菲娇嗔地：那可不行！我好容易收了你这么个徒弟，不教会怎么行？

钟辕笑着：你这个鬼丫头，一会儿就成我老师了！

沈菲菲蹦蹦跳跳地跳到钟辕前面，面对钟辕倒退着走，兴奋地：不承认也不行，晚上我已经教了你一回了！

钟辕：好，好！就算是吧！你好好走路行不行？别摔了！

沈菲菲停止倒走，与钟辕并肩走着，但走路的姿势依然是很有弹性，充满青春的活力。

48

楚汉总公司办公楼前。晚上。

一辆车驶过来,在楼前停下,夏绿从车里走下来。

她抬头看了看钟辕办公室,发现没有亮灯,便又回到了车里。

这时,一辆出租车在大门口停下,钟辕和沈菲菲从车上走下来。

夏绿坐在车里远远地看着,忧心忡忡的样子。

49

大门口昏暗的灯光下。晚上。

钟辕和沈菲菲面对面站着。

钟辕:菲菲,你先回去吧,我还有点事要处理一下。

沈菲菲:我陪你吧!

钟辕:不用!你别回去太晚,你爸妈会担心的!

沈菲菲:那好吧!

钟辕:我上楼了!明天见!

说着,钟辕转身往里走。

沈菲菲犹豫了一下,也跟着走了进去。她快步从后面赶上来,抱住了钟辕。钟辕愣了一下,但没有挣脱。

第二十一集

1

楚汉办公大楼下。晚上。

昏暗的灯光下,沈菲菲抱着钟辕,把嘴唇伸了过去。

钟辕没动。

眼看沈菲菲就要吻住钟辕,突然传来一阵长长的汽车喇叭声,两个人不约而同地推开对方。

钟辕看看并没有车开过来,低声地:这是谁呀?

夏绿打开车门,从车里走出来,不动声色地:你们在商量什么呢?也不去办公室!

钟辕尴尬地笑着:没什么,菲菲不想上楼了,我让她先回去。

钟辕转对沈菲菲:菲菲,你先回去吧!

沈菲菲挑衅似的看着夏绿,冷冷地:夏总,再见。

夏绿扬了扬手:再见。

沈菲菲转身走了。

钟辕已经镇静下来,他做了个请的姿势:走吧,咱们去办公室。

夏绿不客气地在前面走,钟辕也一起进了大楼。

2

钟辕办公室。晚上。

钟辕和夏绿都坐在沙发上。

夏绿:刚才差一点就要亲上了?

钟辕尴尬地一笑:怎么会呢,她只是个孩子!不过,这孩子有时候太前卫,总会做点出格的动作,我也训过她,但只能慢慢调教不是?

夏绿:现在的年轻人啊!廉耻心少了些!

钟辕看着夏绿:言重了吧?

3

某咖啡厅。傍晚。

夏绿坐在一个双人座位上搅拌着咖啡，沈菲菲走过来，站在桌前，冷冷地：夏总，你找我？

夏绿一指对面的椅子：坐吧！

沈菲菲坐在夏绿对面。

夏绿招呼服务员：再给来杯咖啡。

服务员答应一声，转身去了。

夏绿笑着对沈菲菲：你知道为什么找你吧？

沈菲菲摇摇头：不知道。我是总裁秘书，并不归北京分公司管。

夏绿偏着头看着沈菲菲：你看我是想跟你谈公事吗？

沈菲菲没好气地：那我怎么知道！有话就明说吧！

夏绿：好，咱明人不说暗话。昨晚的事我都看到了，你觉得你那样做合适吗？

沈菲菲笑了笑：这事呀！这是我和总裁的私事，夏总犯得着操心吗？

夏绿脸沉下来：你要清楚，总裁是有家室且马上就会有孩子的中年人，你跟他胡闹有什么好处？

沈菲菲毫不示弱地：夏总，你是公司的有功之臣，我尊重你。但是，我也郑重地告诉你，请不要干涉工作以外的私人生活。

夏绿生气地：你还有理了？！我明确告诉你，以后不准再缠着总裁，如果让我发现，后果你自己去想吧！

沈菲菲用异样的目光看着夏绿，冷笑着：你凭什么管钟辕的感情生活？你是他的什么人？

夏绿愣了一下，气愤地：你不要管凭什么，反正我管定了！你给我小心点！

沈菲菲没再说什么，两个人怒目相视。

这时，服务员把一杯咖啡端过来，沈菲菲看都不看，站起来，转身走了。

夏绿怔在那儿……

4

钟辕家。晚上。

西馨挺着大肚子在房间里踱步，门铃响了。

西馨大声地：你忘了带钥匙吗？

外面夏绿的声音：嫂子，是我！夏绿。

西馨赶紧去开门，夏绿提着一兜水果走进来。

夏绿看西馨挺着大肚子的样子，赶紧来扶她：快要生了吧？你可要多注意身体！

西馨幸福地：已经9个月了。我婆婆说了，也要多活动活动，到时候好生。

夏绿点点头：倒也是！婶子呢，没在家吗？

西馨：吃过饭到外面遛弯去了，让我去我没去，钟辕好几天没回来吃饭了，我估计今天会回来。刚才，我还以为钟辕回来了呢！

夏绿：我来找你，就是想跟你说说二哥的事。

西馨：先坐吧，坐下说。

夏绿在沙发上坐下。

西馨在旁边的椅子上坐下，笑着：你想说钟辕的什么事？不会是工作上的吧？工作上的事他不让我管。

夏绿：其实也没有什么大事，就是想告诉你一个情况。最近，公司来了一个大学生，二哥让她做了秘书。那小女孩挺疯的，你可得小心，提醒二哥注意点。

西馨不在乎地：这事呀！没什么大不了的。钟辕这人我放心，他不会做那种事。

夏绿：二哥不是那种人，可是就怕他上了小女孩的当。现在的女孩呀，啥顾忌都没有，但凡想要的东西，都敢伸手。

西馨点头：那倒也是，我得给他打个预防针。谢谢你呀！

夏绿：咱们是自家人，客气什么！

正说着，门铃又响了。

夏绿：肯定是二哥回来了，我去开门。

夏绿开了门，果然是钟辕回来了。

钟辕看到夏绿，意外地：你怎么来了？

西馨：夏绿是来看我，又不是来看你。

夏绿笑着：嫂子，二哥回来了，我就不坐了。

西馨客气地：再坐一会儿吧。

夏绿：我还有事，先走了。

5

钟辕家卧室。晚上。

西馨半躺在床上，钟辕穿着睡衣从卫生间出来，往床边走来。

西馨：最近公司很忙吧？有什么新鲜事吗？

钟辕：公司一切正常，只是最近应酬多了些。

西馨：听说公司新来了个秘书，是哪里的？怎么样呀？

钟辕：西馨，不是跟你说过吗？公司的事，你就别操心了！你好好照顾家，照顾好咱们的孩子——

西馨打断了他的话：现在的小女孩，可是不太让人放心！

钟辕有些意外地看着妻子：你看你，想哪里去了？一切不都是为了工作嘛！

西馨笑了笑：我相信你！不过，你也要当点心……

钟辕安慰地抱了抱西馨：好老婆，你就放心吧！

说着，钟辕扶西馨躺好，关上了灯。

6

钟辕办公室。白天。

钟辕坐在办公桌后，夏绿坐在沙发上。

夏绿：我看我还是离开北京分公司，来总公司工作吧。

钟辕：为什么？

夏绿叹了口气：太忙太累了！

钟辕笑了：是不是因为沈菲菲？

夏绿也笑着：那倒不是。就是想多帮帮你！而且，我也想把孩子接过来，让她在北京这边上学。

钟辕摇头：现在就让你离开北京分公司不行，你先培养出接班人再说。孩子的事，你如果想接过来，最近正好有空，你就回去接来吧。

7

某小区外街道上。白天。

夏绿领着女儿往小区里走。小女孩蹦蹦跳跳的,活泼可爱。

8

钟辕家。晚上。

钟辕、钟辕妈、西馨、夏绿及夏绿的女儿坐在沙发上说说笑笑。

钟辕:你回来得够快的,好不容易回去一趟,为何不多住几天?

夏绿:已经够多了,将近半个月。这边事情很多,我放心不下,把女儿接来就行了!

西馨:你搬来小区住了吗?

夏绿:女儿一来,我就搬过来了!过去一个人住公司还可以,现在带个孩子,让员工看着不好。

钟辕:你早就应该搬过来了,公司给你分了房子是干什么的?

夏绿:这里离公司有点远,不太方便,以前才没搬。现在孩子要上学,这里离学校近,只好搬过来。

钟辕妈担心地:你们公司里那么忙,能顾得上孩子吗?

夏绿解释:婶子您放心。我早就问过了,一天三顿饭都可以在学校里吃,晚饭后她可以自己回来,很方便的。

钟辕妈客气地:那就好!反正咱们都住一个小区,有什么事你就跟我说。

夏绿笑着:谢谢婶子,一般用不着。

正说着,西馨突然很难受的样子。

钟辕:西馨,你怎么了?

西馨捂着肚子:突然肚子疼,挺疼的。

夏绿:八成是要生了。

西馨摇头:离预产期还有一个星期呢!

夏绿:书上说了,男孩会提前几天出生,女孩则推后。说不定嫂子怀的就是男孩。

钟辕妈:夏绿说得不错,可能是要生了。

夏绿：那我们赶紧去医院吧！

钟辕点头：走，去医院。你先帮忙扶西馨下楼，我准备点东西马上就来。

说着，钟辕进了卧室。

夏绿扶着西馨出门。

9

医院里。晚上。

钟辕、钟辕妈、何荟、夏绿坐在长椅上，护士出来：谁是钟辕？

钟辕一下子从长椅上站起来，紧张地：我是，我爱人怎么样？

护士：生了，胖小子！母子平安。

钟辕拍手高叫：我有儿子了！

10

病房里。白天。

西馨满脸幸福地躺在床上，钟辕坐在床边。

钟辕由衷地：西馨，你辛苦了！

西馨疲惫而欣喜地：咱们的儿子随你，出生的时候哭声特别响亮，我一听见他哭，疼痛一下子就忘了。

钟辕：你好好休养着，想吃什么只管跟我说。

西馨无力地笑着：你给孩子起个名字吧，马上要开出生证明，就得用了。

钟辕：你放心，我早就想好了。叫钟超联，如何？

西馨：超联？

钟辕：楚汉的目标就是要赶超联邦快递，如果我这辈子不行，就把希望寄托在咱们儿子身上！

西馨看着钟辕：你还想来个愚公移山，子子孙孙无穷匮呀！要有信心，我们这一代就一定会赶超他们的。

11

病房里。白天。

西馨躺在病床上。夏绿坐在一边。

夏绿关切地：这样躺着是不是很不舒服？但你要坚持，不能过早下地走路。

西馨无奈地：我婆婆也这么说。只是躺在床上，老爱胡思乱想，尤其是上次你说的小女孩的事。

夏绿笑着：嫂子，这点你放心。我准备调到总公司工作，替你看着他点。

西馨：那就麻烦你了！

夏绿：咱俩谁跟谁？我一直把你当姐姐。

西馨笑着：真是我的好妹妹。

两人的手握在一起。

12

钟辕办公室。晚上。

钟辕坐在办公桌后看一个文件，沈菲菲推门进来。

沈菲菲兴高采烈地：总裁，好消息，楚汉以72.62%的增长速度，被评为中小企业成长百强第4名。你也被评为中国十大创业新锐。

钟辕惊喜地：是吗？那太好了！

沈菲菲兴奋地：总裁，你刚刚喜添贵子，这可算是双喜临门呀！

钟辕点头：不，应该说三喜临门！等领完奖，咱们得庆祝庆祝！

沈菲菲上前捧起钟辕的手，亲了一下：太好了！要搞个舞会，大家好好乐一乐！

钟辕笑着：真是个孩子，就知道玩！

13

人民大会堂东门外。白天。

钟辕手抱着一个奖杯出现在门口。

一群记者围了上来。

钟辕大声地：各位，现在我还有事，想采访的与我的秘书联系。

说着，钟辕大步走了。

记者们围上了沈菲菲。

14

某大酒店餐厅。白天。

钟辕及几十名亲朋好友欢聚一堂,开怀畅饮。

15

钟辕办公室。白天。

钟辕坐在办公桌后,沈菲菲推门进来。

沈菲菲:又有几个记者来采访,见还是不见?

钟辕摇头:不见,这几天光忙着接待采访,工作都没法干了。

沈菲菲:你现在是公众人物,一举一动都要慎重,我建议您还是见一见,不然,这些记者什么话都说得出来。

钟辕无奈地:好吧,你安排一下,就在会议室,一起应付了。

16

会议室。白天。

钟辕面对着几个记者坐在那里,几台摄像机正对着他。

记者A:可以给我们介绍一下未来国内物流发展的趋势吗?

钟辕:如果没有大的政策变动,未来的20年都是中国物流的高速发展期,物流只会增不会降,物流的竞争受加入世贸组织的影响,在中外物流企业的交融、对抗之中,将更具活力。

记者B:钟总,您能说一说贵公司与UPS、联邦快递等国外物流企业的不同和竞争关系吗?

钟辕:我们与他们没有什么不同。如果说有什么不同,那就是他们是快递美国造,楚汉是快运中国造。尽管他们拼命要进入中国市场,但我们为民族快运而战,每年以70%的速度发展,他们想进来也不容易。就像体育比赛里的短跑与跨栏,我们短跑速度可能比不了他们,但跨栏比赛他们不见得就能赢得了我们……

17

钟辕办公室。白天。

钟辕刚进门，沈菲菲便跟着过来。

钟辕疲惫地：菲菲，又有什么事？你就不能让我喘口气吗？

沈菲菲笑了笑：总裁，这个事非常重要，不得不打扰你。

钟辕：什么事？说。

沈菲菲：北方发展银行主动找上门，想给我们贷款，你见不见？

钟辕转身抓住沈菲菲的手，兴奋地：在哪里？快请！

沈菲菲：我就说嘛！你一定会高兴。说着，沈菲菲转身出门，很快便把一名银行工作人员领了进来。

钟辕客气请对方坐下：你们真能给我们提供贷款？

对方点头：扶持有潜力的企业快速发展，是我们银行的义务。

钟辕：你们能贷多少？

银行工作人员：你说贷多少就贷多少。

钟辕：我想贷1个亿，可以吗？

银行工作人员挠了挠头，苦笑着：钟总，我们行还从来没贷过这么大额的款呢！

钟辕：你说的，我想贷多少就可以贷多少！我还没敢说10个亿呢，你就为难了！

银行工作人员尴尬地：数额大一点也不是没有可能，请你去一趟银行，跟我们行长面谈好吗？

钟辕笑着：还是柳行长吗？他怎么不来见我？

银行工作人员：柳行长有事来不了。你要贷款，反正要去银行办手续，正好当面跟行长谈谈，不正好吗？

钟辕：好吧，我明天去你们那里。

18

北方发展银行大门口。白天。

一辆轿车停下，钟辕由车上下来。

他整了下领带，大步向里边走去。

19

北方发展银行会客室。白天。

柳行长和钟辕分别坐在沙发上。

钟辕含笑地：为什么我急需的时候你不贷给我？

柳行长：跟你说实在的。你如果有钱，我多少都可以贷给你；你若是没钱，我一分钱也不敢贷。

钟辕讥讽地：那你们银行算是扶持企业呢，还是借以发财！

柳行长无奈地：我们是商业银行，也要考虑生存和发展，真的不敢担太大风险，请钟总谅解以前的不敬。

钟辕：没什么。我能够理解！以后咱们能合作愉快就行了！

柳行长站起来，向钟辕伸出手。

钟辕也站起来，握住了柳行长的手。

20

会议室。白天。

楚汉高层在开会。

钟辕：现在我们有了银行的贷款，可以放开手脚做事了。我决定，公司在全国掀起收购兼并热潮，再增加200家分公司。

韩生德担心地：扩张太快会不会消化不良？

钟辕：你们知不知道，UPS就是通过三大收购战将自己打造成全球首个全程全能的物流超级巨无霸的。首战，它收购了"飞驰"，使原业务70公斤以下的范围扩展到70至500公斤。再战，并购美国第一国际银行，将其改造成UPS的金融部门，在资金方面形成增值服务。三战，它吞并零售店，信息链上多层卡位，将遍布美国的连锁店更名为"UPS营业店"。它通过并购，成为"物流、资金流、信息流三流合一"的现代供应链综合服务商，我们为什么不能借鉴这一成功经验呢？

钟祥点头：收购的事我赞成，要想把事业做大，最重要的是网络。

钟辕：那就这么定了，具体事宜还是由钟祥负责，各地分公司协助。

21

街心花园。月挂中天。

钟辕和夏绿在并肩散步。

夏绿：我觉得韩副总说得有道理。这样扩张是不是太快了些？新加盟的分公司都没有盈利能力，一定会影响公司的利润。

钟辕：我估计还有3年时间，中国快递市场就会全面放开，那时竞争势必更加公开化。所以，我们从现在起，就要把竞争对手限制在已有的市场范围内，为日后在市场上发动攻击做好准备。中国产生自己的联邦快递不会太远了！中国人不比外国人笨，时代已经为中国和中国人提供了良好的发展前景。我们应该把握机会，勇敢挑战。

夏绿：既然你那么有信心，我就保留意见吧！

钟辕：让我们共同关注未来10年中国快递业的发展格局！

夏绿在月光下充满担忧地看着钟辕……

22

楚汉北京分公司院内。白天。

一辆车由远而近，钟辕从车上下来，两个人抬着一个一米多长的大信封从车上下来。

夏绿迎上来，疑惑地：总裁，你这是弄的什么好东西？

钟辕笑笑：这不快过年了吗？我给你们分公司老总每人一张贺年片，今天顺便给你带来。

夏绿上前，从信封里拿出巨大的明信片。只见上面写着"楚汉，你离联邦快递有多远"几个大字，后面跟着许多小字，是楚汉十年的发展目标及联邦快递与楚汉快运现在的经营状况。

夏绿：嗬！我要把它挂在办公室，每天都看着。

钟辕：不只是你，楚汉各大区的老总都会收到一张明信片。你翻过来，背面是我给你们的新年寄语。

夏绿翻过明信片，果然上面有钟辕的亲笔大字：梦想成就未来。

夏绿招手叫来一员工：拿去装裱一下，挂到我办公室里。

员工答应着，拿着明信片离开。

23

夏绿办公室。傍晚。

夏绿坐在办公桌后，看向对面。

巨型明信片被装在了一个大木框里，挂在了办公桌对面。

夏绿看着明信片，笑了。

她的眼前幻化出一幅楚汉未来的美景——喷着楚汉标志的飞机腾空而起……

24

车场。白天。

钟辕正在检查车场的管理状况。

一员工领着一位着西服的中年人走过来对钟辕：钟总，这位先生要见你！

钟辕转身看着中年人：我们过去认识？

中年人摇头：不认识。我是德国一家快递公司的中方代理人，今天找你是想问你，德国那家公司想出一亿美元收购楚汉公司，钟总愿意吗？

钟辕冷笑着：我们在收购别人，你们却想收购我们，也太异想天开了吧。

中年代理人：这可是一亿美元，你一辈子也用不完的。

钟辕笑着：你知道新婚是什么感觉吗？

代理人不明所以地：新婚的感觉？这与收购楚汉有何关系？

钟辕笑了：楚汉就是我的新婚爱人，见到她我就亢奋、激动，总是处于兴奋状态下并不觉得累。你说我会因为几美元就把她送给别人？

代理人也笑了：新婚的感觉很快就会过去，何况现在离婚率挺高的。

钟辕坚决地：我与楚汉，永远不离不弃。

代理人悻悻地：那我只好告辞了。

钟辕：请便！

25

钟辕办公室。白天。

钟辕坐在办公桌后，钟祥、韩生德、沈菲菲坐在沙发上。

钟辕：刚才，德国一家快递公司派代理人来找我，你们知道他想干什么？

钟祥：想合作？

钟辕气愤地：他竟然想收购我们！你说气不气人！

韩生德：整天喊着"狼来了，狼来了"，如今真的来了！

沈菲菲：那他们想出多少钱？

钟辕：一亿美元！也真够看得起我们！

沈菲菲高兴地：这可是个高价！如果拿来二次创业，我们可以办一个比楚汉更强的公司！

钟辕：错！我找你们来，不是商量卖不卖的，而是怎么应对！

夏绿这时气喘吁吁地推门进来：出什么事了，要开紧急会议？

钟辕郑重地：狼来了！

夏绿疑惑地看着钟祥。

沈菲菲突然笑起来：夏总，你一进来，总裁竟然说狼来了！你有那么可怕吗？

韩生德接过话头，开玩笑地：夏总，总裁说得也没错，三十如狼四十如虎嘛，你正是如狼的年纪！

夏绿瞪了沈菲菲一眼，然后转向韩生德：韩副总，那么大年纪了还没个正经。

钟辕抬手示意大家停止玩笑：狼真的来了，外国公司竟然要收购我们，一起来讨论讨论对策！

夏绿急忙入座……

26

楚汉办公楼对面的大街边。白天。

德国快递公司的那个代理人站在那儿，心有不甘地望着楚汉的办公楼冷笑着：钟辕，早晚你会后悔的！以后等着你的，可能是个倒闭的楚汉！……

27

楚汉会议室。白天。

讨论还在继续。

韩生德：我觉得，必须加开干线物流班车，把区域物流圈充分打通，全盘搞活，有必要的话，可以增加航空包机，增强应对外国公司的能力。

钟辕点头：航空包机的事确实应该考虑了！我看，总公司要增加个航空处，以航空快递为龙头，牵动地面运输网络，构建天地一体的快递网络，也就是"天罗地网"，有效整合全国范围的物流资源，形成具有规模强势的竞争力。

沈菲菲：我认为，抓好一切的前提是要上市，一个公司要高速发展，离不开资本市场的支持，上市程序一定要启动。

钟辕：好，这几件事一起展开。从今天起，夏总到总公司工作，具体负责股票上市一事，沈菲菲全力配合。

夏绿：北京分公司那边交给谁？

钟辕：如果没有合适的接班人，你就先兼了，但要把工作重心放在这边。

夏绿：好吧！

钟辕转对韩生德：老韩，你负责筹备航空处，成立后，第一项任务就是包机。包机虽然在行业内算不上新鲜事，但有很多具体的事要做。

韩生德：钟总您放心，我先让办公室的人拿个计划，您同意后我再一步一步抓落实。

钟辕：这样也好！

钟辕转对钟祥：争取把更多的地盘圈进来。

钟祥：明白。

28

楚汉办公大楼一房间。白天。

航空处的牌子已经挂了起来，韩生德陪着钟辕走了过来。

门开着，几名员工正在布置办公室，墙上贴着各航空公司航线情况。

韩生德：航空处就算成立起来了，各子公司业务部也增设航空科，现在正着手进行包机工作。

钟辕点头：好呀！包机工作进展如何？

韩生德：上海分公司正在与中国货运航空公司接洽，初步计划签订上海到北京、上海到深圳两条线路的舱位包租业务，估计很快就可以谈下来。

钟辕：太好了！什么时候首航，我要去参加。

29

北京分公司夏绿办公室。白天。

夏绿坐在办公桌后,钟辕坐在沙发上,沈菲菲站在一边。

钟辕:航空处已经建起来了,你们股票上市小组运行得怎么样?

夏绿为难地:专家我们都找了,但听他们讲,股票上市的程序很复杂,对企业要求很多,还要花不少钱!

钟辕:目前,我们与国外对手最大的差距在于资金不足,而上市是解决这一问题的最好办法,所以,我们必须上市。专家怎么说的?有可操作性吗?

夏绿:专家说可以,但需要过程,需要经费。

钟辕:大概要花多少钱?

沈菲菲接过话头:专家说,启动上市程序,最少要300万元。

钟辕挥了一下手:没问题!上市是楚汉的重大战略部署,能否成功上市,直接关系到楚汉能否与国外强手在同一起跑线上展开竞争,这笔钱我批了!

夏绿:好的,我马上请专家进驻公司。

钟辕:过几天我要去上海参加包机首航仪式,这边的事你多操点心。

夏绿看着钟辕:你放心吧!

30

上海虹桥机场。白天。

中国货运航空公司与楚汉快运公司规模盛大的合作首航仪式正在举行。

钟辕站在台上激昂地:过去一年的资料显示,楚汉航空发货量为16 433吨,比前年的3913吨增长了3倍多。今天,我们包租航班终于要首航了,这次首航意义非常重大,它标志着楚汉向蓝天迈出了第一步。以后,我们将一如既往地开展航空业务,计划分三步建设自主独立的航空货运体系。

钟辕:第一步,开展包租运输业务。从现在开始,以包机、包舱、包板、包吨等多种形式,与航空公司展开客机腹舱包租运输合作,逐步在七大物流基地之间开通固定航空包租运输干线,大中城市之间开通多条支线，构筑楚汉快递的"天网"。第二步，包租航空公司全货机，待各方面条件成熟，选择适当的机场作为全国航空分拨基地。第三步，组建楚汉航空货运公司，实现楚汉飞机上天的梦想，实现中国民营快递企业质的飞跃。

现场爆发了一片雷鸣般的掌声。

钟辕大声地：下面我宣布，楚汉快运包租航班现在起航——

31

空中。白天。

一架飞机腾空而起，向北方飞去，众人欢呼起来。

钟辕看着飞机越升越高，眼角湿漉漉的。

不久，另一架飞机也起飞了，飞往相反的方向——南方。

飞机越飞越远，化作一个小点，慢慢消失在视野里，只剩下满天飘浮的白云。

32

上海分公司院内。晚上。

钟辕和范恭清边走边谈。

钟辕：老首长，好久不见了，上海还习惯吗？

范恭清：咱们当兵的，天南海北，哪里没去过？这大都市，条件这么好，还有什么不习惯的？！

钟辕：习惯就好！

范恭清想起了什么似的：你问这个干什么？是不是想削我的"藩"呀！

钟辕连连摆手：哪里哪里？你想哪里去了？有老首长在这里，我一百个放心，只是怕你不习惯！

范恭清点点头：跟你开开玩笑。不让我走就好，我还没干够呢！下一步，有了航空包机，我准备推出新的产品，比"24小时门对门"还要快。

钟辕：这个想法好！你是怎么设想的？

范恭清：这也算是群众的智慧。前不久，我开了一次物流推介会，周边城市代表根据物流需求方的需求提了这么个意见，就是在第二天10点前送达，我觉得可行，便决定推出。名字就叫"2D10"，你看怎么样？

钟辕：好呀！"2D10"，这个称呼不错。我们还可推出下午到达的，比如叫"2D15"或"2D17"。

　　范恭清：对，我们可以一起推出"2D17"，就是在第二天下午下班前到达，相信也会受到客户青睐。

33

　　北京楚汉总部。白天。

　　钟辕感慨地对夏绿：这次去上海，感触很深，华东搞得好，关键是动了脑筋。不仅仅是先谈成了包机，他们现在还推出了"2D10"和"2D17"两个新品种，很有想象力，我觉得可以在北京分公司乃至全国推广。

　　夏绿：是说第二天10点和17点到达吗？

　　钟辕：是的！这样的话我们的速度就会提高很多，也必将赢得更多客户。

　　夏绿：听韩副总说，北京这边的包机也谈得差不多了。一旦谈成，我们也马上开展这两项业务。

　　钟辕：你去忙吧！新业务的开展先做好准备，上市的事还要加快进度。

　　夏绿：好的！

34

　　北京一街道。白天。

　　人们已经穿上了秋装。

　　一个大广告牌竖在街头。上面画着两个大图标，一个图标是醒目的"2D"、大大的"10"字和右下角的"到门"，另一个图标是醒目的"2D"、大大的"17"和右下角的"到门"。图标下面是两个图形的解释。

　　几个人在驻足观看。

35

　　某会场。白天。

　　钟辕和沈菲菲坐在贵宾席上。

　　主持人正在宣读文件：本届"中国物流十大风云人物"评选，由中国物流媒体联盟组织主办，包括中国经济时报在内的近20家媒体成员共同参与，很有代表性。下面我宣布名单……

沈菲菲兴奋地：总裁，准备一下，马上要领奖了！

钟辕：这还用准备？

沈菲菲嗔怪地：总裁，你现在是公众人物，要注意形象。说着，侧身帮钟辕拉了拉衣服和领带，钟辕顺从地任其摆布。

主持人这时宣布：北京楚汉快运股份有限公司总裁，钟辕——

钟辕站起来，向主席台走去。

十位领奖人在台上站好，主办方邀请的领导上台为他们颁了奖。

闪光灯频频闪烁，台下爆发了热烈的掌声。

钟辕走下台，往座位上走去，沈菲菲迎了上来，热烈地拥抱了钟辕。

36

楚汉快运北京分公司营业厅。白天。

一台电视机前，工作人员正在看着电视上的颁奖画面。

夏绿也站在中间。

画面上出现了沈菲菲拥抱钟辕的镜头，有人鼓起掌来。

夏绿的脸冷了下来……

37

楚汉办公大楼楼道内。白天。

夏绿和沈菲菲站在楼道里。

夏绿生气地：我跟你说过的，你忘了吗？

沈菲菲：我没有忘。但我控制不了自己。我觉得他有成熟男人的魅力，是我心中的财富英雄，我从心里崇拜他、爱他！怎么了？

夏绿愣在了那里。

沈菲菲昂头朝钟辕办公室走去。

38

钟辕办公室。白天。

钟辕站在窗边眺望远处。

沈菲菲推门闯了进来,把门狠狠地带上。她径直来到钟辕身边,一头扑到了钟辕怀里。

钟辕不知所措地:菲菲,你这是干什么?

沈菲菲抬头看着钟辕,郑重地:你不要害怕,我不要你离婚,也不要嫁给你,我就想占有你这个男人。

钟辕后退了一步:你这是什么理论?

沈菲菲:现代派理论。爱就爱,恨就恨,不掺杂其他任何东西。

钟辕轻轻推开沈菲菲,由衷地:谢谢你,菲菲!说实在的,我感到了一丝被爱的甜蜜,但也觉得诚惶诚恐,咱们还是保持一点距离好。

沈菲菲:只要你不拒绝我的爱,我就不奢求太多了。

钟辕放开沈菲菲的手:菲菲,你何苦如此?快去找你那个男朋友!

沈菲菲抬头看着钟辕,眼泪汪汪地:钟辕,我爱你!

钟辕叹口气:你这个孩子!

39

楚汉办公大楼门口。傍晚。

一个小伙子手里拿着一束玫瑰花,在楼下站着,看到沈菲菲从楼里出来,讨好地迎上去,把花递向沈菲菲。

沈菲菲看都不看花,径直往前走。

小伙子拿着花跟在后面:菲菲,你怎么了?谁欺负你了?

沈菲菲突然站定,回头看着小伙子,直白地:我们分手吧,我已经不爱你了。

小伙子吃惊地:菲菲,你不是开玩笑吧?我们相爱这么多年,不就缺一张结婚证吗?

沈菲菲:现在我已经另有所爱,你找别的人吧。说完,快步离去。

小伙子愣在了那里,好久才跑去追沈菲菲,但沈菲菲已经上了一辆出租车,走远了。

40

一颁奖会场。白天。

钟辕又一次站在了领奖台上。

沈菲菲在台下狂热地鼓掌。

41

楚汉北京分公司院内。白天。

秋去冬来，一场瑞雪覆盖了院子。

健山一郎先生在钟辕的陪同下参观北京分公司的货物配送中心：材料区、待分拣区、分拣区……分拣后准备发往沈阳、哈尔滨、武汉、广州、乌鲁木齐、南京、上海等地的货件在指示牌下整齐地放着。

健山一郎惊叹：变化大呀！太大了！了不起！

钟辕：先生的中文水平也高多了，可以不用翻译了！

健山一郎点点头：这一年，我加强了中文学习，因为，这里有我们的事业嘛！

钟辕：一年来的财务报表显示，楚汉的各项业务发展良好，您大概取得了 16% 的投资回报，还满意吧？

健山一郎兴奋地：满意！这大大超出我的预料了！所以，我要追加投资，再给你投资 200 万元，怎么样？

钟辕惊喜地：那太好了！您是我们真正的合作者，我们一定给您创造更多的投资回报！

42

北京分公司礼堂。下午。

楚汉庆功大会正在举行。

韩生德在讲话：今年，我们楚汉公司获得了几项重要的荣誉，先是获得了"中国中小企业成长百强"第四名，最近又被物流采购联合会评为中国最具竞争力的物流企业，钟辕总裁先后被评为"中国十大创业新锐""中国物流十大风云人物""年度中国最具影响力的民营物流企业家"，都是可喜可贺的。下面，请钟辕总裁讲话。

钟辕快步走上主席台，向大家敬了一个标准的军礼，下面掌声响起。

钟辕清了清嗓子：楚汉能够取得今天的成绩，全赖在座诸位的辛勤努力……

43

一歌舞厅里。晚上。

一楚汉员工手握麦克风：为了庆祝我们楚汉过去一年的成功，我献歌一首。请诸位下场跳舞吧。

众人纷纷进入舞池。

钟辕和夏绿坐在沙发上，端着酒杯边喝边说边笑。

沈菲菲跳完了一曲，在钟辕的另一边坐下。

喝了一口水，又一首舞曲开始了。

沈菲菲起身，朝钟辕伸出手：总裁，请你跳个舞好吗？

钟辕摆摆手：我喝多了，跳不成了，你去跟别人跳吧。

沈菲菲抓住钟辕的胳膊，又拉又扯地撒娇：总裁，你就跳一曲嘛！上次好不容易教会了你，你不跳就忘了。

钟辕看了一眼夏绿，夏绿一扭头没理会，钟辕只好跟着沈菲菲进入了舞池。

沈菲菲紧紧地贴在钟辕身上，跳了一曲又一曲。

夏绿独自坐在沙发上，不停地喝着水，脸上表情复杂。

44

办公大楼门外。晚上。

几辆车从远处驶来，停下，沈菲菲从车上下来，把钟辕也扶下来。

沈菲菲拥着钟辕回办公室，亲密得像一对恋人。

夏绿也从自己的车里下来，看着两个人的背影，摇了摇头。

夏绿又上了车，启动了车准备走，她突然想起了什么，又把火熄掉，下了车。

夏绿向楼内走去。

45

楼道内。晚上。

夏绿悄悄地走近钟辕办公室。

门虚掩着，里面传来钟辕与沈菲菲的说笑声。

46

办公楼下。晚上。

夏绿在车前犹豫地踱来踱去，终于下了决心般掏出手机。

夏绿拨了号，放在耳边，忧心忡忡地：嫂子，你快来办公室看看吧，那个小女孩太不像话了。

打完电话，夏绿如释重负地上了车。

47

钟辕家。晚上。

西馨放下电话，沉默着。

西馨自语着：我得去看看。

西馨来到钟辕妈的房间门口，大声地：妈，我有事出去一趟，您照看一下孩子，他已经睡了。

钟辕妈：你去吧，放心。

48

大街上。晚上。

西馨站在街头等车，一辆出租车过来，西馨伸手拦住，匆匆地上车。

49

钟辕办公室。晚上。

喝多了酒的钟辕仰靠在沙发上。

沈菲菲把嘴唇靠近了钟辕。

50

办公楼楼道内。晚上。

西馨匆匆出了电梯，快步向钟辕的办公室走来……

第二十二集

1

钟辕办公室。晚上。

沈菲菲忘情地吻着钟辕,钟辕闭着眼睛,被动地承受着。

楼道里传来脚步声。

钟辕清醒过来,推开沈菲菲:你该回家了!

沈菲菲不高兴地起身往外走。

2

楼道里。晚上。

西馨走到钟辕办公室门口,侧耳听了一下,准备抬手敲门。

沈菲菲突然开门从房间走出来,两人都吓了一跳。

沈菲菲不知所措地搓着手,尴尬地:嫂子,你怎么来了?

西馨笑着:我来看看钟辕,他没喝多吧?

沈菲菲:我也是怕他喝多才拖到这时候才走——你请进吧。

西馨推门进去。

沈菲菲吐了一下舌头,快步离去。

3

钟辕办公室。晚上。

钟辕看着西馨:不是说过吗?公司的事不用你管,这么晚了,你来公司干什么?

西馨:也没什么事,只是来看看你,这么晚了不回家,是不是喝多了。

钟辕:打个电话不就行了,还用得着跑来?

西馨委屈地:我来看看你还不行吗?你是我老公啊!

钟辕语气缓和下来:现在你看到了,我什么事也没有,走,回家吧!

西馨沉着脸跟在后面。

4

车内。晚上。

钟辕开着车,西馨坐在副驾驶位置上,两个人一句话也不说。

街边的路灯从车窗边快速后退。

5

钟辕家卧室。夜。

西馨到婴儿床边看了一下孩子,帮孩子换了尿布,便一声不吭地上了床。

钟辕站在婴儿床边看着孩子,默默地站了一会儿,转身来到床前。

西馨翻了一个身,背对着钟辕。

钟辕坐在床边,小声地:西馨,今天晚上我喝了点酒,可能有些失态,说话过分了些,请原谅。

西馨没有说话,但已经发出抽泣声。

钟辕动情地:西馨,我知道你是关心我,可当时不知为什么……

西馨抽泣着打断了钟辕:为什么?还不是因为我打扰了你们?

钟辕:西馨,你想到哪里去了!她只是想和我谈工作。

西馨起身怒对钟辕:有那么晚还谈工作的吗?

钟辕:谁让她是我的秘书呢!你也看到了,我们真的什么事也没有!

西馨:我当然看到了,不正常!绝对不正常!我是女人,这点直觉还没有吗?

钟辕笑着:什么事都不能凭空想象,对吧?

西馨:我不是凭空想象,我是亲眼所见!那么晚了你还和她在一起。

钟辕:西馨,我怎么说你才能相信我呢?

西馨坚决地:要想让我相信你,容易,明天就给她换岗,别让她当秘书了!

钟辕不高兴地:你、你……不是说过吗?公司的事你不要管!你看你?

西馨:这不是公司的事,这是我们的家事,关系到家庭幸福和稳定,关系到……

钟辕伸手制止了西馨:好,我答应你,尽快给她调换工作,你满意了吧!

西馨沉默不语，重新躺到了床上，背对着钟辕。

钟辕也上了床，轻轻地从后面搂住西馨，顺手关上了床灯……

6

钟辕办公室。白天。

钟辕坐在办公桌后，心情沉重的样子。

沈菲菲敲门进来，关切地：总裁，身体不舒服吗？

钟辕挥挥手：有事吗？没事先出去吧。

沈菲菲没有理会，上前摸钟辕的额头：你是不是发烧了？我来试试！

钟辕推开她的手，语重心长地：菲菲，你也知道，我很欣赏你，也喜欢你。但是，我们还是要注意一点，别太亲近，以免引起误会！

沈菲菲嘟着嘴：是不是又有人说闲话？你怕了？

钟辕沉默了一会儿，忧心忡忡地：昨天晚上的事，你也看到了，从明天起，你去北京分公司办公室吧，配合夏总抓一抓上市的事……

沈菲菲也沉默。

房间里一片静寂。

这时，电话铃响了，把两个沉默的人吓了一跳。

钟辕接起电话：喂，哪位？

电话里的声音：报告钟总，我们长沙今天大雨，一辆车在雨中翻倒，伤了两人。

钟辕急切地：两人伤重吗？

电话里的声音：是重伤。

钟辕：全力救人！

电话里声音：是。

钟辕刚放下电话，电话又猛地响了起来。

钟辕一愣，又拿起话筒。

电话里夏绿急促的声音：总裁，仓库出了大事，你快来看看吧。

钟辕赶紧放下话筒，对沈菲菲：仓库有事，我得去看看！说完，匆匆往外走去。

7

楚汉办公大楼下。白天。

钟辕匆匆上了一辆车,也不等后面的沈菲菲上车,便启动了车,

沈菲菲招着手:总裁,等等我——

钟辕鸣了一声笛,驾车快速远去……

8

北京分公司仓库前。白天。

几辆车停在那里,员工们进进出出,来去匆匆。

一辆车从远处快速驶到近前停下,钟辕从车上下来,快步往库房走。

一员工看见钟辕:总裁,您也来了?

钟辕边走边问:情况怎么样?

员工低声地:已经救出来了,您快去看看吧!

钟辕疾步进了库房大门。

这时,救护车也拉着警笛赶来了。

9

库房里。白天。

仓库的货物倒了一大片,几个员工正在清理。

一名员工呻吟着躺在一边,夏绿正在关切地询问着什么。

看到钟辕过来,夏绿赶忙站起。

钟辕俯身关切地:伤得怎么样?

夏绿:被货物压在了下面,应该不会轻,好在头脑还清楚。

员工看到钟辕,挣扎着想爬起来,钟辕赶忙蹲下,把他扶住:别动,别动!救护车已经到了,马上送你去医院。

员工:总裁……谢谢您亲自赶来看我!

钟辕满脸歉意地:你受了伤,我有责任。

员工摇头:这怎能怨您?!

正说着,两个医护人员已经赶过来,把伤者抬起,往外面走。

10

库房外。白天。

两名医护人员把伤者抬上救护车。

夏绿指派一个人跟着上了车。

救护车呼啸着开走了。

钟辕看救护车远去,这才转向夏绿:具体怎么回事?

夏绿解释:这个员工在取货时,一个货架突然散架,大量货物掉到地上,把他压在了下面。多亏发现得及时,大家七手八脚地把货物搬开,才把他救了出来。

钟辕神色凝重地:对安全隐患问题要重视起来,马上对库房做一次全面检查,做到亡羊补牢,堵塞漏洞。

夏绿沉痛地:是我抓得不细,我马上安排人检查。

11

库房内。白天。

几个人正在整理仓库,一名部门经理正在指挥着。

夏绿匆匆走进来。

她到近前看了看,满意地点点头,郑重地对部门经理:你继续指挥大家整理仓库,我陪总裁到其他库房检查。

部门经理点头:夏总,放心吧。

夏绿又匆匆地往外走。

12

仓储基地院内。白天。

夏绿陪着钟辕向另一栋库房走去。

一库管员热情地迎出来,带着夏绿和钟辕走进去。

13

仓储基地院内。白天。

钟辕和夏绿从仓库出来,又向另一个库房走去。

14

库房内。白天。

钟辕往库房的四角看了看，感慨地：几个仓库都差不多，货架陈旧，货物摆放不合规矩，而且，搬运设施过时，机械化程度太低。这不仅严重影响工作效率，还存在安全隐患。

夏绿叹了口气：是啊！这些库房都是最老的，当时公司底子薄，凑合着建成这样，机械化改造也不好搞，就先凑合着了，没想到……

钟辕：到了必须改造的时候了，一刻也不能再拖。

夏绿点头：是呀！下一步我们就展开这项工作。

15

钟辕办公室。晚上。

钟辕坐在办公桌前，对着台灯柔和的光，思索着。

他边想边写，一会儿便写了大半页纸。

16

楚汉员工餐厅。早晨。

楚汉高管们围坐在一张餐桌前。

钟辕放下筷子：近来公司出现了不少问题，大家一起来分析分析。

夏绿接过话头：我觉得，最近所出问题的原因主要有三个：一是员工工作太累，出货差错率高；二是送货后信息回馈不及时，致使货物出了问题总公司很长时间才知道，客户也嫌送达速度太慢提出索赔；三是各地分公司接二连三发生盗窃事故和车辆事故。

一名部门经理附和：是呀，济南分公司发送的钢琴被东北基地员工不小心摔坏，此事中央台还曝了光。

韩生德：盗窃事故也不少，不久前，合肥分公司营销员监守自盗6箱手机，深圳分公司发往武汉的国画下落不明。

钟辕惊讶地：这些事我怎么不知道？

韩生德：我也是听员工说起的，各大区根本就没跟咱们报告！

钟辕：这就是令不行、禁不止的结果，必须得改一改了！

钟祥：车辆事故也是个老大难问题，但人的素质却是更大的问题。石家庄、武汉分公司发生车辆事故，还有7名公司的员工拿着公司的钱不告而别……

17

字幕：兰州。

一座挂有"楚汉快运兰州分公司"牌子的建筑。太阳西斜。

一名年轻人快步走进大门。

18

兰州分公司总经理办公室。下午。

总经理李建坐在办公桌后，刚进来的那个年轻人站在桌前。

李建严肃地：兰州生物制药厂刚给我打来电话，委托我们将115箱生物活性疫苗发往广东佛山，由于该产品在2至4摄氏度的条件下只能存活4天，所以客户要求3天内必须送到，你们要抓紧时间，争取一天到门。

年轻人：是！我马上派人去取货，赶配晚上的航班。

李建：快去吧！

年轻人转身出去。

19

高速路上。下午。

一辆楚汉的送货车飞速行驶。

20

兰州分公司总经理办公室。晚上。

总经理李建正在打电话：赶配的航班几点起飞？

对方的声音：晚上7点25分起飞，大约9点半到广州。

李建：现在已经起飞了吗？

对方的声音：已经起飞了！

李建不放心地：确认过我们的货物已经搭载了吗？

对方的声音：放心吧，李总，已经确认过，115箱重新包装成58件，已经上了飞机。

李建放下电话，松了口气。

21

字幕：广州。

广州分公司基地值班室。晚上。

值班员正在值班，一个速递员匆匆地走进值班室。

速递员：兰州发来的那票货我取回来了，怎么处理？

值班员无奈地：他们想搭载今天晚上的物流班车发往佛山，可怎么可能？班车早已出发两个小时了。

速递员：那怎么办？

值班员：我跟他们说一说，发铁快吧，明天应该也能到。

22

兰州分公司营业厅。白天。

业务员正在接电话。

电话里的声音：对不起，您的货昨天晚上没能配上物流班车，广州已经发了铁快，估计明天就可以送达。

业务员急切地：那是有保质期的疫苗，请明天务必送达！

电话里的声音：好，好！明天一定送到。

23

字幕：佛山。

佛山火车站。白天。

楚汉员工来到铁快窗口办理提货手续。

铁路工作人员认真核对包裹票和货物，之后摇了摇头：不能提货！

楚汉员工惊讶地：为什么？我们有包裹票，为什么不让提货？

铁路工作人员：货物全部没贴铁路标签，而且包裹票上的品名、数量也与实际货物不相符，不能提货。

楚汉员工不知所措地：那怎么办？

铁路工作人员：你们联系一下发货方，让他们来个电报说明一下。

24

佛山分公司营业厅。白天。

一名员工正在打电话：广州基地吗？昨天你们发来的一票货没贴标签，佛山火车站不准我们提货，你们马上发个电报说明一下。

对方的声音：那你们要问兰州，他们发过来时也没有贴标签。

佛山员工客气地：我们这里等着提货，你先给发个电报吧！

对方的声音：好吧！

25

兰州分公司总经理办公室。白天。

李总站在办公桌后，一个中年人气愤地站在对面。

中年人焦急地：李总，我跪着求你们行吗？我先押钱，多少都行！先给我提货，再补办什么手续行不行啊？

李建安慰地：广州、佛山那边正在协调，张总，你先别着急！

张总跺着脚：你们到底怎么搞的？前天拿的货，说好一天到门，可是今天已经是第3天了，为什么还送不到？

李建无奈地：这不特殊情况吗？

张总气愤地：难道这就是你们楚汉的信誉吗？你们找人去把货给我抢出来吧！我告诉你们，5点前再送不到或疫苗失效，我让你们赔偿24万元。

李建安慰着：张总，您先别生气，我马上向总裁汇报，让他帮着协调这个事，保证以最快速度给你送过去。

张总：那快打电话呀！还愣着干什么？

26

钟辕办公室。白天。

钟辕正在写着什么，电话铃响了，钟辕接起电话。

钟辕意外地：什么？发货没贴标签，广州不给出证明？好，我马上过问！

挂断电话，钟辕接着拨号。

钟辕严肃地：广州分公司吗？我是钟辕。兰州那批货是怎么回事？

　　对方犹豫的声音：钟辕？钟辕是谁？

　　钟辕：我是楚汉总裁钟辕，兰州那批货是怎么回事？

　　对方笑着：你真是总裁吗？那请你给大区关总打电话吧，我们只接受大区关总的指示。

　　钟辕愣在那里。

　　对方又笑着：你是兰州吧？有事说事，也没必要冒充总裁呀！

　　钟辕挂掉电话，又拨号。

　　钟辕生气地：关总吗？兰州那批货是怎么回事？请马上给我处理好！

27

　　佛山火车站铁快窗口。白天。

　　楚汉员工正在办理提货手续。

28

　　大街上。白天。

　　楚汉的厢式货车飞速行驶着。

29

　　钟辕办公室。白天。

　　钟辕拿着电话，严肃地：关总，到底是怎么回事？查清了没有？

　　关总沉重的声音：兰州发航空走得急没贴标签，我们磨破了嘴皮才从机场把货提出来，结果走铁路，我们也没贴标签，做了错事……

　　钟辕：操作规程是干什么用的？这个事情虽然没有太大损失，但性质非常恶劣，相关责任人要严肃处理！

30

　　兰州分公司总经理办公室。白天。

　　李建拿着电话：这可是我们兰州分公司的首位万元大客户啊！其月发货可达30万元，目前业务被邮政、铁路、民航分割，我公司为了跻身其中，很多人为此付出了心血！原以为年底可以签署正式合同，可现在……

钟辕的声音：这个事情，不能只怪广州那边，你们也要从自身找原因！发航空时，为什么没贴标签？
　　李建理屈地：时间太紧，业务员只顾赶配航班了……
　　钟辕：总公司制定的操作规程不是弄着玩的，而是帮助大家干好工作的，你们没有学过吗？
　　李建：总公司的操作规程？我真的没见过！
　　钟辕吃惊地：什么？不是一月前就发到了各大区吗？

31

　　钟辕家书房里。晚上。
　　钟辕正在认真地看着一本书，不时做着笔记。
　　一会儿，他把书放下，目视前方，沉思着。

32

　　客厅里。晚上。
　　西馨正在看电视，钟辕从书房里出来，冲西馨招了招手。
　　西馨起身过来：有事？
　　钟辕：来，来，咱们讨论一下公司体制的事。
　　西馨有几分不快：你不是不让我管公司的事吗？我还是看我的电视吧！
　　钟辕笑着：我不让你管公司的事，并不是说不让你当高参呀！你是本总裁的贤内助嘛！
　　西馨白了钟辕一眼，跟着他进了书房。

33

　　书房里。晚上。
　　钟辕：楚汉现在的体制是总公司—大区—分公司—营业所—营业厅，层次太多，政令不畅通，管理不能深入基层，导致了一些恶性事故的发生。
　　西馨点头：那你准备怎么办？
　　钟辕：我想实行扁平化管理，裁减人员，整编机构，撤销大区这一级机构，总公司部门对分公司部门，实行对口管理和指导，分公司部门经理由总公司考察任命。

西馨赞赏地：这是个好办法！可以强化总公司对营业厅、所经理的考核与管理。

钟辕：我们要将营业厅、所像分公司一样建设，厅长、所长对下属员工全面负责。

西馨想了想：这虽然是个办法，但一下子撤销大区，工作难度可能会很大，能不能先撤销其行政功能，保留其协调作用？

钟辕：也好！大区保留一部分人，协调一下各分公司之间的关系，也未尝不可。

34

北京分公司礼堂。晚上。

"扁平化管理动员大会"的横幅下，钟辕正在讲话。

钟辕：扁平后的组织框架是两层，决策层是总公司（大区），执行层是分公司、营业厅、独立城市营业所，垂直管理分为总公司（大区）、分公司、营业所三级。大区是总公司的一部分，下月起大区人员的工资由总公司发放，大区老总参加总裁办公会议。大区老总工作职责有四点：一是和政府媒体接洽，二是超大客户的开发与维护，三是突发事故的应急处理，四是各分公司之间的关系协调。

坐在第一排的大区老总们面面相觑。

钟辕：这次机构调整，必须落到实处，不要打隔山炮，要一竿子插到底；不要蜻蜓点水，要杀回马枪检查……

35

会场外。白天。

几个员工在议论。

员工A：这样不是乱了吗？

员工B：大区一点权力也没有了，那大区老总们会答应吗？

员工C：总裁有总裁的道理，我们用不着操心！

员工A：你是不是楚汉员工？怎么能不关心公司大事呢？

员工C：该管的你去管，不该管的你也管不了，总裁能创办这么大的公司，这点小事他还处理不了吗？

　　员工 B：也是……

36

　　钟辕办公室。白天。
　　几个大区总经理一起走进来。
　　东北大区黄总经理：我们现在有 600 多人，部门十几个，一下子全要裁撤，工作不好做呀！
　　钟辕：困难肯定有，大家要想办法克服！裁减掉的人员，并不是要他们下岗，而是充实到各分公司去，有能力的还可以重用！
　　黄总：说起来容易，做起来难，总裁能不能亲自去一趟东北，帮我们解决一下。
　　钟辕：黄总，你真的解决不了吗？
　　黄总点头：困难太大了！
　　钟辕严肃地：好！东北的事我来解决，你就留在总公司吧！香山培训班缺教员，你临时先去做教员。
　　黄总经理明显被吓住了：总裁，我还是回大区吧。
　　钟辕：你们几位谁还有困难？谁还想留下做教员？
　　几位总经理异口同声地：没有困难！

37

　　钟辕家。早上。
　　钟辕全家正在吃饺子，外面偶尔传来鞭炮声。
　　钟辕吃完，擦擦嘴，对西馨：西馨，你慢慢吃，我去公司看一看，给值班的拜个年。
　　西馨：等等。我跟你一起去！

38

　　北京分公司院子里。白天。
　　"欢度春节"的横幅挂了起来，地上许多鞭炮皮。
　　夏绿正和员工们说笑。

一辆车开进来，停下，钟辕和西馨从车上走下来。

夏绿迎了上去：总裁、嫂子，新年好！

钟辕：夏总，你不在家里陪女儿，怎么跑到公司里来了？

夏绿笑了：你们跑来给值班的拜年，我就不能来？

西馨拉着夏绿的手：妹妹，你辛苦了！走吧，咱们一起去看看值班的员工！

三个人一起往办公室走去。

39

仓储中心。白天。

钟辕、西馨、夏绿走进院子，值班员迎出来。

值班员激动地：总裁、嫂子、夏总，你们都来了！

钟辕握住值班员的手：辛苦了！新年快乐！

西馨把一个红包递给值班员。

值班员高兴地接过：谢谢嫂子。

40

钟辕办公室。白天。

钟辕坐在办公桌后，钟祥和韩生德坐在沙发上。

钟辕：新年过后，各地扁平化抓得怎么样？

钟祥：工作比较难做，但基本落实了。人员普遍从600人减至100人，员工的积极性大大提高。

钟辕笑着：他们也有危机感了。

韩生德：自扁平化管理实施以来，各分公司情况都好多了，基本没有事故案件发生。

钟辕：要继续抓好规章制度的落实，而且要一抓到底，强化全员的制度意识，尽量杜绝一切不该发生的事情。

41

腾达公司梁志远办公室。白天。

梁志远坐在办公桌后，几个部门经理站在房子中间。

梁志远：最近业务量大幅下降，怎么回事？

一个部门经理小声解释：最近春节刚过，整个物流行业都不太景气。

梁志远对宋来：楚汉最近怎么样？

宋来：他们还不如我们呢！由于盲目扩张，管理跟不上，他们不但没盈利，还经常出事，赔进去不少。

梁志远：是吗？

宋来：千真万确！

梁志远：那正好，我们要集中力量，趁楚汉混乱之机，扩大业务范围，打一个翻身仗。

42

北京发展银行门口。白天。

一名楚汉员工拿着一个包裹匆匆地走来，正好在门口碰上一名穿腾达制服的员工，两个人对视了一眼，楚汉员工进门，腾达员工往外走。

43

北京发展银行办公室。白天。

银行职员拿着一个包裹，正要打开，楚汉员工在门口敲门。

银行职员头也不抬地：有事吗？

楚汉员工热情地：你是办公室负责人吗？我这里有一个包裹，您能否签收一下！

银行职员疑惑地：我们的包裹已经送来了呀，怎么还有一个包裹？

楚汉员工：这个包裹也是要求送给你们的，不信你看。说着，上前两步，把包裹递给银行职员。

银行职员接过包裹，惊喜地：这才是我们的东西呀！那刚才送来的……

楚汉员工拿起另一个包裹，看了看，笑着：这个是北方发展银行的，他们送错了，送到你这里了！

银行职员认真看了看，又气又笑地：还真是，错了一个字，就大错特错了。我马上给腾达打电话，让他来拿回去。

楚汉员工摆摆手：算了，我正好路过北方发展银行，我给他们带过去算了。

　　银行职员客气地：那就谢谢你了！

　　楚汉员工拿着腾达的包裹，告辞出门。

44

　　北方发展银行办公室。白天。

　　副行长正在大发雷霆：腾达公司是怎么搞的，到现在还没把包裹送来，真是耽误事呀！

　　一个职员解释：已经打了几次电话了，说是速递员早已出门，估计很快就会到了。

　　这时，楚汉员工站在门口敲门。

　　一个职员焦急地：是腾达送包裹的吗？快进来。

　　楚汉员工走进来，热情地：我不是腾达的，我是楚汉速递员。

　　副行长疑惑地：楚汉的来这里干吗？

　　楚汉员工：腾达的员工把包裹送到了北京发展银行，我正好去那里，发现了这个问题，我怕你们着急，就顺便给你们带了过来。

　　副行长惊讶地：是吗？快拿给我看看。

　　楚汉员工把包裹递上去，副行长接过来，认真看了看，惊喜地：对呀！这就是我们的包裹，怎么会送到北京发展银行呢？

　　楚汉员工笑了笑：也许是腾达的速递员粗心了！你们跟腾达联系一下，补办一下有关手续，我就先走了。

　　副行长热情地与楚汉员工握手：谢谢你了！

　　楚汉员工客气地：不用谢！以后有什么业务需要效劳的，请拨打我们的全国呼叫中心——4006789000，我们将竭诚为您服务。

45

　　北方发展银行行长办公室。白天。

　　柳行长坐在老板椅上，副行长坐在沙发上。

　　副行长没好气地：我看腾达公司的情况好不到哪里去，送个包裹都送错了，还有什么信誉可言？

　　柳行长笑了笑，为腾达开脱：也许是个别现象，金无足赤，人无完人嘛！

副行长：腾达的贷款一再延期，到目前为止还没有一笔归还，确实得慎重一点呀！

柳行长：那你的意思是？

副行长：我觉得，应该查查腾达的账，看他们的盈利能力到底如何，再根据情况确定工作思路，做到有的放矢。

柳行长勉强点点头：好吧，这事就由你牵头，尽快查账。

46

腾达公司会计室。白天。

副行长带着银行工作人员在查账，脸上露出严肃的神情。

梁志远带着女秘书走进来，热情地：行长呀！让他们查就行了，我们去那边坐坐，喝杯茶！

副行长摇头：不用了，谢谢！

梁志远上前拉副行长：行长，您就别客气了！工作也要慢慢干嘛，先休息一会儿，走，走！

副行长有点不高兴：梁总，请不要影响我工作好不好？

梁志远：好，好！我在办公室等您，中午一起吃饭！

副行长：饭也不用吃，只要能配合我们查账就行了！

47

北方发展银行行长办公室。白天。

柳行长坐在老板椅上，副行长坐在沙发上。

副行长：经过认真检查，发现腾达公司盈利很少，早就开始吃老本了。

柳行长：是吗？不是美国一家投资公司还投了100万美元吗？

副行长：可能美国的投资公司还不知道腾达的真实情况，知道了肯定要撤资或转让，到那时腾达就完了。

柳行长的脸色一变。

副行长建议：鉴于腾达公司的经营状况，我建议立即停止给腾达贷款，并开始催收已经贷出去的所有款项。

柳行长点头：好，也只能这样了！

48

腾达公司楼前。白天。

梁志远急得像热锅上的蚂蚁，匆匆从办公楼里出来，几个部门经理跟在后面。

梁志远：你们别问我，自己各干各的去！要保证公司正常运营。说着，钻进宋来开过来的轿车。

几个经理看着绝尘而去的汽车，议论着。

经理A：梁总这一去，也不知能不能找到钱还贷？如果找不来钱，那公司该怎么办？

经理B：也许，梁总还有办法，他可以找他爸出面，找别的银行再贷一点。

经理C：那不可能！别说他爸已退居二线，就是在位，现在银行系统都知道了我们的经营状况，谁还敢贷款给我们。

经理A：看来，公司是凶多吉少呀！我们该早做打算！

经理D：美国的约翰先生还不知道这情况，倘他知道了会怎么办？

经理A点点头：是呀！约翰先生还不知道呢……

49

某公用电话亭。白天。

腾达公司部门经理A正在打电话。

经理A：约翰先生吗？最近公司发生一件事，由于经营不善，银行开始催贷款了，您要不要来一趟？——好的，好的！

经理A挂上电话，匆匆离开。

50

楚汉公司钟辕办公室。白天。

钟辕坐在办公桌后，约翰先生坐在沙发上。

约翰先生用生硬的中国话诚恳地：我已经看明白了，腾达公司的管理者能力有限，很难有发展前途，而你们恰恰相反。所以，我第一个想到你们，愿意向你们出让腾达的控股权。

钟辕：谢谢约翰先生的信任！但我们去年以来扩张速度很快，资金比较紧张，所以不能一下子答应你，我们商量一下，再给您回话，好吗？

约翰先生点头：好的，好的！我等你们的消息。不过，我要提醒一下钟总，按你们中国的说法，这可是块到嘴的肥肉，你要争取吃下去哟！

钟辕笑着：对呀！约翰先生您说得太好了，我们争取吃下去。

51

楚汉会议室。白天。

钟辕和钟祥、韩生德及各大区的老总围坐在椭圆会议桌前。

钟辕：今天把大家紧急召集起来，是有一件重要的事情要商量。腾达公司经营出现了困难，美方控股人约翰先生想把腾达的控股权卖给我们，大家议一议，看这个事行不行？我个人的意见，应该买。理由有三：一是腾达公司的地盘不错，固定资产比较优良，我们拿来就可以用；二是腾达有一定的基础，比我们任何一个分公司都更有可塑性，接手后很快就可以盈利；三是它的电子商务这一块比较先进，可以填补楚汉的空白。

夏绿：钟总讲得很有道理，我赞成！

韩生德摇头：买下来倒是不错，但我们的资金也不充裕，去哪里筹这笔钱呢？而且，由于大规模的扩张，去年我们的财务状况很不好，估计是亏损的。

钟辕：会计师事务所出财务报表了吗？

钟祥：还没有！不过很可能像韩副总说的那样，是亏损。

钟辕往后一仰，头靠在了椅背上。

夏绿：资金的问题不是没法解决，首先可以考虑银行贷款，不行的话还可以与日方商量，再争取一些投资。

钟辕坐直了身子：夏总说得对！办法会有的，关键是我们要下这个决心。现在的机会很好，我们要把握一下，大家还有什么意见没有？

韩生德担心地：吃进来是可以的，但势必对公司的盈利状况造成拖累，这点要考虑清楚。

钟辕点头：韩副总担心的不无道理。但我想，兼并腾达后，楚汉下一步就可以全力抓效益了，相信不久便会扭亏为盈，大家放心。

52

腾达公司梁志远办公室。白天。

梁志远沮丧地坐在办公桌后,宋来坐在沙发上。

梁志远:这个消息确实吗?约翰真的要把公司控股权卖给钟辕?

宋来点头:有人亲眼看见,约翰来北京不久,就去了楚汉。而且,楚汉已经开过会了,研究收购的事宜。

梁志远沉默。

宋来着急地:梁总,你说我们该怎么办呀?

梁志远咬牙:钟辕他休想染指腾达,我们走着瞧!

第二十三集

1

腾达公司梁志远办公室。白天。

梁志远坐在办公桌后,宋来坐在沙发上。

宋来:梁总,你是不是已经有了对付钟辕的法子?

梁志远:前几天你说过,楚汉现在的日子也不太好过,是吗?

宋来:是的!他们一直在收购扩张,大概有点消化不良,经常出事,估计也挣不到什么钱。

梁志远:你再继续打听他们的情况,一有新消息立即向我汇报。

宋来点头:明白。

2

北方发展银行柳行长办公室。白天。

柳行长坐在老板椅上,梁志远坐在沙发上。

梁志远没好气地:你们光查我的账,催我的款,有的比我情况还糟糕,你们却照样放贷,什么意思吗?

柳行长:不可能吧!我们现在往外贷款很慎重的。你说的是哪家?

梁志远:你们查过楚汉公司的账吗?

柳行长:你说楚汉呀!他们没问题,那是明星企业,信誉有保证的。

梁志远冷笑着:信誉是有保证,可有没有钱还贷那可不一定有保证哟!

柳行长:梁总,你什么意思?

梁志远:我不是跟你开玩笑。你去查查他们的账,看是不是亏损?

柳行长:难道是真的?那我们真要去查查。

3

楚汉总公司钟辕办公室。白天。

钟辕正在看材料,一名员工走了进来。

员工手里拿着一份表格,来到桌前递给了钟辕:总裁,这是去年的财务报表，您看看吧！

钟辕：利润怎么样？

员工吞吞吐吐地：您自己看吧！

钟辕拿起报表，看了看，吃惊地：真的亏损了？怎么回事？

员工解释：主要是新加盟的分公司太多，再就是各种事故频发，才造成了入不敷出的不利局面。看来，扩张得还是太快了些。

钟辕沉默，挥了挥手让员工出去。

4

北方发展银行柳行长办公室。白天。

柳行长坐在老板椅上，钟辕坐在沙发上。

柳行长：钟总，今天急匆匆来找我，有事吗？

钟辕笑了笑：找财神爷肯定是求财啦！

柳行长不动声色地：钟总又要贷款呀？胃口够大的嘛！

钟辕：没有您柳行长的支持，胃口再大也没有用啊！

柳行长：不知钟总这次贷款作何用？准备上什么项目？

钟辕：我想收购一家快运公司，进一步壮大楚汉的实力。

柳行长：这样收购能赚到钱吗？去年我们支持你收购了那么多小公司，效益怎么样？

钟辕：短期内还没有显现，但不久就会带来丰厚利润的。

柳行长：不对吧？我怎么听说楚汉亏损了，是真的吗？

钟辕一惊，脸色有变，但故作镇静地笑着：柳行长，您开玩笑吧？听谁说楚汉亏损了？

柳行长郑重地：你别管是谁。现在我正式问你，楚汉去年是不是亏损了？

钟辕沉默了一霎，真诚地：柳行长，实话跟您说，去年是真的亏损了，但……

柳行长打断钟辕的话：不要说理由！本来，我还不相信你们会亏损，准备派个工作组去查一查。现在看来，不用查了！我告诉你，从今天开始，我行停止一切对楚汉的贷款，并可能随时催还既往的贷款。

钟辕着急地：我现在急需一批资金，您能不能再通融一回？

柳行长坚决地摇头：不可能的！你去找别的银行吧！

5

钟辕办公室。白天。

钟辕在房间里踱来踱去，夏绿敲门进来。

夏绿：钟总，你快去看看吧！上市小组听说我们去年亏损了，便立即停止了工作。

钟辕：为什么？

夏绿着急地：他们说，业绩亏损，一切都没有做的必要了，上市要求必须连续三年盈利。

钟辕：是吗？快带我去看看。

6

北京分公司院内。白天。

上市小组的几个人站在院子里，沈菲菲正与他们说着什么。

一辆车开过来，钟辕和夏绿从车上下来。

钟辕急匆匆地走过来：诸位朋友为何要停止工作？

一位专家叹了口气：本来我们很有信心的，只要今年的利润达到3000万元，就可以名正言顺地成功上市。没想到，你们却送来一份亏损的年报，这还有什么做的必要呢？业绩不行，再怎么包装也是白搭。

钟辕：难道没有挽回的余地了？

专家摇头：我想不出任何办法，上市小组只能先解散，什么时候楚汉条件成熟，我们再来。

钟辕跟小组成员握手，无奈地：谢谢你们了，谢谢！

7

北京分公司院内。晚上。

钟辕和夏绿在院子里散步。

钟辕惋惜地：我确实是看上了腾达的那块地皮和房产，买过来当办公楼再好不过了，可是……

夏绿：银行那些人真是……一看没钱就变脸，转身便走！真是晴天给你打伞，下雨给你收伞！

钟辕感慨地：是啊！市场经济就像打仗一样，只要结果不看过程，有了利润，就是胜者，没有利润，就是败者。这是市场经济的严酷法则，只能去适应，不能去抱怨……

夏绿：可不可以想想别的办法？

钟辕摇头：还有什么好办法可想呀！看来只能问问大哥，看他有办法没有！

夏绿：能不能跟约翰先生商量商量，像健山一郎先生一样，我们接管下来，算他的投资？

钟辕：我试探过了，美国人不干！他还说，如果我们不买，他就准备卖给别人，甚至是联邦快递。

夏绿：是吗？那我们是该买下来。

8

钟辕办公室。白天。

钟辕坐在办公桌后，拿起电话，拨号。

钟辕对着话筒，热情地：大哥吗？最近还好吧？

电话里钟成的声音：我还是老样子。公司最近不错吧？

钟辕：还可以，只是由于扩张太快，资金有些紧张！

钟成的声音：不对吧？我怎么听说去年亏损了？

钟辕惊讶地：大哥怎么知道的？我正想跟你说呢！

钟成笑着：我是公司的大股东，能不关心吗？我还知道，你准备筹资收购腾达，是不是有这回事呀！

钟辕：的确。但现在银行不给我们贷款，资金筹不到，你能不能想想办法？

钟成：二弟呀！你的头脑是不是有点过热？该降降温了！去年的亏损教训还不深刻吗？腾达那个烂摊子，我看还是不要的好！

钟辕愣在那里。

9

钟辕家。晚上。

钟辕躺在床上辗转反侧，西馨伸手把灯打开，卧室里亮起了柔和的光。

西馨坐起，靠在床上：怎么了？还在为收购的事发愁呀？

钟辕闭着眼睛，喃喃地：西馨，你说我错了吗？

西馨：我觉得，我老公没有错！我们扩张虽然付出了一定代价，但前景肯定是光明的。

钟辕叹了口气：不知是我头脑过热，还是他们患了短视症？但不管怎样，收购腾达总是一件好事呀，为什么大家都不支持呢？

西馨怀疑地：大家都不支持吗？

钟辕睁开眼睛，坐起来：今天我给大哥打了电话，他明确表示不支持。三弟也找我，劝我不要买了。下午开会时，有好几个人也提出了反对意见。

西馨：健山一郎先生那里怎么样？他会不会支持？

钟辕：我还没跟他说呢！不行的话，明天我给他打电话。

西馨：如果他支持的话，兴许能筹到资金。

钟辕：但愿如此吧！睡觉。

10

大街上。白天。

钟辕坐在车里，打开手机。

他似乎在犹豫，但随后开始拨号。

钟辕谦恭地：健山一郎您好！有个事想跟您汇报一下。

健山一郎生硬的中国话声音：是不是收购腾达的事呀？

钟辕惊讶地：怎么？您也知道了？！

健山一郎的声音：钟总啊！做事不能太急躁，你们中国有句古话，叫"欲速则不达"，还是稳一稳再说吧！

钟辕：可是，机不可失呀！

健山一郎的声音：可能你还不知道，因为去年的亏损，不少股东对你的信任度下降了，有人提出来要罢免你，我给挡回去了！

钟辕震惊地：真的吗？有这事？是谁？

健山一郎的声音：是谁你就不要管了。眼下，收购的事先不要想了，先把效益抓起来，以后机会多的是。

钟辕无奈地：那好吧。

11

腾达公司梁志远办公室。白天。

梁志远坐在办公桌后，宋来站在桌前。

宋来兴奋地：楚汉那边已经歇菜了。他们根本筹不到钱，而且很多人表示反对。

梁志远点头：好！要密切注视他们的动态。

12

楚汉一营业所院内。白天。

钟辕正在检查工作，手机响起。

他拿起手机：是约翰先生，上午好。

他对着话筒，沉重地：约翰先生，很不好意思！我们由于去年的快速扩张，资金有些困难，暂时不考虑受让腾达的股份了……

13

腾达会议室。白天。

众人围坐在桌边，气氛有些凝重。

约翰先生用流利的汉语讲话：鉴于腾达的经营状况，我想把持有的公司三分之二的股份转让出去……

梁志远打断了约翰先生的话，着急地：我反对！我们现在经营虽然有些困难，但这是暂时的，我们有信心在不久的将来，扭转这种局面。

约翰先生摇了摇头：给你的时间已经够长了，说实话，我很失望。

14

楚汉会议室。白天。

钟辕和高管们围坐在桌边。

钟辕：目前存在的问题是前进中的问题，就像一个跑快了的人一样，必然要喘粗气。企业快速发展肯定要冒点"虚汗"，没什么大不了的。今年，我们要抓好效益，厉行节约，控制成本。我建议，把包的14架飞机全部退掉，把600路班车减为300路。

钟祥商量地：去年扁平化管理把大批管理人员放到了一线，但很多干不了业务，是不是考虑一下裁员？

钟辕点头：对！必须动这个手术！我们又不是福利院，吃闲饭的一概不要。把7000名员工减为5000名。

韩生德：我曾经说过，中国民营企业有一个怪圈，一扩张就死。要想打破这个怪圈，我觉得，必须有放有收。

钟辕：有道理。时时都有危机感，才会有责任感和紧迫感。

韩生德：去年扩建的很多网点根本没有业务，是不是关一部分？

钟辕一愣，点点头，又摇摇头，思索着。

众人都看着钟辕。

15

腾达会议室。白天。

梁志远无奈地：如果真要卖，我也没办法。只是，不知约翰先生想卖给谁？谁又会买呢？

约翰先生坦率地：这点我想过了，本来我想卖给楚汉，但他们不要。我会找一家经营不错的快递公司。

梁志远露出一丝得意的笑：是不是应该内部人优先呀！

约翰看着梁志远，又看了看全体到会人员，郑重地：当然，内部人优先！各位，你们谁有这个意向？

梁志远郑重地：我！

约翰看着梁志远，不动声色地：那好呀！既然是内部人买，那我就按当初的成本，你就给我100万美元好了。

众人都面面相觑。

梁志远硬着头皮：好的，我尽快给你筹款。

约翰先生：那好！我给你半年时间，到时，要么你给我钱，要么我就另找买主。

梁志远：一言为定。

16

楚汉会议室。白天。

钟辕看看大家,郑重地:韩副总讲得有道理,但我觉得,我们布点全国的发展战略没错。虽付出了暂时亏损的代价,却播下了漫山遍野的火种,在与同行的竞争中占据了优势,只等燎原之势的到来。我们不能要求事事完美,也不可能事事完美,有弊肯定也有利。因此,在网点上,去年急速扩张后的网点,一个也不能关门。他们的出路在于解决货量不足,让网络和人转起来。

众人表示赞同。

钟辕:我想过了,今年,每月总公司经营分析会以网络会议的形式,让分公司经理也参加。对分公司经理采取"预警制",对经营不好的,头2个月先发黄色预警信号,到第3个月若还没有改变,就要采取降薪、降职、调岗的方式来处理。

众人点头。

钟辕:现在的楚汉,正是黎明前黑暗的时刻。请大家相信,很快黎明就会到来,我们会迎来红彤彤的太阳。

大家鼓掌。

17

楚汉北京分公司院内。早晨。

一轮朝阳从东方升起,照在站在院子里的数百名楚汉员工身上。

大家齐声高唱《众人划桨开大船》。

歌声响彻院子上空。

唱完歌,大家齐声高呼:因为我们不富有,所以更加要努力!

18

楚汉西藏分公司院内。晚上。

几个人沐着朝阳站在院子里,远处是清晰的雪山。

几个人唱着《众人划桨开大船》,声音虽然不高,但很整齐有力。

唱完歌,几个人异口同声地高呼:因为我们不富有,所以更加要努力!

声音在雪山间回响着……

19

腾达公司梁志远办公室。白天。

梁志远沮丧地坐在办公桌前，宋来敲门进来。

梁志远急切地：筹款的事怎么样？

宋来摇头：跟我们有业务往来的公司都说有困难，我也不敢多说，怕他们知道了我们的困境，断绝了业务。看来，还只能从银行那边想办法。

梁志远叹了口气：也不行啊！让北发一闹，银行系统都知道了我们的状况，没有一家肯给我们贷款。

宋来：能不能从自身想想办法，让高管们一起入股，共同把股权买回来。

梁志远欣喜地：对呀！这也是个办法。你马上去通知一下，我要开个动员会，让大家一起筹资。

20

大街上。清晨。

楚汉的送货车辆快速驶过……

21

小巷里。正午。

骑着电动车和三轮车的楚汉快递员在街巷里穿梭……

22

楼道里，黄昏。

背着挎包的楚汉快递员正把货件递到客户的手里……

23

腾达公司值班室。白天。

电话铃响起，值班员接起电话，没好气地：催什么催？领导们都在开会，正讨论卖公司呢！——还送不送，那谁知道？

说着，值班员放下了电话。

24

梁志远家。晚上。

梁志远躺在床上辗转反侧。

25

字幕：济南。

楚汉山东分公司某营业厅。白天。

电风扇摇着头，几个业务员正在工作。

钟辕满头大汗地带着几个人走了进来，与大家一一握手：大家辛苦了！

一个员工递给钟辕一条毛巾，钟辕接过来擦了一把。

钟辕对旁边的经理：最近业务怎么样？

经理：报告钟总，业务量逐渐扩大，上个月就扭亏为盈了。

钟辕舒一口气。

26

车内。白天。

一身秋装的钟辕坐在副驾驶位置上，看着前方。

手机音乐声响起，钟辕掏出手机，打开放到耳边：哦，夏绿呀！你们北京分公司最近怎么样？——是吗？这个月就突破了千万元大关，那提前了3个月呀！太好了！值得庆祝。——我呀，已经走了十几个分公司，准备再走几个。不过，你们要是开庆祝大会，我一定回去。

挂掉电话，钟辕欣喜地对身后的员工：太令人鼓舞了，北京分公司这个月竟然突破了千万元，创纪录呀！

员工附和着：这几个月，各地分公司的业绩也都呈快速增长趋势，效益年的效果已经很明显了。

27

腾达公司梁志远办公室。白天。

梁志远坐在办公桌前，宋来坐在沙发上。

宋来沮丧地：这些高层不但不为公司着想认购股份，相反，都开始自打算盘，趁机捣乱，纷纷中饱私囊，你捞一点，我捞一点，有的甚至出卖公司客户信息。

梁志远气愤地站起身，盯着宋来：你给我查清楚，谁干的我饶不了他。

宋来：大家都这样，你怎么办？

梁志远泄气地坐到沙发上，伤心地：难道，腾达就这么垮了吗？

28

楚汉总公司院内。白天。

一个高管走到钟辕面前低声地：听说腾达不得不卖公司了。

钟辕没有吃惊地：知道了。

韩生德这时走了过来。

钟辕：腾达支撑不下去了，我还是想收购它。怎么样？

韩生德：半年前，公司亏损，资金紧张，我反对。如今，我举双手赞成。

钟辕：腾达的大股东约翰先生又跟我谈过了，我也征求了健山一郎先生的意见，既然如此，那就定了！把腾达接管过来，我们搬到那边去办公！

那名报告消息的高管兴奋地：太好了！那边的办公条件比咱这边强多了！

29

某大酒店会议厅。白天。

钟辕和约翰先生在主席台上站着，两个礼仪小姐分别将两份协议书送到两人面前。钟辕和约翰先生分别在协议书上签字。

放下笔，两个人对看了一眼，两双手握在了一起。

闪光灯频频闪烁。

钟辕：约翰先生，既然合同已签，我想立即接管腾达，您看怎么样？

约翰先生点点头：没问题！我马上回去开个会，明天你们就可以来办交接手续。

钟辕由衷地：谢谢！

30

腾达公司梁志远办公室。白天。

梁志远坐在办公桌后发呆，约翰先生敲门进来。

梁志远站起身客气地：约翰先生，有事吗？

约翰先生把手里的协议书递给梁志远：我是来通知你一声，我所持有的股份已经转让给楚汉快运公司，这是转让协议。

梁志远下意识地接过来，看了一眼，气愤地：怎么这么快就把协议签了？

约翰先生郑重地：明天楚汉公司就来接管腾达，希望你办好交接手续。

梁志远冷笑了一声，气愤地：我不管！说完，把协议一摔，扬长而去。

31

腾达公司院子里。白天。

约翰和公司高管站在办公楼前，一辆面包车远远驶来，在办公楼前停下。

钟辕、钟祥、夏绿及楚汉的十几个高管从车上下来。

约翰迎上来，与钟辕握手。

钟辕扫了一眼腾达高管，宋来和几个原楚汉的高管都低下了头。钟辕高声地：我那个战友梁志远怎么没来？

约翰先生笑了笑：梁总有点特殊情况，没能来，不过，不影响办交接手续，请吧。

钟辕随约翰先生往楼内走。楚汉的高管也陆续进了办公楼，腾达高管们跟在后面。

32

梁志远家。白天。

梁志远坐在沙发上，闷头抽烟。

马雨萌来到丈夫面前，疑惑地：怎么了？身体不舒服？

梁志远摇头。

马雨萌：那你今天怎么不去上班了？

梁志远没好气地：不去了！你也别去了！

马雨萌：为什么呀？

梁志远抽了一口烟：不为什么！反正你也别去了！

马雨萌着急地：到底发生了什么事，你说呀！

梁志远只闷头抽烟，什么也不说了。

马雨萌生气地：不去就不去，我正好有个电视剧想看呢！说着，打开了电视，往沙发上一坐，看起电视来。

33

腾达办公室内。白天。

双方正在办理交接手续。

宋来讨好地：二哥，你看公司的这些设施，我都给管得好好的，交接完了，是不是？

钟辕不动声色地：你这个办公室主任当得不错呀！

宋来：一般般啦！都是跟二哥学的！

钟辕：我可没教你背信弃义。

宋来尴尬地：过去，那不是一时糊涂吗？你大人别计小人过，以后，我一定好好工作！

钟辕：先交接完再说吧。

34

腾达车场。白天。

宋来带着钟祥等几个人来到车场，司机们都在等着。

宋来指着车，讨好地：听说楚汉要来接管，我让司机们都擦了擦。这些车大多数都只用了一年，性能都还不错。

钟祥点头。

宋来大声地：小张，把钥匙全部拿出来。

钟祥摆手：不用拿了，谁开的车还发给谁，业务还要继续开展，很快就要继续出车。

宋来小声地：那这辆奔驰？

钟祥看了看奔驰：你开的是吗？钥匙呢？

宋来：是不是还让我继续开车？

钟祥：这要看总裁的意思。先把钥匙给我吧！

宋来无奈地把钥匙掏出来，递给了钟祥。

35

腾达院内。白天。

腾达全部员工站满了一院子，交头接耳地议论着。

钟辕站在楼前台阶上，大声地：今天，楚汉虽然接管了腾达，但原有业务不变，所以，公司的所有普通员工，想留下的都可以留下。

腾达员工议论声又起，不知哪个带头鼓起了掌，顿时掌声一片。

钟辕接着讲：对腾达的原中层以上领导，包括总经理副总经理，尤其是业务方面的人才，不想走的也照样留用，但必须从业务员做起。

台下一片安静。

钟辕：不过，有个例外。原先从楚汉过来的高管，肯定不愿屈尊回楚汉，那就请另谋高就吧！

响起了几声叹息……

36

梁志远家。白天。

马雨萌坐在沙发上看电视，梁志远还在闷着头抽烟。

电视里节目已经播完了，马雨萌把电视关上，没好气地：志远，你是怎么了？公司到底出了什么事？

梁志远默默不语。

马雨萌：不说算了，我去看看。

正在这时，门铃响了。

马雨萌上前两步，把门打开。

宋来匆匆地从门外进来，直接走向正在抽烟的梁志远，委屈地：梁总呀，公司已经交给钟辕了，我们该怎么办呀？

马雨萌吃惊地：什么？公司交给钟辕了？

宋来转身看着马雨萌：嫂子，你还不知道呀？

马雨萌又气又急地：到底怎么回事？你快跟我说说。

37

腾达院内。白天。

钟辕兴奋地看着四周。

他看到了办公楼前挂着腾达的牌子，便招手叫里面的员工：来，过来一下。

里面的员工跑步出来。

钟辕指着牌子：找把梯子，把它摘下来。

员工答应着，进了楼内，一会儿便扛着一把梯子出来。

员工顺梯子爬上去，摘下了腾达的牌子。

38

梁志远家客厅。白天。

宋来坐在客厅里，马雨萌傻在那里。

过了好一会儿，马雨萌号啕大哭，她一下子扑到梁志远身上，捶打着梁志远，骂着：你这个败家子，好好的公司怎么卖给钟辕了？

梁志远推开她，没好气地：你以为我愿意卖呀！

马雨萌又扑上来，扭着梁志远，哭着：你这个败家子，什么也不跟我商量，我跟你没完！

两人扭成一团。

宋来赶紧站起来，上前把两个人拉开。

宋来推开马雨萌：嫂子，你别太生气。

马雨萌委屈地哭着：你说我能不生气吗？

宋来：事情已经这样了，我们慢慢想办法，好不好？

马雨萌被宋来劝进了卧室。

39

卧室里。白天。

马雨萌坐在床边，喃喃地：公司没有了，往后这日子怎么过呀？说着，又开始流泪。

宋来安慰着：嫂子，你可别哭坏了身子。

马雨萌委屈地：我的命怎么这么苦呀，找了这么个男人！

说着，她一头扑到床上，放声哭起来。

40

客厅里。白天。

梁志远呆坐着。

宋来从卧室出来：梁总，我们现在该怎么办？

梁志远不理会宋来的问话。

宋来识趣地：那我先告辞了。

梁志远依然在闷闷地抽烟，点了点头算同意。

宋来转身出去。

41

腾达办公楼。白天。

办公楼前已经挂起了楚汉快运股份有限公司的牌子。

一辆厢式货车远远地驶来，几名楚汉员工从车上下来，把一些办公用品往下抬。

大家说说笑笑，气氛非常欢快。

钟辕从楼内走出：把联邦快递那个大牌子给我挂在大厅里，让每个上班的人一进楼就能看到，这是我们楚汉要超越的目标。

员工答应着，把那个大牌子抬了下来，往楼内走去。

42

楼道内。白天。

员工们井然有序地搬着东西。

宋来匆匆走进来。

43

总经理办公室。白天。

钟辕在里面踱着步，宋来径直进来。

宋来下意识地：梁总——

钟辕笑着：宋来呀宋来，你真不错呀，不忘旧主！

宋来尴尬地：对不起，钟总！找我有什么事吗？

钟辕指着房间里的东西：请你找几个人，把梁志远的这些私人物品搬走！

宋来：这些东西都是公司的，您只管留着用就行！

钟辕摇头：我不习惯用别人用过的东西！

宋来点头答应：那好，我马上找人来搬。

宋来出去，一会儿叫来了两个人，开始往外搬东西。

钟辕指着"总经理办公室"的牌子，对宋来：把这个也带走！

宋来：好的，好的！

44

楼道内。白天。

宋来搬着东西往外走，夏绿迎面走过来。

宋来热情地：老婆，最近可好？

夏绿没好气地：请你不要这样称呼，叫我夏总！

宋来嬉笑着：关键时候还要靠老婆，你可得在钟总面前多给我美言几句，让他给我一个好位置！

夏绿：你呀！厕所里待着吧！

宋来恼火地：一日夫妻百日恩，我现在还是你合法丈夫呢，你别太过分了。

夏绿没有理他，径直往总经理办公室走去。

宋来看着夏绿的背影，自语着：这娘们，越来越不把老子看在眼里了，真是欠揍！

夏绿猛回头厉声地：你说什么？

宋来着慌地：我说你越来越漂亮了！

夏绿转身进了总经理办公室。

45

总经理办公室。白天。

钟辕在电脑前忙着什么,夏绿走了进来。

钟辕扭头:有事吗?

夏绿着急地:腾达遗留的问题很多,光是库房里应该送的货就滞留了一大堆,怎么办?

钟辕想了想,果断地:跟客户联系一下,以楚汉的名义给他们尽快送过去。

夏绿点头:这还好办,人员的问题就更棘手了。腾达这些员工根本就不懂楚汉的规章制度,到我那里净添乱,能不能让他们自谋出路呀?

钟辕摇头:那不行!咱们说好了留人家,就不能言而无信。这样吧,你挑一挑,北京分公司能留的,就留下。不能留的,直接送到香山培训班,让他们先接受培训,再分到别的分公司。

夏绿:这是个好办法,我这就去办。

46

梁志远家。白天。

梁志远坐在客厅里,边抽烟边看电视。

宋来敲门进来。

梁志远冷冷地:有事?

宋来:钟辕让我把你的个人物品送回来。

梁志远没好气地:不要了!统统不要了!

宋来:梁总,东西都还不错,何必扔了呢?我已经让人送了回来,你看看,放到什么地方。

梁志远冷静下来,点点头:那好吧,都放客厅里吧!

宋来出去,一会儿带着几个人又进来,每个人都搬着东西。

47

办公楼楼道内。白天。

楼道内已经恢复了宁静,一个清洁工正在打扫卫生。

总经理办公室的门口已经换上了总裁办公室的牌子。

48

总裁办公室。白天。

钟辕正在收拾办公桌，手机响了，钟辕接起来。

钟辕把手机放在耳边，兴奋地：夏绿呀！事情处理得怎么样了？

夏绿的声音：我又接到了腾达客户的投诉电话，说货丢了，怎么处理？

钟辕想了想：以后，不用分楚汉的还是腾达的，都一样处理就行了。该赔的就赔，哪怕吃点亏，也别让一个客户走掉。

夏绿的声音：好吧。

49

梁志远家。白天。

宋来指挥人把东西都搬到了客厅里，客厅里像个杂货铺。

宋来：梁总，你看怎么放，我帮你摆一下！

梁志远挥了挥手：算了，就这么放着吧！

宋来看了看卧室门，担心地：嫂子会答应吗？

梁志远自嘲地：她呀！早回娘家了！

宋来：梁总，你有什么打算？我可还是想跟着你干的。

梁志远沮丧地：你就另谋高就吧！这次，我是泥菩萨过河，自身难保了。银行已经冻结了我的所有资产，连这房子他们都要拍卖。估计用不了几天，我就连住的地方也没有了。

宋来：不行的话，咱们一起去楚汉吧？公司大多数高管都投奔了楚汉，我想你出面，钟辕肯定也会收留我们的。

梁志远：你自己去吧！

50

钟辕办公室。白天。

钟辕正在看资料，宋来敲门进来。

钟辕抬头看了一眼宋来，冷冷地：你来干什么？

宋来讨好地：这么多天了，二哥还没给我安排工作呢！不知让我干什么？

钟辕盯着宋来，冷冷地：你？你应该在例外之列，另谋高就呗！

宋来：二哥，你别开玩笑了！我能去哪里？这次回来就再也不走了，你让我干什么都可以！

钟辕：我想不出楚汉有什么能让你干的。让你开大奔吧，那车已经卖了。让你开大货吧，又怕委屈了你。所以，最好你另谋高就。

宋来：二哥，你就别取笑我了！我说过，干什么都行，哪怕是干库管员，我也不想再走了。

钟辕想了想：那好吧！我看看有没有合适的职位再说。

<h2 style="text-align:center">51</h2>

钟辕家。晚上。

钟辕和西馨坐在沙发上看电视。

钟辕想起了什么似的对西馨：宋来这小子，想留在楚汉工作，你看怎么办？

西馨：这样的人来了，只会给你添麻烦，宁可给他点钱，也不要让他来公司。

钟辕叹口气：他毕竟是我一个村的，不帮他的话，别人会不会说咱见死不救？

西馨：那倒也是！还有夏绿，尽管她口口声声说要与宋来离婚，但毕竟还没离，还算一家人。

钟辕：我真是不想留他。

西馨想了想：要不，你去问问夏绿，看她是什么意思？

钟辕：对呀！我问问她再说。

第二十四集

1

钟辕家。晚上。

钟辕站起身来，对西馨：现在正好有空，我去夏绿家看看，顺便问问她宋来的事。

西馨也站起来：我跟你一起去吧？

钟辕：算了，还是我自己去，你还要看孩子。

西馨：没事，有咱妈在家。我也正想去看看夏绿。

钟辕：那好吧。

2

小区内。晚上。

钟辕和西馨走在小区里。

西馨：夏绿也够不容易的，我们还是尽量给他们撮合撮合，如果能和好，哪怕养着宋来也值得。

钟辕：怕是夏绿不同意。

西馨：你怎么知道她不同意？

钟辕笑了：我们也不用争，上去问问不就知道了？

西馨：他们家是几楼呀？

钟辕：2楼。

钟辕进了楼道，西馨跟在后面。

3

夏绿家。晚上。

夏绿和女儿正在看电视，门铃响起。

夏绿的女儿蹦蹦跳跳地去开门，钟辕和西馨走了进来。

夏绿慌忙起身，热情地：二哥、嫂子，你们来了，快请坐，快请坐。

西馨笑着：妹妹，我那孩子小，走不开，你搬过来一直也没来看你。

夏绿客气地：嫂子，你那么客气干什么？咱们都是一家人，我去看嫂子也一样。二哥，你说是吗？

钟辕：我们也该来看看你和孩子，老是抽不出时间呀！今天正好有空，也有个事想与你商量，便来了。

夏绿：什么事呀？不会是公事吧？

钟辕：亦公亦私，以私为主吧。

夏绿：来，别站着了。坐下慢慢说。

钟辕和西馨在沙发上坐下，夏绿给两人各倒了一杯水，也坐下来。

夏绿：二哥、嫂子，什么事呀？又不是外人，直说好了。

西馨：妹妹，你这样一个人带着孩子，够辛苦的吧？

夏绿：还可以吧！已经习惯了！好在这孩子懂事，也能干一些家务活，基本用不着我太操心。

西馨：家里没有个男人，不容易呀！你二哥出差时间长一点，我就觉得有些不适应，何况你这个样子。

夏绿看了一眼钟辕，低下头：已经习惯了！

钟辕直截了当地：是这么回事，宋来提出来想回楚汉工作，你看让他回来还是不让他回来？

夏绿一愣，马上就毅然地摇了摇头：我不想见到他。

西馨笑了笑：别不好意思！其实，夫妻之间没有解不开的结，只要双方相互让一让，别太计较就行了。我和你二哥，上次不是也吵过吗？很快还不是和好了。

夏绿摇头：宋来怎么能跟二哥比呢？

钟辕：如果你不同意，就算了。

西馨看着夏绿：我看，宋来对你还是不错的，那么远跑来找你，又一直想与你和好。

夏绿：那二哥二嫂看着办吧。

4

小区内。晚上。

钟辕和西馨从夏绿家楼内出来，向自己家走去。

西馨：我看哪，他们俩还有戏！夏绿虽然说不想见到他，但却心事重重的样子，恐怕说的不是真心话。

钟辕：不知道她到底是怎么想的。

西馨：她心里肯定也矛盾呗！所以，我看哪，还是给他们提供个机会。

钟辕：也好！

5

钟辕办公室。白天。

钟辕坐在办公桌后，宋来站在门边。

钟辕：你真的想留下吗？

宋来点头，讨好地：是呀，是呀！楚汉熟人多，业务我也熟悉，我真的想留下。

钟辕：既然想留下，那就踏踏实实地干工作，和其他腾达高管一样，先从库管员干起，干好了，升职，干不好，走人，你看怎么样？

宋来欣喜地：谢谢二哥！能留下就好，干什么都无所谓。

钟辕扬扬手：那就去北京分公司报到吧！

6

北京分公司夏绿办公室。白天。

夏绿正在看报表，电话铃响了，夏绿接起。

夏绿：总裁呀！有什么指示？

电话里钟辕的声音：我已经让宋来找你报到了，说好从库管员干起，你自己看着办。让他当个驾驶员也可以。

夏绿不高兴地：不是说好不想见他吗？怎么又让他来了？

钟辕：昨天晚上你不是让我看着办吗？

夏绿抱怨地：当着嫂子的面，我能怎么说？难道你真的不懂我的心？！

钟辕沉默了一会儿：我想了，西馨说得也对，你也不能这么下去了。如果有可能，我还是劝你和宋来和好！

夏绿生气地：请你别说这话好不好？

钟辕为难地：好吧！如果你真的不愿看到他，就让他去仓储中心吧，我跟他说的就是从库管员干起。

夏绿：好吧！

7

楚汉北京分公司院内。白天。

宋来大摇大摆地走进来，几个员工看到他，都纷纷躲开。

宋来看到林达畅正在打扫卫生，便走上前去打招呼：达畅，你好呀？

林达畅一愣，下意识地抬头看宋来。

宋来热情地：达畅，你真看不见了？我是宋来呀！

林达畅意外地：宋来？你来这里干什么？

宋来：我又回来了！

林达畅：你不是在腾达当大主任吗？怎么又回来了？

宋来强装笑颜地：这不是想你们了吗？再说，腾达现在也是楚汉的，本来就是一家。

林达畅笑了笑：你这次回来，总裁给你个什么职位呀？

宋来：无所谓！总裁让我找我老婆，看她怎么安排吧！我本人的意思，反正不想再当领导了，随便干点什么，省心就好。

林达畅：那你赶紧找夏总去吧，有空来我这里坐。

宋来：好的！你先忙着，我上去了。

8

夏绿办公室。白天。

夏绿坐在桌前想心事，有人敲门。

夏绿：请进。

宋来推门进来，笑嘻嘻地：老婆，几天不见，你越发漂亮了。

夏绿冷了脸：少说废话！

宋来：老婆，我说的是真的！我是天天想你，天天想与你在一起，你就开开恩，让我回家吧！

夏绿：家？你家在河南，想回就回，与我何干？

宋来讪笑着：我早就听说了，你们高管都分了房子，也有了车。

夏绿：那是我的家，与你无关！

宋来笑着：那还不一样？咱们是合法夫妻，我的也是你的，你的也是我的，不是吗？

夏绿：想得美！说着，她从抽屉里拿出一张纸，郑重地：这是离婚协议书，请签字吧！

宋来摇头：老婆，你知道我不会签的！

夏绿生气地：那你就少来烦我！——自己去人力资源部办手续吧，去仓储中心好好工作，干不好，别怪我不客气！

宋来：你这么狠心呀！真让我去看仓库？

夏绿：看仓库还不好吗？你还能干点什么？

宋来：你也知道，我是老司机了，让我替你开车，好不好？

夏绿：用不着，我自己会开！

宋来：要不，让我随便开个什么车都行，总比看仓库强吧！

夏绿：少废话！要干，就去办手续当库管员，不愿干，走人！

宋来无奈地：好，好！看仓库就看仓库！

9

北京分公司仓储中心。白天。

几个腾达过来的员工围着宋来。

员工A：宋主任，你怎么也来了？梁总就没给你考虑考虑？

宋来：我不想来，但钟辕非让我来不可，有什么办法？再说了，我老婆也在这里，也该回来了。

员工B：那你干吗不去干个办公室主任什么的？来这破仓库受累！

宋来不屑地：我才不到她身边工作呢？在这里多好，眼不见心不烦！

员工C：你去给你老婆开车也不错呀！

宋来推了C一把，没好气地：去你的吧！以后，是她给我开车，我还能给她开车不成？

正说着，仓储中心经理走了过来：上班时间，不要在这里聊天了！

宋来白了经理一眼，不高兴地：这不刚来嘛！说几句话还不行？

员工A提醒经理：经理，你知不知道，他是你们夏总的老公呢！

经理：我当然知道，夏总刚打来电话，让我严格要求，请马上工作吧！

宋来：好，好！工作就工作！

宋来转身往仓库里走，嘴里小声嘟哝着：我来楚汉的时候，你还不知道在哪儿呢！

经理严肃地：你说什么？

宋来：没说什么！

10

夏绿家。晚上。

夏绿和女儿正在看电视，门铃响了。

夏绿的女儿蹦蹦跳跳地去开门。

宋来手里拿着一个大布娃娃推门进来。

夏绿的女儿天真地：叔叔，您找谁？

宋来把手里的布娃娃递给孩子，笑着：好孩子，我是你爸爸！你不认识我了吗？

夏绿的女儿推开布娃娃：我妈妈说，我爸爸已经死了！说完，她跑向夏绿，大声地：妈妈，这个叔叔说他是我爸爸，真的吗？

夏绿摇头：别听他的！你爸爸真的已经死了！

夏绿的女儿疑惑地看了看宋来，躲在了夏绿的身后。

夏绿冷冷地：你来这里干什么？

宋来嬉笑着：这里是我的家呀！我怎么就不能来？

夏绿气愤地：给我滚出去！再不出去我喊人了！

宋来：你别那么冲动好不好？吓着孩子！

夏绿指着门，厉声地：出去！

宋来：好，好，出去就出去。

宋来把布娃娃往旁边一放，转身出门。

夏绿三步并作两步来到门前，把布娃娃捡起来，打开门扔到了门外，又重重地把门关上。

11

夏绿家门外。晚上。

宋来捡起夏绿扔出的布娃娃，无奈地摇了摇头，转身向楼下走去。

12

夏绿家。晚上。

夏绿搂着女儿继续看电视。

夏绿的女儿抬头看着夏绿：妈妈，那个人真的不是我爸爸吗？

夏绿点头，郑重地：好孩子，你爸爸真的死了！那个人，曾经做过你的继父，但他对我们不好，我们不理他。

夏绿的女儿天真地：那他是坏人吗？

夏绿想了想：反正他算不上好人！以后，他再来咱们家，不要给他开门啊！

夏绿的女儿懂事地点点头。

母女两人沉默了一会儿，夏绿的女儿突然又抬头看着夏绿：妈妈，我很想要个爸爸，你给我找一个好吗？

夏绿把女儿用力搂了搂，眼角不觉流出了泪。

13

小区内。晚上。

宋来在小区里走着，神情沮丧。

他突然想起了什么，转身朝钟辕家那栋楼走去。

14

钟辕家。晚上。

宋来和钟辕妈坐在沙发上，西馨抱着孩子去了卧室。

钟辕妈：宋来，你不只是来看我吧？一个村的，有什么事尽管说。

宋来笑了笑：还真让婶子说着了！我确实想求婶子一件事，帮我劝劝夏绿，能不能让我回家！

钟辕妈：怎么？现在你们还没和好？

宋来委屈地：婶子，您也知道，我不远千里出来找她，她却一直不理我！我觉得对她够好了，真不知道她还要我怎么样？

钟辕妈点点头：这事呀！我给你说说！宁拆一座庙，不拆一家人，好好地过日子，比什么都好。

宋来高兴起来：婶子，那就拜托您了！

钟辕妈：都是一个村的，客气什么！

宋来：有您老亲自出马，肯定会成功，到时，我们全家请您去吃饭！

钟辕妈点头：饭我是要去吃的。

15

仓储中心库房里。白天。

宋来和另一个库管员正在对单，夏绿带着沈菲菲在经理的陪同下走了进来。

宋来看到夏绿，兴奋地：老婆，你来了！

夏绿郑重地：现在是工作时间，请叫我夏总！

宋来：夏总！请指示！

夏绿对陪同的经理：腾达过来的这些人，对咱们的信息化管理系统还不熟悉吧？

经理点头：我已经跟老员工交代过了，让他们在工作中注意传帮带。

夏绿：一定要严格要求。腾达管理松懈，这些人养成了不少坏习惯，不严格要求是不行的！

经理：明白。

夏绿转身要走，宋来上前拉住了她。

夏绿甩开他的手：干什么呢？拉拉扯扯的！

宋来：你让他们先出去，我有话要跟你说。

夏绿一扬手，沈菲菲等几个人会意地出了仓库。

夏绿：是不是想好了，准备在离婚协议上签字？

宋来抓耳挠腮地：好老婆，你让我怎么样才肯原谅我呢？

夏绿：既然你不想离婚，那就没什么可谈的了，我先走了。

说罢，夏绿转身就往外走。

宋来茫然地站在那里，看着夏绿出了仓库。

16

仓储中心宿舍。傍晚。

宋来坐在床边，几名员工围着他。

员工A：宋来，你真有福气，怎么找了个那么好的老婆！又漂亮又有本事，什么都不用发愁。

宋来：有什么好的？成天忙得顾不上老公，我都不愿理她了！

员工B羡慕地：我看你老婆对你挺好的，今天还专门来看你！

宋来：那当然！当初在家的时候，她可没少挨我的打，现在照顾她面子，才不轻易出手了！

员工C：她还跟你说了半天悄悄话，是不是让你晚上回家呀？

宋来：我才不回呢！在这里挺好的！

员工A指了指宋来的裆部，开玩笑地：你不想回家，是不是那里有毛病呀？

宋来扬手把员工A的手打开：去，去！你才有毛病呢！

员工A郑重地：既然没毛病，你就应该多回家呀！否则，有人要趁你不在去你家了！

宋来生气地：卜可原，你小子真是狗嘴里吐不出象牙。让你这臭嘴一说，今天晚上我还非得回家不可了！

卜可原笑着：今晚你又不值班，还是回去吧。

宋来：好吧，回去！

17

夏绿家。晚上。

夏绿正在书房里陪女儿做作业，门铃响了。

夏绿女儿一下子跳起来，奔向外面。

夏绿跟在后面出了书房，大声地：看看是谁再开门！

夏绿女儿到了门边，从猫眼里往外看，然后回过头看着夏绿：妈妈，是钟超联的奶奶！

夏绿点头：她呀！那就快开吧！

夏绿女儿把门打开，钟辕妈走了进来，夏绿赶忙迎上去，热情地：婶子，您怎么来了？这黑灯瞎火的，有什么事您打电话叫我就行了！

钟辕妈摆摆手：没事，我早就想来看看，无奈白天你们总是忙，只好晚上过来了。

夏绿关切地：爬楼梯很累吧？

钟辕妈：还行！你们是2楼，我爬着还不费力。要是4楼5楼，我怕就不行了！

夏绿：婶子，您的身体够好了！要是我妈呀，她连二楼也上不来！

钟辕妈看了看房间，称赞地：你看，家里拾掇得就像宾馆似的，真是心灵手巧的好媳妇。宋来没回来吗？

夏绿一愣，马上明白过来。她对女儿：好孩子，去写作业吧，我和奶奶有事要谈。

夏绿女儿懂事地：奶奶您请坐，我要去写作业了！

钟辕妈扬扬手：乖孩子，去吧！

夏绿：婶子，您坐下慢慢说。

钟辕妈到沙发前，坐了下来。

18

小区内。晚上。

宋来走在楼间小路上，心事重重的样子。

他来到夏绿家楼下，犹豫了一会儿，终于下了决心似的，闯进了楼门。

19

夏绿家。晚上。

夏绿和钟辕妈坐在沙发上。

夏绿：婶子，您不是不知道，我和宋来早就分开了！

钟辕妈：你们俩都在北京，这么多年，就这么分着过？

夏绿点头：他也来找过我，但我一看到他就难受得要命，也许是过去他伤我太深了！

钟辕妈：孩子呀！不是我说你，这个样子确实不是个办法！一个家里没有男人，哪像个家呀！这男人呀，毛病总是有的，但也不能因为他们有毛病就不要他们，只要能过得去，该忍还是要忍一忍。

夏绿摇头：婶子，您不知道！他对我太狠了！说着，夏绿不由得抹起了眼泪。

20

夏绿家门前。晚上。

宋来由楼梯慢慢走上来。

到了门前，他抬手要按门铃，却听到了里面的说话声。

他侧耳细听。

里面传出夏绿的话：婶子，你看看……

宋来转了一下眼珠，得意地笑了笑，转身下了楼。

21

夏绿家。晚上。

夏绿撩着衣裳，钟辕妈侧目看夏绿后背：大片的伤疤让人震惊。

钟辕妈叹了口气：真没想到，宋来这小子下手这么狠！

夏绿哭着：他知道孩子不是他的以后，就不把我当人，动不动就拳打脚踢，有时还拿板凳打我，经常把我打得动不了。他看我喂孩子，竟然狠心地把我的奶打伤，可怜我那孩子，那么小就没有奶吃……

夏绿泣不成声，钟辕妈拍着夏绿的背，心疼地：孩子，别哭了！这些事我真的不知道，要是知道，我得好好教训教训宋来。

夏绿抽泣着：您也不用说他，说他也没用！我已经下了决心，再也不跟他过了！他不同意离婚，就这么拖着，反正我也习惯了。

钟辕妈点点头：那好吧，这事我不管了。

22

小区内。晚上。

宋来在夏绿家楼前来回踱着步，不时地看一看楼门口。

一会儿，钟辕妈从楼门口出来，步履蹒跚地往自己家方向走去。

宋来往左右看了看，径直往夏绿家走去。

23

夏绿家。晚上。

夏绿照顾女儿躺到床上，走出了女儿房间，轻轻关上了门。

这时，门铃突然响了。

夏绿快步走向门口，把门打开。

夏绿客气地：婶子，您怎么……

宋来出现在门前。

夏绿着恼地：你怎么又来了？

宋来进了门，把门关上，哀求地：好老婆，求求你了，就原谅我吧！晚上婶子不是也来劝你了，你就给她个面子，咱们好好过日子。我发誓，我再也不打你了！

夏绿摇头，决绝地：婶子说了，你这种人不能原谅！

宋来往前靠了靠，讪笑着：好老婆，你不知道我有多想你！

说着，宋来张开双臂就要来抱夏绿。

夏绿推了宋来一把，往后退了几步，厉声地：宋来，你放尊重一点，再这样我就喊人了！

宋来又一次扑上来，一下把夏绿抱在了怀里。

夏绿拼命挣扎，连打带抓带咬，宋来的脸上有了红红的一道，手上被咬了一个大牙印，不得不放开手。

宋来气愤地：你疯了？怎么这么狠？

夏绿随手拿起一个扫把，威胁地：你赶紧给我走，不然的话更狠的还在后头！说着，拿着扫把往宋来身上打来。

宋来往后退着，便到了门边，开门出去。

夏绿把门关上，马上又反锁了，然后倚在门后喘粗气。

24

仓储中心库房里。白天。

一个楚汉老员工正在给腾达过来的员工讲现代化的库房管理流程，宋来满脸不耐烦地听着。

卜可原小声地：宋主任，我真不想在这里干了，看个仓库还这么复杂。

宋来点头：我也是，一听他讲头就大。

卜可原：不知梁总现在干什么？我们能不能重新回去跟他干？

宋来摇头：我也不知道。不过，我可以去打听打听，如果可以，我们辞职去！

卜可原小声地：拜托你去看看，让梁总给我们想个办法。

宋来点头：好的。

25

梁志远家门口。中午。

宋来站在门口按门铃，一个中年妇女出来开门。

中年妇女客气地：你是找梁志远先生吧？

宋来：对，他在吗？

中年妇女客气地：他已经搬走了！我们刚买了这房子。

宋来惊讶地：真的吗？那他搬哪里去了？

中年妇女摇了摇头。

宋来：那您有他的联系方式吗？

中年妇女又摇了摇头。

她好像突然想起了什么似的，对宋来：他好像在附近一个家具城旁边开了个小公司，帮人家送家具，你去那里找找看。

宋来：谢谢您了！

26

一家具城旁边。白天。

梁志远蹬着一辆三轮从家具城里出来，三轮上放着一件家具。

宋来由远处走来，看到了梁志远。

宋来吃惊地上前：梁总，你怎么干起这种粗活了？吃得消吗？

梁志远擦了一把汗：我也没想到，我竟然还可以的！

宋来：梁总，即使可以，也不能干呀！你应该想想办法，准备东山再起，弟兄们都在等着你的召唤，只要公司一成立起来，你振臂一呼，大家都会回来。

梁志远摇摇头：也许你已经知道了。我的房子都已经卖了，银行还在追着我还债，怎么可能东山再起，能勉强度日就不错了。

宋来：那嫂子呢？

梁志远叹了口气：她受不了委屈。自从卖了房子，一气之下就病倒了，现在还在医院住着呢！

宋来着急地：那可怎么办呀？

梁志远无奈地：你还是先在楚汉干着吧！什么时候有了转机，我会去找你！

宋来：也只好如此了。

27

钟辕家。晚上。

钟辕和西馨半躺在床上说着话。

钟辕笑着：想不想知道梁志远现在怎么样？

西馨摇头：我才懒得关心他呢！

钟辕：他竟然又干起了老本行，骑三轮帮人送家具了！真不容易呀！

西馨惊讶地：真的吗？又回到楚汉创业那时候了？

钟辕：真是三十年河东，三十年河西。这才十年呢，竟然走了一个轮回。

西馨感叹着：当初多亏没有嫁给他，否则我就倒霉了。

钟辕开着玩笑：还是我老婆有眼光，选了个这么棒的老公。

西馨嗔笑着：说你胖你就开始喘了！

钟辕：真的，找个好老公也不容易。像夏绿，找了宋来这样的，不也是受罪吗？

西馨关心地：对了，夏绿和宋来怎么样？和好了吗？

钟辕摇头：我觉得可能性不大。

28

夏绿家门口。晚上。

宋来站在门口，手里拿着一件衣服。

宋来恳求地：你把门打开，我不过是帮孩子买了件衣服嘛！放下就走。

夏绿不客气地：孩子有的是衣服，不用你买。你去退了吧！

宋来：你实在不开门，我就把衣服放门口了，过一会儿你出来拿。

夏绿：你拿走吧，不拿走丢了我可不管。

宋来：反正那是我送给孩子的，你愿要就要，不愿要就算了。我走了——

宋来悻悻地转身往楼下走。

29

大街上。夜。

宋来踯躅独行在街头上。

他表情沉重，一副无精打采的样子。

一辆出租车在他旁边停下，司机问：走吗？

宋来愣了愣，走上前去，上了车。

30

某小酒馆。晚上。

宋来和兰旦雄对坐在一张桌子两边，桌子上放着几个小菜，一瓶二锅头。

宋来举杯，醉醺醺地：老兰，干！

兰旦雄也举了举杯，豪爽地：干！

两人一饮而尽。

兰旦雄拿酒瓶，给宋来倒上，自己也倒满了。

宋来：真没想到，咱们弟兄竟混到了这个地步！真是不甘心呀！

兰旦雄摇了摇头：我觉得这样没什么不好！钱也不少挣，还自由，比在腾达的时候好多了！

宋来醉醺醺地：你是老大，当然行了！梁总都比不了你，现在他在蹬三轮呢！

兰旦雄沾沾自喜：我也不是吹，不管到什么时候，饿不着我！只要大家有的，我就有，无非是胆子大点，拿呗！

宋来：我可不敢！有些事情可是要杀头的！

宋来往脖子上做了个杀头的手势，引得兰旦雄哈哈大笑。

兰旦雄鄙夷地：你真是个胆小鬼！像你管的那库房，随便拿点什么东西，谁能发现？

宋来犹豫了一霎，点头：倒也是！反正他们都对不起我，不拿白不拿。

31

库房里。白天。

宋来和另一个库管员正在查货。

库管员捂了一下肚子：我要去趟厕所，你等我一下。

宋来：快去吧，我也正好休息一会儿。

库管员走了出去。

宋来看了看四周，发现没有人，便飞快地拿下一个包装箱，悄悄地打开，从里面拿出一个包装盒。打开盒子，将里面的手机拿出来，装在口袋里，又把预先装在衣袋里的一块瓦片装进盒子放进箱子里，重新封好。

这时，那位库管员回来了，宋来又若无其事地与他一起工作起来。

32

街头。晚上。

宋来站在一个灯光昏暗的角落。

一个人远远地走过来，到了宋来身边，迅速把一个信封交给宋来，宋来掏出口袋里的东西，递给那个人。那个人转身走了，宋来也转身向另一个方向走。

33

夏绿办公室。白天。

夏绿坐在办公桌后，一个部门经理站在房间中央。

部门经理沉重地：今天上午，一个客户接到咱们送去的两箱手机，打开后发现，其中一个箱里一个装手机的盒子是空的。

夏绿吃惊地：货物是谁包装的？

部门经理：货物是客户自行包装的，送到后因外包装完整，客户正常签收，但没料出现了这种情况。

夏绿点点头：你再去查一查，确实没有破绽，就按规定处理吧。不过，请记住，此事不要声张。

部门经理：我明白。

夏绿：你出去吧。让沈菲菲过来一趟。

部门经理：好的。

说着，部门经理出去。

不一会儿，沈菲菲敲门进来。

沈菲菲：夏总，有什么吩咐？

夏绿抬手示意沈菲菲走近，跟她耳语了一番。

34

库房里。白天。

宋来又在做偷梁换柱的动作。

沈菲菲突然出现在库房门口,把宋来吓了一跳。

宋来赶紧把货物重新放好,故作镇静地走上前来:你来干什么?

沈菲菲神秘地:库房里就你一个人吧?

宋来点点头。

沈菲菲:那好。我想调查一件事,昨天有客户投诉,他的手机被换成了瓦片,你知不知道是谁干的?

宋来急忙摇头:这我哪知道!

沈菲菲盯着宋来的眼睛。

宋来心虚地:你这样看着我干吗?

35

夏绿办公室。白天。

夏绿坐在办公桌后,沈菲菲站在桌前。

沈菲菲神秘地:我已经调查清楚了,可能是宋来干的。

夏绿:你是怎么调查的?

沈菲菲得意地:我找他们每个人谈了话,察言观色呗!

夏绿:不是让你暗中调查吗?你怎么能这样?打草惊蛇了,你还能抓住他吗?

沈菲菲低下了头。

36

钟辕办公室。晚上。

钟辕正在看一份资料,有人敲门,钟辕头也不抬地:请进。

沈菲菲推门进来。

钟辕:菲菲,你怎么来了?

沈菲菲径直走到钟辕身边,低着头不高兴地:我不想在北京分公司干了!你把我调回总公司吧!

钟辕：为什么？你在那边不是挺好的吗？

沈菲菲：不知为什么，夏总老是找我的事，让我干一些我干不了的活，借机批评我。

钟辕笑了：她让你干什么？

沈菲菲不高兴地：她竟然让我抓小偷。我不是福尔摩斯，怎么会干好这个？

钟辕笑着：那不也挺有意思吗？

沈菲菲：我是学物流的，你不觉得让我干那些是浪费人才吗？你还是把我调回总公司，让我做点业务工作吧！

钟辕想了想，摇摇头：我担心……

沈菲菲抓住钟辕的胳膊，撒娇地：担心什么呀？你别让我当秘书，随便放个部门，别人不会说闲话的。

钟辕笑了笑：鬼丫头！我想什么你都知道！

37

仓储中心院外。晚上。

宋来和卜可原从仓储中心走出来。

宋来叹了口气：真没想到，梁总到了那种地步，我看到他心里就发酸。

卜可原附和地：都是让楚汉害的。

宋来：没办法呀！胜者王侯败者贼！

卜可原气愤地：我们还在这里帮他们干活，图个啥呀！不如辞职算了。

宋来：辞职，那不是便宜了他们。

卜可原：你有什么办法制他们吗？

宋来小声地：拿他的东西。

卜可原：那可不好！那就是偷了！

宋来：我刚才不是说了吗？胜者王侯败者贼，你就是不拿，人家把你当人看了吗？

卜可原：也是，不拿白不拿！不过，没什么事吧？

宋来：放心！只要我们合作好，保证没什么事！

38

钟辕办公室。白天。

钟辕坐在办公桌后,夏绿站在对面。

夏绿:为什么又把沈菲菲调回来?

钟辕:沈菲菲是科班出身,也算个人才,放你那里快一年了,你也不用她,总公司正缺人,就决定把她调来了。

夏绿不高兴地:不是吧?总公司人才济济,还缺这么个黄毛丫头?不会又让她当秘书吧?

钟辕:夏总,你想哪里去了?这次,由人力资源部给合理安排!

夏绿:我是担心她影响你和嫂子的关系!

钟辕沉默了一霎:放心吧,不过,也谢谢你给我敲警钟!

39

库房里。白天。

宋来和卜可原指指点点地说着什么。

随后,宋来把一个手电筒塞给了卜可原。

40

仓储中心院内。晚上。

四周一片漆黑,只有库房前亮着灯。

突然,库房前的灯一下子灭了。

一个黑影闪到库房前,用钥匙把库房门打开,进入仓库。又把库房门悄悄地关上。

41

库房内。晚上。

黑影手里拿着手电筒,径直往贵重物品区走去。

黑影翻越过铁丝网,进入了用铁丝网隔开的贵重物品仓库。他拿下一个包装箱,用手电照了照,发现是摄像机,便打开了箱子……

42

库房外。晚上。

一个黑影悄悄地从库房里出来，身上背着一个包，悄步往墙边走去。

黑影翻上了墙，跳到了外面。

43

钟辕办公室。白天。

钟辕正在写着什么，夏绿敲门进来。

钟辕：一大早就跑我这里来，有急事吗？

夏绿沉重地：总裁，昨天晚上仓库失窃了。

钟辕一愣：怎么会呢？监控录像没监控到吗？

夏绿：小偷先把摄像头破坏了，所以，肯定是熟悉情况的人，很有可能是公司内部员工所为！

钟辕：你想怎么办？

夏绿：丢的东西挺多，关键是性质严重，我不想在内部调查，而是想报案，移交公安机关处理，来他个杀一儆百！

钟辕点头：可以，就按你说的办！没有王法了，马上报案。

44

仓储中心。白天。

一个警察正在讯问卜可原。

卜可原：我不知道，我真的不知道。

警察：那你昨天晚上在哪里？

卜可原想了想：我在宿舍里睡觉呀！

警察：那你今天早上去了哪里？同事说你很早就不在宿舍了！

卜可原：我上厕所了！拉肚子。

警察：好吧，你先回去！但是，没有我们的允许，你不能离开这个院子。

卜可原：好吧！

45

仓储中心院墙外。白天。

两个警察牵着一只警犬,警犬边嗅着地上的脚印边沿墙外的绿地走着。

46

某小区单元房内。白天。

几个警察正在房间里搜查。宋来满脸不安地站在一边。

警察从床底下拉出了一个纸箱,打开一看,里面放着几个小纸盒。警察拿出其中一个,对宋来:你看,这是不是刚丢的东西?

宋来赶紧过来,也从箱里拿出一个包装盒,肯定地:就是这些,两台摄像机,十部手机。

47

仓储中心。白天。

警察押着卜可原上了警车。

警车拉着警报开走了。

宋来看着远去的警车,倒吸了一口冷气。

48

法庭上。白天。

身着法袍的法官坐在正中,左右是陪审员和书记员等。

钟辕和夏绿及宋来等仓储中心的人坐在旁听席上。

"乓、乓"两声法槌清脆的响声,法官庄严地宣布:朝阳区人民法院公开审理卜可原涉嫌盗窃楚汉贵重物品案现在开庭!传被告人卜可原——

穿着浅蓝色囚服的卜可原戴着明晃晃的手铐,耷拉着脑袋,在法警的押解下走进了被告席。

49

法庭外。白天。

满脸悔恨的卜可原耷拉着脑袋、戴着明晃晃的手铐，在法警的押解下走向警车。

他皱纹满面的老母亲在老伴的搀扶下跟着赶了出来，伤心地大声骂着：你这不长脸的畜生啊，自己砸掉了这么好的工作进了牢房不说，还得搭进去几万块钱，我们的老脸今后往哪儿放？日子怎么过哟？

卜可原回头看了一眼母亲，泪流满面。

他的视线转向宋来，撕心裂肺地：宋来，都是你害苦了我！喊完，他猛地回过头，上了警车。

警车闪着警灯、鸣着警笛绝尘而去。

众人看警车走远，想起了什么似的，纷纷把目光转向宋来……

第二十五集

1

法庭外。白天。

众人都看着宋来,宋来一副委屈的样子:都看我干什么?

夏绿严厉地:卜可原为什么说那话?

宋来:我怎么知道?

夏绿:为什么他不说别人害了他?

宋来:大概是埋怨我配合警察调查吧?

钟辕接过话头:算了,我们先回吧!

宋来头也不回地往面包车走去。

众人也各自上车。

2

总公司办公楼前。白天。

夏绿对钟辕:我怀疑,卜可原的事与宋来可能有关。

钟辕:但没有证据呀!

夏绿:我再暗中调查一下。如果他确实有问题,就把他开了!

钟辕笑着:你是准备大义灭亲呀?

夏绿:谁跟他亲?我看见他就不舒服!

钟辕点头:那好吧!公是公,私是私,如果真有问题,那确实要严肃处理。

3

库房里。白天。

宋来把一个纸箱打开,把一个盒子拿出来。

他犹豫了一下,又把盒子放了进去。

4

仓储中心经理室。白天。

夏绿坐在椅子上,经理站在房间中间。

夏绿:上次卜可原的事你有什么看法?

经理想了想:他的事不是都搞清楚了吗?

夏绿:前因后果你分析了吗?

经理恨恨地:就是这些腾达过来的人,素质低,不敬业,还老想着捣乱。自他们来后,丢货的事已经不是一两回了!

夏绿:卜可原会不会有同伙?

经理:也许吧!但审讯时他没有说。

夏绿:你说会不会是宋来?

经理疑惑地看着夏绿:他?应该不会吧?虽然他也是腾达过来的,毕竟算是自己人,我想不至于!

夏绿没好气地:什么自己人?别说我和他关系不好,即使关系好,也要公私分明!你发现他的什么蛛丝马迹没有?有的话别给我掖着藏着!

经理想了想:我倒真没注意!

夏绿:从今天起,你注意着他点,一旦有什么可疑之处,立即向我报告。

5

车内。黄昏。

宋来和兰旦雄坐在车里。

兰旦雄伸手:东西呢?

宋来摇头:今天没成功!

兰旦雄笑了:是不是卜可原的事把你吓着了?

宋来点头:有点!今天夏绿到库房来了,我看她是来者不善,就没敢动手。

兰旦雄:既然没带东西,那就一起去喝两杯,我请客,咱们商量商量下一步的行动方案。

宋来:好吧。

兰旦雄:走,你说去哪里?

宋来想了想：还是上次那家吧！

兰旦雄启动了车，往前开去。

电话亭后，一个小伙子看他们的车走远，从电话亭后面出来，然后向公交车站走去。

6

餐馆。晚上。

宋来和兰旦雄对坐在餐桌两边，各端着一杯啤酒，碰了碰，两人干杯。

放下杯子，兰旦雄拿起酒瓶给宋来倒酒，自己也倒上。

兰旦雄：这个方案肯定可行，既可以保证你的安全，又可以狠狠打击他们，还可以赚更多的钱！

宋来：上次让卜可原动手，没料一去就被人捉了，还差点暴露了我！

兰旦雄：卜可原没有经验，把货藏在自己家里，那还不被查出来？我们这些人都是专业的，绝对安全。

宋来：我还是自己找机会搞一点吧，动作大了风险就大，我可不想蹲班房。

兰旦雄无奈地：你不敢那就算了。不过，你什么时候想搞，随时告诉我。

宋来：好吧。

兰旦雄从口袋里掏出一沓钱，递给宋来：这些钱你先用着，有了货拿给我就行！

宋来一喜：谢谢！

7

大街上。晚上。

宋来和兰旦雄从餐馆出来。

兰旦雄：老弟，你去哪里？

宋来想了想，毅然地：把我送我老婆那里吧！

兰旦雄：好的，上车！

8

夏绿家。晚上。

钟辕正问着夏绿：你叫我来，是发现宋来涉案的证据了吗？

夏绿：已注意到他和一个叫兰旦雄的男人有往来，二人行动鬼鬼祟祟。

钟辕：那人我认识，说不上是好人，但宋来与他有来往并不能说明什么。

正在这时，门铃突然响了。

9

夏绿家门外。晚上。

宋来站在门口，焦躁地等待着。

宋来又按了一下门铃，里面传来夏绿的声音：来了！

10

夏绿家客厅。晚上。

夏绿匆匆来到门边，靠近"猫眼"往外一看，发现门外站着的是宋来，不禁一愣。

夏绿隔门没好气地：你又来干什么？

宋来哀求地：老婆，我想你了，开门让我进来，好吗？

夏绿着恼地：我已经休息了，你回吧！

宋来：你看我这大老远跑来，你总让我进来喝口水吧？

夏绿：你说什么也没用，我要睡觉了，你赶紧走吧！

宋来：求求你，把门开一下好吗？

夏绿气愤地：你再不走，我给保安打电话了！

11

夏绿家门外。晚上。

宋来无奈地往楼下走去。

12

夏绿家。晚上。

夏绿由门前返回到钟辕身边：这人可真不要脸！

钟辕：继续暗中调查吧，有真凭实据了才能对他采取措施！

夏绿点头：好吧，我有点沉不住气了。

钟辕：你休息吧。说着，转身往外走。

13

小区内。晚上。

宋来沮丧地坐在楼前的一个小亭子里，眼睛正好能看到夏绿家楼门。

远远地，钟辕从里面走出来。

宋来呼的一下站了起来。

钟辕从楼门出来，向自己家楼房走去。

宋来冲出亭子，突然又停下脚步，沮丧地走回来，一屁股坐在亭子边上。

14

一库房贵重物品库里。白天。

宋来气呼呼地拆开一个箱子，打开里面的包装盒，把里面的手机拿出来，装进口袋里。

然后从另一个口袋里掏了一块石头，放进了盒子里。

他往四周看了看，没有人，便把盒子放好，把箱子包好。

15

仓储中心经理办公室。白天。

经理通过监视器把这一切看到了眼里，他抓起了电话。

经理：夏总，像您预料的一样，宋来在玩石头换手机的把戏，怎么办？

夏绿的声音：我马上过去，你注意不要让他把东西带走了！

经理：明白。

16

库房里。白天。

宋来正哼着小曲要离开,夏绿和经理走了进来,把宋来吓了一跳。

宋来:夏总,又来视察呀?挺敬业的嘛!

夏绿沉了声:少跟我来这一套,把手机拿出来!

宋来一怔,片刻又恢复了镇静,嬉皮笑脸地:什么手机呀?我现在哪还用得起手机?早就卖了!

夏绿严厉地:把你口袋里的手机拿出来!还要我当众搜查吗?

宋来看了看经理,经理点点头。

宋来无奈地把手伸向口袋,掏了一部手机,又掏出一部手机。

夏绿厉声:在哪里拿的,请放回哪里去!

宋来无奈地走向贵重物品库,把那个箱子搬下来……

17

库房门外。白天。

夏绿对宋来:这次你没话说了吧!

宋来沉默。

夏绿:上次瓦片换手机的事,一定也是你干的了?

宋来:以前的事我不知道。

夏绿冷笑着:大男人做事该敢做敢当!

宋来:不知道就是不知道!

夏绿冷笑着:那好!今天这事没什么可说的吧?你马上收拾东西,给我走人!

宋来一下子软下来:别,别!怎么说我也是你的老公,现在没饭吃了,千万别说开除就开除呀!

夏绿:我不报警就算照顾你了!但公司的规定一定要执行,不仅要开除,还要罚款。你这段时间的工资就不用领了,全部扣除!

宋来:你,你别逼人太甚!

夏绿:是我欺负你吗?是你自己不争气!

宋来毫不示弱地:你少教训我!也不看看自己,有资格教训我吗?

夏绿:我怎么了?你给我说清楚!

宋来看了一眼经理，不客气地：请你走开一下好吗？我要和我老婆说点私事！

经理知趣地走开。

宋来看经理走远，冷笑着：我是小偷，但我只是偷点东西。有人看上去道貌岸然，不也在偷吗？而且干的是更见不得人的事。

夏绿：宋来，你说清楚？谁在偷？偷什么？

宋来：你！偷人！

夏绿：你别血口喷人！证据呢？

宋来：我就纳闷为什么老是不理我，我就纳闷为什么一直闹着跟我离婚，原来呀，你心里已经有了别人！

夏绿：宋来，你别胡搅蛮缠！你以为你这样我就不开除你了，没门！

宋来毫不示弱地：我看你们两个能把我怎样？我警告你们，逼急了，兔子也会咬人的！

说着，宋来转身出去。

夏绿愣愣地站在那里。

过了一会儿，经理走了过来。

夏绿：这事先不要声张，我请示总裁后再做处理！

经理疑惑地点了点头。

18

钟辕办公室。白天。

钟辕坐在办公桌后，夏绿坐在沙发上。

钟辕气愤地：还真是宋来干的？那没有办法，只好开除了！

夏绿忧心地：他说了很多不着边际的话，我怕……

钟辕：他说什么了？

夏绿低下头：他说我们俩……

钟辕：他是胡扯！我们站得直行得正！

夏绿：我怕他到处胡说八道，影响你我的声誉，这些事又没法辩解，常常是越描越黑。

钟辕冷静下来：倒也是！那你说怎么办？

夏绿：要不，再给他一次机会，让他留下察看，怎么样？

钟辕点头：也好！那也不能让他在仓库了，防止再出类似的事。

夏绿为难地：那让他干什么？总不能白养着他。

钟辕想了想：这样吧，让他到车队待着，修个车什么的。

夏绿赞许地：这个主意不错！

19

夏绿办公室。白天。

夏绿坐在办公桌后，宋来站在房间中央。

夏绿：看你太可怜，我跟钟总说了说，就不开除你了！到车队后，你要老老实实干工作，别再弄出什么事来，明白吗？

宋来不屑地：你们这是可怜我呢，还是堵我的嘴？

夏绿严厉地：别胡说八道！我和钟辕什么事也没有，天地可鉴！

宋来冷笑着：那害怕什么呀，要不要我去跟西馨说说，让她也鉴一鉴？

夏绿气极地：我希望你不要得寸进尺。

宋来冷笑着：我才懒得管这些破事呢！反正我绿帽子早戴上了，再多一顶也无所谓！

夏绿：宋来，你……

宋来讥讽地：难道我说错了吗？女儿不是我的，那顶绿帽子我不是已经戴上了吗？现在又多了一顶，我也不在乎了！只要你让我回家，我还原谅你，怎么样？

夏绿气得说不出话来，半晌，才恨恨地：你原谅我，我还不原谅你呢！做梦吧你！

宋来笑着：我有的是时间，等着你回心转意。

夏绿咬了牙低叫：永远不可能！你就死了这条心吧！

20

楚汉总公司汽车队宿舍。晚上。

宋来和几个司机正在聊天。

司机A：听说你是公司的元老，是吗？

宋来不谦虚地：那当然，我在公司开车的时候，你们好多人还穿开裆裤呢！

司机B：吹吧您！公司成立也就十几年，你这么说也太夸张了吧？

宋来：那时，公司缺司机，我一到公司，钟总就让我去驾校了。回来没几天，钟总就买了辆新车给我开着。

司机C：那个时候，工资不高吧？

宋来：球！那时公司还不挣钱，还指望开工资？

司机A：那也不能白干呀？

宋来点头：那当然。工资低，我们有办法！

司机B：什么办法？

宋来笑了笑，神秘地：你们真的不知道？

司机C：不会是偷着给别人拉东西吧？

宋来不屑：笨！你们听没听说一句顺口溜？

司机A：什么顺口溜？

宋来：关于司机的。

几个司机都摇头。

宋来坏笑着："十个司机九个坏，一个不坏偷油卖"，没听说过吗？

司机B恍然大悟：我明白了，你就是那个不坏的，对吗？

宋来：你们就不卖油？

司机们纷纷摇头。

宋来：不卖白不卖！

大家都笑。

21

检修车间。白天。

宋来正在给一个车检修，司机和他套着近乎。

司机恭维地：宋师傅，您是要技术有技术，要经验有经验，昨天晚上您的一席话，说得大家都心悦诚服。

宋来抬头看司机：是吗？我怎么没看出来。

司机神秘地：当然了！大家都是在心里佩服，不一定都要说出来呀！

宋来：不过是多走了点路，多湿了几双鞋而已。

司机：您真谦虚！

宋来低了声：不瞒你说，有些经验那还真的很有用，比如这卖油，有很多讲究的。加多少油，跑多少路，一天可以卖多少，都要心中有数，才不至于被发现。

司机连连点头：说得太对了！只是不知道，你们当初都是去哪里卖？

宋来：这就靠自己联系了！想占这种小便宜的人多了去了，要不要我给你找一个！

司机忙摇头：我只是问问。我可不敢卖！

宋来：这样吧，我给你找个人，你们可以交个朋友，不一定卖油，可以相互帮个忙什么的。

司机：那太谢谢了！

22

楚汉汽车队院子里。早晨。

一轮朝阳从东方升起，照在几十名楚汉员工身上。

大家齐声高唱《众人划桨开大船》。

歌声响彻院子上空。

唱完歌，大家齐声高呼：因为我们不富有，所以更加要努力！

车队领导走到队列前面，严肃地：昨天，我们发现了两名司机偷偷地卖油，想必大家已经知道是谁了，为照顾他们的面子，在这里就不点名了。经研究，决定给两名司机严重警告，并各自罚款500元的处分。

队列里一阵惊呼声。

车队领导接着说：希望大家引以为戒，杜绝类似的事情发生。如若再有人违反，下次处理就不会这么轻了！

23

车队宿舍。晚上。

宋来和司机们在聊天。

宋来煽动地：他们也太不像话了，工资这么低，人家节约点油还不让卖！

一胖司机附和地：是呀！关键是工资太低了！要是工资高点，谁去费那个事卖油！

宋来添油加醋地：你们辛辛苦苦出一个月车，才给一千多块钱。他们整天在办公室吆三喝四的，工资却比你们高好几倍，也太不公平了！

一瘦司机：是呀！太不公平了！我们的工资早就该涨了，为什么一直不给我们涨。我要去找总裁提意见去。

宋来：以我的经验，你自己去提意见根本就不管用，说不定连总裁都见不到就被办公室打发回来了。

一高个司机：那你说该怎么办？

宋来：如果想达到涨工资的目的，大家必须团结起来，一起跟他们斗。群众的力量是无穷的，大家都要求涨工资，他们就得考虑考虑了！

司机们一齐响应：对呀！

宋来：大家都听我的，我保证公司会给你们涨工资。

胖司机：好！那我们大家都听你的，你说怎么办吧？

宋来扫了大家一眼，轻声地：这样……

24

钟辕办公室门口。白天。

钟辕刚打开车门要下车，一值班高管跑过来，急切地：总裁，薪酬处经理何勇有急事找你。

钟辕：哦，什么事？

值班高管：车队几十名司机集体要求涨工资，把他围在了车队。

钟辕：司机们的工资没有按标准发吗？

值班高管：听何勇说都是按照总公司最新的工资标准发的，不知为什么，他们又突然提出涨工资。

钟辕：那你马上去告诉何勇，他们的无理要求，公司不能答应！

25

总公司车队前。白天。

司机们围着薪酬处经理何勇，乱哄哄地发着牢骚。

一个司机趁乱夺下了经理的手机。

宋来高声鼓动着：他不答应我们的要求，咱们今天就集体罢工，大家都去靓丽洗浴中心休息，我请客！我就不信，钟辕不来请我们。

司机们响应着：对！我们罢工！

宋来大声地：走，休息去！

那个司机把薪酬处经理的手机扔还给他：给你，快联系钟辕来请我们！

宋来转身往外走，几十个司机跟在他后面，浩浩荡荡地出了楚汉车队大门。

26

钟辕办公室。白天。

薪酬处经理何勇闯进办公室，看着钟辕急促地：总裁，不好了！几十个司机一起闹罢工，去了靓丽洗浴中心。几十辆车没人开，货都送不了！

钟辕吃惊地：怎么会这样？

经理：这伙人不知受了谁的教唆，闹着涨工资，我没同意，他们便罢工了！总裁，你说现在怎么办？

钟辕示意经理坐下，镇静地：别着急，让我想想。

经理站在那里，抬手抹汗。

钟辕站起来，在房间里踱着步，沉思的样子。

过了一会儿，他果断地对经理：现在，马上通知总公司所有会开车的员工，包括部门经理，都到楼下集合，先把货送了。

经理点头，转身小跑着出去了。

27

办公楼下。白天。

几十名员工列队站在门前，钟辕站在队列前。

钟辕大声地：今天司机们闹情绪，想难为我们！这点雕虫小技，难得住我们吗？现在，每个部门留一个人在家，其他的人都去车队，听候调度安排。保安部的同志跟我一起去找司机，我就不信这种目无纪律的人能达到目的！

大家列队往车队走去。

钟辕带着几个人出了大门。

28

靛丽洗浴中心门口。白天。

钟辕带着几个人走过来。

钟辕问门口的保安：刚才有没有几十个穿楚汉制服的人来洗浴？

保安客气地：一个小时前有几十个人集体来洗浴，就是不知道是不是你要找的。

钟辕：谢谢，我想应该是的。

29

浴室内。白天。

钟辕和几个人站在入口处，居高临下往浴池里看。

澡池子里热气蒸腾，几十个人泡在池子里，根本看不清谁是谁。

有一个司机看到了钟辕，惊讶地：那不是总裁吗？

宋来：我说吧，他会来找我们的！大家沉住气，胜利就会属于我们！说罢，他大声地对钟辕：钟总，站在那里干什么？下来洗一洗呀！

钟辕带着人来到池子边，看着泡在水里的司机们，大声地：弟兄们，真够悠闲的呀！公司的货都没人送了，你们很高兴是吧？

一个司机：我们的工资太低了，总裁能不能给我们提高一下？

钟辕笑了笑：如果你们表现得好，这事我一定给你们解决。如果你们拿涨工资为由闹事，那对不起，我会让人力资源部直接把你们除名。

一个司机表态：只要总裁帮我们解决，我们一定好好表现。

钟辕：那好！现在，我要求大家在中午12点之前回公司。回去的，照发今天的工资，也不予追究。不回去的，即视作正式辞职。

说完，钟辕头也不回地往外走了。

30

车队院内。中午。

钟辕坐在门口的一把椅子上，十几个司机站在院子里。

钟辕看了看表，问旁边的经理：还有几个人没有回来？

经理数了一遍下面站着的人，郑重地：总裁，还差四个，三个司机，一个刚来的修理工。

钟辕：几点了？

经理看了看表：差3分钟到12点。

钟辕点点头：好，再等3分钟。

这时，宋来和另外三个人慢吞吞地往这边走来。

经理高声喊：快一点，大家都在等你们呢！

三个司机跑步往这边赶来，只有宋来仍慢吞吞地走着。

钟辕从椅子上站起来，一挥手：好！大家都按要求在12点之前赶了回来，表现不错！先回宿舍吧！

大家纷纷往宿舍走。

钟辕迎着宋来走过去，对宋来冷声地：从今天起，你被本公司开除了。

宋来分辩：我也是按你的要求在12点之前回来的呀？

钟辕冷冷地：这个条件不适用于你！

31

钟辕家。下午。

西馨坐在沙发上，宋来坐在一边的椅子上。

宋来：嫂子，我要是有半句瞎话，让我天打五雷轰。

西馨摇头：虽然你看到你二哥从夏绿家里出来，也许他们有公事要商量，不能乱怀疑！

宋来肯定地：那不可能！一则当时那么晚了，二则我上去敲门他们不开，你想，孤男寡女的，能有什么好事？再说了，我也不怕你笑话，夏绿跟我结婚时，就怀了别人的孩子，要不我怎么会打她呢？

西馨沉默。

宋来：她把我留在公司，却和我形同路人，我好话都说尽了，她都不理我。我想，这不单单是她记恨我，更重要的可能是她有了新欢。

西馨：把你留在公司，是我的意思！

宋来：那就更对了。我来公司后，他们想方设法刁难我，抓住一点小事就大做文章，今天就把我开除了！这不很明显吗？他们把我当成眼中钉肉中刺了。

西馨点点头：这样吧！我再跟钟辕说说，让你留下，好吗？

宋来摇头：现在，我的心已经被伤透，不想再留了！我真想答应夏绿的要求，跟她离婚，可是，她要是离了婚，他们会怎么办呢？

西馨：既然你不想留了，那就算了。至于他们俩的事，我注意点就是了，谢谢你告诉我这些。

宋来：这也不是什么好事，但我想来想去，还是决定告诉你，你别怨我多事就行了！我先告辞！

西馨客气地：那你慢走。

宋来转身，开门走了出去。

西馨愣愣地坐在那里，久久未动。

32

小餐馆里。晚上。

宋来和兰旦雄对坐在餐桌前。

两人各拿一个啤酒杯，碰了一下，各自喝了一口。

宋来：真没想到，事情还没来得及做，就被人家开除了。

兰旦雄安慰道：没什么！以后你就到我这里干，咱俩合作，肯定会很愉快的。

宋来摇头：我觉得我不太适合干你那活。我还是跟着梁总一起蹬三轮吧！

兰旦雄：他呀！泥菩萨过河，自身难保，还养得起你？

宋来：梁总生意不好吗？

兰旦雄叹了口气：岂止是不好！简直就是一塌糊涂。前几天还来找我借钱，我劝他跟我一起干，他也没同意！

宋来：别看他现在很落魄，但他骨子里还是有一股傲气的。毕竟是高干子弟，还是部队转业干部。

兰旦雄：有什么用呢？还不是蹬三轮混饭吃。

33

钟辕家。晚上。

西馨坐在沙发上发呆，钟辕开门走了进来。

西馨淡声地：又加班了吗？

钟辕点头：今天宋来带着司机闹事，我开会处理了一下。

西馨不动声色地：在哪里加的班？

钟辕：当然是在办公室里了！

西馨：我给公司值班室打过电话，他们说你早就下班走了。

钟辕有些尴尬：是这样，我去了一趟北京分公司，在那边开的会。

西馨弦外有音地：是跟夏绿商量的吧？

钟辕：这事跟她关系很大，所以……

西馨接过话头：所以你就去了她家，跟她商量了一晚上，是吗？

钟辕：西馨，你今天是怎么了？

西馨：我就想问问你，最近几天你加班，是不是都在夏绿家里加？

钟辕没好气地：西馨，你什么意思嘛！

西馨执着地：你回答我！

钟辕无奈地：有时候是呀！可我们都是在商量公事！

西馨冷笑着：有什么事不能在办公室商量？每天晚上跑到人家家里去？

钟辕：你是不是听谁胡说了什么？可不要轻信谣言呀！

西馨：我看，大概不会是谣言。人家亲眼看见的，你们当时大概太急了，忘记把窗帘关严吧？

钟辕：怎么会呢？

西馨盯着钟辕的眼睛，伤心地：你的眼神已经告诉我，这一切都是真的！

34

小餐馆里。晚上。

宋来和兰旦雄还在喝酒，两人分明都有几分醉意。

宋来：活着真是不容易呀！像梁总这样的能人，都落得如此下场，我这样的小人物，活得更难呢。

兰旦雄附和着：是呀！他现在还不如我们。我们还有老婆，他却连老婆都没有了！

宋来吃惊地：他老婆呢？

兰旦雄：马雨萌病好后，回到梁总租住的那个小房子里，感觉很不适应。她要这要那，梁总也没有钱，两个人就吵架，最后马雨萌受不了了，提出离婚。梁总也觉得马雨萌太过分，越来越讨厌她，觉得找错了老婆，于是两个人就离了。现在，梁总一个人带着女儿，更难了！

宋来：明天，我一定去看看他。

35

钟辕家。晚上。

钟辕沉默着。

西馨伤心地：我倒是不明白了，夏绿虽然不难看，但她是个有夫之妇呀？你怎么会？现在的老板流行找情人，但你最起码也要找个比我强的，让我自愧不如，而你，也太让我失望了！

钟辕：西馨，你说这些干什么？你放心，我们确实没有什么，真的没有，你要相信！

西馨摇头：你不用解释了。我认真地想了想，从一开始我就应该知道。为什么她平步青云？为什么让我回家？为什么经常加班？为什么拒绝宋来……太多的为什么了。总之，我过去太相信你了！

钟辕不知如何解释：西馨，你想多了！

西馨：好吧，现在我不多想了。你愿意怎么就怎么吧，现在就去她家，我绝不阻拦。如果你想离婚，我也成全你们。说着，已泪流满面，她独自进了卧室，关上了门。

36

大街上。晚上。

宋来和兰旦雄喝得醉醺醺地走出小酒馆。

兰旦雄：老弟，今天晚上还回家吗？

宋来大着舌头：回，回个球！还不定是谁在那里睡呢！我不去凑那个热闹了！

兰旦雄哈哈大笑：老弟你真有意思，拿自己的老婆开玩笑！

宋来大着舌头：不是，不是开玩笑！真的，如果你想去，我就把她让给你了！

兰旦雄：老弟，你喝高了！我送你回家吧！说着，兰旦雄扶宋来上了车。

37

钟辕家。晚上。

西馨躺在床上，背对钟辕。

钟辕小心地上了床，背对西馨躺下。

钟辕叹了一口气，伸手关上了床灯。

38

夏绿家门前。晚上。

宋来跟跟跄跄地来到门前，想按门铃，但摸了一下没按到，便扑通一声倒在门上，倚着门睡着了。

39

家具城旁边的小屋里。白天。

梁志远带着女儿在自己的小公司里忙碌着，宋来由远处向这边走来。

梁志远看见宋来脏兮兮的模样，吃惊地：宋来，你怎么变成了这个样子？

宋来沮丧地：钟辕把我开除了！我又成了无家可归的人！

梁志远：怎么回事？

宋来摇头：我也说不清楚！反正在那里干着，总觉得憋屈，也不想干了！

梁志远：那你想怎么办？

宋来：梁总，我觉得还是离不开你，能不能让我在你这儿做事呀？

梁志远为难地：我这里的生意很小，没法给你开工钱，你还是另找一个好工作吧……

40

中国物流企业家年会会场上。白天。

钟辕正站在台上演讲。

钟辕：今天我演讲的题目是《民营快运企业的成长之路》……

41

大街上。白天。

宋来在漫无目的地走着……

42

演讲会场。白天。

钟辕仍在激动地讲着：……我们民营企业有一点像农村出生的孩子，从他出生，环境就不优越，不像城市里的孩子有优厚的出生环境与待遇。民营快运企业目前遇到的主要困难有四个：一是资金短缺，二是人才奇缺，三是政策限制，四是社会歧视……

43

大街上。白天。

宋来一个人闷闷地走着。

他站在街头想了一阵，又往前走一阵。

一辆车鸣着喇叭呼啸而来，把宋来吓得往后直退。

44

演讲现场。白天。

钟辕：……员工心诚、踏实肯干、以苦为乐的精神，才是民营企业最有活力、最让人惧怕的企业精神……

45

大街上。白天。

梁志远骑着三轮车，汗流浃背，缓慢前行着。

不一会儿，便消失在车水马龙中。

46

演讲会会场外。白天。

好多记者围着钟辕，不停地发问。

一记者：钟总，你把自家企业和跨国大公司的较量比喻成狮羊赛跑，很有创意，你能详细谈谈吗？

钟辕：我们赶超的目标是美国的联邦快递。我们首先要把国内的市场做好，因为国内市场不是百米的赛跑，而是百米的跨栏赛跑。就像我们的奥运冠军刘翔，如果跑百米他的速度可能是拿不到金牌的，但是跑跨栏他就是最快的了。所以，我想我们这个快递的赛跑也是一个跨栏赛……

47

大街上。白天。

花工们在给街边的草坪浇水，宋来走过去对着花工手中的胶皮管子喝水。

一辆车在街边停下，兰旦雄从车里探出头来。

兰旦雄幸灾乐祸地：宋来，怎么样？梁总准备留你吗？

宋来摇头。

兰旦雄：我说嘛，跟着我干算了！

宋来又摇了摇头。

兰旦雄笑了笑：我这也是物流公司，不过是特殊一点，单向物流。这可是一本万利的买卖。

宋来再次摇了摇头。

兰旦雄想了想：来，先上车！我跟你商量个事。

宋来迟疑了一下，上了车。

48

车里。白天。

兰旦雄坐在驾驶位置上，宋来坐在副驾驶位置。

兰旦雄看了看宋来：你怎么搞的？就像好几天没吃饭似的。

宋来：还真让你说对了，我两顿没吃饭了。

兰旦雄：真的吗？为什么不吃？绝食呀？

宋来：哪有钱吃呀！

兰旦雄：我上次不是给了你一笔钱吗？

宋来：早就花光了。

兰旦雄：好吧，我再给你一个赚钱机会。

宋来：什么机会？快说！

兰旦雄低声地：我听说楚汉公司今天要发一批数码相机，你给我打听清楚，是不是真的，具体什么时候发。我先给你1000块，事成之后，再给你5000块！

说着，兰旦雄掏出钞票，数出10张，递给宋来。

宋来接过钱来了精神：行！我马上就去打听。

第二十六集

1

楚汉仓储中心。傍晚。

几名下班的员工正在院子里聊天，宋来大摇大摆地走进来。

员工A热情地：宋来，你怎么回来了？

宋来大咧咧地：我怎么就不能回来？

经理从值班室出来，警惕地：宋来，有什么事吗？

宋来：正好路过这里，来看看大家！

员工B恭维地：听说你带着司机们要求涨工资，真够仗义的！

宋来：他们工资倒是涨了，我却没活干了！

大家都笑。

员工C开玩笑地：你现在干什么呀？看样子很潇洒嘛！

宋来故作轻松地：一般般吧！给一家公司当顾问，工资虽然不高，也比在这里多一点，关键是自由，顾得上就问，顾不上就不问。

员工A羡慕地：那可是好工作呀！不是跟吃闲饭一样吗？

员工B附和着：宋大哥，是不是得请客呀！

宋来：没问题！怎么样？现在咱就出去喝一杯？！

员工B兴奋地：好呀！好呀！

员工C摆了摆手：好什么？晚上还有事呢？

宋来：都下班了，还有什么事？走吧！

员工A：8点还有物流班车来配货，不敢喝酒！

宋来：又是发电脑吗？咱们库房里电脑还不少吧？

员工A随口回道：这次是数码相机，很高档的。

宋来：你们既是有事，那就再找机会喝吧！

2

电话亭边。晚上。

宋来往四周看了看，见没有人，便拿起了话筒，拨号。

宋来低声对着话筒：打听清楚了，晚上8点配货，8点半从仓库出发。

说完，宋来挂上了电话，又看了看四周，见没有人注意他，便得意地自语：嘿，这个工作不错，转眼之间，5000块就要到手了！

他向一个小餐馆走过去。

3

兰旦雄家门口。晚上。

一辆面包车停在那里。

兰旦雄带着几个人从家里出来，上了车。

车启动，开出了胡同。

4

饭馆门前。晚上。

宋来从饭馆里出来，抹了抹嘴，往四周看了看。

他往前走了几步，又转身回来，对着大街愣了半天，终于往前走去。

5

大路上。晚上。

已经没有了路灯，只有微弱的月光无精打采地照在路上，这分明是郊区。

车也很少了，偶尔有一辆呼啸着通过。

一辆面包车快速行驶着。

6

车内。晚上。

兰旦雄坐在副驾驶位置上。

驾驶员边开车边问：大哥，已经到了郊区的山路上，我们在哪里停？

兰旦雄不动声色地：再往前走，慢一点！

这时，前面出现了一个加油站，亮着灯。

兰旦雄回头看车内坐着的人：小马，过一会儿你先下车，在这里守着，他们一到，马上给我打电话。

后面有人答应了一声。

一会儿，车过了加油站。

兰旦雄对司机：停车，让小马先下车。

司机把车停下，一个人拉开车门，下了车。

车继续往前开。

7

夏绿家小区门口。晚上。

宋来由远处走来，直接进了大门。

他径直往夏绿家所在楼房走去。

8

公路上。晚上。

一个大上坡的底部，面包车停在月光下。

兰旦雄站在车旁，对身边的几个人耳语着什么。

突然，兰旦雄的手机响了。他打开手机放在耳边，低声地：嗯，嗯，知道了！

关上手机，兰旦雄郑重地：马上就到了，大家按计划行事。

9

夏绿家门口。晚上。

宋来站在门口，按了一下门铃。

夏绿的声音：谁呀？

宋来没吱声。

夏绿没好气地：宋来，你少来烦我好不好？

宋来哀求地：老婆，我现在没地方住了，你可怜可怜我，让我回家吧！

夏绿：这里不是你的家，你爱去哪里去哪里吧！

宋来：我是你老公呀！你就忍心让我冻死在马路上吗？

夏绿：你少来这一套，我是不会开门的。你快走吧！

宋来发狠地跺了一下脚，往楼下走去。

10

公路上。晚上。

一辆楚汉的大货车驶过加油站,往前驶去。

11

小区里。晚上。

几个人在月光下散步。

宋来来到夏绿家楼后,抬头往楼上看,发现二楼客厅的灯开着,卧室里还黑着灯。

宋来穿过一片草坪,来到夏绿家楼下。

他往上看了看,阳台并不高,下水管正好从阳台边缘穿过。

宋来走上前来,双手抓住下水管,往上一爬。下水管很结实。

宋来回头看了看,远处还有散步的人,便往旁边一闪身。

12

公路上。晚上。

面包车停在上坡处路边。

两个人站在路正中。

远远地,楚汉物流大货车开过来,远光灯照在两个人身上。

两个人挥手,示意物流车停下来。

物流车刹车,到了近前靠边停了,司机从车窗探出头问:怎么了?有事吗?

一个人恳求地:师傅,能不能帮帮忙捎我们一段?车抛锚了!

司机摇头:我是载重车,不方便,请你们等下一辆吧!

那个人客气地:不好意思,打扰了!

司机摇上车窗,启动了车。

就在车启动的一刹那,从旁边的树上跳下三个人,轻轻地落在货车顶上。只见刀光一闪,篷布被划开。

司机换了个挡准备加速,三个人各抱一个箱子,跳下车来。

13

夏绿家楼后。晚上。

宋来顺着下水管往上爬去，很快就爬到了二楼。

突然，下面远处传来一声叫喊：抓小偷哟——

宋来吓得赶紧顺管往下滑，快到地面时，他往后一跳，跌倒在地。

他慌慌张张爬起来，向远处跑去……

14

兰旦雄家。白天。

兰旦雄坐在椅子上，宋来坐在沙发上。

宋来惊讶地：不可能吧？怎么会弄错呢？

兰旦雄满脸不高兴：我哪知道你怎么弄的？大家忙活了一晚上，却弄回三箱没用的东西，你还来要钱！

宋来：也许是他们临时改变了计划，或者不是一辆车，再或者，车上拉的不止一种货！

兰旦雄：我怎么知道？反正没弄到想要的东西！你以后办事严谨一点好不好？

说着，兰旦雄拿出一沓钱，递给宋来。

宋来唯唯诺诺地：好，好！以后我一定弄准确。

兰旦雄挥了挥手：去吧！

宋来：你刚才说的那三箱货，怎么处理的？

兰旦雄：还能怎么处理？扔山沟里了！

宋来若有所思地点点头，转身走了。

15

夏绿办公室。白天。

夏绿正在看一份材料，一个员工敲门进来。

员工着急地：夏总，不好了！云涛计算机网络公司价值14万元的三箱网络设备，在运送途中被盗，对方提出索赔。

夏绿很吃惊：什么时候？在什么地方丢失的？

员工解释：大概是昨天晚上，司机也不知道在什么地方丢的，早上交货时才发现少了三箱。

夏绿站起身来：马上报告总公司保卫部，全力追查。

16

电话亭。白天。

宋来正在打电话。

宋来对着话筒：是不是遇到难处了？需不需要帮忙呀？

电话里夏绿的声音：是不是你干的？

宋来：你难道忘了？昨天晚上我去找你了！

电话里夏绿的声音：那你一定知道内情！

宋来：你别血口喷人！我听说你们丢了东西，想帮你，你不让帮就算了！我挂电话了！

夏绿的声音软了下来：你有什么办法吗？

宋来：我有个朋友，黑白两道通吃，这事找他肯定没问题。要不要见一见？

夏绿：吹吧，你！

宋来：不相信？那就算了！

夏绿着急地：他在哪里？

宋来：如果想见，就来你们小区门前的湘菜馆吧！

说完，宋来把电话挂掉，兴奋地哼起了小曲。

17

商场里。白天。

宋来在一个衣服摊前试衣服。

宋来穿上一件呢大衣，对着镜子看了看，笑着问服务员：你看我穿上怎么样？

服务员讨好地：先生，这件大衣仿佛是为您定做的，非常合身，使您看上去简直帅呆了！

宋来：去会情人怎么样？

服务员：保准马到成功！

宋来笑了：算你会说话，帮我包上吧！

18

湘菜馆。中午。

宋来穿着新买的大衣,在靠窗的一个桌子边坐着,看夏绿过来,笑着向她招手。

夏绿走过来,看着宋来的衣服:怎么?发财了?

宋来:朋友送的!

夏绿:你说的黑白通吃的朋友在哪?

宋来:朋友说了,让我全权代表。

夏绿看着宋来的眼睛,生气地:你想要我?

说着,扭头就要走。

宋来一把拉住了她,郑重地:我说的是真的。只要你答应我两个条件,我保证让我的朋友帮你找到货!

夏绿回过头来,在座位上坐下,冷冷地:什么条件?你说吧!

宋来笑着:至少得请我吃顿饭吧?

夏绿:我没时间跟你磨嘴皮子。什么条件?快说。不说我真的走了。

宋来:第一个条件,是我朋友提的,他要求你们付5000块钱好处费。

夏绿:第二个呢?

宋来笑了:第二个,我帮你这个大忙,你必须让我回家,做名副其实的丈夫!

夏绿看了看宋来,眼珠转了一下:好,我答应你!事成后兑现。

宋来:太好了!咱们先吃饭吧!

夏绿掏出两百块钱,放在桌子上,站起身来,郑重地:我还有事,你自己吃吧!吃完后马上帮我找货去。

宋来:一起吃嘛!

夏绿转身就走。

19

夏绿办公室。下午。

夏绿坐在办公桌后,一个员工站在房间中间。

夏绿面露焦躁:怎么样?有线索吗?

员工摇头：一点线索也没有。

　　正说着，电话响了。夏绿急忙接起来：哪位？

　　宋来的声音：你赶紧派辆车，我跟你们一起去找货。

　　夏绿面露惊喜：真有线索了？

　　宋来的声音：当然！我朋友神通广大，不是跟你吹的。记住，来的时候带上5000块钱。

　　夏绿：行，我马上去找你。你在哪里？

　　宋来的声音：还是来你们小区门口吧！

　　放下电话，夏绿对那个员工：走，你跟我一起去找货。

20

　　公路边。傍晚。

　　宋来带着夏绿等几个人下了车，往一条山间小路走去。

　　夏绿疑惑地：货在哪里？

　　宋来不容置疑地：你跟我走就行了。

21

　　山沟里。傍晚。

　　宋来带着夏绿等几个人一直往山沟里走。

　　夏绿一抬头，看到了盘山公路上的汽车，惊讶地：我们下到沟底了，货在哪里呢？

　　宋来也不安地：怎么没见呢？再找找！

　　夏绿往四处看了看，夕阳的余晖已经落在山头上，估计很快就要天黑了。

　　突然，她的目光落在半山腰，惊喜地：那不是货吗？

　　众人定睛看去，果然看到了一个木箱在草丛中露出一个角。

　　大家纷纷往木箱跑去……

22

　　夏绿家门口。晚上。

　　宋来满面笑容地站在门口，伸手按了门铃。

夏绿的声音：谁呀？

宋来满脸欢喜：是我呀！我回来了！

夏绿没有开门，冷冷地：钱已经给你了，你还来干什么？

宋来：你不是答应我，晚上让我回来吗？

夏绿冷厉的声音：大家都怀疑你与这批货失窃有关，我没有报警，还给了你钱，已经便宜你了。快走吧！

宋来气愤地：你怎么说话不算话？

夏绿的声音：在这点上，我就说话不算话了，怎么样？你当初不就是这样对我的吗？

宋来气急地：夏绿，我对你够意思了，你别欺人太甚！

夏绿决然地：宋来，我再跟你说一遍，咱们已经完了，其他什么事都好说，这事没有商量，你回吧！

宋来气愤地踢了一下门，疼得倒吸了一口气。

宋来：你这样对我，别怪我不客气。你等着，看我怎么收拾你！

夏绿不再理他，宋来只好悻悻地下楼。

23

小区内。晚上。

宋来气呼呼地从楼门出来，往楼后绕去。

来到夏绿家楼后，宋来犹豫了一下，驻足看着客厅里的灯光。

过了一会儿，宋来下了决心似的，自语：我是她老公，我怕啥。

说着，他便穿过草坪，向那根下水管走去。

24

夏绿家。晚上。

夏绿在女儿的房间里，正在给女儿辅导作业。

25

楼后。晚上。

宋来顺着下水管往上爬。

到了阳台附近，他腾出一只手，轻轻地拉了一下窗子，窗子竟然拉开了。

26

女儿房间里。晚上。

夏绿检查着女儿的作业。

突然,外面响了一声。夏绿侧耳听,声音又没有了。

夏绿问女儿:听到声音没有?

女儿正在聚精会神地做作业,摇摇头:没有!

夏绿站起身来,到门口开开门往客厅里看了看,又转回来。

27

阳台上。晚上。

宋来侧着身子,从窗户里挤进来。

他抓紧窗子,轻轻地从窗台上下来。猫着腰往客厅里看了看,发现没有人,只听到夏绿在女儿的房间里跟女儿说着什么。便又来到窗边,轻轻地把窗子关上。

宋来蹑手蹑脚地进了客厅,往四周看了看,便径直往卧室走去。

28

女儿房间里。晚上。

女儿站起来,伸了伸懒腰:作业终于完成啦!

夏绿:好孩子,快刷牙洗脚吧,早点睡觉。

女儿:妈妈,让我看一会儿电视吧?

夏绿摇头:算了,今天挺晚了,明天妈妈让你看,好吗?

女儿听话地:好吧!我去刷牙了!

说着,女儿往外走。

夏绿又拿起女儿刚刚完成的那份作业,检查起来。

29

卧室里。晚上。

宋来往四周看了看,没处可躲,只好钻进了床底下。

30

夏绿女儿卧室。晚上。

夏绿帮女儿盖好被子：好孩子，睡觉吧！

女儿听话地：嗯！妈妈，你也早点睡。

夏绿点点头，俯身亲了女儿一口，便转身往外走。

到了门口，她随手关了灯，又小心地把门关好。

31

卧室里。晚上。

夏绿打开灯，走向衣柜。

她从里面拿出了一件睡衣，又关上。

她拿着睡衣又出了门。

32

床底下，晚上。

宋来有些紧张地看着夏绿。

33

浴室里。晚上。

水哗哗地喷洒着。

朦胧的蒸汽中，夏绿站在淋浴下，正闭着眼睛享受着水的抚摸。

34

卧室里。晚上。

已经换好睡衣的夏绿来到床边，押开被子，上了床。

她靠在床头上，随手拿起旁边的遥控器，打开了电视。

突然，床下传来响动，夏绿闻声往床下看去，只见宋来从床下爬了出来。

夏绿大惊失色：宋来，你是怎么进来的？快出去。

宋来：今天我既然进来了，就不会出去了！

夏绿惊慌地：你想怎么样？

宋来冷笑着：我们本来就是夫妻，你说我还能怎么样？

夏绿决绝地：不行！你再不走我喊人了！

宋来冷笑着：我知道你不会喊的！让女儿听到了不好！

夏绿抓起电话，宋来一下子扑上来，按住了夏绿的手，恶狠狠地：你这个贱女人，今天我不跟你客气了！

夏绿拼命地挣扎，宋来死死地把夏绿按在床上。

一会儿，夏绿没有了力气，宋来便粗暴地撕扯夏绿的睡衣，哧的一声，睡衣被撕破。

宋来恶狠狠地：既然强奸无法避免了，你就好好地享受吧！

夏绿屈辱而无力地把头歪向一边。

宋来从夏绿身上下来，猴急地脱着自己的衣服。

夏绿眼珠一转，坐起来，一边护住胸部一边缓声地：好吧，既是这样，你必须先洗澡。

宋来看了夏绿一眼：洗澡？

夏绿转为严厉地：你身上那么脏，必须先洗澡。

宋来以为对方接受了自己，惊喜地：好！那你先等着，我马上就来。

宋来穿着内衣内裤出了卧室。

夏绿起身把卧室门关好，抓起了电话，飞快地拨了三个数字。

夏绿急促地：110吗？请马上过来，有人要伤害我……

35

派出所。晚上。

两名警察飞快地跑向警车。

警车拉着警报呼啸着开出大门。

36

浴室里。晚上。

宋来哼着小曲在冲澡。

37

卧室里。晚上。

夏绿已经穿好了衣服,坐在床边焦急地等待。

她看到了宋来脱在地上的衣服,厌恶地捡起,扔到了卧室门外,又关好卧室门。

38

客厅里。晚上。

宋来出了浴室门,看到了客厅里自己的衣服,惊讶地:咦,我的衣服怎么在这里?

片刻,他明白过来,气愤地:你这臭婆娘,敢骗我!

宋来三步并作两步,来到卧室门边,推了推门,厉声地:把门打开,否则我踹了!

夏绿冷冷地:你快走吧,我已经报了警,警察马上就到。

宋来气急地抬脚向门踹去,发出重重的声响。

门没有开,宋来又是一脚。

门终于开了,宋来穿着内衣内裤闯了进来,凶神恶煞一般。

夏绿看他进来,赶紧夺门而出。

39

楼道内。晚上。

两名警察核对着门牌号,向夏绿家走来。

他们听到了里面的打斗声和孩子的哭声,赶紧跑步来到门前,伸手按向门铃。

40

客厅里。晚上。

夏绿正在和宋来撕扯,夏绿的女儿站在自己的房门口,害怕地哭着。

这时,门铃响了。

夏绿正色地:请你把衣服穿好,警察来了。

宋来不知所措地去捡客厅里的衣服。

夏绿跑到门边，把门打开。

两个警察闯进来。

警察边观察边问夏绿：歹徒在哪里？

夏绿指了指正在穿裤子的宋来：就是他。

警察拔出枪，指着宋来：不许动！

宋来回头看了看警察，不敢动了。

夏绿奔向自己的女儿，抱住她：好孩子，别怕！没事了，进屋睡觉吧！

女儿害怕地：你们这是在干什么呀？

夏绿尴尬地：我们，我们在……搞演习，对，搞演习，现在已经结束了，你快去睡觉吧，明天还要上学。

女儿似懂非懂地点点头，进屋去了。

夏绿把女儿的房门关好，对两个警察：我们到卧室说话，好吗？孩子还要睡觉。

警察点点头，严厉地低声对宋来：进去！

宋来把自己的衣服抱住，进了卧室。

41

卧室里。晚上。

四个人站在卧室里。

警察对夏绿：是你报的警吗？怎么回事？

夏绿指着宋来：这个人要强奸我。

宋来辩解地：冤枉，我是她老公。

警察对宋来：你有结婚证没有？

宋来理直气壮地：有，就在我口袋里。

宋来掏出结婚证，递给警察。

警察接过来一看，严肃地对夏绿：你们是夫妻，在闹着玩吗？

夏绿强调地：我们早就分居好多年了！即使不这样，婚内强奸不也是犯罪吗？

另一个警察笑了：我明白了！但这样的事我们还真不好管，找你们公司老总，让他来解决。

夏绿无奈地：那你们给他打电话！

42

钟辕家。晚上。

钟辕正在看书,西馨在喂孩子。

电话铃响了。钟辕接起电话:喂,哪位?

电话里陌生的声音:我是警察。你们的员工夏绿夫妻俩闹别扭,你快过来看看吧!

钟辕惊讶地:什么?他们夫妻俩闹别扭?她和老公不住一起呀!

警察严肃的声音:就是因为我们不了解情况,所以让你过来处理嘛!你马上过来吧!

钟辕无奈地:好吧!我马上过去。

钟辕放下电话,站起身来。

西馨不冷不热地:又要去夏绿家呀?

钟辕:宋来在那里闹事,警察让我过去,我不去怎么行?

西馨没好气地:去吧,去吧!晚上别回来了!

钟辕看了西馨一眼:真是不可理喻。

说着,气呼呼地转身出门。

43

夏绿家卧室。晚上。

宋来已经穿好衣服,不客气地坐在床边。夏绿坐在床的对面,警察坐在椅子上。

钟辕站在宋来面前,语重心长地:她虽然是你的妻子,但她不想和你同床,你也不能硬来是不是?

宋来没好气地:我不管,我只知道她是我的老婆。

夏绿:你这样逼我,明天我就去法院起诉你,要求离婚。

宋来恶狠狠地:没门。

夏绿:你要是同意离婚,我给你一些钱,总行了吧?

宋来冷笑着:那可以!你拿100万,老子就跟你离婚!

夏绿气极地:我哪有那么多钱?

钟辕:宋来,你别提无理要求行不行?

宋来斜了钟辕一眼，眼露一束豁出去的冷光，骂道：你给我滚一边去！

钟辕气愤地：你小子，反了你了！还敢骂我？

宋来腾地一下站起来，气愤地：骂你怎么了？我还打你呢！

说着，挥拳向钟辕打去。

钟辕一闪身，宋来打空了。

两个警察冲过来，把宋来抓住，警告：有话好好说，再打人，我们就把你带到派出所了！

宋来骂骂咧咧地，又坐在了床上。

钟辕对警察：他们已经闹了很久要离婚，调解是很难的，不行的话，你们把他带走，明天再说吧！

警察为难地：家庭纠纷，我们不能随便带人。

钟辕：你们就帮忙把他带到楼下，别让他再在这里闹就行了！

警察点点头：好吧！

宋来强硬地：我不走！我是她老公，今天晚上我就要睡这里！

警察一把把宋来拉起来，严肃地：老公也不行！家庭暴力同样是违法。走吧，出去冷静冷静！

宋来无奈地跟着警察往外走。

44

楼下。晚上。

警察拉着宋来来到警车边：怎么样？跟我们走一趟？

宋来摇摇头：我还是不去了！

警察：那好，我们就不带你了！但我警告你，今天晚上就别上去闹事了！如果再让我们抓住，就不会这么客气了！

宋来点头。

警察上了车，车启动，开走。

宋来回头看了看，又往楼上走去。

45

夏绿家。晚上。

夏绿哭着对钟辕：我想现在就搬离这个地方。

钟辕安慰地：现在天已经这样晚了，往哪里搬？先休息，待明天找好了房子再搬吧。

夏绿伸手拉住钟辕：我害怕……

钟辕苦笑着：他不敢再来了！

46

楼下。晚上。

宋来往楼里走，正遇从楼里出来的钟辕。

钟辕严肃地：你还想干什么？

宋来蛮横地：你管不了！

钟辕气愤地：你刚才还想打我，看我不收拾你。

说着，钟辕快步向宋来走去。

宋来停住脚步，愣了愣，转身往外跑。

钟辕在后面追，边追边喊：给我站住。

宋来跑得更快了。

钟辕停下脚步，看着宋来的背影笑了。

47

大街上。夜。

宋来一个人默默地走着。

他突然想起了什么，快步走向路边，拦了一辆的士。

48

兰旦雄家。晚上。

兰旦雄正坐在沙发上看电视，宋来敲门进来。

兰旦雄吃惊地：宋来，这么晚了，你来干什么？

宋来走到近前，恨恨地：我下决心了，入伙，跟着你干！

兰旦雄：那也没必要半夜三更地来找我呀？

宋来：我现在来找你，是想请你与我一起去拿货，拉他一车手机，最少也值500万吧？去不去？

兰旦雄惊喜地：真的？在哪里？

宋来：楚汉的贵重物品仓库！

兰旦雄：宋来，你疯了？那里是随便进的吗？

宋来胸有成竹地：只要你答应，事成以后给我100万，我保证你顺利拿到货！

兰旦雄站起来，看宋来不像开玩笑的样子：你有什么好办法？

宋来从腰间掏出一把钥匙，晃了晃。

兰旦雄很意外：你有钥匙？

宋来点头：当初和卜可原合作的时候，我配了两把钥匙，但我没想再用它，现在，我改变主意了。

兰旦雄惊喜地：那好！如果真像你说的那样，事成后，我给你100万。

宋来：那就走吧！昨天情况没摸准，今天来他个一锅端。库房的情况我都熟悉，保证万无一失。

兰旦雄：好！说着拿起了电话。

49

仓储中心大门口。晚上。

一辆无牌照的面包车远远地驶来，到门前停下。

宋来从车上跳下来，冲门卫招了招手。

门卫警惕地：宋来呀，这么晚了你来干什么？

宋来笑了笑：我带几个朋友出去喝酒了，把他们送回来，请开一下门。

门卫打开了门，宋来装作要和门卫握手的样子，一下把门卫抱住，用浸了麻醉剂的毛巾捂住了门卫的嘴。一会儿，门卫便软在宋来怀里，车内出来一个人把门卫拖到值班室。

宋来开着车直奔库房。

50

库房里。晚上。

宋来带着众人向铁丝网隔开的贵重物品仓库走去。

到了近前，宋来拿出事先准备好的大钳子，把铁丝网剪开了一个大口子，众人进去。

宋来幸灾乐祸地：搬，全搬走！

兰旦雄吃惊地：你不怕暴露了自己，要吃官司的！

宋来一脸决然地：一不做，二不休！他们那样对我，也别怪我对他们无情。

兰旦雄摇摇头：我可不想出什么问题！

宋来大包大揽地：放心！出了事我一个人兜着！

兰旦雄挥了挥手：搬！能搬多少搬多少！把面包车装满！

几个人鱼贯进出，把装有手机的箱子往外搬。

51

库房外。晚上。

众人出来，宋来走在最后。

宋来询问：装满了吗？

兰旦雄点了点头。

宋来锁上了库房门，上了车。

宋来启动车，打了几下火都没打着。

好容易启动了，一加油，车突然"啪啪"地放起炮来，惊得仓库的警报器都响了。

几个保安披着衣服跑出来，看到了面包车，有人大声地：干什么的？

兰旦雄见状，果断地：撤！

几个人跳下车，往后面跑去。宋来也赶紧跳下车，跟在人们后面翻墙而逃。

52

兰旦雄家中。晚上。

兰旦雄坐在沙发上，几个人站在旁边，宋来沮丧地站在兰旦雄面前。

兰旦雄气愤地：你真是成事不足，败事有余，不但没弄来货，还让我搭进去一辆车。

宋来：兰大哥，这次不怪我呀！那破车也是你们偷来的……

兰旦雄：别人开车都挺好的，一到你手就冒泡，你说不怪你吗？再说了，情况你也没弄清楚，那么多警报器，能成吗？

宋来尴尬地：下次我注意还不行吗？

兰旦雄：没有下次了！你赶紧远走，小心人家来抓你，我现在不担心那辆破车会给警察提供线索，我只担心你的嘴。

宋来：大哥，你放心，别说他们抓不住我，就是抓住我，我也不会说出你！

兰旦雄：快走吧，最好暂时离开北京，我最近不愿再见到你！

兰旦雄的手下人都催着：还不快走？

宋来沮丧地转身往外走。

兰旦雄看宋来走远，挥挥手：我们也走，找地方喝一杯，压压惊。

53

某餐馆。深夜。

兰旦雄一伙人在喝压惊酒。

酒过三巡，一个手下低声地：算计来算计去，搞钟辕的货也没多大意思，出手还有风险。我看，还不如干脆把姓钟的绑了，要他娘的一大笔钱，不就全妥了？

兰旦雄沉吟着：这倒也是，你说说怎么搞？

手下附耳过来，悄悄地跟兰旦雄说着什么。

兰旦雄阴着脸点了点头：好，先踩点……

第二十七集

1

大街上。晚上。

路灯发出暗淡的光,大街上人已经很少了,偶尔有一辆车通过。

街边一个小酒馆里还亮着灯,门口站着一个人,打着哈欠。

2

酒馆里。晚上。

宋来坐在一个角落里,还在喝酒。只剩下他一个人在喝酒了。

服务员在打扫卫生。

门口站着的那个人走了过来,赔着笑:大哥,时候不早了,该回去休息了吧?

宋来斜着眼凶恶地:咋,怕不给你钱?

说完,把一张百元的钞票拍到了桌子上。

小老板讪讪地:好,好!您继续喝!

宋来斜着眼:再给我来一瓶!

小老板喊着:再来一瓶啤酒。

服务员懒懒地答应了一声,拿着一瓶啤酒过来:帮您打开吗?

宋来摇摇头:不用!

宋来接过啤酒,站起来,猛地把瓶嘴磕到桌子上,啪的一声,瓶嘴被磕掉了。宋来举起酒瓶,对着嘴"咕咚咕咚"喝了进去。然后,把空瓶往桌上一放,扬长而去。

小老板和服务员都面面相觑。

3

酒馆门口。晚上。

宋来出了酒馆,站在街边发呆。

突然,他看见了门前摆着的几个空煤气罐,便走上前,打开了开关。

小老板慌张跑出来，制止道：虽然是空的，也要小心，里面还有气呢！说着，把开关拧紧。

宋来推了一把小老板，掏出打火机，作出要点的样子。

小老板慌忙把宋来推开，没好气地：不想活了你回家点去！

宋来被推到街边，他把打火机打着，看着火苗，突然，他冷笑了一声，往前走去。

4

夏绿所住的小区门口。晚上。

宋来摇摇晃晃地来到门口，栅栏门已经关了，宋来摇着门：开门，开门。

保安从值班室出来：请你出示一下证件。

宋来醉醺醺地：我是楚汉的，楚汉北京分公司的老总是我老婆，让我进去。

保安怀疑地看着宋来。

宋来把结婚证掏出来，往保安脸上一扔：还不相信老子，你看清楚了！

保安捡起结婚证看了看，把门打开，不好意思地：对不起！请进吧。

宋来摇摇晃晃地进来，径直往夏绿家走去。

保安举着结婚证：您的证件。

宋来头也不回地摆摆手：不要了！送给你了！

保安快步赶上，把结婚证装到宋来衣袋里。

5

楼道里。晚上。

宋来拧着眉毛，咬着牙，向夏绿家走去。

他一级一级地上台阶，很费力的样子。

到了门口，宋来用力拍门。

6

房间内。晚上。

夏绿半躺在床上看书，突然听到了敲门声。她慌忙起床，向门口走来。

　　夏绿隔着门小声地：谁呀！

　　宋来大声地：开门。

　　夏绿小声严厉地：你怎么又来了？

　　宋来大声地：这是我家，我为什么不能来！

　　夏绿严厉地：半夜三更的，把孩子闹醒你就高兴了？快走吧！

　　宋来大声地：我不走！开门！

　　夏绿没吱声。

　　宋来又拍了一下门，无赖地：开门，开门！

　　夏绿小声哀求着：求求你了，别闹了好不好？让邻居们都睡不好。

　　宋来恶狠狠地：你不开是不是？那我自己进！

　　外面传来下楼梯的声音。

7

　　小区内。晚上。

　　宋来气呼呼地从楼门出来，往楼后绕去。

　　他摇摇晃晃地走着，嘴里还骂骂咧咧的。

　　小区里一个人也没有，一片寂静。

8

　　房间内。晚上。

　　夏绿站在门口，听着外面的动静。

　　她站了一会儿，确定外面没人，便叹了口气，转身往卧室走去。

9

　　楼后。晚上。

　　宋来穿过草坪，来到夏绿家楼下。

　　他往上看了看，径直来到下水管边。

　　宋来顺着下水管往上爬，爬了一米多高，他一下子滑了下来，跌倒在地上。

　　他躺在地上休息了一会儿，又重新爬起，来到了下水管旁，继续往上爬。

一步，两步，他终于爬到了二楼阳台边。

他腾出一只手，一下把窗子拉开，爬上了窗台。

他从窗台跳到阳台上，大摇大摆地进了客厅。

窗子大开着。

10

房间内。晚上。

夏绿听到客厅里有动静，便从床上下来，打开卧室门往外走。

夏绿出了卧室进入客厅，便看到了宋来，她大吃一惊。

夏绿：你，你怎么进来的？

宋来下意识地回头看了一下窗子：这是我家，愿怎么进就怎么进！

夏绿看着宋来，质问：昨天晚上你已经闹了一出了，现在还想怎么着？

宋来恶狠狠地：现在我就想问你一句话，还跟不跟我过？

夏绿坚决地：我已经再三说过了，还用再重复吗？我已经对你没有任何感情了！

宋来恶狠狠地：那好！好！那就别怪我不客气了！

说着，宋来不理夏绿，往厨房走去。

夏绿以为他要去女儿卧室，便快步跑进女儿卧室，把门一下子关上。

宋来进了厨房。

11

厨房里。晚上。

宋来站在煤气灶前，看着煤气灶，两眼凶光毕露，喃喃地：好，好！不想跟我过了，你也跑不了，咱们同归于尽。

说着，他伸手拧煤气开关，把煤气打开。

煤气刺刺地往外冒着。

12

女儿卧室里。晚上。

夏绿看了看熟睡的女儿，轻轻地为她拉了一下被子，然后来到门口，躲在门后听外边的动静。

　　宋来恶狠狠的声音：你不是不想过了吗？那咱们就同归于尽！

　　夏绿疑惑地转了转眼珠，又抽了抽鼻子，自语地：这是什么味呀？

　　宋来幸灾乐祸地：我已经把煤气打开了！

　　夏绿闻声急忙开门出来。

13

　　厨房门口。晚上。

　　夏绿奔向厨房。

　　宋来挡在厨房门口，手里举着一个打火机，威胁地：你再往前走一步，我就点火了。

　　夏绿停步，恐惧地摆着手：别，别！你这是干啥？有事好商量！

　　宋来往前逼了一步，冷笑着：现在你说好商量了，那我再问你一遍，跟不跟我过？

　　夏绿往后退着：你这个样子，我怎么跟你过，你先把打火机放下，好吗？

　　宋来冷笑着：我算看透你了！想甩掉我，没门！哈哈——

14

　　小区里。晚上。

　　路灯散发着柔和的光，一片寂静。

　　天上，星星眨着眼，偶尔有流星划过。

15

　　夏绿家客厅里。晚上。

　　宋来举着打火机，威胁地向夏绿步步进逼。

　　夏绿恐惧地往后退着：宋来，你别想不开——

　　宋来恐怖地狂笑着：你是我的老婆，这辈子跑不了，下辈子还要跟我一起过，走吧，咱们一起走吧，哈哈……哈哈……

　　夏绿本能地往后退，通往阳台的门没插，她的身子靠向了门，一下子向外倒去。

在这同时，宋来手中的打火机响了，伴着巨大爆炸声，大火蔓延开来。

阳台上，巨大的冲击力把夏绿抛了出去。

大火吞噬了夏绿的家。

睡在另一间屋里的夏绿的女儿高喊：救命，救命——

不久，房间便没有了声音，只剩下大火在熊熊地燃烧着……

16

小区里。晚上。

邻居们惊慌地跑出了自家的屋子。

一个保安惊恐地往夏绿家楼后跑，跑到一看，夏绿家已成一片火海，不时传来爆炸的声音。

爆炸已经造成了阳台崩落，一米多高的火焰往外蹿出。

保安惊恐地喊着：着火了，着火了！快救火呀！

小区住户们的灯光都亮了起来。

人们纷纷跑了过来。

保安拿出手机，拨了119，惊叫着：119，你们赶紧来呀，我们小区着火了！

17

钟辕家。夜。

钟辕一个骨碌从床上爬起来，侧耳细听。

外面又有人喊"着火了！着火了！"

钟辕赶紧穿衣服，匆匆地往外走。

保安大叫的声音传来：各住户注意，请马上关闭煤气阀门……

钟辕边穿衣服边来到厨房，把煤气总阀门关上，然后匆匆地往外走去。

18

小区里。夜。

院子里乱糟糟的，几个人在来回跑着。

消防队来了，正在架起水枪，准备灭火。

警车也来了，几名警察跳下车，在楼前拉上了警戒线，守在现场不让居民靠近。

钟辕从楼门出来，便往夏绿家这边跑来。

他跑到楼前，一看火是从夏绿家冒出来的，火光中，顿时着急得脸都变了色。

他匆匆地往楼里跑。

19

夏绿家门口。夜。

两个警察守在门口，黑烟从防盗门门缝里往外冒。

钟辕匆匆地上来，万分焦急地：让我进去看看，人怎么样了？

一个警察摇了摇头：进不去！

钟辕拉了拉防盗门，又踢了两脚，门纹丝不动。钟辕着急地：夏绿，开门！开门，夏绿！——你们想想办法，救人要紧！

另一个警察：消防员已经从窗户进去了。情况一会儿就知道，你别着急。

钟辕搓着两只手，着急地：我能不着急吗？

20

小区里。夜。

许多人披着大衣穿着拖鞋站在楼下，往上面看着。

几辆消防车从不同角度接近夏绿家房间，实施灭火。

消防云梯架进了夏绿家，在巨大的光束照耀下，只看到一股浓烟从房间里冒出，已经没有了火光。

21

夏绿家门口。晚上。

两个警察和钟辕在焦急地等待。

这时，门打开了，钟辕一个箭步率先进了房间。

22

夏绿家。晚上。

房子里一片狼藉。

墙皮、天花板都已经烧成了黑色，几件家具还在冒着烟。

宋来被烧得面目全非，像一截木炭，但钟辕仍然一眼认出了他。

钟辕冲向卧室，喊着：夏绿，夏绿，你在哪里？

卧室门已经烧得只剩了门框，席梦思床已经成了一副钢架，却没看到夏绿的影子。

他又冲向小卧室，只见夏绿的女儿歪倒在门口，也已是面目全非。

钟辕满含热泪，惊叫着：夏绿，夏绿……

一个消防员拉住钟辕：冷静点，冷静点。夏绿在屋里吗？她是小女孩吗？

钟辕流着泪：夏绿是个30多岁的女子。

消防战士摇了摇头：房间里只发现了两具尸体，一个成年男性，一个女孩，警察要保护现场，请你离开一下好吗？

钟辕悲痛地：夏绿，夏绿，你在哪里？

消防战士把他拉出了门口。

23

小区里。晚上。

几个警察和消防队员在谈话。

警察：房间里应该还有一个叫夏绿的女人，但我们没有找到她的尸体。

消防战士：会不会被爆炸的冲击波冲出房间？

警察：有这种可能性吗？

消防队员：理论上有，但现实中不太可能。

警察：马上搜索楼前楼后。

24

楼后草坪上。晚上。

正在搜索的警察发现了已经昏迷的夏绿，惊叫：在这里，人还活着！

钟辕和几个警察一起往这边跑来。

钟辕看到夏绿，意外地：夏绿，夏绿，你没事吧？

警察：她只是昏迷了，赶紧打120，送医院。

25

医院医生值班室。白天。

医生坐在办公桌后，钟辕站在对面。

医生：病人没有生命危险，但颈部有二度烧伤，一条腿骨裂，估计要在医院住上几个月。

钟辕：谢谢你们，谢谢！

医生：也不能太过乐观。病人受了严重的精神打击，情绪有些激动，你们家属要多多配合。

钟辕点头：这点请放心！

26

病房里。白天。

夏绿躺在病床上，面色灰暗，神情呆滞。

钟辕推门进来，径直来到床边，坐在夏绿身旁。

夏绿百感交集，泪流满面。

钟辕歉疚地：都怪我！我没有让你立刻搬离那个地方，才导致了这严重的结果，真是太对不起你了。

夏绿伤心地：这不怪你，只怪我命不好，遇到了这样一颗灾星，只是可怜我的女儿……

说着，夏绿抽泣起来。

钟辕抓住夏绿的手，安慰地：别哭了，身体为重！过去的就让它过去吧，少去想它！

夏绿抽泣着：光说不想，哪有那么容易！多好的孩子呀！

钟辕：让我给你讲个故事吧！大科学家爱迪生的实验室也是在一场大火中化为灰烬的，那个晚上，爱迪生一生的心血成果都在无情的大火中付之一炬，损失超过几百万美元。

夏绿默然听着。

钟辕：大火最凶的时候，爱迪生的儿子在浓烟和废墟中发疯似的寻找他的父亲。他最终找到了，却见爱迪生平静地看着火势，他的脸在火光中闪亮，他的白发在寒风中飘动，只听他冲儿子嚷着，"查里斯，你母亲去哪里了？去，快把她找来，这辈子恐怕再也见不着这样的场面了。"儿子急忙把他拉走。第二天早上，爱迪生看着一片废墟说，"灾难自有它的价值，瞧，这不，我们以前所有的谬误过失都给大火烧了个一干二净，感谢上帝，这下我们又可以从头再来了。"

夏绿无语。

钟辕：火灾刚过去3个星期，爱迪生就开始着手推出他的第一部留声机。

夏绿：可我……

钟辕：你也一样，一样会有一个全新的开始！

27

病房楼楼道里。白天。

钟辕从病房出来，轻轻地把门带上，转身往楼梯走。

楼道尽头，一个年轻人拿着手机，飞快地拨号，然后对着手机小声地：目标已经下楼，请注意。

28

病房楼大厅。白天。

钟辕心无旁骛地往外走，一个中年人不远不近地跟在他后面。

钟辕出了大厅，中年人紧跑几步到门口，又突然慢下来，装作没事一样出了大厅。

29

医院门外停车场。白天。

钟辕急匆匆地走向自己的车。

快到车前时，他想起什么似的，回了一下头。

跟踪的中年人慌忙止住步，装作向远处眺望。

钟辕上了车。

一会儿，车启动，缓缓地驶出了大门。

中年人躲到一个柱子后，拨通了电话：目标已经开车离去，我们该怎么办？

电话里兰旦雄的声音：跟上他！

中年人答应着：是。

中年人合上手机，往一辆面包车跑去，他飞速地上了车，车启动开出。

30

大街上。白天。

钟辕的车快速穿行在大街上，两边是楚汉快运的广告牌。

钟辕超越了一辆楚汉的物流车，并鸣笛问候。

物流车也按了一下喇叭。

后面，一辆面包车不远不近地跟着钟辕的车。

31

楚汉北京分公司院子里。白天。

林达畅一手提着水桶，一手拿着拖把，进了厕所。

32

车内。白天。

钟辕开着车，神情抑郁。

前面是一个路口，他犹豫了一下，打方向拐了弯。

车继续前行，前面马上就到北京分公司的院子。

33

厕所里。白天。

林达畅轻车熟路地冲洗着厕所，嘴里自然地唱起了歌——

昨天所有的荣誉已变成遥远的回忆……

34

北京分公司院子里。白天。

钟辕的车拐进院子，在办公室前停下。

钟辕从车上走下来。

这时，林达畅的歌声传来——再苦再难也要坚强，只为那些期待的眼神……

钟辕驻足倾听。

不一会儿，林达畅从男厕所走出来，转到女厕所一边，抬手敲了敲门，没有回音，就大大方方地推门走了进去。

不一会儿，歌声再次传出——

心若在，梦就在，天地之间有真爱，看成败，人生豪迈，只不过从头再来……

35

北京分公司办公室前。白天。

钟辕站在那里静静地听着，他的泪不觉流了出来。

他的眼前幻化出楚汉创业之初去车站接林达畅的情景——

林达畅生龙活虎干工作的场景——

林达畅生病后绝望的情绪——

回到现实中，林达畅的歌声依然豪放地飘在空中。

不知不觉中，钟辕和着林达畅小声哼着：心若在，梦就在，天地之间有真爱，看成败，人生豪迈，只不过从头再来……

他抹了一把泪，向厕所走去。

36

厕所前。白天。

钟辕站在厕所前，林达畅从厕所里出来。

林达畅惊讶地：总裁，你怎么来了？

钟辕点点头：我来看看你！最近好吗？视力是不是有所改善？

林达畅摇头，笑了笑：还是那个样子，但我已经习惯了！

钟辕：应该好一些吧？你怎么一下子就认出了我！

林达畅：你是我的老排长，我就是一点看不见，也能从你的脚步声里听出来！

钟辕动情地：达畅！十多年了！委屈你了！

林达畅：排长，你千万别这么说！我没干成什么事，老是给你添麻烦，你还对我这么好！我都不知该怎么感激你呢！

钟辕：马丁·路德说过，如果一个人是清洁工，那么他就应该像米开朗基罗绘画、像贝多芬谱曲、像莎士比亚写诗那样，以同样的心情来清扫街道。他的工作如此出色，以至于天空和大地的居民都会对他注目赞美，瞧，这儿有一位伟大的清洁工，他的活儿干得真是无与伦比。我觉得，他说的那个清洁工，就是你！

林达畅：谢谢总裁的鼓励！我做的事太平常了，不值一提。

钟辕：一个普通人的事业可能不如其他人的轰轰烈烈，但是他走到一个地方，人家都说这个人了不起的时候，这个人也就了不起了。你最近的工作是有目共睹的。

林达畅：当初刚得病的时候，我也绝望过，但后来听到了一个等待戈多的故事。戈多是一个能给故事主人公的命运带来转机的人，于是这个主人公一直守望着戈多的降临，什么事也不做，结果穷困潦倒地结束了生命。我不是那种生活在别人怜悯中的人，就把全部身心都投入到了工作中。

钟辕：说得好！你是从哪里听到的？

林达畅：这还应该感谢你呢！

钟辕疑惑地：我？

林达畅笑着：你忘了？你送给我一台收音机！

钟辕：哦！原来是这样！走，到你那里坐坐，咱们好好聊聊！

37

林达畅宿舍。白天。

林达畅带着钟辕走进来。

林达畅客气地：总裁，随便坐……

钟辕看了看房间四周，很简洁，便问：是金大凤帮你收拾的吧？

林达畅不好意思地：她老过来帮我，但我尽量不用。

钟辕在椅子上坐下，林达畅坐在了床边。

钟辕：你妈最近不错吧？

林达畅满足地：有大凤照顾，她也挺好的。

钟辕赞许地：这个金大凤还真不错！

林达畅感激地：多亏了你和夏总，安排她来帮我们。

钟辕：夏绿也不错，但也和你一样，够不幸的！

林达畅惊讶地：夏总怎么了？

钟辕：怎么？你还不知道？

林达畅：出什么事了？我正想找她，今天还没看到她呢！

钟辕：哦，也是，大家可能没告诉你。夏绿家昨天晚上出了事，她受伤了，现在住在医院呢！

林达畅：受伤了？严不严重？

钟辕：伤得倒不严重，但对她打击太大了。她家被宋来放火烧了，她女儿被烧死了！

林达畅震惊地：是吗？这该死的宋来，怎么干出这种事来？

钟辕叹了口气：一言难尽！咱们就不说他了。

林达畅：那夏绿岂不心痛死了？

钟辕：刚才我听了你的歌，又听了你的谈话，感触很多，我想，你能不能去医院看看夏绿，跟她说说自己的感受，让她从痛苦中解脱出来，可以吗？

林达畅：当然可以了！我马上就去看她。

钟辕站起身来：那咱们说去就去！我陪你一起去！

38

北京分公司院子里。白天。

钟辕和林达畅一起往车旁走。

到了车旁，钟辕帮林达畅打开车门，扶林达畅上车。

林达畅：总裁，我能行，你不用管我！

钟辕：你就不要客气了！

林达畅上了车，钟辕把车门关好，自己也上了驾驶位。

车启动，缓缓地往外开去。

39

病房里。白天。

夏绿躺在病床上，钟辕和林达畅坐在床边。

钟辕关切地：感觉怎么样？是不是还疼得厉害？

夏绿点了点头，指了指胸口，哽咽地：主要是这里疼。

钟辕：刚才我去了一趟北京分公司，见到了达畅，他说想来看看你，我便带他来了。

林达畅面向夏绿，伤心地：夏总，你受苦了。

夏绿哽咽着：谢谢你，达畅。你自己也不方便，还来看我，谢谢你！

钟辕：夏绿，我让达畅来这里还有一个意思，就是让你学习一下他，也像他一样坚强起来。

夏绿停止哭泣，感激地：谢谢你的良苦用心。

林达畅：夏总，事情既然已经发生了，希望你能看开，别太伤心了。当初，我刚生病时，一点也看不见，我的心情比你现在还差，可是后来我从收音机里听到了一段话，觉得很有道理，才慢慢好起来。收音机里说，人都想过一种美好的生活，但人有旦夕祸福，当灾祸降临到一个人身上时，他是不幸的，若被灾难击倒，则更加不幸。人生没有永远的坦途，一旦遭遇灾祸，必须迅速调整自己、改变自己。

夏绿苦笑着：谢谢你，达畅，我不会垮的，请放心！

钟辕：达畅眼睛这个样子，都能快乐地面对生活，你也尽量别想那些不愉快的事了，好吗？

夏绿点头……

40

小区门口。晚上。

钟辕的车缓缓地驶进小区，到停车位停下。

钟辕抱着一大束玫瑰从车上走下来，往楼内走去。

41

钟辕家。晚上。

西馨正在给孩子喂奶，钟辕开门进来。

西馨转了一下身子，背对钟辕。

钟辕轻轻走过来，站在背后默默地看着母子俩。

西馨奶完了孩子，便抱起孩子往卧室走，钟辕跟在后面。

42

卧室里。晚上。

西馨把孩子放在床上，钟辕拿着花站在床边。孩子看着钟辕手里的花，开心地笑着。

西馨回头看了一眼钟辕及他手里的花，没有说什么。

钟辕轻声地：西馨，记得我们当初插花的事吗？

西馨没好气地：说过去那些事干什么？

钟辕意味深长地：记得那个情人节吗？

西馨没说什么，但眼神迷离，分明回到了过去的记忆里。

切入煤棚里钟辕拿着一大束花送给西馨的情景。

西馨回到现实中，婉转地：今天这是怎么了，买这么大一束花，准备送给谁呀？

钟辕：你说我还会送给谁？

说着，把花塞到西馨的手里。

西馨接过花，凑到鼻子上闻了闻，感叹地：花还是那么香，但人不是那个人了！

钟辕：当然还是那个人！

西馨伤心地：可我总觉得，那个人已经变质了！

钟辕：我跟沈菲菲真的没有什么事，而且早就把她调出了办公室；跟夏绿更没有什么，不过是同情她的处境。如今，夏绿出了这种事，我能不管吗？

西馨不说话。

钟辕走上前，把西馨连花带人拥入怀里，动情地：我最爱的人是你！请你不要怀疑我的爱，好吗？

西馨伏在了钟辕胸前。

钟辕：我今天之所以买了这捧花送你，是因为夏绿家的灾难让我一下子意识到了人活着是多么不易，我们得珍惜每一个平安的日子。

西馨两眼流出了泪水……

43

兰旦雄办公室。晚上。

兰旦雄跷着二郎腿坐在老板椅上，在医院跟踪钟辕的两个人站在进门的地方。

兰旦雄眼睛斜了一下沙发：坐吧。

两个人到沙发前坐下。

兰旦雄：说说情况。

中年人轻声地：钟辕最近经常去医院看望宋来的老婆，而且都是一个人去，是个下手的好机会。

兰旦雄：在哪里动手比较好？

年轻人：出了医院就是大街，就在医院门口比较合适。

兰旦雄：好！我让他们做好准备，你俩继续跟踪。

44

钟辕家卧室里。晚上。

钟辕拥抱着西馨，孩子在床上闹起来，西馨赶紧挣脱钟辕去看孩子。

西馨抱起孩子，孩子便不闹了。

钟辕开玩笑地：这小子，跟我争你呢！

西馨扑哧一笑，回头看着钟辕：你呀！还吃孩子的醋！

钟辕对孩子：小子，来，让爸爸抱抱！

孩子看着钟辕，转头趴到西馨肩上。

西馨笑着：你老是不管我们，他都不认你了！

钟辕：以后我一定注意，多陪老婆孩子。说着，从西馨手里接过孩子，抱在了自己怀里。

小家伙懂事似的，乖乖依偎在钟辕怀中。

45

楚汉大院门外。白天。

年轻跟踪者在不远处转悠着，目光不离办公楼。

46

楚汉院内。白天。

钟辕从楼上走下来，向车场走去。

不一会儿，钟辕的车向大门口开来。

47

楚汉大院外。白天。

年轻跟踪者看钟辕的车开过来，也匆匆上了一辆车。待钟辕的车过去，他也启动了车，尾随着。

48

医院病房楼前。白天。

钟辕的车停在院子里，钟辕从车里走出来，向烧伤病房走去。

有个人鬼鬼祟祟地走近他的车，用什么东西在他的车胎上扎了一下。

49

医院大门口。白天。

几个年轻人从医院里走出来，分别上了停在旁边的出租车，车陆续开走。

随后，几辆出租车迅速占满了医院门口附近的位置。

一个客人从医院出来，向一辆出租车走去。

司机探出头来：对不起啊！已经定座了！你去别的地方搭吧！

客人又去了另一辆车，司机也探出头来摆了摆手。

客人莫名其妙地：今天真是怪了，竟有人把出租车包了！

50

医院病房楼前。白天。

钟辕从病房里出来，直奔自己的车。

钟辕上了车，发动了车子，但要走时，却发现轮胎爆了。

钟辕下车踢了一脚轮胎，掏出手机打电话。

钟辕：我的车爆胎了，你安排个人来处理一下，我有急事先打的走了。

钟辕合上手机，向医院大门口走去。

51

病房楼门口。白天。

中年跟踪者躲在一根柱子后，手里拿着手机，小声地：目标已经向大门口走去，请注意。

52

医院大门口。白天。

紧靠门口的一辆出租车司机对着手机低声地：明白。

钟辕这时已来到门口，径直向紧靠门口的那辆出租车走去……

第二十八集

1

医院大门外。白天。

钟辕已拉开了那辆出租车的车门。

出租车司机迫不及待地发动了车。

钟辕正要上车,突然听到有人喊:钟总——

钟辕回头一看,韩生德开着车刚到门口,摇下车窗看着他。

钟辕走过去:来看夏绿?

韩生德点点头,推开车门下了车:你怎么没开车?

钟辕指了指里面车场:我的车出了问题,准备打的先回去。

韩生德:那你先开我的车回去吧。通知他们来修了?

钟辕:我给车队的小宫打了电话。

韩生德:那我待会儿开你的车回去。

钟辕:也好,随即上了韩生德的车,掉转车头开出了医院。

2

医院门口不远处的一辆新面包车里。白天。

兰旦雄坐在车后座上,刚才停在医院门口的那辆出租车上的司机,拉开车门钻进来。

司机沮丧地:老板,鱼又漏网了!

兰旦雄气急败坏地:撤。

3

医院门口。白天。

停在门口的几辆出租车也不拉人,鱼贯开走。

一个乘客快跑几步追一辆车,司机就像没看见一样,加着油门远去。

4

钟辕办公室。白天。

钟辕正在翻阅一份报表，边看边摇头。

钟辕拿起电话，拨号：夏绿吗？这两天我有几个会，就不去看你了。你注意身体。

夏绿的声音：你忙你的吧。不用管我！

钟辕挂掉电话，又拨了个号：请来我办公室一下。

一会儿，办公室主任敲门进来。

钟辕：马上通知各部门经理，到会议室开会。

办公室主任：是。

5

医院门口不远处的面包车里。傍晚。

兰旦雄正在抽着烟。

一个手下疑惑地：是不是他今天不来了？

兰旦雄点点头：可能吧！

兰旦雄转身对旁边的中年人：是不是你们跟踪的时候暴露了自己？

中年人摇头：不会！我们离得都很远。

兰旦雄点点头：那就再等等吧。

6

楚汉公司会议室。傍晚。

众高管围坐在会议桌前。

钟辕：行政问题中最大的当数安保工作。以前长期忽视，吃的亏不少，教训也不少，应该引起高度重视了！分公司必须配安保科长，分拣中心必须配安保人员，此事不能图降低成本而不执行。安保科长一定要有专业知识，要有疾恶如仇的正气，在工资待遇上不要吝惜，对有功人员及时重奖。因为，丢货不仅是资产的损失，更是企业风气、社会信誉、公司品牌的毁灭……

众人都严肃认真地听着……

7

医院门口不远处的面包车里。傍晚。

兰旦雄又抽完了一支烟，他把烟屁股往车窗外一扔，无奈地：撤退！

面包车启动，缓缓开走。

8

兰旦雄办公室。晚上。

兰旦雄坐在办公桌后，不停地抽着烟。

兰旦雄问手下：钟辕几天没到医院了？

一个手下：已经三天了！

兰旦雄：调查清楚他在干什么了吗？

跟踪的小伙子：他一直在开会，好像明天还有个什么会。

另一手下：不行的话，就改变计划吧？

兰旦雄点点头：看来，要准备第二套方案。这样，你们去做一下准备，先搞一把万能钥匙……

9

楚汉物流平台推介会会场。白天。

钟辕面对到场的同行企业家大声呼吁：我们必须联合起来共同发展。楚汉开放物流平台有两个目的，一是行业联合，弱弱联合可变强；二是做强民族快运，让中国人扬眉吐气。

有人坦率地问：那你们赚不赚同行的钱？

钟辕：我们为同行发货不赚钱，只是填补平台货量，提高快递网络的效率。

有人担心地：那你们是不是想抢夺客户？

钟辕：物流平台对外开放，绝对不抢同行客户。我们有很完整的同行合作的合同协议。第一，不和同行的客户见面，同行交给楚汉的货，不用换工作单。楚汉是同行背后的业务操作部门。第二，如果客户发现货物是楚汉在操作，他们自己找过来，楚汉也绝不受理，如有违反，处以巨额赔偿。

媒体记者问：现在同行也有人在做向同行开放的工作，楚汉与他们的区别在哪里？

钟辕侃侃而谈：我想有两点。第一，他们都是松散型的联盟，我帮你送，你帮我收，利益共享，而楚汉愿意把利润让给同行。第二，他们只停留在送货和收货上，而楚汉则是高层次高附加值，如签单返回、代收货款、异地调货等。

一位同行经理：空运过程中手机、摄像机等贵重物品丢失，楚汉采取什么措施？责任又是怎么界定的？

钟辕胸有成竹地：在前端，我们专门的操作班组在机场、铁路驻站进行交货。货物从基地出发时，载货车辆已经封签、封锁，到发货现场后，由现场的驻站人员进行拆封后直接交给安检。如果在提货中发现货物有破损或包装有异，我们会直接反馈给对方的委托单位……

台下一片掌声。

10

某酒店门外面包车里。白天。

兰旦雄坐在后排座位上，抽着烟。

一个手下无奈地：这里保安太多，不好下手。

兰旦雄点点头：看来，这种场合不太合适。再说了，钟辕还带了几个人，做起来风险太大，还是等他去医院再说。

手下担心地：那他要不去医院怎么办？

兰旦雄胸有成竹地：放心，很快他就会去的。

兰旦雄对负责跟踪的小伙子：你留下来继续监视，一有消息马上报告。

跟踪者点点头：好的。

兰旦雄对司机：我们先回。

司机启动了车，往前开去。

11

酒店外。白天。

钟辕和韩生德一起走出。

钟辕看了看左右：你们先回吧，我顺便去医院看看夏绿。

韩生德：那好吧！我先回公司了。

两人各自上了自己的车。

钟辕的车开出来。

跟踪的小伙子也启动车跟了上去。

12

车内。白天。

跟踪的小伙子边开车边打电话向兰旦雄汇报。

小伙子：刚才我听他说了，他是去医院。

兰旦雄的声音：好！继续跟着，我们马上去医院。

13

面包车里。白天。

兰旦雄关上手机，对司机：马上掉头，去医院。

面包车掉了一个头，加速前进。

14

大街上。白天。

钟辕的车在前面行驶着。

跟踪车不远不近地跟在后面。

不久，兰旦雄的面包车远远地开来，也快速行驶着。

15

大街上。白天。

路边指示牌显示：医院左拐 200 米。

钟辕的车到了路口，往右拐去。

跟踪车减速，也往右拐去。

一会儿，面包车快速地来到，直接往左拐了。

16

钟辕家小区。白天。

钟辕把车停好，上了楼。

17

钟辕家小区大门口。白天。

跟踪车开过来,在门口一侧停下。

小伙子拿出手机,拨号。

小伙子沮丧地:老大,目标没有去医院,而是回了家。

电话里兰旦雄的声音:什么?——浑蛋!

18

钟辕家。白天。

钟辕端着一杯水,边喝边和西馨说话。

钟辕:我准备去医院看看夏绿,你也一起去吧?

西馨:你自己去呗!说句悄悄话什么的?

钟辕抱怨地:她都那个样子了,你还说这些干什么?

西馨笑了笑,解释:跟你开玩笑的。何荟从上海回来了,过一会儿要过来。你自己先去,我下次再和你一起去。

钟辕:要不,我也不去了?

西馨:去吧!要不你又说我拦着你了!早去早回,我准备留他们在家里吃饭。

钟辕点点头:那好吧!

说着,钟辕转身往外走。

19

医院门口不远处的面包车里。白天。

兰旦雄气愤地:这个狡猾的钟辕,今天跟我玩起捉迷藏了!

司机:老大,现在怎么办?

兰旦雄气急败坏地:去他们家!不行就在他家门口动手。

车启动,往前开去。

这时,兰旦雄手机又响了,兰旦雄接起手机。

兰旦雄:什么?钟辕又出来了!往医院这边开?好,好,我们等他。

兰旦雄关上电话,对司机:再掉头回去!钟辕又来了!

司机又一次掉头。

20

病房楼下。白天。

钟辕把车停好,往病房楼走去。

跟踪车也开过来,在不远处停下。小伙子下了车,也匆匆地上了楼。

21

面包车里。白天。

兰旦雄坐在第一排座位上,他转头往后面看着,对手下们说话。

兰旦雄:现在时间紧迫,按第二套方案行事,大家都小心点,去吧。

几个人从车上下来。

22

病房里。白天。

钟辕为夏绿削了一个苹果,拿着喂给夏绿。

夏绿先是摇头,随后开始张口吃。

钟辕:这几天会议比较多。上午我们还开了一个物流平台推介会,向同行开放咱们的物流平台,大家都非常欢迎。

夏绿:这就是你建立统一运力网络的思路吧?

钟辕点头:是呀!为了民族快运的发展,必须建立统一运力网络。我想,不论是邮政、中铁还是个体快递机构,如果能给楚汉送货,货物上标上楚汉的标志,那么我们宁可割舍利润!

夏绿赞许地:要是同行都像你这么想就好了!

钟辕胸有成竹地:会好起来的!你现在的任务就是好好养伤,先不要操心公司的事了!来,把苹果吃完!

23

病房楼下。白天。

两人看看四下没人,便大摇大摆地往钟辕车前走来。

其中一个拿出钥匙,把车门打开。

两人从车两边分别钻进了车的后座。

24

楼道里。白天。

钟辕从病房出来，往楼梯走去。

跟踪的小伙子站在楼道尽头，看钟辕下楼，拿出了手机，按了几个数字，对着手机：老大，他已经出来，往楼下走了。

25

病房楼下。白天。

钟辕从病房楼出来，直接上车。

车缓缓启动，向大门外开去。

26

车内。白天。

钟辕开着车，躲在后座的两个人露出了头。

钟辕从后视镜看到两人，大吃一惊，厉声地：你们是干什么的？怎么上了我的车？

坐在司机座位后面的黑大个一扬手，一根电线勒在了钟辕脖子上。

钟辕下意识地挣扎了一下，电线勒得更紧了。

黑大个低声命令地：少啰唆，停车。

钟辕把车在路边停下。

27

大路上。白天。

后面跟着的两辆车也停了下来，几个人拥到了前面钟辕的车前。

一个人喊：下车！

28

车内。白天。

钟辕暗暗握紧拳头。

后面的另一个人拿出一个小瓶，冲他一喷。

钟辕软软地倒在座位上。

后座的两个人下了车，到前面把钟辕架出车。

29

大路上。白天。

几个人架着钟辕，往后面的面包车走去。

到了面包车前，他们把钟辕架上面包车。

面包车门关上，疾驰而去。

30

钟辕家。晚上。

西馨和何荟坐在沙发上说说笑笑，钟祥在一旁看着电视，钟辕妈抱着孩子，在客厅里来回走着。

钟祥看了看表，自言自语：这么晚了，二哥怎么还不回来？

西馨：要不，咱们不等他了，先去吃饭。

何荟摆摆手：那哪行？一家之主不在，我们能吃得好？

西馨：要不我给他打个电话。

西馨拿起了电话，拨了一个号，里面传出"您拨打的用户已关机"的声音。

西馨疑惑地看着电话，又拨了一个号。

夏绿的声音：嫂子，他下午来过，但很快就走了。

西馨放下电话，自语：他到底去哪里了？

31

一间小屋里。晚上。

钟辕被绑着双手，窝在小屋的一角。他慢慢地睁开眼睛，打量四周，发现自己双手双脚被绑，外面静悄悄的。

钟辕自语：我这是在哪里？

往四周看着，钟辕似乎明白了什么，于是大声叫喊：有人吗？放我出去！

那个黑大个打开房门,进来就给了他一脚:叫什么叫?也不看看这是什么地方?再叫,割了你的舌头!

32

钟辕家。晚上。

西馨站起身来,焦急地:算了,咱们不等了!先去吃饭。

钟祥和何荟也站起来。

正在这时,电话铃响了,西馨接起电话。

一个陌生而苍老的声音:钟辕在我们手里,你立即准备600万元,什么时候交钱等我们电话!倘若报警,立马撕票。

西馨着急地:我老公在哪里?你是什么人?

对方挂掉了电话,西馨拿着话筒,一下子被吓愣在那里,半天没动。好一会儿,电话从她手中滑落到地上,她一下子晕倒在地。

何荟惊慌地:嫂子,嫂子,你怎么了?

钟辕妈抱着孩子也走过来,着急地:她这是背过气去了!快掐人中!

孩子看西馨这样,"哇"地哭起来,钟辕妈只好抱着孩子去了卧室。

钟祥慌忙过来扶起西馨,又是按摩又是掐人中,西馨总算醒了过来。

钟祥惊讶地:怎么回事?

西馨哽咽着:你哥哥被人绑架了。

全家大惊……

33

小屋里。晚上。

钟辕坐在屋角,黑大个站在门口。

钟辕冷静地:你们想干什么?我与你们无冤无仇的!

黑大个:弟兄们想跟你借点钱花,已经给你家里打电话了,钱一送来,立马放人。

钟辕想了想,商量地:你们能不能让我跟家里通个话?

黑大个摇头:你别想玩花样!

钟辕:我不发话,他们不会给你钱的。

黑大个看了看同伙,对方点头,便对钟辕:好吧!倘你说了不该说的，我就——边说边拿手中的刀在钟辕的颈前一划。

黑大个拿着钟辕的手机开始拨号，之后放到了钟辕耳边。

34

钟辕家。晚上。

西馨半躺在沙发上，钟祥和何荟坐在旁边，钟辕妈抱着孩子站在卧室门口。

钟祥安慰着：嫂子，别着急，他们想要的是钱，二哥不会有事的！

西馨着急地：不知他怎么样？人家会不会打他？

何荟：嫂子，他们不敢打二哥的！

钟祥：当务之急，咱还是商量商量处理吧。他们不让报警，我们不能报吧？

西馨连连摇头：不能报，千万不能报，他们会要了钟辕命的。

钟辕妈附和着：是呀，是呀！千万不能报警！

钟祥：那就只能满足他们的要求，给他们钱。而我们去哪里一下子找这么多现金？

何荟：先用公司的钱垫上不行吗？

钟祥正要说话，电话铃又响了，西馨下意识地把电话抓起，战战兢兢地：喂，哪位？

电话里钟辕的声音：西馨，我在这里挺好，你别担心！

西馨一下子流出泪来，哽咽地：钟辕——

钟祥急忙接过电话：二哥，我是钟祥。

钟辕的声音：你在我家里？那正好！我跟你说，公司的事你全权抓起来，一定要保证公司正常运转。对外，就说我下去视察了。

钟祥：二哥，你别着急，我们正在想办法筹钱，先把你救出来再说。

钟辕：千万不能用公司的钱……

电话突然断了！

钟祥感慨地：二哥身陷囹圄，还想着公司！

35

小屋里。晚上。

黑大个一下挂断了手机，踢了钟辕一脚：你不让用公司的钱，是不是不想要命了！

钟辕笑了笑：生和死那是上天早已安排好的事。

黑大个冷笑着：我就不信，你还真的不想活了？

钟辕：我死是为了别人更好地活着。即使死了，却能活在公司人们的心中，我愿意选择这样的死而绝不苟且偷生！你们别想拿我要挟什么！

黑大个摇摇头：你真够顽固的！不过，你这样想，你老婆和你那些手下不会这么想的，我们一定会拿到钱。

钟辕气愤地：你们休想！

黑大个冷笑着：咱们等着瞧吧！

36

钟辕家。晚上。

西馨已经不哭了，和何荟一起看着钟祥。

钟祥：二哥的意思，不让用公司的钱。

西馨：既然他不让用，那我们只好想别的办法了！

钟祥：我想，为了二哥的安全，报警是不能考虑了，而且还要尽量缩小知情范围，以免再出意外。我先回公司，把情况跟老韩等几个人私下里说一说，让大家帮着想想办法，嫂子，你看怎样？

西馨点头：三弟，就按你说的办吧！我先把家里的钱拢一拢，不行的话就想办法借。

钟祥转对何荟：你也不用回去了，就先在这里陪嫂子。

何荟点头：好！

钟祥站起身，郑重地对西馨：嫂子，你一定不要着急，事情已经这样了，我们想办法处理，不会有事的！

西馨的泪又流了出来。

37

钟祥办公室。晚上。

钟祥坐在办公桌后，韩生德和另两位高管坐在沙发上。

钟祥在低声而紧张地说着什么……

三人大惊失色的面孔……

38

钟辕家。夜。

西馨打开了家里的保险箱。

她看到的都是钟辕的日记，不由得愣住。

39

钟祥办公室。夜。

韩生德对钟祥：先从公司账上拿出600万元，救了总裁再说。

钟祥摇头：公司最近的周转资金一直很紧张，一下子也拿不出这么多钱，况且总裁刚才在电话上也专门跟我交代过，不能动公司的钱。再说了，突然在总裁没签字的情况下动公司的大量现金，也会引起更多人的怀疑和议论！

一个高管感叹：总裁身处险境，怎么还考虑这么多？

钟祥：他把公司看得比他自己的命都重。

韩生德：那只好我们自己想办法了！大家凑一凑，看能不能找人借点。

另两人附和：对，我们凑一凑，先救回总裁再说。

钟祥感激地：总裁是我哥哥，我就代表他谢谢大家了！

40

楚汉总公司会议室。白天。

楚汉高管们正在开会。

中间钟辕的位子空着，钟祥和韩生德分坐两边。

钟祥郑重地：昨天，总裁临时有事，急急忙忙地出差了。他临走留下话，让我们各自干好自己的本职工作，保证公司正常运转。希望大家严格要求自己，切实做到总裁在与不在一个样。

韩生德接过话头：我们刚刚对同业开放物流平台，各项工作千头万绪，相关人员要切实抓好落实，保证开放之初不出任何问题……

41

钟辕家。白天。

西馨打开另一个保险柜,看到现金只有薄薄的一沓。

她又翻看保险柜里的单据,发现存折也只有几张。

钟辕妈抱着孩子站在旁边:家里有多少呀?够不够?

西馨摇头:哪有什么钱?连10万都凑不够!

钟辕妈叹了口气:这孩子,开着那么大个公司,家里却没有钱,谁相信呀?

西馨解释:家里的钱,钟辕又都投到公司里了!前段时间建分公司,用的都是家里的积蓄。

钟辕妈忧心地:这可怎么办呀?

西馨:妈,你就别管了,钱的事我们想办法筹!

42

钟祥办公室。白天。

钟祥愁眉不展地坐在办公桌前,沈菲菲敲门进来。

沈菲菲看着钟祥:总裁去哪里出差了?

钟祥:你干好自己的工作就行了,不用管!

沈菲菲:总裁肯定没有出差!是不是出了什么事,你瞒着我们?

钟祥一愣,赶紧掩饰地:你这个鬼丫头,瞎猜什么?总裁会出什么事呢?他身体很好……

沈菲菲又摇头:钟副总,你就别骗我了!刚才开会时,你说"保证公司正常运转",这话肯定不是你说的!如果总裁没有什么事,你不应该说这话,不是吗?

钟祥苦笑了一下:真是个鬼丫头,竟然听得这么认真。不过,还是那句话,你去干好你应干的就行了,保证公司正常运转,好不好?

沈菲菲:这么说,总裁真的出事了?

钟辕沉默。

沈菲菲走上前来,抓住钟祥的手,着急地:总裁怎么了?你快告诉我呀!

钟祥抬起另一只手的食指,制止:嘘,小点声……

43

小屋里。白天。

钟辕无力地坐在一角,闭着眼睛,原本绑着的双手双脚已经被松开。

黑大个把门打开,把一个馒头扔到钟辕怀里。

钟辕睁开眼睛,看了一眼,没有动。

黑大个冷笑着:不吃?饿死你!

钟辕狠狠盯了黑大个一眼。

黑大个冷笑着:你还挺有骨气的!好,我倒看看你能坚持几天。

说着,黑大个转身出去,把门用力地关上。

44

钟祥办公室。白天。

钟祥和沈菲菲正在谈话。

钟祥:事情就是这样,现在我们正在想办法,你就不用管了,快去工作吧!记住,不要告诉任何人!

沈菲菲着急地:总裁被抓了,还干什么工作?不行,我得去找他!

说着,沈菲菲转身就要往外跑。

钟祥大声地:回来!

沈菲菲停住脚步,转过身来。

钟祥:你去哪里找他?我们也不知道他在哪里!再说了,你去了有什么用?

沈菲菲一下子落下泪来,她哭着:我要找到他,拿自己去把他换回来。

钟祥厉声地:胡闹!我们会想办法的,你不要添乱好不好?如果因为你的原因造成营救受阻,你要负全部责任!

沈菲菲抽泣着:那我该怎么办呀?

钟祥:总裁是我哥哥,我能不着急吗?我们一定会想办法把他救出来的,你放心!

沈菲菲抹了一下眼泪。

45

钟辕家。晚上。

西馨坐在沙发上，钟祥、韩生德、何荟、何粼站在旁边。

西馨：大家可能不相信，家里根本就没有钱。现金不到一万块，存款也只有不到十万。平时的积蓄，钟辕大都投到了公司里。另外，房子是公司的，车是公司的，你们说该怎么办呀？

何荟把几张存折放到西馨手里：我和钟祥商量了一下，我们把家里的所有积蓄都拿来了，一共是50万元，到时候我和你一起去银行取出来。

西馨感激地：让我怎么谢你们呢？

何荟：一家人还说什么客气话？！

韩生德拿出一张卡，递给西馨：卡里有20万元，你先拿着用。

西馨看着韩生德：老韩，这？

韩生德：别这呀那呀的了，救人要紧！如果实在凑不够，我再想办法。

正在这时，门铃响了，韩生德赶紧去开门。

范恭清扶着林达畅走进来。

西馨迎上前，试探地：范总，达畅，你们怎么来了？

范恭清：听说了消息，我赶紧飞过来。我的转业费还存在北京的银行里，我把它取了出来，加上我一点积蓄，凑了15万元。

说着，范恭清向西馨递过来一个包。

西馨看着范恭清：我替钟辕谢谢你了！

范恭清：我和总裁是战友，情同手足，千万不要说见外的话。

林达畅拿出一个信封，递给西馨：西馨姐，我没有多少积蓄，只有这8000元，你也拿着。

西馨：达畅，你也很困难，我不能拿！你的心意我领了。

林达畅：西馨姐，你是嫌少，还是看不起我林达畅？钟总是我的老排长，又一直那么关心我爱护我，如今他出了事，我能袖手旁观吗？你就收下吧！

西馨紧紧抓住林达畅的手：好，我收下，我收下！

说着，西馨的眼泪止不住地流了下来，落在两人的手上。

46

钟辕家小区里。晚上。

沈菲菲在来回踱着步,犹豫着,眼神不离钟辕家楼门口。

不一会儿,只见钟祥、何荟、韩生德等从楼门出来,各自上了自己的车,开走了。

沈菲菲下了决心似的,一跺脚,朝楼门走去。

47

钟辕家。晚上。

西馨正在收拾东西,突然听到门铃响,过来开门。

西馨把门打开,沈菲菲站在门口。

西馨:你?知道了?

沈菲菲恳求地:嫂子,让我进来好吗?

西馨没有说什么,转身往客厅里走。沈菲菲进门,小心地把门带上。

沈菲菲站在客厅里:嫂子,我知道你对我有些看法。我是崇拜钟总,喜欢钟总,但钟总对我一直保持距离,我们什么事也没有!我知道,他最爱的还是你!

西馨冷了声:现在别说这些了,过去的事我也不会再计较,人都这样了,把人救出来是大事。

沈菲菲:我知道。只是想请嫂子别把我当外人,让我与你们一家人一起救钟总。

西馨想了想:好吧,这两天我要去筹钱,你帮我守着电话,帮我婆婆看着孩子。

沈菲菲:好!今天晚上我就不走了!行吗?

西馨点了点头。

48

梁志远小店前。白天。

梁志远骑着三轮正要去送货,西馨远远地走来。

梁志远有些意外:西馨,你怎么来了?

西馨看了一眼梁志远,尴尬地:我有事路过这里……

梁志远：看你匆匆忙忙的样子，是不是发生了什么事？

西馨慌忙低下头，底气不足地：没什么！

梁志远：虽然过去我们之间发生过许多的事，但我觉得，我们应该还是朋友，有什么事不妨也说一说，你说对吗？

西馨低着头，喃喃地：钟辕让人绑架了，要600万元，钟辕不让动公司的钱，只能自己想办法筹一点。

梁志远眼珠一跳，震惊地：让人绑架了？

西馨点头。

梁志远：要说借钱，我这里没多少，但我可以给你提供个线索。

西馨急切地：什么线索？

梁志远轻声地：你注意一下兰旦雄。

西馨：谢谢你了！

49

兰旦雄家。白天。

兰旦雄正坐在沙发上，悠然自得地看着电视，手机响了。

兰旦雄掏出手机，打开放到耳边，傲慢地：喂，谁呀？

西馨气愤的声音：是兰旦雄吗？

兰旦雄一愣：是我，你是谁？

西馨的声音：我是西馨，告诉我你在哪里？

兰旦雄热情地：嫂子呀！你找我有事？!

西馨气极地：是不是你绑走了钟辕？

兰旦雄先是一惊继而严肃地：这么大的事，怎么能开玩笑呢？

西馨质问：那你现在在哪里？

兰旦雄理直气壮地：我在家里，不信你打我座机。

西馨挂断了电话。

不一会儿，电话铃响起，兰旦雄接起电话：我没骗你吧？我在家里呢，怎么会做你说的事？

西馨沮丧的声音：对不起，打扰了！

兰旦雄故作姿态地：到底是怎么回事，你说说，我帮助给你想想办法！

西馨的声音：不麻烦你了，再见。

兰旦雄放下电话，阴阴一笑，自语着：一个傻女人！

50

钟辕家。白天。

西馨愣愣地放下电话。

沈菲菲过来，扶西馨到沙发上坐下：嫂子，你别着急！你要是着急，我就更着急了！

西馨点点头：好的，不着急！

电话铃又响了，沈菲菲跑过去接电话。

沈菲菲接起电话：是夏总呀，你找嫂子有事？

电话里夏绿的声音：你让嫂子接电话。

沈菲菲拿着话筒对西馨：是夏总，她请你接电话。

西馨走过来，把电话放在耳朵上：夏绿呀，你现在还好吧？

夏绿焦急地：我还好！只是听说了钟总的事，很着急，你能过来一下吗？

西馨：有什么话你就说吧，有空了我再去看你！

夏绿焦急地：请你务必过来一下。

西馨犹豫了一会儿，终于下了决心：好吧。

51

医院病房里。白天。

夏绿半躺在病床上，西馨坐在床边。

夏绿从身上掏出一张信用卡，放到西馨手里：这是我仅剩的积蓄了，上边有7万元，你先拿去用！

西馨推让着：妹妹，你这个样子，我怎么能拿你的钱？

夏绿生气地：嫂子，二哥出了这么大的事，我却只能躺在床上等消息，帮不上你什么忙，你就把这点钱拿去，算是我的一点心意！

西馨：那好吧！以后钟辕出来了，再一起来谢你！

夏绿：嫂子，快别说这些！你快忙去吧，因为我不能动，害你跑来一趟！

西馨看了夏绿一眼，眼角顿时有了泪珠。

52

钟辕家。晚上。

西馨坐在沙发上，钟祥、韩生德、何荟、沈菲菲、钟辕妈站在旁边。

西馨忧心地：忙活了两天，只筹了不到200万元，差得还多呢。

众人都沉默。

沈菲菲：要不跟他们商量商量，能不能少一点？

钟祥摇了摇头。

韩生德：要不，明天我再去几家银行，看有没有希望贷一点！

西馨：那好吧！明天你们跑跑银行，我再回一趟娘家，找他们想想办法！

53

小区里。白天。

西馨匆匆走出楼门口，往外面走去。

到小区门口，西馨招手拦了辆出租车，匆匆上了车。

出租车远去。

54

钟辕家。白天。

沈菲菲坐在椅子上，守着电话机，心急如焚的样子。

她两手托腮，苦思冥想着什么。

突然间，只见她眉头一展，下了什么决心似的，攥起拳头挥了一下。

这时，电话铃响了。

沈菲菲一愣，赶紧接起了电话。

电话里恶狠狠的声音：钱筹得怎么样？你们是送钱还是要尸？

第二十九集

1

钟辕家。白天。

沈菲菲对着电话急切地：我们送钱！

话筒里的声音：钱准备好了吗？

沈菲菲犹豫了一下，继而果断地：准备好了，我带着去，但必须见到钟总才能给你们。

话筒里劫匪强硬的声音：一手交钱，一手交人。

沈菲菲毫不示弱地：好，什么地方？

劫匪的声音：一个小时后，卢沟桥东头。

沈菲菲：我现在就去卢沟桥，怎么跟你联系？

劫匪：我们会跟你联系，记住，必须一个人来！你的手机号多少？

沈菲菲：16911551699。

刚说完，对方便把电话挂了。

沈菲菲想了想，走到钟辕妈卧室门前，敲了敲门。钟辕妈抱着孩子走出来。

沈菲菲着急地：阿姨，我有点急事，先出去一下！

钟辕妈点点头：你去吧！家里有我呢！

沈菲菲转身向门口走去。

2

小区内。白天。

沈菲菲匆匆从楼门出来，直奔停在门口的自己的车。

这时，钟祥的车刚好开过来。钟祥把车停好，下车直奔沈菲菲的车。

钟祥来到车门前，沈菲菲把车门摇下。

钟祥：不是说你在家里守着电话吗？出去干啥？

沈菲菲答非所问地：有个好思路，你快上车！

钟祥：快告诉我，你去干什么？

沈菲菲无奈地推开车门下车，附在钟祥耳边说了些什么。

钟祥闻言变色，断然地：不，不！这样太危险！

沈菲菲一撇嘴：看把你吓的，你还是个男子汉？你要愿干，跟我走，不愿干，我自己干！

说着，沈菲菲很快上车，把车启动了。

钟祥犹豫了一下，也上了车。

车嗖的一声向大门口开去。

3

车内。白天。

沈菲菲开着车，钟祥坐在后座上。

钟祥担心地：这个方案太冒险了，咱还是别去了吧？

沈菲菲不屑地：那你为什么上来？

钟祥无奈地：你执意要去，我不跟着走，怕出大事呀！

沈菲菲：既然如此，你还是别去了！我把你放在路边吧？

钟祥摇头：除非你也不去了！

沈菲菲：我已经打定主意，非把总裁救出来不可。

钟祥：那好吧。我跟你一起去。

4

某市场。白天。

各种商铺林立，人流熙熙攘攘，一派热闹景象。

沈菲菲和钟祥穿行于人群中，快步走着。

他们先到一个箱包摊前，买上了四个大皮箱。

又来到一个冥币摊前，让摊主往几个箱子里装冥币。

卖冥币的男子一边装一边吃惊地看着两人：买这么多？

5

车内。白天。

后座上，沈菲菲和钟祥把100元的人民币换到冥币包装的两头，使其看上去都像人民币，一摞100张，与1万元人民币看上去差不多。

钟祥看着处理过的冥币：这一下子还真看不出来！

沈菲菲：只要他们当时不认真检查，我们就成功了！

钟祥：他们要是当时检查呢？

沈菲菲胸有成竹地：我还有第二套方案……

6

小屋里。白天。

黑大个和另一个人开门进来，径直来到钟辕面前，一起动手把钟辕捆绑起来。

钟辕：你们这是要干啥？

黑大个冷笑着：拿你去换钱呀！没想到，你真够值钱的，他们果然要把600万元送来。

钟辕沉默。

两个人把钟辕绑好，带出了小屋。

钟辕往四周看了看，天高云淡，西山近在眼前。

这时，一个人拿着一条毛巾，一下子蒙在了钟辕眼前。

两个人把钟辕带出小院子，推上了一辆车。

车启动，向远处驶去。

7

卢沟桥头。白天。

沈菲菲把车停在离桥头不远的地方，走下车来。

沈菲菲往四周看了看，只有几个游人在桥头游逛，并没有可疑人的影子。

沈菲菲掏出手机，怀疑地看了看。

这时，沈菲菲的手机正好响了，冷不丁把沈菲菲吓了一跳。

沈菲菲慌忙接起手机。

一个苍老的声音传出：到卢沟桥了吗？

沈菲菲没好气地：我早就到了，你们在哪里？有没有诚意呀？

苍老的声音并不理她，顾自说：请沿永定河堤南行……

沈菲菲：然后呢？

电话已经挂了。

沈菲菲收起电话,急匆匆地向自己的车走去。

8

车内。白天。

沈菲菲匆匆地上了车,又启动了车。

钟祥从后座位上爬起来:他们没来吗?

沈菲菲:这伙歹徒真够狡猾的!他们害怕咱们带着警察去,要观察一下咱们呢!

钟祥:何以见得?

沈菲菲:他让我沿河边往南开行。

钟祥紧张地:说不定他们就在附近看着我们呢!那我们得注意点。

沈菲菲:是呀!你快趴下吧!

钟祥又趴在了座位后。

9

永定河边。白天。

沈菲菲的车沿河堤一路南行,开得很慢。

路上基本上没有车,偶尔有一辆拉沙的大车迎面驶过,带起一片尘土。

10

车内。白天。

沈菲菲认真地开着车,目视前方,但却不停地左右窥视。

这时,手机响了。

沈菲菲把车停住,接起手机。

那个苍老的声音:请从前面往右拐。

沈菲菲往前看去,前面不远处有一个小路口,但并不是正儿八经的路,便气愤地:你们到底在哪里呀?要把我引到哪里去?

那个苍老的声音:很快我们就会见面了。

沈菲菲把手机往座位上一摔,启动了车,义无反顾地往前开去。

11

　　河堤上。白天。

　　沈菲菲的车往前开了一会儿,到了一个小路口,往右拐,驶进一条小道,颠簸地前行。

12

　　车内。白天。

　　沈菲菲驾驶着车,额头因为紧张而沁出了汗珠。

　　沈菲菲:多亏你跟我一起来,要是我自己一个人来还真有点害怕哩!

　　钟祥趴在座位上,叮嘱着:要沉着,千万别慌!既然来了,我们就争取一举成功!

　　沈菲菲:你说我们能成功吗?

　　钟祥鼓励着:能,一定能!就像上战场前,我们要怀着必胜的信心。

　　沈菲菲:好!我现在已经有了上战场的感觉,不怕了!

　　正说着,沈菲菲看到前面出现了一片荒地。有一辆车停在那儿,便把车停了下来。

13

　　荒地里。白天。

　　两个戴着面罩的人押着钟辕从车上走下来,在车前站住。

　　其中一个黑大个向这边招了招手,示意沈菲菲过去。

14

　　车内。白天。

　　沈菲菲看到了被绑着胳膊、蒙着眼睛的钟辕,顿时眼眶一热,泪流了出来。她抬手擦了擦眼睛,轻声对钟祥叮嘱:过一会儿总裁上了车,你不要管我,只管快速开走!

　　车钟祥低声地:那不行!你必须和总裁一起上车!

　　沈菲菲:我尽量争取!但如果我过不来,你一定要快走呀!

　　钟祥坚决地:不行!要走一起走!

　　沈菲菲:好吧!我尽量争取,你也要见机行事!

钟祥：行！你去吧，要沉着！

沈菲菲刚要下车，又想起了什么。

沈菲菲重新启动了车，将车掉了个头，又把车停下。

沈菲菲打开车门，走下车。

15

荒地里。白天。

沈菲菲走到车后，打开后备箱，把四个皮箱提下车。

沈菲菲郑重地：钱在这里，600万元，必须先放了总裁，才能给你们。

戴了头套的劫匪不容置疑：不行，先把钱给我们，才能放人！

沈菲菲：你们先把总裁的绑松了，我才给你们钱。

黑大个劫匪看了看另一个劫匪，示意给钟辕松绑。

另一个劫匪动手把钟辕的绑松了，把眼上的毛巾也扯了下来，但两个人一左一右擒着钟辕的两条胳膊，钟辕并不能活动。

钟辕的眼睛适应了一阵强光的刺激才看到沈菲菲，惊讶地：菲菲，你怎么一个人来了？多危险！

沈菲菲：我是来送钱的，想必他们不会对我怎样。

黑大个严厉地：少废话，把箱子提过来！

沈菲菲指了指地上的箱子，郑重地：说好了，我们一手交钱，一手放人。我把钱给你们提过去，你们先把钟总放了，可以吧？反正我们又跑不了。

黑大个挥了一下手中的砍刀：量你们也不敢耍花招。

他们把钟辕放开，钟辕往这边走来。沈菲菲提着四个箱子吃力地迎着钟辕走过去。

16

车内。白天。

钟祥小心地从后座往驾驶位移动，悄悄坐在了驾驶位上。

他通过后视镜观察着后面的一切。

17

荒地里。白天。

钟辕和沈菲菲相向而行,越走越近。

两个人擦肩时,钟辕看了沈菲菲一眼。

沈菲菲向钟辕抛了个眼神:总裁,你先上车休息一会儿,等我把钱给了他们,我们就一起走。

钟辕又看了沈菲菲一眼,沈菲菲向钟辕使了一个眼色,钟辕会意,便快步往沈菲菲的车边走。

沈菲菲把四个箱子提到离劫匪几步远的地方,放下来,郑重地:你们过来点点吧,正好600万元。

两个匪徒向沈菲菲走来。

钟辕慢慢走到车前,拉开后门上车。

钟辕由于多日备受折磨,显得有气无力的。上车时动作很慢,似乎很吃力,好不容易才上了车。

18

车内。白天。

钟辕看到钟祥,一怔。钟祥从驾驶位上回头看钟辕,示意噤声。两个人无声对视,泪都不自觉地流出来。

钟祥毅然转过脸,向后视镜看去。

只见镜中的两个歹徒拿过了箱子……

19

钟辕家。白天。

西馨进了家门,看了看客厅:沈菲菲哪里去了?

钟辕妈抱着孩子从卧室里出来:那孩子说有急事,匆匆地走了!

西馨:你没问她有什么事吗?

钟辕妈摇了摇头。

西馨:我给她打电话问吧!

西馨走向电话,拿起电话拨号。

20

　　荒地里。白天。

　　两个歹徒弯腰去开箱子。

　　这时，沈菲菲的手机突然响了，沈菲菲掏出手机，准备接听。

　　一个劫匪突然过来，一把把沈菲菲的手机夺去。

　　手机依然响着，劫匪把手机装进了自己口袋。

21

　　钟辕家。白天。

　　西馨拿着听筒，自语：怎么没人接呢？我问问钟祥知不知道！

　　西馨挂了电话，又重新拨号。

22

　　荒地里。白天。

　　沈菲菲向匪徒靠近，生气地：把手机还给我！

　　匪徒：少给我啰唆！过一会儿钱数完了再给你。

　　沈菲菲继续靠近匪徒：还给我嘛！

　　匪徒摇了摇头，把包拉开。

　　匪徒看到了满包的钱，笑逐颜开。他伸出手拿一撂，正要数。

　　沈菲菲突然一扬手，把袖子里一包辣椒粉撒到了两个劫匪的脸上，跟着转身就往自己的车上跑。

23

　　车内。白天。

　　钟祥正紧张地看着后视镜。

　　镜子里显示，沈菲菲往这边跑来，便迅速启动了车。

　　这时，钟祥手机响了。钟祥像没听见一样，继续注视着往这边跑来的沈菲菲。

　　沈菲菲刚一跳上车，钟祥就猛踩油门，车大叫了一声，就像箭一般向前开去。

　　沈菲菲喘着粗气，把车门关上，兴奋地：成功了，我们成功了！总裁，你没事吧？

钟辕：我没事！谢谢你们了！

24

小路上。白天。

沈菲菲的车像醉汉一样，蹦蹦跳跳地颠簸向前。

25

车内。白天。

沈菲菲往后看了看，发现车并没有追来，兴奋地：真没想到，事情这么顺利！

钟辕看着沈菲菲，洞察一切地：你是不是骗了他们？

沈菲菲兴奋地：当然！我能白白给他们600万吗？那其中也有些真钱，够他们买后悔药吃了！

钟辕：你这鬼丫头，胆子真够大的！

沈菲菲：一般般吧！

钟祥边开车边兴奋地：这次，菲菲可是立了大功！我开始还有些犹豫，是她的勇敢感染了我，才下决心一起来的。

正说着，钟祥突然发现前面有一个路障，把路全部堵上了。

钟祥：坏了！他们有埋伏！

26

小路上。白天。

车停在路障前，几个人围了上来。

一个戴头套的劫匪打开车门，冷笑着对钟辕：总裁，请下车吧！

钟辕和沈菲菲只好下车。钟辕一个跟跄，差点跌倒，沈菲菲赶紧搀扶住钟辕，让钟辕靠在自己身上。

小伙子冷笑着：跟老子玩这把戏，你们还嫩了点！

钟辕严厉地盯了小伙子一眼，小伙子没有理会，径直走向前车门。

小伙子拉开驾驶位置车门，冷笑着：没想到呀！还来了一个不怕死的！下车呀！还想一直坐在车上吗？

钟祥无奈地下了车。

钟祥刚一下车,对方中的一人就突然挥起铁棍向钟祥腿上打去,钟祥惨叫一声,倒在了地上。

27

钟辕家。白天。

西馨拿着电话,电话里传来录音:您拨打的电话无人接听,请挂机。

西馨放下电话:怎么都不接电话,是不是出了什么事?

钟辕妈担心地:是呀!那孩子走的时候慌慌张张的。要不,你问问钟祥媳妇,看她知不知道!

西馨点点头,又拿起电话,拨号。

西馨:弟妹呀?三弟去哪里了,你知道吗?

何荟的声音:不是去你家了吗?怎么,不在吗?

西馨:没有呀!你等等,我问问妈。

西馨对钟辕妈大声地:妈,三弟来过没有?

钟辕妈摇头:没有!今天谁也没来!

西馨对着话筒:妈说了,三弟没有来!

何荟的声音:那就怪了!他会去哪里呢?

西馨不安地:刚才我给他打手机,他也没接!

何荟紧张地:我给他打个电话试试!

西馨安慰着:大概是公司里有重要事,开会或者干什么的,不方便接电话,过一会儿再打也许便接了。

28

小路上。白天。

几个人上来对钟祥拳打脚踢,钟祥痛得在地上翻来滚去。

沈菲菲看到钟祥挨打,扑上去护着钟祥,大声叫着:你们还是不是人了?!

站在沈菲菲后边的劫匪一把拉过沈菲菲,抬手给了她一个耳光,血从沈菲菲嘴角流了出来。

沈菲菲像一头受伤的豹子,转身向小伙子扑过去,挥拳打那劫匪。

那劫匪一闪身，抓住了沈菲菲的两只手，把她往他们的车上拖。

沈菲菲挣扎着，大声骂着：你们这群王八蛋，不得好死！

劫匪也不理她，径直把她拖上了他们的车。

两个劫匪把路障撤掉，往车上走去。一个劫匪路过倒在地上的钟祥身边时，又狠狠地踢了他一脚：给你个粉碎性骨折，好让你这辈子记住爷爷我不是好骗的！

说罢，他想起了什么似的，上前搜走了钟祥身上的手机，才往车上走去。

走了几步，劫匪又回头看钟祥，讪笑着：躺在这儿好好歇歇！等你的家人来接你吧……

满脸是血的钟祥无奈地看着他们上车。

这时，劫匪手里的手机响了，劫匪无所顾忌地接起来。

劫匪冷笑着：你是钟祥的老婆呀！我告诉你！你老公现在永定河边躺着呢！你快来给他收尸吧，小心来晚了让狗吃掉！

劫匪挂断了电话，哈哈地笑着，上了车。

手机铃声又响起来，劫匪索性把手机往地上一扔，任它在地上响，自己抬脚上了车。

匪徒们开着车扬长而去……

29

荒野里。黄昏。

扔在草丛里的钟祥的手机还在响着，钟祥向手机爬去，但爬了两步，他疼得一龇牙，晕了过去。

手机还在响着。

30

钟辕家。傍晚。

西馨着急地在房间里踱来踱去，何荟突然匆匆地闯了进来。

何荟一看到西馨，便呜呜地哭起来。

西馨：弟妹，怎么了？

何荟哽咽着：我给钟祥打电话，劫匪接的，他说让我去……

说着，何荟大哭起来。

钟辕妈从卧室里出来，着急地：老三又怎么了？

西馨摇着何荟的双臂，急迫地：你倒是说呀！三弟到底怎么了？

何荟哭着：他们说，让我去给钟祥收尸——呜——

钟辕妈听到这话，一下子愣在那里，过了好一会儿，她才喃喃着：我这是做了什么孽呀！老天爷要这样惩罚我的儿子！

说完，突然倒地晕了过去。

西馨慌忙过来掐老太太人中，老太太醒过来，也号啕大哭起来。

孩子被房间里的哭声惊醒，也在卧室里大哭起来。

西馨把孩子抱到了怀里，哄着孩子，眼泪却也哗哗地往下流。

正在这时，电话铃响了。

西馨：都别哭了，我来接个电话。

说着，西馨把孩子递给婆婆。钟辕妈抽泣着接过孩子，转身往卧室走去。

西馨接起电话，哽咽着：喂，哪位？

31

小院里。傍晚。

夕阳照在院子里，散发出柔和的光。

黑大个拿着手机，正在打电话。

黑大个粗鲁地：你竟敢跟我来虚的，告诉你，作为警告，我这次只弄废你家人的一条腿！现在你们有两个人在我手上了，倘若再跟我玩一回花活，我就把这两个人的心都给你掏出来！你信不？！

西馨的声音：到底是怎么回事？

黑大个冷笑着：你不会不知道吧？一个叫沈菲菲和一个叫钟祥的，不知天高地厚，还想骗我们！以后再有这事发生，就等着收尸吧！

西馨急迫地：他们两个人现在怎么样？

劫匪冷笑着：沈菲菲和钟辕在我们手上，钟祥躺在永定河边，你看着办吧！什么时候给钱？

西馨哀求地：我们确实一时筹不到那么多现金，能不能少一点？

劫匪冷笑着：那么大的公司，连600万元拿不出来？谁相信你的话？

就是600万元,一分钱也不能少。

西馨哀求着:这么多钱不是十天八天可以筹到的,请再宽限一周好吗?

黑大个想了想,断然地:再给你四天!如果到时候再拿不到钱,就别怪爷爷我了!

黑大个合上手机。

32

钟辕家。白天。

西馨放下电话,转对何荟:弟妹,三弟没有大事,可能是受了伤,我们快去找他。

何荟停止抽泣:他是不是说在永定河边?

西馨点点头:是呀!我们快走!

33

永定河边。晚上。

西馨开着车,何荟坐在副驾驶位置。

车开得很慢,两人往四下看着,但除了漆黑的夜,什么也没发现。

西馨焦急地:天太黑了,又不知道具体位置,不好找!

何荟无奈地:那可怎么办呀?

西馨想了想,果断地:还是再给三弟打电话,说不定他现在能接到了!

何荟点点头,着急地拿出手机,拨号。

34

小路边。晚上。

钟祥趴在地上,痛苦地呻吟着。

突然,手机响了,显示屏显出了些许亮光。

钟祥动了动,看到手机离自己并不远,再一次向手机爬去。

35

永定河堤上。晚上。

西馨和何荟下了车,沿河堤边走边喊:钟祥,你在哪里?钟祥,你在哪里?

36

小路边。晚上。

钟祥继续往前爬着,他终于抓到了手机。

钟祥打开手机,按了回拨键。

钟祥有气无力地:何荟吗?快来救我!

电话里传出何荟着急的声音:钟祥,你在哪里?

钟辕有气无力地:卢沟桥往南约六公里,河堤边的一条小路上……

37

医院里。晚上。

西馨和何荟坐在走廊里,在悄悄地说话。

西馨:弟妹,三弟的腿应该没有大事,做了手术就会好的,你别太担心。

何荟流着眼泪:医生说受伤的时间太长了……

西馨:都是我们连累了三弟,还有那个沈菲菲。他们也真是的,为了救钟辕,甘愿冒这么大的险!

何荟:嫂子,大家的心情都是一样的,都想早日救出二哥,他们觉得有机会,就想去试试,也怪不得你!

西馨:也不知道钟辕和沈菲菲怎么样了?

38

小屋里。晚上。

沈菲菲和钟辕一起坐在小屋子的一角,外面的灯光正好照在旁边的墙上。

钟辕关切地:小菲,他们打你打得不轻吧?

沈菲菲咬着牙:没事!

钟辕:明明知道有危险,你们又何苦呢?

沈菲菲:我只是想把你救出来,哪怕是换出来也可以,没想到……

钟辕看着沈菲菲:真是个傻丫头。

沈菲菲：这种结果我也想到了！能够陪你一起受罪，我也愿意，只是没想到害了钟祥副总。

钟辕叹了口气，摇了摇头……

39

医院里。晚上。

手术室的门打开了，工作人员推着钟祥从手术室出来。

何荟着急拦住一位医生：医生，我老公怎么样？

医生：手术比较成功，但预后怎么样，现在还不好说，慢慢治疗吧！

西馨：谢谢你们了，医生！

医生点了点头，往办公室走了。

工作人员推着钟祥往病房走，何荟和西馨跟在手术车旁边，向病房走去。

40

钟辕家。白天。

西馨和韩生德坐在沙发上，钟辕妈抱着孩子站在客厅里。

西馨叹了口气：现在确实没有其他办法了，能否和健山一郎先生联系一下，看他能不能借我们一些钱。

韩生德点头：好！我马上联系他。

说着，韩生德掏出手机，就要打电话。

西馨指了指座机：用那个打吧，保密点！

韩生德点头，来到电话边，拨了长长的一串号码。

韩生德谦恭地：健山一郎先生吗？有个重要的事情向你汇报……

41

小屋里。白天。

钟辕和沈菲菲靠在屋角，都很憔悴的样子。

沈菲菲：总裁，你在想什么？

钟辕：现在让你也受了连累，我心里就更着急了！

沈菲菲埋怨地：你跟钟副总裁交代，不能用公司的钱，可你想过没有，不用公司的钱，去哪里筹这么多钱呢？嫂子是巧妇难为无米之炊呀！

钟辕无语。

42

钟辕家。白天。

韩生德放下电话，松了一口气：健山一郎先生同意了！

西馨意外地：哦？

韩生德：健山一郎先生答应借给我们500万元，但要作为对公司的投资。

西馨担心地：那还是算公司的钱吗？

韩生德摇头：这些钱算是借给你的，但还的时候就直接入公司账上，算他的投资。

西馨：这太好了！钟辕有救了。

43

韩生德办公室。晚上。

韩生德坐在办公桌后，几个高管坐在沙发上。

韩生德郑重地：现在有这么一个情况，必须和大家商量一下。下午，我和健山一郎先生通了电话，他同意借给我们500万元，但要作为对公司的投资。这样一来，这笔钱又算是公司的钱了。好在公司现在没有用这笔钱的计划，我想，我们先把这笔钱提出来，用以救钟总，你们有什么意见吗？

大家纷纷摇头。

一名高管：别说用这笔钱救总裁，就是抽出公司的流动资金，我觉得也应该！

大家异口同声地：是呀！总裁之于楚汉，那就是父与子的关系。没有总裁，哪来的楚汉。

韩生德果断地：既然大家都同意，那就这么定了！

44

钟辕家。白天。

西馨正在喂孩子，有人敲门。

钟辕妈去开门，韩生德进来。

西馨把孩子给婆婆，迎着韩生德：钱的事怎么样了？

韩生德拉开随身带的小包，拿出一张支票，递给西馨：已经到账了，我让会计转了出来，可以直接去提现金了！

西馨接过支票，认真地看了看，眼泪模糊了视线。

韩生德：劫匪又打电话来没有？

西馨：估计很快就会打过来，因为约定的就是今天。

正说着，电话铃响了。

西馨看了一眼韩生德，拿起了电话。

劫匪粗鲁的声音：钱筹齐了吗？

西馨郑重地：已经筹齐了，整整600万元。怎么拿给你们？

劫匪：立马把现金分装到两个大旅行包里，然后开车去八达岭，而且必须是女的去。同时，去官厅水库领钟辕，也必须是女的去。

西馨：为什么要到两个地方？为何一定要女的去？

劫匪冷笑着：这可怪不得我们。上次你们搞的那把戏，我们不得不防。请按我说的去做吧，如果哪里出了问题，你们可能领到的是两具尸体！

西馨：你让我去哪里找女的呀？

劫匪已经把电话挂了。

放下电话，西馨：劫匪要求必须是女的去，你说怎么办？

韩生德摇头：女的去太不安全，再说，能让谁去呢？何荟何粼都不会开车。

钟辕妈站在卧室门口，果断地：实在没人去，我去！我要去接我的儿子。

西馨摇头：妈，您那么大年纪了，让谁去也不能让您去！再说了，您也不会开车，怎么去呀？

钟辕妈无奈地：倒也是，我不会开车！能不能让人开车送我去？

西馨：妈，您就别操心了，我们想办法就是。

45

银行里。白天。

韩生德和西馨站在银行柜台前,一起取钱。

银行工作人员一张张点着钱,又放进验钞机检验,一万又一万,不停地重复着动作。

一个银行工作人员:干吗一次取这么多现金?

韩生德:公司开表彰会现场发放奖金。

工作人员嘀了一声。

600万元装了满满的两个大旅行箱,韩生德和西馨一人提一个,往外走去。

银行保安跟在旁边,护送着。

46

钟辕家。白天。

西馨、韩生德、何荟、范恭清、林达畅、钟辕妈等都站在客厅里。

西馨试探地:我去送钱,你们看谁去接一下钟辕?

大家都没有吱声。

正在发愁时,门铃响了。

韩生德去开门,夏绿拄着拐杖进来。

西馨吃惊地:你刚出院,不好好在家里养伤,跑来干什么?

夏绿:我听说劫匪要求必须女的去,那我去送钱,嫂子你去接钟辕。

西馨抓住夏绿的手:妹妹,你的伤还没全好,怎么能开车去办这事呢?

夏绿:自动挡的车开时不用左腿,我开车没问题!我这样反而好,绑匪不会怀疑,再说了,我们是真的送钱过去,没什么可怕的。

西馨动情地:谢谢你了!

47

八达岭下。白天。

群山连绵起伏,长城像一条巨龙盘在山巅上。

一辆车停在长城脚下,夏绿拄着拐杖站在车边,往四周张望。

这时，手机突然响了。夏绿打开手机接听。

对方不容置疑地：你沿公路一直往前走，大约走5公里，有一个农贸市场，你在市场边等我们。

说完，电话便挂掉了。

夏绿上车，启动开走。

48

农贸市场。白天。

夏绿开车到农贸市场，在市场边停下，夏绿坐在车里往外观望。

手机铃响起，夏绿打开手机接听。

对方的声音：下车，不要熄火，人往农贸市场里面走，过半小时来开车。

夏绿急忙地：不行，你们必须先把他们俩放出来。

对方肯定地：他们俩已经跟接他的人在一起了。

49

官厅水库的大坝上。白天。

西馨站在大坝上，远远地看到了憔悴的钟辕，泪流满面。

钟辕往这边走来，西馨迎上去，一下子抱住钟辕。

钟辕也拥住了西馨。

沈菲菲在旁边看着他们俩，也抹起眼泪来。

这时，西馨的手机响了，她慌忙放开钟辕，打开手机接电话。

电话里夏绿的声音：怎么样？见到钟总和沈菲菲了吗？

西馨：见到了，我和他们在一起，你把钱给他们吧。

50

农贸市场。白天。

夏绿坐在车里，挂掉电话。

她犹豫了一下，突然下决心般地启动了车。

这时，手机响了，夏绿犹豫了一下，接起手机。

手机里恶狠狠的声音：你别想耍花招，否则他们三个人的尸体很快就会出现在大坝上,谁都回不了家。

　　夏绿:不会的。我马上按要求下车。

　　挂了电话,夏绿拄着拐杖下了车,往市场里走去。

　　夏绿刚下来走了几步,就见车猛然启动,一会儿便不见了踪影。

　　十几分钟后,夏绿的手机又响了,夏绿接起手机。

　　手机里的声音:你到市场的另一头开车吧!

　　夏绿拄着拐杖,一瘸一拐地往市场另一头走去。

51

　　官厅水库大坝上。白天。

　　钟辕和沈菲菲面对水库凝望着。

　　西馨把车开过来,到钟辕近前停下。

　　沈菲菲提醒地:总裁,请上车吧!

　　钟辕缓步靠近车门,沈菲菲搀扶着他上了车。

　　沈菲菲也上了车。

　　车缓缓地离开了大坝。

52

　　农贸市场。白天。

　　夏绿走到了市场另一头,从市场里出来,果然看见了车。

　　她一瘸一拐地走近汽车,急忙打开后备箱,发现里面什么也没有了。

第三十集

1

钟辕家。白天。

钟辕闭着眼睛仰靠在沙发上,钟辕妈、西馨、韩生德、范恭清、林达畅、沈菲菲、何荟等站在客厅里,轻松地喝茶说话。

西馨来到沙发边,柔声地对钟辕:你回来了,大家都很高兴,你怎么还闷闷不乐?

钟辕睁开眼叹了口气:那些绑架我的案犯还逍遥法外,我能高兴得起来?我担心他们还会为非作歹,再伤害其他人。

西馨:倒也是!

韩生德接口:必须把他们绳之以法。

钟辕:我们都回忆一下,看有没有线索可向公安局报告。

西馨若有所思地:在与案犯接触中没发现啥线索,倒是在筹款时……

钟辕急切地:筹款时发现了什么?

西馨回忆着:我遇到过梁志远,他让我注意一下兰旦雄。

钟辕一愣,也努力回想着:你这一说,我倒觉得有个人似乎在哪里见过!

西馨:是兰旦雄那里吗?

钟辕没有把握地:好像是。

西馨:梁志远给我说后,我立马给兰旦雄打电话,我想他要是参与这事,他就不会在家里,结果他确实在家里,我就打消了怀疑。

钟辕思索了一霎,果断地:报案!

2

刑警大队。白天。

警察坐在办公桌前,西馨坐在长椅上。

西馨:情况就是这样,因为害怕他们杀人,所以一开始没敢报案。

警察点头:我们马上展开调查。

西馨感激地：谢谢你们了！

警察低声地：至于对兰旦雄的怀疑，一定不要再告诉他人，以免惊动他，我们会对他暗中监视。

西馨：明白。

3

兰旦雄家门前。白天。

一个便衣警察在不远处悠闲地散着步。

他若无其事地走过兰旦雄家门，走出胡同，钻进了一辆依维柯车里。

不一会儿，另一个便衣从车上下来。

4

家具城旁边的小屋前。白天。

梁志远刚刚骑三轮车回来，他把三轮放到一边，正想进屋，一辆警车开了过来。

梁志远吃惊地回头看，两名警察从车上走下来。

警察之一：是梁志远先生吧？

梁志远一愣，随即点了点头：是我，有事？

另一名警察：我们接手了一起案子，想找你了解一些情况，跟我们走一趟好吗？

梁志远：好吧，请等我一会儿！我换个衣服。

5

兰旦雄家。白天。

兰旦雄兴高采烈地在屋里踱着步，一个手下过来，低声地：老大，胡同口停着一辆车，好像以前没见过，会不会是？

兰旦雄脸一沉，谨慎地：是吗？管他是不是，都要小心一点。

兰旦雄掏出手机，拨了一个号，沉声地：目标大，风声紧，先别着急，晚上等我电话。

挂断电话，兰旦雄对手下：给我好好盯着，一有情况马上告诉我。

手下答应一声，转身出去。

6

刑警大队审讯室。白天。

警察坐在办公桌后,梁志远坐在桌前。

警察友好地:听西馨说,钟辕被绑后,你让她注意一下兰旦雄,是不是你知道些什么?

梁志远摇摇头:我什么也不知道,只是凭一种直觉。

警察:直觉?

梁志远:他在我手下干过,曾经跟我说过要绑架钟辕的话,我制止了他。再说,他过去因为绑架坐过牢,出狱后又做过些违法的事……

警察饶有兴趣地:譬如哪些?

梁志远想了想,毅然地:我知道几件事!坦白地说,我在其中也有责任。当时,他在腾达公司给我当保安部经理……

7

医院某诊室。白天。

西馨陪着钟辕看病。

医生看了看钟辕的样子,又给他听了听心脏,问:前段时间是不是生活太不规律!

钟辕点点头。

医生:有什么特别不舒服的吗?

钟辕:一想问题胸口就发闷,就出长气!

医生坦率地:你的心脏功能可能有点问题,最好住院做个全面检查,再进行治疗。

钟辕:我还有很多事,没时间住院。

西馨拉了一下钟辕,嗔怪地:你身体太弱,还是听医生的吧!我马上去办理住院手续。

钟辕想了想,默许了。他转对医生:像我这种情况,需要怎么治疗?

医生笑了笑:早睡早起,少思想多运动。

8

诊室外走廊里。白天。

韩生德、范恭清和几个高管坐在长椅上，钟辕和西馨从诊室走出来。

韩生德迎上来：总裁，没什么事吧？

西馨接过话头：医生让住院做个全面检查，你们先坐着，我去办手续。

韩生德扶着钟辕在长椅上坐下。

钟辕苦笑了一下：医生让我早睡早起，少思想多运动。早睡早起还容易做到，少思想，那是我自己也控制不了的！

范恭清笑着：所以，他要让你住院，给你控制控制！

钟辕无奈地：也好，我正好躺着好好想一想……

众人都笑了。

9

病房里。白天。

钟辕已经换上了病号服，坐在病床上。

韩生德和范恭清坐在床边，几名高管站在旁边。

钟辕挥了挥手：你们都回去吧，把公司的事处理好，不用管我！

韩生德：公司的事你放心，好好休养就行了！那我们先走了。

钟辕点头：去吧！

范恭清：那我也回上海了，你要多保重身体！

钟辕：回去吧！不过，你要做好准备，总公司可能还需要你回来！

范恭清：如果需要，我随时听候调遣！

大家一一和钟辕握手，说着保重的话，鱼贯出去。

钟辕看大家走远，转对西馨：三弟也住在这个医院吧？

西馨：他住在骨科！

钟辕叹了口气，伤心地：都是因为我，咱们去看看他吧？

10

骨科病房里。白天。

钟祥躺在床上，一条腿高抬着，做着牵引。何荟坐在床边。

钟辕和西馨走进来，何荟赶忙站起。

钟辕走上前来，紧紧地握住了钟祥的手，哽咽着：三弟，都是我连累了你，让你受苦了！

钟祥笑了笑：二哥，别说那些。只要你平安回来，我受点伤算啥！

说着，钟祥也流出了泪。

两个人手握在一起，久久不松开。

何荟和西馨也陪着抹眼泪。

11

病房外。白天。

何荟送钟辕和西馨从病房出来。

钟辕问何荟：三弟的腿，医生怎么说？

何荟：医生说，由于错过了最好的处置时间，他这条腿可能会残疾。

钟辕握住了何荟的手：让医生全力治疗，不行的话就转院，务必把三弟的腿治好。不管花多少钱，都算我钟辕的！

何荟感激地：谢谢二哥，你自己也要多注意身体。

钟辕：你也别回上海了，调到总公司来吧！过去，我把你调到上海，让你们夫妻分居，也太过分了！

何荟低下头，用另一只手抹着眼泪。

12

兰旦雄家。晚上。

兰旦雄心神不宁地在屋里踱着步，一名手下过来。

兰旦雄急切地：怎么样？

手下：没有什么情况！

兰旦雄：白天那辆车呢？

手下：还没天黑就开走了！

兰旦雄点点头，慎重地：你再认真地观察观察，有没有可疑的人！

手下摇摇头：我都看过了，没有情况！

兰旦雄有些生气地：让你去，你就去！再给我检查一遍！

手下低下头：是！老大！

兰旦雄掏出手机，拨了个号：你们晚一点过来，注意安全。

13

兰旦雄家门前。深夜。

胡同里基本没有了灯，一片漆黑。

一辆面包车远远地开过来，到兰旦雄家门前停下，两个黑影从车上下来，敲响了兰旦雄的家门。

不一会儿，门打开，两个黑影往两边看了看，进了兰旦雄家。

14

兰旦雄家对面一栋居民房里。晚上。

一个警察正拿着红外望远镜往这边看着。

另一个警察请示地：怎么样？可不可以动手？

拿望远镜的警察：刚才那两个人每人提着一个大包，看样子像装钱那两个。

另一个警察着急地：那就赶紧动手吧！

拿望远镜的警察果断地：行动！

十几个警察从房间鱼贯而出。

15

兰旦雄家附近。晚上。

几个警察快速接近门口，另外的警察开始包围屋子。

一个警察到了门口，飞起一脚就把门踹开了。警察们飞扑进去。

16

兰旦雄家。晚上。

兰旦雄坐在椅子上，黑大个和另一个人坐在沙发上，三个人抽着烟，正在吞云吐雾。

警察突然闯了进来，一个警察高声地：把手放在头顶，不许动！

三个人愣在了那里。

兰旦雄故作镇静地：你们搞错了吧？半夜三更的，兴师动众地跑我家里干什么？

警察摆了一下头，对后面的警察：搜。

不一会儿，两个警察各提了一个包出来，高兴地：找到了！说着，把箱子放在地上打开，里边全是钱。

警察对兰旦雄：还有什么好说的？走！

兰旦雄无可奈何地站了起来。

17

病房里。白天。

钟辕正在输液，西馨坐在床前小凳子上。

两个警察从门口进来，其中一个轻声地：请问是钟辕先生吧？

西馨点点头：是不是案情有了进展？

一个警察：根据你们提供的破案线索，我们近几天进行了蹲守，昨晚一举抓获了犯罪嫌疑人。现在，请钟先生确认一下。

钟辕：太好了，快拿给我看。

警察拿了几张照片来到床前，一一展示给钟辕。

钟辕一眼就认出那个黑大个，气愤地：这个黑小子，剥了他的皮我也认得他的骨头。他不仅下手狠，还特别坏，把馒头扔到地上让我吃！

警察：如果能确认，那就太好了！现在我们正在做进一步调查，根据一个叫梁志远的证人指控，又发现嫌疑人与此前的许多案件有关联，而且其中有好几个涉及楚汉的案件。

钟辕意外地：梁志远怎么知道案情，他现在何处？

警察：梁志远正在配合警方破案，也坦白了自己过去参与的一些违法活动，但考虑他有重大立功表现，估计不会被起诉。

钟辕：是不是天津诈骗案和郊区抢劫案？

警察：现在还不太清楚，一有结果，我们就会告诉你的。

钟辕感激地：谢谢你们！

警察：不用客气，这是我们的工作！如果没有什么事的话，我们先告辞了！

说着，两个警察转身出去。

西馨来到床前，抓住钟辕的手，兴奋地：太好了！这么快就抓住了罪犯，那我们的钱一定可以追回来！

钟辕点头：应该能！弄不好还可以举一反三，找回过去丢失的货物。

18

医院外。白天。

沈菲菲拿着一大束鲜花，远远地走来。

她优雅地跨上病房楼的台阶，向里面走去。

19

病房里。白天。

西馨正抓着钟辕的手，为他输液的血管按摩，沈菲菲出现在门口。

沈菲菲看到西馨温柔的样子，站在门口默默地看着。

钟辕发现了沈菲菲，热情地：菲菲，你来了！快过来坐。

西馨也松开钟辕的手，转身来迎接沈菲菲。她接过沈菲菲手里的花：你呀！来看看就行了，还买花？

沈菲菲开玩笑地：买花来看望这么优秀的男人，是不是容易让人误会？

西馨笑着：没事！有人替我送花，我求之不得呢！这说明我找的老公有魅力，我没找错。

西馨笑过，拉着沈菲菲，感慨地：你这个疯丫头，竟然想出那么个主意去救钟辕，真的很让我感动。谢谢你了！

沈菲菲不好意思地：嫂子，我有些冒失了！

西馨：不说那些了，你快坐，跟钟辕好好聊聊。我先出去一下。

沈菲菲一把拉住西馨：嫂子，您什么意思？我有什么话不能当着您的面说？一起坐。

西馨笑了笑：那好吧！你们谈，我听着。

沈菲菲坐在了钟辕的床边，西馨坐在小凳子上。

沈菲菲笑着：总裁，躺在病床上是不是很难受？

钟辕一笑：总比那小屋子强多了！

西馨看他们俩开始聊天，便悄悄地退出了病房。

20

病房外。白天。

西馨在楼道里信步走着，沈菲菲从病房走出来。

沈菲菲大声地：嫂子，您怎么出来了？

西馨笑了笑：你们聊天，我散步！

沈菲菲：嫂子，我回去了！

西馨：这么快就走？

沈菲菲苦笑着：我还有事，钟总催我去会男朋友呢！

西馨笑着：那好呀！我送送你。

两个人在楼道里走着。

西馨：菲菲，我一直想跟你谈谈，但一直没找到合适的机会，现在正好跟你说说吧。我也看出来了，你爱我的老公，但是，我不得不提醒你，他是个有责任心的男人，他不会放弃我而爱你的！

沈菲菲看着西馨，真诚地：嫂子，我错了，不该打扰你们的生活。

西馨大度地：我理解你，爱是你的权利！只是，不切实际的爱会给你带来伤害，还不如早点结束。你说是吗？

沈菲菲一头扑到西馨怀里，抽泣起来。

西馨轻拍着她的后背……

21

医院大门口。白天。

沈菲菲飞快地跑出大门口，像是在与过去告别。

到了门外，她突然停了下来，掏出手机，拨了一个号。

沈菲菲对着手机大声地：如果你还想娶我，赶快跑步过来……

22

楚汉总公司院内。白天。

韩生德带着高管们站在楼下。

一辆车开过来，在楼前停下，容光焕发的钟辕从车里走出来。

韩生德迎上前去，与钟辕紧紧地握手。大家都鼓起了掌。

韩生德笑着：大家都盼着你回来上班呢！

钟辕往四周看了看，重新打量这个多日不见的熟悉地方，不禁眼圈发红。

他挥挥手，大声地：大家辛苦了！都回去办公吧！

23

钟辕办公室。白天。

钟辕坐在办公桌后，韩生德坐在沙发上。

钟辕打量着自己的办公室，目光充满了感情。

韩生德：今天法庭公开审判兰旦雄的案子，你为什么不去呢？

钟辕：西馨去就行了！我想早一天来上班，好久没来了！

韩生德：我把近段日子的工作情况先向你汇报一下？

钟辕：好，通知高管们，到会议室一起谈。

24

法庭上。白天。

西馨坐在旁听席上。

着法袍戴法帽的法官举起法槌，传来"乓乓"两声清脆的响声。

法官庄严地宣布：北京市朝阳区人民法院公开审理兰旦雄涉嫌绑架、抢劫、盗窃、诈骗案，现在开庭！

审判员大声地：传被告人兰旦雄及同案犯。

戴着明晃晃的手铐、穿着浅蓝色囚服的兰旦雄耷拉着脑袋，被两名法警押上了被告席，其他案犯也一一被押了上来。

法官威严地：被告人姓名？

兰旦雄小声地：兰旦雄！

法官宣布：请公诉人宣读公诉书。

检察官在公诉人台前站了起来……

25

楚汉会议室。白天。

钟辕坐在他常坐的位置，韩生德坐在一边，钟祥的位置空着。

韩生德：最近一段时间的工作就是这样，公司运转基本正常，营业额略有增加。

钟辕站起身来：刚才听了韩副总的介绍，我很高兴！你们在韩副总的带领下，在艰难时刻支撑着公司的运转，使公司正常经营，我作为公司总裁，向你们表示由衷的感谢。

说着，钟辕起身向大家深深地鞠了一躬。

众人鼓掌。

钟辕坐下：很长时间没有参加公司的会了，今天我想多讲几句。前些天，我在医院住院时，医生告诉我要早睡早起，少思想多运动，四个处方，我只做到了三个，因为我没法少思想。相反，我想了好多。我过去从来没有想到过病，更没有想到过死，经过这次事件，才开始意识到，其实死亡，离我们每个人都很近……

大家都认真地听着。

26

法庭上。白天。

法官肃穆地：对上述犯罪事实，被告人兰旦雄还有什么话要说？

兰旦雄摇头。

法官：请辩护人发表意见。

律师站起：尊敬的法官，我是被告人兰旦雄的辩护律师，我想质询检方带来的证人。

法官：请原腾达公司总经理梁志远出庭。

梁志远走进了法庭……

27

楚汉会议室。白天。

钟辕仍在讲着：四十年前，父母把我领进这个世界时，环境就要求我具备很强的生存能力。我后来之所以要办楚汉快运公司，除了解决自己的生存问题之外，就是想给所有的有志之士一个好的生存位置，然后一个带一帮，一帮带一群，让更多的人尽快富起来。我把让更多的人过上好日子，看作我一个男子汉的责任，唯其如此，我才能报答国家的哺育之恩……

28

法庭上。白天。

审判长庄严地宣布：全体起立，宣读判决书。

法官庄严地：被告人兰旦雄犯绑架罪、敲诈勒索罪、盗窃罪、诈骗罪，数罪并罚，判处无期徒刑，没收个人全部财产……

法官的声音在法庭上空回响着，兰旦雄低下了头。

西馨长长地舒了一口气。

她向梁志远投去了复杂的一瞥。

29

楚汉会议室。白天。

钟辕继续讲着：最后，我想告诉大家，兰旦雄等案犯勒索走的600万元已被全部追回，法院已经通知我们去办理领回手续了。

众人兴奋地：太好了！

一个高管：这笔钱领回来，是不是可以设宴庆贺一下？

钟辕摇了摇头：我觉得，这笔钱是政府追回的，我们要拿它做些公益事业。我准备拿出300万元捐给希望工程，让更多的人接受教育，提高素质。大家看怎么样？

众人齐呼：好！

30

一广场。白天。

广场上人头攒动，彩旗飘扬，气氛热烈，众多记者在台下翘首以待。

主持人宣布：楚汉集团为希望工程捐款仪式现在开始。首先，请楚汉集团总裁钟辕致辞。

在热烈的掌声中，钟辕走上主席台。

两位礼仪小姐抬着大大的支票上来……

掌声雷动。

闪光灯频频闪烁。

31

钟辕家。晚上。

钟辕、西馨坐在沙发上看电视。

电视里正在播放捐款仪式的新闻。

西馨一指屏幕：你看，那不是夏绿吗？她也去现场了呢！

钟辕定睛一看：可不是嘛！她走路不方便，怎么还跑到现场去？

新闻结束了，钟辕意犹未尽：怎么这么短呀！

西馨开玩笑地：是不是嫌夏绿的镜头太少？

钟辕笑了：不要开这种玩笑了好不好？

西馨：放心，我不会吃醋的！她也很不容易，你关心关心她是应该的！要不，现在我们去看看她？

钟辕分明有些意外：现在？

西馨：我不是和你开玩笑。

钟辕点头：行吧，好在给她新换的房子也不远。

32

夏绿新家。晚上。

夏绿一个人在看电视，门铃响了。夏绿一瘸一拐地去开门，西馨和钟辕走了进来。

夏绿热情地：来，来，快坐！

钟辕关切地：你的腿还疼吗？

夏绿：好多了，已经可以不用拐杖了！医生说很快就可以恢复！

钟辕如释重负地：那就好！

西馨拉着夏绿的手：今天去广场参加活动，我看你挺精神的。

夏绿：你看到我了？

西馨笑了：当然！电视里也有你的镜头呢！

夏绿：在家里也没事，我听说有公司的活动，便想出去散散心。

钟辕接过话头：是呀！你也该多出去走走！

夏绿叹了口气：那场噩梦总也挥不去！

西馨宽慰着：事情已经过去了，你也终于自由了。

夏绿：是呀！我也有种脱掉了一副枷锁的感觉，轻松了许多，只是我那可怜的女儿……

西馨轻拍着夏绿的肩：别再提那些伤心的事了！你还那么年轻，要往前看！你应该再找一个爱你的人，重新组织家庭，再要个孩子。

夏绿苦笑着：这些年，我已经习惯了一个人过。如今京城里的"单身贵族"挺多，我就去当"贵族"吧。

西馨：这回呀，我要争取当个媒人……

33

小区里。晚上。

钟辕与西馨从夏绿家出来，走在小区的路上。

西馨深情地：咱们出去走一走吧？好久没与你一起散步了。

钟辕揽过西馨：是吗？那我们出去走走。

两个人偎依着走出小区大门。

34

街头公园。晚上。

钟辕和西馨走在公园里。

西馨幸福地：当初，就是在这里……

钟辕感慨着：那时真够艰苦的，你一点也不在乎，像个假小子，和我们一样在煤棚里摸爬滚打，真不容易呀！

西馨：那是你太好强了！动不动就想跟人争个高下！

钟辕笑着：是呀！要是不争，没准你现在也不会走在这里呢！

西馨捶了钟辕一拳：瞎说吧你！还不是我有一双慧眼，识得了你这个英才！

钟辕笑着：其实，人与人是要讲缘分的。是你的，打也打不走；不是你的，抢也抢不来。只是好多人不愿意相信，非要去强求，结果就会是一场悲剧。

西馨：按照你这个理论，那你注定就是我的了！

钟辕笑着：你也是我的！

说着，钟辕伸手揽住了西馨的腰，西馨幸福地靠向钟辕。

西馨喃喃地：其实，梁志远这人也不是太坏，只是让你逼的，做了一些不该做的事。在审判兰旦雄的法庭上，他当庭做证，说了许多内幕，揭露了兰旦雄的犯罪事实，坦白了自己所犯的错误，真是不容易。

钟辕关切地：他没事吧？

西馨点头：法庭鉴于他有重大立功表现，免予刑事处分。

钟辕：那好，我们明天去看看他。

35

钟辕家小区楼下。白天。

一个风和日丽的好天气。

钟辕和西馨走出楼门，西馨还抱着孩子。

钟辕打开车门，让西馨和孩子上车，然后把车门关好。

钟辕上了驾驶位置，启动了车，往外开去。

36

家具市场旁边的小屋前。白天。

梁志远神情淡然地坐在房前忙着修理一个三轮车车胎。

一辆车开过来，停下，钟辕走下车，西馨也抱着孩子下了车。

梁志远抬眼看见，惊愕在那里。

钟辕打招呼：老连长，你好呀！

梁志远尴尬地：你们这是？……路过？

钟辕笑着：我们是专程来看你的。你女儿呢？她还好吧？

梁志远意外地：来，来，就请在门外坐，屋里太窄小。

钟辕从车上拿下一堆礼物放在门前：给侄女带的。说着拿过旁边的一个小凳子坐了下来：阳光很好，正好晒晒太阳。

梁志远为西馨搬来一把椅子，西馨抱着孩子坐了。

钟辕感激地：兰旦雄这个案子，多亏你帮忙，谢谢你了！

梁志远语带悔恨地：我对不起你们！做了不少不应该做的事。

钟辕大度地：过去那些事，我都可以理解，都是为了自己的企业发展。

梁志远：我这人命不好，办什么事都办不成。

钟辕坦诚地：我说几句实话大话不知你愿不愿听，你不是命不好，也不是没有本领，更不是不聪明，你是因为办事只想到你自己和自己的公司，只想到怎么赚钱，从来没想到更大的事情，比如壮大国力，比如民族振兴，这恐怕是咱俩的区别……

37

天空上。白天。

一只雄鹰在飞。

几只鸟儿叽叽喳喳地从平房飞起，落到不远处的家具城建筑上。

38

小屋前。白天。

钟辕打着手势，不停地在说着什么。

梁志远默然点头。

39

车边。白天。

钟辕和西馨正在上车，梁志远站在一边。

西馨从车窗里探出头来，高声地：回去吧！

梁志远向他们摆了摆手。

钟辕的车启动，离开，加速，转了个弯，消失在梁志远的视野里。

梁志远呆呆地看着远处，目光里一片茫然。

40

钟辕家。晚上。

钟辕和西馨半躺在床上，钟辕在看一本书，西馨看着电视。

钟辕合上书，转对妻子：今天去看梁志远，你有什么感慨？

西馨想了想：我觉得，梁志远虽然能力有限，但他仍有一颗上进的心，仍有一种顽强的精神。你看，他现在并没有被打垮，而是顽强地想从头再来。

钟辕：的确。所以，我决定扶持一下他，让他重新鼓起创业的勇气。

西馨：依他的性格，我估计不一定会接受你的扶持。

钟辕：那我们可以想办法，从侧面资助他。

西馨开玩笑地：你就不怕他强大了再跟你斗？

钟辕摇头：行走江湖讲究"剑气合一"。手中有剑，心中有剑的人不是英雄，只算得上武夫；手中有剑，心中无剑的人，充其量也只算得上侠客；只有手中无剑，心中也无剑的人，才是真正的英雄！

西馨感叹着：嘀，我老公成哲学家了！

钟辕笑了：当然！

西馨忽然想起地：三弟马上要出院了，你准备怎么安置他？

钟辕胸有成竹地：我已经想好了，明天咱去看看他，跟他谈谈。

41

医院病房里。白天。

何荟正在给钟祥擦手，钟辕和西馨走了进来。

何荟热情地：二哥，嫂子，你们来了？

钟辕：三弟，最近感觉怎么样？

何荟接过话头：医生说，他的病情基本稳定了，可以出院回家。

钟辕关切地：骨头愈合得怎么样？

钟祥沮丧地：估计很难恢复了！

钟辕表情沉重：三弟，你为我，为咱们楚汉奉献了这么多年，最后落下残疾，让我心中很疼！

钟祥：出院后，我可能上不了班了，如果向你提出辞职，你不会不同意吧？

钟辕：为什么要辞职？

钟祥诚恳地：我不能工作了，不辞职又能怎样？民营企业又不能养老。

钟辕深情地：谁说民营企业不能养老？我想好了，我们的福利制度还要改革，在为员工交纳社会保险和医疗保险的基础上，推行带薪休假和退休制度，做到福利到老，关怀到老，让公司的员工确实把公司当作自己一生奋斗的家。

钟祥：这样行得通吗？

钟辕自信地：路，总是人走出来的。你出院后，我要为你举行一个隆重的退休仪式，为我们的新福利制度开个好头。

42

医院病房楼门口。下午。

钟祥拄着双拐，吃力地走了出来。

何荟和西馨扶着钟祥，走在两边。

一辆车停在门口，两个人一起把钟祥扶上了车。

西馨上了驾驶位置，把车启动，开走。

43

钟辕办公室。白天。

钟辕正在写着什么，办公室主任敲门进来：总裁，您找我？

钟辕抬头：马上给我找些钟祥副总的资料，包括各种场面的照片及摄像。

办公室主任答应一声，出去了。

44

车内。白天。

西馨开着车，钟祥和何荟坐在后面。

钟祥：嫂子，能不能到公司里走一圈，让我看看。

西馨当即点头：好的！

钟祥叹了口气：住了这么长时间的院，好久没去了，真的挺想的。

车里一片沉默。

45

楚汉院内。白天。

西馨的车开了进来，缓慢地转了一圈，又开出了院子。

46

钟辕办公室。白天。

钟辕放下手头的东西，拿起电话，拨号。

钟辕对着话筒：老首长吗？准备得怎么样了？

范恭清的声音：什么准备得怎么样了？

钟辕笑着：上次在北京，我不是说过吗？让你来总公司工作！

范恭清意外的声音：还真让我去呀？！

钟辕：你明天就来北京吧！把手上的工作交代好！

这时，办公室主任敲门进来，汇报道：总裁，您让我准备的钟祥副总的资料，我都准备好了，放在哪里？

钟辕：都放在会议室，明天开会的时候用。记住，检查一遍投影仪。

办公室主任：是，我马上去办。

47

楚汉院内。白天。

钟辕站在院子里。

一辆车开过来，钟祥从车上下来。

钟辕赶忙上前扶住了他。钟祥从车里拿出双拐，拄上。

钟辕：怎么样？能行吗？

钟祥点点头：可以，就是慢一点。

钟辕扶着钟祥慢慢往楼里走去。

几名高管看到钟祥，纷纷过来打招呼：钟副总回来了？病好了吧？

钟祥向大家点着头，拄着拐一瘸一拐地进了楼。

48

楚汉会议室。白天。

高管们围坐在会议桌前。

钟辕站起身：现在，我宣布一个退休消息。

众人闻言都很吃惊，互相打量着。

钟祥镇静地坐在那儿。

钟辕：钟祥副总在这次同绑匪的斗争中，立下了大功，但也付出了身体上的巨大代价。考虑到公司高管平日工作量很大，他的身体难以适应，故决定让他退休。

室内一片安静。

钟辕：我特别要说明的是，钟祥副总虽然退休了，但他将终身享受副总的工资待遇，并一次性补助他200万元……

一霎之后，会议室里响起了一片掌声。

钟辕真挚地：下面，请播放钟祥副总的工作生活片段，让我们一起重温钟祥副总为公司作出的贡献。

在钟辕的话音中，墙上的投影大屏幕上开始出现钟祥平日工作的照片和影像片段，从最开始的艰难时期，到这次因救钟辕受伤后的情景，并伴有深情的歌声……

众人看着看着，眼中都涌出泪来，相继上前同钟祥拥抱……

49

楚汉院内。白天。

钟祥在钟辕和韩生德的搀扶下，缓步走出办公楼。高管们都跟在后面。

近百名楚汉员工也听到消息，往院子里拥来。

大家纷纷同钟祥拥抱、握手，说些关心的话。钟祥不停地说着：谢谢，谢谢！

钟辕扶钟祥上了车，车缓缓开走了。

50

楚汉快运公司职工运动会会场。

钟辕正在乐曲声中给获奖的职工发奖。

韩生德匆匆走过来，附在钟辕的耳边说了几句什么。

含笑的钟辕神色为之一变。

他继续发奖，但目光分明变得严峻起来。

51

楚汉仓储中心大门口。白天。

钟辕和公司高管们站在那儿。

韩生德正面孔肃穆地讲着：……金猫手机公司在我们的仓储中心存放有价值一亿元的手机，这批手机入库前，金猫公司和其贷款银行希望与我们签订一项质押合同，我们当时没多想就签订了这项合同。前不久金猫公司要求把这些手机全部提走，我们也没多想就同意了，事后才知道，金猫公司这是在破产前进行财产转移，他们如今已经资不抵债宣布破产了，因他们在银行的贷款无法偿还，银行起诉了他们，并依据当初与我们签过的质押合同，要求我们负连带责任，向银行赔偿4000多万元的损失……

众高管脸上都露出震惊之色。

韩生德：另外，刚刚获知，又有美国、英国和法国的三家快运公司开始大规模介入我们国内快运业，其中一家的总部就设在了我们旁边那栋楼里，还有一家声称要不了多久就可以挤垮我们公司……

钟辕和其他高管都神色严峻地听着……

52

京郊一个湖边。傍晚。

钟辕在湖边来回踱步，湖边扔着一根钓鱼竿。

湖边的草地上已被他踏出了一条小道，看得出他已在这里边踱步边思考了许久。

他停下脚步，朝站在远处车旁的一名年轻人招手。

那年轻人疾步跑过来。

钟辕对那年轻人：通知韩副总，立刻展开和航空公司关于包租货机的谈判！

年轻人边在本子上记录边答：是。

钟辕：通知夏绿，立即向国家证监会解释说明最近与金猫公司和银行间的纠纷真相，并尽快重启上市小组的工作。

年轻人：是。

钟辕：通知王副总，抓紧智能仓库的建设，务必在本月底投入使用。

年轻人：是。

钟辕：通知人力资源部总监，面向全国公开招聘企业运营人才，年薪可以应允在25万元左右；并抓紧培训小件员……

53

楚汉大礼堂。白天。

礼堂里座无虚席。

钟辕站在主席台上，深沉地：为了应对更加激烈的竞争局势，做大做强民族快运，我们必须抓三件，促转型，也就是抓好香港件、国际件、同行件，促使国内件向国际件转型，大件向小件转型，同业竞争向合作转型。这是楚汉新时期的战略方针。至于我们近期要达到的目标，那就是飞机要上天，股票要上市，企业要上榜。

台下爆发了雷鸣般的掌声。

钟辕接着讲：下面，我宣布，从今天起，我们成立三个公司——综合物流公司，国际快运公司，国内快运公司。我，改任董事局主席；综合物流公司总裁，由韩生德同志担任；国际快运公司总裁，由夏绿同志担任；国内快运公司总裁，由范恭清同志担任。

台下再次掌声雷动。

钟辕：下面，我宣布新调整的90个分公司的总经理，他们是，北京分公司经理沈菲菲、上海分公司经理周建东、广州分公司经理王平南、天津分公司经理谭家杰、重庆分公司经理宋启亮、东莞分公司经理刘青、深圳分公司经理黄映华、黑龙江分公司经理盛北疆、山东分公司经理刘兴鲁、浙江分公司经理马秋燕、新疆分公司经理魏延强、内蒙古分公司经理何云翔……

伴着钟辕的声音，屏幕上闪过如下画面：

  智能化库房……

  大型车队……

  有一百多位信息员同时接转电话的全国客户服务中心……

  楚汉的办公大楼……

  喷涂着楚汉标志的飞机由窗外呼啸而过……

  证交所里楚汉的股票交易数字在闪烁……

  激昂的音乐声在云天响彻……